HOLZKIRCHNER G'SCHICHTEN
Fünf Heimatromane in einem Band

Franz Mühlbauer

Impressum

Texte:	© Copyright by Franz Mühlbauer/ Der Romankiosk. Mit freundlicher Genehmigung der Edition Bärenklau.
Lektorat:	Dr. Birgit Rehberg.
Umschlag:	© Copyright by Christian Dörge/123rf.
Verlag:	Der Romankiosk Winthirstraße 11 80639 München www.der-romankiosk.de webmaster@der-romankiosk.de
Druck:	epubli, ein Service der neopubli GmbH, Berlin

Printed in Germany

Inhaltsverzeichnis

Das Buch (Seite 4)

1. Für immer heimatlos? (Seite 6)

2. Monikas Sehnsucht nach der Liebe (Seite 126)

3. Wohin führt dein Weg, Anna? (Seite 224)

4. Dr. Kastners Bestimmung (Seite 318)

5. Marie – von allen verachtet (Seite 429)

Das Buch

Holzkirchen ist eigentlich ein kleines und sehr idyllisches Dorf im Allgäu. Aber manchmal gibt es Menschen, die dennoch ihre Heimat verlassen und ihr Glück in der Fremde suchen. Das denkt auch Ludwig Hafner, der eines Tages sein Heimatdorf verlässt. Auch wenn ihn seine Mutter und sein Bruder Florian vermissen, so muss das Leben auf dem Hof weitergehen – und man muss an die Zukunft denken. Deshalb beschließt Johanna Hafner, nach einer Frau für Florian zu suchen. Was sie nicht weiß: Florian hat sich bereits in die junge Anna verliebt. Und während seine Mutter konsequent die Hochzeit plant, überschlagen sich die Ereignisse: Nach jahrelanger Abwesenheit kehrt Ludwig wieder nach Holzkirchen zurück. Und das hat einige Überraschungen zur Folge...

Der Band *Holzkirchner G'schichten* enthält die Romane *Für immer heimatlos?*, *Monikas Sehnsucht nach der Liebe*, *Wohin führt dein Weg, Anna?*, *Dr. Kastners Bestimmung* und *Marie – von allen verachtet* von Bestseller-Autor Franz Mühlbauer.

1. FÜR IMMER HEIMATLOS?

»Mei, wie schnell die Zeit vergeht!«, seufzte Ernst Steiner, als sein Blick vom Fenster des Wirtshauses hinüber zum Dorfladen ging. »Schau doch mal, Ferdl – der Bub ist jetzt schon fünf Jahre alt. Ich kann´s immer noch nicht glauben.«

Ferdls Blick folgte dem Hinweis des pensionierten Kommissars, und dann musste er grinsen.

»Ja, die Anne ist endlich glücklich geworden«, fügte er hinzu. »Das hat sie auch verdient, meine ich. Der Michl kümmert sich rührend um sie – und er tut auch alles, dass das so bleibt.«

Er hob den Maßkrug und nahm einen tiefen Zug.

»Trotzdem«, meinte Ernst Steiner. »Es hätte auch gewaltig schiefgehen können. Weißt ja sicherlich noch, unter welch dramatischem Umständen das alles stattgefunden hat, oder?«

»Freilich«, nickte der Dorfpolizist. »Ich hab ja nasse Füße bekommen dabei – und einen ordentlichen Schnupfen mit dazu.«

»Stimmt«, nickte Steiner, der schon seit sieben Jahren in Pension war. Aber das hieß immer noch nicht, dass er sich mit seinem Ruhestand abgefunden hatte. Immer wieder hielt er Augen und Ohren offen, wenn in der Region Holzkirchen irgendetwas geschah, wo die Polizei eingreifen musste. Dann war er meistens auch zur Stelle und ermittelte auf eigene Faust. Auch wenn das der Polizeidirektion in Oberstdorf ganz und gar nicht passte.

»Dass damals niemand geahnt hat, dass die Anne gar nicht weit von Holzkirchen aufgewachsen ist – das versteh ich bis heute nicht«, fuhr Ferdl fort. »Dabei hätte es so einfach sein können, wenn die Wallner Evi ihre Tochter auch offiziell anerkannt hätte.«

»Sie hat viel zu lange darauf gewartet und das Madl leiden lassen«, fügte Steiner hinzu. »Aber Anne hat ihrer Mutter verziehen, und das ist gut so. Jetzt lebt sie auf einem schönen Bauernhof, wie sie es immer wollte, und der Michl kümmert sich um seine Familie. So soll es sein.«

Während er das sagte, erinnerte er sich wieder daran, wie damals alles begonnen hatte. Einiges davon kannte er nur aus Erzählungen, andere Dinge dagegen hatte er selbst miterlebt oder hatte sich zufällig in der Nähe aufgehalten, als es geschehen war. Und als er zu Ferdl schaute, deutete er den Blick des Dorfpolizisten richtig. Auch der wusste noch sehr genau, unter welch dramatischen Umständen damals der Stein ins Rollen gekommen war...

*

Anne Günzel stand in der Wäschekammer und räumte mit großer Sorgfalt die Bettwäsche ein. Der Raum lag im Halbdunkel. Er war klein, und die Wände standen voller Schränke, sonst war nichts im Raum. Anne war allein, aber es störte sie nicht. Gern war sie für sich, dann konnte man denken und auch ein wenig träumen. In so einem riesigen Haus, wo es wie in einem Bienenstock zuging und man nicht mal ein eigenes Zimmer hatte, da musste man sich oft ein Zufluchtsplätzchen suchen. Und doch liebte sie dieses Haus mit jeder Faser ihres Herzens und hatte eigentlich noch nicht darüber nachgedacht, wie sie wohl gern gewohnt hätte.

Anne Günzel war erst sechzehn Jahre alt, sehr altklug und verstehend. Selten nur glitt ein Lächeln über ihre Züge. Sie kannte die ganze Bitternis, die ein Leben mitunter bringen konnte.

Aber in diesem Augenblick dachte sie gar nicht daran. Sie musste sehen, dass sie mit ihrer Arbeit fertig wurde. Nachher musste der Tisch gedeckt und die Kleinen ins Bett gebracht werden. Das alles gehörte zu ihrem Aufgabenbereich.

In der Tür stand plötzlich eine hohe Gestalt in Schwesterntracht.

»Hier finde ich dich also, Anne. Eigentlich hätte ich es mir denken können!«

»Ich bin gleich fertig«, sagte Anne mit ihrer weichen Stimme. »Nur noch dieser Stapel, und dann gehe ich in den Speisesaal, Schwester Gerda.«

»Deswegen habe ich dich nicht gesucht, mein Kind. Das können heute mal die anderen erledigen. Oberschwester Josephine schickt mich, ich soll dich suchen und dir ausrichten, sie möchte noch vor dem Abendbrot mit dir sprechen.«

Bestürzt sah Anne auf, und ihre Hände strichen mechanisch über das glatte Laken. Wenn man zur Oberschwester zu einer Unterredung musste, dann war es meistens schlimm. Jeder fürchtete sich davor.

Schwester Gerda sah das Erschrecken in den braunen Augen des Mädchens.

»Du hast doch nicht etwa Angst, mein Kind?«

»Aber warum will sie mit mir sprechen? Doch nur, um mir eine Standpauke zu halten? Vielleicht war ich wirklich mal nachlässig!«

»Nichts dergleichen, Anne, aber komm, wir dürfen sie nicht warten lassen. Du weißt, wieviel Arbeit sie immer hat.«

»Ja, ich komme sofort!«

»Gut, ich kann mich auf dich verlassen!«

Anne sah ihr für einen Augenblick nach, wie sie mit gebeugten Schultern den langen Gang entlangschritt. Schwester Gerda wurde auch mit jedem Tag älter und sehnte sich nach Ruhe und nach der Ablösung aus dem Mutterhaus. Aber man fand keinen Ersatz. Es gab nicht mehr so viele Schwestern wie früher. Hurtig verschloss Anne den dunklen Wäscheschrank, schob den Schlüssel in ihre graue Kitteltasche und verließ das Zimmer.

Der Abend war schon angebrochen, und leise krochen die Schatten aus allen Ecken und Erkern. Früher war dieses Haus ein großer Herrensitz in den Bergen östlich von Holzkirchen gewesen. Aber dann hatten die Besitzer es verkauft, weil es keine Nachkommen gab. Dann hatte man ein Waisenhaus daraus gemacht.

Manchmal stellte sich Anne vor, wie es früher auf diesem prachtvollen Hof in den Bergen wohl zugegangen sein mochte. Er lag eingebettet zwischen zwei Bergen und in einem Wald sehr weit von jeglicher Behausung. Mit dem Dorf hatten sie fast nie Kontakt gehabt.

Seinerzeit hatte man noch zwei Flügel angebaut, und jetzt lebten fast zweihundert Waisenkinder hier.

Anne schritt über die Fliesen und dachte, wie sehr wünschte ich mir in all den Jahren, ein einfaches Bauernkind zu sein, mehr nicht. In diesem Augenblick musste sie wieder daran denken, und sie fragte sich mal wieder, vielleicht fließt sogar Bauernblut in meinen Adern? Es machte sie fast krank, dass sie es nicht wusste. Man zerbrach so leicht, wenn man sich selbst nicht kannte.

Anne stand am Fenster und blickte sehnsüchtig auf die Berge. In den Sommermonaten konnte man oft die Fremden und Touristen von hier aus beobachten. Sie sah sie sehr deutlich, und sie sah auch deren Gesichtsausdruck, wenn sie von oben herunter auf dieses Anwesen starrten. Natürlich mussten sie wissen, um was für ein Haus es sich hier handelte. Es stand ja groß unten an der Pforte. Im Gegensatz zu den anderen Anwesen in den Bergen hatte dieses eine hohe Mauer erhalten. Man durfte ja nicht einfach das Gelände verlassen und ins Dorf laufen zu den anderen Kindern. Das war verboten. Ja, man wurde sogar gemieden dort unten. Holzkirchen war für sie und die anderen Bewohner so weit entfernt wie der Mond.

Während sie so sinnend am Fenster stand, wurde sie angesprochen.

»Ah, Anne, kannst du mir einen Augenblick helfen?« Es war die neue Kinderschwester. Sie machte jetzt schon einen erschöpften Eindruck.

Anne hatte Mitleid mit ihr, sie war noch so jung und bemühte sich, allen gerecht zu werden.

»Ich täte es liebend gern, aber ich muss zur Oberschwester. Vielleicht wenn ich nachher noch Zeit habe!«

»Na, dann muss ich mir selber helfen. Also vorwärts, oder wir schaffen es gar nicht mehr«, munterte sie sich selber auf.

Anne ging weiter und stand ein wenig später vor der alten Eichentür, sie war wertvoll und sehr schön. Sie klopfte leise.

»Herein!«

Ruhig betrat sie den Raum, aber ihr Herz klopfte doch ein wenig unruhig.

Oberschwester Josephine war groß und starkknochig, sie kam aus einem alten, sehr geachteten Bauerngeschlecht. Früher - da war es noch so Sitte gewesen, der älteste Sohn erhielt den Hof, und die anderen mussten dann für den Bruder arbeiten. Wenn man genug Geld besaß, ließ man entweder die Kinder studieren, die nicht auf dem Hof blieben, oder sie gingen ins Kloster, wenn sie nicht ein Leben lang als Magd beim Bruder und dessen Frau verbringen wollten. Doch wie gesagt, das war früher. Heute ging man in die Pensionen und Hotels von Sonthofen oder Oberstdorf und hatte dort sein gutes Auskommen.

Die Haube wippte ein wenig, als sie nun aufblickte. Für einen Augenblick runzelte sie die Stirn und nahm die Brille ab.

Da war doch etwas gewesen? Ach ja, richtig, nun wusste sie es wieder. Ein freundlicher Schimmer tauchte in ihren Augen auf, und sie sagte: »Komm nur näher, Anne. Ich habe schon auf dich gewartet, ich muss mit dir sprechen!«

»Ich war in der Wäschekammer«, sagte Anne leise, durchquerte das Zimmer und ließ sich auf der äußersten Stuhlkante nieder.

Die Oberschwester sah aus dem Fenster und schien sich auf etwas vorzubereiten. Plötzlich schob sie den Oberkörper vor und sah das Mädchen eindringlich an.

»Anne Günzel, hast du dir eigentlich schon mal Gedanken gemacht, wie deine Zukunft aussehen soll?«

Das Mädchen hob den Kopf, schüttelte ihn und wurde langsam rot.

»Aber, Kind, du bist doch nun aus der Schule entlassen.«

»Ich habe mir noch keine Gedanken darüber gemacht.«

»Aber die anderen, die mit dir zur Schule gegangen sind, sie haben sich inzwischen alle für einen Beruf entschieden und haben dieses Haus verlassen. Ich ließ dich bis jetzt in Ruhe, weil ich dachte, du wärst dir noch nicht schlüssig über deine Berufswahl. Aber nun müssen wir darüber reden, hörst du?«

Annes Herz schlug stürmischer. Sie schloss zitternd die Augenlider und stammelte leise: »Aber was soll ich denn tun? Ich arbeite doch den ganzen Tag, und die Schwestern sind alle mit mir zufrieden!«

»Das ist schön und gut, mein Kind, aber weißt du denn nicht, dass du jetzt das Haus verlassen und dir einen Beruf suchen musst? Du bist jetzt groß und verständig, andere Kinder kommen und brauchen deinen Platz!«

Entsetzt starrte Anne die Schwester an.

»Ich muss fort?«, rief sie hilflos. »Aber wohin denn? Ich kenne niemanden, ich habe keinen Menschen, zu dem ich gehen könnte. Dies ist doch mein Haus, mein Heim. Ich habe hier doch immer gelebt, man kann mich doch jetzt nicht einfach fortschicken!«

Wie ein Häufchen Elend hockte sie da, tödlich erschrocken und leise zitternd.

»Anne«, sagte die Schwester weich. »Ich weiß, dass es dir schwerfällt, aber wir können dich wirklich nicht behalten, du verstehst mich doch? Nächste Woche haben wir wieder acht Neuzugänge, wo soll ich sie unterbringen? Aber natürlich sorgen wir für dich und entlassen dich nur, wenn wir etwas Gutes für dich gefunden haben. Da kannst du ganz beruhigt sein.«

Anne nickte unter Tränen. Sie hatte verstanden.

»Ich fürchte mich vor der Welt da draußen. Ich habe geglaubt, dies sei mein Heim, hier könne ich immer bleiben. Und nun muss ich auch von hier fort!«

Die Oberschwester war auf gestanden und zu einem riesigen Aktenschrank geschritten. Dort waren alle Unterlagen für jedes Kind untergebracht. Ein vergilbter Ordner barg die wenigen Informationen des Kindes Anne Günzel, Nr. 84, vor genau sechzehn Jahren vor der Tür des Heims gefunden. Das Kind Anne war damals nur wenige Tage alt gewesen, zart und zerbrechlich. Anfangs hatte es so ausgesehen als würde dieses kleine Leben bald wieder erlöschen. Man habe es gefunden, war die Rede des jungen Mannes gewesen.

Durch die aufopfernde Liebe der Schwestern hatte man auch diese kleine Flamme am Leben erhalten können. Ein Geburtsschein lag bei dem Bündel und noch eine kurze Anweisung, dass man für das Kind zahlen würde. Damals hatte die Polizei Nachforschungen angestellt, aber nie herausgefunden, wer das Kind in Holzkirchen unter der Linde abgelegt hatte. Wahrscheinlich wusste man Bescheid, dass sich hier ein Waisenhaus befand.

Auf einem Zettel war noch zu lesen gewesen, dass die Überweisungen pünktlich eintreffen würden. Das waren sie in der Tat. All die Jahre war für das Kind gezahlt worden. Der Absender war ein Paul Gerrit aus Innsbruck gewesen. Mehr war nie in Erfahrung gebracht worden.

Ja, und so war das Leben und die Zeit dahingegangen. Bis jetzt hatte Anne geborgen gelebt, soweit man das von einem Heim überhaupt sagen konnte. Und nun musste sie fort, das war schlimm, und Anne war ein scheues Wesen mit empfindsamem Herzen, das man leicht verletzen konnte. Sie musste sich jetzt in dieser rauen Welt da draußen einen eigenen Platz suchen. Und die Menschen aus den kleinen Bergdörfern waren mitunter recht hart in ihren Ansichten. Aber vielleicht fanden sich doch noch nette Menschen, die sich ein wenig ihrer annahmen. Sie war doch nun wirklich unschuldig an ihrem Schicksal. Wahrscheinlich ein Kind der Liebe, das dann lästig geworden war.

Ja, ja, dachte die alte Nonne, da glauben die Menschen, hier bei uns in den Bergen sei die Welt noch heil und in Ordnung. Sie lächelte düster. Das war sie nie gewesen und würde es auch nie sein, dachte sie zornig. Soweit ich mich erinnern kann, hat es immer in den Hirnen und Köpfen der Menschen gebrodelt. Ja, Takt und Ehrgefühl, Mitleid, das sind Worte, die man hier nicht gerne hört. Nein, sie denken nur an sich, an das prachtvolle Vieh, an den Hof und wieviel Geld sie auf der Bank liegen haben. Sie sind so stur, so kalt.

Sie schob sich wieder die Brille vor die Augen.

»Haben sich meine Eltern nie gemeldet?«

Wie zerbrochen klang die Stimme des Mädchens.

»Nein, niemand hat sich in all den Jahren gemeldet. Es tut mir so leid, Anne, aber es ist die Wahrheit, und du musst damit jetzt leben.«

Tränen schimmerten in ihren schönen Augen.

»Sind denn meine Eltern tot?«

»Wahrscheinlich«, sagte die Schwester, obwohl sie vom Gegenteil überzeugt war. »Nur ein Mann hat all die Jahre für dich bezahlt. Halt, hier ist doch einmal ein Schreiben eingetroffen. Mal sehen, was darin steht.« Sie überlas es schnell.

»So, dieser Herr betont ausdrücklich, er habe mit dem Kind Anne Günzel nichts zu tun, er zahle nur für dessen Unterhalt. Und mit sechzehn Jahren würde diese Zahlung eingestellt werden. Kein Absender, keine Adresse nichts!«

Anne prägte sich unwillkürlich den Namen Paul Gerrit ein. Warum, das wusste sie auch nicht.

»Wie ist es, möchtest du nicht eine Stelle in einem Büro annehmen? Ich könnte da etwas vermitteln. Wir Behörden arbeiten untereinander zusammen.«

Resigniert hob Anne den Kopf und sagte: »Es ist doch egal, etwas muss ich ja tun. Ich muss doch erst lernen.«

»Du sollst nicht gleich die Flinte ins Korn werfen. Kind. Du wirst es schon machen, und pass nur auf, in einem halben Jahr hast du nette Freundinnen und bist froh, wenn du so leben kannst, wie du es willst. Sobald du dieses Haus verlässt, bist du dein eigener Herr! Danach sehnen sich doch alle. Komm, lass den Kopf nicht hängen, höre mir zu, was ich hier für dich habe. Du kannst eine Stelle im Rathaus von Holzkirchen bekommen. Fängst dort als Auszubildende an. Eine Unterkunft mit Verpflegung haben wir auch für dich besorgt. Der Staat wird dir einen Zuschuss gewähren, bis du selbst auf eigenen Füßen stehen kannst. Wenn du also einverstanden bist, dann werde ich alles in die Wege leiten. Du musst nur deine Einwilligung dazu geben. Wir wollen niemanden zwingen, hörst du!«

Anne nickte.

»Ja, Sie können es tun, ich habe nichts dagegen. Muss ich schon morgen das Haus verlassen?«

Ihre Hände verkrampften sich in den Kitteltaschen.

»Nein, das braucht alles seine Zeit. Und wenn du mal einen Rat oder Hilfe brauchst, kannst du jederzeit zu mir kommen! Siehst du, du bist nicht so verlassen, wie du vielleicht gedacht hast!«

Sie erhob sich und stellte sich vor das Mädchen, legte die Hände auf seine Schultern.

»Ich danke Ihnen, Schwester Josephine, für Ihre Mühe und Freundlichkeit«, flüsterte Anne.

»Ich tue es gern, mein Kind. Vergiss nicht, du kannst jederzeit zu mir kommen, falls du mal Hilfe nötig hast. Und nun komm, wir haben so lange geplaudert, sicher wartet man schon mit dem Abendbrot auf uns. Wir wollen uns sputen!«

*

Der leichte Sommermantel lag wie eine zweite Haut um den schlanken Körper. Der Wind kam um die hohe Hausecke und zerrte daran herum. Mit der einen Hand hielt Anne den Koffer fest, und mit der anderen zog sie das schwere Tor auf. Sie wusste, an einem der Paterrefenster würde jetzt die Oberschwester stehen und ihr nachsehen. Aber sie schaute sich nicht mehr um.

Mit sechzehn Jahren war man noch unfertig, und die Angst saß tief drinnen im Herzen. Auch wenn viele diese Angst durch zu lautes Wesen übertünchten, sie war da und würde wie ein dicker Klumpen ihr Herz belasten.

Nein, sie durfte sich nicht mehr umdrehen! Es würde ihr sonst das Herz brechen. Sie war jetzt heimatlos. Kein Heim zu haben, das war schrecklich. Sie durfte auch nicht mehr auf die Berge sehen, nur vor sich auf den Weg.

Staubig lag er vor ihren Füßen und wollte gegangen werden. Anne musste in den Landbus weiter unterhalb der Straße steigen. Die Schwester hatte ihr alles genau erklärt. Sie musste nicht nur das Heim verlassen, auch das Tal. In eine ganz andere Gegend musste sie gehen.

Nun sollte sie auf eigenen Füßen stehen!

Tränen rollten über ihr Gesicht, und sie musste daran denken, dass es eigentlich grausam war, dass man sie am Leben gehalten hatte. Sie war nicht mehr so jung, dass sie nicht wissen musste, dass sie ein unerwünschtes Kind gewesen war. Gequält schloss sie die Augen. Immer und immer wieder versuchte sie sich ihre Eltern vorzustellen, wie man sie fortbrachte, in ein Tuch gewickelt. Ob sie in den vielen Jahren wohl noch einmal an die Tochter gedacht hatten?

Kurz darauf traf sie auf Menschen, diese betrachteten das Mädchen mit misstrauischen Augen.

»Ist die nicht vom Heim?«, hörte sie hinter ihrem Rücken.

»Na klar, woher denn sonst!«

Sie schluckte und ging tapfer weiter. Hier behandelte man sie fast wie eine Aussätzige. Da kam der Bus, und sie rannte und sprang auf. Sie hatte es geschafft!

Jetzt blickte sie sich doch noch einmal um. Hoch oben zwischen den alten Tannen blinkte das Haus. Sie spürte, wie ihre Lippen zitterten.

Anne kauerte sich in eine Ecke und hielt den kleinen Koffer an sich gepresst. Eigentlich hübsch konnte man das Mädchen nicht nennen. Zierlich war sie, mit überaus zerbrechlichen Gliedern ausgestattet und mittelgroß. Das Gesicht war breitflächig, käsig und erschreckend mager. Die hohen Backenknochen traten hervor und gaben ihr einen seltsamen Anstrich. Das Kinn war ein wenig herzförmig und der Mund vielleicht eine Spur zu klein, die Augenbrauen so fein gestrichelt wie ein Schmetterlingsflügel. Nur die Augen, diese seltsamen Lichter in dem großen Gesicht, wirkten irgendwie fehl am Platz. Sie waren der Spiegel der Seele.

Wer einmal in dieses Gesicht gesehen hatte, konnte es so leicht nicht mehr vergessen. Es verfolgte einen, und man grübelte darüber nach, das war aber auch alles. An die Trägerin selbst dachte man schon lange nicht mehr.

Der Bus rumpelte über die Serpentinenstraße und schüttelte die Insassen durcheinander. In der Hauptsache befanden sich Bauersfrauen und junge Leute im Bus. Anne nahm keine Notiz von ihnen.

Die Angst hielt sie umklammert.

Über eine Stunde musste sie im Bus bleiben, dann hatte sie ihr Ziel erreicht.

Für sie war Holzkirchen Endstation. Anne riss die Augen weit auf, als sie den See erblickte. All die Jahre hatte sie dort oben in den Bergen zugebracht. Und jetzt dies! Atemlos starrte sie auf das Treiben. So bunt und vielfältig waren die Boote. Und dann die Menschen in dem Ort. Hier waren sehr viele Touristen anzutreffen, denn die nächstgrößeren Städte Oberstdorf und Sonthofen waren nicht weit, und sie vergnügten sich den ganzen Tag und wollten sich erholen. Niemand achtete dabei auf das ein wenig verstörte Mädchen mit den etwas unbeholfenen Bewegungen und der einfachen Kleidung. Sie sah sich ängstlich nach allen Seiten um. Aber hier gab es kein Heim und keine Schwester. Sie war jetzt vollkommen auf sich allein gestellt.

Ihre Lider zitterten.

Würde sie diesem fremden Leben standhalten? Nicht daran zerbrechen?

Sie hielt den Koffer an sich gepresst und sah sich um. Dann fiel ihr ein, dass die Vorsteherin ihr eine Adresse gegeben hatte. Dort sollte sie wohnen.

Vorsichtig setzte sie sich in Bewegung. Drei Häuser weiter bog eine schmale Straße ein, und sie musste es wohl sein. Vor einem mittelgroßen roten Haus blieb sie stehen und ging auf die Tür zu. Ihr Herz klopfte zum Zerspringen. Wie würde man sie aufnehmen?

Nach dem Klingelzeichen kam eine ältliche Frau und verlangte zu wissen, was sie wünschte.

»Ich heiße Anne Günzel, und ich soll hier wohnen«, flüsterte sie mit zu Boden gesenktem Kopf.

Die Frau musterte sie eine Weile schweigend.

»Ja, jetzt weiß ich es wieder. Natürlich, es hat alles seine Richtigkeit. Du bist es also?«

»Ja!«

»Nun, dann komm herein. Ich hoffe, ich werde keinen Ärger mit dir haben. Und bitte leise, wenn die Gäste im Haus sind, ja? Ich habe eine Pension, und man muss ständig Rücksicht auf die Gäste nehmen. Ja, das ist ein Kreuz, wirklich.«

Sie stöhnte und ächzte und wuchtete sich die Treppe herauf. Es war für das junge Mädchen nicht gerade ein erfreulicher Empfang. Sie befanden sich jetzt auf dem oberen Korridor. Hier zweigten die Türen ab, und sie erhielt am Ende des Ganges ihr Zimmer zugewiesen.

Es war ein mittelgroßes, einfaches Zimmer. Ansprechend und nett, nicht zu üppig und auch nicht zu dürftig. Sogar ein winziger Fleckenteppich lag vor dem Bett. Das Bett befand sich in einer Art Alkoven. Dann gab es noch einen Schrank und einen Schreibtisch und zwei Stühle. Aus dem Fenster hatte man einen weiten Blick über die Allgäuer Bergwelt ringsherum.

Die Frau war ihrem Blick gefolgt.

»Den See kannst von diesem Fenster nicht sehen. Ich hab mir gedacht, das macht dir nichts, du wirst ihn ja jetzt alle Tage sehen, nicht wahr? Aber die Fremden sind wild darauf. Darum bekommen sie immer die Zimmer mit Seeblick.«

»Ja«, sagte Anne befangen, sie wusste nicht, was sie sonst noch antworten konnte.

Dies war also ihr neues Zuhause. Auf Zehenspitzen betrat sie den Raum und blieb dann stehen, da sie nicht wusste, was sie nun beginnen sollte.

»Na, gefällt es dir?«

»Oh, ja!«

»Hier haben Sie den Zimmer- und Hausschlüssel. Sie sind also jetzt Ihr eigener Herr.«

Ganz plötzlich war die Frau zum Sie übergegangen, und Anne fühlte sich unglücklich. Alles war so unpersönlich, so kalt.

»Sie können sich hier wohl fühlen. Hier, hinter dem Vorhang, ist die Waschgelegenheit, aber nun kommen Sie, ich zeige Ihnen noch das Bad. Gegessen wird unten. Aber das finden Sie schon von alleine. So groß wie das Heim ist mein Haus ja nun nicht. Na, dann will ich mal gehen.«

Anne war mit sich und ihren einsamen Gefühlen allein.

Sie öffnete den Schrank und packte die paar Habseligkeiten aus. Die Oberschwester hatte ihr ein paar Bücher geschenkt, diese stellte sie nun auf den kleinen Schreibtisch, und dann war auch schon ihre Arbeit getan.

Morgen musste sie die Stelle im Gemeindeamt antreten. Ab nun würde sie selbst Geld verdienen und konnte darüber verfügen, wie sie es wollte. Sie setzte sich auf einen Stuhl am Fenster und stützte den Kopf in ihre Hand.

Die Berge wirkten so vertraut und heimelig.

Sie weinte ein paar Tränen in ihrer Einsamkeit. Wieso sie jetzt wieder an die unbekannten Eltern denken musste, wusste sie auch nicht. Immer wenn das Leben so qualvoll für sie war, musste sie an sie denken.

Nein, sie würde es nicht leicht haben. Ganz bestimmt nicht hier in Holzkirchen. Sie spürte es ganz deutlich. Und sehr bald sollte sie auch die feinen Unterschiede kennenlernen.

Holzkirchen war nicht so groß, dass man sich nicht kennen würde, o nein, jeder kannte sich. Nur die Fremden kamen wie Hornissenschwärme und brachten das viele Geld. Zu ihnen war man freundlich und nett. Das gehörte sich nun einfach. Aber sie war ja kein Gast, sie war - ja, was war sie eigentlich?

Irgendwann musste sie ja auch wohl mal nach unten gehen. In dem kleinen Raum lernte sie dann die Fremden kennen. Sie saß in der Ofenecke und wagte nicht aufzublicken, so peinlich waren ihr die Blicke der Fremden. Die Wirtin hatte es nicht versäumt, von dem Mädchen zu berichten. Sie tat sich hervor, dass sie halt ein gutes Herz habe.

»Man muss ihnen doch ein Heim bieten, nicht wahr? Ja, ja, auch in unserer Zeit gibt es noch harte Schicksale. Sie hat es nicht einfach, so ohne Familie und nicht wissen, welches Blut in den Adern fließt. Das ist schon eine Sünd und Schand. Bestimmt sind es Fremde gewesen. Jawohl, ich will dafür meine Hand ins Feuer legen, gewiss waren es Fremde. So eine Gemeinheit, so ein Wurm fortzuschicken. Sich ganz allein zu überlassen.«

Anne würgte die Bissen hinunter und flüchtete darauf wieder in ihr Zimmer.

*

Der nächste Morgen stieg klar und wolkenlos über die Berge. Es versprach ein schöner Tag zu werden. Schon ganz in der Frühe hatten die Vögel ihr Morgenkonzert abgehalten. Anne sprang mit beiden Beinen aus dem Bett und ging zum Fenster. Unterhalb der Regenrinne saß ein dicker schwarzer Kater und war mit seiner Morgenwäsche beschäftigt. Es sah sehr putzig aus, wie er immer wieder mit den weichen Pfoten hinter seine Ohren strich. Dann musste er wohl die Lauscherin bemerkt haben. Er wandte den Kopf, die unergründlichen

Katzenaugen sahen sie für einen Augenblick groß an, dann stand er auf und balancierte über das schmale Sims und war im nächsten Augenblick verschwunden. So etwas wie Trauer blieb in ihrem Herzen zurück. Doch nun durfte sie nicht trödeln, in einer halben Stunde musste sie aufbrechen, wenn sie nicht gleich am ersten Tag zu spät zur Arbeit kommen wollte.

Die Urlaubsgäste schliefen alle noch, bis auf ein paar unermüdliche Wanderer, die hatten schon in aller Frühe die Pension verlassen.

Die Uhr zeigte unerbittlich die Stunde an, und sie musste nun auch gehen. Zum Gemeindeamt war es nicht sehr weit, und sie konnte jeden Mittag zurückkommen, um hier zu essen.

Nun stieg sie die breiten ausgetretenen Steinstufen hinauf und klopfte an die Tür zum Vorzimmer des Bürgermeisters, so hatte es ihr die Oberschwester empfohlen.

Ein älterer Herr kam ihr entgegen und musterte sie neugierig, bis sie sich vorgestellt hatte.

»Ah, Sie sind also unser neuer Lehrling aus dem Waisenhaus, ja, richtig, ich weiß Bescheid. Nun denn...« Neugierig huschten seine Blicke über das zierliche Mädchen.

Herr Alois Pachl, so stellte er sich vor, hatte eine ganze Menge Fragen an sie zu richten. Zum größten Teil konnte sie sie auch beantworten. Zwischendurch kamen immer wieder neue Menschen durch das Zimmer und wurden dem Mädchen vorgestellt. Dann musste sie noch den Ausbildungsvertrag unterzeichnen.

«Plötzlich blieb Herr Pachl stehen und sagte: »Eh' ich es vergesse, um Ihren Unterhalt und das Zimmer brauchen Sie sich keine Sorgen zu machen. Das regeln wir, wir haben schon mit Ihrer Wirtin gesprochen!«

Mitleid stand in seinen Augen zu lesen.

Anne fühlte sich gedemütigt. Es ist, als wäre ich eine Almosenempfängerin, dachte sie qualvoll. Was kann ich denn dafür, dass ich keine Eltern habe!

Aber sie wurde in ihren Gedankengängen unterbrochen. Herr Pachl öffnete eine Tür und sagte: »Hier bringe ich euch die neue Auszubildende. Fresst sie nicht gleich auf, ihr wisst, woher sie kommt.«

Man lachte, ein paar Männer standen im Raum und begrüßten Anne. Langsam aber sicher hatte sie das Gefühl, an einem Abgrund zu stehen. Alles kam so plötzlich und so schnell, dass sie einfach nicht mehr mitkam. Mit zwei jungen Männern sollte sie ab jetzt das Zimmer teilen und unter deren Regie lernen, wie man eine richtige Angestellte wurde.

Dann war Herr Pachl fort, und sie stand hilflos lächelnd im Raum und fühlte, wie das Blut in ihre Wangen hinaufstieg.

Man schien Mitleid mit dem jungen Mädchen zu haben. Auch wusste man, woher sie kam und dass sie mutterseelenallein auf dieser Welt stand. Michl Leitner, dreiundzwanzig Jahre alt, nahm sich vor, besonders nett zu dem Mädchen zu sein.

Ein wenig konnte er sich in sie hineinversetzen. Sein Vater war Holzfäller, daheim besaß man keine Hofwirtschaft und war demnach auch nicht angesehen in Holzkirchen. Oh, ja, die Geschlechter der Hofbesitzer konnten einem schon das Leben recht schwer machen. Er konnte ja noch von Glück reden, dass er einen klugen Kopf hatte und hier auf dem Gemeindeamt Arbeit gefunden hatte, sonst war nur noch der Tourismus zuständig, und dort war man dann auch nur Angestellter. Dort bekam man dann auch noch von den Gästen zu spüren, dass man ein Nichts war.

Also spürte er jetzt deutlich die Qual des jungen Mädchens. Er hatte ja noch Familie, er war kein Findelkind. Mein Gott, dachte Michl unwillkürlich, wenn es wirklich einen Gott gibt, warum hat er das zugelassen? Warum immer die Unschuldigen, die sich nicht wehren können?

Weshalb ist sie nicht nach Innsbruck oder Salzburg gegangen? Dort kennt man sie nicht, dort taucht sie unter. Dort weiß man nicht, dass sie ein Heimkind ist. Dorthin gehen sie doch fast alle, die von dem Heim hinter den Bergen kommen. Einmal war er dort gewesen. An einem heißen Sommertag hatten sie mit Freunden eine Wanderung unternommen und hatten von oben das Heim gesehen.

Herr Gringer hatte die Oberaufsicht, und dieser gab ihr einen Stoß Formulare, die sie abzustempeln hatte. Er zeigte ihr auch, wo und wie man es machte. Dann war sie für eine Weile mit sich allein beschäftigt und tat alles, wie ihr geheißen wurde.

Auf dem Formular stand groß und dick »Einwohnermeldeamt«. So wusste sie also auch, wohin sie geraten war. Nach einer Stunde war die Zeit für das Publikum angebrochen, und es war ein Kommen und Gehen. Anne sah nicht auf und arbeitete fleißig, wie man es ihr befohlen hatte. Herr Gringer war erstaunt, als sie ihm kurze Zeit später schon alles wieder zurückbrachte.

»Können Sie schon Schreibmaschine schreiben?«, war seine Frage.

»Ein wenig schon«, sagte Anne errötend. Denn die Oberschwester hatte angeordnet, sie auf einen Kurs für Maschinenschreiben zu schicken. Dieser Kurs lief neben ihrer Schulzeit im letzten Jahr.

Der Rücken schmerzte schon, denn sie war das lange Sitzen nicht gewohnt. Aber aufhören, nein, sie wollte gut und tüchtig werden, denn nur so würde sie anerkannt und ihren Platz erobern können.

Da legte sich auf einmal eine Hand auf ihre Schulter, und sie sah erschreckt auf.

»Sie arbeiten ja als würde die Welt untergehen. Machen Sie doch langsamer, und jetzt ist übrigens Pause!«

Michl Leitner stand lachend hinter ihr.

Anne sah ihn groß an und ließ die Hände von den Tasten sinken. Außer den beiden war niemand mehr im Raum.

»Wollen Sie nicht frühstücken? Oder haben Sie keinen Hunger?«, fragte er das Mädchen.

»Ich habe schon«, sagte es leise.

»Da«, er schob ihr einen Apfel zu. »Essen Sie ruhig!«

Sie starrte auf den Apfel und dann auf den Mann und begriff das nicht. Der Apfel lag in der Sonne und glänzte hell. Michl fühlte sich ein wenig unbehaglich in seiner Haut. Warum starrte sie einen ständig mit diesem großen Blick an?

»Ich schenke Ihnen den Apfel, nehmen Sie ihn ruhig. Ich habe noch mehr davon«, sagte er laut, um seine Gefühle zu verbergen.

Anne streckte langsam die Hand nach dem Apfel aus, sah ihn an und lächelte.

»Schenken«, sagte sie langsam. Wie verloren klang es zwischen den hohen Aktenschränken. Und noch einmal: »Schenken?« Da huschte auf einmal ein leichtes Lächeln über ihre Züge, und zwei Grübchen zeigten sich auf ihrem Gesicht. Michl war wie versteinert über diese Verwandlung. Der Kragen wurde ihm zu eng. Das Mädchen tat ja so als hätte er es gerade mit einer Kostbarkeit bedacht!

Anne biss nun in den Apfel, und er war saftig und süß. Als sie das entgeisterte Gesicht des Mannes bemerkte, sagte sie leise, wie entschuldigend: »Man hat mir noch nie etwas geschenkt! Ich kenne das nicht, ich glaube, ich bin noch sehr dumm, ich muss noch viel lernen!«

Michls Kehle schnürte sich zusammen, und er aß hastig weiter. Er hatte doch schon wieder vergessen, woher sie kam. Armes Ding, dachte er bei sich.

*

Beim Kollegen Michl Leitner fand Anne immer Rat, wenn sie nicht mehr weiter wusste. Er war lieb und freundlich und behandelte sie nicht von oben herab. Sie waren so etwas wie eine kleine Insel geworden, Michl und sie. Und die anderen hörten auf, an das seltsame Mädchen aus den Bergen zu denken. Da sie sich nie in den Vordergrund drängte, nie mit den Männern zu flirten versuchte, nie sich in etwas einmischte und ihre Arbeit schnell und gut machte, so war sie nur ein grauer Schatten, den man liebend gern vergaß. Man hatte seine eigenen Sorgen, und man musste selbst sehen, wie man weiterkam.

Doch niemand machte sich die Mühe, mal in die großen Augen des Mädchens zu blicken. Denn dann hätte er die stumme Frage darin gesehen, die Bitte, lasst mich doch nicht allein, seid doch nett zu mir! Ich bin so einsam und verlassen, so schrecklich traurig! Auch Michl sah diesen geheimen Kummer nicht. Da er immer seltsam angerührt wurde, wenn er mal einen kurzen Blick in diese Augen wagte, so gewöhnte er es sich an, mit ihr zu reden, ohne sie anzublicken. So hörte er nur die weiche kindliche Stimme. Aber sie verbarg das heimliche Leid.

Soweit sie zur Arbeit musste, war auch alles gut, sie hatte dann keine Gedanken für das Nachher und musste sich konzentrieren. Aber da waren die langen Samstage und Sonntage. Da lief sie zum See. Er war wie ein Magnet, obwohl sie sich anschließend sehr verzweifelt vorkam. Hier gab es so viele fröhliche Menschen. Überall wo sie hinsah, konnte man glückliche Familien mit Kindern sehen, und sie spürte dann einen Stein auf ihrem Herzen und dachte verzweifelt, warum muss ich so einsam sein. Warum?

Die Fremden beachteten sie kaum, sie wunderten sich wohl ein wenig, dass sie eigenartig war und sich auch anders kleidete als die Mädchen aus dem Ort. Sie konnten ja nicht wissen, dass sie ein Heimkind war. Die Fremden sahen nur die Berge, den See, die schönen Höfe und dachten, ach ja, hier ist noch die heile Welt. Hier gibt es nur gute und rechtschaffene Menschen. Probleme, nein, die hatte man ja daheim genug, damit wollte man sich hier nicht belasten.

Anne war auch viel zu schüchtern, um sich jemandem anzuvertrauen, und so blieb sie ein Einzelgänger. Im Ort selbst fand sie auch kaum Kontakt. Im Wesentlichen waren die Töchter von den Höfen oder von den Pensionen. Sicher, es gab auch ein paar, die sich ihren Lebensunterhalt wie sie erarbeiten mussten. Aber diese waren sogar hochmütig und sahen Anne kaum, obschon sie wussten, woher sie kam. Denn in so einem kleinen Ort sprach es sich schnell herum. Weil sie eben diesen Makel hatte, kümmerte man sich nicht um sie, zeigte es ihr ganz deutlich, wie wenig man von ihr hielt.

Das alles bekam sie mit, und ihr Herz wurde noch schwerer. Nur der See war gleichbleibend, er war irgendwie tröstend, wieso, das konnte sie sich auch nicht erklären.

Das junge Mädchen ging so lange, bis sie eine Stelle fand, wo sie ganz allein am Ufer war, und dann träumte sie. Ja, träumen, das ließ man sie, und sie träumte von einer schönen Zukunft. Obwohl sie sich noch gar nicht erklären konnte, wie diese Zukunft auszusehen hatte.

Auch in dem Haus, in dem sie wohnte, fand sie keinen Anschluss. Die Wirtin kümmerte sich mehr um die gut zahlenden Gäste, und diese wechselten so schnell, dass sich Anne nicht mal die Gesichter einprägen konnte.

Es war also niemand da, der sie behutsam mal bei der Hand nahm, mit ihr spazieren ging, sie ansprach, ihren kleinen Kümmernissen zuhörte. Nur das große stumme Schweigen lag wie ein bleierner Schleier um ihre zarten Schultern.

Das Leben zog seine Bahn, pulsierte heftig, und der Stundenschlag des Ortes hörte nie auf. Anne starrte die Berge an, wenn sie in ihrem Zimmer saß. Immer wieder dachte sie verzweifelt: Ist denn niemand da in diesem Ort, niemand, der mich versteht, der vielleicht auch so einsam ist wie ich? Der sich freut, wenn ich komme? Niemand?

Dieser stumme Ruf verhallte, wie so vieles an einem See verhallt, wenn er groß ist. Es war falsch zu denken, nur alte, verlassene Menschen sind allein und traurig. Wie viele junge Menschen gibt es, die können so einsam sein.

Dann trug sich etwas sehr Seltsames zu.

Anne sollte noch lange darüber nachdenken. Sie war wie an jedem Morgen in der Woche in das Gemeindeamt gegangen und saß an ihrem Schreibtisch und arbeitete fleißig. Es war ihre Aufgabe, Pässe und Ausweise zu beschriften, entweder mit der Maschine oder mit ihrer klaren, schönen Schrift. Sie wunderte sich oft, dass die Einheimischen jetzt so viel reisten. Aber sie besaßen ja alle ein Auto, und sie hatten jetzt auch viele Maschinen im Haus, die machten das Leben viel leichter. Die Fremden hatten auch hier ein wenig die Hektik mit hereingebracht. Man wollte nicht mehr so dumm sein wie früher. Mal nach München oder auch mal nach Italien, warum sollte man es nicht tun?

Die Bogen mit den Namen lagen zu ihrer Linken, und sie las aufmerksam jeden Namen. Auf einmal stockte ihr der Atem, die Augen weiteten sich unmerklich! Für einen Augenblick schloss sie die Augen, blickte noch einmal darauf nieder und las dann leise für sich: »Evi Wallner, geb. Günzel.«

Sie wagte nicht zu schreiben, für einen Moment war sie zu aufgeregt. Günzel, ihr eigener Name. Zum ersten Mal las sie ihn an fremder Stelle. Bis jetzt hatte man ihr so oft gesagt, es sei ein seltener Name. Von der Schwester hatte sie erfahren, dass dies ihr richtiger Name sei, nicht von einer Behörde ausgesucht. Und auf ihrem Geburtsschein stand auch der Name. Aber Mutter und Vater unbekannt. Wie kam das? Musste nicht die Mutter dann so geheißen haben? Aber vielleicht war sie gleich bei ihrer Geburt gestorben, und so hatte man nur den Namen eingetragen und alles andere fortgelassen!

Günzel! Der Name stach ihr in die Augen. Sie musste mehr von dieser Evi Günzel wissen! Viel mehr! Vielleicht war sie eine Verwandte! Sie war doch nicht umsonst hier auf dem Meldeamt, und sie konnte doch auch die Einheimischen fragen.

»Na, geht es flott?«, wollte Michl wissen.

Anne hob den Kopf und blickte ihn ruhig an.

»Kennen Sie eine Evi Wallner?«

Michl, ihr Kollege, sah sie verblüfft an.

»Wie kommen Sie denn auf die?«

»Ach, sie beantragt einen Pass, und da dachte ich mir, ob Sie wohl alle im Ort kennen?«

»Freilich kenne ich sie. Jeder kennt die! Kommen Sie mal mit und stellen Sie sich ans Fenster! So, sehen Sie da drüben das große, schöne Gebäude mit den herrlichen Malereien? Es steht unter Denkmalschutz. Sie glauben gar nicht, wie viele Fremde das fotografieren.«

»Was ist mit dem Gebäude?«

»Nun, dort lebt die Evi Wallner, die Bäuerin, oder sagen wir mal Hofbesitzerin. Sie haben den größten Hof im Tal und sind auch die reichsten Leute hier. Die haben schon was zu sagen. Wenn mich nicht alles täuscht, soll im nächsten Jahr ihr Mann hier Bürgermeister werden.«

Anne blickte wie gebannt auf den schönen Hof, der sich bis zum See erstreckte.

Michl schien ihre Gedanken zu erraten: »Sie haben hier den besten Grund, und die schönen Wiesen dort unten am See herum gehören alle den Wallners, ja, die wissen schon zu leben. Sie beantragt also einen Pass, nun, das kann sie sich ja leisten. Sie sind so reich, dass sie noch nicht mal Fremde aufnehmen müssen, obwohl man schon so oft angefragt hat. Platz haben sie schon, aber sie wollen es nun mal nicht. Die Bäuerin ist übrigens sehr stolz, und kalt soll sie auch sein. Aber wie gesagt, das erzählt man sich nur. Ich hab keinen Kontakt mit der Evi und ihrem Mann.«

»Haben sie auch Kinder?«

»Soweit ich mich erinnere, ja, sie haben zwei Kinder. Ein Bub und ein Mädchen. Zwölf und zehn Jahre alt müssten sie sein, zwei recht stille Kinder übrigens.«

Anne konnte nicht genug von dieser Evi erfahren. Warum sie so begierig war, sie wusste es auch nicht. Da war etwas in ihrem Herzen, das sie einfach zwang weiterzufragen. Aber der Kollege konnte jetzt auch nicht mehr viel berichten.

Das Haus war ihr schon aufgefallen, und sie hatte auch schon ein paar Mal sehnsüchtig hinübergeschaut, wenn sie daran vorbeikam. große Eichen standen vor dem Gebäude, was sehr selten war in den Bergen.

»Der Hof soll schon über dreihundert Jahre alt sein.«

Anne wandte sich dem Kollegen zu.

»Diese Evi, ist sie auch von hier?«

Michl dachte nach.

»Nein, das ist sie nicht. Er hat sich das hübsche Mädchen geholt. Ja, ich kann mich noch daran erinnern, damals war ich noch ein Kind, als sie heiratete, aber doch alt genug, um zu begreifen, wie aufgebracht der Ort war.«

»Warum?«

»Ich glaube, es ging um viel Geld. Die Väter haben das gemacht, Ansehen und so fort, und man neidete es ihm, dem

Wallner, aber du kennst es ja, wie es ist. Wenn man nix hat, dann kriegt man auch nix. Wer einen guten Hof besitzt oder viel Geld, der kriegt noch viel mehr. So ist das und so wird es immer bleiben. Hast doch selbst schon bemerkt, die reichen Hoftöchter tragen die Nasen besonders hoch. Wenn erst unser Talfest ist, dann kannst was erleben. Du liebe Güte.«

Michl sprach jetzt schon mehr mit sich selbst. Denn er war ja ein Sohn dieser Berge, und er musste es wohl wissen. Hatte er doch mal eine heimliche Liebe besessen,, aber sie hatte ihn nur ausgelacht.

»Einen Schreiberling soll ich nehmen? Bist wirklich so narrisch, Michl, das soll doch wohl nicht ernst gemeint sein, wie?« Und sie hatte laut gelacht.

Er biss sich auf die Zähne.

Würde er je hier sein Glück finden?«

Sein Blick fiel auf die kleine Anne, aber dann seufzte er vor sich hin. Sie war ja noch so jung, nun, in ein zwei Jahren war sie reif für die Ehe. Auch wenn er sie vielleicht bis dahin zu lieben begonnen hatte, hatte es doch keinen Zweck, sie war ja ebenfalls so arm wie eine Kirchenmaus.

Wo sollte man denn hier wohnen?

Bei den Eltern?

Die hatten selbst nur ein kleines Haus und es musste dringend repariert werden. Hier bauen? Nein, die Grundstückspreise waren so in die Höhe geschossen, für einen einfachen Mann ohne Grund und Wald und Vieh war es einfach unmöglich. Ja, ausgerechnet den Wallners hatte man das zu verdanken. Sie kauften vieles auf und bauten und verpachteten es dann. Wenn es so weiterging, würde ihnen eines Tages das ganze Tal gehören.

Plötzlich erinnerte er sich daran, dass das Mädchen noch immer neben ihm stand.

»Nun, dann wollen wir mal wieder an unsere Arbeit gehen.«

Anne dachte pausenlos an das Gesagte. Evi Wallner! Es war doch nutzlos, wirklich. Eine ganz fremde Frau war das doch für sie! Aber sie konnte nicht davon loskommen, immer wieder starrte sie den Namen auf der Liste an.

Ob sie einmal hingehen sollte?

Ach, was für einen Unsinn sie sich doch dachte. Ganz schön blamieren würde sie sich. Und überhaupt, was sollte sie denn sagen? Ich bin Anne Günzel. Sind Sie vielleicht mit mir verwandt?

Was hatte Michl gesagt, sie käme nicht von hier? Ihr Herz ging schneller. Vielleicht kannte sie wirklich noch andere Günzels. Es wäre doch möglich.

Nein, sie durfte jetzt nicht mehr daran denken, die Arbeit musste getan werden. Sie hatte versprochen, vor Mittag mit dem Stapel fertigzuwerden.

In der Mittagspause musste sie schon wieder daran denken. Vielleicht war doch etwas an der Sache. Warum beantragte die Bäuerin gerade jetzt einen Pass? Jetzt, wo sie dort angestellt war? Wenn sie ihn nur ein paar Wochen früher bestellt hätte, hätte sie nie erfahren, dass die reiche Bäuerin Wallner eine geborene Günzel war. Das Schicksal meinte es doch irgendwie gut mit ihr, oder vielleicht nicht?

»Evi Günzel«, flüsterte sie leise vor sich hin. »Evi, wie lustig das klingt. Heiter und beschwingt.«

*

Sie verdrängte tagelang dieses Wissen, aber es kam immer wieder zurück. Jedes Mal wenn sie zum See ging, musste sie an diesem Hof vorbei. Wie benommen blieb sie dann ein wenig stehen und blickte zu dem Haus hinüber. Bis jetzt hatte sie die Frau noch nicht zu Gesicht bekommen. Sie kannte sie ja auch nicht!

Dieser Hof war wie ein Magnet. Sie musste ihn umkreisen, sie tat es auch bis zum See hinunter, und sie konnte auch in den herrlichen Garten sehen. Alles sah sie, aber nicht die. Familie selbst.

Dann kam der Augenblick, wo sie einfach gehen musste. Anne war so zerfahren, dass sie wusste, ihr Herz würde nur Ruhe finden, wenn sie erfuhr, was mit dieser Frau war. Sie. musste es einfach wissen.

Plötzlich befand sie sich im Flur des Hofes, und sie rief leise, denn es war üblich, dass die Türen offenstanden. Man war ja stets irgendwo.

Sie musterte die schöne Diele, und ihr Herz wurde schwer. Warum? Plötzlich stand eine ältere Frau vor ihr.

»Was wollen Sie? Wir vermieten keine Zimmer.«

Anne zuckte zusammen.

Sie starrte die Frau an, nein, das könnte unmöglich Evi sein, die war jünger, sie kannte ja das Geburtsdatum.

»Ich möchte bittschön die Bäuerin sprechen.«

Die Frau war die Haushälterin, ja, so etwas konnten sich die Wallners leisten. Sie stammte noch aus dem Bestand des Vaters. Weil sie keine Familie besaß und nie geheiratet hatte, war sie geblieben. Man behandelte sie gut und zahlte ihr auch einen rechten Lohn.

»Warum?«

Die scharfen Augen musterten das Mädchen.

»Bittschön, ich muss sie sprechen«, flüsterte Anne und wunderte sich selbst über ihren Mut. Am liebsten wäre sie geflohen, weit fort, hätte sich verkriechen mögen, vor den forschenden Augen.

»Ich kenne dich nicht, ich weiß nicht. Sag' schon, was willst du? Woher kommst du?«

Das junge Mädchen war wie im Traum hierhergegangen und hatte gar nicht weiter darüber nachgedacht, was sie sagen wollte. Deswegen war sie jetzt auch so benommen und fühlte, wie ihr das Blut aus den Wangen wich.

Sie hörte Geräusche, und sie hörte das Brausen des eigenen Blutes und musste sich an der Wand festhalten.

Eine Tür wurde geöffnet, und eine Frau betrat die Diele. Sie war mittelgroß, schmal und hatte braunes Haar und dunkle Augen. Kühl musterte sie das Mädchen vor sich, kam näher und sagte laut: »Wer ist das, Resl?«

»Das möchte ich auch gerne wissen, sie hat gesagt, sie will zu dir. Aber krieg mal heraus, was sie will, wenn sie stumm wie ein Fisch ist.«

Anne stand unbeweglich vor ihr.

Jetzt wusste sie, dass sie sprechen musste, oder man würde sie hinausjagen. Ein zweites Mal würde sie keinen Mut mehr aufbringen und kommen.

Klar und deutlich sagte sie: »Ich bin Anne Günzel!«

Hatte sie sich getäuscht, oder war die Frau wirklich zusammengezuckt? Ihre Augen wurden merklich größer, und der schön geschwungene Mund blieb vor Verblüffung offenstehen.

»Komm mit!«

Ehe sich das junge Mädchen versah, hatte die Bäuerin sie am Arm gepackt und ins nächste Zimmer gezerrt. Zu Resl gewandt presste sie hervor: »Ich kümmere mich schon darum. Schau nach dem Essen, ich hab das Fleisch aufgesetzt.«

Die Tür fiel mit einem Knall ins Schloss.

»Anne Günzel!«

Wie böse es aus ihrem Mund klang.

Kalt lief es dem Mädchen über den Rücken. Es war ihr als hätte plötzlich die Sonne aufgehört zu scheinen.

»Wer schickt dich? Hat Paul dir die Adresse etwa gegeben? Verflucht, ich...«

Anne sah plötzlich das angstverzerrte Gesicht vor sich, und ihr Herz sagte ihr unmissverständlich, das ist deine Mutter!

Schlaff hingen die Arme an ihrem Körper herab. Sie fühlte weder das Herz, noch hatte sie die Kraft, klar zu denken. An alles hatte sie gedacht, aber nicht, dass sie ihre eigene Mutter hier finden würde.

Ihre Mutter!

Evi Wallner, ihre Mutter!

Starb man nicht über diese Erkenntnis? Brach man nicht zusammen? Bekam man denn keinen Herzschlag?

Ihre Mutter!

Die reichste Bäuerin im ganzen Umkreis, ihre Mutter! So nahe hatten sie all die Jahre gewohnt!

Ihre Mutter!

»Nicht wahr, Sie sind meine Mutter?«, fragte sie leise und sah sie sehr genau an.

Evi Wallner zuckte zusammen.

Nervös rannte die Frau hin und her. Der Schlag war so plötzlich gekommen, nach all den Jahren! Sie hatte schon lange alles vergessen. Und jetzt?

»Sie sind doch meine Mutter, oder?«

Evi Wallner schrie das Mädchen an.

»Sag' nicht Mutter zu mir!«

Anne war einer Ohnmacht nahe.

Sie hatte eine leibliche Mutter!

Sie nahm all ihren Mut zusammen.

»Ich spreche Sie ja nur so an, weil ich es wissen will, ob Sie es sind!«

Unbeherrscht fuhr Evi Wallner sie an: »Warum, willst du es wissen, wenn du doch schon alles weißt! Warum bist du überhaupt gekommen? Willst du mir meinen Ruf zerstören, oder was hast du vor? Niemand weiß von deiner Existenz, und wenn, dann bin ich verloren, dann gibt es für mich kein Halten mehr. Ja, ja, du bist meine Tochter, du weißt es ja schon. Du warst eine Jugendtorheit von mir, ich kann nichts dafür. Aus, vergessen. Ich habe dich wirklich vergessen und hätte bestimmt nie mehr an dich gedacht, wenn du nicht so plötzlich hier hereingeschneit gekommen wärst!«

Anne betrachtete ihre Mutter und empfand nichts für sie.

Wie hatte sie sich eigentlich ihre Mutter in ihren Träumen immer vorgestellt? Lieb, nett, reizend, herzlich, und jetzt saß die leibhaftige Mutter vor ihr.

Anne schluckte.

Das Leben konnte so grausam sein, also war alles Bestimmung, sie hatte die Karte lesen müssen. Evi hatte einen Pass beantragen müssen. Das Schicksal wollte sie zusammenführen. Auf diese Art und Weise.

Jetzt wusste sie auch, warum sie solche Sehnsucht nach einem einfachen Leben auf einem Berghof hatte. Es lag in ihrem Blut!

»Woher kommst du?«

Evi Wallner musste sie dreimal fragen, bis sie endlich antwortete.

»Aus einem Waisenhaus. Ich wohne jetzt hier und arbeite auf dem Gemeindeamt.«

»Mein Gott«, stöhnte Evi und bekam einen harten Glanz in den Augen. »Mein Gott, warum ausgerechnet hierher? Er hätte daran denken können. Ich...«

Anne blickte sie traurig an.

Es lag so viel Hass in den Augen der Frau.

»Warum bist du gekommen, was willst du von mir? Du willst doch etwas, schnell, sage es mir, damit ich es weiß. Gleich wird man uns stören, und niemand darf wissen, dass du meine Tochter bist. Schon gar nicht mein Mann, keiner. Du wirst doch schweigen?«

Die Augen der Frau hingen jetzt angstvoll an dem Gesicht des Mädchens.

Jetzt erkannte Anne auch die Familienähnlichkeit mit sich und der Frau.

Mit zerbrechender Stimme sagte sie: »Ich will gar nichts, ich wollte nur wissen, ob Sie mit mir verwandt sind!«

Evi sprang auf und starrte sie entgeistert an.

»Soll das heißen, du hast die ganze Zeit gar nichts gewusst? Überhaupt nichts? Du hast nicht gewusst, dass ich deine Mutter bin? Das ist...«

»Nein«, sagte Anne ruhig.

Evi schlug sich vor den Kopf und stöhnte auf.

»Ich hätte es also leugnen können. Jetzt ist es aber zu spät! Willst du Geld, oder was?«

»Ich sagte doch eben, ich will nichts«, erklärte Anne eisig.

»Aber du siehst danach aus, als hättest du nicht viel Geld. Wie alt bist du eigentlich?«

»Das weißt du auch nicht mehr?«

Anne war den Tränen nahe. Alle Farbe war aus ihrem Gesicht gewichen.

»Natürlich weiß ich es«, sagte Evi schnell.

Nun stand Anne mitten im Zimmer und sah sie mit seltsamen Augen stumm an. Was sie wohl denkt, überlegte eiskalt die Bäuerin. Was mache ich nur, ich muss eine Lösung finden. Ich muss, ich kann doch nicht...

Sie wollte zum Sprechen ansetzen als in diesem Augenblick sich die Tür öffnete und zwei Kinder den Raum betraten. Evi zuckte unwillkürlich zusammen. Vor Anne standen plötzlich ein Junge von zwölf Jahren und ein Mädchen von zehn mit blonden Haaren und blauen Augen.

Als sie das fremde Mädchen bemerkten, blieben sie verdutzt stehen und blickten dann die Mutter erstaunt an.

»Wer ist denn die?«

Anne starrte die Kinder an und schluckte.

Die Bäuerin sagte hastig: »Geht wieder spielen, ich kann mich jetzt nicht um euch kümmern. Oder geht zur Resl, sagt ihr, wir können bald mit dem Essen anfangen. Ich hab noch zu tun.«

»Mutter, was will denn die bei uns?«

»Geht jetzt!«

Hastig schob sie die Blondköpfe aus dem Zimmer.

Anne war weiß wie ein Laken und fühlte ihr Herz nur noch ganz undeutlich. Das alles war einfach zu viel für das junge Mädchen. Sie war nahe daran zusammenzubrechen.

Evi Wallner wandte sich wieder dem Mädchen zu. Sie hatte einen hellen Glanz in den Augen und ein nervöses Zucken um die Lippen.

»Siehst es ja selbst, ich kann mich im Augenblick nicht konzentrieren, geh, ich werde mich schon kümmern. Oder sag doch endlich, was du von mir willst!«

»Nichts«, stammelte Anne, die mit Mühe versuchte, sich zu beherrschen.

Alles war so schrecklich, furchtbar.

Evi umfasste ihren Arm.

»Ich werde mir was überlegen, hörst, ich werde es, aber du musst mir versprechen zu schweigen, hast mich verstanden? Du wirst es doch?«

Anne wich bis zur Tür zurück.

»Wenn du es nicht tust, kann ich auch was anderes unternehmen, hast mich verstanden?«

Anne war so jung, so weltfremd, sie bemerkte noch nicht mal die offene Drohung.

Sie wusste jetzt nur eins, sie musste von hier fort, sie musste sich in ihrem Zimmer verkriechen und darüber nachdenken. Es war zu viel!

»Ja«, flüsterte sie gebrochen.

Dann verließ sie das Zimmer.

Evi Wallner folgte ihr mit brennenden Augen. Im Gang stieß sie auf Resl und zuckte unwillkürlich zusammen. Hatte sie etwa an der Tür gelauscht?

»Ja, dann bis bald«, sagte Evi laut und schloss dann die Tür hinter dem verzweifelten Mädchen.

Anne taumelte vom Hof. Sie wusste später noch nicht mal zu sagen, wie sie in ihr Zimmer gekommen war. Als sie dort eintraf, fiel sie auf das Bett und verlor für einige Zeit die Sinne.

*

Die Vergangenheit hatte sie also wieder eingeholt!

Evi Wallner ballte die Hände.

»Nein, und nochmals nein, mir nicht, das passiert mir nicht. Das lass ich einfach nicht zu. Niemals!«

Sie stand oben auf der Hauswiese und blickte mit brennenden Augen auf den See.

Ein Entschluss war in ihr gereift. Ja, etwas musste geschehen, ganz sicher, sonst würde sie keinen Frieden mehr finden. Sie musste eine Lösung finden!

Siebzehn Jahre!

Sie lachte hart auf. Hier oben konnte sie es, denn niemand beobachtete sie. Gleich nach dem Essen war ihr Mann wieder fortgegangen. Man wollte einen Skilift bauen auf ihrem Grund, und da gab es noch viel zu regeln.

Resl räumte den Tisch ab. Evi hatte vorgegeben, droben nach dem Heu zu schauen, obwohl sie auch einen Knecht hatten.

Ihr Ansehen, ihr Stolz, ihre Familie, alles würde zunichte sein, wenn man im Ort erfuhr, dass diese Anne ihre Tochter war!

Da saß sie nun am Abhang und starrte auf den See, als könne sie von dort eine Antwort erhalten.

»Paul«, murmelte sie wütend vor sich hin. »Paul, das hast du mir angetan, das lass ich mir nicht gefallen. Wir hängen zusammen. Du musst jetzt sehen, wie es wieder in Ordnung gebracht wird. Jetzt wirst es müssen.«

Sie sprang auf und lief die Wiese hinunter.

Als sie den schönen Hof erreichte, lag dieser wie ausgestorben da. Die Kinder spielten sicher mit den anderen im Dorf. Sie würden erst gegen Abend eintreffen. Resl war ja auch nicht mehr die Jüngste und hatte sich schlafen gelegt.

Leise schlich Evi in das Kontor ihres Mannes, dort musste sie lange suchen, bis sie endlich die Nummer ihres einstigen Geliebten gefunden hatte.

»Doktor Paul Gerrit!«

Das brannte schon in ihrem Herzen!

Damals hatte sie das Glück in Händen gehalten und hatte darüber gespottet!

Mit zittrigen Fingern wählte sie die Nummer. Nach einer Weile meldete sich eine weibliche Stimme.

»Ich möchte den Doktor sprechen, bitte!«

»In was für einer Angelegenheit?«

»Privat!«

»Wie war Ihr Name?«

Die Wallnerin überlegt einen Augenblick.

Dann sagte sie hochmütig: »Fräulein, das geht Sie nichts an. Kann ich ihn sprechen?«

Es klickte in der Leitung.

Nein, es wäre wirklich nicht klug, ihr ihren Namen zu nennen, man konnte ja nie wissen.

Dann meldete sich eine Männerstimme.

»Doktor Gerrit, wer ist denn dort?«

»Ich bin es, die Evi!«

Für einen Augenblick war es totstill, dann sagte Gerrit: »Nein, welch eine Überraschung, die Evi. Na so was, das ist ja wirklich fast so etwas wie ein kleines Wunder.«

Es klang wirklich erstaunt.

Die Bäuerin wollte sich jetzt nicht lange am Telefon auslassen, man konnte ja nie wissen. Mitwisser durfte es auf keinen Fall geben.

»Ich muss dich sprechen«, sagte sie hastig.

»Ja, nun, Evi, hat man dir denn nicht gesagt, wann die Sprechstunde geöffnet ist?«

»Ich muss dich privat sprechen, hast mich verstanden?«

»Nein, tut mir leid, ich verstehe gar nichts, Evi.«

»Anne«, stieß sie wild hervor.

Am anderen Ende war es für einen Augenblick totstill.

»Meinst wirklich das Kind?« Er betonte es recht eigenartig.

»Ja«, sagte sie böse auflachend, »und das schwöre ich dir, Paul, wenn du mir nicht hilfst, also dann...«

»Immer so hitzig. Jetzt mal alles in Ruhe, was ist denn passiert, Mädel?«

»Ich bin nicht dein Mädel, und was passiert ist? Sie ist heute zu mir gekommen! Ich habe angenommen, du hättest ihr alles berichtet und so...«

»Ach, und jetzt weiß sie also, wer du bist?«

»Paul, ich sage dir, es gibt ein Unglück. Verstehst mich?«

»Wieso ist sie denn zu dir gekommen? Das begreif ich einfach nicht, Evi, das ist wirklich seltsam.«

»Ich muss dich sprechen.«

»Gut, ich sehe, du scheinst wirklich Schwierigkeiten zu haben, aber für mich ist die Sache auch nicht ganz einfach. Verstehst du?«

»Das weiß ich doch, und deswegen müssen wir uns doch zusammentun, das ist wichtig.«

»Gut, einverstanden. Reden müssen wir, also nach so langer Zeit, na so was! Wie schaut sie denn aus?«

Evi kochte vor Wut.

»Ich hab jetzt keine Lust darüber zu reden. Wenn du willst, kannst sie dir ja selbst ansehen und zu dir nehmen.«

»Wann treffen wir uns?«, überging der Arzt die böse Antwort.

»So schnell wie möglich, ich weiß doch nicht, was sie im Schilde führt, und ich...«

»Warte eine Sekunde, ich schau nur meinen Terminkalender an, also, ich könnte heute. So gegen sechs?«

»Das ist gut.«

»Und wo sollen wir uns treffen?«

Evi Wallner dachte einen Augenblick nach. Ja, wo konnte man sich treffen, um nicht entdeckt zu werden? Damals hatte man genug gemunkelt, und ein paar Klatschmäuler lebten ja noch immer. Sie waren enttäuscht gewesen, weil es dann doch nicht so gekommen war, wie man allgemein vermutet hatte. Sie konnten ja nicht wissen, wie die Wirklichkeit damals ausgesehen hatte.

»An der alten Stelle«, sagte sie hastig.

Der Mann schwieg verdutzt.

»Bist noch da?«

»Ja, aber Evi....«

»Ich werde pünktlich zur Stelle sein.«

»Nun gut, das lässt sich in der Tat wirklich einrichten.«

»Gut, dann bis nachher.«

»Ja!«

Sie legte den Hörer auf die Gabel.

Die alte Stelle lag in der Nähe von Hinterglemm, von dort aus musste man dann noch ein Stück zu Fuß gehen. Sie musste also eine Ausrede erfinden.

Also suchte sie Resl auf und erklärte ihr, dass sie nach Zell wolle.

»Aber die Schiffe sind doch schon fort?«

Von Holzkirchen gab es nämlich eine Verbindung nach Zell, das direkt gegenüber am Ufer lag.

»Ich nehme den Wagen.«

Es war nichts Ungewöhnliches, nach Zell zu fahren, schließlich war es größer und eleganter als ihr Ort, und dort gab es auch viel bessere Geschäfte.

Resl gab ihr gleich eine Liste mit, das sollte sie besorgen. Evi Wallner war so nervös, dass sie gar nicht weiter darüber nachdachte, nur an eines, ich darf keinen Verdacht aufkommen lassen. Alles muss ganz natürlich wirken.

»Ich fahre also dann!«

Frieda und Gustl, ihre beiden Kinder, kamen aus dem Haus gestürzt und bedrängten die Mutter, doch mitfahren zu dürfen. Für gewöhnlich durften sie das ja auch. Denn das war immer eine Abwechslung und Gaudi, und meistens führte so eine Fahrt anschließend immer in eine Eisdiele.

Evi biss sich auf die Lippen.

Die Schwierigkeiten begannen also schon recht früh.

»Nein, ich kann euch jetzt nicht mitnehmen.«

»Aber Mutter, warum denn nicht? Wir haben die Schularbeiten ja fertig, und es ist so langweilig.«

»Geht zu euren Freunden!«

Sie machten ein langes Gesicht.

»Bringst uns denn auch was mit?«

»Wenn ihr brav seid und die Resl nicht ärgert, dann will ich es mir überlegen.«

Dann brauste sie endlich davon.

*

Siebzehn Jahre rollten zurück.

Evi musste feststellen, dass sich in all den Jahren nichts verändert hatte. Das war schon merkwürdig. Auf Anhieb fand sie den Waldweg, wo sie auch damals schon immer den Wagen abgestellt hatte. Gut versteckt und für keinen sichtbar auf der Landstraße. Sie stieg aus dem Wagen und hatte ganz plötzlich ein sehr seltsames Gefühl. Aber dann gab sie sich einen Ruck. Sie dachte wieder daran, warum sie heute hierhergekommen war, und so machte sie sich schnell an den Aufstieg.

Paul würde auch wie damals von der anderen Seite kommen. Nach einer Viertelstunde Anstieg hatte sie die lauschige Lichtung erreicht. Es führte kein wirklicher Weg dort hinauf, und deswegen wurde er auch nie von Fremden besucht. Ein Stück der Natur in den Bergen überließ man noch der Wildnis. Die Tiere mussten ja auch noch ungestört leben können. Vielleicht kam mal ein Pilzsucher hier vorbei. Aber seit man so viel mit den Fremden zu schaffen hatte, langte die Zeit nicht mehr für Müßiggang.

Da war auch noch der Baumstumpf! Wie oft hatte sie dort gesessen und auf ihren Liebsten gewartet. Damals war sie zwanzig Jahre gewesen! Zwanzig!

Ganz plötzlich schlich so etwas wie Wehmut in ihr Herz, aber dann wurde sie wieder hart und kalt. Nein, sie ließ sich ihre Welt nicht zertrümmern. Sie nicht!

Evi Wallner brauchte nicht sehr lange zu warten, da hörte sie ein Brechen und Knacken im Gebüsch, und es dauerte nicht lange, da erschien auch Paul Gerrit!

Sie sprang auf und starrte ihn an.

So viele Jahre hatten sie sich nicht mehr gesehen, und sie erkannten sich sofort, wenn auch die Spuren im Gesicht vom Schicksal der Zeit ein wenig gezeichnet worden waren.

Paul war fünfundvierzig und ein wenig füllig, und an den Schläfen besaß er schon graues Haar. Er schien sehr viel zu arbeiten, denn er machte einen abgespannten Eindruck.

»Grüß dich«, sagte er kurz.

»Grüß dich, Paul«, gab sie ruhig zurück.

Dann blickte er sich um, und auch bei ihm schienen alte Zeiten aufzustehen.

»Wenn man doch die Zeit zurückdrehen könnte«, sagte Evi hastig.

Er hob seinen Blick und musterte sie ruhig. Als Arzt hatte er eine starke Ausstrahlung.

»Wie meinst das?«

Sie zuckte ein wenig zusammen.

»Ich meine die Jahre, weißt...«

»Meinst, dass du es bereut hast? Damals?«

Sie fuhr ihn an.

»Nein, sag das nicht, nein, du bist ja schuld. Ich hab alles anders gewollt, aber du...«

»Ach, die Schuldigen sind mal wieder die anderen, Evi, nicht wahr?«

»Du hast es doch so gewollt!«

Er zog seine Pfeife hervor und setzte sich auf den Baumstumpf. »Wenn ich mich nicht irre, sind wir zusammengekommen, weil du ein Problem hast.«

Sie fuhr ihn an.

»Ja, das habe ich, oder noch besser gesagt, wir beide haben es. Warum hast du es nicht damals gleich getan, so wie ich es dir befohlen hatte?«

Er warf ihr einen harten Blick zu.

Evi war aufgebracht: »Du hast ihr was gesagt, ich glaube fest daran. Nach all den Jahren kannst du mir noch nicht verzeihen, und jetzt willst du dich rächen.«

»Ich kenne sie gar nicht.«

»Aber ich verstehe das einfach nicht. Woher wusste sie, wo ich wohne?«

»Hör zu, Evi, wenn du es auch dumm nennst, aber ich habe all die Jahre für das Kind gezahlt. Ich hab mir so ein reines Gewissen erkauft, wenn es auch eine erbärmliche Sache war. Aber ich habe zumindest pünktlich für sie das Geld geschickt. Nachdem du nun angerufen hattest, habe ich dort im Heim angerufen, ich wollte mir Gewissheit verschaffen, und die gab man mir bereitwillig, nachdem ich meinen Namen genannt hatte.«

»Und?«

»Man hat ihr vom Heim aus eine Lehrstelle im Gemeindehaus verschafft, sie arbeitet dort auf dem Einwohnermeldeamt. Dort wird sie wohl entdeckt haben, wie du mit Mädchennamen heißt.«

Evi Wallner lachte grell auf.

»Das darf doch nicht wahr sein, das ist doch ein Witz! Das ist doch gelogen!«

Der Mann warf ihr einen dunklen Blick zu.

»Das Schicksal geht nun mal seltsame Wege. Sag', Evi, hast nie an das Mädel gedacht?«

»Nie!«

Stumm rauchte er seine Pfeife.

»Herrgott, du musst was unternehmen, Paul. Du musst es!«

»Und was soll ich tun?«

Sie verlegte sich jetzt aufs Betteln.

»Schau, ich bin dort angesehen, verstehst, und dann hab ich doch zwei Kinder. Nicht auszudenken, wenn man erfährt, was ich getan habe.«

»Vielleicht wird sie stillhalten, Evi.«
»Warum sollte sie?«
»Aus einem ganz einfachen Grund heraus, weil sie unser Blut in sich hat.«
»Einen anderen Rat kannst mir also nicht geben?«
»Ich weiß wirklich nicht, wie ich dir sonst noch helfen könnte. Wenn ich mich jetzt einmische, dann kommt der Stein vielleicht ins Rollen.«

Er starrte auf die Lichtung, und er dachte an vergangene Zeiten, und er wunderte sich, dass er einst verrückt nach dem Günzeldirndl gewesen war. Mein Gott, damals hatte er gedacht, nicht mehr ohne sie leben zu können. Heimlich hatten sie sich treffen müssen. Sie war ja schließlich die reiche Hoftochter. Im Dorf hätten sie ihn gesteinigt, wenn sie gespürt hätten, wonach ihm der Sinn stand. Eines armen Holzfällers Sohn und die reiche Hoftochter. Ja, die Gemeinde hatte sogar seine Schule und später das Studium gezahlt, weil er einen so hellen Kopf besaß. Aber er hatte alles zurückbezahlt auf Heller und Pfennig. Damals hatte er auch versprechen müssen, wenn er als Arzt fertig war, in den Bergen daheim seine Praxis aufzumachen.

Aber er hatte damals nur Evi im Sinn! Er liebte sie so leidenschaftlich. Sie war sein Leben, sie war sein ein und alles. Er hatte damals geglaubt, Evi würde ihn auch so lieben. Aber sie hatte ihn nur geliebt, weil er ein Studierter war. Glasklar hatte sie sich schon als junges Mädchen alle Vorteile ausgerechnet. Und sie hatte sich auch gesagt, wenn er erst einmal fertig ist mit dem Studieren, dann werden die Eltern nichts mehr gegen eine Heirat einzuwenden haben. Dann bin ich vornehm und gehöre zu den ersten Damen des Ortes. Alle würden sie neidisch auf mich sein.

Sie band also den verliebten Mann mit allen Fasern an sich und war glücklich als sie merkte, wie hörig er ihr geworden war. Fast jede Woche trafen sie sich hier oben in den Bergen, und sie waren jung und heißblütig, und so blieb es nicht aus, dass sie sich auch ohne Trauschein liebten. Es war wie ein Rausch. Evi brauchte halt die Liebe, sie war so unruhig im Blut. Darüber vergaßen sie eine Weile die Wirklichkeit. Aber die kam dann sehr schnell zurück, als sich herausstellte, dass sie schwanger war.

Paul war damals überglücklich gewesen.

»Jetzt werden deine Eltern nichts mehr gegen mich haben, Evi, jetzt können wir gleich heiraten und werden immer glücklich sein. Wir müssen ja ganz schnell heiraten, dann werden sie im Ort nix merken.«

»Aber du bist doch noch nicht fertig mit dem Studium. Hast doch selbst gesagt, dass du noch zwei Jahre machen musst.«

»Geh«, hatte er leidenschaftlich ausgerufen, »das ist doch jetzt nicht mehr so wichtig. Ich liebe die Berge und sehne mich danach, ein Bergbauer zu sein. Mein Gott, Evi, jetzt kann ich endlich so leben, wie ich es mir schon immer gewünscht habe.«

Sie hatte ihn groß angesehen.

»Wie? Was soll das heißen?«

»Ich studiere doch nur, weil ich so arm bin. Ich wollte Verwalter werden, aber der Bürgermeister hat mir gesagt, ich kriege nur das Darlehen, wenn ich Arzt werde, weil man einen braucht. Aber jetzt habe ich ja dich, jetzt brauche ich nicht mehr einen ungeliebten Beruf zu ergreifen. Ach Evi, ich bin ja so glücklich.«

Sie war verblüfft gewesen.

»Du willst nicht Doktor werden?«

»Wozu denn, Liebste? Wir bewirtschaften zusammen deinen Hof und werden noch viele Kinder bekommen. Du wirst dich wundern, ich kenn mich recht gut damit aus, hab ich doch in den Ferien und als Kind immer arbeiten müssen. Auf vielen Höfen war ich, du brauchst also keine Angst zu haben, dass ich davon nix versteh. Nein, ich glaube sagen zu können, dass ich es mit jedem Hofsohn aufnehmen kann.«

Sie war entgeistert, dann war sie sehr zornig geworden.

»Ich glaube, ich höre wohl nicht recht«, hatte sie gekeucht.

Er hatte sie groß angeblickt.

»Was ist mit dir, Herzl?«

»Herzl, Herzl, hör endlich damit auf. Jetzt hab ich alles kapiert, jetzt verstehe ich endlich, warum du zu mir kommst!«

Paul war erstaunt gewesen.

»Weil ich dich über alles liebe, weißt du das denn nicht?«

»Nein, weil ich einen Hof besitze, deswegen!«, hatte sie geschrien. »Du hast mir die ganze Zeit etwas vorgespielt.«

»Nein, Evi, das darfst du nun wirklich nicht denken.«

»Doch, und ich denke nicht daran, dich zu heiraten, verstehst mich?«

»Aber wieso denn nicht? Warum bist dann immer hierhergekommen, wenn du mich nicht heiraten willst?«

»Weil du ein Studierter bist, weil du mal ein Arzt sein wirst!«

Nun hatte sie sich verraten.

Danach war es für eine Weile sehr still zwischen ihnen geworden.

»So«, hatte der junge Mann ruhig gesagt. »So ist das also, und dein Hof?«

»Den verkaufen wir, Paul, du wirst alles haben, ich verspreche es dir, du kannst sogar eine Privatklinik aufmachen. Ich habe ja dazu das Geld.«

Da hatte der Mann begriffen, Evi hatte ihn nie geliebt, nur den Schein, im Herzen war sie eiskalt geblieben, sie hatte die ganze Zeit nur an ihren Vorteil gedacht.

Er hatte aufgestöhnt.

Diese Erkenntnis hatte ihn fast umgebracht.

»Du wirst Arzt werden, das musst mir versprechen, mir und dem Kind!«

Er hatte sie lange stumm angesehen und gefühlt, wie hart sie sein konnte.

»Und deine Eltern? Es ist doch ihr Erbhof! Du bist die letzte in der Kette. Fühlst du dich denn nicht dorthin verbunden, Evi?«

Sie hatte die Locken zurückgeworfen und ihn ausgelacht.

»Geh, das ist doch ein alter Hut, nein, ich will leben. Hast mich verstanden?«

»Ja, ich habe dich verstanden.«

Er war aufgestanden.

»Paul, was ist denn?«

Da hatte er sich umgedreht und sie ruhig angesehen: »Wenn ich Doktor werde, Evi, dann werde ich dich nicht heiraten.«

Sie hatte begriffen, dass sie alles falsch gemacht hatte. Alles, und dabei hatte sie sich für so klug gehalten.

Da war sie aufgesprungen und hatte ihn wütend angefahren: »Und was ist mit dem Kind?«

»Ach ja, das Kind!«

»Ich will es nicht«, hatte sie ihm ins Gesicht geschrien. »Ich will die Schande nicht. Du musst es mir fortmachen.«

»Nein!«

Sie hatte gefleht und gebettelt, aber er hatte ihr immer wieder gesagt, er würde ihr keine Adresse nennen, wo sie hingehen konnte. Hier in den Bergen konnte sie unmöglich eine Person finden. Paul war noch ein wenig davon überzeugt, wenn erst einmal das Kind da war, dass sich dann auch die Muttergefühle einstellten und sie dann doch den Hof behalten würde, um des Kindes willen.

Damals waren sie im Zorn auseinandergegangen und hatten sich viele Wochen nicht mehr gesehen, Evi hatte es in dieser Zeit verstanden, die Schwangerschaft zu vertuschen. Sie war rank und sehr schlank. Zum Glück brauchte sie nicht sehr unter der Morgenübelkeit leiden.

Als sie merkte, dass sie jetzt etwas unternehmen müsse, oder sie würde zum Gespött des Tales, da hatte sie Paul geschrieben. .Der Brief war zurückgekommen, und am gleichen Tag hatte sie im Ort erfahren, dass er beim Schrattenbauern auf der Alm den Sommer verbringen würde. Er musste sich in der Tat sein Studium hart verdienen.

Evi hatte nicht lange überlegt. Die Alm der Eltern lag daneben, und bis jetzt hatte man noch keinen gefunden, der die vier Monate droben bleiben wollte. Also sagte sie den Eltern, dass sie heuer nach oben gehen wolle. Als Schutz nahm sie einen alten Knecht mit, den Hansl, aber der war schon nicht mehr ganz richtig im Kopf. Sie zog also mit dem Vieh nach oben. Als sie ein paar Tage in der Hütte verbracht hatte, haderte sie mit Gott und dem Schicksal. Aber sie musste ausharren.

Anfangs tat sie alles Mögliche, um das Kind loszuwerden, sie arbeitete wie eine Verrückte und unternahm auch noch harte Wanderungen, bis sie merkte, dass sie selbst bald draufging, aber nicht das Kind.

Da war sie eines Tages zur Schrattenalm gegangen und hatte sich dem Paul gestellt. Dieser war entsetzt, dass sie hier oben Dienst tat, wo sie doch schon hochschwanger war.

»Ich will dir etwas sagen«, hatte sie ihm kalt ins Gesicht gesagt. »Du wirst mir helfen, ich werde bald das Kind bekommen, und du wirst mir helfen.«

Er hatte genickt.

»Du wirst es also behalten?«

Sie hatte keine Antwort gegeben.

»Schick mir den Hansl, wenn es soweit ist, ich werde dann gleich kommen.«

Damals hatte man nur den Lastenlift und war wirklich sehr lange von dem Dorf abgeschnitten, wenn nicht mal jemand einen Spaziergang zu den Almen machte. Einmal waren ein paar Burschen aus dem Tal gekommen, denn sie alle buhlten um die schöne und reiche Evi. Doch zum Glück hatte sie immer rechtzeitig gesehen, wenn jemand zur Hütte aufgestiegen kam, und sie war in den Hochwald gegangen. Dort blieb sie dann so lange, bis sie wieder enttäuscht entschwunden waren.

*

Und dann hatte sich das Kind gemeldet.

Es war zehn Tage zu früh, und draußen hatte ein Unwetter getobt. Sie hatte den Hansl losgejagt, und er hatte sich bekreuzigt und war in die Schwärze der Nacht gestolpert. Was Evi in dieser Nacht in der Hütte erlebt hatte, das sollte sie so schnell nicht mehr vergessen. Draußen schüttete es wie verrückt, und sie hatte schon geglaubt, sie müsse sterben. Die Schmerzen waren mörderisch gewesen. In dieser Nacht hatte sie begonnen dieses Kind abgrundtief zu hassen. Sie hatte noch nie so inbrünstig gehasst wie in diesen Minuten und Stunden, die verstrichen, bis endlich Paul mit dem Hansl zurück war.

Dieser war in die Küche geschickt worden, und dort musste er sich um das heiße Wasser kümmern.

Während sie in der schmalen Kammer gelegen und wie ein Tier geschrien hatte - aber der Donner war lauter, und Hansl begriff gar nicht wirklich, was sich in der kleinen Kammer zutrug - in diesen Schmerzensschreien hatte sie vom einstigen

Geliebten verlangt, er solle das Kind gleich töten, wenn es das Licht der Welt erblickt hatte.

»Du wirst es töten und verscharren droben im Wald. Ich will es auch nicht sehen, nie und nimmer will ich es sehen.«

Paul hatte mit ihr seine Mühe gehabt, und manchmal war er fast verzweifelt. Schließlich war das seine erste selbständige Geburt gewesen, in der Klinik war so etwas ja ganz anders.

Und dann war das Kind geboren worden.

Ein kleines Mädchen, das verzweifelt nach Atem rang und schrie! Evi war ohnmächtig geworden.

Paul hatte seine kleine Tochter angestarrt. Verzweifelt hatte er gedacht, wenn sie doch nur stürbe, dann würde ihr viel Leid erspart. Ich kann sie nicht töten. Die Hilflosigkeit, die von dem Kind ausging, brach ihm fast das Herz. Vielleicht waren es sogar diese Minuten und Stunden, wo er sich entschlossen hatte, wirklich Landarzt zu werden. Er hatte in sich die Bestimmung gespürt. Nein, er konnte nicht töten. So hatte er das Kind versorgt und die Mutter, so gut er konnte. Dann hatte er nachgedacht.

Vielleicht hoffte er auch noch immer auf ein gutes Ende mit Evi, er wollte ihr jetzt alles sagen, erklären. Doch als sie wieder zu Verstand gekommen war und erfahren hatte, dass das Kind noch immer lebte, da war sie sehr zornig und böse geworden und hatte ihn angeschrien und hätte vieles getan, wenn sie es nur gekonnt hätte.

Paul, der in ihren Augen ein großer Versager war, wuchs über sich hinaus.

»Willst dein Leben mit einem Mord belasten?«, hatte er sie angeschrien. »Willst das wirklich? In deinem ganzen zukünftigen Leben wirst du nicht mehr glücklich werden können, wenn du dieses kleine Wurm tötest. Und das schwöre ich dir hier und jetzt, wenn du der Kleinen etwas antust, dann werde ich dich persönlich anzeigen, Evi. Jeder Arzt kann durch eine

Untersuchung feststellen, dass du vor gar nicht langer Zeit entbunden hast. Hast du mich verstanden?«

Ihre Augen waren vor Hass ganz dunkel geworden.

»Ich will es nicht!«, hatte sie in einem fort geschrien. »Es hat mir mein Leben verpfuscht.«

»Evi, wir...« Sie hatte ihn noch nicht mal zu Wort kommen lassen.

»Du wirst es mir vom Hals schaffen. Du hängst auch mit in der Geschichte, und ich glaube, sie werden dir nix mehr zahlen, wenn mein Vater dem Gemeinderat erzählt, du habest mich vergewaltigt. Ja, das werde ich nämlich aussagen.«

Paul hatte aufgestöhnt.

Wenn sie wollte, würde sie ihm in der Tat wirklich die Zukunft zerschlagen. Seine Schultern waren nach vorn gefallen.

»Was willst du denn?«

»Ich will das Kind nicht! Nie und nimmer. Schaff es fort. Mir ist ganz egal, was damit passiert, aber ich will es nicht.«

Er war in der engen Almhütte hin und her gegangen. Den Hansl hatte er schlafen geschickt. Zum Glück bekam er gar nicht richtig mit, was sich in der Kammer abspielte. Evi war nur krank, das verstand sein Hirn, mehr nicht.

Paul war lange am Fenster gestanden und hatte auf die Berge gestarrt. Wohin sollte er das Kind bringen? Daheim war man zu arm, nein, der Mutter konnte er diese Last nie und nimmer aufbürden. Ging sie nicht in die Häuser und wusch die Wäsche? Sie war so müde und aufgebraucht. Er würde ja noch ein Jahr studieren, und erst dann würde er Geld verdienen können. Bis dahin hätte er der Mutter alles überlassen müssen.

Wild brannte der Zorn in seinem Herzen. Evi besaß Geld und Räumlichkeiten genug. Für sie wäre es nicht so schrecklich gewesen, aber sie war hart wie Stein. Nein, er würde nicht mehr mit ihr über seine Zukunft reden. Hatte er nicht schon lange aufgehört, sie zu lieben?

»Bring es fort!«

Er hatte sich einen Ruck gegeben.

»Nun gut, ich werde es fortbringen, aber ich brauche ein wenig Zeit, Du wirst dem Hansl morgen sagen, dass er auch meine Alm versorgen muss. Ich geh jetzt, und in zwanzig Stunden bin ich wieder da. Und das sage ich dir, sorge für das Kind, ich sehe es mir genau an, wehe, du hast es nicht richtig versorgt.«

»Und wenn es stirbt?«, hatte sie geächzt.

»Ich hab schon genug studiert, um herauszufinden, woran es gestorben ist, wenn es tot sein sollte, wenn ich wiederkomme.« Damit hatte er seinen Umhang genommen und die Hütte verlassen.

*

Noch in der gleichen Nacht war er ins Dorf gegangen. Sein Freund hatte ihm sein Auto geliehen, ohne viel zu fragen. Damit war er in die Stadt gefahren, wo er studierte. Jetzt tat er etwas Unrechtes, denn er wohnte bei einem alten Arzt zur Untermiete. In seiner Praxis war er schon oft gewesen, und er wusste auch, wo die Schlüssel hingen. Er holte sich dort ein Formular und füllte es aus, und so hatte das Kind einen Namen.

Dann war er zurückgefahren, hatte den Wagen versteckt und den beschwerlichen Anstieg zur Alm begonnen. Viele Stunden war er unterwegs gewesen. Als er angekommen war, war er so ermattet, dass er sich auf das Heu fallen ließ und viele Stunden schlief. Danach hatte er mit dem Hansl die beiden Almen versorgt und dann war er in die Kammer gegangen und hatte nach dem Kind geschaut.

Evi schien von der Geburt nicht mehr viel zu spüren. Sie war schon wieder herumgelaufen. Er hatte sie noch einmal untersucht und war froh, dass alles so leicht abgegangen war.

Dann hatte er sich das Kind angesehen. Es war zu früh geboren, es war sehr klein und schwächlich. Während er es in seinem Umhang verbarg und den Berg hinuntertrug, da dachte er immer daran, ach, wenn es doch jetzt stürbe, dann hätte es kein schlechtes Leben. Ich würde es hier in den Bergen begraben.

Aber die kleine Anne, wie er sie getauft hatte, blieb am Leben. Sie lebte auch noch, als er unten beim Auto angelangt war. Natürlich hatte er sich auch Gedanken darüber gemacht, wohin mit dem Kind.

Zuerst hatte er daran gedacht, es in Holzkirchen vor die Kirchtür zu legen. Aber die Zeiten hatten sich auch geändert. Man würde das Kind gleich in ein Heim bringen, also würde es nicht viel nützen. So konnte er es gleich abliefern. Über eine Stunde Weg hatte er auf sich nehmen müssen, dann hatte er in der Morgenfrühe das Heim vor sich liegen sehen.

Heimlich hatte er das Kind versteckt, aber dann doch so lange gewartet, bis er sicher war, dass man es gefunden hatte. Dann machte er sich erst auf den Heimweg.

Der Freund wunderte sich nur, dass plötzlich wieder das Auto im Hof stand. Er glaubte, Paul habe eine Freundin in der Stadt, die er mal besuchen wollte, ohne dass der Bauer es wusste, denn im Vertrag stand ja, dass er die Alm den Sommer über nicht verlassen durfte.

Die Zeit war dahingegangen, und Evi hatte sich prächtig erholt. Am letzten Sonntag auf der Alm war sie zu ihm gekommen und hatte wissen wollen, was er mit dem Kind gemacht habe.

»Ich habe es Anne getauft und ihm auch einen Schein beigefügt, dann habe ich es in ein Heim gebracht, als Findelkind sozusagen.«

Sie hatte ihn lange angestarrt.

»Nun gut, dann ist ja die Geschichte vergessen.«

»Hast du keine Gewissensbisse?«

»Nein!«

Nach den Ferien hatten sie sich lange Zeit nicht mehr gesehen. Evi war anders geworden, und sie dachte, das mit dem Paul wird mir nicht mehr passieren. Also hatte sie Ausschau nach einem anderen Mann gehalten.

Dann hatte sie den Wallner aus Holzkirchen kennengelernt. Es verlangte sie danach, ihr Tal zu verlassen. Hier erinnerte sie so viel an Paul und ihre wilde Liebe. Der Wallner war fünfzehn Jahre älter als sie und hatte einen noch größeren Hof als sie selbst. Er war eine gute Partie. Also heirateten sie recht bald. Solange der Vater noch bei Kräften war, wurde der Hof daheim von ihm verwaltet. Er hatte es lange nicht verwinden können, dass die einzige Tochter es vorzog, auf dem anderen Hof zu leben.

Nach fünf Jahren war er gestorben, und die Mutter hatte sich einen Verwalter genommen. Dieser lebte auch jetzt noch mit seiner Familie auf dem Hof, und so wie es sich anließ, würde Evi ihn wohl eines Tages verkaufen, wenn die Tochter ihn nicht haben wollte. In einigen Jahren würde sie wohl wissen, was Frieda wollte. Bis dahin musste sich der Verwalter noch gedulden.

Sie war also eine Persönlichkeit geworden, wenn auch keine Arztfrau. Dem Wallner war sie eine gute Bäuerin geworden, und sie liebte auch ihre Kinder. Sie hatte großes Ansehen und war stolz darauf. Jetzt hatte die Vergangenheit sie also wieder eingeholt.

Dachten sie beide an diese Vergangenheit?

*

»Du musst jetzt etwas unternehmen.«

»Ich bin gern bereit etwas zu tun, wenn du mir sagst, was es ist, Evi!«

Sie dachte einen Augenblick lang nach.

»Wenn du dich all die Jahre um sie gekümmert hast, warum gehst du dann nicht hin und holst sie zu dir? Warum hast sie nicht bei dir in der Praxis angestellt?«

»Ich bin verheiratet und habe drei Kinder.«

»Ach, da schau her, aber ich soll meinen Ruf opfern, wie?«

»Hat sie etwas Spezielles von dir gewollt?«

»Noch nicht, aber ich kann einfach nicht mehr leben mit ihr in einem Ort. Verstehst du?«

»Evi, was soll ich tun?«

»Töten«, sagte sie hart, »erst dann finde ich Ruhe.«

Der Mann war aufgesprungen: »Sag' mal, bist wohl nicht ganz normal?«

Sie lachte hart auf.

»Weißt du einen anderen Ausweg?«

»Evi, was du da willst, also...«

»Ich leb dort drunten, ich bin gefährdet. Ich kann es nicht. Damals hättest du es tun sollen, da war es ganz einfach, oder aber du hättest ihr keinen Namen geben dürfen. Du trägst die Schuld, du allein.«

»Ich musste einfach so handeln, verstehe das doch endlich, wir haben sie doch nicht gefragt, ob sie geboren werden will. Evi, es ist unser Kind.«

»Ich will nicht in Schande leben. Meine beiden Kinder, mein Gott, man wird mit dem Finger auf sie zeigen und sie verspotten. Alles wird geschehen, das ganze Tal wird sich über mich lustig machen, und mein Mann wird mich in Schimpf und Schande fortschicken.«

Wieder war es still zwischen den beiden.

Der Arzt stöhnte heftig auf.

»Evi, ich verspreche dir, ich stehe dir bei. Du kannst auf mich zählen.«

»Dann töte sie!«

Seine Augen waren tiefdunkel.

»Und warum tust du es nicht?«

Flackernd wandte sie den Blick ab.

»Ach, aber von mir verlangst die Ungeheuerlichkeit?«

»Paul, ich bin am Boden, begreif doch endlich! Ich kann es nicht ertragen. Sie wird wiederkommen. Ein zweites Mal werde ich das nicht so leicht verkraften.«

Der einstige Geliebte wusste, sie mussten langsam zu einem Entschluss kommen.

»Hör zu, noch ist nichts passiert. Wir müssen einfach abwarten.«

»Warten? Worauf soll ich denn noch warten? Sie ist ja schon unten.«

»Evi, wir müssen in Erfahrung bringen, was sie will.«

Sie blickte ihn starr an.

»Vielleicht steckt einer hinter ihr, vielleicht will er mich und dich erpressen. Wenn sie schon weiß, wer ihre Mutter ist, dann wird man sicherlich auch bald erfahren, wer ihr Vater ist. Paul, dann sind wir denen hilflos ausgeliefert. Willst das mitmachen? Erpresser können alles. Die nehmen dir die Ruhe und das Geld. Du kannst nicht mehr ruhig schlafen, du wirst verrückt dabei.«

Er packte sie bei den Schultern.

Sein Gesicht war totenblass.

»Ich schwöre dir, Evi, ich lass dich nicht im Stich, ich hänge mit in der Geschicht, aber um Gottes willen, dreh jetzt nicht durch. Wir müssen erst in Erfahrung bringen, wer alles davon weiß, dann können wir uns noch immer überlegen, was wir unternehmen.«

Sie lächelte verzerrt.

»Ich kann mich also auf dich verlassen?«

»Ja!«

Sie blickte auf die Uhr.

»Herrgott, jetzt haben alle Läden zu, was mache ich bloß, ich hab der Resl gesagt, ich würde für sie einkaufen.«

»Sag' ihr halt, du habest eine Reifenpanne gehabt, und als die behoben war, war es zum Weiterfahren zu spät.«

»Ja, das werde ich sagen.«

Sie blickte ihn groß an.

»Schad, eigentlich...« Sie brach ab.

»Was ist?«

»Paul, bist du glücklich geworden?«

»Ja, denn ich habe eine Frau mit Herz gefunden.«

»Und ich hab gedacht, du wärst mit Leib und Seele Bauer?«, spöttelte sie.

Ernst blickte er sie an.

»Damals droben auf der Alm, da hab ich meine Bestimmung gespürt, das Kind, verstehst du, da hab ich gewusst, ich bin zum Arzt geboren. Ich muss anderen helfen. Das Kind hat mich darauf gebracht, deswegen musste ich auch wohl so handeln.«

Sie wurde bleich.

»Soll das heißen, schon damals hast du nicht mehr Bauer werden wollen?«

»So ist es!«

»Aber Paul, dann hätte ja alles gut werden können.«

Er lächelte dünn.

»Stell dir vor, Evi, für einen Augenblick habe ich das gleiche gedacht damals, aber dann zeigtest du mir dein wahres

Gesicht. Du hast nicht eine Sekunde Reue oder Liebe für das arme Wesen gezeigt. Du warst so voller Hass, nein, da konnte ich nicht mehr, da habe ich gewusst, das ist dein Wesen. Du bist wirklich so. Du liebst nur dich! Du kannst gar nicht anders. Auch jetzt denkst du nur immerzu an dich.«

Sie zuckte zusammen.

»Ich muss jetzt gehen«, sagte sie hastig.

Sie trennten sich.

*

Ernst Steiner saß auf einer Bank unweit des Pfades, der weiter hinauf zur Bergkette führte. Er war keiner der Touristen, die täglich diese Route zurücklegten, um weiter oben auf dem Plateau den wunderschönen Blick auf den See und Holzkirchen zu genießen. Er liebte vielmehr die Ruhe, die an manchen Tagen hier herrschte und hielt sich gerne an dieser Stelle auf, um einfach mal abschalten und seinen Gedanken freien Lauf lassen zu können.

Die Hektik der letzten Jahre, die sein Leben und seinen Beruf als Kommissar geprägt hatten, lagen lange hinter ihm. Seit er sich dazu entschieden hatte, zurück in seine einstige Heimat Holzkirchen zu kommen und hier seinen Lebensabend zu genießen, ging es ihm viel besser. Selbst für einen Mann in seinem Alter war er körperlich und geistig noch sehr fit. Die gute Luft, die schönen Wälder und Berge rings um den See – was wollte man denn noch mehr, um sich einfach darüber zu freuen, dass der Herrgott einem noch einmal solch ein unbeschwertes Leben gönnte?

Trotzdem konnte er nicht ganz vergessen, was ihn viele Jahre lang geprägt hatte. Es war der Blick für ganz bestimmte Kleinigkeiten, die manchmal ganz wichtig wurden. So auch an diesem Tag, als sein Blick zufällig auf einen Wagen fiel, der knapp 100 Meter unterhalb des Pfades zum Stehen kam. Er war aus Richtung Zell gekommen und hielt jetzt am Straßenrand. Der Fahrer war ausgestiegen und schien auf jemand zu warten.

Steiner trug bei seinen Spaziergängen immer ein Fernglas bei sich, um die Natur auch von weitem in aller Ruhe im Detail beobachten zu können. Warum er es jetzt an die Augen setzte und den Fahrer des Wagens beobachtete, wusste er selbst nicht.

Aber wenige Minuten später erkannte er mehr. Denn in diesem Moment näherte sich aus Richtung Holzkirchen ein zweites Auto und hielt dort an, wo der Mann schon ungeduldig wartete.

»Sieh mal einer an«, murmelte Steiner, als er die Wallner Evi erkannte. Jetzt war er erst recht neugierig geworden, denn er fragte sich natürlich zurecht, warum sich Evi mit einem fremden Mann traf. An einer Stelle außerhalb von Holzkirchen, wo niemand etwas davon mitbekam!

Sie schien den Mann zu kennen, aber sie begrüßten sich nicht wie ein Pärchen, das eine Affäre miteinander hatte. Es war eher eine verhaltene und distanzierte Begegnung – aber dass sie sich schon länger kannten, das stand für einen erfahrenen Mann wie Ernst Steiner außer Zweifel.

Gespannt beobachtete er weiter, was geschah. Evi schien sehr aufgeregt zu sein. Natürlich war er viel zu weit entfernt, um hören zu können, über was die beiden sprachen. Aber aus Evis Gestik und Mimik schloss er, dass es um etwas sehr Wichtiges ging. Etwas, was sie völlig aus der Fassung zu bringen schien, denn während des Gespräches ging sie immer wieder unruhig hin und her.

Auch der Mann schien überrascht. Er wollte auf sie zugehen und weiter auf sie einreden, aber Evi schüttelte ihn ab. Das Ganze dauerte vielleicht eine gute halbe Stunde, dann trennten sich die beiden wieder. Und jeder fuhr wieder zurück in die Richtung, aus der er gekommen war.

Steiner hatte das Kennzeichen des Wagens erkennen können, der dem Fremden gehörte. Er notierte sich rasch die Nummer auf einem kleinen Block, den er immer mit sich führte. Das war noch ein Teil seiner alten Gewohnheiten, die er immer noch nicht hatte ablegen können.

Irgendetwas stimmt da nicht, grübelte Steiner vor sich hin, während er sich wieder von der Bank erhob. *Ich glaube, ich sollte die Evi mal eine Zeit lang im Auge behalten. So nervös kenne ich sie gar nicht. Wenn sie etwas zu verbergen hat, dann sollte ich vielleicht mal mit ihr reden. Nicht dass ihre Familie da noch in etwas hineingezogen wird...*

*

Anne! Was war mit ihr?

Sie war auf ihr Bett gefallen und hatte so lange geweint, bis sie keine Tränen mehr in sich fand. In ihrem ganzen Leben hatte sie sich noch nie so schrecklich gefühlt wie in diesen Stunden. Wenn sie die Augen schloss, sah sie alles wieder vor sich. Sie wollte es nicht. Instinktiv spürte sie, wenn sie überleben wollte, musste sie alles vergessen. Die Wahrheit war einfach zu schrecklich. Sie hatte also eine Mutter, all die Jahre hatte sie hier gelebt und auch gewusst, wo sie war, und doch hatte sie sich nie um diese ihre kleine Tochter gekümmert. All die schrecklichen Jahre im Heim, wo andere Kinder Päckchen und Briefe bekamen, hatte sie immer einsam und verzweifelt in der Ecke gestanden und das Schicksal nicht begriffen.

Eine Welt war in ihr zusammengebrochen. So grausam konnten also Menschen sein!

So schrecklich grausam!

Am nächsten Morgen war sie noch immer so verstört, dass selbst Herr Michl sie erschrocken fragte: »Sind Sie krank, Anne? Oder was ist mit Ihnen? Sie sehen so anders aus, so als hätten sie großen Kummer!«

Kummer, dachte Anne bitter. Ob er wohl weiß, was wirklich Kummer ist?

»Nein, ich bin nicht krank, ich fühle mich ganz gesund.«

»Das scheint mir gar nicht. Früher haben Sie ganz anders ausgesehen. Warum wollen Sie sich mir nicht anvertrauen? Ich meine, vielleicht kann ich Ihnen helfen. Ich meine es doch gut mit Ihnen. Bitte, Anne...«

Er blickte sie so treuherzig an, dass sie schlucken musste.

In ihren Augen lag ein seltsamer Glanz. Er schluckte und sah aus dem Fenster auf das Treiben der Dorfstraße. Viele fremde Wagen versperrten die schöne Sicht auf den alten Brunnen.

Komisch, dachte er spontan, wenn man ihr in die Augen schaut, dann fühlt man sich wie ein Verbrecher.

Anne versuchte inzwischen verzweifelt, durch Arbeit sich selbst abzulenken. Dabei gingen ihr die Worte von Michl Leitner durch den Kopf. Anvertrauen! Das hatte sie noch nie getan. Sie kannte das nicht, die Last, die sie trug, auf andere Schultern abzuwälzen. Was sollte sie ihm denn auch sagen? Zum Beispiel, ich habe meine Mutter gefunden, aber sie will nichts von mir wissen? Ja, ich glaube, sie hasst mich sogar?

Die Mutter!

Ganz langsam tropften die Tränen auf die Formulare und hinterließen einen nassen Fleck. Das Zimmer drehte sich vor ihren Augen. Und da sah sie wieder die Mutter und die beiden Kinder! Gequält schloss sie die Augen.

Sie spürte noch nicht mal, dass sie weinte!

Michl wagte sich nicht zu rühren. Es war ihm als befände sich das Mädchen hinter einer gläsernen Wand. Er kam nicht zu ihr, er fühlte, dass sie litt, jetzt in diesem Augenblick, aber sie war ihm so fern, so weit entrückt. Sie spürte nicht einmal, dass sie weinte, vor ihm weinte.

Er wandte sich um und täuschte Arbeit vor. Sie sollte nicht merken, dass er es gesehen hatte. Nach einer Weile hatte sich Anne wieder gefangen und ging an ihre Arbeit zurück.

Das verzweifelte Mädchen suchte jetzt noch mehr die Einsamkeit, mied alle Menschen, sie taten ihr ja doch nur weh. Und sie wollte nicht mehr, nie mehr wollte sie den wilden Schmerz spüren. Sie ging jetzt noch mehr zum See hinunter. Dort konnte sie Stunden verbringen und auf die blanke Fläche sehen, weit ab von den fröhlichen Menschen. Sie hatte sich ein Plätzchen erobert, wo sie wirklich ganz allein sein konnte.

Zweimal sah sie Evi Wallner im Ort. Die Frau blickte sie mit brennenden Augen an. Anne lief dann so schnell sie konnte. Sie wusste ja nichts von den Gedanken der Mutter. Sie konnte sie nur einfach nicht sehen. Zuerst musste sie wieder zur Besinnung kommen.

Langsam, ganz langsam gelang es ihr auch, und sie konnte auch wieder über das Gespräch mit der Mutter nachdenken.

Da fiel ihr ein, wie Evi Wallner zu ihr gesagt hatte: »Hat dir Paul meine Adresse gegeben?« Damals war ihr das gar nicht zu Bewusstsein gekommen. Sie hatte da unter einem Schock gestanden. Aber nun kamen ihr diese Worte wieder ins Gedächtnis. Paul! Sie überlegte hin und her. Einmal hatte sie schon diesen Namen gehört, aber wo? Sie wusste, er hing mit ihrer Person zusammen. Ob sie damit ihren Vater meinte? Wen anders, wenn nicht ihn! Aber warum sollte er sie zu ihr schicken? Rätsel über Rätsel häuften sich.

Die ganzen Jahre hatte sie mit dem Wissen gelebt, keine Eltern zu haben, und nun wusste sie, dass sie eine Mutter hatte und womöglich auch noch einen Vater.

Da fiel ihr die Wahrheit wie Schuppen von den Augen. Die Oberschwester Josephine hatte diesen Namen erwähnt. Und jetzt tauchte er wieder aus dem Unterbewusstsein auf. Paul Gerrit! Ja, so hieß der Mann, der all die Jahre für sie bezahlt hatte. Das konnte nur ihr Vater sein, wer anders sollte die Bürde auf sich nehmen, wenn nicht er!

Bei einer Behörde gab es viele Wege, um eine Adresse herauszufinden. Aber sie brauchte ja nur das Telefonbuch aufzuschlagen, und sie musste nicht sehr lange suchen, bis sie die Adresse von Paul Gerrit fand. Jetzt stand nur ein Doktor davor. Aber da es keinen zweiten mit diesem Namen gab, musste er es sein. Sie schrieb sich die Adresse auf.

Während sie auf den Zettel in ihrer Hand starrte, dachte sie verzweifelt, können Menschen wirklich so herzlos sein, so entsetzlich herzlos? Ein Kind, ein unschuldiges Kind, an der Pforte abgeben und es einfach vergessen?

Anne dachte an all die Jahre zurück, diese vielen Jahre, da sie mit brennenden Augen hinter der Säule in der Halle gestanden hatte, wenn andere Kinder Besuch bekamen. Irgendjemand war immer dagewesen, eine Oma, eine Tante, Onkel oder Nichte oder aber auch mal der Vater oder die Mutter. So grenzenlos einsam wie sie war keine gewesen. Nie bekam sie einen Brief, ein Päckchen, einen kleinen Gruß! All die vielen Kinderjahre hatte sie mit leerem Herzen dastehen müssen, wenn andere geküsst und gestreichelt wurden!

Sie durfte jetzt nicht mehr daran denken, sonst würde sie es noch herausschreien, hier in diesem Amtszimmer würde sie schreien, schreien, um sich einmal Luft zu machen!

*

Für einen Augenblick dachte sie: Ob er auch wohl so erschrecken wird, wenn ich mich zu erkennen gebe? Aber das durfte sie nicht daran hindern, zu ihm zu gehen. Das nicht und gar nichts! Sie hatte sich eine Buskarte gekauft und war zu diesem Ort gefahren. Etwas in ihrem Herzen drängte sie dazu, so zu handeln. Vielleicht würde sie endlich so etwas wie einen kleinen Frieden bei sich finden, wenn sie mit ihm gesprochen hatte.

Er hatte noch seine Sprechstunde geöffnet. Sie setzte sich in das Wartezimmer. Die Sprechstundenhüfe kam und wollte ihren Namen wissen. Sie nannte irgendeinen. Ja, den Krankenschein würde sie bringen, morgen oder übermorgen. Dann war der große Augenblick gekommen. Anne blieb an der Tür stehen und atmete kurz. Was sie zuerst sah, war sein gebeugter Rücken. Er stand am Waschtisch und wusch sich die Hände.

»Nehmen Sie doch bitte Platz, ich bin gleich soweit!«

Er hatte eine tiefe, dunkle Stimme, so wie sie Väter haben sollten. Väter! Anne lächelte bitter. Für sie nicht, sie war ja ausgestoßen worden.

Doktor Gerrit schritt zu seinem Schreibtisch, nahm die Karte mit ihrem falschen Namen und fragte freundlich: »Sie sind heute zum ersten Mal hier? Was kann ich für Sie tun?«

»Ich bin nicht krank«, sagte sie rasch.

»Wenn Sie nicht krank sind, meine Liebe, warum sind Sie dann zu mir gekommen?«

»Weil ich Ihre Tochter bin!«

Für einen Augenblick war es totenstill im Raum. Nur eine Fliege summte vor der Fensterscheibe.

»Anne Günzel?«

»Ja!«

Er blickte sie sich genau an. Kein Zweifel, sie besaß sehr große Ähnlichkeit mit Evi.

Seine Augen verengten sich.

»Und was willst du von mir? Du hast doch etwas vor? Nicht wahr, du willst doch etwas von mir?«

»Ich möchte Sie nur kennenlernen«, sagte sie brüsk, »mehr nicht. Ich möchte Sie nur einmal sehen.«

Er nickte kurz, es glauben, nein, das konnte er nicht. Für ihn stand zu viel auf dem Spiel! Jetzt in diesen Sekunden konnte er Evi verstehen.

»Du hast mich jetzt also gesehen, und was weiter?«

Sie starrte ihn entgeistert an. Aber dann dachte das unglückliche Mädchen, ich kann doch wirklich nicht erwarten, dass er sich freut. Er hat mich doch auch nicht gewollt, so wie Evi Wallner erschrocken ist, als ich aufgetaucht bin. All die Jahre haben sie mich vergessen. Es muss für sie jetzt nicht ganz einfach sein, an ihr schlechtes Gewissen erinnert zu werden.

Doktor Gerrit stand auf und ging auf und ab im Zimmer und blieb dann vor dem Mädchen stehen.

»Ich habe die ganzen Jahre für dich bezahlt. Ich habe dafür gesorgt, dass man dich dort aufnahm. Ist das gar nichts? Sieh mich nicht so anklagend an!«

»Bezahlt«, sagte sie verächtlich, »bezahlt. Wofür denn? Dafür dass ich essen durfte, trinken, nicht frieren musste, ein Bett hatte, zur Schule gehen durfte! Dafür haben Sie doch bezahlt, oder? Oh, ja, wir hatten es gut im Heim. Das wissen ja die Leute. Wir werden nicht geschlagen und brauchen auch nicht zu hungern. Ja, die Schwestern waren doch da, werden Sie jetzt sagen! Ja, sie taten, was sie konnten, aber sie hatten so viele Kinder, sehr viele, und sie waren müde und erschöpft.

Aber niemand sah unsere Augen, unsere Herzen. Man wird stumpf und dumpf, wenn man so lebt. Man muss sich Ellenbogen anschaffen, wenn man überleben will. Viele bleiben ihr ganzes Leben lang krank, weil ihnen die Liebe fehlt. Die Liebe, dieses erbärmliche Etwas!«

Anne hatte nun den Kopf auf den Schreibtisch gelegt und weinte. Ihr Schluchzen durchdrang den Raum.

Sie starrte den Arzt an, aber er rührte sich nicht von seinem Platz.

Totenblass war das Gesicht des Mädchens. Sie begriff diese Welt nicht mehr, konnte es einfach nicht. Etwas war in ihrem Herzen zerbrochen, und sie wusste, sie würde nie mehr an die Menschen glauben können. Ein Eisenring legte sich um ihr Herz und hielt es fest.

Anne nahm ihre Tasche auf, sie hatte sich wieder gefangen. Die Tränen waren versiegt. Leise wandte sie sich zur Tür.

»So kannst du nicht gehen«, sagte Gerrit, »so doch nicht. Jetzt, da du da bist, sicher willst du etwas von mir, du bist doch nicht einfach gekommen, um mir zu sagen, dass du da bist!«

»Ich will etwas von Ihnen? Komisch, Evi Wallner fragte mich das gleiche.« Sie lachte hart auf und wandte sich dann zur Tür.

Gerrit rannte ihr nach.

»So warte doch, wir können doch in Ruhe darüber reden.«

Sie blickte ihn mit brennenden Augen an.

Ein kalter Schauer durchlief seinen Körper! Ahnte er ein schreckliches Unheil?

Ehe er sich versah, war sie verschwunden!

*

Paul Gerrit stöhnte auf. Er ging in das Sprechzimmer zurück und blieb lange am Fenster stehen. Seine Welt war ins Wanken geraten. Würde man ihm als Arzt noch Glauben schenken, wenn die Menschen hier im Tal erfuhren, dass er sogar seine eigene Tochter verstoßen hatte?

Die Menschen konnten so erbarmungslos sein. Wenn sie es erfuhren, dann war es mit ihm vorbei. Dann musste er fort. Alles zurücklassen. All die vielen Jahre waren dann umsonst für ihn gewesen.

»Warum lässt sie sich nicht ansprechen? Weshalb sagt sie nicht gleich, was sie will?«

Er ging noch eine Weile auf und ab, dann nahm er den Telefonhörer ab und wählte eine Nummer. Er musste eine Zeitlang warten, dann meldete sich Evi Wallner.

»Du?«

»Ja, hier ist Paul!«

»Hör mal, wir haben uns doch verabredet, ich habe dir doch gesagt, wir dürfen uns nicht öffentlich zeigen, und schon gar nicht telefonieren. Wenn mein Mann etwas merkt.«

»Hör zu, es ist äußerst wichtig.«

»So sprich schon, ich höre die Resl.«

Ihr Atem ging hastig.

»Anne war vorhin bei mir!«

Evi schrie leise auf.

»Was? Wirklich? weißt du jetzt, was sie vorhat?«

»Nein!«

»Oh, Gott, sie macht uns verrückt, wirklich verrückt. Ich verstehe das nicht. Warum hast du sie nicht gefragt?«

»Das habe ich ja!«

»Und?«

»Sie ist mir unheimlich, Evi, wir müssen uns unbedingt treffen, wir müssen darüber reden.«

Jetzt klang seine Stimme sehr hastig.

Evi lachte hart auf.

»Sieh mal an, jetzt merkst du also endlich, was ich durchmache. Du, ich habe sie auch wiedergesehen, aber sie hat mich nicht angesprochen. Sie will uns mürbe machen.«

»Das kommt nicht von Anne.«

»Natürlich nicht«, sagte Evi wütend. »Dafür ist sie zu jung und zu naiv. Aber jetzt wo sie also auch wissen, wer du bist, da werden sie ordentlich zulangen, darauf kannst du Gift nehmen.«

»Wir müssen uns wehren.«

»Das versuche ich dir die ganze Zeit begreiflich zu machen.«

»Morgen?«

»Warte mal, ich schau mal kurz nach, wann mein Mann aus dem Haus geht. Wir bauen dort am Südhang den Lift, und da ist er viel oben. Ich schau mal nach.«

Gerrit wartete ungeduldig.

Endlich meldete sie sich wieder.

»Ich könnte um siebzehn Uhr, früher geht es auf keinen Fall.«

»Gut, das passt mir ausgezeichnet. Wir treffen uns also wieder an der gleichen Stelle?«

»Ja!«

»Dann bis morgen.«

»Bis morgen.«

*

Als Evi den Hörer aufgelegt hatte und die Küche betrat, warf ihr Resl einen schrägen Blick zu, so als durchschaue sie die Bäuerin. Evi wurde noch nervöser.

»Was ist denn?«

»Das möchte ich gern von dir wissen. Seit einiger Zeit bist du sehr komisch.«

»Geh, bestimmt steht mal wieder ein Wetter in der Wand, das macht mich nervös, das weißt doch. Und dann die viele Arbeit, manchmal weiß ich nicht, wo mir der Kopf steht.«

Resl blickte sie erstaunt an.

Die Jungbäuerin war wirklich arg seltsam, und weil sie Evi schon als Kind gekannt hatte, spürte sie gleich, wenn etwas mit ihr nicht in Ordnung war. Sie wusste viel, auch wenn sie schwieg. Ihr konnte man so schnell nichts vormachen.

Warum musste sie plötzlich an die Vergangenheit denken? Damals, bevor sie den Wallnerbauern zum Mann nahm? Sie erinnerte sich noch so gut an den feschen Jungen aus dem Tal. Wie oft war sie damals verschwunden, die Evi. Ja, ja, sie hatte sich ihr Teil gedacht, und dann die Zeit auf der Alm.

Damals war sie fest davon überzeugt gewesen, dass Evi droben eine Frühgeburt gehabt hatte. Niemand im Dorf hatte je erfahren, dass sie schwanger war. Sie, Resl, dachte im Traum nicht daran, sie zu verraten. Beweisen konnte sie ja auch nichts.

Aber vorhin hatte Evi mit einem Mann gesprochen. Paul hatte sie ihn genannt. Hieß der frühere Geliebte nicht auch Paul? War es derselbe?

Resl bekam einen starren Blick.

Sollte das vielleicht heißen, dass sie schon wieder eine Affäre anfing?

Sie bekam einen harten Zug um die Lippen. Nein, diesmal würde sie nicht schweigen. Sie musste sehr vorsichtig zu Werke gehen, dann würde sie auch herausfinden, was hier gespielt wurde.

Während sie also jetzt zusammen in der Küche weilten und sich um das Essen kümmerten, warf sie immer wieder einen Blick auf die Bäuerin. Verdutzt stellte sie fest, dass sie ein nervöses Zucken in den Augenwinkeln hatte und einen harten Zug um die Lippen. Na, dachte die Alte erstaunt, so sieht keiner aus, der gerade mit dem Liebsten gesprochen hat. Nein, das kann es also nicht sein. Es ist also etwas anderes, das ihr so zusetzt. Sie ist zu allem entschlossen. Ja, so schaut sie aus.

Frieda und Gustl kamen in die Küche gestürzt. Aber Evi hatte jetzt keine Nerven, sich um die Kinder zu kümmern und fuhr sie recht hart an. Diese waren sehr erstaunt. Das waren sie von der Mutter gar nicht gewöhnt. Überhaupt war sie in letzter Zeit so komisch.

»Komm, dann gehen wir wieder.«

Resl schrie ihnen nach: »Geht aber nicht zum See!«

Sie maulten. Denn alles was verboten war, war ja um so interessanter, aber leider hatte auch der Vater mit ihnen ein hartes Wort gesprochen. Das Boot, das die Familie besaß, wurde nur benutzt, wenn Vater oder Mutter mit von der Partie waren.

Gustl sagte störrisch: »Alle Buben im Ort haben ein Boot, sogar Schlauchboote haben sie, und sie dürfen alle damit auf den See.«

Gustl blickte sie listig an.

»Frieda, jetzt kommt mir was in den Sinn.«

»Und?«

»Sie haben uns verboten, mit unserem Boot zu fahren.«

»Ja, das stimmt«, sagte das Mädchen.

Gustl grinste sie an.

»Weißt was, ich werde mal den Peter fragen, wenn wir ihm was geben, sicher lässt er uns dann auch mal fahren. Das ist doch ganz einfach. Und bei dem Wetter. Alle sind sie auf dem See, nur wir nicht.«

Frieda hatte noch ein wenig Bedenken.

»Heute ist es schon zu spät.«

»Ja, heute schon, aber ich spreche schon mal mit dem Peter.«

Frieda sagte: »Morgen ist Samstag, vielleicht geht dann die Mutter mit uns. Das tut sie doch oft.«

Gustl sagte: »Du mei, das hab ich ja ganz vergessen. Na schön, aber ich frage den Peter trotzdem, für alle Fälle, oder für die Wochentage, weißt.«

»Ich komm mit!«

Sie rannten vom Hof auf die Dorfstraße.

Bei der Gluthitze lag sie wie ausgestorben da. Alle, die Zeit hatten, lagen unten am See. Er war ja auch der Anziehungspunkt vieler Fremden. Sicher, man ging auch in die Berge, aber die waren meistens im Winter interessant. Wenn die Skifahrer sich an den Hängen tummelten, waren die jungen unten auf dem See, der in einem kalten Winter zufror.

Frieda und Gustl waren nicht auf den Kopf gefallen.

Währenddessen war Evi in der Küche und grübelte nach, wie sie es anstellen konnte, um wieder in Frieden leben zu können. Sie wusste, so ging es nicht weiter. Das ließen ihre Nerven einfach nicht mehr zu.

Einmal war sie mit ihrem Mann über die Dorfstraße gegangen. Da war ihnen Anne entgegengekommen, und sie war so zusammengezuckt, dass ihr Mann sie erstaunt angesehen hatte: »Ja, was hast denn du?«

»Ach, nichts!«

Da er um fünfzehn Jahre älter war als sie, hatte er ein besonderes Auge auf seine fesche Evi, man konnte ja nie wissen.

Also sah er sich um, konnte aber weit und breit kein Mannsbild entdecken, also vergaß er den Vorfall wieder. Evi aber tat es nicht.

Paul war jetzt mit der gleichen Angst angesteckt und würde diesmal nicht kneifen.

*

Michl Leitner, Annes Kollege, bemerkte ihr verändertes Wesen zuerst. Sonst schüchtern, lautlos und zugleich liebenswürdig, war jetzt etwas mit dem Mädchen geschehen, das ihn seltsam anmutete. Wenn es nicht verrückt klingen würde, so würde er behaupten, sie wäre steinern geworden. Ja, das war das richtige Wort für sie. Ihre Augen mieden jeden, und um die Lippen lag ein harter, ja fast grausamer Zug. Anne war steinern für ihre Umgebung geworden. Sie führte das gleiche Leben wie sonst, war höflich, zuvorkommend, und ihre Arbeit machte sie wie immer schnell und sehr gewissenhaft. Es flog ihr nur so zu. Man brauchte ihr nur einmal etwas zu zeigen oder zu sagen, und sie begriff den ganzen Geschäftsablauf.

Sie kam und ging allein. Michl fühlte es schmerzlich, denn er begann dieses Mädchen zu lieben. Aber sie sah ihn gar nicht mehr. Wen er sie mal wirklich ansprach, hob sie wohl den Kopf, aber ihr Blick ging durch ihn hindurch in weite Ferne. Ein Schauer rann ihm dann den Rücken herunter, und er glaubte, der Leibhaftige stünde hinter ihm.

Ihr siebzehnter Geburtstag kam heran, und nur Michl hatte an sie gedacht. Er war eigens für sie früher gekommen und hatte auf ihrem Arbeitsplatz einen Strauß Blumen und eine Schachtel Pralinen aufgebaut. Und dazwischen ein Schild: »Herzlichen Glückwunsch zum Geburtstag und alles Gute!«

Wie sehr hatte sie sich einmal über einen Apfel von ihm gefreut. Er konnte sich noch sehr gut daran erinnern. Musste da diese Gabe nicht ankommen, sie aufrütteln? Er wünschte sich so sehr, sie möge wieder so sein wie früher, dann konnte er mit ihr sprechen, sich ihr nähern. Würde der Bann endlich gebrochen werden? Man konnte sie dann einladen, zu einer

Bootsfahrt vielleicht, mit ihr wandern. Sie war ja noch so jung, er würde ganz zart vorgehen.

Anne betrat das Büro. Sie hob die Augen und suchte den Mann und sah ihn aufmerksam an.

»Das haben Sie doch gemacht, nicht wahr?«

Er nickte heftig mit dem Kopf. Warum freute sie sich nicht? Warum lächelte sie nicht mehr ihr feenhaftes Lächeln?

Anne sah noch einmal auf die Geschenke und sagte leise: »Das war sehr nett von Ihnen, und ich bedanke mich auch, aber Sie hätten es nicht tun sollen!«

Dann nahm sie Platz und holte ihre Arbeit hervor.

Michl war wie vor den Kopf geschlagen. Er stürzte vor und stellte sich vor sie. »Ja, freuen Sie sich denn gar nicht?«

»Freuen? Warum? Weshalb soll ich mich denn freuen? Weil ich Geburtstag habe? Den Tag meiner verfluchten Geburt soll ich noch feiern und mich auch noch darüber freuen?«

Der Mann prallte zurück, sah sie mit geweiteten Augen an und schluckte. Aber Anne bemerkte das alles nicht, sie hatte sich schon wieder in der Gewalt.

Michl machte heute viele Fehler und fluchte vor sich hin. Er war mit seinen Gedanken stets bei dem Mädchen, die Worte gingen ihm nicht mehr aus dem Kopf. Was war nur geschehen, das sie so bitter hatte werden lassen?

Aber so sehr er sich auch den Kopf zerbrach, er kam nicht darauf.

*

Gustl stand vor der Mutter, breitbeinig und hochrot im Gesicht. Er sagte wütend: »Aber du hast es uns versprochen. Versprochen ist versprochen. Geh, Mutti, du musst es einfach. Es ist so heiß und wir...«

Evi war sehr nervös und ungehalten und ungerecht dazu. Sie musste sich ja jetzt mit Paul treffen. Recht spät war sie schon dran. Gerade hatte sie den Wagen anlassen wollen, da war der Bub aus dem Haus gestürzt. Evi konnte sich zwar nicht mehr daran erinnern, ob sie dem Buben wirklich die Bootsfahrt versprochen hatte. Aber ihr schlechtes Gewissen schlug an.

»Hör zu, ich...«

»Nein, nein«, sagte der Bub wütend. »Immer sagst, hör zu, aber dann wird doch alles anders. Mutter, ich möchte so schrecklich gern. Die Schularbeiten sind fertig, wir haben der Resl geholfen. Alles haben wir getan, und jetzt...«

Mit schwacher Stimme meinte die Bäuerin: »Vielleicht kommt der Vater bald heim, dann kannst ihn ja fragen.«

»Der Vater geht doch nicht zum See«, sagte der Bub verächtlich. »Der will das doch nicht. Der sitzt doch nur immerzu im Kontor. Ich hasse das Geld, Mutter, ich mag es gar nicht.«

Sie fühlte sich elend. Aber was sollte sie denn machen?

»Gustl, ich verspreche es dir ganz fest.«

Seine blauen Augen fixierten die Mutter.

»Das hast neulich auch schon gesagt. Warum musst denn wieder fort? Die Geschäfte sind doch geschlossen.«

»Ich muss was erledigen, das verstehst du noch nicht, und überhaupt, wenn mich nicht alles täuscht, dann zieht auch noch ein Unwetter auf, Gustl, also heute wird es eh nichts.«

Der Bub starrte hinüber zu den Bergen. Sie standen gezackt gegen den blauen Himmel. Nein, nein, dachte er zornig, das sagt sie nur wieder, damit ich Ruhe geb. Aber ich will nicht, nein, ich will es einfach nicht.

Gustl konnte ganz schön stur sein, wenn er wollte, aber diesmal nützte ihm das auch nichts.

Die Mutter fuhr davon.

Er stand verlassen auf dem Hof und blickte ihr zornig nach.

»Nun denn, ich verzichte nicht darauf, ich nicht«, dann rannte er um die Hausecke und schrie nach Frieda.

»Was ist?«

»Komm, wir gehen zum Peter.«

»Will die Mutter wirklich nicht?«

»Sie ist mal wieder fortgefahren«, sagte er wütend, »und gesagt hat sie mir auch nix.«

Frieda machte ein nachdenkliches Gesicht.

»Kommst jetzt oder nicht?«

»Aber sie hat es uns doch verboten, Gustl.«

»Du mei, sie hat uns verboten, mit unserem Boot zu fahren, weil sie Angst hat, wir setzen es auf den Grund. Aber ich bin doch kein Depp.«

Sie trotteten die Dorfstraße hinunter und fanden auch bald den Peter.

»Wie ist es, leihst es mir jetzt?«

»Kannst denn damit fertig werden?«

»Klar«, sagte der zwölfjährige Gustl. »Ich bin doch schon oft mit dem Boot von daheim gefahren.«

»Und warum nimmst es jetzt nicht?«

»Weil die Mutter denkt, ich kann es allein nicht, darum.«

Peter war schon dreizehn und hatte seinen Rettungsschwimmer außerdem. Er besaß ein kleines Schlauchboot, der Neid aller Klassenkameraden. Manchmal nahm er einen Freund mit, aber Gustl wollte ja mit der Schwester allein fahren, weil er es ihnen allen zeigen wollte, wie groß er schon war. Und spät am Abend würde er der Mutter davon berichten, bestimmt bekam er dann zum Geburtstag auch ein Boot. Das war sein brennendster Wunsch.

Peter war ein gutmütiger Geselle.

»Na schön, von mir aus, aber wag dich nicht zu weit vom Ufer weg.«

»Geh, ich bin doch keine Memme.«

»Musst es mir versprechen, sonst werden sie sauer, weißt, die passen doch auf, und dann sind da ja auch die großen Boote. Die können ganz schöne Wellen werfen, und dann ist es nicht so einfach. In der Nähe des Ufers ist es aber gar nicht schlimm.«

Gustl hörte nur mit halbem Ohr hin. Er kannte sich doch aus, war er doch hier geboren und schon als ganz kleiner Bub mal in den See gefallen. Und schwimmen konnte er ja auch, Frieda zwar noch nicht so gut, aber das war ja auch nicht so wichtig.

»Also, dann viel Vergnügen, aber nur eine halbe Stunde, verstanden?«

»Klar!«

Frieda, die zehnjährige Schwester, war noch ein wenig ängstlich. Jetzt wo es losgehen sollte, hätte sie am liebsten einen Rückzieher gemacht. Aber Gustl schimpfte sie mächtig aus. Er war nämlich so pfiffig und dachte an eine Rückversicherung. Waren die Eltern doch am Abend böse, dann mussten sie zusammen die Strafe tragen, und dann war sie längst nicht so arg, als wenn man als Bub allein bestraft wurde. Erfahrung macht nun mal klug!

Vom Bootssteg krabbelten sie also in das Schlauchboot, es ging auch alles ganz prächtig, und Gustl paddelte gleich los. Auf dem See selbst war die Hitze längst nicht mehr so brütend. Frieda ließ eine Hand ins Wasser und freute sich.

»Na, ich hab dir doch gesagt, es geht«, strahlte der Bruder die Schwester an.

»Wohin fährst denn?«

»Ach, ich weiß noch nicht, erst mal weiter.«

Anfangs hielt er sich auch am Ufer, aber weil es gar so einfach war, wagte er sich auch weiter. Dann kam auch mal ein Segelboot dahergerauscht, und ihr Boot fing mächtig an zu schaukeln, und Gustl hatte alle Mühe, es zu halten. Also sagte er sich, ich muss denen doch ausweichen. So kam es, dass er immer einen recht großen Bogen fuhr. Sie waren schon längst über eine halbe Stunde auf dem Wasser, und dann merkten sie auch ganz plötzlich, dass sie recht weit abgekommen waren.

Dem Buben taten die Arme schon mächtig weh, darum zog er die Paddel ein und ließ das Boot auf den Wellen schaukeln. So gelangten sie ziemlich weit ab und von dem überwachten Strand, sie kamen in eine Bucht, in der sie noch nie gewesen waren.

Während sie sich noch laut unterhielten, wo sie wohl sein mochten, da sahen sie auf einmal die dunklen Wolken über den Bergspitzen stehen. Sie mussten schon eine ganze Weile dort gestanden haben, aber sie hatten es nicht bemerkt. Die Mutter hatte also doch die Wahrheit gesprochen, als sie davon redete, es stünde ein Wetter in der Wand.

»Wir müssen heim«, jammerte Frieda gleich los.

»Was meinst wohl, was ich die ganze Zeit tu«, stöhnte Gustl und staunte über den See, denn jetzt lag er gar nicht mehr so ruhig wie ein Spiegel da, sondern die Wellen wurden immer höher, das Wasser war auch gar nicht mehr glitzernd blau, sondern dunkel und drohend. Frieda begann sofort zu weinen und hatte Angst.

»Sei still und hilf mir lieber«, keuchte der Bub, der schon nicht mehr gegen die Wellen anrudern konnte. Zu seinem Schrecken merkte er jetzt auch, dass sie noch weiter vom Ufer abgetrieben wurden. Hier musste eine ziemlich starke Strömung zur Mitte hin führen.

Die Wellen wurden immer höher, und die Kinder wussten, es wurde jetzt ernst!

Sie befanden sich in Lebensgefahr!

Wie oft hatte ihnen die Mutter davon erzählt, wie tückisch der See manchmal werden kann. Bis zu dieser Stunde hatten sie es nicht geglaubt, weil sie ja selbst noch nie einer direkten Gefahr ausgesetzt gewesen waren.

Frieda schrie und weinte und sah das angstverzerrte Gesicht des Bruders. Das kleine Boot schaukelte wie eine Nussschale auf dem wütenden See herum.

Und währenddessen war Evi droben im Wald!

*

Sie hatten sich wieder an der gleichen Stelle getroffen. Beide waren sie pünktlich gewesen. Jetzt war auch Paul aufgebracht und erzählte von dem Besuch in seiner Praxis.

Sie saßen auf dem Stein und blickten sich ernst an.

»Wir müssen etwas unternehmen.«

»Ja«, sagte er dumpf.

»Du bist Arzt!«

»Was willst du damit sagen?«

»Für dich dürfte es doch ein Leichtes sein, Paul.«

»Oh, nein, ich denke ja nicht daran. Nein, wenn es schon sein muss, dann muss es wie ein Unfall aussehen.«

Evi stöhnte: »Warum hast dich auch nicht weiter um sie gekümmert? Hättest ihr eine Stelle in München oder Augsburg verschafft, dann hätte sie die Wahrheit nicht entdecken können. O mein Gott, es ist zu schrecklich. Ich kann nachts schon nicht mehr schlafen.«

»Nun werde nicht hysterisch, ich bin ja auch belastet, wir müssen jetzt einen klaren Kopf behalten.«

»Ja, ich weiß.«

»Wie soll es geschehen?«

»Ein Unfall, das dürfte doch gar nicht so schwer sein.«

»Wie willst das nun machen?«

Der Arzt stand auf und ging hin und her. Er war schrecklich nervös. Mord! Mein Gott, so weit ist es also doch schon mit uns gekommen? Er sah die tiefdunklen Augen des Mädchens vor sich.

Er wandte sich Evi zu und sagte mit rauer Stimme: »Ich kann es einfach nicht glauben, dass sie so gerissen ist. Hör zu, Evi, ich werde noch einmal mit ihr reden.«

»Warum?«, schrie sie auf.

»Ich bringe sie zur Vernunft. Ich werde sie noch einmal eindringlich bitten, mir zu sagen, was sie von uns will. Wenn sie mir dann droht, dann verteidigen wir uns ja nur. Verstehst du?«

»Und du denkst, sie gibt die Auskunft freiwillig?«

Er stöhnte auf.

»Meinst, mir fällt es leicht, Evi.«

»Du hast Schuld. Du allein, damals...«

»Hör endlich mit den alten Geschichten auf!«

»Ich bin ja schon still. Aber, Paul, ich kann nicht mehr, ich zucke bei jedem Geräusch zusammen. Immer denke ich, jetzt kommt sie, oder sie schickt jemanden. Mein Gott, ich kann nicht mehr.«

»Lass uns noch zwei Tage warten. Ich meine, dann können wir es ja noch immer sehr schnell tun.«

»Und wie?«

»Nun, wir werden ihr sagen, dass wir uns mit ihr aussprechen möchten, wir zwei und sie, und das könnten wir doch am besten auf einer Wanderung. Es muss aber so gemacht werden, dass sie allein losgeht. Niemand darf sehen, dass wir mit ihr zusammen waren, verstehst du, Evi?«

Sie hatte begriffen. In den Bergen gab es so viele Möglichkeiten, und oft wurden die Toten nie mehr wiedergefunden. Viele Jahre blieben sie verschollen, und nur durch Zufall entdeckte man sie dann wieder. Oft musste deswegen erst ein Bergrutsch stattfinden.

Evis Augen flackerten.

»Warum muss ich denn mit?«, fragte sie leise.

Paul sagte hart: »Evi, wenn, dann bleiben wir zusammen. Hast du mich verstanden?«

»Ja«, sagte sie leise.

»So, hast sonst noch etwas zu bereden?«

»Nein, halt doch, wie willst sie denn sprechen?«

»Ich komme morgen nach Holzkirchen, und ich treffe sie halt zufällig. Dann lade ich sie zu einem Eis am See ein, und dann reden wir über alles. Ich hoffe, sie wird endlich vernünftig, vielleicht können wir ihr genug Geld anbieten, und sie verlässt den Ort. Wir legen dann das Geld zusammen. Du hast doch eigenes Geld?«

Sie zögerte.

»Aber der Hof von deinen Eltern?«

Der Mann drängte sie.

»Die Mutter lebt doch noch, und sie hat das Recht. Meine Aussteuer hab ich schon erhalten. Erst wenn sie stirbt, kann ich ganz über das Erbteil verfügen. Da sie einen Verwalter hat, bekomme ich kein Geld im Augenblick.

»Da wirst dir schon was ausdenken müssen, Evi, wir haben uns verstanden?«

»Ja«, sagte sie leise.

»Nun, ich werde mich dann wieder mit dir in Verbindung setzen.

»Ja!«

Sie trennten sich wieder.

*

Anne wanderte am See entlang. Sie dachte nur immer das Eine; ihre Eltern hatten sie fortgegeben, einfach fort! Wie einen alten Koffer! Sie hatten nur an sich gedacht, und auch jetzt glaubten sie, mit Geld ihr Gewissen erleichtern zu können.

Sie ging sehr lange und hatte bald wieder die einsame Stelle am See erreicht. Dort setzte sie sich auf einen Felsvorsprung und starrte auf das Wasser.

Leben, dachte sie verzweifelt, warum soll ich noch leben? Ich kann einfach nicht mehr. Ich kann nie froh und glücklich werden. Das Wissen hängt mir wie ein Mühlstein um meinen Hals. Es ist so schrecklich. Ich bin so nutzlos, so überflüssig, niemand wird mich beweinen, nein, niemand, die Eltern werden sogar noch froh sein, wenn sie hören, dass ich nicht mehr bin.

Schluchzend legte sie die Hände vor das Gesicht.

Alles war hier so friedlich, aber dann zog auch das Unwetter auf. Zuerst bemerkte sie es gar nicht. Doch als sie dann die kräuselnden Wellen auf dem See bemerkte, überlegte sie einen Augenblick, dass sie sich sputen müsse, wenn sie noch trocken zurück sein wollte. Der See hatte sich merklich verändert. Sie betrachtete eine Weile das Wasser, und dann durchzuckte sie ein Gedanke!

Ich will nicht mehr leben. Alles ist so schrecklich, wenn ich mich jetzt einfach fallen lasse, dann ist es vorbei. Der See wird mich aufnehmen und festhalten. Man wird mich nicht mehr finden. Ich werde endlich meine Ruhe haben.

Einen Augenblick dachte sie an die Schwestern im Heim. Es war Sünde, sich das Leben zu nehmen, aber war es nicht auch Sünde, Kinder in die Welt zu setzen und sie dann zu verstoßen?

Sie starrte auf den See und erhob sich langsam.

»Gleich wird alles vorbei sein, dann werde ich nicht mehr leiden, dann habe ich meinen Frieden.«

Langsam strebte sie dem See zu. Hier war das Ufer ein wenig steiler als sonst, deswegen kamen hier auch nicht die Urlauber her. Sie wollten sich ja amüsieren und vor allen Dingen gesehen werden.

Die Schuhe standen schon im Wasser.

Und dann hörte sie die Schreie!

Anne zuckte zusammen und sah sich um. Doch hinter ihr war alles leer. Niemand war in der Nähe und beobachtete sie, sie konnte also sterben.

Die Schreie gellten über den See.

Anne legte die Hand über die Augen. Jetzt war ein unwirkliches Licht auf dem See. Man konnte es nicht genau erkennen, aber dann sah sie es doch!

Dort auf dem See kämpften zwei Kinder um ihr Leben!

Das Boot war umgekippt, und sie klammerten sich verzweifelt daran fest.

Anne starrte entgeistert auf das Schauspiel. Ein eisiger Schreck fuhr ihr durch die Glieder.

»O mein Gott«, betete sie inbrünstig.

Weit und breit war kein Schiff zu entdecken.

Wenn die Kinder nicht ertrinken sollten, dann musste jetzt sofort Hilfe zu ihnen kommen.

Anne vergaß, weswegen sie hier stand. Ehe sie sich versah, riss sich das Mädchen das Kleid vom Leib und streifte die Schuhe ab, dann war sie auch schon im See. Die Wellen waren hoch, und sie musste dagegen ankämpfen. Schließlich war sie zierlich und schwach. Für einen Mann war das schon eine schwere Arbeit.

Und sie schrie zu den Kindern: »Haltet durch, ich komme gleich. Haltet durch!«

Sie kämpfte tapfer mit den Wellen und kam auch zügig vorwärts. Wenn Anne geglaubt hatte, niemand habe das Unglück gesehen, so irrte sie sich.

Weiter oberhalb führte eine Straße, und dort kam ein Auto vorbei. Als der Mann hinter dem Steuer sah, dass schon jemand zur Hilfe kam, tat er das einzig Richtige in diesem Augenblick, er raste in den Ort und verständigte die Polizei. Diese würde auch sofort den Arzt und den Krankenwagen holen. Der Mann fuhr zur Stelle, wo sich das Unheil anbahnte, zurück.

Anne dachte, ich schaffe es nicht mehr, aber dann tauchte doch der Kopf des Kindes vor ihr auf.

Gustl schrie: »Nimm die Frieda, die kann doch nicht so gut schwimmen.«

Frieda in ihrer Todesangst klammerte sich an die Retterin. Für Anne war es furchtbar. Sie sank mit ihr unter, und der Bub sagte ihr, sie solle Friedas Kopf untertauchen. »Du musst es tun, sonst wirst es nicht schaffen.«

Sie tat es, und wenige Sekunden später hing das Mädchen schlaff wie. eine Puppe in ihren Armen.

»Lieber Gott, lass es mich schaffen«, betete sie und strebte dabei zum Ufer zurück. Die Wellen waren jetzt noch höher, und sie keuchte und fühlte, wie ihre Lungenflügel bebten. Aber dann hatte sie es endlich geschafft, und mit letzter Kraft schleppte sie das kleine Mädchen an den Strand.

Todesmatt ließ sie sich neben der kleinen leblosen Gestalt in den Sand fallen. Dann sah sie zum See zurück, und sie wusste, der Bub würde es allein nicht schaffen. Er hatte zu lange dort am Boot gehangen und bei der Schwester ausgeharrt. Immer wieder ging er unter.

Anne taumelte zum See zurück.

»Ich muss ihn retten, Gott, hilf mir!«

Sie spürte jetzt die Kälte in sich hochkriechen. Die Seen in den Bergen waren ja besonders eisig. Sie kämpfte sich noch einmal vor, und dann hatte sie auch richtig den Buben erreicht. Dreimal musste sie untertauchen, bis sie endlich die kleine Gestalt fand und nach oben zog.

Gustl verhielt sich richtig, und so war es für sie nicht so schlimm, aber ihre Kräfte waren erlahmt. Sie konnte nicht mehr. Sie lag auf dem Rücken und starrte die düsteren Wolken an, und da wusste sie, ich schaffe es nicht mehr. Ich halte nicht mehr durch. Jetzt ist alles aus.

Eben noch hatte sie freiwillig sterben wollen. Doch jetzt war alles anders. Das Kind sollte nicht sterben.

Sie ging unter und kam nur schwer wieder hoch.

Inzwischen war der Mann zurückgekommen und sah die Tragödie, und er sprang in den See und kraulte zu ihnen herüber. Dahn sah er, dass inzwischen noch mehr Menschen zum See gekommen waren. Und da waren auch noch zwei Männer, die ihm nachschwammen. Fast zur gleichen Zeit erreichten sie Anne mit dem Buben.

Sie konnten es aber nicht verhindern, dass sie vor ihren Augen wegtauchte. Sie kam allein nicht mehr nach oben. Den Buben hatte sie losgelassen.

Gustl ruderte mit letzter Kraft ans Tageslicht, schnappte nach Luft und bekam nur Wasser in den Mund. Dann schrie er noch einmal, da packten ihn zwei harte Hände und rissen ihn aus dem Sog, und er wusste, jetzt ist alles gut.

Er fiel noch auf dem See in Ohnmacht.

Zwei Männer mussten eine Weile nach Anne suchen, bis man sie endlich fand. Dann schleppte man sie ab. Als man sie an Land zog, war ihr Gesicht schneeweiß.

»Ist sie tot?«

Der Arzt machte ein bedenkliches Gesicht.

Er versuchte sofort, sie zu retten, und ganz schwach schlug das Herz.

»Sie muss sofort ins Krankenhaus.«

Die beiden Kinder hatte man schon abtransportiert. Auch sie waren in dem Wasser unterkühlt worden. Sie mussten auch eine Weile im Krankenhaus bleiben.

Viele Bewohner aus dem Ort hatten zum Schluss dem Schauspiel zugesehen als die Polizei aber jetzt den Namen der Retterin wissen wollte, da zuckten sie die Schultern.

»Die kennen wir nicht. Die ist bestimmt nicht von hier. Wir haben sie noch nie gesehen.«

Jemand glaubte sich dann doch zu erinnern, ließ es aber dann wieder fallen.

Die Holzkirchener waren aufgebracht.

»Wie konnte es nur zu diesem Unglück kommen? Das verstehen wir einfach nicht. Wer sind denn nur die Kinder gewesen?«

»Das waren doch die Wallnerkinder«, sagte jemand und es ging wie ein Lauffeuer durch den Ort. »Die Wallnerkinder sind auf dem See fast ertrunken.«

Man bekreuzigte sich. Es kam immer wieder vor, dass der See seine Opfer verlangte, Jahr für Jahr. Aber von den Einheimischen war es schon lang keiner mehr gewesen. Das letzte Mal war es im Winter gewesen, da hatten sich ein paar auf den See gewagt, obwohl er noch nicht freigegeben worden war. Einer war ertrunken und nie mehr aufgetaucht.

»Wie geht das an?«, fragte man sich und schüttelte den Kopf. »Ist die Evi denn narrisch, dass sie die Kinder allein auf den See lässt?«

Der Ferdl, der selbst im Wasser gewesen war und geholfen hatte, sagte: »Tja, dann will ich mal den Eltern Bescheid geben.«

Die Dörfler wären gern mitgegangen, aber der Beamte ließ es nicht zu. Er zog sich rasch um, und dann machte er sich auf den Weg.

*

Als er auf dem Wallnerhof ankam, lag dieser wie ausgestorben da. Es war ja Samstag und da ruhte auch hier die Arbeit. Das Vieh war ja in den Sommermonaten auf der Alm.

Wie immer stand die Tür offen.

Ferdl schrie: »Hallo, ist denn keiner da?«

Er musste ein paar Mal rufen, bis endlich eine Stimme sich meldete. Es war die Resl.

»Ferdl, was schreist denn so? Ich bin so schön eingeschlafen gewesen, schämen sollst dich, alte Frauen so zu erschrecken.«

Sonst war er immer zu einem Spaß aufgelegt, aber heute machte er ein ernstes Gesicht.

»Ich muss die Evi und ihren Mann sprechen!«

»Ich glaube, die ist fortgefahren. Was ist denn los? Warum machst denn so ein amtliches Gesicht, Ferdl?«

»Weil ich etwas Trauriges zu berichten hab.«

Resl machte erschrockene Augen.

»Doch nicht die Kinder?«, flüsterte sie erbleichend.

Ferdl nickte.

Sie ächzte auf.

»Was ist denn?«

»Wir haben sie ins Krankenhaus schaffen müssen. Fast wären sie ertrunken, die zwei. Sind allein mit einem Boot draußen auf dem See gewesen und das bei dem Wetter.«

So weit war er gekommen, da erschien der Wagen vom Wallner, und dieser wunderte sich nicht schlecht, als er das Polizeiauto auf seinem Hof antraf.

»Grüß dich, Ferdl, was gibt es denn?«

»Gut, dass du da bist, Johann, so kannst gleich mit mir kommen.«

»Du mei, wohin denn? Pressiert es so? Ich bin müde und möchte einen Kaffee! Ja, Resl, wo ist denn meine Frau?«

»Das weiß ich auch nicht«, sagte sie leise.

Johannes runzelte die Stirn.

»Was ist geschehen?«

Resl stammelte: »Die Kinder, sie wären fast ertrunken.«

»Jesus Maria, und das sagst mir erst jetzt? Wo sind sie? Was ist mit ihnen? Ich muss sofort zu ihnen. Herrgott, wo ist denn die Evi?«

»Wir haben sie ins Krankenhaus bringen müssen. Kannst dich ja noch freuen, wenn da nicht so eine beherzte Person gewesen wäre, dann lägen sie jetzt auf dem Grund des Sees!«

»Guter Gott! Wer hat sie denn gerettet?«

»Das weiß ich auch noch nicht.«

»Komm, fahren wir los. Ich muss wissen, was mit meinen Kindern ist.«

Resl zitterte am ganzen Leib.

*

Evi dachte, bald kann ich wieder in Ruhe leben. Es wird alles wieder gut. Gott sei Dank, der Paul steht mir endlich bei. Ich will nicht für etwas leiden müssen, was schon so lange zurückliegt.

Sie war schon im Begriff in den Wagen zu steigen, als sie plötzlich eine laute Stimme innehalten ließ.

»Evi – warte mal einen Augenblick!«

Sie zuckte erschrocken zusammen, drehte sich um und sah zu ihrer Überraschung Ernst Steiner vor sich stehen. Der Blick des pensionierten Kommissars gefiel ihr ganz und gar nicht. Sie hatte ihn gar nicht näherkommen hören. Panische Gedanken spukten ihr im Kopf herum. Hatte Steiner womöglich etwas von dem Gespräch mitbekommen, das sie mit Paul geführt hatte?

»Was ist denn, Herr Steiner?«, fragte sie zusehends nervöser. »Ich hab´s eilig – ich muss wieder zurück nach Holzkirchen und...«

»Es dauert nicht lang, Evi«, fiel ihr Steiner ins Wort. »Soviel Zeit muss bleiben, um über gewisse Dinge zu reden.«

»Was für Dinge?«, wollte Evi wissen.

»Ich glaub schon, dass du sehr genau weißt, worauf ich hinauswill«, erwiderte Steiner. »Ich hab zwar noch nicht alles begriffen, um was es hier geht, aber du wirst es mir sagen. In deinem Interesse, Evi. Wer ist der Mann, mit dem du dich hier getrofen hast? Übrigens nicht zum ersten Mal.«

»Das wissen Sie?«, murmelte sie und schlug beide Hände vors Gesicht, weil sie wusste, was das bedeutete.

»Ja«, nickte Steiner. »Ich war schon mal in der Nähe, als du dich mit diesem Mann getroffen hast. Weiter oberhalb am Bergpfad. Ich hab euch beide mit dem Fernglas beobachtet und war neugierig, ob nicht etwa...«

»Ich hab keine Affäre mit Paul, falls Sie das meinen, Herr Steiner!«, fiel ihm Evi hastig ins Wort. »Dennoch hatte ich Wichtiges mit ihm zu klären. Dinge, die nicht weiter aufgeschoben werden müssen.«

»Das weiß ich jetzt auch«, sagte Steiner, während seine Stimme einen strengeren Tonfall annahm. »Die Anne ist deine Tochter, oder? Und Paul ist der Vater. Und bis jetzt weiß niemand davon.«

»Ja«, sagte Evi völlig aufgelöst. »Herr Steiner, Sie wissen doch, was das bedeuten kann. In so einem kleinen Ort wie Holzkirchen... wenn sich das erst herumspricht, dann ist es aus und vorbei mit meinem guten Ruf. Ganz zu schweigen von dem meines Mannes und meiner Kinder.«

»Und deswegen habt ihr beide einen Plan geschmiedet«, stellte Steiner ungerührt fest. »Was ich gehört hab, ist einfach abscheulich, Evi. Das kannst du doch nicht wirklich so meinen.«

»Ich... ich bin verzweifelt«, stammelte Evi vor sich hin. »Bei Gott, ich weiß einfach nicht mehr, was ich tun soll. Können´s das denn nicht verstehen, Herr Steiner? Das bedeutet doch das Aus für mich und...«

»Red keinen Unsinn!«, fiel ihr der Ex-Kommissar ins Wort. »Du versündigst dich, wenn du auch nur eine einzige Sekunde weiter an das denkst, was du eben zu diesem Paul gesagt hast. Das lass ich nicht zu, Evi. Ich werde dafür sorgen, dass das verhindert wird, verlass dich darauf.«

Natürlich konnte er sich vorstellen, dass Evi innerlich völlig aufgewühlt und eine Welt für sie zusammengebrochen war. Aber das war kein Grund, schlimmere Dinge zu planen. Steiner hatte ja recht – aber was sollte sie nur tun jetzt?

»Geh in dich und akzeptiere die Dinge so wie sie sind – und schau der Wahrheit ins Gesicht«, riet ihr Steiner. »Dein Mann wird dich schon nicht verstoßen, wenn er davon erfährt. Der Johannes steht mit beiden Beinen im Leben. Er wird dir verzeihen. Du musst nur mit ihm reden. Versprichst du mir das?«

Bange Sekunden vergingen, bis Evi schließlich nickte.

»Ich werd´s tun, Herr Steiner«, versprach sie ihm. »Und jetzt... ich muss zurück.«

»Dann fahr los«, riet ihr Steiner. »Aber vergiss nicht, was ich alles zu dir gesagt habe. Und denk daran, dass ich weiß, was du tun wolltest. Ich werde es niemandem sagen, wenn du diese bösen Gedanken ein für alle Mal vergisst!«

*

Sie beeilte sich heimzukommen, denn bei einem Unwetter fuhr sie nicht gerne auf den Bergstraßen herum. Das war manchmal gar nicht so ungefährlich. Als sie endlich den Hof erreichte, sah sie Resl in der Tür stehen. Der Wagen ihres Mannes stand auch schon da.

Dann konnten sie ja den Kaffee zusammen nehmen.

»Hast den Kaffee schon aufgebrüht?«

Resl rannte durch den Regen.

»Evi, um Gottes willen, warum bist denn so lang fortgeblieben? Warum nur?«

Die Bäuerin blickte sie erstaunt an.

»Je, nun, darf ich nicht mal für zwei Stunden fort, ohne dass der Hof abbrennt?«

»Deine Kinder, sie wären fast zu Tode gekommen. Sie sind auf dem See gewesen und wurden gerettet.«

»Nein!«

Evi brach fast in die Knie!

Für ihre Nerven war das schier zu viel.

Sie rüttelte Resl: »So red doch endlich. Wo sind sie denn?«

»Dein Mann ist mit dem Ferdl zum Krankenhaus. Dort sind sie eingeliefert, die Retterin auch.«

»Jesus Maria, das ist ja furchtbar.«

»Du musst dich mehr um die Kinder kümmern«, sagte die alte Frau und blickte sie scharf an.

Sie hatte die Totenblässe in dem Gesicht sehr wohl bemerkt, und auch, dass sie so seltsam wurde.

»Ich fahre sofort zu ihnen.«

»Ja!«

Diese Fahrt würde sie in ihrem ganzen Leben nicht vergessen. Sie betete in einem fort und flehte Gott an, sie versprach alles Mögliche, nur die Kinder durfte er ihr nicht nehmen. Das durfte das Schicksal nicht. Das würde sie nicht überleben.

»Ich werde der Retterin alles Liebe antun, alles«, schluchzte sie und merkte noch nicht mal, dass sie weinte.

Wie lang ihr auf einmal der Weg vorkam. Sie musste ja den halben See umrunden, und dabei hatte sie immer wieder einen Blick darauf und konnte sich mit eigenen Augen davon überzeugen, dass jetzt das Unwetter mit voller Wucht darüber hinwegtobte.

Völlig am Ende ihrer Kräfte kam sie dann endlich am kleinen Krankenhaus an. Ihr Mann stand unten in der Halle. Er schien auf sie gewartet zu haben.

»Johannes, die Kinder«, murmelte sie.

Er nahm sie in die Arme und streichelte sie.

»Alles in Ordnung. Sie werden am Leben bleiben. Und der Schock wird für sie sehr heilsam sein. Evi, du hättest es ihnen verbieten müssen.«

Sie fühlte sich so schuldig und konnte ihrem Mann noch nicht mal sagen, warum sie nicht auf die Kinder aufgepasst hatte. Der Gustl hatte sie so gebeten! Aus Trotz hatte er es also getan! Dieser dumme Bub!

»Dann ist ja alles gut«, schluchzte sie noch einmal auf.

»Es ist gar nichts gut«, sagte der Mann dumpf.

»Aber du hast doch eben gesagt...«

»Die Retterin, sie schwebt noch immer in Lebensgefahr!«

»O mein Gott«, stammelte Evi.

»Ich werde meines Lebens nicht mehr froh, wenn sie stirbt«, sagte der Großbauer. »Sie hat selbstlos ihr eigenes Leben aufs Spiel gesetzt, um unsere Kinder zu retten.«

»Wer ist es denn?«

»Das wissen wir noch nicht!«

»Ich möchte sie sehen«, stammelte Evi. »Ich muss sie sehen, vielleicht, wenn ich für sie bete, mein Gott, Johannes, das Schicksal, es kann doch nicht so schrecklich grausam sein.«

»Nein, hoffen wir also.«

Sie schluchzte, wie sie noch nie geweint hatte.

Er legte den Arm um ihre Schulter.

»Komm, du kannst sie durch eine Scheibe sehen. Zu ihr darf man nicht.«

Schwankend durchmaß sie den langen Gang. Alle wussten sie jetzt, dass sie die Eltern der geretteten Kinder waren. Warum kamen denn nicht die Eltern der Retterin? Vermisste man sie noch immer nicht? Aber das ganze Dorf war doch in Aufruhr, und alle wussten sie es. Selbst wenn es eine Touristin war, man hatte doch eine Beschreibung von dem jungen Mädchen. Und Ferdl fuhr auch jetzt mit einem Lautsprecher durch die Straßen und erzählte nochmals, was passiert war. Das war man doch der Retterin schuldig.

»Hier!«

Johannes blieb stehen und ließ seine Frau vorgehen!

Sie presste ihr Gesicht gegen die Scheibe!

Und dann erkannte sie Anne!

Ihr Gesicht bekam fast einen grünen Anstrich! Sie starrte auf das wie tot daliegende Mädchen und konnte die Wahrheit nicht begreifen! Das war einfach zu viel!

Zuviel!

Ihr Herz schien für Sekunden auszusetzen!

Anne, Anne, das Kind, das sie und Paul töten wollten, Anne, ihre uneheliche Tochter, hatte unter Einsatz ihres eigenen Lebens ihre beiden Kinder gerettet.

Während sie da oben im Wald gesessen und geplant hatten, wie man vorgehen müsse, hatte sie ihre Kinder sich allein überlassen, und wäre diese Anne nicht gekommen, dann hätte sie jetzt zwei tote Kinder!

Evi Wallner wusste gar nicht, dass sie schrie!

Bewusstlos fiel sie zu Boden.

Alles ging so schnell, dass nicht mal ihr Mann, der doch direkt hinter ihr stand, sie auffangen konnte.

Von allen Seiten kam Hilfe herbei.

Fassungslos starrte Johannes in das schneeweiße Gesicht seiner Frau.

Er verstand ja nicht, warum sie ohnmächtig geworden war.

»Eine Herzspritze und wir haben alles wieder im Griff«, tröstete der Arzt den verzweifelten Mann. »Es war einfach zu viel für sie. Der Schock und dann die Freude!«

»Aber das war doch schon vorbei«, stammelte der Großbauer, »sie sah das fremde Mädchen und fing an zu schreien, ich verstehe das einfach nicht.«

Man trug Evi in ein Nebenzimmer, und der Arzt kümmerte sich um die Frau. Sehr schnell musste er feststellen, dass es mit der Ohnmacht gar nicht so einfach war.

»Wir müssen sie hierbehalten, Herr Wallner.«

»Aber das ist ja furchtbar«, stöhnte er. »Und das mitten in der Heuernte. Sicher, ich hab meine Leute, aber sie kümmern sich doch um alles.«

»Ich gebe Ihnen sofort Nachricht, wenn Sie Ihre Frau abholen können.«

Etwas hilflos stand der Großbauer in der Tür.

»Kümmern Sie sich auch um das Mädchen?«

»Freilich werden wir das tun.«

Johannes Wallner ging heim und erzählte der Resl alles. Diese nickte nur und sagte: »Bis jetzt haben meine Knochen noch hergehalten, so werde ich das auch wohl noch schaffen.«

»Evi, mein Gott, dass sie sich das so zu Herzen genommen hat, ich verstehe das einfach nicht.«

*

Resl fuhr mit dem Postbus. Schließlich musste sie sich jetzt um alles kümmern, und die Kinder brauchten ihr Nachtzeug und ein wenig Naschereien. Also fuhr sie in das Krankenhaus und besuchte diese. Frieda und Gustl waren soweit schon wieder hergestellt, und man wollte sie morgen entlassen.

»Gehst jetzt zur Mutter?«

»Ja, zu ihr will ich auch noch.«

»Dann grüß sie schön von uns, wir dürfen noch nicht zu ihr, Resl.«

»Das kann ich mir denken, denn ihr habt ja gegen ihr Verbot gehandelt.«

Sie machten betretene Gesichter. »Das werden wir auch nie mehr, Resl, jetzt weiß ich, dass mit dem See nicht zu spaßen ist.«

»Nun, das haben wir dir auch schon vorher gesagt.«

Dann verließ sie die Kinder. Auf dem Flur sprach sie eine Nonne an. Sie wolle gern das fremde Mädchen sehen, ob das ginge.

»Kommen Sie!«

Resl stand nur vor der Scheibe und sah Anne an. Diese lag noch immer in einer tiefen Ohnmacht. Resl zuckte merklich zusammen, als sie Ähnlichkeiten der Familie Günzel bemerkte. Und dann las sie auch das Krankenschildchen,. und sie bekam ganz schwache Beine. Ob der Johannes das auch gelesen hat, dachte sie erschreckt.

Ahnte sie schon alles?

*

Evi war nach ein paar Stunden wieder zu sich gekommen, obwohl sie sich dagegen gewehrt hatte, denn sie befand sich jetzt in einer Sackgasse und war verzweifelt. Die ganze Lage hatte sich jetzt noch verschlechtert.

»Resl«, weinte sie, »schön, dass du gekommen bist. Ist daheim alles in Ordnung?«

»Ja, und die Kinder sind auch wieder lustig und zufrieden. Morgen sollen sie entlassen werden.«

»Ja, ich glaube, ich werde auch wohl wieder heimgehen können.«

Sie hatte einen ganz seltsamen Gesichtsausdruck. So starr waren ihre Augen geworden, und ein herber Zug lag um ihre Lippen. Sie war nicht mehr die stolze Hofbesitzerin. Nein, sie wirkte verlassen und hilfsbedürftig.

Die alte Resl beugte sich vor.

»Warum sagst mir nicht die Wahrheit, Evi? Du musst dich jetzt stellen!«

Mit einem erstickten Laut fuhr sie zurück und starrte Resl an. »Was weißt denn du schon?«

»Ich glaube alles!«

»Nein«, sagte sie mit brüchiger Stimme.

»Der Hansl hat für die anderen damals konfuses Zeug gesprochen, aber ich hab ihn immer verstanden. Hansl konnte in seiner Einfältigkeit gar nicht lügen, er konnte nur davon reden, was er mit seinen eigenen Augen gesehen hatte. Er sah oft etwas, was den Menschen unangenehm war, und dann sagten sie schnell: »Ach, der spinnt doch wieder, und man kann ihn einfach nicht für voll nehmen. Aber ich habe es besser gewusst.«

»Was hat er dir erzählt?«

Wie blass und eingefallen ihr Gesicht jetzt war.

Resl sagte leise: »Damals, als du ganz plötzlich den Dienst auf eurer Alm aufnahmst, da hat er davon erzählt von einer Nacht und von dem Paul, ich kannte ihn doch gut, und dann von deiner Krankheit und dem Bündel und anschließend hättest du ganz anders ausgesehen und hättest auch viel besser den Kühen nachsteigen können, wenn sie sich verlaufen hatten. Ja, das hat der Hansl mir erzählt, und ich hab mir mein Teil gedacht.«

Evi dachte, sie stellt nur Vermutungen an und weiß doch nicht die Wahrheit.

Da hörte sie die Alte sagen: »Nicht wahr, es ist dein Kind?«

Evi starrte sie entgeistert an.

»Resl, bist wahnsinnig geworden?«

Sie hatte ein wissendes Lächeln um ihre Lippen.

»Es wird nicht mehr lange dauern, dann wird der Johannes es auch ahnen oder wissen. Weißt, dass er sich intensiv um das Mädel kümmern will?«

Evi umfasste den Arm der Alten.

»Jesus Maria, das darf er nicht. O du mein Gott, das werde ich nicht zulassen. Warum denn auch?«

»Aus Dankbarkeit. Der Johannes weiß jetzt auch, dass sie eine Waise ist und ihm tut das Mädel leid. Ja, er hat schon davon gesprochen, dass er sie vielleicht bei sich aufnehmen könnte, damit er so ein wenig abgelten kann.«

»Ich will es nicht.«

Sie bäumte sich auf.

»Nun, wirst es schon müssen, schließlich hat das Mädchen unter dem Einsatz seines eigenen Lebens deine zwei Kinder gerettet. Ich glaube, dein Mann wird es nicht verstehen, wenn du dich dagegen auflehnst, Evi. Überhaupt, alle im Ort werden dich dann für roh und kalt halten.«

Jetzt hatte sie blutleere Lippen.

Fahrig gingen ihre Hände über die Bettdecke.

»Resl, das kann er mir nicht zumuten, das doch nicht!«

Die Augen der Alten blickten recht scharf.

»Er wird...«

»Evi, man muss das Schicksal so nehmen, wie es ist. Du darfst dich nicht mehr dagegen auflehnen, hörst mir zu?«

Weinend warf sie sich hin und her.

»Resl, Resl, mein Gott, könnte ich doch die Zeit zurückdrehen, ich würde vieles anders machen, glaube mir.«

»Das glaube ich dir ja, Evi, aber nun reg dich nicht auf. Ich komme morgen wieder, und dann sehen wir weiter.«

Schwerfällig erhob sich die Alte.

Als sie schon an der Tür stand, sagte sie leise: »Du hast mich noch gar nicht gefragt, wie es dem Mädchen geht.«

Evi wandte ihr den Kopf zu.

»Wie geht es ihr?«

»Die Ärzte haben noch nicht viel Hoffnung. Vielleicht löst sich alles so auf.«

Ein seltsames Glühen stand in den Augen der Frau.

Resl schüttelte den Kopf.

»Bete zu unserem Herrgott, Evi, er möge sie am Leben erhalten.«

»Resl!«

»Du wirst dein ganzes Leben unglücklich sein, glaube es mir. Das ist keine Lösung.«

Dann verließ sie die Wallner Evi.

*

Der Wallner machte sich große Sorgen um seine Frau. War sie wirr im Kopf geworden, weil die eigenen Kinder in Lebensgefahr geschwebt hatten? Jetzt war sie auch wieder daheim, aber sie benahm sich gar seltsam. Oft ertappte er sie dabei, dass sie lange Zeit am Fenster stand und über den See starrte.

Er war es, der jeden Tag nach dem Mädchen schaute. Aber ihr Zustand hatte sich noch immer nicht verändert. Sie war nicht nur unterkühlt, das Herz wollte auch nicht mehr so recht.

Er fragte die Ärzte: »Warum denn nicht! Sie ist doch noch so jung! Ich verstehe das einfach nicht. Wenn ihr Körper aufgebraucht wäre, ja, dann könnte ich das schon begreifen. Aber sie ist doch erst siebzehn.«

»Wir haben das Gefühl, dass sie nicht mehr leben will. Sie spürt, dass wir um ihr Leben kämpfen, und sie lehnt sich dagegen auf. Wir können nix mehr tun, wenn sie nicht mithilft, wenn sie nicht den Willen zum Leben mitbringt.«

»Aber warum denn nicht? Sie fängt doch erst an zu leben. Mein Gott, ich möchte ihr doch helfen.«

»Wie denn?«

»Ich bin reich!«

»Sie ist eine große Einsame, mit Geld kann man da nicht viel ausrichten, fürchte ich. Sie hat schon viel in ihrem Leben mitmachen müssen.«

Man hat bis jetzt nur von dem Mädchen gesprochen und nie den Namen erwähnt. Der Arzt war ja davon überzeugt, der Wallner würde ihn wissen. Im Augenblick machte man sich keine Gedanken darüber, denn in diesem Ort wusste man ja nichts von dem Mädchennamen der Evi Wallner.

Vielleicht hätte Johannes ganz anders gehandelt, wenn man ihm zu Anfang gleich gesagt hätte, wie die Lebensretterin seiner Kinder hieß.

Aber nicht nur der große Hofbesitzer kam sie besuchen, nein, alle Tage erschien ein junger Mann. Er war sehr traurig und besorgt um Anne und konnte es einfach nicht fassen, dass sie nicht mehr leben wollte. Aber war sie in letzter Zeit nicht schon so anders gewesen? Hatte er nicht tief im Herzen gespürt, dass sie abgerückt war? Er begriff das einfach nicht, er liebte sie doch wirklich.

Wenn er jetzt an der Scheibe stand und in das totenblasse Gesicht schaute, dann quoll sein Herz vor lauter Liebe zu ihr über. Er wollte zu ihr, sie streicheln, ihr sagen, Anne, du bist nicht so allein, wie du vielleicht denkst, öffne doch deine Augen und sieh mich an. Du darfst nicht sterben, hörst du, ich würde nicht mehr froh, weil ich die ganze Zeit denken müsste, ich habe versagt, ich habe ja gespürt, dass du anders geworden bist.

Die Nonnen hatten ein Herz für den jungen Mann, und sie wünschten schon seinetwegen, dass sie endlich wieder aufwachen würde.

»Darf ich morgen wiederkommen?«

»Gewiss doch.«

»Und Sie werden mich sofort anrufen, wenn sich etwas geändert hat?«

»Gewiss, Herr Leitner, ich habe es mir gemerkt. Sie dürfen sich auf mich verlassen.«

»Danke!«

Er fühlte sich so ausgelaugt. Kaum, dass er seiner Arbeit nachgehen konnte. Es ging ihm so nahe.

Alle im Amt litten mit ihm. Eigentlich hatte man die stille Kleine ja recht gern gehabt, und sie war ja auch so willig bei der Arbeit gewesen.

*

Manchmal kam es vor, dass Evi ihre Kinder in die Arme riss und sie nicht mehr loslassen wollte. Sie durfte sich gar nicht ausmalen, was geworden wäre, wenn der See sie behalten hätte. In ihrem Herzen war ein Aufruhr, und sie war so verzweifelt und wusste sich nicht mehr zu helfen. Evi selbst spürte jetzt ganz genau, je mehr ihr Mann von dem Mädchen sprach, umso schlimmer wurde ihr eigener Zustand. Sie musste etwas dagegen tun.

Aber was?

Da fiel ihr Paul ein!

Sie hatten sich am nächsten Tag wieder treffen wollen. Viele Tage waren inzwischen vergangen, und sie hatte sich nicht gemeldet.

Als Resl mit den Kindern aus dem Haus war, sie gingen einkaufen, rief sie Paul an. Er war auch sofort am Telefon, und sie schilderte ihm verzweifelt ihre Lage. Vor allem auch das Gespräch mit dem pensionierten Kommissar.

Paul sagte ruhig: »Evi, es gibt jetzt nur noch eins, du musst es deinem Mann beichten. Alles! Wenn du willst, dann komme ich, und wir erzählen ihm zusammen die ganze Geschichte.«

Evi stöhnte wild auf.

»Du musst es tun und glaube mir, es ist die richtige Wahl, versteh mich endlich. Sie gehört zu uns, und wir dürfen nicht mehr anders über sie denken.«

Paul war sehr vernünftig und sprach sehr lange mit ihr. Evi war so durcheinander, und sie wusste zum Schluss, es musste wirklich geschehen. War ihr Mann nicht schon unruhig? Betrachtete er sie nicht schon immer mit seltsamen Augen?

»Melde dich wieder, wenn du mich brauchst!«

»Ja!«

*

Viele Stunden ging Evi auf und ab und grübelte nach. .Als sie dann ihren Mann heimkommen hörte, schlich sie zu ihm.

»Was ist?«

»Ich muss mit dir reden, Johannes.«

»Also doch«, murmelte er leise.

Sie stand vor ihm und mochte gar nicht anfangen.

»Ich werde dir schon nicht gleich den Kopf abreißen, Evi, nun beichte schon mal. Mit dem Mädel stimmt doch was nicht, nicht wahr?«

»Ja, du hast recht, sie ist meine Tochter!«

Noch ehe ihr Mann verblüfft weiterfragen konnte, sprudelte sie alles heraus und erzählte ihm, von wem das Kind sei und wo es aufgewachsen war. Sie berichtete natürlich nicht, dass man gemeinsam Anne hatte töten wollen.

Johannes saß sehr lange schweigend da und starrte Evi an. Vielleicht hätte er sie in seiner Strenge auch verstoßen, aber dann dachte er daran, dass eben diese uneheliche Tochter seiner Frau seinen Kindern das Leben gerettet hatte. Hatte er nicht geschworen, für die arme Waise etwas zu tun? Nein, er musste wirklich dankbar sein.

»Und jetzt?«

»Ich weiß es nicht«, schluchzte Evi. Jetzt war sie nicht mehr die Harte und Stolze, sie war ein verzweifelter Mensch, der über sich selbst entsetzt war.

Johannes ging hin und her.

»Willst du, dass wir sie bei uns aufnehmen? Verdient hat sie es ja, dass sie endlich eine Familie bekommt.«

»Johannes, das könnte ich einfach nicht«, stammelte sie.

Plötzlich ging die Tür auf, und die alte Resl stand auf der Schwelle, sie hatte alles mitangehört.

»Vielleicht weiß ich einen Rat«, sagte sie ruhig.

Der Großbauer runzelte die Stirn.

»Sprich!«

»Soll sie doch zur Mutter auf den Hof. Dann hat die alte Frau auch noch eine Aufgabe, und das Mädchen hat so etwas wie eine Familie.«

»Meine Mutter?«, brachte Evi erstaunt über die Lippen.

»Ja, denn sie wird doch auch wohl das Recht haben, die Wahrheit zu erfahren.«

Der Großbauer sagte nachdenklich: »Resl hat recht, dann ist sie von hier fort, und wir könnten das Ganze unter uns regeln, und das Dorf braucht nicht mal die Wahrheit zu erfahren.«

Evi hatte wieder ein wenig Mut.

»Du meinst?«

»Verdient hast du es zwar nicht, Evi, denn du hättest mit gleich damals vor unserer Ehe die Wahrheit gestehen müssen. Ich war so in dich vernarrt, ich glaube, ich hätte dich auch mit dem Kind genommen.«

Evi konnte es einfach nicht glauben.

Johannes sagte: »Ich werde mich darum kümmern. Es wird jetzt alles seine Richtigkeit haben. Ich fahre jetzt auch zu deiner Mutter und werde sie fragen, ob sie bereit ist, Anne zu nehmen.«

»Johannes ich...«

»Pass du auf unsere Kinder auf!«

Dann verließ er den Hof.

*

Die alte Frau Günzel starrte den Schwiegersohn entgeistert an. Doch dann als sie die Jahre zurückging, ja, damals hatte sie ja auch einen Verdacht gehabt, aber wegen der vielen Arbeit hatte sie es dann vergessen.

»Willst du das Mädchen zu dir nehmen?«

»Ich muss es wohl, nicht wahr?«

»Mutter, du würdest mir einen großen Gefallen tun. Wir müssen jetzt auch endlich mal an das arme Ding denken, es hat schon sehr viel Schweres mitmachen müssen. Es braucht endlich Frieden und Ruhe, Mutter.«

»So bring sie mir, und ich will sehen, ob sie sich hier heimisch fühlt. Wenn sie aber wieder fort will?«

»Dann werden wir einen anderen Plan schaffen müssen.«

»Johannes, warum tust du das alles so selbstlos?«

»Weil ich die ganze Zeit an meine Kinder denken muss, darum.«

Die alte Frau stand noch lange oben am Berg und sah dem Schwiegersohn nach.

Johannes fuhr von ihr direkt zum Krankenhaus. Dort stieß er mit einem jungen Mann zusammen. Es war Michl Leitner, der Anne wieder besuchen wollte, aber man hatte ihn noch nicht vorgelassen.

Johannes suchte den Arzt.

»Wie geht es ihr?«

»Sie ist endlich wieder zu sich gekommen. Herr Wallner!«

»Kann ich mit ihr sprechen?«

»Ich weiß nicht, sie ist noch sehr schwach. Es wird sie vielleicht aufregen und dann...«

»Ich glaube, es ist sehr wichtig, dass ich mit ihr rede, Herr Doktor. Sobald ich merke, es strengt sie an, werde ich damit aufhören.«

»Nun gut, ich kann verstehen, dass Sie mit ihr sprechen möchten.«

Wenig später stand der Großbauer vor Anne Günzel.

Sie war noch sehr schwach, und ihr Gesicht wirkte eingefallen und die Augen wie die einer Greisin und nicht wie bei einem jungen Mädchen. Anne verstand nicht, warum da plötzlich ein fremder Mann zu ihr ins Zimmer gekommen war. Sie hatte überhaupt noch Mühe, alles zu begreifen. Und als sie erfuhr, dass sie am Leben bleiben würde, da hatte sie sehr lange geweint. Warum war Gott nicht so barmherzig gewesen und hatte sie zu sich genommen?

Johannes räusperte sich: »Ich bin der Vater der Kinder, die Sie gerettet haben. Ich möchte mich recht herzlich bei Ihnen bedanken.«

Sie lächelte schwach.

Johannes nahm sich einen Stuhl und setzte sich an das Bett und betrachtete die Augen. Er schluckte als er die grenzenlose Hilflosigkeit darin erblickte, und er sah jetzt auch die Ähnlichkeit mit seiner Frau.

»Ich bin gekommen, weil ich mit Ihnen reden muss, Anne!«

»Ich möchte keinen Dank, wirklich nicht.«

»In erster Linie bin ich gekommen, weil ich glaube, dass es langsam Zeit wird, dass sich jemand um Sie kümmert, und ich habe mir fest vorgenommen, es zu tun. Sie müssen nämlich auch noch wissen, dass ich der Mann von der Evi Wallner bin!«

Als sie den Namen der Mutter hörte, schoss eine Blutwelle in das abgezehrte Gesicht.

»Soll das heißen, dass ich ihre Kinder gerettet habe?«

»Ja, haben Sie das denn nicht gewusst?«

»Es ging doch alles so schnell«, flüsterte sie. »Ich wusste es wirklich nicht.«

»Anne, ich darf doch du zu dir sagen, oder?«

Sie war so verwirrt, dass sie nur mit dem Kopf nickte.

»Hör zu, kleine Anne, ich weiß jetzt auch die ganze Wahrheit, ich weiß also, dass Evi, meine Frau, deine Mutter ist, ich weiß auch, wer dein Vater ist. Die Mutter hat mir nun endlich alles erzählt. Ich habe es die ganze Zeit nicht gewusst, das musst du mir glauben, Kind, denn ich hätte es gewiss nicht zugelassen, dass du dort leben musstest.«

Anne starrte ihn entgeistert an.

»O mein Gott, hören Sie damit auf, ich kann es nicht mehr hören nach all den Jahren, es ist vorbei, ich will nicht mehr.«

Johannes kam ein fürchterlicher Verdacht.

»Sag' mal, warum hast du dort in der einsamen Bucht gestanden und konntest meine Kinder retten?«

Das verstörte Mädchen gab keine Antwort.

»Ich glaube, ich weiß jetzt die ganze Wahrheit, Kind. Das darfst du nie mehr wieder tun. Aus tiefer Dankbarkeit, dass du meine Kinder gerettet hast, musst du es dir gefallen lassen, dass ich mich jetzt um dich kümmere. Du wirst es in Zukunft gut haben. Anne, das schwöre ich dir.«

Jetzt begann er von dem Hof droben in den Bergen zu sprechen und von ihrer Großmutter, denn das war sie ja in der Tat. Und dass sie dort leben könne, so lange sie es nur wünsche.

Anne lag da und zitterte und konnte es einfach nicht glauben. Tränen rollten über ihr Gesicht. Sie dachte an all die schrecklichen, einsamen Jahre, wo sie sich so weit fortgesehnt hatte, wo sie nur so leben wollte wie die Menschen da drunten im Tal. Und jetzt sagte ihr dieser Mann, dass sie das alles haben konnte. Eine Familie, einen Hof, auf dem sie leben durfte.

Er ließ sie eine Weile still weinen.

»Ich weiß, es ist nicht einfach für dich, aber wir werden es schon schaffen«, dann stand er auf und sagte ihr, dass er in Kürze wiederkommen würde.

Auf dem Gang erzählte er dem Arzt, dass sie hatte sterben wollen und er auf das Mädchen aufpassen müsse. Dann ging er. In dem Krankenhaus wunderte man sich sehr, wieso der Großbauer sich so um die Fremde sorgte.

Anne weinte noch immer leise vor sich hin. Dann schlief sie ein.

*

Als sie wieder erwachte, da glaubte sie, es wäre alles nur ein Traum gewesen.

Doch nun standen zwei Menschen an ihrem Bett. Fassungslos starrte sie in die Gesichter der beiden Menschen.

Es waren Evi und Paul! Ihre Eltern!

Sie starrten sie ebenfalls an und konnten jetzt schon nicht mehr begreifen, wieso sie dort droben in den Bergen solchen Plan hatten schmieden können.

Es war der Wallner gewesen, der Evi gesagt hatte, sie müsse mit dem Vater zu dem Kind gehen und es um Verzeihung bitten, beim Leben ihrer Kinder, sie müsse es tun.

Die drei hatten jetzt eine sehr lange Aussprache. Endlich begriffen Evi und Paul auch, dass Anne nie etwas von ihnen verlangt hatte, ja, sie erfuhren sogar, dass sie hatte sterben wollen. Evi brach in Tränen aus.

»Kannst du mir je verzeihen?«

Anne blickte auf die weinende Frau, und sie dachte verstört, kann man mit ein paar Worten all die Bitternis der vielen Kinderjahre fortwischen? Kann man das wirklich?

Paul sagte leise: »Du musst dem Kind Zeit lassen!«

»Ja, ich lasse dir Zeit, nicht wahr, du wirst dein Wort halten und tun, was der Johannes dir gesagt hat?«

»Aber das Gemeindeamt«, sagte Anne leise.

»Schau, du musst erst wieder kräftiger werden, bevor du wirklich arbeiten kannst, da gehst du zum Hof der Mutter, und gleichzeitig kannst du dann feststellen, ob du bleiben willst oder nicht. Wir werden jetzt immer in Verbindung bleiben, ich werde dich besuchen kommen...«

Da wusste Anne, dass das Dorf die Wahrheit nicht erfahren sollte, aber es war ihr so egal. Alles war ihr egal, sie war so zerrissen und begriff jetzt auch nicht, warum man sich so um sie kümmerte. Sie wusste ja nicht, dass auch ein schlechtes Gewissen furchtbar sein kann.

»Ich will es versuchen«, meinte sie mit leiser Stimme.

»Du kannst auch mit Unterstützung von mir rechnen«, sagte der Landarzt.«

Anne wandte den Kopf zur Seite.

Es bedurfte noch sehr viel Zeit, bis man sich näher kam. So gingen sie fort. Anne brauchte eine ganze Weile, um zu begreifen, dass es jetzt wirkliche Menschen in ihrem Leben gab. Nicht Personen, die dafür bezahlt wurden, dass sie auf sie achtgaben.

*

Dann war Anne auf dem Hof in den Bergen. Die alte Mutter sah die Ähnlichkeit mit der Tochter und schluckte. Sie schloss das schüchterne Mädchen sogleich in ihr Herz. Evi war immer kalt und rücksichtslos gewesen. Dieses Mädchen war so ganz anders.

Anne sah die Berge um sich, den schönen Hof, die weiten Wiesen und Äcker, den herrlichen Garten und konnte noch immer nicht glauben, dass sie hier leben sollte.

»Du musst erst einmal genug essen und trinken«, sagte Mutter Günzel.

Anne konnte schon wieder lächeln.

Die Tage glitten wie ein glitzerndes Band an ihr vorüber. Alles war so neu und aufregend für sie. Das Bauernblut brach sich Bahn. Jetzt konnte sie zeigen, was sie wirklich wusste. Wie oft hatte sie sich auf einen Hof gesehnt, und jetzt durfte sie hier schaffen. Sie ging mit dem Verwalter und dessen Frau über die Wiesen, und sie schnitten das Gras und ließen es zu Heu trocknen. Alles war so einfach, so unkompliziert.

Dass sie den gleichen Namen wie die Bäuerin trug, darüber zerbrach man sich lange den Kopf. Evi hatte anfangs gewollt, man sollte schweigen, doch die alte Mutter hatte nur den Kopf geschüttelt. »Soll ihr neues Leben wieder mit einer Lüge beginnen?«

Evi Wallner war nervös geworden. Seit Johannes so fest bestimmte, was jetzt geschah, war sie anders geworden.

»Du musst es selbst wissen, Mutter. Du lebst in diesem Tal.«

»Ja, ich lebe in diesem Tal, und ich stehe dazu, dass sie meine Enkelin ist. Und ich hoffe von ganzem Herzen, dass sie immer bei mir bleibt. Sie ist ein gutes Mädchen.«

Evi sah auf Anne, sie stand draußen auf der Hauswiese und hing die Wäsche auf. Sie bauschte sich in dem leichten Wind. Zu ihren Füßen lag Karo, der alte Hofhund. Er hatte sogleich tiefe Freundschaft mit ihr geschlossen. Evi, obwohl sie selbst auf diesem Hof groß geworden war, mochte Tiere nicht so. Sie hatte immer hoch hinaus gewollt:

Anne hatte jetzt nicht mehr so verschlossene Züge. Wenn Evi auftauchte, dann zuckte sie auch nicht mehr scheu zurück. Sie war der Mutter auch nicht mehr böse.

Die alte Frau liebte sie zärtlich. Als sie ihr auch sagte, dass sie all die Jahre nicht gewusst habe, dass es sie gab, da begann sie auch, ganz zart und vorsichtig, die Großmutter zu lieben. Am Abend saßen sie zu zweit auf der alten Hausbank, und dann erzählte die Frau von der Günzel-Familie. Schon über dreihundert Jahre war dieser Hof im Besitz der Günzels, und sie wünschte sich nichts sehnlicher, als dass es immer so weitergehen möge.

Anne empfand tiefe Ehrfurcht vor dem alten Hof. Hier waren schon so viele Menschen ein und aus gegangen, und sie fragte sich oft, ob sie wohl glücklich gewesen waren?

Anne dachte im Augenblick nicht darüber nach, wie das Leben weitergehen sollte. Das Schicksal hatte sie bist jetzt nicht verwöhnt, ja, sie fühlte noch immer eine tiefe Angst in sich, dass ihr alles wieder genommen werden sollte. Sie konnte einfach noch nicht an den wirklichen Wandel glauben. Wenn die Großmutter sie auch als Enkelin anerkannte und ihr nur Liebes wollte, so war sie doch eine kluge und weltgewandte Frau, und in den langen Nächten, wo sie nicht schlafen konnte, fragte sich die Altbäuerin, tue ich auch wirklich das Rechte? Bürde ich ihr vielleicht nicht zu viel auf? So einen Hof zu bewirtschaften, das ist für ein so junges unfertiges Madl wirklich nicht einfach. Sie ist ja nicht hier geboren. Sie sieht alles mit anderen Augen. Ich wundere mich zwar, wie tief ihre Liebe zu der Natur, und den Bergen ist. Aber vielleicht bilde ich mir das auch alles nur ein, weil ich es einfach sehen will. Weil sie meine einsamen Tage verschönt. Seit Anne nämlich auf dem Hof lebte, war es licht und hell geworden. Sicher, der Verwalter war den ganzen Tag dagewesen und dessen Frau und seine Kinder. Aber das war doch etwas ganz anderes.

Sie wollte sich einen Rat holen.

*

Am nächsten Morgen beim Frühstück im Herrgottswinkel sagte sie zu dem Mädchen: »Ich geh ins Dorf. Kannst du dich um das Essen kümmern?«

»Sicher, Großmutter.«

Sie war schon lange nicht mehr im Dorf gewesen, und man wunderte sich sehr, als sie dort auftauchte. Geradewegs ging sie zum Pfarrhof. Der Pfarrer war ein alter Freund von der Großbäuerin, und sie wusste, er war ein kluger Mensch. Sie würde auf seinen Rat hören.

Die Großmutter ahnte nicht, dass um die gleiche Zeit droben auf dem Hof ein Besuch erschien. Es war Samstag, und so konnte er mit dem Postbus kommen. Lange hatte er forschen müssen, bis. man ihm endlich sagte, wo Anne geblieben war. Als er nun aus dem Postbus stieg und man ihm sagte, wo er den Hof finden könne, und er ihn dann mit eigenen Augen sah, da war er doch ein wenig erschrocken.

Anne erkannte ihn nicht gleich. Sie war jetzt über zwei Monate hier oben. Sie beschattete die Augen und ging dem Besucher langsam entgegen. Dann lächelte sie: »Herr Michl, nein so was, das ist aber wirklich eine Überraschung.«

Der junge Mann blickte in die Augen des jungen Mädchens und war überrascht, sie so fröhlich zu sehen. Oh, ja, er sah jetzt auf einen Blick, dass sie sich vollkommen verändert hatte, und sein Herz schlug noch ein wenig schneller.

»Ich wollte nur mal sehen, wo Sie abgeblieben sind!« Dann sah er sich um. Von hier oben hatte man einen sehr schönen Blick auf den See. Nicht wie dort in Holzkirchen, nein, hier wirkte er fern und friedlich. Sie befanden sich ja auch sehr hoch in den Bergen. Und man konnte ihn auch nur von dieser Stelle sehen.

»Ja, der See«, lächelte Anne weich, »er hat mir tatsächlich Glück gebracht.«

Michl fühlte sich ein wenig unbehaglich.

Anne wusste, was sich gehörte und tischte jetzt auf. Dann saßen sie im Laubengang und hatten sich viel zu erzählen. So kam es denn auch, dass Michl sehr bald die ganze Wahrheit über das Mädchen erfuhr.

Leise sagte er: »Ich hab schon immer gewusst, dass um Sie ein Geheimnis schwebte. Jetzt sind Sie also auf diesem Hof. Ich könnte Sie wirklich beneiden.«

Anne lächelte ihn an.

»Ich werde auch nie vergessen, wie lieb Sie zu mir gewesen sind.«

Michl fühlte sich gar nicht wohl in seiner Haut. Er war gekommen, weil er doch tatsächlich geglaubt hatte, Anne könne vielleicht seine Hilfe brauchen. Er war so fest davon überzeugt gewesen, und jetzt dies!

In gewisser Weise war das schon ein schwerer Schlag. Sie war also die Enkelin dieser Bäuerin, kein Wunder, dass sie lachte und fröhlich war. Er kam sich richtig überflüssig vor. Er würde also wieder gehen müssen, Montag würde er wie alle Tage am Schreibtisch sitzen und seine Arbeit tun. Von Jahr zu Jahr würde sich sein Gehalt ein wenig vergrößern, aber wirklich glücklich würde er nie werden.

Vielleicht lag die Entsagung in seinem Blick. Auf jeden Fall blickte Anne ihn aufmerksam an.

»Sie müssen meine Großmutter kennenlernen, sie ist eine prachtvolle Frau. Und jetzt muss ich die Kartoffeln schälen. Natürlich bleiben Sie zum Essen, und später machen wir dann einen Spaziergang. Ich bin wieder ganz gesund. Im Winter möchte ich Skifahren lernen. Ach, es gibt ja noch so vieles, was ich lernen muss. Wenn dann das Vieh von den Almen getrieben wird, dann geht die Arbeit ja so richtig los.«

»Und dies macht Ihnen alles Spaß?«

»Ja, sehr, manchmal zwicke ich mich selbst und denke, es ist wie in einem Märchen.«

»Und später?«

Anne blickte ihn an.

»Ich denke nur an das Heute!«

Er wollte sie fragen, ob sich die Eltern um sie kümmern würden, vielleicht hätte er dann zur Antwort bekommen, dass der Doktor jetzt immer Geld schickte, aber das gab sie sogleich der Großmutter, und diese brachte es auf die Bank.

Und dann kam die Großmutter selbst!

Michl wurde streng begutachtet, und er musste ihr alles über sich erzählen. Er wusste auch nicht, wie ihm geschah, aber ganz plötzlich war er mittendrin im Erzählen, und so erfuhr die alte Frau auch, dass er viel lieber Bauer geworden wäre. Aber ohne Hof? Das war ja nun mal ein Unding.

Sie blickte den Mann lange nachdenklich an, dann sah sie wieder das junge Mädchen an. Der Pfarrer hatte ihr diesmal nicht viel helfen können. Er hatte gesagt: »Das ist wirklich nicht so einfach. So etwas muss wachsen, und dann werden die Dörfler sich wohl dagegen sperren, weißt doch selbst, wie hart sie zu den Fremden sein können. Ja, wenn sie viel Geld haben, dann ist es eine gute Sache, aber ansonsten kümmert man sich doch einen Dreck um die Gefühle.«

»Willst damit sagen, dass Anne als Fremde eingestuft wird? Aber sie ist doch meine Enkelin, das wissen sie doch.«

»Sicher, dem Blut nach, aber sie ist nicht auf einem Hof geboren. Alles ist ja sehr seltsam um das junge Ding...«

Da hatte die Großmutter mit dem Fuß aufgestampft und zornig geantwortet: »Jetzt verstehe ich dich erst. Du bist ja nicht viel besser als deine Schafe. Du denkst doch auch so. Ich weiß es jetzt. Bist doch selbst ein Hofsohn gewesen und hast diesen Dünkel.«

»Günzelbäuerin, versündige dich nicht!«

Sie lachte hart auf.

»Ich versündige mich nicht, wenn ich dem Pfarrer die Meinung ins Gesicht sage, du bist nicht der Gott. Schade, und ich hat mir doch tatsächlich eingebildet, du besäßest so etwas wie Verstand und Herz.«

Jetzt wurde auch der Pfarrer zornig.

»Das brauch ich mir nicht bieten lassen.«

»Nein, ist schon hart, nicht? Aber ich geh jetzt, bedank mich auch für den Kaffee.«

Jetzt also dachte sie an das Gespräch zurück. Sie wollen sie also nicht, dachte sie zornig. So ist das also, und jetzt wünschen sie mir von Herzen, dass ich einen Reinfall erleb. Nun denn, das werden wir ja sehen.

Aber ganz so zuversichtlich war sie auch wieder nicht, denn der Verwalter hatte ihr schon gesagt, dass er sich bald um eine andere Stelle bemühen würde.

»Ich hab ja gedacht, ich könnte mal den Hof bekommen. Aber jetzt sieht es nicht mehr danach aus.«

Die Altbäuerin wusste ganz genau, wenn der Verwalter sie verließ, dann würde es für Anne recht schwer sein. Sicher, sie konnte sich Kräfte halten, der Hof war sehr groß und warf viel Geld ab. Sie bekam auch Kräfte aus dem Ausland, Gastarbeiter. Sie konnten auch arbeiten, schon oft hatte sie für ein paar Monate ein paar eingestellt. Aber sie waren nur so gut, wie man sie anlernte, denn meistens verstanden sie nichts von der Landwirtschaft in den Bergen.

Ein guter Verwalter bekam sehr schnell eine gute Stelle, und so wusste sie, dass ihr die Zeit auf den Nägeln brannte. Vor allen Dingen durfte sie ja auch das Mädchen nicht kopfscheu machen. Die Liebe war ja vorhanden, und sie stand jetzt auch mit beiden Beinen im Leben und war begierig alles zu lernen. Aber reichte das aus?

Sie war also schweren Herzens nach oben gestiegen. Jetzt fand sie diesen fremden jungen Mann, und bei ihm war die gleiche Leidenschaft vorhanden wie bei Anne. Dass er das junge Mädel liebte, das hatte sie sogleich begriffen. Anne war noch so jung und verstand die Anzeichen noch nicht. Außerdem war sie noch zu sehr mit sich selbst beschäftigt.

Sie blickte also Michl eingehend an, und dann dachte sie, ich muss ihn fragen.

Sie wandte sich an die Enkelin: »Wirst mit der Kocherei allein fertig?«

Anne machte große Augen. »Ich glaube schon, ich weiß es nicht so genau.«

»Nur Mut, geh schon! Ich unterhalte mich mit deinem Gast derweil.«

Sie ging mit ihm auf dem Hof herum. Der Verwalter besuchte heute ein paar Verwandte, hatte er gesagt, vielleicht stellte er sich auch schon vor.

Sie fragte den jungen Mann gründlich aus. Er war erstaunt, gab aber noch bereitwillig Antwort. Dann wandte sie sich brüsk an ihn: »Ich weiß, dass Sie Anne mögen. Würden Sie es versuchen?«

»Was?«

»Nun, herkommen und ihr beistehen? Sie hat es bitter nötig. Sie braucht einen Menschen, auf den sie sich verlassen kann. Ich kann jeden Tag sterben.«

Er starrte die alte Frau an.

»Werdet viel lernen müssen, ihr zwei, aber ich will es versuchen. Es muss einfach gehen.«

»Aber mein Beruf?«

»Hast schon Urlaub genommen?«

»Nein!«

»Also, willst ihn nehmen und hierherkommen? Danach können wir uns noch einmal zusammensetzen und darüber reden.«

Michl war so erstaunt, dass er auflachen musste. »Das geht so schnell.«

»Hast sie doch schon lange lieb, nicht wahr?«

»Ja!«

»Das ist gut, das wird sie sich merken, für später.«

Er wusste nicht, was er darauf antworten sollte.

»Wann wirst kommen?«

»Ich könnte schon nächste Woche, wenn es so pressiert.«

»Ja, das tut es wirklich, denn jetzt haben wir die meiste Arbeit, junger Mann.«

Dann wurde Anne unterrichtet. Ihre Augen leuchteten auf als sie hörte, dass er bei ihnen seine Ferien verbringen wollte.

»Dann hab ich jemanden von damals«, sagte sie leise.

»Die Zeit solltest du möglichst schnell vergessen.«

»Gewiss, aber so einfach ist das wirklich nicht.«

Am nächsten Morgen erklärte ihr der Verwalter, er würde gehen. Sie nickte grimmig.

»Nun, dann musst du es wohl, obwohl ich dich noch ein halbes Jahr halten könnte, so sind nämlich die Verträge. Aber ich stehe dir nicht im Weg.«

Der Verwalter hatte damit gerechnet, dass sie sagen würde, er solle bleiben, das Mädel schaffe es nicht, sie würde zwar die Nutznießerin sein für alle Zeiten, aber bewirtschaften würde sie den Hof bestimmt nicht können.

Pech, er hatte sich verrechnet, und dabei hatte er noch gar keine Stelle.

Als Michl am Wochenende mit seinem Koffer kam und die Dörfler sahen, dass er droben blieb, da zerrissen sie sich das Mundwerk über das komische Werk, was die alte Günzel dort angerichtet hatte.

Ein paar ganz gehässige Personen konnten nichts Eiligeres tun, als sofort Evi anzurufen. Als diese hörte, die Mutter habe den Verwalter gehen lassen, glaubte sie, diese habe den Verstand verloren.

Sie ging sofort ihren Mann suchen.

»Sie ist verrückt geworden.«

Johannes Wallner sagte: »Das glaube ich zwar nicht, aber warten wir ein paar Tage, vielleicht erhalten wir dann schon einen anderen Bescheid, wenn nicht, dann fahren wir am Sonntag zu ihr und werden sehen, was sich dort tut.«

Johannes hatte im Gegensatz zu Evi sehr viel Respekt vor der Altbäuerin. Sie hatte einen scharfen Verstand, und er hatte sich von ihr schon manchen Rat geholt. Ja, damals als er Evi freite, hatte er immer gedacht, sie sei wie die Mutter, aber zu spät hatte er festgestellt, dass sie nicht dazu geboren worden war, einen Hof zu führen. Sie tat es zwar, aber die Liebe fehlte.

*

Die Tage verstrichen, sie hörten nichts mehr. Also mussten sie sich dann am Sonntag auf den Weg machen. Als sie ankamen, war der Tisch für sie schon gedeckt.

Johannes machte ein verblüfftes Gesicht.

»Mutter, woher hast gewusst, dass wir kommen?«

Sie lächelte.

»Meinst, ich kenn die Klatschmäuler dort drunten nicht?«

Johannes lachte.

Evi hatte die Kinder mitgebracht, jetzt standen sie ein wenig scheu vor Anne und wussten nicht, was sie sagen sollten. Man setzte sich sogleich zu Tisch, danach verlangte dann die Großmutter, Evi und ihren Mann zu sprechen.

Sie saßen also in der guten Stube.

»Also, was hat man nun gesagt?«

»Du seist spinnert geworden, hättest deinen Verwalter gehen lassen«, erregte sich Evi, »das geht einfach nicht, da hättest du mich fragen müssen, das ist meine Sache, Mutter.«

Ein harter Zug legte sich um ihre Lippen.

»Deine Sache, Evi?«

»Aber das ist doch mein Hof«, erhitzte sie sich.

»Lieg ich schon auf dem Gottesacker?«, kam die harte Frage zurück.

»Nein, aber...«

»Du hast deine Aussteuer erhalten und noch mehr, Evi, das weißt du sehr gut, und solange ich lebe, ist das mein Hof, und ich kann ihn auch vererben, an wen ich will.«

»Ich bin dein Fleisch und Blut«, keuchte Evi. »Ich hab einen Anspruch darauf.«

»Du bist abgefunden. Johannes, hab ich sie nicht gut abgefunden?«

»In der Tat, aber ich dachte, Mutter...«

»Nun, ja, ich hab immer gedacht, ich werde ihn mal deinen Kindern vermachen, Evi, denn du trägst dich doch mit dem Gedanken, wenn er dir gehört, ihn sofort zu verkaufen oder ein Hotel daraus zu machen. Nicht wahr, das ist doch dein Sinn? Nun gut, ich bin nicht spinnert geworden, und ich hab auch schon ein Testament aufgesetzt, und nächste Woche bin ich beim Notar bestellt, damit alles seine Richtigkeit hat. Ich bleib meiner Meinung treu, der Hof bleibt in der Familie.«

»Dann ist ja alles in Ordnung«, sagte Evi, »warum regen wir uns so auf?«

Johannes Wallner blickte die alte Frau an. Er spürte, sie hatte noch nicht alles gesagt. Er ahnte schon die Wahrheit, für einen Augenblick war ihm schwer zumute, nun, so einen prachtvollen Hof, all die Jahre hatte er damit gerechnet, nein, er durfte nicht so denken, er blickte aus dem Fenster und sah seine Kinder unter dem alten Apfelbaum spielen, und wieder fragte er sich, was wäre mir mein Leben noch wert, wozu noch arbeiten, wenn sie nicht mehr gewesen wären? Er konnte es keine Minute vergessen. Als man ihm sagte, der See hätte fast seine Kinder geholt, da war ihm als wären sie ihm zum zweiten Mal geboren worden. In den Kindern lebte er ja weiter, für sie arbeitete er, schaffte er, nein, er durfte nicht undankbar sein.

Und dann hörte er sie auch schon sagen: »Ja, dein Kind wird den Hof erhalten, wenn ich gestorben bin.«

Evi lächelte, und sie dachte, und ich werde doch ein Hotel daraus machen. Bis sie so groß sind, um ihn selbst zu übernehmen, nein, so lange wird sie nicht mehr leben. Ihr Herz, ich weiß es genau, wird nicht solange aushalten.«

»Anne wird den Hof bekommen!«

Evi sprang auf.

»Nein«, keuchte sie.

»Ich habe gesagt, dein Kind erhält den Hof, Anne ist dein Kind. In ihr steckt das wirkliche Bauernblut. Als wir dich zeugten, müssen wir in Sünde gelebt haben, anders kann ich mir einfach nicht denken, warum du so bist. Anne ist eine echte Günzel, sie hat es mir gestanden, schon immer war die Sehnsucht in ihrem Blut, sie wollte auf einen Hof. Du hast es ihr verwehrt, ich gebe ihr jetzt alles, was sie braucht, um glücklich zu werden.«

»Aber Frieda, Gustl, das sind auch deine Enkel«, schrie Evi, »das lasse ich einfach nicht zu.«

»Sie haben genug. Ihr seid noch jung. Wie ich den Johannes kenne, wird ihm eines Tages fast das ganze Tal dort drüben gehören. Da verschwindet dann dieses kleine Vermögen.«

»Sie soll ja etwas erhalten«, sagte Evi immer wieder. »Das sehe ich ja ein, aber meinen Hof? Nein, nein, ich gehe dagegen an. Das lass ich einfach nicht zu. Sie stiehlt mir den Hof.«

Jetzt zeigte Evi ihr wahres Gesicht, und ihr Mann war tief erschrocken darüber.

Die alte Frau kannte ihre Evi zu gut, sie war nur jetzt böse, und darum sagte sie kalt: »Kannst mir mal sagen, wie du vorgehen willst, Evi?«

»Er gehört mir, er muss in der Familie bleiben, der Hof, die Richter werden ihn mir zusprechen.«

»Du vergisst, dass Anne eine Günzel ist! Sie ist deine Tochter!«

Entgeistert fiel sie auf ihren Stuhl zurück.

»Johannes, und das lässt du dir gefallen?«

Die alte Frau blickte ihren Schwiegersohn durchdringend an. »Ja, deine Meinung hätte ich gern gehört.«

»Ich weiß, du hast es dir gut überlegt, Mutter.«

»Ja, das habe ich.«

»Wir haben genug, Evi, finde dich damit ab. Ich bin froh, dass Anne den Hof erhält. Ich wollte ihr ein Königreich schenken, weil sie meine Kinder gerettet hat, jetzt beschenkst du sie.«

»Du kannst ihr deinen Rat schenken, jederzeit. Sie wird es nicht leicht haben, Johannes.«

»Ich werde ihr nachher sagen, dass sie jederzeit zu mir kommen kann«, und zu seiner Frau gerichtet, »ich weiß, was ich ihr schulde. Du immer noch nicht?«

Evi konnte sich in der Tat noch nicht so schnell mit den Tatsachen abfinden. Es war ein harter Brocken.

Derweil hatte man sich in der Küche angefreundet. Für Frieda und Gustl war es toll, dass sie plötzlich so eine große Schwester hatten, und nett war sie auch. So herrschten dort Friede und Heiterkeit.

Evi blieb nach der Aussprache nicht mehr lange, sie musste es erst verkraften. Johannes sagte der alten Frau: »Keine Sorge, ich bin ja auch noch da!«

»Das beruhigt mich ja so, Bub!«

*

Michl blieb die ganzen Ferien droben auf dem Günzelhof. Als die Zeit vorüber war, dachte er, und jetzt soll ich wieder in die dumpfen Amtsstuben zurück? Es wird mir arg schwerfallen, aber ich muss wohl.

Das Talfest war sozusagen der Abschluss. Anne und die Großmutter hatten sich besonders fein herausgeputzt. Er begleitete sie, und sie hatten ihren Spaß unten im Festzelt, er tanzte nur mit Anne, und ihre Augen leuchteten.

Ja, jetzt hatte sie ihre Vergangenheit vergessen.

Am nächsten Tag sagte die Großmutter: »Wie ist es, willst jetzt zu uns kommen?«

Er blickte sie traurig an.

»Ich tät es liebend gern.«

Sie lächelte weise.

»Ach, ich verstehe, du hast einfach Angst, nicht wahr? Vor der Verantwortung, ist es nicht so?«

»Nein, aber ich habe gedacht später, jetzt hab ich den Posten dort im Gemeindeamt, es wird dann nicht leicht sein, später mal wieder zurückzugehen.«

»Warum willst denn zurück?«

»Nun, das werde ich doch dann wohl müssen, nicht wahr?«

»Du meinst, wenn ich nicht mehr bin?«

Er nickte.

»Nein, das ist schon alles geregelt, es wird dann nur noch an dir liegen!«

»Das verstehe ich nicht!«

»Bub, bist denn deppert, die Anne wird den Hof bekommen. Ich hab ihn schon überschreiben lassen, aber das weiß sie noch nicht. Ich will, dass alles seine Richtigkeit hat, man kann ja nie wissen, wann der Herrgott einen abberuft. Wenn man so alt ist wie ich, dann muss man immer bereit sein.«

»Aber dann ist die Anne ja eine reiche Hof-Erbin«, keuchte er.

»Ja, das ist sie, junger Mann. Aber ich sage es nur dir, denn ich weiß ja, dass du sie auch lieb gehabt hast, als sie ein Nichts war. Ich kenne dich jetzt gut genug. Du wirst nicht bleiben, weil sie reich ist, sondern du wirst bleiben weil sie dich braucht, Peter.«

»Ich brauche also wirklich nicht fort?«

Sie lachte. »Nun freien wirst schon selbst müssen, also, dazu bin ich wirklich nicht die geeignete Person. Aber lass ihr noch ein wenig Zeit, ja?«

»Alle Zeit, die sie sich wünscht«, rief er lachend. »Dann geh ich gleich morgen und kündige, mei, wer hätte das gedacht. Ich bin noch schier aus dem Häuschen und kann es noch immer nicht glauben. Ich soll hierbleiben«, er fiel auf die Knie und küsste den Boden.

Die alte Frau lächelte.

Sie wusste, sie hatte zwei Menschen überglücklich gemacht, und sie wusste, sie konnte jetzt in Frieden sterben. Der Hof würde so bestehen bleiben in der Familie. Vielleicht konnte ihr Mann dort droben alles sehen und war auch froh über diese Lösung.

*

Als man im Hof erfuhr, dass diese Fremde den Hof erhalten sollte, da sah man sie doch ganz plötzlich mit anderen Augen an. In so mancher Familie gab es Zweitsöhne, und warum sollte er nicht das Rennen machen. Der Hof war es wert, das Mädel war ja so jung und würde froh sein, wenn man sie im Ort endlich anerkennen würde!

Die Hochzeiter putzten sich heraus!

Es sollte einige Zeit vergehen, bis sie begriffen, dass Anne nicht zu haben war. Ihr Herz gehörte schon längst diesem fremden Habenichts, der nicht mal Bauer war.

Nach einem Jahr war auf dem Günzelhof Hochzeit, hämisch dachte man, wir werden ja sehen, bald ist er heruntergewirtschaftet, und dann können wir ihn billig erstehen.

Tapfer ging das junge Paar ans Werk, und der Rat von Johannes Wallner half über alle Schwierigkeiten hinweg. Als dann ein Jahr später sogar ein kleiner Bub in der Wiege lag, konnte Anne es noch immer nicht fassen, dass sie jetzt Mutter war. Sie blickte auf das winzige Leben und verstand in diesen Sekunden einfach nicht, wie Evi, ihre Mutter, hatte so grausam sein können. Es gab doch nichts Schöneres, als so ein Menschlein zu hegen und zu pflegen!

Die alte Günzelbäuerin war nun Urgroßmutter und sehr stolz.

Zehn Jahre sollte sie noch leben und das nicht mehr einsam, sondern eingeschlossen in eine zärtliche Familie, die sich nur Liebe schenkte.

Nach einem erfüllten Leben ging sie dann gern heim, die alte Frau Günzel, die so viel Gutes getan hatte!

*

»So gehen die Dinge ihren Weg – und manchmal ist es auch die Gerechtigkeit, die siegt«, philosophierte Ferdl, während er die Bedienung zu sich winkte und eine zweite Maß Bier bestellte. »Ich wünschte, ich würd auch eines Tages so ein fesches Madl wie die Anne kennenlernen. Manchmal bin ich ganz schön neidisch auf den Michl...«

»Grüble nicht zu viel«, meinte Ernst Steiner, während er sein Bier bei der Bedienung bezahlte und sich dann vom Tisch erhob. »Für mich wird's jetzt langsam Zeit, Ferdl. Ich geh wieder hinauf in die Berge.«

»Wenn man dich so anschaut, glaubt man gar nicht, dass du jemals Holzkirchen verlassen hast«, schmunzelte Ferdl. »Du bist immer einer von uns geblieben – auch wenn du viele Jahre weg warst.«

»Manchmal dauert es eben lange, bis man zu den Wurzeln zurückkehrt«, sagte Steiner. »Hauptsache, es ist nicht zu spät.«

Mit diesen Worten verabschiedete er sich von dem Dorfpolizisten und verließ das Wirtshaus. Genau in diesem Moment kam auch Anne wieder mit ihrem Bub aus dem Dorfladen. Steiner registrierte, dass sie von den Bewohnern freundlich gegrüßt wurde, und der eine oder andere sprach mit ihr, als lebten sie schon sehr lange in Holzkirchen.

Alles hat sich zum Guten gewendet, dachte Steiner, während er sich abwandte und seinen Weg fortsetzte. Als er den Weg in die Berge fortsetzte, hörte er die verhaltenen Klänge der Holzkirchner Blaskapelle, die im nahen Gemeindehaus ihren alljährlichen Auftritt beim Kirchweihfest probten. In gut zwei Wochen würde es wieder soweit sein – und das war einer der Höhepunkte des dörflichen Lebens.

Und bis dahin würde Steiner seine täglichen Spaziergänge fortsetzen und weiterhin Augen und Ohren offenhalten – falls wieder einmal etwas geschah, wo er mit Rat und Tat jemandem zur Seite stehen musste...

ENDE

2. MONIKAS SEHNSUCHT NACH DER LIEBE

Monika Lindner stand ganz allein vor der Almhütte und genoss den Ausblick auf das wunderschöne Alpenpanorama, das sich ihr bot. Sie atmete tief ein und schaute hinunter auf den kleinen Kurort Bad Hindelang und ihr angrenzendes Heimatdorf Holzkirchen. Es war eine wirklich malerische Kulisse, die sie jedes Mal auf das Neue genoss, wenn sie hier oben allein auf der Alm war und ihrer Arbeit nachging. Hier war es einfach nur schön.

Wind kam auf und strich ihr durch die blonden Haare, während die Sonne sich allmählich dem höchsten Stand näherte. Sie schloss die Augen für einen Augenblick. Es war ein herrlicher Sommertag, und nichts konnte jetzt ihre Laune trüben. Dieses Leben, was sie hier verbrachte, war viel schöner als die Jahre auf der Landwirtschaftsschule in München. Zwar hatte sie viel gelernt während dieser Zeit, aber die Sehnsucht nach Holzkirchen und den Menschen dort war immer dagewesen.

Jetzt war sie endlich wieder zurück und konnte das tun, was sie sich schon in München vorgenommen hatte. Nämlich so leben und arbeiten, wie es immer ihr Traum gewesen war - auf dem Hof der Eltern und ihr Geld mit ehrlicher Arbeit verdienen!

Ihre Gedanken brachen urplötzlich ab, als sie auf einmal Schritte hinter sich hörte. Rasch drehte sie sich um und sah den Franzl vor sich stehen. Sie fuhr sich durch das blonde Haar. Die Vorabendröte schlich sich ein und warf winzige Schatten. Sie blickte den Franz direkt an. Ein Student aus

Augsburg, der während der Semesterferien hier oben für die Familie Monikas arbeitete und sich etwas Geld verdiente.

Monika konnte den Franzl gut leiden, auch wenn sie längst begriffen hatte, dass die freundschaftlichen Gefühle, die der Student ihr gegenüber zeigte, etwas mehr waren als nur eine bloße Freundschaft. Aber Monika hatte ihm von Anfang an zu verstehen gegeben, dass er sich keinerlei Hoffnungen zu machen brauchte – weder jetzt noch irgendwann.

»Monika, tust mir bitte einen Gefallen?«, fragte der Franzl. Er stammte auch aus einem der umliegenden Dörfer, lebte aber schon einige Jahre in Augsburg und studierte dort.

»Was hast denn auf dem Herzen?«, fragte Monika.

»Ich hab Dir was aufgeschrieben, was wir in den nächsten Tagen brauchen werden«, meinte der Franzl und holte ein beschriebenes Blatt Papier hervor. »Denk bitte daran, das einzukaufen, wenn du wiederkommst, ja?«

»Ja - freilich«, nickte Monika, nachdem sie einen kurzen Blick darauf geworfen hatte. »Kannst dich darauf verlassen, Franzl.«

»Es ist schad, dass du schon gehen musst«, seufzte Franzl. »Ich würde mir wünschen, dass...«

»Auf dem Hof wartet genug andere Arbeit auf mich«, fiel ihm Monika rasch ins Wort, weil sie schon ahnte, dass der Franzl schon wieder seine Hoffnungen in Worte fassen wollte. »Aber die Zeit wird dir und dem Klaus schon nicht langweilig werden«, sagte sie. »Ihr habt genug zu tun hier oben, oder?«

»Das schon«, nickte der Franzl etwas betrübt und begriff, dass es besser war, seine Gedanken lieber für sich zu behalten. »Aber der Klaus und ich freuen uns, wenn du bald wieder zurück bist, Monika.«

»Werd ich ja auch«, versprach sie. »Aber jetzt mach ich mich besser auf den Weg. Ich will auf dem Hof sein, bevor es dunkel wird.«

Sie verabschiedete sich von Franzl und winkte auch dem Klaus zu, der weiter oben auf der Wiese mit seiner Arbeit zugange war. Danach trat sie den Rückweg ins Tal an.

*

»Du alter Mistkater, damischer, das sag ich dir, wenn ich dich erwisch...«

Die Gummistiefel waren für die Verfolgung völlig ungeeignet. Leopold raste über den Hof und wusste, nur in der Flucht lag die Rettung.

Das Mädchen gab nicht so schnell auf. »Na wart nur, ich erwisch dich schon, und dann kannst du was erleben, in die Suppen kommst demnächst!«

Das hübsche Mädchengesicht war vor Wut ganz verzerrt. Die blonden Haare flogen um die geröteten Wangen.

Dort war der Holzstoß! Ein paar Flügelschläge, und er war gerettet! Sie musste schleunigst ihren Lauf bremsen, sonst wäre sie doch glatt mit der Nase gegen die Holzscheite gerannt.

Da stand sie nun etwas unterhalb und reichte nicht hinauf. Das machte ihre Wut noch schrecklicher.

»Kannst ruhig hämisch blicken, ich krieg dich noch, ich geb nicht so schnell auf. Ein Saubazi bist, jawohl, das bist du, und das schwör ich dir hier und jetzt, du verdammtes Biest, wenn du noch einmal meinen schönen Garten betrittst, dann dreh ich einem deiner Weiber den Hals herum. Hast mich verstanden?«

Leopold hatte sich ein wenig erholt, plusterte sich auf und schüttelte sein buntes Gefieder. Dann neigte er seitlich den

Kopf, und äugte misstrauisch zu dem aufgeregten Mädchen hinab. Nicht mal die angedrohte Tat an einem seiner Weiber ließ ihn empört aufschreien. Er hatte ja fünfundzwanzig. Da konnte man getrost auf eins verzichten. Außerdem war die Liese ein falsches Stück; ja, er wusste, dass sie oft zum Nachbarn rübermachte.

Monika schwang noch immer den Besenstiel. »Komm sofort herunter, verdammt noch mal.«

Da erscholl vom Hof her eine Stimme.

»Monika, das Frühstück ist fertig. Ja in drei Teufels Namen, lass doch den armen Hahn zufrieden. Immer müsst ihr streiten. Er ist schon ganz grantig.«

»Ach«, kreischte die Monika zurück. »So ist das also, Vater. Den Gockel nimmst in Schutz, dieses Miststück von einem Hahn, er gehört in die Sonntagssuppe, verstehst, schau dir mal den Garten an!«

»Reg dich doch nicht so auf. Komm erst mal frühstücken.«

Schnaufend wandte sich Monika zum Hof zurück, drehte sich aber noch einmal herum und fauchte Leopold an. »Glaub bloß nicht, ich würd' dich vergessen.«

Wenig später betrat sie die Küche. Im Herrgottswinkel hatte die Mutter den Tisch gedeckt.

»Das war ja wieder ein Mordsgeschrei am frühen Morgen, Monika. Man kann dich in ganz Holzkirchen hören, ehrlich.«

Die Tochter ließ sich mit einem Plumps auf die Bank fallen und griff nach dem Brot. »Von mir aus, aber ich lass es mir nicht gefallen, Mutter.«

»Was hat er denn jetzt schon wieder angestellt, der Leopold?«

»Vier Tage war ich oben auf der Alm, und jetzt, schau dir mal meinen Garten an. Es ist zum Heulen. Alle Hennen hat er hingeführt! Alle!«

Der Vater lachte.

»Wär auch gemein, wenn er eine links liegenlassen würde, oder?«

»Du mit deinen Scherzen!«, brauste die junge Tochter auf.

»Ich hab ganz bestimmt die ganze Zeit das Gatter verschlossen gehalten, Monika, das darfst mir glauben.«

»Alle Salatpflanzen hat das Luder geköpft und die Blumen herausgewühlt, ich sag dir, ich könnt' sie alle umbringen!«

»Vielleicht sind sie unschuldig die Hühner und ihr Herr?«, meinte der Vater. »Vielleicht war es ein Hase?«

»Warum nicht gleich ein Hirsch«, sagte sie wütend.

»Ich werde mich schon auf die Lauer legen und herausfinden, wie das Luder es schafft, in meinen Garten zu gelangen.«

»Ja, das tu nur«, sagte der Vater.

Wütend schlang sie das Essen hinunter.«

»Schau«, sagte die Mutter. »Draußen ist so schönes Wetter. Jetzt bist wieder daheim, und du machst so ein sauertöpfisches Gesicht.«

»Daheim«, lachte die Monika verächtlich auf, »geh, ich war doch nur auf der Alm.«

Jetzt kam der alte Zank zurück. Dem kam die Mutter aber rasch zuvor.

»Aber wir haben dir doch erlaubt, mit der Freundin eine Woche am Bodensee zu verbringen. Hast das vergessen?«

Jetzt leuchteten Monikas Augen wieder auf. In der Tat, über den Ärger hatte sie das wirklich vergessen.

»Und wann darf ich?«

»Wann du Lust hast. Das Heu hat ja noch ein wenig Zeit. Die Arbeit schaff ich schon allein.«

»Fesch«, jubelte das Mädchen. »Herrje, jetzt sieht die Welt schon viel besser aus. Da will ich gleich hinunter zur Anna und sie fragen...«

Ehe sich es die Eltern versahen, war sie schon aus der Küche gesaust.

Die Mutter rief ihr noch nach: »Kind, es ist ja noch viel zu früh, wart noch ein wenig zu.«

Aber Monika hörte nicht auf sie. Wenn sie sich was vorgenommen hatte, dann musste es auch sofort geschehen.

»Zu früh«, brummte sie vor sich hin und schob ihr Moped aus dem Schuppen. »Doch nicht für die Anna.«

Vergnügt sprang sie auf das Vehikel und sauste den Berg hinunter. Im Augenblick hatte sie keine Zeit für die Schönheit der Berge. In sausender Fahrt ging es hinunter in den Ort Holzkirchen. Manchmal wunderte sich das Mädchen, dass so viele Touristen in den Bregenzerwald kamen. Sie langweilte sich oft ganz schrecklich daheim. Holzkirchen mit seinen 1.200 Einwohnern war ja auch keine Großstadt. Aber der Bodensee! Ach, sie hatte schon so viel davon gehört. Dieser See zog sie magisch an. Vielleicht konnte man auch mal rüber in die Schweiz? Ach, sie kam wieder ins Träumen.

Fast wäre sie auf der nächsten Wiese gelandet. Da hatte mal wieder so ein Trottel von Feriengast einen Stein mitten in den Weg gelegt. Im letzten Augenblick sah sie ihn und umfuhr ihn elegant, dabei ratschte sie ein wenig an der Felswand entlang. Der Arm tat weh, aber wenn man jung ist, und überhaupt keine Zeit hat, dann störten so Kleinigkeiten überhaupt nicht.

*

Es war wirklich noch sehr früh!

Auf den Höfen stand man für gewöhnlich um fünf Uhr auf. Ja, und jetzt war es erst sieben! Das Dorf machte einen verschlafenen Eindruck. Der Milchwagen rumpelte durch die Gegend, und der Fahrer winkte ihr fröhlich zu.

»Ist das nicht die Lindner Monika?«

»Freilich«, grinste sie den Fahrer an.

Das war ein junger Bursche und immer lustig und fidel! Das wussten die Mädchen in Holzkirchen.

»Fesch, fesch, meine Dame. Mir zerläuft das Herzchen, wenn ich dich so fesch in der Morgensonn' stehen seh. Sag, Monika, können wir uns nicht mal treffen? Du, ich hab jetzt auch einen eigenen Wagen, wir könnten also ganz gut nach Oberstdorf fahren. Dort haben sie eine neue Discothek, du ich sag dir...«,

Sie lachte ihn strahlend an.

»Scheinst dich ja gut auszukennen, Hubert, aber nein, ich fall' auf deine goldenen Sprüch' nicht herein.«

»Was denn?«, tat dieser entsetzt, »ich denk die ganze Zeit nur an dich, Tag und Nacht!«

»Du mei, da kommst ja nimmer zum Arbeiten.«

»Du brichst mir das Herz.«

»Hast dein Sprüchlein aber fein auswendig gelernt. Geh, Hubert, versuch es bei den Feriengästen, die glauben dir noch deinen treuen Augenaufschlag.«

»Du weißt ja gar nicht, was dir entgeht«, sagte er lachend. »Sie reißen sich um mich, wirklich. Wenn ich wollt', könnt ich an jedem Finger zehn haben.«

»Donnerwetter, und da redest noch mit mir Bauerntrampel?«, gab sie fröhlich zurück.

»Weißt was du bist, Monika?«

»Nein, leider nicht!«

»Ein Biest bist, ein kleines!«

Sie lachte hell auf.

»Jetzt erinnerst mich an unseren eifersüchtigen Leopold! Der übernimmt sich auch ständig.«

»Zum Teufel, wer ist denn das? Habt ihr etwa einen Gehilfen bekommen?«

»Nein, das ist unser Mistgockel!«

Hui, da war sie schon verschwunden.

Sie sauste die Dorfstraße entlang und kurvte rasant an der Kirche vorbei, wurde ein wenig leiser, weil der Herr Pfarrer recht ärgerlich werden konnte, wenn man ihn am Morgen schon störte.

Da war das hübsche Lehrerhäuschen. Es lag ruhig im Morgensonnenschein. Es war noch alles still im Haus. Monika dachte ein wenig neidisch, Lehrer müsst man sein, dann hat man ein feines Leben.

Sie stellte ihr Moped hinter dem Haus ab.

Alle schienen noch zu schlafen.

Aber das störte sie kein bisschen, wusste sie doch, wo die Leiter zum Äpfel pflücken lag. Wie oft hatte sie auf diesem Weg schon ihre Freundin besucht.

Vorsichtig wurde die Leiter an die Hauswand gestellt, hurtig hinauf geklettert. Anna schlief immer bei offenem Fenster. Monika sah den Kissenberg und dachte, wie kann man nur noch so müde sein, wenn schon die Sonne eine Stunde am Himmel steht.

Mit einem Plumps ließ sie sich auf das Bett fallen und rief fröhlich: »He, Anna, aufwachen, du alte Schlafmütze, die Sonne scheint längst! Sag mal, hast gestern vielleicht getanzt, dass du noch so müde bist? Da bin ich ein paar Tage fort auf der Alm, und schon reißen hier Zustände ein!«

Sie griff unters Deckbett und kniff die Schläferin freundschaftlich in die Wade.

Monika störte es kein bisschen, dass sie noch keine Antwort bekam.

»Du, die Eltern haben es mir endlich erlaubt, ich darf eine Woche Urlaub machen, zum Bodensee runter. Ist das nicht fesch? Du, jetzt müssen wir nur noch deine Eltern bitten, sie dürfen einfach nicht nein sagen. Verflixt, wir sind doch schon achtzehn und erwachsen. Sie können uns doch nix mehr anhaben. Wenn du willst, red ich mit deinem Vater. Du weißt doch, er mag mich leiden. He, du alte Schlafmütze, wach mal endlich auf. Hast überhaupt gehört, was ich dir erzählt habe?«

Resolut, wie es nun mal ihre Art war, sprang sie auf und riss mit einem Ruck das Federbett mit sich. Monika sagte sich, wenn die Frühkälte an die warmen Beine kommt, dann wird sie schon wach, und sonst kann man ja noch ein wenig nachhelfen!

Mit einem wilden Schrei fuhr der Bettgenosse hoch und warf sich herum.

Monika traute ihren Augen nicht!

Noch immer das Oberbett umkrallend, wich sie bis zur Wand zurück.

»Äh...« röchelte sie und spürte, wie ihr langsam das Rot in die Wangen stieg. »Äh, Verzeihung, äh, aber das ist doch... das gibt es doch nicht...«

In diesem Augenblick sah sie nicht sehr geistreich aus.

Der junge Mann starrte noch immer das fremde Mädchen an. Dann lachte er auf.

»Gib mir das Kissen wieder, es ist kalt!«

Hastig warf sie es ihm zu.

»Hier«, sagte sie verdattert.

Monika sprang zum Fenster.

»So bleib doch«, rief er ihr nach.

»Ich schau doch nur nach, ob ich mich auch nicht verstiegen hab«, sagte sie ein wenig kleinlaut. Aber das hätte sie sich ersparen können. Ihr kleiner Zeh sagte ihr, dass es ein Ding der Unmöglichkeit war. Das nächste Haus war das Pfarrhaus, und wie der Pfarrer sah der junge Mann auch nicht aus.

Meine Güte war ihr das peinlich. Da war sie in das Zimmer eines jungen Mannes eingestiegen.

Sie stand wie zur Salzsäule erstarrt am Fensterkreuz.

Dem jungen Burschen schien das sichtlich Spaß zu bereiten.

»Jetzt hat's dir die Sprache verschlagen, wie?«

Wie seltsam er die Worte formte!

»Ich hab gedacht, du bist meine Freundin?«, stotterte sie verdattert.

»Seh ich wie die Anna aus?«, fragte er lustig zurück.

»Aha«, sagte sie resolut. »Du kennst sie also, die Anna?«

»Aber natürlich.«

»Du liebe Güte«, sagte die Monika zu sich. »Ich bin doch nur vier Tage fortgewesen.«

»Wenn du die Anna sprechen willst, dann musst weit reisen.«

»Wie? Was?«

»Die ist im Augenblick in Hamburg.«

»Waas?«

»Mund zu, es zieht!«

Sie stierte ihn noch immer verblüfft an.

»Sag mal, willst mich verulken?«

»Geh, warum sollte ich?«

»Ich versteh nix mehr! Vielleicht hätte ich den Leopold doch nicht so scheuchen sollen. Jetzt sind meine Gedanken ganz wirr. Ich kapier nix mehr, gar nix.«

Der junge Mann hatte nun ein wenig Mitleid mit dem Mädchen.

»Dann bist du also die Monika Lindner?«

»Mich kennst auch?«, keuchte sie. »Aber ich hab' dich noch nie gesehen!«

»Die Anna hat mir von dir berichtet. Schöne Grüße soll ich dir bestellen. Und sollst nicht böse auf sie sein. Es ist halt alles so schnell gegangen.«

»Was?«

»Ach, du weißt also von nix?«

»Würd ich sonst so dämlich fragen?«, fauchte sie zurück. Sie war ärgerlich, dass er klüger war als sie selbst.

»Sind die hier alle so grantig? Dann Prost Mahlzeit!«, brummte die junge Mann.

»Hör zu, du geschniegelter Lackaffe, ich kann ganz lieb und nett sein, aber wenn du mir jetzt nicht endlich erzählst wie du hierherkommst und was du hier willst, dann…«

»Was dann?«, fragte der Mensch in dem gestreiften Schlafanzug fröhlich.

»Dann, dann, dann…« Monika fiel es noch rechtzeitig ein, dass sie ihn schwerlich so brutal wie den Leopold ausschimpfen konnte.

Sie grinste ihn an.

»Sag lieber was los ist!«

»Das ist ein Wort.«

Er schwang sich aus dem Bett und ließ die Beine über den Bettrand baumeln.

»Ich bin der Alex Schuster, ich bin also der Cousin der Anna Hofer, ich leb in Hamburg. Ich bin neunzehn Jahre alt. Ja, und unsere Eltern haben geschrieben, es sei doch gar keine schlechte Idee, wenn jeder seine Wohnung der anderen Familie überlassen würde, für die Ferien wohlverstanden. So könne jeder billig Urlaub machen. Der eine in den Bergen und der andere an der See! Ist das nicht fein ausgedacht?«

»Dass die Anna mir nix erzählt hat«, murmelte Monika.

»Die Eltern haben es mir auch erst kurz vorher beigebracht. Na, ich war auch nicht begeistert mitzukommen. Aber was will man machen. Als Lehrling verdient man ja nicht so viel und da muss man noch tun, was die Eltern wollen. Doch jetzt find ich es schon gar nicht mehr so scheußlich«, meinte Alex fröhlich.

»Warum nicht?«, fragte Monika naiv.

»Nun, jetzt hab ich dich ja kennengelernt, jetzt kann der Urlaub doch recht lustig werden, wie?«

Sie grinste ihn unwillkürlich an.

»Na ja«, meinte sie ein wenig verlegen. »Aber gemein ist es schon. Und ich wollt' die Anna mitnehmen, zum Bodensee, weißt! Endlich haben es meine Eltern erlaubt, und jetzt ist sie futsch, also, wenn man da nicht wütend werden soll!«

Sie hätte sich ganz gewiss noch weiter in ihre Rage hineingesteigert, aber dann erinnerte sie sich an den jungen Mann und klappte den Mund rechtzeitig zu.

»Du bist auch nicht auf dem Kopf gefallen wie?«

»Nein, warum auch.«

Alex lachte sie an.

Monika dachte, er sieht nicht übel aus, ehrlich nicht. Sehr nett und fröhlich scheint der Bursche auch zu sein, aber trotzdem ist es Mist. Mein schöner Urlaub geht also flöten. Die lassen mich doch nie und nimmer allein reisen.

»Fertig mit dem Betrachten?«

»Wie?«

»Na? Bewunderst du nicht die ganze Zeit meine Schönheit?«

Sie warf einen Pantoffel nach ihm. Lachend fuhr er zur Seite.

»Verstehst du denn überhaupt keinen Spaß, Monika?«

»Ich soll wohl noch vor Freude aufschreien, dass ich dich jetzt kenne wie?«, schnaubte sie.

»Was ist denn los?«

»Diese Anna, na warte, die kann ihr blaues Wunder erleben. Mich einfach so sitzen zu lassen. Das ist wirklich die Höhe.«

»Hör mal, ich freu mich wirklich, dass ich dich kennengelernt habe.«

Sie blinzelte ihn von unter herauf an.

»Ehrlich?«

»Wenn du nicht gerade herumzankst, siehst du, ganz nett aus, ehrlich.«

»Na ja«, lenkte sie vorsichtig ein. Monika war immer nur für einen Moment aufbrausend. Über verschüttete Milch zu schimpfen war sowieso zwecklos.

»Vielleicht können wir es uns richtig gemütlich machen. Ich meine, du könntest mir doch deine Heimat zeigen und ich erzähle dir dann alles über meine!«

Sie grinste ihn an.

»Nun ja«, meinte sie zögernd. »Also, es ist ja nicht übel. Ich lern ja gerne neue Menschen kennen. Aber so plötzlich, nun ja, ich muss mich wohl mit der Tatsache abfinden. Verflixt, mein schöner Urlaub.«

»Die Anna bleibt doch nur drei Wochen fort, danach könnt ihr dann doch noch immer zum Bodensee!«

»Ist das wahr?«

Vor lauter Freude wär sie ihm bald um den Hals geflogen. Sie war nun mal spontan, die Lindner Monika. Sie schwebte schon auf ihn zu, aber dann wurde alles ganz anders.

Mutter Schuster ging in diesem Augenblick an der Tür vorbei und hörte das Mädchen.

»Das gibt es doch nicht«, murmelte sie verblüfft. »Das ist einfach unmöglich.«

Mutter Schuster war resolut und ging verdächtigen Dingen gleich auf den Grund. Kurzentschlossen riss sie die Tür auf und was sahen ihre mütterlichen Augen? Ein fremdes Mädchen wollte sich grad auf auf ihren wehrlosen Buben werfen.

»Das ist ja die Höhe!«, kreischte sie auf.

Ehe sich Monika Lindner versah, hatte sie auch schon eine heftige Watschen abgekriegt.

»Au!«, kreischte sie laut auf!

Mutter Schuster war jetzt in ihrem Element.

»Du schandbares Mädchen, du Schlampe, sofort lässt du meinen guten Buben in Frieden. Kaum vierundzwanzig Stunden sind wir hier, da fallen die Mädchen schon meinen Jungen an, das ist ja die Höhe. Zustände sind das!«

Sie ging auf Monika zu.

Jetzt wurde auch der gestreifte Schlafanzug lebendig. Er brauchte halt ein paar Minuten, um den Schreck zu verdauen.

»Mutter, bist du denn verrückt geworden, so lass dir doch erklären. Es ist alles ganz harmlos. Das verspreche ich dir.«

»Harmlos? Dass ich nicht lache! Sie steigen schon in die Stuben ein. Wenn ich das geahnt hätte wäre ich nicht hergekommen!«

Monika rieb sich die brennende Backe. Eine Handschrift hatte die Frau. Da war es wohl besser, sie flüchtete. Sie schwang sich also auf das Fensterbrett, angelte mit den Füßen nach der Leiter und war auch schon draußen.

»Du kannst mir nicht entfliehen!«, rief Mutter Schuster.

Alex schrie: »Wo können wir uns wiedersehen?«

»Wiedersehen?« Monika lachte spöttisch. »Das ist ja lustig! Danke für die Einladung, aber eine Watschen genügt mir vollkommen.«

Alex war richtig unglücklich.

Wie ein Eichkätzchen sauste Monika die Leiter hinunter. Sie machte sich noch nicht mal die Mühe und brachte sie wieder hinter den Holzstoß. So wütend war sie noch.

»Hoffentlich hat der Pfarrer mich nicht gesehen«, murmelte sie zornig vor sich hin. »Sonst gibt es noch mal ein Donnerwetter. Und dabei ist das alles nur ein Versehen gewesen.«

Alex im gestreiften Schlafanzug stand noch immer am Fenster und ruderte mit den Armen.

Sie trat das Moped an und sauste jetzt mit Krach um die Ecke. Des Küsters Hühner stoben wild durcheinander, und die Katze vom Bäcker fiel fast vom Gartenzaun.

Fuchsteufelswild war sie. Sowas musste ihr passieren, stieg zu einem Burschen ins Zimmer ein! Wenn das Ernst Steiner, der pensionierte Kommissar mitbekommen hätte, dann hätte er vermutlich noch geglaubt, sie wäre eine Einbrecherin gewesen...

*

Die Lindnerin knetete den Brotteig geschmeidig. Die Tochter saß am Fenster und blickte auf die Berge.
»Was ist denn los?«
»Nichts, wieso denn?«
»Monika, es ist doch was?«
Im Augenblick ging ihr alles auf die Nerven. Sie war ja noch immer sauer. Die Eltern verstanden die Tochter nicht. Da hatte man ihr die Einwilligung erteilt, Urlaub zu machen, und wenn man sie jetzt daraufhin ansprach, wurde sie nur rasend.

Sie waren klug genug, um ihr ein wenig Freiheit zu gönnen. Schließlich lebte sie hier in den Bergen und musste hart mit anpacken. Sicher, eines Tages würde ihr das Anwesen gehören. Aber viele Töchter und Söhne waren heute nicht mehr bereit, für ein Taschengeld daheim zu arbeiten. Sie verstanden sich auch mit den Eltern nicht mehr. Der Tourismus hatte sie verdorben.

Aber zum Glück war die Monika nicht so. Sie hing mit Leib und Seele an dem elterlichen Hof. Sie brachte auch immer wieder neue Vorschläge, wie man noch praktischer und rationeller arbeiten konnte. Sie war ja auch auf die landwirtschaftliche Schule gegangen.

Monika erhob sich.
»Ich schau lieber nach ob die Wäsche schon trocken ist, dann kann ich ja mit dem Bügeln anfangen.«
»Warum? Das pressiert doch nicht!«
Monika hörte nicht hin.

Sie umrundete das Haus und stand dann auch schon sofort auf der Hauswiese. Zuerst war sie so in Gedanken versunken, dass sie es nicht wirklich sah. Aber dann traute sie ihren Augen nicht.

Die Wäsche flatterte nicht mehr lustig auf der Leine! Nein, sie lag am Boden! Aber das war noch nicht das schlimmste.

Die drei Schweine wälzten sich vergnügt auf der Wäsche herum. Sie sah also gar nicht mehr strahlend weiß aus!

Monika schrie so barbarisch, dass selbst der Vater vom Holzhacken fortrannte, in dem Glauben, ihr sei etwas Schreckliches zugestoßen.

Monika rannte wie verrückt hinter den dicken Schweinen her und wollte sie an den Schwänzen festhalten. Aber sie waren schneller, quiekten laut und fegten in den Hochwald. Mit einem Sprung hatten sie den Zaun überwunden.

Monika blieb sprachlos stehen. Das hatte sie noch nie erlebt, dass Schweine so hoch springen konnten.

Das hatte so urkomisch ausgesehen, dass sie jetzt in ein helles Gelächter ausbrach.

Die Mutter kam angerannt.

Monika drehte sich herum.

»Vater, wie oft hab ich dir schon gesagt, dass du die Pfosten nachsehen musst. Schau dir an was sie angerichtet haben, schau dir diese Sauerei an.«

Der Bauer lachte.

»Ich? Ach, jetzt bin ich der Sündenbock? Die Schweine haben die Pfosten herausgewühlt, das ist es.«

»Verflixt, daran hätte ich denken müssen, als ich sie rausließ.«

»Nun, dann müssen wir sie halt noch einmal waschen«, sagte die Mutter. »Das ist doch kein Beinbruch.«

»Ich werde Stacheldraht um die Pfosten binden.«

»Und ich hol' die verdammten Biester aus dem Wald zurück.«

»Ja, tu das, sonst denkt der Förster noch, es sei Schwarzwild und erschießt sie.«

In diesem Augenblick rief eine Stimme vom Hof. »Ist dies der Lindnerhof?«

Die Familie dreht sich herum.

Monika bekam ein ganz rotes Gesicht.

Alex Schuster kam langsam näher.

»Da bist du ja«, sagte er freundlich. »Da habe ich mich also doch nicht verstiegen.«

»Grüß dich«, murmelte sie ein wenig verlegen.

Die Eltern machten erstaunte Augen. Den jungen Mann hatten sie noch nie in Holzkirchen gesehen. Monika schien ihn zu kennen.

»Willst ihn uns nicht vorstellen?«, brummte der Vater.

»Ach, hab ich das noch nicht?«

»Nein«, sagte die Mutter.

»Also, das ist doch der Cousin von der Anna, versteht ihr. Die haben für den Urlaub die Häuser getauscht. Ist es nicht so?«

»Sicher«, sagte Alex mit fröhlicher Stimme.

Monika setzte hastig hinzu: »Die Anna hat mir aufgetragen, mich ein wenig um ihren Vetter zu kümmern.«

»Ach so«, sagte der Bauer. »Freut mich, Sie kennenzulernen. So statten Sie also unseren Bergen einen Besuch ab?«

»Ja!«

Alex wunderte sich ein wenig, dass die Monika das gesagt hatte. Aber natürlich verriet er sie nicht.

»Kannst mir jetzt ein wenig die Umgebung zeigen?«, fragte er und blinzelte ihr fröhlich zu.

»Ich muss in den Hochwald«, brummte sie.

»Kann ich mitkommen?«

Die Eltern wunderten sich, dass sie so grantig zu dem Buben war.

Ohne sich nach dem Alex umzusehen, stapfte sie los. Er folgte ihr mit federnden Schritten. Als die ersten Bäume sie aufnahmen, konnten die Eltern die zwei nicht mehr sehen.

Sofort blieb die Monika stehen.

»Was kommst hier herauf?«, fauchte sie ihn an. »Überhaupt, wieso hast mich gefunden?«

»Das war einfach, ich hab' nur unten im Ort nach dir gefragt. Du scheinst ja mächtig bekannt zu sein.«

In ihren Augen blitzte es auf und sie holte tief Luft.

»Geh«, lachte der Alex. »Musst dich doch ein wenig um mich kümmern«, machte er ihre Sprache nach. »Hast es gesagt oder nicht?«

»Das habe ich doch nur getan, damit die Eltern nicht gar so dumm fragen, verflixt noch mal.«

Sie schritt weiter, gelangte an das kleine Holzbrückchen. Der Bach aus den Bergen toste hier mit voller Wucht ins Tal. Das Wasser sprühte nur so auf. Es war mächtig laut. Schon ein schönes Naturschauspiel. Oft entdeckten Fremde dieses kleine Naturwunder. Monika hatte es gar nicht gerne, wenn sie hier herumstanden. Noch gehörte es zu ihrem Hof.

Auch der Alex aus Hamburg blieb stehen und blickte auf die blanken Steine.

Monika drehte sich um, als sie ihn dort reglos stehen sah, ging sie zurück.

»Ich muss in den Wald, die Schweine suchen!«, schrie sie ihm ins Ohr.«

»Das ist wunderschön hier«, schrie Alex zurück. »Kann man da unten baden?«

Sie grinste ihn fröhlich an.

»Möchtest es?«

»So klares Wasser, da kann man daheim lange suchen, bis man so schönes Quellwasser findet.«

Monika freute sich, dass es ihm hier gefiel.

»Wenn wir zurückkommen, dann zeig ich dir die Stelle, wo man hinabsteigen kann.«

Er ging mit ihr weiter. Jetzt mussten sie schon ganz schön klettern. Über Wurzeln und umgestürzte Bäume. Immer höher ging es hinauf. Monika war so flink wie eine Eichkatze. Der junge Bursche aus dem Norden kam ganz schön ins Schwitzen.

»Willst nicht unten warten?«

»Nein«, presste er zwischen den Zähnen hervor. Er wusste, wenn er jetzt schlapp machen würde, dann würde sie ihn nur verachten, dieses seltsame Mädchen Monika. Er fragte sich schon die ganze Zeit, warum er gekommen war.

Dann hatten sie eine Lichtung erreicht und Monika blieb stehen. Sie hockte sich auf eine Baumwurzel und sah ihm entgegen.

»Arg heiß heute, wie? Musst dir anderes Schuhwerk kaufen, sonst schaffst du unsere Berge nicht. Mit Sandalen, typisch Ausländer.«

»Willst mich ärgern und necken?«

»Pah, warum denn?«

Er blickte ihr in das gerötete Gesicht. Beim Teufel, dachte Alex, sie ist wirklich fesch. Die Anna hat mir gar nicht erzählt, wie hübsch die Freundin ist. So ganz anders als die Mädchen daheim in Hamburg. Und spröde war sie auch, aber irgendwie machte ihm das viel mehr Spaß, als wenn sie sich anbiederten.

»Bestimmt bist du noch böse wegen meiner Mutter, Monika!«

Sie sah ihn fuchsteufelswild an.

»Erinnere mich nicht daran.«

»Ich habe ihr alles erklärt. Es tut ihr leid, und wenn du willst, wird sie sich bei dir entschuldigen!«

»Waas?«

Monika war wie vor den Kopf geschlagen. So was! Eine erwachsene Frau wollte sich bei ihr entschuldigen? Das hatte sie noch nie gehört, dass es so etwas gab.

Sie war ganz aus ihrem Konzept gebracht.

»Du musst Mutter verstehen, Monika. Sie war erst ganz gegen diese Reise. Du glaubst ja gar nicht, wie der Vater daheim reden musste. Ja, und dann gleich am ersten Morgen dein Besuch in meiner Schlafkammer...«

»Besuch«, keuchte sie.

»Verwechslung«, sagte er hastig.

»Na ja«, brummte sie.

Er setzte sich an ihrer Seite.

»Meinst du nicht, dass wir noch Freunde werden könnten?«

Sie zuckte die Schultern.

Die Sonne brannte hier nicht so heiß. Die Bäume hielten die Strahlen zurück. Es war sogar richtig schön kühl. Kein Laut war zu hören. Für den jungen Mann aus der lauten Großstadt ein ganz ungewohntes Gefühl.

»Ich glaub, ich könnte mich hier wohlfühlen«, sagte er inbrünstig.

»Geh, es ist schrecklich langweilig hier. Und dann erst mal im Winter!«

»Dir wird es doch auch nicht zu langweilig«, gab er schlagfertig zurück, »ich will dir mal was sagen, in einer Stadt zu leben, du, da musst du viele Eingeständnisse machen. Das fängt ja schon mit der Wohnung an. Die sind sehr teuer, also kann man sich kein ganzes Haus leisten, oder man muss sehr sparsam leben. Dann der Lärm, die weiten Entfernungen und dann kennt man sich kaum. Keiner spricht den anderen an.

Hier bin ich grad angekommen und schon habe ich mit sehr vielen Leuten gesprochen. Auch in Holzkirchen, egal wo man hinkommt, man ist freundlich.«

»Du bist ja auch ein zahlender Tourist.«

»Nein, das meine ich nicht. Es ist die Herzlichkeit. Ich fühle mich hier pudelwohl.«

Monika dachte, komisch, ich höre ihm sehr gern zu. Er ist so ganz anders als die Burschen aus dem Ort. Er scheint reifer zu sein. Und überhaupt, verflixt, es ist vielleicht besser, wenn ich mich doch nicht so viel mit ihm abgeben. Ärger will ich nicht haben.

Monika, denke daran, er bleibt nur drei Wochen, also verlieb dich nicht in ihn. Wenn er auch wirklich nett ist. Ein Urlaubsflirt, wie die Resel im letzten Jahr, das fehlte mir noch. Pah, die machen sich doch nur einen Spaß daraus, und dann hat man ein gebrochenes Herz.

»Sag mal, warum musst du eigentlich jetzt in den Wald? Ist es nicht gleich Mittagszeit?«

»Jesses - die Schweine, die hab ich ja ganz vergessen. Himmel, jetzt wird es aber höchste Zeit.«

Sie sprang auf.

Alex hielt sie am Arm fest.

»Schweine? Gibt es hier Wildschweine?«

»Hast Angst?«, neckte sie ihn.

»Nein, wenn du in den Wald gehst, wird es wohl nicht so schlimm sein.«

»Eins zu null für dich«, gab sie widerwillig zu.

Er lachte sie spitzbübisch an.

»Ich glaube, wir werden doch noch ganz gute Freunde«, meinte er herzlich.

Monika erzählte ihm hastig, wie die Schweine in den Wald gekommen waren.

»Jetzt muss ich sie aber wirklich suchen gehen, sonst krieg ich Ärger mit dem Förster. Außerdem ist das mein Kapital, was da im Wald herumläuft.«

»Wie bitte?«, fragte er verblüfft.

»Na ja, ich will dem Vater beweisen, wie billig man Schweine halten kann. Weißt, bis jetzt hatten wir nur die Küh', die sind ja im Sommer auf der Alm. Aber wir haben ja so viel Abfall in der Küche, nun ja, und jetzt mach' ich das Experiment. Ich hab' sie von meinem Geld gekauft. Und jetzt rennen die Biester hier herum und das Fett verschwindet von ihren Rippen.«

»Na, da müssen wir sie ja finden.«

Sie liefen nun etwas schräg zum Hof hin, quer durch den Wald. Bald hörte man die Borstenviecher auch grunzen. Monika rannte los. Alex blieb ein wenig zurück. Er kannte sich ja mit Vieh nicht aus. Aber dann merkte er, dass sie vor dem jungen Mädchen nur die Flucht ergriffen, also trieb er eifrig mit. Sie quiekten und grunzten wild durcheinander. Aber man kam immer näher zum Hof. Und es dauerte auch nicht lange, und das Gatter schloss sich hinter den drei Schweinen.

Sofort wühlten sie im Schlamm und legten sich zur Ruh.

»Ich hoffe, das ist euer einziger und längster Ausflug gewesen«, beschimpfte Monika ihr Kapital.

Sie wühlten sich nur tiefer in die Mulde.

Die Mutter kam vor das Haus.

»Das Essen ist fertig«, rief sie.

»Ja, dann will ich mal gehen«, sagte Alex.

»Sie können ruhig bleiben«, meinte die Mutter freundlich.

Monika war gar nicht damit einverstanden. Aber was blieb ihr denn anderes übrig, als gute Miene zu machen, da Alex die Einladung fröhlich annahm. Sie führte ihn ins Bad, damit er sich die Hände waschen konnte.

Er war erstaunt über den modernen Hof, aber auch sehr davon angetan, als er in der urgemütlichen Küche am runden Esstisch saß. Hier war noch alles wie früher, nur der Herd und der Kühlschrank waren neu.

Ordentlich langte er zu und er aß zum ersten Mal in seinem Leben eine Schweinshaxe mit Kraut. Die mundete ihm vorzüglich.

Die Mutter wollte wissen, was man denn daheim in der Regel auf den Tisch brachte.

»Natürlich sehr viel Fisch. Wir haben ja den Fischereihafen. Er ist billig bei uns, und meine Mutter versteht sich auf viele verschiedene Zubereitungsarten.«

»Fisch?«, staunte der Vater. »Ja, kann man den denn alle Tage essen?«

So hatte man gleich ein lustiges Gespräch, und Alex fühlte sich richtig heimisch. Er war direkt ein wenig traurig, als man sich erhob:

Die Mutter sagte: »Ich mach den Abwasch schon allein, geh nur und zeig ihm die Gegend, Monika.«

»Ja aber...«

»Es ist ja nicht so viel. Und wir fangen morgen mit dem Heu an, hat der Vater gesagt.«

»Darf ich da mithelfen?«, fragte der Alex.

»Freilich, wenn es Ihnen Spaß macht, da sag ich nicht nein«, lachte der Bauer. »Freiwillig hat sich bis jetzt noch nie einer angeboten.«

»Ich muss mich doch für das Essen revanchieren.«

»Ach, das ist doch nix«, meinte die Mutter.

Monika war schon vor das Haus gegangen, es behagte ihr gar nicht, dass der Alex sich so anfreundete. Aber was sollte sie machen? Sie konnte nicht unhöflich sein.

Etwas brummig fragte sie ihn.

»Was willst denn jetzt von der Umgebung sehen? Auf die Berge schlepp ich dich aber nicht, da musst erst...«

»...anderes Schuhwerk kaufen«, ergänzte er schnell den Satz.

Sie lachte auf.

»Du bist wohl ein ganz Gescheiter wie?«

»Natürlich.«

»Ja, was ist denn jetzt? Wir haben viel Natur zur Verfügung - also wo sollen wir mit anfangen?«

»Weißt, mir wäre es eigentlich recht lieb, wenn wir erst hinunter nach Holzkirchen gingen. Die Eltern werden sich bestimmt wundern, wo ich geblieben bin.«

»Aha, die Mutter wartet nun mit dem Essen, und Sohn hat Angst vor der Schelte?«

Sie war schadenfroh.

»Nein!«

»Na schön, ich hol nur rasch das Moped, dann bring ich dich runter. Mit der Haxen im Bauch wandert es sich nicht mehr so gut.«

»Aber...« wollte er sagen, aber da war sie schon im Schuppen verschwunden.

»Oder hast Angst, von einem Mädchen gefahren zu werden?«

Alex Schuster dachte zwar an den kurvenreichen und oft recht steilen Weg, den er hinaufgestiegen war, aber dann sagte er sich, sie lebt ja hier und muss sich auskennen.

»Nein, natürlich nicht. Aber hält das Moped meine Haxen aus?«

»Steig drauf, dann wirst es bald wissen.«

*

Nun ging es in sausender Fahrt hinunter in den Ort. Natürlich machte sich die Lindner Monika einen Spaß daraus, ziemlich scharf an den Kanten zu fahren. Er schloss dann jedes Mal ergeben die Augen, doch das konnte sie nicht sehen.

Seit der Vater ihr das Moped gekauft hatte, war sie schon viel fröhlicher geworden. Denn jetzt war es für sie nur noch ein Katzensprung, in den Ort zu kommen. Auch abends brauchte sie sich jetzt nicht mehr zu fürchten, zu lange unten zu bleiben. Zu Fuß dauerte der Anstieg über eine Stunde, aber jetzt nur noch zwanzig Minuten. Sie kannte ja jede Kurve.

Der Alex war dann doch ein wenig blass, als sie vor dem Lehrerhäuschen hielt.

»So, da wären wir!«

Sie machte keine Anstalten abzusteigen.

»Willst nicht mit reinkommen?«

»Na, ich weiß nicht...«, zögerte Monika.

Da kam Frau Schuster aus dem Haus.

»Sie sind also die Monika Lindner?«

Sie würde rot und nickte.

»Mein Sohn hat mir alles erklärt, ich möcht mich entschuldigen! Ich bin nun mal so...«

Sie lächelte sie freundlich an, da musste Monika zurücklächeln.

»Nicht so schlimm, hab' ich schon vergessen.«

Sie wandte sich an den Sohn.

»Seit über eine Stunde warten wir mit dem Essen auf dich.«

»Ich war Schweinetreiber, als Lohn hab' ich ein Mittagessen erhalten.«

»So ist das! Da unterhaltet ihr euch also schon ganz gut?«

»Wie man's nimmt«, meinte Monika zögernd.

»Dann werden Sie wohl bei uns jetzt einen Kaffee mittrinken?«

Monika musste sich also bequemen und das Moped in den Garten schieben. Wenig später saß sie in der ihr bekannten Lehrerstube und bald unterhielt man sich recht fröhlich. Jetzt kam ihr Alexs Mutter schon nicht mehr so hitzköpfig vor.

Als ihr Sohn dann erklärte, er wolle sich Schuhwerk kaufen, und überhaupt wolle er mit der Monika ziemlich viel Wanderungen machen, da sah sich das Ehepaar stumm an.

»Im Ort haben wir ein Geschäft, dort kann man gut und billig kaufen.«

»Gehst mit? Damit sie mich nicht übers Ohr hauen.«

»Oh, ja, handeln, ist meine Stärke.«

Sie bedankte sich für den Kaffee und dann zogen die zwei gleich los.

Der Vater sagte: »Was soll das werden?«

»Aber sie haben doch nur Spaß miteinander, die zwei jungen Leute. So lass ihn doch, hast du vergessen, wie widerwillig er mitgekommen ist? Schließlich ist er erwachsen und muss selbst wissen, was er tut.«

»Sie ist ein nettes Mädchen.«

»Ja, das finde ich auch.«

Alex sollte wenig später Monikas beste Qualitäten kennenlernen.

*

Manchmal war es ihm schon ein wenig peinlich, weil sie gar so stur auf ihrem Preis bestand. Aber der Besitzer kannte sie, und es machte ihm sichtlichen Spaß, sich mit Monika zu zanken:

Als sie wieder auf der Straße standen, sagte er: »Du bist das unmöglichste Geschöpf, das ich kenne!«

»Wirklich?«, sagte sie heiter.

»Und was machen wir jetzt?«

»Wenn du magst, dann fahren wir nach Oberstdorf. Ich hab' ja ein wenig Zeit. Die Mutter macht die Arbeit für mich mit. Und mit dem Moped, da geht es schnell. Du willst doch was von meiner Heimat sehen, nicht wahr?«

»Freilich, also, dann fahren wir los.«

Alex wusste und ahnte ja nicht, wie hoch man in die Berge klettern musste, um diesen kleinen Ort zu erreichen. Und dann erst die vielen Serpentinenstraßen, die tiefen Schluchten. Alles nahm das Mädchen in so rasanter Fahrt und dabei erzählte und lachte es in einem fort.

Oft musste er die Augen schließen. Manchmal krallte er sich an ihrem Rücken fest.

Kurz vor Oberstdorf hielten sie dann an. Sie standen auf einer Anhöhe. Der Blick über die Berge war einmalig. Die Sonne stand an einem wolkenlosen Himmel. Atemberaubend schön war die Bergwelt.

Alex hatte schon längst wieder seine Ängste vergessen.

»Das dort drüben, das ist die Hochfrottspitze - sie ist nur 2.649 Meter hoch. Wenn du dich umdrehst, dann kannst die Trettachspitze sehen, die ist aber nur 2.596 Meter hoch, und da drüben kannst die Öfnerspitze bewundern, sie ist 2.575 Meter hoch. Ja, da schaust du – was...?«

»Und all die anderen Spitzen, haben die keine Namen?«

»Freilich, jeder Huckel hat bei uns einen Namen.«

Der Norddeutsche lachte auf. »Du nennst sie Huckel?«

»Na klar, viel größer sind die anderen doch nicht. Aber du müsstest mal die Wunder im Winter erleben. Ich sag dir, dann würdest du Oberstdorf nicht wiedererkennen. Dann ist das gerammelt voll. Aber nun steig wieder auf, wir fahren weiter.«

»Was? Noch weiter.«

»Willst denn hier bleiben? Geh, bist narrisch?«

»Wo liegt denn Oberstdorf?«

»Dort drüben im Tal.«

Ihre Zähne blitzten in dem braungebrannten Gesicht. Er ergab sich in sein Schicksal. Ihm blieb auch wohl nichts anderes übrig.

»Dann zu!«, sagte er möglichst forsch.

Von unter her warf sie einen Blick in sein Gesicht. Sie lächelte versteckt, dann trat sie das Moped wieder an und schon ging es in sausender Fahrt weiter.

*

Im Mittelalter hätte man sie als Hexe verbrannt, dachte der Alex bei sich. Das ist ein Satansweib.

Wieder rutschte ihm das Herz in die Hose. Diesmal sah er nicht die wilden herben Schluchten, die kleinen Wasserfälle und die tiefdunklen Wälder. Fest hielt er die Augen zugekniffen. Auch dann noch, als sie schon längst durch Oberstdorf durchgefahren waren und auf einer kleinen blumenübersäten Wiese hielten.

»Jetzt kannst verschnaufen!«

Monika lag lang im Gras ausgestreckt, alle viere von sich gestreckt, und seufzte auf.

»Ach, das war eine herrliche Fahrt. Schön, das befreit. So was machen die Anna und ich oft. Natürlich bleiben wir dann den ganzen Tag fort und nehmen auch Proviant mit.«

Alex saß noch immer reglos auf dem Moped.

»Willst nicht absteigen? Oder hast die Hosen voll?«

Ihr perlendes Lachen brachte ihn in die Wirklichkeit zurück. Er sah sie in der Wiese liegen, stieg mit steifen Beinen von dem Fahrzeug herunter und ließ sich an ihre Seite fallen.

»Ich muss mich an die Höhe gewöhnen«, sagte er japsend. »Es rauscht in meinen Ohren wie verrückt.«

»Jemine, das hab' ich ja ganz vergessen«, sagte sie besorgt. »Ihr Flachländler habt ja kein so starkes Herz. Bist jetzt sauer, Alex?«

Er blickte sich um. Er versuchte sich an die Heimat zu erinnern. Komisch, dachte er, dort hab ich die Umwelt nie so bewusst in mir aufgenommen wie in diesem Augenblick. Ich hab das Gefühl, als würden meine Brust und mein Herz ganz weit. So schön ist es hier.

Dann sah er auf das Mädchen, sah die flimmernden Augen, die helle klare Stirn. Monika war so ganz anders als die Mädchen aus der Stadt. Der Duft der Blumen und Gräser stieg ihm in die Nase. Es war schön hier.

Tief atmete er durch!

»Herrlich«, sagte er leise.

»Ja?«

»Ich glaub', ich könnt Stunden um Stunden hier liegen und in das Tal blicken. Alles sieht hier so friedlich und still aus. Als würde hier die Zeit stehenbleiben, ja so ein Gefühl habe ich. Als wär die Welt noch in Ordnung.«

»Geh, du wirst doch nicht so narrisch sein und wie die Urlauber denken, bloß weil wir nicht jeden Schmarrn mitmachen, glauben sie, wie seien noch von gestern, aber das sind wir ganz und gar nicht. Weißt, wir haben nur früher erkannt, was gut ist für die Menschen und was nicht. Ich möcht nie für lange Zeit in einer Stadt leben. Das würde mich ganz krank machen. Hin und wieder mal für ein paar Stunden, ja! Und warum wir noch immer die Dirndl tragen, und die Bundhosen? Nun, weil es eben halt praktisch ist, weißt. Und man spart eine Menge Geld. Man muss doch nicht allen Schnickschnack mitmachen.«

Er lachte leise auf.

»Du bist ein kluges Kind, Monika. Sag mal, ist die Anna auch so?«

»Freilich, obwohl sie zur höheren Schule geht, sie will ja auch Lehrerin werden, wie der Vater, denkt sie so wie ich. Aber warum fragst mich das? Du kennst sie doch?«

»Kaum. Weißt, wir sehen uns mal alle Jubeljahre, und vorgestern, nun da hat es nur für ein Grüß Gott gereicht und mehr nicht.«

»Ja, ich hab' mich auch schon gewundert, dass die Anna nie von dir gesprochen hat.«

»Sie hat mich wohl vergessen, so wie ich sie vergesse, wenn nicht wieder ein Brief von ihren Eltern zu uns kommt.«

Monika setzte sich auf und wischte sich mit einer Handbewegung die blonden Locken aus dem Gesicht.

»Ich glaub', wir müssen uns jetzt sputen. Ich möcht' hier nicht in ein Gewitter kommen. Komm, bevor es anfängt.«

Sprachlos sah der Alex in den stahlblauen Himmel. Nirgends sah er eine dunkle Wolke auftauchen.

»Sag mal, hast du einen Sonnenstich?«

»Ich weiß genau, was du denkst, aber komm jetzt!«

Sie wurde unruhig.

Alex sah auf die Uhr und sagte sich, schade, ich hätte noch gern viel länger hier auf der Wiese gelegen, aber ich muss mich auch mal um die Eltern kümmern.

Machte es die Bergluft, oder weil er jetzt von ihrer absoluten Fahrtüchtigkeit überzeugt war, er hatte jedenfalls keine Angst mehr.

Wieder ging es in sausender Fahrt über die schmalen Bergstraßen. Zum Glück brauchten sie nie zurückzusetzen, wie die Autos, wenn ihnen etwas entgegenkam.

Sie schafften also den Weg ziemlich schnell. Als sie schon fast in Bad Hindelang waren, spürte er auf einmal nicht mehr die Wärme der Sonne. Verdutzt drehte er sich um. Dicke schwarze Wolken hingen über den gezackten Kanten.

»Monika!«, schrie er in den Moped-Lärm hinein.

Sie nickte fröhlich und brauste weiter. Die Hühner auf der Straße rannten um ihr Leben. Bald hätte es einen vorwitzigen Dackel erwischt.

Endlich, endlich kam man in Holzkirchen wieder an.

»Woher hast du das gewusst?«, fragte Alex Schuster noch immer erstaunt.

»Wir Bergler haben eben ein Gespür, das kann ich dir nicht sagen. Die Luft, weißt, sie war so still, so seltsam und darum bin ich umgekehrt. Keine Minute zu spät. Wenn nur die Urlauber mehr auf uns hören täten, dann hätten wir nicht so viel Ärger mit ihnen.«

»Wieso?«

»Na, im Winter, du weißt ja gar nicht wie blöd die Urlauber sein können. Die können mich mal alle kreuzweis...« Monika war in ihrem Element.

»Dankeschön«, sagte der junge Mann.

Das Rot kroch ihr aus dem Kragen.

»Dich hab ich doch nicht gemeint...«, sagte sie hastig.

»Aber warum denn nicht? Ich bin doch dumm, vorhin, da hab ich gedacht, du willst mich auf dem Arm nehmen. Aber jetzt werde ich es nie mehr denken, sondern immer brav tun, was du mir sagst.«

Er blickte sie lächelnd an.

Monika spürte ein seltsames Prickeln auf ihrer Haut. Das war etwas ganz Neues. Sie hatte den Wunsch zu fliehen, zugleich aber wollte sie ihn auch in ihrer Nähe behalten.

»Ich muss jetzt gehen«, sagte sie rau.

»Ja, dann bis morgen?«

Sie sprang auf das Moped.

»Ich muss ins Heu«, dann hob sie winkend die Hand und war hinter der Kirche verschwunden.

*

Monika saß am Frühstückstisch und kaute nachdenklich auf ihrer Semmel herum.

»Ist sie dir nicht frisch genug?«, wollte die Mutter wissen.

»Wie? Was?«

»Ich glaub', sie hat gar nicht gehört was du gesagt hast, Mutter. Sie träumt noch.«

Monika fuhr hoch.

»Quatsch!«

»Na, was war denn gestern?«

»Ich war in Oberstdorf«, sagte sie.

»Ja, seit du den Benzinesel hast, bist wie ein Hüpferling geworden. Damals, als ich jung war, da haben wir alles auf Schusters Rappen zurücklegen müssen. Da war so eine Fahrt eine Sache von Tagen.«

»Ich weiß, und im Winter mussten die Leichen so lange warten, bis es wieder Frühling war, erst dann konnten sie auf den Gottesacker gelangen.«

»Du solltest wirklich ein wenig mit Respekt von der Vergangenheit reden, Kind. Du weißt ja gar nicht, wie gut du es hast.«

»Natürlich weiß ich es, aber jetzt hab ich keine Zeit mehr. Ich muss nämlich für mein Geld schaffen, Vater.«

Sie wischte sich den Mund ab und rannte lachend aus dem Haus.

»Deine Tochter«, brummte der Vater.

»Bist ja selbst ganz narrisch mit ihr«, erwiderte die Mutter lachend.

»Teufel, Weib, es hat mal eine Zeit gegeben, da hab' ich gedacht, ohne Buben macht das Leben gar keinen Spaß, ich mein das Schaffen und das Zusammenhalten des Geldes, aber wenn ich mich jetzt so umschau, dann sind es oft die Söhne, die den Hof nicht mehr wollen.«

»Ja, wir haben mit unserer Monika wirklich das große Los gezogen.«

Der Vater runzelte die Stirn: »Meinst nicht, man sollt es ein wenig unterbinden?«

»Was?«

»Na, die Freundschaft mit diesem Buben, wie heißt er denn noch? Der da aus Norddeutschland!«

»Geh, Vater, das ist doch alles nur Spaß, mehr nicht, ein wenig Abwechslung, sonst nix.«

»Tja, hast dir auch schon mal Gedanken darum gemacht, was sein wird, wenn daraus Liebe wird?«

»So etwas denke ich nicht«, sagte sie resolut, »so jetzt solltest du auch an die Arbeit gehen. Nimm dir ein Beispiel an deiner Tochter.«

Die stand auf der Schweinewiese und betrachtete ihr Vermögen.

»Ja, die sind ja schon ganz schön stramm, Monika«, lobte der Vater.

»Nicht wahr! Die werden mir eine Stange Geld einbringen.«

»Und was wirst du dir dafür kaufen?«

»Das weiß ich noch nicht.«

Sie holte den großen Sommerhut hervor. Den musste man tragen, wenn man auf den Hängen das Heu schnitt, sonst bekam man unweigerlich einen Sonnenstich, und damit war wirklich nicht zu spaßen.

*

Der Vater holte die Sense aus der Scheune.

»Grüß Gott, da bin ich! Bereit zum Schaffen!«

Monika hatte ein Flimmern in den Augen.

»Ich habe doch gesagt, dass ich kommen werde«, sagte Alex Schuster.

»Aber das ist doch dein Urlaub!«

»Sicher, aber bestimmt wird es mir Spaß machen.«

»Na, da hole ich die zweite Sense und du kriegst den Rechen«, meinte Monika und lachte den Burschen an.

»Darf ich denn nicht das Gras schneiden? Ist das nicht Männerarbeit?«

»So etwas gibt es bei uns nicht«, lachte der Bauer. »Da muss jeder hart zupacken. Nein, die Sense kann ich dir nicht überlassen. Das ist nämlich nicht so einfach, und du willst doch noch alle deine Beine behalten wie?«

Alex nickte.

Monika dachte, warum ist mir so seltsam? Bloß weil ich jetzt jemanden hab, mit dem ich mich fröhlich unterhalten kann? Quatsch, ich soll nicht so viel denken, das ist nicht gut. Und so stapfte sie hinter dem Vater her.

Ja, an diesem Morgen schaffte man eine ganze Menge. Der Alex war sehr anstellig. Einmal gesagt, und er machte es nie mehr falsch. Er meinte, nach dem Essen wolle er es auch einmal mit der Sense versuchen.

Nachdem die Mutter das Essen vorbereitet hatte, kam sie auch auf die Wiese und half mit. Es lag ein Lachen und Scherzen in der Luft. Die Arbeit ging noch mal so schnell von der Hand. Die Sonne stach mächtig, aber niemand schien das zu bemerken. Und dann hörte man die Glocken von Holzkirchen.

Mittag!

Wie selbstverständlich ging der Alex mit zum Hof. Da saß er denn auch wieder an dem runden Tisch und es mundete ihm sehr gut.

»Bist also körperliche Arbeit gewöhnt«, meinte der Bauer.

»Ja, sicher, bin doch Schreiner. Noch ein paar Monate, dann habe ich meine Lehre beendet.«

»Was mit zwanzig?«, staunte Monika.

»Ich war vorher auf der Realschule, weißt du, wenn man mal Meister werden will, dann muss man vieles können.«

»Bist wohl in einer Fabrik angestellt?«

Er schüttelte den Kopf. »Nein, bei einem wirklichen Meister. Wir machen alte Schränke und Truhen nach. Die verkauft er dann für viel Geld. Wir müssen auch noch das Schnitzen lernen, wir Lehrlinge.«

»Ach, so wie der Fechtner Luis in Holzkirchen, der hat da auch seine Werkstatt.«

»Die habe ich mir auch schon angesehen, heute in der Früh habe ich sie zufällig entdeckt«, sagte der junge Mann. »Ich war ganz begeistert von den schönen Schränken. Hier werden sie ja auch noch bemalt.«

»Ja. Hübsch, nicht wahr?«

»Das würd' mir auch gefallen!«

»Das kannst du in der Tat?« Die Bauernfamilie staunte nicht schlecht. »Und wir haben gedacht, da in Norddeutschland, da gibt es nur noch Fabrikware.«

»Nur wenige können sich die guten Stücke leisten. Aber sie sind immer mehr gefragt.«

»Wir hier kaufen nur einmal in unserem Leben einen guten Schrank und darum sparen wir auch das Geld an.«

»So müsste es auch bei uns sein«, sagte Alex Schuster, »dann würde nicht so viel fortgeworfen, was noch gut ist.«

Nach dem Essen wurde erst mal eine lange Pause gemacht.

»Gegen fünf kann man erst wieder hinaus. Jetzt ist es zu heiß. Die Sonne muss erst da hinter den Zacken des Niederer verschwunden sein, dann ist es kühl genug.«

»Und was macht ihr in der Zwischenzeit?«

»Ich leg mich ins Gras«, nahm sich Monika vor.

»Na, ihr habt mir ja ein feines Leben. Daheim die Bauern machen nicht so lange Rast. Grad im Sommer haben sie die meiste Arbeit.«

»Bei uns ist das umgekehrt.«

Die Eltern blickten den jungen Leuten nach.

»Sie ist ganz anders geworden. Jetzt fragt sie schon gar nicht mehr danach, wann sie in Urlaub fahren kann.«

»Junges Volk gehört halt zusammen. Gönnen wir ihr diese drei Wochen.«

*

Da lagen sie nun im Gras und blickten in den blauen Himmel, hörten die Bienen summen und fühlten sich richtig wohl in ihrer Haut.

War es nicht Liebe auf den ersten Blick?

Alex war noch immer verblüfft über seine Reaktion. Wie hatte er sich gesträubt, mit den Eltern hierher zu fahren. Was hatte er geschimpft! Und jetzt? Er fühlte sich pudelwohl und was noch viel entzückender war, er fühlte sich glücklich wie noch nie in seinem Leben. Da war so ein Singen und Jubilieren in seinem Herzen.

Wenn es nach ihm gegangen wäre, dann hätte man viele, viele Stunden hier im Gras liegen können.

Bis jetzt war nur immer seine Arbeit wichtig gewesen. Die Mädchen hatten ihn nicht interessiert. Mit ihnen hatte man sich nicht gut unterhalten können. Doch jetzt wusste er, dass es nicht an dem weiblichen Geschlecht lag, sondern einfach daran, dass er immer die Falschen erwischt hatte. In einem Radauschuppen, wie er die Discotheken bei sich nannte, konnte man einfach kein Gespräch anknüpfen. Und wer dorthin ging, der wollte sich nur vergnügen.

Dieses Mädchen aus den Bergen war so etwas wie eine kleine Kostbarkeit. Nicht, dass sie ausnehmend hübsch aussah, das war so eine kleine Beigabe der Natur. Nein, sie war so erfrischend, so sprudelnd, so lebhaft und voller Mutterwitz und dazu hatte sie einen ausgeprägten Verstand. Über was sie sich vorhin nicht alles unterhalten hatte. Sie schien ihre Heimat wirklich zu kennen. Nicht nur die Bergspitzen, nein, sie wusste auch, welche Blumen und Kräuter unter Naturschutz standen. Und, sie schien außerdem ihre Heimat sehr zu lieben und regte sich darüber auf, dass sie in manchen Gegenden so verschandelt wurde.

Er wälzte sich auf den Bauch.

Monika lag an seiner Seite. Er hatte das Gefühl, als schliefe sie. Ein kleiner roter Marienkäfer spazierte auf ihrem Gesicht herum, blieb stehen, putzte sich die Flügel und krabbelte dann weiter. Sie blieb reglos liegen.

Er lächelte!

Sein Herz wurde weit und fröhlich.

Monika, du Prachtmädel!

In ihm war noch immer ein großes Staunen.

Wie sag ich es ihr? grübelte Alex nach. Ich muss sie leise vorbereiten. Mein Gott, ich weiß ja gar nicht, ob sie mich auch so lieb hat. Für sie bin ich vielleicht nur eine kleine Abwechslung. Wie bös war sie, als sie hörte, Anna sei nicht da. Ich darf einfach nicht eingebildet sein, muss jeden Tag so nehmen, wie er mir geschenkt wird.

Er wollte sich wieder auf den Rücken legen und in den blauen Himmel träumen, da hörte er einen Schrei neben sich. Verdutzt hob er den Kopf.

Die so reglose Monika war mit einem Satz oben.

»Du verdammtes Mistviech, jetzt werde ich dir Beine machen, das schwör ich dir!«

Er sah nur noch, wie ihr Dirndlrock ihr um die schlanken Knie wehte, da war sie auch schon über die Wiese gesprungen.

Kam ein böser Eindringling?

Wahrscheinlich, sonst würde sie doch nicht so böse sein!

Alex sprang auf, in dem Glauben, dem Mädchen helfen zu müssen. Aber weit und breit war keine Menschenseele zu erblicken.

Er lief zu ihr.

Da stand sie am Gartenzaun und schimpfte ganz fürchterlich.

»Den Hals werd' ich dir umdrehen, du Mistgockel, jawohl. Meine Prachtmöhren, ich werde dir einzeln die Federn ausreißen. Alle deine Weiber sind drinnen, na warte...«, schrie Monika wie wild herum.

Leopold, der Hahn, schaute verdutzt auf Monika und hörte augenblicklich im Möhrenbeet zu scharren auf.

Alex betrachtete die Szene genüsslich.

Monika stand wie ein Feldwebel am Zaun. Den Besen wie eine Waffe in der Hand.

»Jetzt hab ich dich auf frischer Tat ertappt, du Mistgockel. Das ist also der Dank dafür, dass ich dich vor Monaten vor dem Kochtopf gerettet habe. Jetzt kann der Vater dich nicht mehr in Schutz nehmen.«

Sie schlich sich zum Gartentor.

Alex glaubte nicht, dass die Hühner über den Zaun geflogen waren, aber wie waren sie hineingekommen?

Leopold beäugte die wütende Monika.

Sie rückte mit dem Besen heran.

Er stieß einen wilden Schrei aus. Alle seine Weiber hoben ihre Köpfe, blickten den Herrn und Gebieter an und begriffen sofort. Nur in der Flucht lag die Rettung.

Monika traute ihren Augen nicht.

Wie auf Kommando stürzten sie alle in die hintere rechte Gartenecke. Aber dort waren sie doch dann gefangen? Dort würde sie das Hühnervolk in die Zange nehmen können! Sie lief, den Besen in der Hand, hinterher.

Alex stand am Zaun und lachte und lachte.

Kreischend fuhr der Hahn vor ihrer Nase hin und her. Alles nur ein Scheinmanöver. Was Monika nicht so schnell sah, war, dass seine Hühner alle flugs durch eine Lücke im Zaun davon stoben. Da war ein Brett lose. Das ließ sich spielend zur Seite schieben. Wenige Sekunden später flüchtete auch Leopold.

Bei diesem Lärm waren auch die Eltern aus dem Haus gekommen. Monika, noch eben schrecklich zornig, musste jetzt hellauf lachen.

»Dieser Mistkratzer ist wirklich ein schlaues Luder. Verflixt, Vater, du bist der Schuldige. Du hast mir gesagt, der Zaun sei in Ordnung.«

»Schau doch selbst, jetzt sieht man nix mehr.«

Monika ließ den Besen fallen.

»Mein schöner Garten.«

»Warum regst du dich eigentlich so auf? Man kann den Schaden doch beheben«, sagte da der Alex.

»Da sieht man mal wieder, dass du nix von unserer Heimat verstehst. Einen Küchengarten zu besitzen, das ist so etwas wie eine Kunst. Bei uns bleibt der Winter besonders lang und dann muss man alle List und Tücke anwenden, in der folgenden kurzen Zeit das Gemüse hochzuziehen. Ich hab es abgedeckt und nur mit warmem Wasser gegossen. Eine Schande ist es.«

»Im nächsten Jahr wird es dir nicht mehr passieren, das versprech' ich dir«, sagte der Vater.

Alex sagte: »Wenn du willst, dann mach ich dir ein kleines Gewächshaus.«

»Was?«

»Ja, man braucht nur ein wenig Holz und dickes Plastik, dann kann man das. Ich hab das daheim für die Tante Hilde gezimmert.«

»Und das kostet wirklich nicht viel?«

»Ich schick dir keine Rechnung über meine Arbeit«, gab er lachend zurück.

»Geh«, sagte die Mutter. »Das kannst nicht annehmen, Monika. Er hat doch Urlaub.«

»Ein Tag kann ich schon opfern. Außerdem macht es mir auch Spaß.«

Monikas Augen leuchteten auf.

»Also, wenn du das machst, Alex, dann nehm ich dich auch am Sonntag mit auf die Alm.«

»Abgemacht.«

Die Mutter kochte Kaffee, und dann machte man sich wieder an die Heuarbeit. Abends versprach der junge Mann am nächsten Morgen zeitig zu kommen.

Monika sagte: »Ich werd dich mit dem Moped holen. Da sparst die Kräfte.«

Er lächelte sie mit seinen himmelblauen Augen an. Ihr ging es durch und durch.

Als er fort war, stand sie noch lange oben am Berg und sah ihm nach. Das seltsame Ziehen in der Brust hörte und hörte nicht auf.

Abends saß man vor dem Fernseher, aber die Tochter war nicht bei der Sache. Recht früh ging sie schon in die Kammer. Dort stand sie noch lange am Fenster und sah hinauf zu den Sternen.

»Warum bleibt er nicht länger? Immer wenn man mal einen wirklich netten Menschen kennenlernt, dann nur für kurze Zeit. Herrje, jetzt träum ich schon von ihm.«

*

Am nächsten Morgen wurde sie unruhig. Sie hatten gefrühstückt, dann war sie sofort ins Tal gebraust. Vor dem Haus war alles noch still. Sollte sie wieder fensterln gehen? Wenn dann wieder Mutter Schuster auftauchte, würde es Ärger geben. Also setzte sie sich auf die kleine Bank in den Vorgarten und wartete darauf, dass es im Haus laut wurde. Endlich erschien auch die Mutter.

»Aber der Alex ist schon lange fort«, sagte sie erstaunt. »Ist er denn nicht zum Hof hinauf? Er nimmt sich ja nicht mal die Zeit für ein richtiges Frühstück.«

»Bei uns ist er nicht, und getroffen hab ich ihn auch nicht. Es gibt nämlich nur diesen einen Weg zum Lindnerhof.«

»Ja, dann weiß ich auch nicht wo er sein kann.«

Ihr Herz sackte klaftertief.

Wütend schob sie das Moped vor sich her. Das hatte sie davon. Er wollte schon nicht mehr. Hatte wohl zu viel versprochen. Und ihr Herz spielte verrückt.

Da hockte sie unter dem dicken Nussbaum und sinnierte vor sich hin. Der Küster kam vorbei und staunte.

»Ja, Monika, Kind, bist krank? Oder was ist dir für eine Laus über die Leber gekrochen?«

»Nix!«

»Was macht denn der Leopold?«, fragte er.

»Der Satansbraten, hätte ich ihn dir doch bloß nicht abgekauft. Eine rabenschwarze Seele hat der.«

»Der Leopold war doch dem Pfarrer sein Hahn, und weil er sich wegen seiner Schandtaten schon bald nicht mehr im

Dorf blicken lassen durfte, darum hat er ihn mir geschenkt. Tja, und ich hab gedacht, bei euch auf dem Hof, da kann er sich austoben, das Mistluder.«

Sie lachte!

»Ich werd ihm schon Manieren beibringen, diesem Teufel.«.

»Vielleicht sollst ihm mal die Weiber wegnehmen, vielleicht hilft die Strafe?«

»Meinst?«

»Hallo, da bist du ja?«

Der Küster drehte sich herum und machte ein scheinheiliges Gesicht, als er den Alex Schuster daherkommen sah. Er ging sogleich fort, drehte sich aber immer wieder herum und sah, wie vertraut die Monika mit ihm war.

»Ich hab das Plastik besorgt.«

Sie hatte tiefrote Wangen.

»Steig auf«, sagte sie nur.

»Bist mir bös?«

»Na!«

Alex war ein wenig erstaunt. Sie war heute so anders, so kratzbürstig. Oben auf dem Hof angekommen, machte er sich gleich an die Arbeit.

Das Heu lag in der Sonne und sollte erst nachmittags wieder gewendet werden. So half die Monika der Mutter beim Hausputz mit. Der Vater ging zum Alex und so hatte jeder seine Arbeit. Zum Mittagessen war das Gerüst schon fertig.

»Vielleicht kannst auch im Winter Gemüse ziehen, aber dann müsste man eine kleine Heizung reinlegen. Aber der Schweinemist ist nicht schlecht und wärmt auch gut.«

»Ach du meine Güte, die Schweine hab ich ja ganz vergessen. Sie müssen auf die andere Wiese.«

Monika war froh, dass sie fortrennen konnte. Immer wenn sie jetzt in seiner Nähe war, fühlte sie sich unruhig, und er sollte es doch nicht merken.

Abends dann war das kleine Häuschen fertig. Er hatte es im Schutz der Stallmauer gebaut, so würden auch die Herbst- und Frühjahrsstürme dem kleinen Haus nichts anhaben können.

»Niemand im Tal hat so etwas. Sie werden alle neidisch sein. Ich weiß ja gar nicht, wie ich dir danken soll, Alex.«

»Aber morgen gehen wir doch auf die Alm. Versprochen ist versprochen.«

»Aber sicher.«

Sie waren allein und standen sich gegenüber. Beide fühlten sie auf einmal die seltsame Scheu, die zwischen ihnen stand. Keiner mochte so recht den anderen anblicken.

»Ja, dann also bedank ich mich auch schön. Und morgen hol ich dich dann ganz zeitig ab. Für den Proviant sorg ich schon. Zieh dir Wetterzeug an und die Kletterschuhe. Jetzt hast dich ja schon ein wenig an die Luft hier oben gewöhnt, also wirst es schon schaffen.«

»Wie lange müssen wir denn steigen?«

»Vier Stunden schon. Zu Mittag werden wir oben sein. Runter geht es dann in drei Stunden.«

»Also, dann bis morgen.«

Nur ganz flüchtig reichten sie sich die Hand. Dann ging der Alex fort. Monika sollte ihn nicht runterbringen. Er wollte gehen.

*

Der Nebel lag noch über dem Tal. Vom Lindnerhof konnte man nur den Hochwald und die Bergspitzen sehen. Alles andere war noch wie in Watte getaucht. Es war auch noch recht kühl. Fix und fertig stand der Rucksack auf dem Küchentisch. Aber sie musste jetzt erst in den Watteberg hineinfahren, um den Alex zu holen.

Er stand schon unter dem Nussbaum vor der Kirche.

Sie begrüßten sich mit einem schwachen Lächeln. Gesprochen wurde nichts. Auch nicht, als Alex sich den Rucksack auf den Rücken lud. Vom Bauern erhielt er den Wanderstock, und dann machten sie sich auf den Weg.

Gleich ging es steil bergan, und immer wieder mussten sie über Geröll und umgestürzte Bäume klettern. Die Natur sah hier aus, als wäre noch nie ein Mensch vor ihnen hier gewesen.

»Wir nennen ihn den Jägersteig. Es gibt auch einen breiten Weg zur Alm hinauf, muss es ja, schon wegen der Küh', die können ja nicht wie die Gämsen klettern. Aber ich hab' mir gedacht, wenn du wirklich Romantisches sehen willst, dann müssen wir diesen Weg gehen.«

Alex blieb immer wieder stehen und nahm die Bilder in sich auf. Es war so schön, dass er einfach keine Worte für dieses Naturwunder fand.

Hier hielt die Welt noch den Atem an. Hier hatte man das Gefühl, dem lieben Gott recht nahe zu sein.

Plötzlich tat sich der Wald auf, und sie standen vor einem steinigen Pfad. Monika blieb stehen und wies ihn durch Zeichen an, sich nicht zu rühren.

Und dann sah er sie!

Die Gämsen!

Drei Stück standen in der gegenüberliegenden Wand. Reglos sahen sie zu ihnen herüber. Wie Scherenschnitte hoben sie sich von dem blauen Himmel ab.

Ein Steinchen löste sich unter ihren Hufen und kullerte in die Schlucht. Sie ästen gemächlich weiter. Alex konnte nicht aufhören, hinzusehen.

Ein Habicht zog hoch über ihren Köpfen seine Kreise. Aber die Gämsen brauchten den Vogel nicht zu fürchten.

Alex war jetzt neugierig geworden wegen dieses einmaligen Naturschauspiels. Er wollte noch mehr Details erkennen und machte jetzt drei Schritte nach vorn. Er war dabei so eifrig, dass er für einen winzigen Augenblick nicht darauf achtete, dass der steinige Boden an dieser Stelle sehr steil abfiel und dass ein Schritt zu viel in die falsche Richtung verheerende Folgen haben konnte.

Als Alex das begriff, geriet er schon ins Taumeln und versuchte mit rudernden Armen gegenzusteuern. Trotzdem wäre er unweigerlich in die Tiefe gestürzt, wenn Monika nicht rechtzeitig zur Stelle gewesen wäre und nach seinem Arm gegriffen hätte. Nur durch ihr rasches Eingreifen konnte der Sturz in die Tiefe gerade noch abgewendet werden.

Alex spürte den Ruck an seiner Schulter und wurde dabei nach hinten gerissen. Er stürzte zu Boden, während seine Füße noch über dem Abgrund hinausragten.

»Herrgott, das war knapp!«, rief Monika erschrocken und schaute dabei zu Alex. »Ist alles in Ordnung mit dir?«

»Zum Glück ja«, seufzte Alex und brauchte einige Sekunden, bis er sich wieder von diesem Schrecken erholen konnte. »Danke, Monika – das hätte auch ganz anders enden können...«

»Musst aufpassen, wohin du gehst, Alex«, murmelte Monika. »Wenn du jetzt abgestürzt wärst – ich möcht gar nicht daran denken, was dann...«

Ihre Stimme brach ab, weil sie sich jetzt erst so richtig bewusst wurde, welche Gedanken ihr in diesen Sekunden durch den Kopf gingen.

»Wir sollten besser weitergehen«, schlug Alex vor, als er spürte, dass sie seinen Blicken auswich und sich wohl dafür schämte, dass sie einen Teil ihrer Gedanken zur Sprache gebracht hatte. Und je länger Alex darüber nachdachte, umso mehr musste er sich eingestehen, dass ihm das sehr gefiel, was Monika gerade hatte sagen wollen. Und ja, ihm gingen ganz ähnliche Gedanken durch den Kopf...

*

»Dort drüben machen wir eine Pause und nehmen das Frühstück zu uns.«

Monika packte aus, und sie aßen schweigend. Alex sah sie aber unverwandt an. Ihm war, als würden sie sich schon seit ur-ewiger Zeit kennen. Vielleicht macht es die dünne Luft, oder das Erleben mit der Natur, dachte er.

Plötzlich kamen die Worte wie selbstverständlich über seine Lippen.

»Monika, ich möchte immer bei dir bleiben! Mein ganzes Leben lang.«

»Alex«, sagte sie leise.

Er nahm ihre Hand und hielt sie fest.

»Monika, ich glaub', ich hab' dich vom ersten Augenblick an lieb, ich weiß auch nicht was mit mir ist, aber ich muss es dir einfach sagen. Sonst springt meine Brust entzwei, so seltsam ist mir.«

Sie sah ihn mit großen erstaunten Augen an.

»Aber so fühl ich mich ja auch«, sagte sie mit bebenden Lippen. »Schon die ganze Zeit. Ich hab' mich dagegen gewehrt, das kannst du mir glauben, denn ich weiß, dass es Unsinn ist, wenn wir zwei uns liebhaben.«

»Aber warum denn, Monika? Bist du denn etwa gebunden?«

»Nein, wo denkst du denn hin?«

Er nahm ihren Kopf in beide Hände und blickte sie zärtlich an.

»Ich liebe dich, ich habe dich so schrecklich lieb, dass ich nie mehr von dir fortgehen möchte. Ich wünschte, dieser Augenblick würde nie vergehen. Mein Gott Monika, so etwas habe ich noch nie zu einem Mädchen gesagt.«

Ihre Lippen zitterten so sehr, dass sie keine Antwort geben konnte. Aber ihre Augen sagten Alex alles. Er nahm ganz behutsam ihr Gesicht, zog es zu sich heran und küsste sie zärtlich.

Monika lehnte sich an ihn.

Die Welt schien still zu stehen.

»Alex«, flüsterte sie wie atemlos.

»Was ist, Liebes?«

Sie hob ihr Gesicht zu ihm empor. Ihre Augen strahlten wie zwei Sterne.

»Es... es ist doch Wahnsinn«, brachte sie mühsam über ihre Lippen.

»Warum denn, Monika? Wenn man sich lieb hat? Es ist nun mal Schicksal.«

Sie löste sich von ihm, starrte auf die Berge.

Das junge Mädchen dachte, wie oft bin ich hier hinaufgestiegen, war manchmal wütend, dann traurig, aber eigentlich war ich immer einsam. Aber jetzt nicht mehr. Jetzt hab' ich einen Menschen, den ich liebhaben darf. Er ist so wunderbar. Ganz anders als die Burschen aus dem Ort. Vielleicht ist es das?

»Warum bist du still, Monika?«

Sie wandte sich ihm zu.

Zwei dicke Tränen standen in ihren Augen.

»Weil ich an später denke«, sagte sie leise.

»Später?«

»Aber du musst doch bald wieder fort, Alex. In zwei Wochen ist alles vorbei. Du hättest es mir nicht sagen dürfen. Danach wird alles viel schrecklicher für mich sein als vorher. Ich hab den Himmel angefleht, ich möge dich nicht zu lieben anfangen. Es hat nix geholfen. Gar nix. Die da oben haben wohl keine Zeit, auf mich zu achten.«

Er zog sie wieder in seine Arme.

»Ja, glaubst du denn wirklich, ich würd' dich jetzt noch lassen, Monika?«

»Was willst damit sagen?«

»Ich werde wiederkommen. Ganz sicher werde ich wiederkommen. Hier hab ich ja mein Glück. Ja, glaubst denn, mir wird der Abschied von daheim schwerfallen, wenn ich dich hier weiß?«

»Ist das wirklich wahr? Sagst du das nicht nur so dahin, um mich zu trösten?«

Diesmal küsste er sie leidenschaftlich.

»Ich werde kommen. Wir werden unser ganzes Leben lang glücklich sein.«

»Das sind große Worte«, murmelte sie leise.

»Schau, Monika. Nichts ist unmöglich. Vertrau mir, hab' mich nur lieb.«

»Das hab ich ja schon so lang.«

Sie lag an seiner Brust und hörte sein Herz schlagen.

»Ich glaub', wir müssen jetzt langsam weiter. Ich weiß gar nicht, wie lange wir schon hier gerastet haben.«

»Aber ich, schon eine Stunde.«

»Jesses, dann wird es aber höchste Zeit.«

Sie sprang auf. Jetzt leuchtete wieder ihr Gesicht.

»Lass uns nur an unsere Liebe denken, Monika. An sonst gar nichts. Hab nur Vertrauen.«

Sie stopfte alles in den Rucksack. »So, jetzt geht es noch steiler, gleich wird dir die Puste ausgehen. Und das sag ich dir,

Alex Schuster, wenn du mich beschwindelt hast, dann werd ich dich bei nächster Gelegenheit in die erste beste Schlucht werfen. Da ist dann kein Entrinnen mehr!«

Er lachte.

»Na, da muss ich mich ja gehörig vorsehen, wie?«

*

Leichtfüßig wie eine Gämse sprang sie vor ihm den Steg hinauf. Er keuchte nicht schlecht. Aber tapfer hielt er sich ran. Wenn er auch zwischendurch immer mal wieder anhalten musste, um Luft zu schöpfen. Für ihn war es ungewohnt, und seine Lungenflügel gingen wie Windmühlenräder. Zumindest hatte er das Gefühl.

Der Weg machte eine Biegung, und ganz plötzlich standen sie vor einem kleinen See. Die Berge spiegelten sich darin wider. Eine alte krumme Latschenkiefer stand an seinem Ufer. Aber sonst nur Almgras.

»Wenn es ganz heiß ist, dann geht der Senn hierhin zum Baden.«

»Na, ich hab' neulich von euren Bächen eine Kostprobe genommen. Dieser See scheint auch ein Eisblock zu sein.«

»Sicher, denn er wird aus den Bergen gespeist. Meistens sind die kleinen Flüsse unterirdisch und kommen dann ans Tageslicht, und somit haben sie keine Gelegenheit, sich aufzuwärmen. Aber schön ist die Abkühlung doch.«

Er hielt die Hände hinein und kühlte sich das Gesicht.

»Erfrischend. Sag mal, müssen wir noch lange steigen?«

»Dort über den Hupferl müssen wir noch rüber.«

Alex fühlte sich schon wie ein Gummimännchen. Mit Schaudern dachte er an den Rückweg. Aber wenn er dann in das lachende Gesicht von Monika blickte, dann war alle Schwere wie weggeblasen.

Aber der Weg schien dann doch Erbarmen mit ihm zu haben. Als sie auf der kleinen Anhöhe standen, sah er in der Mulde ein breites, flaches Gebäude.

»Das ist die Alm.«

»Aber wo sind denn die Kühe?«, staunte er.

»Im Stall!«

»Was?«

»Die kommen doch nur des Nachts nach draußen, sobald sie am Abend gemolken sind. Weißt, am Tag ist es einfach zu heiß hier oben. Merkst denn nicht selbst, dass die Sonne hier noch viel stärker brennt?«

Jetzt kamen auch die beiden Burschen aus dem Holzhaus und begrüßten Monika auf das herzlichste.

»Hast an unsere Bestellung gedacht?«, fragte der Franzl. Er schaute dabei ganz misstrauisch auf Monikas Begleiter. Sein Blick ließ keinen Zweifel daran, dass ihm das ganz und gar nicht passte.

»Freilich, der Alex schleppt sie auf dem Rücken.«

Franzl und Klaus sahen den Fremden staunend an. »Das hat er geschafft! Bist tatsächlich mit ihm den Jägersteig gekommen?«

»Freilich!«

»Du bist ein Biest, Monika, das ist doch nur was für starke Männer.«

»Er ist mir auch nicht umgefallen, Franzl«, sagte sie lachend.

»Aber kurz davor.«

Franzl nahm ihm den schweren Rucksack ab, führte ihn dann in die kühle Sennhütte und schenkte ihm ein riesiges Glas kalter Milch ein.

»Bier kann ich dir nicht bieten. Wir sind ja schon froh, wenn wir hin und wieder Wurst und Früchte bekommen.

Aber im nächsten Jahr wird endlich der Lastenlift fertig sein, dann wird es auch für uns leichter sein.«

Als sich der Alex erholt hatte, wollte er natürlich vieles wissen.

»Die Milch wird in langen Rohren nach unten geleitet. Damit haben wir nix zu tun. Nur für unseren eigenen Bedarf behalten wir was zurück. Kochen tun wir auch selbst. Ach, das ist hier schon ganz hübsch, und außerdem haben wir sehr viel Zeit zum Lernen und verdienen unser schönes Geld dazu.«

»Lernen?«, staunte Alex Schuster.

»Ja, hat die Monika es dir nicht gesagt? Wir sind Studenten und nehmen im Sommer diesen Job an, damit wir studieren können. Wir haben ja drei Monate frei auf der Uni. Das lässt sich gut vereinbaren.

»Ja, so ist doch alles ganz anders als früher.«

»Freilich. Aber nun wollen wir essen.«

Es hatte ihm noch nie so gemundet wie hier oben vor der Sennhütte. Und die Burschen waren lustig und fidel und man hatte sehr viel Spaß miteinander. Zumindest glaubte das Monika. Sie schaute dabei immer wieder zu Alex und achtete deshalb nicht auf die Blicke vom Franzl. In dessen Augen blitzte es immer wieder auf – und zwar immer dann, wenn er glaubte, dass es niemand sah.

Natürlich hatte er längst begriffen, dass der Alex viel mehr war für Monika als nur ein guter Freund. Deshalb wartete er geduldig auf den Moment, wo Monika mit dem Klaus hinüber in den Stall ging, um nach dem Rechten zu sehen. Franzl blieb mit Alex zurück – und das war der Moment, auf den er gewartet hatte.

»Wo kommst eigentlich genau her?«, wollte er nun von Alex wissen. »Du bist doch nicht von hier, oder?«

»Hamburg«, klärte Alex den Franzl auf. »Aber meine Cousine wohnt in Holzkirchen. Vielleicht kennst du ja die Anna Hofer?«

»Das ist deine Cousine?« Jetzt war der Franzl doch erstaunt.

»Freilich«, nickte Alex. »Meine Eltern und ich sind zu Besuch. Und Anna macht derweil Urlaub in Hamburg. Wir haben ganz einfach die Häuser getauscht.«

»Und wann geht´s wieder zurück?«

»Sehr bald«, erwiderte Alex seufzend. »Auch wenn ich liebend gerne länger bleiben würde.«

»Es ist wegen der Monika, nicht wahr?«, hakte der Franzl sofort nach. »Ich hab doch gleich gemerkt, was los ist zwischen euch beiden. Meinst du wirklich, dass das alles fair ist, was du da tust?«

»Was meinst du damit?«, fragte Alex, weil er nicht begriff, worauf der Franzl hinauswollte.

»Tu nicht so dumm!«, fuhr ihn der Franzl an, dessen Tonfall jetzt deutlich wütender klang. »Du hast der Monika den Kopf verdreht und machst dich bald wieder aus dem Staub. So einfach ist das!«

»Und was geht dich das alles an?«, fragte ihn Alex, als ihm klar wurde, worauf das Ganze hinaus lief.

»Die Monika hat es nicht verdient, dass sie enttäuscht wird – das wollt ich damit sagen«, lautete Franzls Antwort. »Ich dachte, das hättest du schon begriffen. Oder willst das vielleicht gar nicht hören, dass es so ist?«

»Jetzt hör mal gut zu«, erwiderte Alex mit gezwungener Ruhe. »Was ich für die Monika empfinde, das ist etwas, das nur uns beide betrifft. Halte dich heraus. Ich weiß, was ich tue – hast du das verstanden?«

Noch während Alex das sagte, war der Franzl rasch aufgestanden. Sein Blick war immer noch eine Mischung aus Zorn und Eifersucht. Die rechte Hand hatte er zur Faust geballt.

»Lass die Monika in Ruhe!«, schnaufte er. »Ich lasse es nicht zu, dass du...«

»Es reicht jetzt!«, fiel ihm Alex ins Wort. »Hör endlich auf damit – du kannst es eh nicht verhindern!«

Diese Worte reichten aus, dass der Franzl sich nicht mehr zurückhalten konnte. Er stürzte sich auf Alex und holte mit der rechten Hand zu einem Schlag aus. Aber Alex hatte das alles längst kommen sehen und war rechtzeitig ausgewichen. Der Hieb vom Franzl ging ins Leere. Alex dagegen packte ihn und versetzte ihm einen solchen Stoß, dass der Franzl nach vorn taumelte, dabei einen Stuhl beiseite stieß und hart auf dem Holzboden aufprallte.

Schnaufend erhob er sich.

»Das... das wirst du büßen!«, keuchte er und wollte schon Anstalten machen, sich noch einmal auf Alex zu stürzen. Aber dann unterließ er es, als Monika und der Klaus in diesem Moment wieder aus dem Stall herauskamen.

Alex atmete innerlich auf. Er wollte eine Schlägerei vor Monikas Augen unbedingt vermeiden – auch wenn der Franzl eine Tracht Prügel wirklich mehr als verdient gehabt hätte. Dieser eifersüchtige Gockel!

»Was ist denn los?«, fragte Monika, als sie näher kam und irgendwie die Anspannung zwischen den beiden Burschen bemerkte. »Franzl, ist dir eine Laus über die Leber gelaufen?«

»Nix ist«, brummte dieser. »Schon alles in Ordnung, Monika.«

»Das will ich auch hoffen«, meinte diese. Aber in Wirklichkeit machte sie sich schon ihre eigenen Gedanken darüber.

*

Sie machten auch einen kleinen Ausflug zum Hirschberg. Alex erfuhr nebenbei, dass man von Holzkirchen zum Teil mit dem Skilift im Winter hinaufkommen konnte. Aber im Sommer musste man auf Schusters Rappen alles machen. Demnach kamen nur ganz wenige Urlauber hier herauf.

Er hatte das Erlebnis mit der Natur. Immer wieder stand er vor der Hütte und blickte über die grünen Almwiesen hinauf zu den hohen Bergen.

»Man müsste ein Maler sein«, sagte er andächtig. »Es ist zu schön hier oben.«

»Ja, ich bin auch gern hier oben«, sagte Monika mit weicher Stimme. »Aber wir müssen an den Abstieg denken, sonst ist es dunkel, bevor wir wieder unten sind.«

»O je, ich spür schon meine Beine gar nicht mehr.«

»Geh, der Abstieg geht wie von selbst.«

»Du willst mir nur Mut machen«, sagte Alex lachend.

Alex hatte mit sich und dem Weg allerlei Mühe, denn er merkte jetzt, dass die Monika wirklich nicht geflunkert hatte. Runter ging es manchmal für seine Begriffe viel zu schnell. Er fing sich an dem nächststehenden Baum immer wieder auf, sonst wäre er womöglich in einem Stück den ganzen Weg runtergerollt.

Ehe er sich versah, blinkte das Bauernhaus schon zwischen den Tannen hervor.

»Wir haben es geschafft!«

Der Vater saß vor der Tür und rauchte seine Feierabendpfeife.

Alex schleppte sich wie ein Sterbender näher.

»Tust deinen letzten Schnaufer?«, wollte der Bauer interessiert wissen.

Alex schüttelte den Kopf und lachte.

»Bald!«

»Ärgere ihn nicht«, sagte die Tochter streng. »Er hat sich tapfer gehalten.«

Sie schob ihr Moped näher und lud den armen Jungen darauf. Dann sauste sie mit ihm ins Tal. Alex klammerte sich an dem geliebten Mädchen fest. Aber für selige Gefühle hatte der Körper jetzt keinen Platz mehr, er war fix und fertig.

Wie ein Betrunkener torkelte er zur Tür hin. Die Mutter Schuster sah ihn erschrocken an.

»Er soll ein heißes Bad nehmen, dann fühlt er sich schon merklich besser«, rief Monika fröhlich und wendete ihr Gefährt.

»Willst du denn nicht mehr mit reinkommen?«

»Nein, ich muss daheim noch helfen. Und er ist doch nicht mehr ansprechbar.«

»Bis morgen?«, flüsterte Alex.

»Vielleicht!«, sagte sie fröhlich.

»Sollte ich je wieder zu Kräften kommen, werde ich dich verprügeln.«

»Na, ich halt auch ganz schön still«, gab sie fröhlich zurück.

*

Alex hatte zwar selbst daran gezweifelt! Aber nach dem Bad waren seine Glieder wieder weich und geschmeidig. Zwölf Stunden Schlaf machten ihn dann endgültig wieder fit.

Ach, das war schon eine lustige Liebe!

Beide hatten sie sich geschworen, niemanden etwas davon zu erzählen. Der Alex war erst nicht damit einverstanden. Aber dann musste er seinem Mädchen recht geben. Heimliche Liebe ist nun mal so kostbar wie ein wertvoller Schatz.

Eigentlich wunderte man sich gar nicht, dass die zwei immer beisammen waren. In Holzkirchen erfuhr man recht schnell, dass er mit den Hofers verwandt war. Und weil die Anna und die Monika immer ihre Köpfe zusammensteckten, so glaubte man sofort, als Monika erzählte, die Anna habe sie gebeten, sich um den jungen Mann zu kümmern.

Und der Alex war ja auch die meiste Zeit oben auf dem Hof. Er hatte nicht nur geholfen, das Heu einzufahren, nein, er hatte auch seine Künste am Holzstoß gezeigt. Noch nie war so flink so viel Holz für den Winter geschlagen worden.

Immer wieder sagte er sich dabei, wenn ich wieder zurückkomme, dann steck ich es eigenhändig in den Kachelofen. Ich werd' es selbst prasseln hören und mich an der Wärme erfreuen.

Auch nahm er so manch kleine Reparatur vor, die in sein Fach fiel. Die Lindners staunten nicht schlecht über den begabten Jungen.

Man fragte schon gar nicht mehr. Wie selbstverständlich wurde er in der Familie aufgenommen. Auch hatte er eigenhändig den guten Mutterboden in das kleine Gewächshaus gekarrt und beide zusammen hatten sie Blumen und Gemüsesamen in Holzkirchen gekauft.

Am letzten Sonntag ihrer Ferien hatte die Lindner-Mutter die Schusters eingeladen. Sie machten sich gleich nach dem Gottesdienst auf den Weg.

Auch sie wurden recht herzlich begrüßt. Durch die Kinder kannte man sich ja schon.

Morgen also sollte Abschied genommen werden.

Monika konnte es noch immer nicht glauben.

Die Zeit war ihr so schnell zwischen den Fingern zerronnen. Nein, er war doch erst gekommen. Das konnte doch nicht sein. Sie hatten ja noch so viel zu erzählen.

Nach dem Kaffee wanderten sie noch ein wenig herum. Dann gingen sie noch einmal in das Wäldchen, das direkt neben dem Hochwald stand. Es war noch ein junger Wald.

Alex nahm sein Mädchen in die Arme.

»Jetzt muss ich mir alles ganz gut einprägen. Ich darf nicht eine Kleinigkeit vergessen.«

Obwohl es wieder sehr heiß war, fror Monika mächtig.

Er küsste sie, drückte sie an sich.

»Sei doch nicht so traurig, mein Liebling.«

»Du kannst gut reden. Mir wird das Herz brechen.«

»Aber die Zeit vergeht doch so schnell, Liebes. Ich verspreche dir, ich werde dir viele, viele Briefe schreiben.«

»Und ich werde dir antworten.«

Sie standen beieinander und hielten sich umschlungen. Sie fühlten es. Der Schmerz bohrte sich langsam in die Herzen.

»So ist das nun mal im Leben, wenn man sich lieb hat, dann ist der Abschied umso grausamer.«

»Wie soll ich nur ohne dich weiterleben?«, flüsterte sie.

»Ach, du musst doch auf die Schweine achten und dann der Leopold, der denkt sich doch bestimmt wieder einen Schabernack aus. Seit er nicht mehr sein Hühnervolk in den Garten führen kann, sinnt er doch auf Rache. Schad, dass ich das nicht mehr erleben kann.«

»Dann dreh ich ihm einfach den Hals um.«

»Aber, aber...«

»Alex«, ihre Augen schwammen in Tränen. »Wirst auch bestimmt wiederkommen? Ganz bestimmt?«

»Ja!«

Sie lehnte ihren Kopf an seine Schulter.

»Dann ist ja alles gut. Ich will ja tapfer sein.«

»Die Zeit vergeht so schnell. Wirst sehen, ehe du dich versiehst, bin ich wieder hier.«

Sie nickte.

Monika dachte, ich bin grausam, die ganze Zeit muss er mich trösten. Dabei ist es für ihn nicht einfach. Im Gegenteil, viel schlimmer. Ich aber kann all die hübschen Plätze aufsuchen, die wir gemeinsam besucht haben und von ihm träumen. Wenn ich ins Haus gehe, dann kann ich mir vorstellen, er sitzt in der Küche, er ist im Schuppen, oder im Garten. Gleich wird er kommen.

Aber er? Was wird er in Hamburg beginnen?

Resolut wischte sie sich die Tränen vom Gesicht.

»Was hast du gesagt, wann kommt die Anna wieder?«

»Übermorgen. Wir werden uns ins Hamburg treffen, einen Tag beisammen sein und dann werden sie wieder heimfahren. Dann kannst ja mit der Anna zum Bodensee runter. So wie ihr es euch versprochen habt.«

»Bodensee«, sagte sie leise. »Mein Gott, wie weit liegt das zurück. Nicht eine Sekunde habe ich mehr daran gedacht. Das ist alles so unwichtig geworden.«

»Liebste, du darfst jetzt nicht den Kopf hängen lassen. Versprich mir, dass du weiterhin so fröhlich und lustig bist wie du es immer warst.«

»Das kann ich dir wirklich nicht versprechen. Ach Alex, warum ist die Zeit so schnell dahingegangen? Warum? Sonst kriecht sie doch wie eine Schnecke.«

»Ja, das weiß ich auch nicht. Aber jetzt heißt es wirklich Abschied nehmen, Liebes.«

»Ja!«

Sie hielten sich umschlugen.

»Ich werde morgen nicht runterfahren. Nein, ich bleib hier. Sonst überleb ich das einfach nicht.«

»Monika, Monika, sonst bist doch nicht so.«

»Ich hab ja auch noch nie jemanden so lieb gehabt wie dich, Alex.«

Er blickte sie bekümmert an. Aber ihm selbst war ja auch so seltsam zumute. Doch er musste heim. Er konnte doch nicht seine vielversprechende Lehre einfach abbrechen. Er wollte auch später Meister werden. So war das nun mal im Leben. Man kann nicht alles auf einmal bekommen.

»Wir müssen zurück. Bestimmt warten die Eltern schon auf mich.«

Als sie zum Hof zurückgingen, sagte Vater Schuster: »Ganz bestimmt werden wir im nächsten Jahr wiederkommen. Hier ist es so schön. Und dann hat man ja jetzt auch Freunde gefunden. Der Alex ist ganz verändert. Junge, erinnerst dich noch, wie wir dir zureden mussten, mitzukommen?«

Sein Gesicht wirkte ernst.

In dem allgemeinen Aufbruch achtete dann keiner auf die plötzlich so still gewordene Monika. Ganz durchsichtig wirkte ihr Gesicht.

Bis zum Hohlweg ging sie mit, doch dann blieb sie stehen. Noch einmal reichten sich die jungen Leute die Hände. Sie hatte einen dicken Kloß in der Kehle.

Starr stand sie da und sah ihn immer kleiner werden. Die hohe schlanke Gestalt. Noch sah sie sein helles Haar in der Sonne, aber dann war da nur noch ein Schatten und dann nichts mehr!

Sie rannte zur Wiese, warf sich in das weiche Gras und weinte bitterlich.

*

Die Lindner-Mutter wusste nicht mehr was los war. Die Tochter spielte im Augenblick rein verrückt. Wie eine Besessene fuhrwerkte sie da oben in den Stuben herum. Sie putzte sogar die Kammern, die man sonst immer verschlossen hielt.

Alle Kammern brauchte man ja nicht. Früher, da hatte man sehr viel Kinder gehabt und brauchte ein großes Haus, man hatte auch schon mal daran gedacht, ein paar Stuben im Winter zu vermieten. Doch dann brauchte man noch eine extra Stube, wo sich die Gäste auch aufhalten konnten. Und an diese Unkosten hatte man sich noch nicht herangewagt.

Die Fenster waren geputzt und jetzt ergoss sich das Wischwasser über die hellen Bretter.

Seit drei Tagen war Alex fort!

Für Monika war es die reinste Folter. Nirgends konnte sie gehen und stehen, ohne an ihn zu denken. Es war zum Verrücktwerden. Und das Herz tat so weh. Verzweifelt wartete sie auf den Postjockel. Aber so schnell konnte unmöglich Post von ihm kommen. Sie hatte nicht gefragt, wie lange man mit dem Zug unterwegs sein würde.

Wie oft liefen jetzt ihre Gedanken über die Berge hin zum Liebsten.

Auch jetzt war sie so in ihrer Gedankenwelt um den Liebsten eingesponnen, dass sie nichts sah und hörte.

»Du mei, du bist ja wie eine Verrückte am Werk. Ich glaub' deine Mutter hat recht!«

Monika hob den Kopf.

Der Wischlappen fuhr ihr aus den Händen und fiel klatschend in den Eimer zurück.

»Anna«, sagte sie und war mit einem Sprung bei der Freundin.

Die strahlte sie an.

»Na, bist froh mich zu sehen? Ich bin von einer langen Reise zurück. Ach du weißt ja gar nicht, was ich dir alles zu erzählen hab.

Aber warte, ich soll dir ja auch noch Grüße ausrichten. Ja, und einen Brief hab ich auch.«

»Einen Brief?«, stammelte Monika.

»Sicher, ich mein, es ist urkomisch, aber das geht mich ja nix an. Der Alex hat ihn mir mitgegeben.«

Monika wurde blass.

»Wo ist er?«

»In Hamburg natürlich.«

»Ich mein doch den Brief!«

»Putz dir erst mal die Hände ab, dann kriegst ihn.«

Die Mutter kam die Stiege herauf.

»Komm lass nur, ich mach das schon weiter. Geh mit der Anna hinunter. Kannst nach der Wäsche sehen. In einer Stunde gibt es Mittag. Du bleibst doch, Anna?«

»Wenn ich darf?«

»Sicher!«

Monika ging ins Bad und wusch sich die Hände, dann ging sie mit der Freundin nach draußen. Das Wetter war noch immer so schön wie vor Tagen, als Alex noch hier gewesen war.

Sie setzten sich auf die kleine Bank unter dem Apfelbaum.

»Hier ist der Brief!«

Vorhin brannte sie noch danach, aber jetzt sagte sich Monika, wenn ich ihn sofort aufmache, dann merkt die Anna vielleicht etwas. Nein, das möchte ich nicht.

»Ich les ihn später«, sagte sie möglichst gleichgültig und steckte ihn in die Schürzentasche.

Anna achtete gar nicht weiter darauf. Sie war ja so voller Geschichten. Und man brauchte sie nicht zweimal zu bitten, da erzählte sie schon von der großen Stadt, von der Elbe und dem Meer und Ebbe und Flut und den Möwen.

Monika hörte ihr mit geschlossenen Augen zu.

»Das war einfach herrlich, du ich hab' zu meinen Eltern gesagt, das nächste Mal nehmen wir dich mit. Deine Eltern haben bestimmt nix dagegen. Unterkunft ist ja kostenlos. Und gekocht haben wir oft selbst. Spottbillig war es. Mensch, ich kann mich richtig ärgern, dass ich nicht gleich als der Brief kam, auf die Idee gekommen bin. Na ja, du warst ja oben auf der Alm und ich konnte doch nicht mehr warten.

Aber nun erzähl du doch mal! Was hast du in der Zeit gemacht? Hast dich also ein wenig um den Alex gekümmert? Der ist, glaube ich, ganz in Ordnung. Aber ich kenn ihn ja nur flüchtig, weißt. Er ist schon ein wenig komisch. Als wir ankamen, hat er kaum den Mund aufgetan. Ich wollt' ein wenig mit ihm in so einen Musikschuppen, aber er hat abgelehnt. Ich glaub', das ist ein ganz langweiliger Pinsel. Nur von seiner Arbeit hat er gesprochen. Na ja, ist mir ja wurscht, Hauptsache ist doch, wir dürfen deren Wohnung benutzen.«

So ging es in einem fort. Anna merkte also heute nicht, dass die Freundin seltsam war. Dann wurde das Essen aufgetischt und sie unterhielt sich mit den Eltern.

Danach legten sie sich auf die Wiese.

Anna sagte plötzlich: »Du, sag mal, wie ist das nun mit dem Bodensee?«

Es kam ein wenig zögernd.

»Na ja, ich hab es dir ja versprochen. Das stimmt, aber ich hab kein Geld mehr. Monika, meinst, dass du mir sehr böse wirst, wenn ich sag, dass ich nicht mitkommen kann? Da waren so viele Geschäfte in Hamburg, ich konnte einfach nicht widerstehen.«

»Ich bin dir nicht böse«, sagte Monika leise.

»Wirklich nicht?«

»Nein!«

Die Anna lag mit verschränkten Armen im Gras und sah in den Himmel.

»Das sagst du nur so, ich hab dir also die Ferien verdorben, nicht?«

»Nein!«

»Du bist lieb, Monika. Ich glaub', du verstehst mich.«

»Ja!«

»Weißt du, ich hab schon mal daran gedacht, wenn ich fertig bin, ob ich dann vielleicht für einige Zeit nach Hamburg gehe. Ich kann ja bei den Verwandten leben. Was meinst du?«

Monika tat so, als sei sie eingeschlafen. Zum ersten Mal konnte sie die Freundin nicht ertragen. Sie ging ihr buchstäblich auf die Nerven.

Anna lachte nur.

Dann entdeckte sie das kleine Gewächshaus im Garten.

»Was ist denn das?«

Monika, glücklich über etwas reden zu können, das sie mit Alex verband, stand sofort auf und zeigte ihr das Blumen und Gemüsehaus.

»Das hat der Alex dir gemacht?«

»Ja!«

»Fesch, also wirklich. Das hätte ich ihm nicht zugetraut. Sicher hat er kaum ein paar Worte über die Lippen gebracht. Aber ich find das nett. Mutter Schuster hat mir gesagt, dass du ihm die Gegend gezeigt hast und zur Alm seid ihr auch hinaufgegangen. Über den Jägersteig? Hat er nicht schlapp gemacht?«

»Nein!«

Anna blickte zur Sonne.

»Ich glaub ich muss jetzt hinunter. Ich hab' der Mutter versprochen, beim Auspacken zu helfen. Und dann müssen wir ja auch die Sachen waschen.

Du bist mir also ganz, ganz bestimmt nicht böse, Monika?«

»Nein, Anna.«

Sie blickte ihr nach.

Mutter Lindner kam aus dem Haus.

»Jetzt hast du deine Freundin wieder. Jetzt hast wieder Unterhaltung.«

»Ja, Mutter!«

Dann stürmte sie ins Haus. Der Brief brannte wie Feuer in ihrer Tasche. In ihrer Kammer öffnete sie ihn und sog die Worte in sich hinein. Zärtlichkeit drang in ihr Herz. Er hatte sofort an sie geschrieben. Sie fühlte sich so elend. Alex, Alex, dachte sie. Du hast mich also nicht vergessen. Du leidest also auch unter der Trennung.

Sie verwahrte diesen ersten Liebesbrief zwischen ihren alten Schulbüchern.

*

Monika stellte das Moped an die Wand. Als sie die Tasche nahm, schluckte sie ein wenig. Das letzte Mal war Alex aus der grünen Tür gekommen.

»Du machst ein seltsames Gesicht«, sagte Anna.

»Bist du fertig?«

»Ja!«

»Dann können wir ja nach Sonthofen fahren.«

Sie sausten die Serpentinenstraße entlang. Das Haar wehte ihnen ins Gesicht. Zwei junge, lebenslustige Mädchen. So sahen es die Urlauber und winkten grüßend, wenn man sie überholte. In der Stadt hatten sie viele Dinge zu erledigen. Dann gingen sie essen.

Anna war jetzt seit einer Woche wieder daheim. Alles hatte sich eingerenkt. Sie sprach schon nicht mehr so oft von ihrem Urlaub. Umso klarer wurden jetzt auch wieder ihre Augen für die Umgebung.

Als sie nun der Freundin gegenübersaß, merkte sie zum ersten Mal, dass sie ziemlich durchsichtig wirkte und sie stocherte lustlos in ihrem Essen herum.

»Sag mal, ist dir nicht gut?«

»Doch!«

»Du siehst aber gar nicht danach aus.«

»Mir ist gut.«

»Warum isst du dann nicht? Sag mal, willst du vielleicht abnehmen? Sieh dich doch mal an, richtig blass wirkst du. Wie ein überarbeiteter Urlauber, ehrlich.«

»Ach, lass mich doch.«

Anna Hofer legte den Kopf schief.

»Hör mal, du hast doch etwas. Du kannst mir nix vormachen, Monika. Dich quält doch etwas. Sprich dich aus, ich bin doch deine beste Freundin.«

»Mir fehlt nix, wirklich nicht«, sagte Monika und schob den Teller zurück.

»Vor meiner Reise warst noch normal. Also bist mir doch böse?«

»Nein, Anna, denk doch nicht mehr an den blöden Bodensee, den hab ich wirklich total vergessen. Daran denk ich nimmer mehr.«

»Aber wenn es das nicht ist, was dann?«

»Nix!«

Sie legte den Arm um Monika.

»Ich seh doch, dich quält etwas, Monika. Ich seh doch ungeweinte Tränen in deinen Augen. Die ganze Zeit bist schon so seltsam.«

Der Widerstand brach langsam zusammen.

»Ja!«, sagte sie leise.

Anna atmete tief durch.

»Was ja?«

»Darüber möchte ich nicht sprechen.«

»Monika, es wird dir gut tun, aber schön, wollen wir doch mal sehen, ob ich es nicht errate. Also, vor dem Urlaub warst du noch schwer in Ordnung. Gesundheitlich bist du auch auf dem Damm! Also daran kann es auch nicht liegen. Läufst aber herum wie sieben Tage Regenwetter, hast keinen Appetit, der Bodensee ist dir vollkommen wurscht, ja in des Teufels Namen, was kann einen so aufregen, dass man sich so benimmt?«

Monika blickte auf den lebhaften Platz und dachte, was mag Alex wohl in diesem Augenblick tun? Ob er wohl an mich denkt? Hat er schon meinen Brief erhalten? Wann schreibt er mir wieder?

»Monika, ist es möglich?«

Sie schrak aus ihrer Gedankenwelt hoch.

»Wie? Was?«

»Du bist verliebt!«

Das Blut schoss ihr gleich in die rosigen Wangen.

Anna klatschte in die Hände.

»Also bin ich gar nicht so schlecht im Raten. Du bist also bis über beide Ohren verliebt!«

Monika schwieg.

»Hmhm, jetzt muss ich nur noch erraten, wer es ist. Ja, da gehen wir doch mal alle Burschen aus Holzkirchen durch. Irgend einer ist es also.«

Monika schüttelte nur den Kopf.

»Soll das etwa heißen, dass du ihn liebst und er dich nicht? Du, das ist aber ein starkes Stück.«

»Nein!«

»Herrje, Monika, lass dir doch nicht jedes Wort aus der Nase ziehen!«

»Er, er liebt mich auch«, brachte die Freundin zögernd über die Lippen.

»Ja, wenn das so ist, dann versteh ich dich nicht, warum läufst dann so herum? Du bist doch nicht glücklich! Habt ihr euch gezankt?«

Heftiges Kopfschütteln.

Anna kniff die Augen zusammen. Ihr Gehirn ging einen ungeraden Weg. Sie kannte doch die Freundin. Es musste also tief sitzen. Aber etwas stimmte nicht. Sie liebten sich beide, hatten sich nicht gezankt, und doch...

»Er ist also im Augenblick nicht da?«

Monika saß ganz reglos auf ihrem Stuhl.

Anna dachte, da war doch etwas, vor einer Woche, ich hab mich gewundert, aber dann nicht weiter darüber nachgedacht. Etwas, das mich stutzig gemacht hat. Herrje, warum komm ich denn nicht darauf.

Und dann fiel es ihr wie Schuppen von den Augen!

Ihr Vetter, der Brief! Gleich bei seiner Ankunft hatte er sich eingeschlossen, den Brief geschrieben, ihn ihr heimlich zugesteckt, dabei hatte er ganz seltsam ausgesehen. Das kleine Gewächshaus!

Die Rede von Tante und Onkel!

»Monika«, keuchte sie.

Monika hob den Kopf.

»Monika, du liebst Alex Schuster!«

Monika schlug die Augen nieder.

Anna war noch immer ganz sprachlos. Das musste sie erst einmal verdauen.

Diesen holzsteifen Alex!

Monika spürte den Schmerz in der Brust. Sie musste darüber reden, sonst würde sie noch daran ersticken.

Die Freundin würde sie verstehen. Vor allen Dingen würde sie auch darüber schweigen.

»O Monika, du tust mir ja so leid«, sagte Anna mit trauriger Stimme.

Monika hob erstaunt den Kopf.

»Leid? Wieso das denn?«

»Ja, ich sehe doch, dass du leidest. Wirklich, dass dir das passieren musste. Meine Güte, ich könnte richtig wütend werden, Monika. Verflixt.«

»Wütend? Ich hör wohl nicht richtig, Anna, verstehst du denn nicht, wir lieben uns. Alex und ich haben uns gleich verliebt.«

»Ja, das weiß ich ja jetzt. Deswegen tust du mir ja so leid. So eine dumme Liebe. Hätte ich das gewusst, ich hätte alles getan, um sie nicht hierherfahren zu lassen.«

»Aber begreife doch endlich, ich bin nicht unglücklich Anna!«

»Nicht unglücklich, na ich höre wohl schlecht. Du siehst aber ganz danach aus. Das ist ein Unglück!«

»Alex zu lieben soll ein Unglück sein? Du kennst ihn ja kaum. Das hast du vorhin selbst gesagt. Er ist einfach wundervoll. Ganz anders als die Burschen bei uns. Nein, ich bin nicht unglücklich, sondern einfach nur traurig, weil er nicht da ist. Ich kann's kaum erwarten, bis er wieder da ist.«

Anna starrte sie fassungslos an.

»Ich verstehe nur Bahnhof, Monika. Was soll das denn nun schon wieder heißen?«

»Wenn er zurückkommt, dann werde ich sehr glücklich sein. Du verstehst das. ja nicht, es ist...«

Anna beugte sich vor.

»Zurückkommt? Ja in des Teufels Namen, soll das vielleicht heißen, dass du so lange warten willst, bis er im nächsten Sommer wieder für ein paar Wochen hierher kommt? Es ist ja noch gar nicht sicher, ob wir wieder die Wohnungen tauschen.«

Monika fühlte sich überlegen und reif.

»Nein, doch nicht so. Alex wird demnächst kommen und dann immer bei mir bleiben. Sein ganzes Leben lang. Wir werden heiraten, Anna. Aber bitte sprich noch nicht darüber. Ich möchte nicht, dass es jetzt schon jemand erfährt.«

Anna schluckte und schluckte.

»Heiraten«, stammelte sie, »ja was werden denn die Eltern dazu sagen? Willst du alles verlassen? Den Hof, die Heimat alles?«

»Quatsch, ich doch nicht, ich habe dir doch eben gesagt, Alex wird zu mir kommen.«

»O mein Gott«, Anna schlug die Hände vor ihr Gesicht. »Das darf ja nicht wahr sein.«

»Was hast du? Warum bist du so komisch?«

Anna hatte ganz traurige Augen.

»Es hat mal eine Zeit gegeben, da haben wir uns geschworen, uns nie im Urlaub zu verlieben, weil das tragisch ist. Hast du vergessen, wie es der Grete gegangen ist. Mensch, Monika, wach auf, du darfst nicht in dein Unglück rennen. Das ist ja viel schlimmer, als ich gedacht habe.«

»Es ist nicht schlimm«, sagte Monika scharf. »Er wird kommen, Anna. Er hat es mir doch versprochen.«

»Der Grete hat man auch so viel versprochen. Zwei Jahre hat sie auf ihn gewartet und fast den Verstand darüber verloren.«

»Alex ist anders«, sagte Monika scharf.

»Ich behaupte ja auch nicht, dass er so ist wie die anderen Urlauber, aber denke doch mal nach, Monika. Man liebt sich, schön, man macht sich Versprechungen. Die können in dem Augenblick wirklich ehrlich gemeint sein. Warum auch nicht. Aber dann, später, ich meine, wenn man wieder fort ist, daheim, da sieht dann alles anders aus.«

»Nein, bei uns nicht, Anna. Wir werden es schaffen!«

»Wie denn?«, stöhnte die Freundin. »Ich will dir doch nur helfen, Monika. Begreife das doch. Weißt du eigentlich wie weit weg er wohnt?«

»Natürlich!«

»Ich meine aus Norddeutschland zu kommen, das ist kein Problem, das haben schon andere vor ihm getan. Aber sie waren oft auch älter, haben sich bei uns ein Haus gekauft und leben hier mit ihrer Familie. Wenn Alex wirklich kommt, dann muss er alles opfern, verstehst du! Seine Freunde, seine Familie, seine Heimatstadt. Dort ist alles ganz anders. Er wird möglicherweise unter Heimweh leiden. Und dann sein Beruf. Wie ich die Tante kenne, wird sie nichts unversucht lassen, ihn daran zu hindern, es zu tun. Verstehst du, wenn Alex es noch immer vorhat, wird er mit großen Schwierigkeiten rechnen müssen. Er ist der einzige Sohn, die Tante und der Onkel werden es nicht wollen.«

Monika war ganz blass geworden.

»Daran hast du wohl noch nie gedacht, wie?«

»Nein«, gab sie kleinlaut zu.

Anna sagte mit weicher Stimme: »Denke doch mal daran, wenn dir der Alex jetzt schreiben würde, gut, wir heiraten, aber ich kann nicht zu dir kommen. Ich werde dort nicht meinen Beruf ausüben können. Komm du also zu mir. Hier ist alles viel einfacher. Was wirst du dann tun?«

Aus übergroßen Augen blickte sie die Freundin an.

»Du meinst, er könnte das von mir verlangen?«

»Wenn du das gleiche von ihm erwartest, so musst du auch bereit sein, es zu tun.«

»Du hast recht«, sagte Monika betroffen.

Anna blickte auf die Straße.

Monika war so verzweifelt. Sie kämpfte mit ihren Gefühlen. Ich liebe ihn doch, dachte sie immer wieder. Ich liebe ihn so sehr. Ich werde nie aufhören ihn zu lieben. Er hat gesagt, wenn ich meinen Gesellenbrief habe, dann werde ich kommen. Noch ein paar Monate muss ich warten. Ich rechne die Zeit schon in Tagen aus. Und doch könnte es ganz anders kommen?«

»Monika, das beste wird sein, wenn du dich möglichst schnell mit dem Gedanken vertraut machst, Freunde ja, aber nicht mehr. Weißt du, die Zeit wird auch diese Wunden heilen. Verstehst du. Eines Tages wirst du darüber lachen. Glaube mir, du darfst dich nur nicht so dran hängen.«

»Ach Anna«, sagte sie unglücklich.

»Ich bin doch deine Freundin, ich werde dir helfen. Es ist gut, dass du dich mir anvertraut hast. Zu zweit werden wir das schon schaffen.«

»Hast du schon mal geliebt?«

Anna dachte nach.

»Weißt du, verliebt war ich schon mal. Aber meistens wollten die betreffenden Burschen davon nix wissen. Sie haben noch nicht mal gewusst, wie verknallt ich in sie war.«

»Das ist etwas ganz anderes, Anna. Du kannst es also nicht nachempfinden. Weißt, wir haben uns so gut verstanden. Sogar ohne Worte. Er ist so zärtlich, so lieb, so verständnisvoll. Wir haben so viel zusammen gelacht.«

Die Freundin machte sich ernsthafte Vorwürfe. Ich hätte nicht fortgehen dürfen, verflixt, wenn ich geblieben wäre, dann wären wir zwei an den Bodensee gefahren und die Monika hätte den Alex gar nicht kennengelernt.

Die Eltern hatten sie vor die Wahl gestellt. Nun, das Neue hatte sie halt gereizt.

»Ich glaub, wir müssen langsam aufbrechen, sonst kommen wir noch zu spät heim.«

»Ja, zahlen wir also und kaufen den Rest ein, dann nichts wie ab.«

*

Ihr Verstand sagte, Anna hat Recht, ich muss loskommen davon. Ich darf nicht mehr so denken. Aber dann kam wieder ein Brief von Alex, und alles andere war vergessen. Dann nahm sie sich jedes Mal vor, ich werde ihm schreiben, hör auf, ich kann nicht mehr. Es ist doch alles so sinnlos. Aber seine Briefe waren so voller Liebe und Zärtlichkeit. Sie konnte ihn nicht enttäuschen.

Weil sie immer dem Postjockel entgegenlief, ahnten die Eltern nicht, wieviel Post sie aus erhielt, sonst hätten sie sich bestimmt etwas dabei gedacht.

Die Arbeit nahm jetzt zu, die Ställe mussten gekalkt werden. Das Grummet geschnitten und getrocknet werden. Das Holz gestapelt. Die Ferien waren vorbei, und die Anna musste wieder in die Schule nach Sonthofen. Man sah sich jetzt nur noch am Samstag und am Sonntag.

Anna sorgte sich rührend um die Freundin. Aber diese kapselte sich zum Teil von ihrer Freundin ab. Sie wollte allein sein. Dann konnte sie träumen.

Sie wurde mager.

Die Mutter sorgte sich um ihr Kind.

»Übernimmst du dich auch nicht?«

»Es geht schon.«

»Die Schweine und die Hühner, und dann die andere Arbeit. Auch bist du die meiste Zeit in dem kleinen Gewächshaus. Jetzt gibt es dort doch nichts mehr zu tun.«

Wie konnte sie der Mutter begreiflich machen, ohne sich zu verraten, dass sie dort so oft hinging, weil sie dann ganz stark das Gefühl hatte, Alex sei bei ihr.

Anna hatte eine Wut auf das Gewächshaus. Sie ahnte den Zwiespalt.

»Was machst am Talfest?«

»Ich weiß noch nicht.«

»Du, sie bauen schon das Zelt auf. Endlich mal wieder tanzen. Ich bin schon ganz eingerostet.«

Sie saßen beide auf der Hausbank und unterhielten sich. Die Lindner-Mutter hörte zufällig mit und lachte: »Ihr und eingerostet, was soll ich denn da sagen?«

Anna lachte fröhlich.

Monika saß nur einfach da.

Anna rüttelte sie auf.

»Sag, sollen wir uns noch ein neues Dirndl nähen? Du, ich hab da in Oberstdorf ein ganz schickes Muster im Schaufenster gesehen. Wenn wir den Stoff morgen kaufen, dann werden die Kleider noch fertig.«

»Ich weiß nicht«, meinte Monika lahm.

»Natürlich«, sagte die Mutter. »Was ist eigentlich mit dir los? In letzter Zeit hört man dich gar nicht mehr lachen. Ich versteh das nicht. Damals im Sommer, da war es fast zu viel. Verstehe einer die Jugend.«

»Komm, sei doch kein Frosch. Ich schaff die Näherei doch nur mit dir zusammen.«

Monika dachte, was soll ich mir ein neues Dirndl kaufen, er sieht es ja doch nicht.

»Meinetwegen«, meinte sie zögernd.

»Du wirst sehen, es wird fesch. Wir werden die Schönsten auf dem Talfest sein. Alle werden sich um uns reißen.«

Monika dachte, ich mag nicht zu dem Fest gehen, ich mag nicht mit anderen Burschen tanzen. Sie sind mir alle so gleichgültig. Der Alex schreibt doch auch ständig, dass er immer daheim hockt, weil er sich ohne mich nicht amüsieren will.

Sie biss sich auf die Lippen!

Am nächsten Tag fuhren sie nach Oberstdorf, den Stoff kaufen. Jede freie Minute wurde jetzt genäht. Die Lehrersfrau half mit. Bald waren sie dann auch fertig. Aber auch jetzt war Monika nicht zufrieden.

»Hör doch auf zu sinnieren.«

»Meinst, ich kann das so schnell abstreifen?«

»Ach Monika, man muss es nur wollen.«

Sie starrte aus dem Fenster.

Hier in der Stube hatten sie auch gesessen. Sie presste die Lippen zusammen.

Anna dachte, wenn auf dem Talfest sich bloß die Burschen um sie bemühen, dann wird sie schon anders. Ewig kann sie auch nicht, als Trauerkloß herumlaufen.

*

Das Talfest kam, und das Wetter war herrlich, wie es sich für ein solches Fest gehört. Viele ältere Urlauber waren noch da. Es war was los in Holzkirchen. Keiner ließ es sich nehmen, und kam zu dem Fest. Sogar von den höchstgelegenen Höfen kamen sie und nahmen fast einen halben Tagesmarsch auf sich.

Die Jugend war ganz aus dem Häuschen.

In dieser wimmelnden Masse bewegten sich auch die beiden Freundinnen. Monika und Anna waren bekannt als zwei sehr nette und lustige Mädchen. So manch einer aus Holzkirchen hatte schon ein Auge auf sie geworfen. Darunter waren auch ein paar Hofsöhne. Wenn der Hof der Monika auch nicht riesig war, so hatte er doch eine gute Lage. So manch ein Bauer mit zwei Söhnen dachte, wenn mein Hoferbe die Monika nimmt, dann kann der andere ja ihren Hof pachten, oder umgekehrt. Hier in den Bergen da galt mitunter noch das Wort der Eltern. Die Höfe wurden nie geteilt. Die anderen Kinder erhielten nur eine kleine Abfindung. So war es nun mal Gesetz.

Monikas gute Laune änderte sich rapide, als sie plötzlich den Franzl bei den Besuchern vor dem Zelt entdeckte.

»Das gibt's doch nicht«, murmelte sie, während sie ihre Freundin anschaute. »Wenn das mein Vater wüsste, dann gäb´s jede Menge Ärger...«

»Was meinst denn genau?«, wollte Anna wissen, weil sie Monikas Gedanken natürlich nicht ahnen konnte.

»Der Franzl – siehst ihn da drüben vor dem Zelt?«, fuhr Monika fort und zeigte in die betreffende Richtung. »Hat der sich doch einfach von der Alm hinunter ins Dorf geschlichen und den Klaus wohl allein dort droben gelassen. Also sowas geht freilich gar nicht.«

»Ach was«, winkte Anna ab. »Für ein paar Stunden muss das doch bestimmt gehen. Sei doch nicht so kleinlich. Der Klaus wird da oben schon alles im Griff haben.«

»Da bin ich mir nicht so ganz sicher«, meinte Monika. »Dem Franzl trau ich nicht mehr so ganz über den Weg.«

Sie bemerkte den fragenden Blick ihrer Freundin und fuhr deshalb rasch fort.

»Als ich mit dem Alex auf der Alm war, muss irgendwas vorgefallen sein. Zwischen Alex und dem Franzl, mein ich. Ich hab mit dem Klaus kurz im Stall nach den Kühen geschaut, und als ich zurück kam, haben sich die beiden Blicke zugeworfen wie zwei Streithähne.«

»Und? Hast den Axel danach gefragt, was los war?«

»Nein – hab ich nicht«, lautete Monikas Antwort. »Vielleicht hätt ich es besser tun sollen. Der Franzl... der würd nämlich ganz gern mit mir... verstehst?«

»Ach du meinst, er ist eifersüchtig auf den Alex?«

»Ich glaub schon. Es hat ihm bestimmt nicht gefallen, dass Alex mit auf die Alm gekommen ist.«

»Bei sowas muss man die richtigen Worte finden«, sagte Anna kopfschüttelnd. »Ja, wenn ich da genau drüber nachdenk, dann könnte deine Vermutung stimmen. Schau doch – jetzt hat uns der Franzl gesehen. Er kommt auf uns zu...«

»Und was machen wir jetzt?«

»Lass mich mal machen«, schlug Anna vor. »Ich find schon die richtigen Worte. Verlass dich drauf.«

Mit diesen Worten näherte sie sich dem Franzl und bemerkte schmunzeln, wie unsicher der auf einmal wurde. Sicher hatte er nicht damit gerechnet, dass ihn Anna in diesem Moment direkt ansprechen würde.

»Grüß dich, Franzl«, lächelte sie ihn an. »Wir dachten, du könntest gar nicht herkommen. Jetzt, wo´s doch oben auf der Alm so viel zu tun gibt.«

Die letzten Worte sollten wie ein Vorwurf klingen, aber der Franzl winkte nur ab und grinste.

»Wer arbeitet, der kann auch feiern«, meinte er. »Und genau das hab ich vor. Da drin im Zelt...« Er schaute dabei zu Monika. »Kommst mit? Ich geh ins Zelt.«

»Au ja«, sagte die Anna, die so tat, als wäre sie gemeint gewesen. Obwohl sie natürlich Franzls Blicke, die Monika galten, nicht entgangen waren. »Hier draußen wird es jetzt zu drückend.

Franzl sah die Anna an und meinte: »Dich hab ich gar nicht gemeint.«

Schlagfertig gab sie zurück: »Das weiß ich doch, aber wenn du die Monika willst, dann musst mich schon mitnehmen.«

Er runzelte die Stirn.

»So, warum denn?«

»Wir sind nämlich so etwas wie siamesische Zwillinge - weißt! Und deswegen...«

Er lachte gutmütig auf.

Anna gab der Monika einen Stoß.

»So, jetzt geht es los. Wirst schon sehen, wie lustig es werden kann. He, die Musiker sind ja auch schon da.«

Wenn der Franzl gedacht hatte, er müsse sich die ganze Zeit um zwei Mädchen kümmern, so irrte er sich. Anna war nur die erste Viertelstunde bei ihnen, dann kam der Schorsch und holte sie fort. Er besuchte auch die höhere Schule. Von den Fahrten im Bus kannte man sich gut.

Monika blieb zögernd zurück. Am liebsten hätte sie sich in ein Mauseloch verkrochen. Wie konnte man fröhlich sein, wenn man die ganze Zeit traurige Gedanken hatte?

»Ich hol uns jetzt ein Hendl und Wein, wart hier so lang auf mich. Halt mir den Platz frei, ja?«

Monika dachte, er sieht mich schon wie sein Eigentum an. Wieso kommt er dazu, mich so zu behandeln? Ich mag das nicht. Er soll nicht denken, ich bin scharf auf ihn. Weiß ich doch, wie schnell hier so etwas geht. Tanzt man nur eine Nacht mit einem zusammen, so machen sie gleich ein Paar daraus. Nein, ich will es nicht. Der Franzl kann mir gestohlen bleiben.

Grad wollte sie sich fortschleichen, als sie angesprochen wurde.

»Bist du nicht die Monika Lindner?«

Sie drehte sich herum und sah den Alpenhofbesitzer vor sich. Er hatte das größte Hotel am Berg. Er war immer ausgebucht. Sommer wie Winter. Sogar einen eigenen Hauslift hatte er vor Jahren bauen lassen.

»Ja«, sagte sie, »die bin ich.«

»Setz dich doch, ich möcht mit dir reden.«

Sie sah ihn erstaunt an. Er war schon an die fünfzig und hatte Frau und zwei Kinder.

»Willst mich vielleicht als Bedienung anwerben?«

Er sah sich das fesche Mädchen an und meinte: »Zu verachten wär dieser Gedanke wirklich nicht. Aber du hast ja deinen Hof, da gehst nimmer fort.«

»Nein, also wenn's das nicht ist, was willst dann von mir? Ich wollte gerade gehen.«

»Ich möcht' geschäftlich mit dir reden.«

»Wie?«

Verdutzt setzte sie sich nun doch hin.

»Ja, ich hab gehört, du hältst Schweine und Hühner auf dem Hof?«

Sie musste unwillkürlich auflachen.

»Das interessiert dich, Alpenhofler?«

»Ja, so etwas spricht sich halt schnell herum. Weißt, das Fleisch aus den Schlachthöfen ist auch nicht mehr das, was es mal war. Ich hab' verwöhnte Gäste. Auch die Eier aus den Großbetrieben schmecken fad. Was hältst davon, wenn wir zwei einen Handel abmachen? Ich bin an deinem Vieh interessiert, ja, ich würd' mich sogar freuen, wenn du vergrößern würdest. Also sagen wir mal, 20 Schweine würde ich dir im Jahr schon abnehmen. Und Eier so viel wie du nur liefern kannst.«

Monika musste wieder lachen.

»Du bist narrisch!«

»Nein, ernsthaft, Monika. Wie ist es. Wer hält hier Kleinvieh? Keiner!«

»Weil es schwierig ist. Hast dir schon mal überlegt, wie ich zwanzig Schweine großfüttern soll?«

»Freilich hab ich das!«

»Wenn ich das Futter kaufen muss, dann wird mir das zu teuer. Ich hab es schon mal durchgerechnet. Die drei kann ich von den Abfällen daheim großziehen. Mehr ist aber nicht drin.«

»Kluges Mädchen, hast also viel gelernt auf der Landwirtschaftsschule.«

»Freilich, deswegen war ich ja dort.«

»Du kriegst all meine Abfälle gratis, Mädchen. Damit mache ich dann das Geschäft mit dir. Ich meine, ich bin die Sorge los, wohin mit dem Zeug. Davon kriegst du gut zwanzig Schweine satt. Und ich habe gute Ware. Denn das habe ich sehr schnell gelernt, der Feriengast hat einen verwöhnten Gaumen. Einmal hab ich Eier von frei lebenden Hühner gehabt, da waren die Gäste richtig aus dem Häuschen. Also, ist das ein Angebot?«

Monika war jetzt hellwach. Das hatte ihr ja schon die ganze Zeit vorgeschwebt. Die Einnahmen des Hofes zu vergrößern. Mit den Kühen ging das nicht mehr. Außerdem hätte man dann noch mehr Ställe bauen müssen. Für die Schweine konnte man in der Scheune schon Platz genug schaffen.

»Und wie krieg ich die Abfälle zum Hof?«

Er lachte.

»Du denkst auch wohl an alles, wie?«

»Du nicht?«

»Hast keinen Führerschein?«

»Noch nicht. Aber den könnt' ich ja machen. Doch ein Auto kostet auch Geld.«

»Gut, ich mach dir einen Vorschlag, damit du siehst, wie ernst es mir damit ist. Übrigens, ich habe gerade überlegt, ich kann noch viel mehr als zwanzig Schweine gebrauchen. Wir lassen sie ca. fünf Monate laufen, dann sind sie richtig, dann kannst mit der nächsten Aufzucht beginnen. Also, so lange du noch keinen Führerschein hast, lass ich dir mit dem Lieferwagen die Abfälle bringen. Hast du aber deinen Schein, dann streck' ich dir das Geld für die ersten zwanzig Schweine vor, davon kannst dir dann ein kleines Auto mit Anhänger anschaffen und dann bist selbständig. Na, ist das nichts?«

»Da schlag ich gleich ein«, sagte Monika.

Der Franzl kam zurück und wunderte sich, dass die Monika auf einmal ganz blanke Augen hatte.

»Macht das die Musik?«, fragte er neugierig.

»Vielleicht!«

Der Alpenhofler und Monika wollten beide noch nichts von ihrem zukünftigen Geschäft an die Öffentlichkeit bringen.

*

Dieses Talfest verlief wie alle anderen Talfeste auch. Zuerst war es ganz nett, und man konnte auch gut tanzen. Monika sorgte aber dafür, dass es nicht immer der Franzl war. Dieser brummte und meinte doch tatsächlich: »Meinst, dafür hab' ich dich gefüttert?«

Da kam er grad bei der Monika recht an. Ehe er sich versah, warf sie ihm das ausgelegte Geld vor die Füße.

»Was glaubst eigentlich, wen du vor dir hast?«, fragte sie ihn wütend. »So kannst mit mir jedenfalls nicht umspringen. Hast das verstanden?«

Sie wartete nicht darauf, was der Franzl darauf zu erwidern hatte, sondern ließ ihn einfach stehen und ging zum nächsten Tisch. Hier traf sie wieder auf die Anna und blieb auch mit dieser noch eine Weile zusammen.

Je weiter die Nacht vorschritt, um so heftiger wurde es im Zelt. Es dauerte auch nicht mehr lange, und der erste zünftige Streit brach los. Und wie Monika sehen konnte, war der Franzl einer der ersten, die es auf eine handfeste Prügelei anlegten. Wahrscheinlich hatte er so schlechte Laune, dass er seinem ganzen Ärger einfach Luft machen musste. Und da kam ihm das gerade recht.

Er stieß den ihm am nächsten stehenden Burschen an und beschimpfte ihn nach Strich und Faden. Es war der Lugner Flori – und der ließ sich das natürlich nicht gefallen. Ein Wort ergab das andere, und dann lieferten sich die beiden eine Schlägerei, in die rasch noch andere mit hineingezogen wurden. Unweit der Biertheke flogen die Fäuste, und die ersten Stühle und Bänke gingen zu Bruch.

Sogar die Holzkirchner Blaskapelle hatte mit der Musik innegehalten, und der Dirigent schüttelte nur stumm den Kopf angesichts dieser Horde Dickschädel, die gegenseitig aufeinander einschlugen, als hätte irgendjemand einen Krieg angezettelt.

Bevor die ganze Sache noch weiter ausuferte, griff der Ferdl in seiner Funktion als Dorfpolizist in das Geschehen ein und trennte einige der Hitzköpfe voneinander. Hilfe bekam er dabei von Ernst Steiner, dem pensionierten Kommissar. Der war immer noch eine Respektsperson im Dorf, und wenn er die Hand mahnend erhob, dann wussten die anderen, was die Stunde geschlagen hatte.

So endete schließlich die Schlägerei nach knapp 10 Minuten. Und der Franzl musste sich die passenden Worte vom Steiner Ernst anhören. Aber so klar und deutlich, dass der Franzl so schnell nicht mehr auf die Idee kam, seine schlechte Laune an anderen auszulassen.

Monika machte, dass sie davon kam. Damit wollte sie nichts zu tun haben.

*

Am nächsten Tag sah man viele, in Mitleidenschaft gezogene Gesichter im Ort. Als der Franzl wieder ganz bei sich war, wollte er die Monika besuchen und noch einmal sein Glück versuchen. Er traf sie beim Einkaufen, und sie erklärte ihm unmissverständlich, dass sie von ihm nix wissen wolle. Und zwar so deutlich, dass der Franzl endlich begriff, dass diese Entscheidung auch endgültig war.

Anna war froh, dass Monika jetzt nicht mehr so traurig blickte. Am Morgen hatte sie den Eltern von ihren neuen Plänen erzählt.

Aber das hieß noch lange nicht, dass sie auch den Alex darüber vergaß.

Ganz im Gegenteil.

Fast verbissen machte sie sich an die Arbeit.

Der Fahrlehrer sagte: »Das wirst net schaffen, vor dem Schneefall den Führerschein zu bekommen.«

»Warum nicht?«

»Weil das keine packt.«

»Ich schon.«

Ab jetzt war sie nicht mehr anzusprechen. Immer lief sie entweder mit einem Buch durch die Gegend, oder sie befand sich im Schuppen. Der Vater schüttelte zwar allemal den Kopf, hatte aber versprochen, die Schweineboxen einzurichten.

»Zum Frühling wird alles vorbei sein. Du bist einfach narrisch, Mädchen.«

»Nein, ich hab nur Mut, Vater. Ach ja, die Hühner, die hab ich ja ganz vergessen. Davon will ich auch noch ein paar anschaffen.«

»Da musst den Leopold aber entlasten!«

Monika sah ihn verdutzt an.

»Der stirbt sonst an einem Herzschlag«, grinste der Vater.

»Aber diesmal frag ich vorher, ob er auch nicht einem Pfarrer gehört hat.«

»Versündige dich nicht, Kind.«

»Ach was, der Pfarrer sagt doch selbst, der Leopold sei ein Satansbraten gewesen.«

*

Jetzt, da sie so viel zu tun hatte, konnte sie nicht mehr so viel am Fenster sitzen und in die Ferne starren. Ihren Liebesschmerz vergrub sie tief und fest im Herzen.

In Holzkirchen wunderte man sich über das couragierte Mädchen. Für viele war sie jetzt ein Vorbild. Die Heimlichtuerei hielt nur so lange vor, bis der Lieferwagen regelmäßig den Berg hinaufgekeucht kam. Und schon wurden die anderen kleinen Hotelbesitzer neidisch.

Es verging jetzt kein Sonntag, wo die Monika nicht unten an der Kirche angesprochen wurde, doch für sie auch Schweine zu züchten.

»Ich kann es mir ja überlegen. Zuerst muss ich mal sehen, wie das mit den zwanzig geht. Ich bin ja schließlich allein. Der Vater kümmert sich um den Hof und die Kühe. Und die Mutter kann ich auch nicht einspannen. Außerdem nehme ich nur Bestellungen entgegen, wenn ich auch Abfälle erhalte, sonst ist nix drin.«

»Bei dem Verdienst den du dann hast, kannst ja auch das Futter kaufen.«

»Weißt du, was sie da hineinmischen? Nein, meine Schweine werden gesund und gut schmecken. Das erste haben wir schon geschlachtet. Es ist vorzüglich.«

Der Metzger rieb sich die Hände. Denn jetzt verdiente er auch daran. Ihn brauchte man ja dringend. Auch besaß er eine Räucherei. Und lieferte vorzügliche Räucherwaren.

Also hatte Monika nur an den Sonntagnachmittagen Zeit zum Träumen und zum Briefe schreiben.

Unvermindert sehnte sie sich nach Alex. Ja, je näher der Zeitpunkt kam, umso heftiger wurde ihr Verlangen. Hatte er nicht vom Herbst gesprochen?

Jetzt war der Herbst da!

Monika mochte in ihren Briefen nicht fragen, wann er endlich käme. Drängen wollte sie ihn nicht. Und hatten sie nicht alles mündlich besprochen?

Aber nie las sie in seinen Briefen, bald ist es soweit. Bald habe ich es geschafft. Nie sprach er von den Eltern, ob er schon mit ihnen gesprochen habe.

Manchmal des Nachts plagten sie die unruhigen Gedanken. Vielleicht hatte Anna doch recht. Vielleicht dachte man anders, wenn man ein Stadtmensch war.

Was sollte sie tun?

Wenn es mal ganz schlimm wurde, dann sagte sie sich, sobald es Frühling wird, werde ich dann zu ihm fahren und mit ihm reden. Dazu habe ich schließlich das Recht. Ich kann ja den Eltern erklären, ich würde endlich zum Bodensee fahren, von dort aus fahre ich dann halt weiter.

Während der Woche fühlte sie sich dann recht erschöpft, weil sie so verbissen mit allen Widrigkeiten kämpfte. Leopold hatte sich einen neuen Schabernack ausgedacht. Wenn er es schaffte, schlich er sich in die Scheune und ärgerte die Schweine. Er flog auf die Boxenränder, flatterte umher, machte ein Mordsgeschrei und stolzierte manchmal auch zwischen den Schweinen in der Streu herum.

Zuerst achteten sie nicht darauf, aber seine krächzende Stimme war so durchdringend, sie ging durch Mark und Bein. Da wurden sie nervös, stießen wie verrückt zusammen und quiekten in den höchsten Tönen. Bis Monika oder die Eltern in die Scheune gerannt kamen und den Unhold fortscheuchten. Das wiederholte sich an die sechs Mal am Tag.

»Du Scheusal, am Sonntag kommst du in den Kochtopf«, sagte Monika jedes Mal.

Anscheinend wusste Leopold, dass er ein zäher Bursche war, denn die Lindner-Mutter weigerte sich strickt, diesen ollen Krächzer auch nur zu rupfen.

»An dem beißen wir uns die Zähne aus«, meinte sie.

Ich sollte ihn verschenken, dachte Monika, aber dann musste sie doch wieder über ihn lachen.

*

WENIGE TAGE SPÄTER erhielt sie dann die bestellten dreißig Hühner.

Zum ersten Mal in seinem Leben wusste Leopold nicht, was er tun sollte.

Auch für die Hühner hatten sie einen Platz geschaffen. Mit Stangen, Nestern und alles schön mit Maschendraht versehen, durch den sie nicht entwischen konnten.

Der Auslauf war groß. Im Sommer konnten sie ja draußen herumlaufen. Auch im Winter, wenn es das Wetter ihnen erlaubte.

Der Händler kam und öffnete die Käfige. Benommen purzelten die Hühner nacheinander heraus und torkelten zuerst einmal wie betrunken durch die Gegend.

Leopold beäugte sie widerwillig.

Es waren junge hübsche Hühner, strahlend weiß und sehr lebhaft.

Natürlich begriff der Hahn, dass er sehr schnell zeigen musste, wer hier der Herr im Hause war. Es war aber ein bunter Hahn!

Dreißig weiße Hühner können eine hübsche geballte Macht darstellen. Sie dachten nicht im Traum daran, ihn anzuerkennen. Und eine fröhliche Jagd entstand im Stall. Leopold sah sein Heil nur in der Flucht, gut, dass er noch schnell fliegen konnte.

Da hockte er nun auf dem Zaun und krächzte wie verrückt auf sein Volk nieder. Aber die weißen Hühner kümmerten sich nicht darum.

»Ich hab dir gleich gesagt, du brauchst einen neuen Hahn«, sagte der Vater.

Monika sah das jetzt ein. Also rief sie den Händler an und bestellte einen prachtvollen Gockel. Der wurde anderntags abgeliefert.

Es gab einen regelrechten Machtkampf zwischen den beiden, den eigentlich keiner gewann. Nur der weiße Gockel konnte schöner krähen, damit fand sich Leopold schließlich ab. Er hatte dafür ein schöneres Federkleid.

So gab es endlich Frieden im Hühnerhaus und auch im Schweinestall.

*

Die ersten Schneeflocken tanzten vom Himmel.

Verbissen kämpfte sich Monika mit dem Auto durch die Straßen. Manchmal hatte sie das Gefühl, ihr Herz würde gar nicht mehr schlagen, die Hände waren feucht.

»Halt!«

Sie hielt und wischte sich verstohlen den Schweiß von der Stirn.

»Herzlichen Glückwunsch, Sie haben die Fahrprüfung bestanden, Frau Lindner.«

Monika blickte den Fahrlehrer sprachlos an.

»Sie haben es geschafft«, sagte er herzlich.

Da konnte sie nicht anders, sie fiel ihm um den Hals und gab ihm einen Kuss.

»Danke«, rief sie fröhlich.

»Na, das lass ich mir gefallen«, brummte der Fahrlehrer.

Andächtig starrte sie das Stückchen Papier an, dann wirbelte sie herum. Wenn sie sich jetzt noch beeilte, dann würde sie noch den Postbus erwischen. Er wollte gerade abfahren, aber der Fahrer kannte Monika und hielt noch einmal an.

Monika stieg ein und fuhr zurück nach Holzkirchen. Die Anna sollte es als erste erfahren. Deshalb war Monika sehr froh, als sie im Dorf ankam, sofort zu den Hofers ging und erleichtert feststellte, dass die Anna daheim war.

»Ich habe ihn.«

»Fesch, jetzt können wir in Zukunft noch größere Fahrten unternehmen. Toll, du, ich werd' in den Osterferien und an den Wochenenden als Kellnerin aushelfen, so verdiene ich mir Geld hinzu. Du, wir werden demnächst eine herrliche Zeit verbringen.«

*

Schneeflocke auf Schneeflocke tanzte aus den dunklen Wolken hervor.

»Der Winter kommt«, sagte der Lehrer. »Na, mit dem Wagen bist ja jetzt nicht mehr abgeschnitten. Willst ihn denn gleich kaufen?«

»Freilich nur einen gebrauchten, der Alpenhofler will mir beim Aussuchen helfen.«

»Na, ich glaub, alles was du anfasst, das klappt, Monika. Sollte man nicht meinen. So jung wie du noch bist.«

»In Kürze werd ich neunzehn«, sagte sie.

Aber dann ganz plötzlich war die Freude verflogen. Seit zwei Wochen hatte sie keine Post mehr von Alex erhalten. Im Sommer hatte er zu ihr gesagt, wenn der Winter kommt, dann bin ich schon längst bei dir.

Der Winter war da, aber kein Alex.

Sie musste dagegen ankämpfen, um nicht in Tränen auszubrechen, so elendig fühlte sie sich auf einmal.

Die Freundin schien es zu spüren.

»Sag bloß, du denkst noch immer an ihn?«

Sie nickte leicht.

»Du meine Güte, Monika. Jetzt, wo es dir so gut geht, wo du doch schon so etwas wie eine gute Partie bist. Wirst schon sehen, du kannst dir deinen Bräutigam aussuchen.«

»Das kann ich eben nicht.«

»Monika, sei doch vernünftig, ich hab es dir erklärt, ich flehe dich an, vergrab dich doch nicht in deinen Schmerz.«

»Ach, Anna, das verstehst du einfach nicht. Du hast so etwas noch nie mitgemacht.«

»Ich bin auch verdammt froh darüber.«

»Ich muss jetzt gehen. Sonst bleibt mein Moped noch stecken. Kommst am Sonntag?«

»Vielleicht können wir schon Skifahren?«

»Vielleicht!«

Sie stand vor dem Haus und zog sich die Pudelmütze über die Ohren.

»Bis Sonntag!«

Sie hob grüßend die Hand und war dann verschwunden.

Die Eltern freuten sich nicht weniger über den Erfolg der Tochter.

»Na, das ist wirklich eine Freude. Jetzt kann Weihnachten ruhig kommen, Monika.«

Sie rannte die Treppe hinauf zu ihrer Kammer.

Kein Brief!

Sie presste die Zähne zusammen.

»Aus, vorbei«, flüsterte sie tränenerstickt.

Monika warf sich auf das Bett. Ihr war jämmerlich zumute. Am liebsten hätte sie geheult, aber das hätte man dann gemerkt und sie nach ihrem Kummer gefragt.

Sie stand an dem kleinen Stubenfenster und dachte verzweifelt, warum hat er so wenig Mut? Warum schreibt er mir nicht die Wahrheit? Wenn ich es lese, vielleicht würde ich es dann besser verkraften. So steh ich also hier und warte nun jeden Tag, dass er kommt.

»Der Kaffee ist fertig, kommst du?«

»Ja!«

Sie fuhr sich hastig über die Haare, holte die Strickjacke aus dem Schrank und ging nach unten.

»Jetzt wo du für die Fahrprüfung nicht mehr büffeln musst, was machst denn jetzt mit deiner freien Zeit?«, wollte der Vater wissen.

»Vielleicht sollte ich Gänse züchten«, sagte Monika gedankenverloren.

»Noch mehr Arbeit? Kind, du übernimmst dich.«

Sie brauchte einfach etwas um sich abzulenken.

»Mutter, hast du keine vertrackte Strickanleitung?«

»Wieso denn das?«

»Ich hätte mal wieder Lust, mir einen neuen Skipullover zu stricken.«

»Nähe dir lieber ein hübsches Kleid, wenn du erst das Auto hast, könnt ihr doch öfter mal zum Tanzen fahren.«

Sie wollte nicht tanzen. Um den Eltern nicht Frage und Antwort stehen zu müssen, stand sie auf.

»Ich schau noch mal nach den Schweinen«, murmelte sie.

»Aber die sind doch schon versorgt. Die haben jetzt ein paar Stunden Ruh«, meinte der Vater.

Sie war schon aus der Tür.

Die Mutter sagte: »Monika ist merkwürdig geworden. Merkst das nicht?«

»Freilich merk ich das. Ich möcht' zu gern den Grund wissen. Verstehst du das? In ihrem kurzen Leben hat sie doch schon recht viel geschafft.«

»Ja, aber trotzdem, sie ist so unruhig, Mann. Und wenn sie sich unbeobachtet fühlt, dann sieht man Tränen in ihren Augen.«

»Was? Aber davon hast mir ja noch nie was gesagt, Frau.«

»Aber es ist so.«

»Jesses, kannst sie denn nicht mal fragen, was mit ihr los ist?«

»Ich hab mir vorgenommen, die Anna zu fragen. Sie hocken doch immer zusammen. Bestimmt weiß sie etwas.«

»Ja, tu das!«

*

Inzwischen war Monika durch den Schnee zur Scheune gestapft. Man sah deutlich die Fußspuren in dem frisch gefallenen Schnee. Sie öffnete die Tür und ließ sie hinter sich angelehnt.

Die Schweine grunzten vergnügt vor sich hin. Jedes hatte sich eine Kuhle im Stroh gebuddelt und jetzt lagen sie da und waren mit sich und der Welt zufrieden.

Auch die Hühner, sie teilten ja den Stall auf der rechten Seite, gaben Ruh. Sie saßen dösend auf der Stange.

Nur Leopold stolzierte aufgeregt vor dem Futtertrog hin und her. Hatte er Angst, dass sein Nebenbuhler ihm was wegfraß? Aber der saß friedlich zwischen seinem weißgefiederten Harem auf der Stange und blinzelte ab und zu zum aufgeregten Leopold hinunter.

»Was ist denn los mit dir, Leopold, ich glaub, du vermisst deinen Auslauf was? Wenn's morgen milder ist, dürft ihr mal raus und euch richtig ausrennen.«

Während sie mit dem vergällten Hahn sprach, klappte hinter ihr die Tür.

Monika dachte, es ist doch gar kein Wind draußen. Warum schlägt die Tür?

Sie wendete den Kopf.

Da war in ihrem Herzen ein Brausen und Klingen. Nein, dachte sie, das gibt es doch nicht, jetzt fang ich schon am hellen Tag zu träumen an.

Sie wischte sich einmal über die Augen.
Die Gestalt stand noch immer da!
»Grüß Gott, Monika!«
Die Stimme!
Mit einem Aufschrei stürzte sie nach vorn.
Alex fing sie auf.
Schluchzend lag sie in seinen Armen. Sie konnte nicht anders, sie heulte und heulte wie verrückt.
»Monika, Liebes, oh, du Süße!«
Fest hielten seine Arme das verstörte Mädchen umklammert. »Liebes, Kleines!«
»Alex«, schluchzte sie, »Alex, Alex bist du es wirklich? Ist es auch kein Geist von dir?«
Er nahm ihr Gesicht in beide Hände und küsste sie zärtlich. »Du hast dich kein bisschen verändert. So hab ich mir das Wiedersehen immer erträumt. Mein Gott, wie, hab' ich mich nach dir gesehnt. Oh, Monika!«
Sie hielten sich umfangen. Die Welt schien stillzustehen in diesem Augenblick.
»Na so was«, lachte sie auf, »da stehen wir hier im Stall. Komm, gehen wir doch ins Haus.«
Er nahm ihre Hand und so gingen sie aus dem Stall. Vor der Tür stand ein kleiner Koffer.
»Das übrige Gepäck ist unten auf der Bahn. Ich bin den ganzen Weg gelaufen. Mein Gott, Monika, im Winter ist es ja fast noch schöner wie im Sommer.«
Der Bauer und seine Frau staunten nicht schlecht, als sie plötzlich die Tochter mit einem Burschen auf das Haus zukommen sahen.
»Ja, mei, wer ist denn das?«
Als sie die Küche betraten und er sich aus den dicken Sachen geschält hätte, da erkannte man den jungen Mann vom Sommer wieder.

»Ja mei, der Alex, das ist aber schön. Und grad ist der Kuchen fertig. Bist wieder auf Urlaub hier? Wo sind denn die Eltern?«

»In Hamburg. Nein, ich bin nicht auf Urlaub hier, ich werd' jetzt für immer bleiben.«

»Was? Wie geht denn das? Hast im Lotto gewonnen, dass du dich jetzt zur Ruhe setzen kannst?«

Alex saß neben der Monika auf der Ofenbank.

Die Eltern wussten nicht, was sie denken sollten.

Noch vor gut einer Viertelstunde war die Tochter so anders gewesen, und jetzt lag ein helles Leuchten auf dem Gesicht des jungen Menschenkindes.

»Monika«, fragte die Mutter leise.

Da sagte die Tochter: »Mutter, Vater, der Alex wird jetzt immer bei mir bleiben. Ja, im Sommer, da haben wir uns heimlich verlobt. Und jetzt ist er zurückgekommen.«

»Waas?«

»Ja, und wir werden bald heiraten. Ach, ich bin ja so sehr glücklich.«

»Kind, bist narrisch«, keuchte der Vater. »Das geht doch nicht. Zwei Familien kann der Hof unmöglich ernähren. Und wenn du noch mehr Schweine großziehst. Dafür ist er einfach zu klein. Ich selbst muss ja im Winter ins Holz, sonst würd' es traurig bei uns aussehen.«

»Aber versteht ihr denn nicht, das braucht er doch nicht, der Alex.«

Er stand auf und lächelte.

»Nein, das brauch' ich wirklich nicht. Ich werd' mein eigenes Einkommen haben und die Monika wohl ernähren können. Jetzt ist alles geregelt.«

Dann wandte er sich an die Liebste.

»Deswegen hat es ja so lang gedauert, Monika. Ich hab' doch mit dem Meister in Holzkirchen in Verhandlung gestanden, und ich wollte doch erst kommen, wenn auch wirklich alles unter Dach und Fach ist, wie man bei uns daheim so schön sagt. Ich hab' meinen Gesellenbrief mit Auszeichnung bestanden. Da hat er gern einen Vertrag mit mir gemacht, der Ludwig Schramml. Er freut sich schon, wenn ich gleich bei ihm anfangen kann. Ein Meister ist ihm gestorben. Für so einen Handwerksbetrieb bekommt man sehr schlecht Ersatz. Die meisten wollen ja nur in die Fabrik.«

»Ist das wirklich wahr, du wirst dort unten arbeiten?«

»Aber ja, im Sommer hab' ich schon mit dem Schramml gesprochen.«

»Und die Eltern?«, wollte die Mutter wissen.

»Zuerst wollten sie nichts davon wissen. Aber dann haben sie eingesehen, dass mein Glück wichtiger ist. Wenn der Vater in zwei Jahren pensioniert wird, dann wollen sie auch hierher ziehen. Ihnen hat das Tal auch so gut gefallen.«

»Oh, Alex, so können wir also wirklich glücklich sein?«

»Ja, Monika.«

Sie küssten sich.

Da endlich konnten sich auch die Eltern über dieses so überraschende Glück freuen.

Beim Kaffee wurde dann erzählt. Monika sprach auch von ihren Plänen. Und der Alex sagte ihr gleich, er würde ihr so viel Ställe wie nur möglich bauen.

»Ich glaub, man kann noch eine ganze Menge daraus machen. Auch mit dem Gewächshaus, man muss es nur wagen.«

»Weißt was«, sagte die Monika. »Jetzt fahren wir nach unten und überraschen die Anna.«

Alex lachte: »Das wird auch höchste Zeit, denn ich hoffe, dass die Tante und der Onkel mich so lange bei sich aufnehmen, bis wir geheiratet haben.«

»Bevor das geschieht, müssen wir oben noch die Stuben richten. So schnell geht das auch nicht«, sagte die Mutter.

»Jetzt, wo mein Alex endlich wieder da ist, da kann es ruhig etwas länger dauern. Jetzt kann ich ihn ja alle Tage sehen.«

*

So lernte der Alex zum ersten Mal, wie schnell man mit dem Schlitten nach unten sausen konnte. Das gab ein Lachen und Jubeln.

Vor dem Lehrerhaus angekommen, ging die Monika zuerst hinein.

Die Anna war zufällig allein in der Küche. Als Monika so ungestüm die Tür aufriss, hätte sie fast die Platte fallen gelassen.

»Himmel, musst mich so erschrecken?«

Monika wirbelte herein und umarmte sie stürmisch.

»Du wirst nie und nimmer erraten, wer draußen steht.«

»Ich bin keine Hellseherin«, sagte Anna. »Aber lass mich endlich los, die Platte ist heiß.«

»Dann stell sie doch ab, bevor du dir die Finger verbrennst. Sag mal, Anna, sind deine Eltern daheim?«

»Freilich, der Vater sitzt in seiner Studierstube und sieht Arbeiten nach, und die Mutter wird wohl oben sein, aber warum fragst du? Überhaupt, warum bist du gekommen? Ich hab eigentlich keine Zeit, ich hab der Mutter versprochen, noch ein paar Plätzchen zu backen.«

»Das wirst du schon bleiben lassen, wenn du erst mal siehst, welche Überraschung ich habe.«

Nun wurde die Freundin aber wirklich neugierig.

»Na, dann rein damit! Spann mich nicht auf die Folter.«

Monika tanzte zur Tür.

»Kannst reinkommen.«

Die Tür öffnete sich und Anna sah einen schlanken hochgewachsenen Mann auf sich zukommen. Sie prallte zurück. Im ersten Augenblick erkannte sie ihn nicht.

Hinter ihrem Rücken öffnete sich die Tür und die Mutter kam herein.

»Ja, ist das denn die Möglichkeit«, rief diese.

Anna stand begriffsstutzig da und starrte den jungen Mann an..

Monika umtanzte sie.

»Und du hast mir glauben machen wollen, er würde nicht mehr kommen, Anna. Nun ist er . da!«

»Alex«, stammelte sie. »Ist das denn die Möglichkeit?«

Er umarmte zuerst die Tante und bestellte viele Grüße von den Eltern daheim.

Anna stand noch immer reglos mitten in der Küche.

»So mach doch zu, Anna, ruf den Vater. Nein, das ist wirklich eine Überraschung, Bub. Wirst lange bleiben? Willst deinen Winterurlaub bei uns verbringen? Selbstverständlich kannst du bei uns wohnen, Bub. Nein, das ist wirklich eine Freude. Jetzt lernen wir uns auch mal näher kennen und nicht so zwischen Tür und Angel.«

»Es freut mich Tante, dass du mir dieses Angebot machst, darauf hab ich nämlich gehofft, weißt du!«

»Aber das ist doch selbstverständlich.«

Jetzt war auch der Lehrer zur Stelle.

Als man dann in der gemütlichen warmen Wohnstube saß, da erfuhren sie denn die Neuigkeit.

Anna konnte es noch immer nicht glauben.

»Das ist aber wirklich hübsch«, lachte der Lehrer. »So hast also hier wirklich dein Glück gefunden?«

»Ja, es ist schon seltsam, seinerzeit hat der Vater die Mutter hier gefreit und fortgeschleppt, und jetzt komm ich wieder zurück. Es liegt wohl im Blut, ich meine, die Sehnsucht nach den Bergen.«

»Das wird es wohl sein. Und eine Stelle hast du auch schon? Da kannst du ja wirklich von Glück reden, Bub.«.

»Eines Tages werde ich meine eigene Werkstatt haben, Tante. Das habe ich mir fest vorgenommen.«

Die Neuigkeit schlug wie eine Bombe ein im Ort. Deswegen also wollte die Monika nichts von den jungen Burschen wissen. Sie war also eine ganz Heimliche!

Viele neideten ihr das Glück, besonders die jungen Mädchen. Denn der Alex war wirklich fesch und halt ganz anders wie die jungen Männer hier im Ort. Er war so freundlich und wusste sich zu benehmen – wusste sich eben in jeder Situation zu benehmen. Er war nicht so rau wie die Bergsöhne.

*

Zwei Monate mussten sie noch warten, dann konnten sie endlich heiraten.

Aus diesem Anlass kamen selbstverständlich die Eltern aus Hamburg angefahren. Als sie die Winterwelt sahen, da bekam die Mutter direkt Heimweh.

Bis man selbst ganz hierherziehen konnte, würde man den Urlaub hier verbringen. Bestimmt sogar mehrere Urlaube!

Monika trug ein Brautdirndl und sah einfach wunderschön aus. Ihre Augen strahlten wie zwei Sterne und sie waren einfach die hellsten am Firmament. Und die Anna – die Anna war ihre Brautjungfer.

Zwei Tage wurde kräftig gefeiert. Jung und alt – einfach alle waren dabei!

Oben hatte man dem jungen Paar drei Stuben zur Verfügung gestellt. Sie rissen eine Wand heraus und machten sich daraus ein gemütliches großes Zimmer und das andere war dann die Schlafstube. Was das noch kosten würde?

Jetzt war wieder Leben auf dem Lindnerhof. Es war eine Freude, zuzusehen, wie dort alles blühte und gedieh. Der Alex baute einen Stall nach dem anderen. Kaninchen hatte sich die Monika jetzt auch zugelegt. Und das Gewächshaus vergrößerte sich auch. Der Mist von den Schweinen zum Düngen eignete sich vorzüglich, damit alles gedeihe und schnell in die Höhe wuchs.

Bald würde sie auch Gemüse an den Alpenhof verkaufen können.

Auch der Meister war mit dem Alex recht zufrieden. Er besaß nicht nur die handwerkliche Ausbildung, sondern auch noch das Talent und Geschick. Er brauchte keine Anleitung mehr. Seine Schränke und Truhen waren bald so gefragt, wie die des Schramml selbst.

Mit dem Alex Schuster hatte er wirklich einen guten Fang gemacht.

Da er selbst keinen Sohn hatte, der in seinen Laden eingestiegen war, so bot er eines Tages dem Alex die Partnerschaft an.

Darüber war dieser hocherfreut.

Monika und Alex waren wirklich glücklich geworden. Und der Hof vergrößerte sich auch noch ein wenig. Denn viele wollten sich nicht mehr mit der Landwirtschaft abgeben und verkauften die Wiesen und vermieteten die Stuben nur noch an die Fremden. Das hatten die Lindners nicht nötig. Sie verdienten so recht hübsch.

Als Anna ihr Diplom erhielt, da musste sie sich sputen, heimzukommen.

Monika hatte ihr erstes Kind geboren, und sie sollte doch auch noch Patin werden.

Klein Anna hatte die vergnügten Augen der Mutter und die leichte Stupsnase vom Alex geerbt und schien mit sich und der Welt zufrieden.

Leopold hatte sich mit seinem Schicksal versöhnt! Er war inzwischen alt geworden. Das trug er schließlich irgendwann auch mit Würde. Er schien wohl zu ahnen, dass er nimmer im Kochtopf landen würde, wie alle seine Rivalen. Er erhielt das Gnadenbrot.

Für Monika hatte sich alles zum Guten gewendet – und wenn sie ab und zu mal daran dachte, dass es einmal eine Zeit gegeben hatte, in der sie viele Zweifel wegen ihrer Liebe plagten, dann konnte sie jetzt darüber nur noch lächeln. Denn der Alex war ein Mann von Ehre, und er liebte Monika aufrichtig. Die Schusters waren eine der glücklichsten Familien von ganz Holzkirchen, und sie hatten noch viele schöne Jahre vor sich. In einem malerischen Bergdorf zwischen Sonthofen und Oberstdorf – dort wo das Leben eben noch lebenswert ist...

ENDE

3. WOHIN FÜHRT DEIN WEG, ANNA?

Ernst Steiner nahm einen Schluck aus dem Maßkrug und ließ sich das Bier schmecken. Dann blickte er in die Runde. Am Stammtisch hatten sich an diesem Abend einige Männer aus Holzkirchen eingefunden, die Steiner schon seit vielen Jahrzehnten kannte. Auch wenn er selbst lange Jahre in München gelebt hatte und erst nach seiner Pensionierung wieder nach Holzkirchen zurückgekehrt war, so existierte dennoch das Band der Freundschaft mit diesen Männern. Viele freuten sich darüber, dass er der Großstadt den Rücken gekehrt hatte und wieder nach Hause gekommen war. Zurück zu den Wurzeln – wie manche behaupteten. Und wenn man genau darüber nachdachte, so beinhaltete diese Aussage so manch Wahres.

»Hast du eigentlich die Johanna Hafner noch gekannt?«, fragte der Schuster Alex, der in diesem Jahr die Schreinerei vom alten Schramml übernommen hatte und seitdem mit Erfolg weiterführte. »Es heißt, du hättest die Geschichte mit der merkwürdigen Hochzeit mitbekommen?«

Der pensionierte Kriminalbeamte musste lächeln bei diesen Worten. Weil ihm das zeigte, wie gut der junge Alex sich mittlerweile ins Dorfleben integriert hatte. Dass er sich für die alten Geschichten von damals interessierte, war ein gutes Zeichen. Nämlich dafür, dass er sich nicht nur für das Jetzt und Hier interessierte, sondern auch für die Vergangenheit.

»Warum willst das denn wissen?«, fragte Steiner.

»Es heißt, dass es damals recht turbulent bei den Hafners zugegangen ist«, meinte der Alex und winkte nach drüben zur

Theke, damit man ihm einen zweiten Maßkrug brachte. »Ich bin halt neugierig und würd gerne mehr darüber wissen.«

»Das ist schön, Alex«, schmunzelte Steiner. »Ich war damals noch sehr jung und hab das Ganze nur beobachtet. Aber ich kann dir gerne das erzählen, an das ich mich noch erinnere. Die wichtigsten Ereignisse weiß ich noch. Und vielleicht erzählst du sie ja eines Tages auch deiner Familie weiter...«

»Gerne«, nickte der Alex, während die Bedienung das Bier brachte. »Dann schieß mal los, Ernst.«

»Mach ich«, versprach Steiner. »Dann hör jetzt mal gut zu. Angefangen hat es damals mit der Leitner Toni. Das war die Hebamme in der Gegend hier. Ja, damals gab es noch einige Frauen, die diesen Beruf mit Stolz und Freude ausgeübt haben. Aber auch das ist mittlerweile Vergangenheit. Die Toni war es, die – so denke ich jedenfalls – den ganzen Stein ins Rollen gebracht hat. Auch wenn sie das vermutlich damals nicht geahnt hat...«

*

Sie war schon ein Unikum, die Toni Leitner, Hebamme von Beruf. Hätte es damals vor achtundzwanzig Jahren im Allgäu schon so viele Urlauber gegeben wie heute, dann wäre sie bestimmt so etwas wie eine Touristenattraktion geworden.

Toni hatte ihr Leben davor in Kufstein verbracht. Und dort war sie als Gemeindeschwester und Hebamme tätig gewesen. Als sie dann in ihren wohlverdienten Ruhestand versetzt wurde, kam sie nach Holzkirchen zurück und bewohnte das kleine Häuschen des Bruders. Dieser war schon halb taub und war es so zufrieden.

Jetzt, wo sie nicht mehr berufstätig war, lebte sie ganz so, wie es ihr passte. Dazu gehörte zuerst einmal das geliebte

Tonpfeifchen, ja, und gegen einen gehörigen Schluck aus der Enzianflasche hatte sie durchaus nichts einzuwenden.

»Er ist gut für meine Gicht«, sagte sie immer augenzwinkernd. Jeder schmunzelte nur und ließ sie gewähren. Aber es dauerte nicht lange, so hieß sie nicht mehr Toni, sondern Konni. »Sie hat die Hosen an, also ist sie ein Mann«, sagten die Dörfler.

Wenn Konni gedacht hatte, sich jetzt von der Mühsal des Lebens ausruhen zu können, so irrte sie sich gewaltig. Die Holzkirchener waren ja heilfroh, dass sie bei ihnen lebte. Wenn jetzt eine ins Kindbett kam, so brauchte man nicht immer erst nach Sonthofen zu kutschieren und die Hebamme holen, nein, jetzt hatte man eine an Ort und Stelle. Außerdem verstand sich die Toni auf Heilkräuter und machte Salben und Tinkturen für viele Wehwehchen daraus.

Im Grunde genommen war es der Alten ganz recht, dass sie noch so gebraucht wurde. Erst einmal hatte sie ein großes Mundwerk, und zum anderen steckte sie zu gerne überall ihre Nase hinein. Zwar waren ihre Reden hin und wieder beißend, aber auch das schluckten die Dörfler.

Eine Schönheit war sie ganz bestimmt nicht, und darum ging man nicht einmal so fehl, wenn man sie mit einem Männernamen bedachte. In ihrer Jugend musste sie wohl darunter gelitten haben, aber jetzt, seit sie die Siebzig auf dem Buckel hatte, wagte es keiner, über ihre krummen dünnen Spinnenbeine zu lachen, oder sich über die lange Hakennase lustig zu machen. Es wäre jedem wohl auch schlecht bekommen.

Wie gesagt, auch jetzt übte sie noch immer ihren Beruf aus, wenn man sie rief, oder auch nicht. Toni hatte ein Gespür dafür und oft kam sie schon an, wenn man sie noch gar nicht gerufen hatte.

So auch bei der Johanna Hafner.

Da saß das arme Weib in der Küche auf der Ofenbank, hielt sich den Bauch und stöhnte zum Gotterbarmen. Immer wieder sah sie zur Tür und dachte, kommt der Mann denn immer noch nicht heim? Ich brauch doch jetzt die Toni.

Bei Johanna hatten die Wehen eingesetzt, und darum war sie jetzt ein wenig durcheinander und merkte gar nicht, dass heute erst Freitag war und nicht Samstag. Am Samstag kam der Mann heim. Die Woche über war er mit der Rotte weit oben im Wald beim Holzfällen, und weil der Abstieg am Abend beschwerlich war, blieben die Männer in der Jägerklause und kamen erst zum Samstag heim, nachdem sie vom Rottmeister ihren Lohn erhalten hatten.

Und als Johanna noch vergeblich auf ihren Mann wartete, ging doch tatsächlich die Tür auf und jemand steckte den Kopf in die Stube.

»Hab ich es mir doch gedacht«, sagte Toni befriedigt und schob jetzt auch noch den Rest ihres Körpers in die Stube hinein.

»Toni«, ächzte Johanna. »Du bist da, jetzt kann ja nichts mehr schief gehen.«

»Mein dicker Zeh hat so gezwickt, und da hab ich mir gedacht, das hat was zu bedeuten, geh doch mal zur Johanna, bestimmt ist es schon so weit«, meinte Toni Leitner und stellte ihre umfangreiche Tasche auf den Tisch, hängte den fadenscheinigen Mantel hinter die Tür, zog sich die schweren Bergstiefel aus und stellte diese in den Gang hinaus.

»Arg kalt ist es draußen.«

»Ich konnte nicht mehr nachlegen«, ächzte die Hafnerin. »Das tut verdammt weh, ich glaube ich lege mich jetzt hin.«

»Nichts da«, sagte die Alte resolut. »Soweit ist es noch nicht, bleib du nur dort hocken.«

Johanna wollte aufbegehren, sie sehnte sich nach dem Bett, das Kreuz schien durchbrechen zu wollen, aber da kam schon wieder eine Wehe, und sie konnte nur noch stöhnen. Dabei fiel sie auf die Ofenbank und versuchte sich zusammenzurollen.

Mitten in einer Wehe, riss sie einmal die Augen auf und war sprachlos. Für Minuten vergaß sie den höllischen Schmerz und das Lachen gluckerte in ihr hoch.

Toni hatte nämlich indessen ihre Tasche ausgeräumt. Zuerst einmal zog sie sich dicke Wollstrümpfe über, vom Bruder wohlverstanden. Und weil sie so spindeldürre Beine hatte, aber Füße, so groß wie Elbkähne, wie sie selbst immer schmunzelnd sagte, blieb es nicht aus, dass die Strümpfe immerzu rutschten. Darum nahm sie in aller Ruhe ein paar Einweckringe und rollte diese über die Strümpfe.

Das sah so komisch aus, dass Johanna nicht anders konnte, sie musste lachen, obwohl sie dabei das Gefühl hatte, mitten durchzubrechen.

In dieser Nacht sollte sie noch sehr viel lachen.

Dann sah sie, wie Toni ihr Tonpfeifchen hervorkramte, Glut aus dem Ofen holte und zu schmauchen begann. Dann gingen die blanken Äuglein wieselflink in der Stube spazieren.

»Jaa, sag' mal..«, meinte sie möglichst gleichgültig.

Johanna wusste, Toni nahm nie Lohn an, aber wenn man sie brauchte, musste eine Enzianflasche her.

»Sie steht im Schrank, ganz unten«, flüsterte sie.

Toni fand sie sehr schnell, drückte sie liebevoll an die magere Brust und lächelte. Dann schob sie den Schaukelstuhl näher an den Kachelofen, in dem sie inzwischen ein Bullenfeuer entfacht hatte. Gläser verachtete sie in der Regel. Sie trank direkt aus der Flasche.

»Ach, ich hab noch was vergessen«, sagte sie und sprang auf.

Wenige Augenblicke später stand ein Ungetüm von Wecker auf dem Küchentisch.

»Weißt, wegen der Uhrzeit, das muss ich doch vermerken, wegen dem Register. Ich verlass mich lieber auf meine altgediente Zwiebel.«

Danach setzte sie sich wieder hin, und kleine Rauchwölkchen durchschwebten die ärmliche Küche.

»Ja«, keuchte Johanna ganz schwach. »Meinst nicht...«

»Ach was«, sagte die Hebamme. »Jetzt bin ich da, und nun geht alles seinen Gang. Es wird noch dauern, was willst dich da schon ins Bett legen? Hier unten in der Küche ist es doch wirklich schön gemütlich.«

Für dich ja, dachte die arme Johanna, aber für mich? Doch sie wagte nicht aufzubegehren. Die Frauen von Holzkirchen hatten alle ziemlichen Respekt vor der alten Toni.

Noch neulich hatte der Bürgermeister gesagt: »Früher, da wär so was verbrannt worden, als Hexe, jawohl.« Das hatte er auch nur gesagt, weil er wütend auf sie war; denn Toni hatte ihm mal wieder die Meinung gegeigt und ihm unmissverständlich erklärt, das Brückchen über den Wildbach müsse erneuert werden. Man könne sich dort den Tod holen.

Das hatte seine Richtigkeit, aber in der Gemeindekasse war mal wieder Ebbe und das hieß dann, der Bürgermeister musste Freiwillige aufrufen, und dazu noch selbst mit gutem Beispiel vorangehen. Das tat er gar nicht gerne, schließlich war er in Holzkirchen der Großbauer und mit der Arbeit war das so eine Sache, die überließ er gern den anderen, und so hatte er denn ein Bäuchlein angesetzt.

Aber ganz laut mochte er das auch nicht sagen, das mit dem Verbrennen und Hexe und so; denn vor ein paar Wochen hatte die Toni ihm noch ein Furunkel geheilt, es saß ganz akkurat am verlängerten Rückgrat, und das war peinlich gewesen. Aber als er deswegen schon nicht mehr zum Stammtisch gehen konnte, hatte er denn in den sauren Apfel beißen müssen und die Toni kommen lassen. Drei Flaschen Enzian hatte ihn das gekostet.

Toni hatte so ganz eigenartige Preise. Bei den Armen verlangte sie nichts, aber die Reichen wusste sie zu nehmen. Aber das mit dem Verbrennen war ihr dann doch zu Ohren gekommen. Toni konnte warten. Und der arme Bürgermeister würde noch sein blaues Wunder erleben. Irgendwann würde ihn wieder ein Zipperlein anfallen, und dann...

*

Über eine Stunde saß die Hebamme am Kachelofen, schaukelte sich sanft hin und her und stopfte das Pfeifchen immer wieder neu auf. Johanna stöhnte, dass es Steine hätte erweichen können.

Als Toni aufstand, dachte sie, jetzt könne sie sich endlich ins Bett schleppen. Aber nichts da. Toni holte die alte wurmstichige Wiege hervor, besah sich die dürftige Kinderausstattung und dachte, gleich morgen geh ich zu der Küfner und sie wird was aus ihren vollen Truhen rausrücken müssen. Das geht ja nicht, das arme Wurm soll anständig aufgezogen werden. Die Johanna und der Ludwig sind rechtschaffene Leute, auch wenn sie arm sind.

Danach holte sie die Kübel und stellte sie mit Wasser auf den Herd. Dann kam der Zuber dran. Alles stand parat.

»Meinst nicht?«, stammelte Johanna. Sie hatte schon ganz blutleere Lippen.

»Na«, sagte Toni. »Solange du aufbleibst, umso besser. Also, wenn ihr eine Treppe hättet, würde ich dich rauf jagen, umso schneller kommt dann das Kind. Im Bett, da zieht sich das hin. Stell dich mal hin und lauf ein bisschen, hurtig.«

Johanna dachte, die bringt mich um, ich kann doch nicht mehr, und schrie dann wieder los, weil eine neue Wehe kam.

Wenig später saß sie wie ein Jagdhund jappsend auf der Ofenbank und hielt sich den Leib.

Toni saß im Schaukelstuhl, wippte vor und zurück und sagte: »Ich hab mal in einem dicken Buch gelesen, die Indianer, die machen das im Stehen. Weißt, die haben da so eine Stange im Zelt. Daran befestigen sie eine Schlaufe, hängen die Hände hinein und dann lassen sie sich fallen und hocken dann da und drücken.«

»Oh, nein«, keuchte Johanna und musste lachen.

»Schad', dass ihr keine Stange in der Küche habt.«

»Toni«, unterbrach Johanna die Gedanken der Hebamme.

Ungerührt sprach diese weiter.

»Weißt, hockst dich da hin, wie a Huhn auf der Stangen. Auffangen könnte ich es schon. Musst auch so drücken wie a Huhn, was meinst, Johanna?«

Die arme Frau lachte, bis ihr die Tränen kamen.

»Hör auf, hör auf, ich zerspringe sonst noch. Hühner«, keuchte sie. »Hühner gehen auch zum Eierlegen ins Nest.«

Verdutzt hörte die Alte auf zu rauchen und sagte: »Hast recht, tatsächlich, hast wirklich recht. Meinst, dass die in dem Buch gelogen haben?«

Johanna konnte einfach nicht mehr, sie musste lachen, bis sie fast ohnmächtig wurde, aber dann jagte ein spitzer Schrei die Alte aus ihrem Stuhl.

»Jetzt rasch ins Bett, sonst kriegst dein Kind noch tatsächlich in der Küche.«

Flink wie ein Wiesel konnte sie sein. Johanna merkte gar nicht, wie diese ihr die Kleider vom Leib holte. Wenige Augenblicke später lag sie endlich im Bett. Aber verflixt, dachte sie verzweifelt. Jetzt liege ich hier, und ich möchte schon wieder aufstehen. Es ist ja grässlich.

Sie warf sich herum und stöhnte.

Toni packte Johanna resolut immer wieder auf den Rücken. Befestigte am Bettpfosten einen Strick und gab ihr das Ende in die Hand.

»So, daran ziehst und drückst, verstehst!«

»Ja«, keuchte Johanna, krebsrot im Gesicht. Dann beendete ein Schrei das qualvolle Stöhnen.

»Ich hab's, ich hab's«, kreischte Toni.

Wenige Augenblicke später hatte sie etwas Strampelndes in der Hand, das laut schrie.

»Ein Bub, ein Bub!«

Johanna hatte verdrehte Augen und stöhnte aufs Neue.

»Ich hab dir doch gesagt, es ist da, brauchst dich nicht mehr anzustrengen. Nun kommt nix mehr.«

Aber das hörte nicht auf, sie wälzte sich hin und her. Da wurde selbst die Toni stutzig und dachte, was ist denn das?

»Jesus, Maria und Josef«, keuchte sie. »Da schlag einer lang hin, da kommt tatsächlich gleich noch eins.«

Sie sah aber, dass es damit noch Zeit hatte. Sie musste ja auch erst mal den Buben versorgen. Und weil niemand mit Zwillingen gerechnet hatte, war selbst die Toni jetzt ein wenig durcheinander. Oder war der Enzian vielleicht schuld daran?

Hastig nahm sie den Knaben und jagte damit in die Küche.

»Schnell baden und dann ab in die Wiege, ich brauche ja die Hände für das nächste.«

Und weil sie alles fix machen wollte und hastig wie sie nun war, stieß sie mit dem Ellenbogen ihren Wecker in den Wasserkübel und merkte es noch nicht mal.

Das arme kleine Wesen wurde ziemlich schnell fertig gebadet und hörte auf mit dem Schreien, weil ihm nun pudelwohl war.

Da hatte er auch schon seine Sachen an und lag zugedeckt in der kleinen alten Wiege. Die Wöchnerin schrie, und die alte Toni jagte in die Schlafkammer zurück.

Toni war für Johanna eine große Hilfe. Und als sie dachte, jetzt müsse sie ganz gewiss sterben, da kam die große Erlösung und ein zweiter Bub fiel in die verrunzelten Hände der Alten.

Toni lächelte breit und ihr Herz wurde richtig weich.

»So a strammes Bübchen. Jesses, wie hübsch!«

Zärtlich nahm sie es an die Brust und trug es in die Küche. Sie versorgte den Buben grad so gut, und nach einer Weile lag er neben dem schlummernden Bruder. Und weil das auf die Welt-Kommen so anstrengend war, schlief er auch erst einmal ein.

Toni kam jetzt in die Schlafkammer und sorgte sich rührend um die Wöchnerin, die nach der Strapaze eingeschlafen war.

»Armes Weib, hast wirklich was aushalten müssen. Ja, ja, und ich hab die ganze Zeit gedacht, die hat sich ja was angefuttert in der Zeit. Und jetzt sind es zwei Buben, da werden die Dörfler wirklich staunen.«

Vor sich hin brummelnd, wusch und versorgte sie die Johanna, zog ihr ein frisches Nachthemd an, deckte sie sorgsam zu und sagte: »So, jetzt schlaf dich hübsch aus, in Zukunft wirst das nicht mehr können.«

Sorgsam schloss sie die Stubentür und ging in die Küche zurück. Jetzt wurde es draußen schon langsam hell. Die alte Toni hatte ganze Arbeit geleistet und war vollkommen zerschlagen.

In der Enzianflasche war noch ein kleiner Rest.

»Den kann ich gut vertragen, auf den Schrecken«, murmelte sie vor sich hin.

Danach stopfte sie ihr Pfeifchen und lehnte sich in den Lehnstuhl zurück.

»Einen Augenblick verschnaufen, dann werde ich die Küche aufräumen und alles wieder in Ordnung bringen.«

*

Müde und verschwitzt vom langen Abstieg kam der Xaver nach Hause. Während er durch das Dorf schritt, sein Anwesen lag etwas außerhalb des Ortes auf einem kleinen Hügel, dachte er, nun hatte ich der Johanna versprochen, früher heimzukommen. Bald wird es jetzt soweit sein.

Aber gestern hatten sie noch so gerackert, die dicken Stämme wollten und wollten nicht umfallen. Und Motorsägen hatte man erst viel später. Das war alles noch harte Knochenarbeit, aber er war trotzdem froh, dass er jeden Winter dazuverdienen konnte. Die magere Landwirtschaft und die zwei Kühe gaben wirklich nicht viel her, und die Johanna ging ja auch noch in die Häuser helfen. Sie war schon ein rechtschaffenes Weib. Aber wenn jetzt das Kleine da war, dann würde sie wohl nicht mehr so abkommen können.

Obwohl er hundemüde war, schritt er jetzt doch ein wenig schneller aus. Und dann endlich stand er vor seinem kleinen Häuschen. In der Nacht hatte es noch einmal geschneit.

»Gleich nachher muss ich den Weg freischaufeln.«

Zu Anfang ihrer Ehe, da hatte die Johanna ihn immer mit einem leckeren Essen erwartet. Ja, das verstand sie, aus wenig eine herzhafte Mahlzeit zu machen. Er hatte es nicht bereut, sie genommen zu haben, obwohl sie ja nur eine Dienstmagd gewesen war. Aber er selbst hatte ja auch nicht viel. Das ärmliche Anwesen, damit konnte man keine Bauerntöchter anlocken. Die hätten ihn nur ausgelacht.

»Nanu«, sagte er erstaunt, als er die Tür offenfand. »Soll sie schon auf sein? Aber ich hab ihr doch gesagt…«

Mit einem Ruck riss er die Tür auf und stand sogleich in der winzigen Küche.

Sein erster Blick fiel auf das fürchterliche Durcheinander von Kübeln und Trögen, Eimern und Lappen, in dem Gewühl dazwischen stand doch wahrhaftig die alte kleine Wiege. Er hatte sie immer streichen wollen, war aber nie dazu gekommen.

»Kruzifix«, sagte er verdattert, nahm seine Mütze ab und rieb sich über die Augen. »Der Schnee muss mich blind gemacht haben. Jesses...«

Vorsichtig schielte er zwischen den groben Fingern hervor. Aber er konnte noch so oft die Augen zukneifen und wieder aufreißen. Es blieben zwei Kinderköpfe.

»A Missgeburt«, sagte er verdattert und ließ sich auf einen Holzstuhl fallen und starrte weiter in die kleine Wiege.

Ganz langsam hob er den Kopf, und da sah er die Toni im Schaukelstuhl. Und jetzt wusste er auch, was ihn aufgeschreckt hatte!

Toni saß da, in der einen Hand die leere Enzianflasche, in der anderen das kalte Pfeifchen, und sie schnarchte, dass es sich wie eine Säge am Baum anhörte.

Langsam zog ein breites Grinsen über das Gesicht des Mannes. Für einen Augenblick vergaß er das Kind mit den zwei Köpfen und amüsierte sich über Toni. Aber er sah auch, wie alt und erschöpft sie war, und so erhob er sich, holte aus der Ecktruhe eine Decke und wollte sie damit zudecken. Doch im gleichen Augenblick schreckte die Alte hoch und starrte ihn entgeistert an. Für einen kurzen Augenblick konnte sie sich an nichts erinnern.

»Xaver du – ja, ja, ich komm sofort, selbstverständlich. Ist es mit der Johanna soweit? Ich zieh mich rasch an, ich komm sofort.«

Sie stellte sich mit einem Ruck auf die Beine und wäre fast in den nächsten Kübel gefallen, wenn der Xaver sie nicht gehalten hätte.

»Ach du meine Güte«, sagte sie. »Da muss ich doch tatsächlich eingeschlafen sein. Nein, so was aber auch!«

Toni schimpfte sich selbst gehörig aus. Xaver war so etwas nicht gewöhnt und lachte herzlich.

»Aber Toni, das ist doch normal.«

»Nein«, sagte sie wütend und hatte verkniffene Lippen. »Es ist eine Sauerei, jawohl. Einzuschlafen und nicht die Stube aufzuräumen.«

»Warte, lass die Kübel und Eimer stehen. Das besorge ich, jetzt bin ich ja da.«

»Gut«, sagte sie, ein wenig mit sich versöhnt. »Dann kümmere ich mich um das andere Zeugs. Und hole Holz aus dem Schuppen. Der Ofen geht sonst noch aus.«

Als der Xaver den Kübel mit der Uhr da drinnen raustragen wollte, sagte er augenzwinkernd. »Soll ich den auch fortschütten?«

Toni machte einen langen Hals und starrte entgeistert auf ihre Uhr. Einen kurzen Augenblick wurde sie so etwas wie ohnmächtig. Bis jetzt war ihr das in ihrem ganzen Leben noch nicht passiert.

»Oh, du lieber Gott...«

Xaver fischte die alte Uhr aus dem Wasser und trocknete sie ab. Die Zeiger waren auf halb zwölf stehengeblieben. Es war eine sehr hübsche Uhr mit gemaltem Zifferblatt und vergoldet. Ein altes Stück.

In Tonis schmaler Brust tobten zwei Kämpfe nebeneinander. Der eine war die Schande, der andere war die Trauer.

»Oh, Gott, o Gott.«

Zu mehr war sie im Augenblick nicht fähig.

»Was ist denn los?«

Ächzend sagte sie: »Welch a Schande, das ist mir in meinem ganzen Leben noch nie passiert. Oh, du mein Gott, wie werden sie spotten und höhnen.«

Dann liefen ihr die Tränen über das Gesicht. »Die schöne Uhr, meine Mutter selig hat sie mir geschenkt, damals.«

»Hör zu«, sagte der Xaver resolut. »Was deine Uhr ist, ich kann's nicht versprechen, aber vielleicht krieg ich sie wieder hin. Darauf versteh ich mich.«

»Du meinst, du könntest...?«

Er rüttelte an der Uhr und sagte: »Zerbrochen ist nichts, ich nehm' sie auseinander, trockne die Teile und setze sie zusammen, dann wird sie bestimmt wieder gehen. Hier und da noch ein Tröpfchen Öl.«

»Xaver«, sagte Toni feierlich. »Wenn du das schaffst, dann bin ich für den Rest meines Lebens deine beste Freundin.«

Jeder, der die Toni nicht gekannt hätte, der hätte jetzt gelacht. Aber Xaver lachte nicht, er nahm ihre Hand und sagte: »Das ist ein gutes Wort. Jetzt werde ich mir besonders Mühe geben.«

In diesem Augenblick begannen die Buben zu schreien. Toni blickte sie mit düsteren Augen an. Xaver zuckte zusammen.

»Zwei Köpfe?«, sagte er leise.

Toni vergaß die Blamage und lachte. »Nein, du Depp, das sind zwei Buben.«

»Jesses!«

Vier Augen blickten den Vater an. Blau wie der Bergsee droben in den Felsen. Blonde Löckchen. Sie sahen sich so ähnlich wie zwei Eier im Nest.

Xaver lachte und lachte, und seine Brust wurde ganz weit vor Aufregung und Freude. In diesem Augenblick dachte er noch nicht daran, wie er sie satt bekommen sollte. Nein, er war einfach froh und stolz.

»Die Johanna hatte ganze Arbeit geleistet«, sagte er lachend. Als er aber einen Blick auf die Alte warf, sah er zu seiner Verwunderung, dass diese noch immer ganz böse Augen hatte.

»Ist vielleicht was nicht in Ordnung, mit den Buben?«, fragte sie erschrocken.

»Die können gar nicht besser in Ordnung sein, hörst denn nicht die kräftigen Lungen? Aber ich bin nicht mehr in Ordnung«, sagte sie verzagt.

»Wie? Was?«

»Ich bin alt, ich tauge nichts mehr, jetzt wissen sie es alle. Ich...«

»Toni, red keinen Unsinn. Wir alle, sind froh, dass wir dich haben. Und das weißt du auch.«

»Nein«, sagte sie leise. »Ich hab versagt.«

»Aber wieso denn?«

Einmal musste er es doch erfahren. Und so sagte sie düster: »Ich hab zum ersten Mal vergessen, die Uhrzeit aufzuschreiben, und dann, ich weiß nicht, wer zuerst kam.«

Xaver schloss den Mund, blickte sie groß an und dann erst begriff er.

»Du liebes bisschen«, gluckerte er.

»Das ist wichtig, ich muss das tun, wegen dem Register, und jetzt, wer ist der Hoferbe, Xaver, wer?«

Er lachte, fiel auf die Ofenbank und schlug sich auf die Schenkel.

»Das macht doch nichts, Toni, das macht doch nichts, hab ich vielleicht einen Palast zu verschenken? So kriegen sie sich auch nicht in die Haare. Und mit der Uhrzeit, kannst da nicht ein wenig flunkern?«

»Ich habe noch nie geflunkert«, sagte sie würdevoll. »Ich hab es vergessen, also werde ich die Schuld auf mich nehmen. Nun ja, werden die Dörfler halt was zu lachen haben. Aber die Buben, bestimmt werden sie mal böse auf mich sein.«

Von nebenan rief die Johanna.

Jetzt konnten sie nicht mehr an das Malheur denken, sondern mussten zu der Frau. Die Johanna war auch ganz erstaunt, als sie jetzt erfuhr, dass sie gleich zwei Buben das Leben geschenkt hatte.

»Und ich hab gedacht, es wäre einer mit zwei Köpfen«, lachte der Mann.

»Und ich hab meine Uhr in der Nacht ersäuft!«, sagte die Hebamme.

*

So kamen sie also auf die Welt, der Florian und der Ludwig. Viel Aufsehen machten sie, denn es waren lange keine Zwillinge geboren worden.

Nachdem sich die Hebamme mit einem deftigen Frühstück und einem gehörigen Schluck aus der neuen Flasche gestärkt hatte, packte sie ihre große Reisetasche zusammen, wickelte den Wecker in die Strümpfe ein und machte sich auf zum Pfarrer.

Dort musste jede Geburt und jeder Tod gemeldet werden.

Zuerst druckste sie herum, aber dann sagte sich die Alte, ach was, ich war noch nie feig und erzähle ihm nun die ganze Geschichte. Auch der Herr Pfarrer lachte so lange, bis es in seinem Bauch zu grollen anfing.

»Aber irgend eine Zeit müssen wir doch angeben«, sagte er und wischte sich die Lachtränen aus dem Gesicht.

»Also, als der erste Bub da war, da muss ich den Wecker reingeschmissen haben, er ist auf halb zwölf stehengeblieben, also ist der erste um halb zwölf geboren worden.«

»Welcher?«

Treuherzig blickte die Alte ihn an. »Herr Pfarrer ich hab noch nie geflunkert, und will es jetzt auch auf meine alten Tage nicht tun. Ich hätte es gekonnt, aber ich tue es nicht. Ich weiß es also nicht, und darum Herr Pfarrer, darum, können wir da nicht einfach schreiben, sie sind beide...?«

Später würde man sich über diese Kirchenbuchseite wundern. Nicht nur, dass Zwillinge zur gleichen Zeit in der gleichen Sekunde geboren worden waren, sondern die Schrift war auch verwischt. Aber das waren die Lachtränen des Herrn Pfarrers.

Das ganze Dorf lachte herzlich über dieses Malheur der alten Hebamme. Aber wenn sie gedacht hätte, man würde sie jetzt nicht mehr für voll nehmen, so irrte sie sich gründlich.

Bis jetzt hatten sie alle ein wenig Angst vor der Alten gehabt. Aber nun verband sie eine herzliche Freundschaft.

*

Ja, ja, diese Hafner Buben, sie sorgten schon ganz zu Anfang für Wirbel in dem kleinen Ort Holzkirchen. Johanna, ihre Mutter, hatte wirklich alle Hände voll zu tun, um diese lebhaften Buben anständig zu erziehen.

Und wäre die Toni nicht gewesen, so hätte bestimmt so manches Mal die Not in dem Häuschen Einzug gehalten.

Wie sie es sich vorgenommen hatte, war sie gleich nach der Geburt auf ihren flinken Beinen von Hof zu Hof gegangen und hatte zuerst einmal Kinderwäsche zusammengebettelt. Denn jetzt musste die Johanna ja noch viel mehr haben. Und weil sie doch wegen der Buben nicht mehr in die Häuser zum Waschen gehen konnte, so sorgte die Toni dafür, dass man ihr die Wäsche hinbrachte. Damals, vor achtundzwanzig Jahren, da hatte man noch keine elektrische Waschmaschine. Und was die reichen Bäuerinnen waren, die ließen dann ihre Wäsche von der Waschfrau säubern.

Johanna hatte also Arbeit und rackerte sich redlich ab. Sie war jung und kräftig, und auch der Mann tat sein Bestes, und doch, die Buben waren jung und kräftig und hatten ewig Hunger. Und als sie erst mal größer waren, da zerrissen sie auch alle Augenblicke die Hose und das Hemd.

Toni war recht oft bei ihnen und half noch mit und schimpfte auch die Buben aus. Ja, sie hatte ihr Herz an diese Familie verloren. Denn es war dem Ludwig gelungen, die Uhr wieder zu reparieren. Das vergaß sie ihm nie und nimmer. Deswegen schon ging sie in die Wälder und suchte Pilze und Beeren. Die kochte dann die Johanna ein. In dem kleinen Garten jätete sie und hielt auch die Buben dazu an. Aber Florian und der Ludwig, die hatten nur Flausen im Kopf. Am liebsten streunten sie im Ort herum und machten nur Unsinn.

Johanna war von der vielen Arbeit oft so müde, dass sie mitten am Nachmittag einschlafen konnte. Obwohl sie eigentlich noch sehr jung war, so wurden ihre Haare doch bald grau und das Gesicht bekam einen harten Zug.

Und dann kam noch das größte Unglück mit dem Xaver. Die Buben zählten gerade sechs Jahre und sollten zum Herbst in die Schule kommen, da verunglückte der Xaver tödlich. Das war wirklich ein harter Schlag für die Familie.

Lange konnte sich die Johanna nicht davon erholen. Wie viele Tage sie im Bett lag und starr zur Decke blickte, das konnte nur die Toni sagen, aber sie schwieg sich aus.

Mit dem Großbauern hatte sie eine harte Auseinandersetzung wegen Unterstützung der Witwe seines Holzarbeiters.

»Er hat sich für dich redlich abgeschuftet, und jetzt wirst du die Kosten für die Beerdigung bezahlen und auch der Frau für den Anfang unter die Arme greifen.«

»Ich muss selbst sehen, wie ich weiterkomme«, hatte er gemurrt. »Soll sie doch arbeiten.«

»Tut sie das vielleicht nicht schon die ganze Zeit?«, sagte Toni giftig. »Du sollst wirklich mal in dich gehen, Bauer, sie ist ein redliches Geschöpf, was man von dir gerade nicht behaupten kann. Meinst, ich weiß das nicht, wie du die kleinen Leute zu betrügen versuchst?«

Oha, da bekam er doch ganz erschrockene Augen und machte einen krummen Buckel.

»Was willst denn?«

»Das überleg dir mal hübsch, oder ich geh zum Bürgermeister, und ich glaub', der hat es gar nicht gerne...«

So kam es denn, dass hin und wieder ein Sack Kartoffeln vor der Tür stand, oder ein Korb Obst oder Gemüse und auch mal Fleisch.

Johanna kam langsam wieder zu sich und konnte sich um den Haushalt kümmern. Toni riet ihr: »Du musst die Buben hart anfassen, sonst verwahrlosen sie dir ganz und kommen noch vielleicht auf krumme Gedanken. Du musst sie anhalten zum Arbeiten.«

»Aber es sind doch noch Kinder.«

»Hast du nicht auch in deiner Jugend arbeiten müssen, Johanna, oder hast dich ausruhen dürfen, spielen, wie Kinder reicher Leute?«

»Ach Toni«, sagte sie leise. »Wenn ich dich nicht hätte, ich wüsste gar nicht, was aus mir werden sollte.«

»Du bist jetzt Vater und Mutter zugleich für die Buben.«

»Ja«, sagte sie gehorsam.

Nun war das so, der Florian, der hatte noch Sinn dafür und tat auch, was die Mutter ihm auftrug, zwar widerwillig, aber er tat es. Hingegen drückte sich der Ludwig, wo es nur ging und war immer unterwegs.

Wenn ihm Johanna abends den Hosenboden strammzog, nahm er es mit Gelassenheit hin, rieb sich das zerschundene Hinterteil und sagte dann später in der Kammer zum Bruder. »Und morgen gehe ich wieder fort!«

So tat er es auch. Er war ein tollkühner kleiner Bursche und er konnte einfach alles. Er war ein richtiger »Hansdampf in allen Gassen«.

»Aus dem wird nichts Rechtes«, sagte auch die Toni. Selbst sie verzweifelte an dem Buben. Und sie hatte unendlich viel Geduld mit ihm.

Mit der Schule war das auch so eine Sache. Er hatte einen klugen Kopf, hingegen sich der Florian wirklich anstrengen musste. Und Skilaufen, das konnte er wie der Teufel.

Ja, es waren schon Prachtbuben, das musste man ihnen lassen. Und manch ein Bauer sah mit neidischen Blicken auf die Johanna. Sie selbst hätten gern solch stramme Buben gehabt. Aber nein, diese Johanna, die sie kaum durchfüttern konnte, ihr mussten sie so in den Schoß fallen.

*

Es blieb nicht aus, dass Johanna hart wurde. Sie musste es schon, um ihren Willen den störrischen Buben aufzuzwingen. Und so wurde sie wie ein Mann, und wenn einer nicht tat, was sie wollte, dann konnte sie ziemlich wütend werden.

Auch jetzt noch, wo die Buben schon die Schule verlassen hatten. Florian mit Ach und Krach und der Ludwig eigentlich mit recht guten Noten.

Selbst der Herr Pfarrer hatte bei der Schulentlassung zu ihr gesagt: »Der hat das Zeug, der könnt' was lernen.«

Sie hatte ihn nur müde angeblickt und gemeint: »Ich bin froh, wenn er als Lehrbub mir keine Schande macht.«

Da sich der Florian ein wenig mehr um den kleinen Hof kümmerte, so war es beschlossene Sache, dass er den Hof erhielt, und Ludwig sollte Schuster werden.

Dann starb auch noch Toni Leitner, und so wurde Johanna der letzte Mensch genommen, an den sie sich in ihrer Not wenden konnte. Der immer zu ihr gestanden hatte, ihr Trost gab. Es wurde eine schöne Beerdigung. Toni war sechsundachtzig Jahre alt geworden. Sie hatte es verdient, dass sie sich jetzt endlich ausruhen konnte. Ein ganzes Leben hatte sie nie die Hände in den Schoß getan, immer war sie rege gewesen, bis zum letzten Augenblick, dann kam ein Schlaganfall, und sie war wenige Stunden später tot.

Der neue Doktor von Holzkirchen sagte, das sei ein schöner Tod. Aber das tröstete die Johanna kein bisschen. Selbst die Buben waren traurig. Wenn sie auch viel geschimpft hatte, die Toni, so wussten die zwei doch ganz genau, warum sie das immer getan hatte und auch immer zu Recht.

Johanna wurde verhärmt und still und dachte oft, das Leben ist eine arge Plackerei, würde jetzt noch mein Ludwig leben, dann könnten wir es jetzt um so vieles leichter haben, jetzt wo die Buben groß sind und auch schon selbst Geld verdienen. Aber nein, ich muss das alles allein machen. Und dann die Sorgen. Immerzu die Sorgen. Früher als die Buben klein waren, war sie oft verzweifelt gewesen, weil sie nicht wusste, woher sie am nächsten Tag das Brot nehmen sollte, um die hungrigen Mäuler zu stopfen.

Und jetzt war es der Ludwig. Zuerst hatte sie gedacht, wenn er erst mal in der Lehre ist und ordentlich arbeiten muss, dort ist ein Meister, der ihm auf die Finger klopfen wird, so vergehen ihm wohl rasch die Flausen. Aber leider war es nicht so. Und hätte sie gewusst, was in dem Kopf des Jungen vor sich ging, dann hätte sie vielleicht noch was anderes getan.

Wenn sich Ludwig unterhielt, so nur mit dem Bruder und dieser schwieg.

»Weißt, ich halt das nicht mehr aus. Dieses stumpfe Leben. Es macht mich narrisch, verrückt. Ich will nicht mein ganzes Leben schuften und doch arm bleiben, Florian. Ich nicht.«

Der Bruder sah ihn groß an.

»Ja mei, was willst denn anderes tun? Hier gibt's doch nix, und du kannst froh sein, dass du ein Lehrbub bist.«

»Lehrbub, mit siebzehn, und dann kriegt man die paar Schillinge und muss sich auch noch alles gefallen lassen.«

»Aber im nächsten Jahr bist doch fertig.«

»Ja, und dann werde ich bestimmt Millionär«, sagte er wütend. »Nein, weißt Florian, ich hab mir das alles ganz gründlich überlegt, ich mache das nicht mehr. Ich gehe fort, weit fort - und eines Tages komme ich wieder und dann bin ich reich, verstehst? Dann hab ich Geld und setze mir hier im Ort ein schönes Haus hin mit allem Drum und Dran.«

Der Florian hielt das alles natürlich für einen Scherz. Obwohl sie Zwillinge waren und sich äußerlich sehr ähnlich sahen, auch jetzt noch, so waren sie doch im Grunde des Herzens ganz verschieden. Florian konnte sich das gar nicht vorstellen, fortzugehen, in die Fremde. Davor grauste ihm mächtig. Und was der Bruder nicht alles erzählte von fremden Ländern.

»Woher weißt das denn alles?«, hatte er ihn eines Tages gefragt. »Ich mein, das mit der Fremde und so?«

»Aus Büchern und Zeitungen und von Leuten. Und ich sage dir, es stimmt.«

»Na, da musst wohl recht weit gehen, wenn du reich werden willst.«

»Spotte du nur, aber eines Tages wirst neidisch sein und denken, wär ich doch auch mitgegangen. Sag' Florian, willst es wirklich nicht?«

Der junge Bursche hatte sehr wohl Angst, und es wäre ihm viel wohler gewesen, wenn der Bruder mitgemacht hätte. Zu zweit war alles halb so schlimm. Bis jetzt waren sie doch auch immer zusammen gewesen. Und so lockte er ihn immer wieder. Aber Florian wollte nicht einsehen, dass es hinter den

Bergen der Heimat, und noch viel weiter um so viel besser und schöner sein sollte.

»Na«, sagte er stur. »außerdem muss ich das Krummet einholen, dann muss der Stall geweißelt werden, und das Dach muss ich auch noch nachsehen. Weißt du, Ludwig, ich will, wie der Vater einst, mich bei den Holzfällern melden, dann verdiene ich Geld und ich sage dir, ich kauf das kleine Stück Grund noch dazu. Die hübsche Wiese, weißt doch, vom Schergel, der ist schon alt und seine Tochter will ja nicht in der Wirtschaft weiterschaffen. Sie will ja alles verkaufen. Aber so viel Geld hab ich leider nicht und werd es auch nicht bekommen.«

»Wenn du mitkommst, dann kannst dir später einen schönen Hof kaufen.«

Florian lachte gutmütig. »Du warst schon immer spaßig. Aber nein, und außerdem, einer muss ja auch bei der Mutter bleiben, verstehst.«

Daran hatte der Ludwig im Eifer eigentlich gar nicht gedacht. Die Mutter! Allein schaffte sie die Wirtschaft nicht mehr, da hatte der Bruder recht. Aber verflixt, er hielt es hier nicht mehr aus. Noch gestern hatte er einen bösen Zank mit seinem Meister gehabt. Er hatte nun mal keine Lust für die Schusterei, und wenn man ihm dann auch noch alle Augenblicke sagt, er müsse obendrein auch noch dankbar sein, da sollte einem nicht der Kragen platzen.

Florian vergaß auch wieder das Gespräch sofort und ging auf die Wiese zurück. Ludwig aber saß da auf dem dicken Stein und hatte eine krause Stirn.

Er starrte auf die Berge mit den grünen Matten, auf denen die Kühe friedlich grasten. Es war wie jeder Tag.

»Zum Einschlafen«, knurrte er vor sich hin. »Ich ertrage das nimmer, ich halte das nicht mehr aus. Ich glaub', ich hab das Fernweh, ja so was hab ich, und ich werd' erst glücklich sein, wenn ich fort bin.«

Dann dachte und sinnierte er weiter, es ist ja dann ganz gut, wenn der Florian daheim bleibt, dann hat die Mutter ihn. Mich mag sie ja sowieso nicht so gern, ich mach' ihr immer so vielen Kummer. Wenn ich fort bin, hat sie mich los, und sie kann in Frieden mit dem Florian leben. Ich schenk' ihm mein Erbe, das brauche ich gar nicht mehr. Er kann hier bleiben und versauern. Ja, ich werd' es ihnen allen zeigen, dass ich kein Dummkopf bin, und dass ich es schaffe.

Er presste die Zähne zusammen. Fast wären ihm die Tränen gekommen. Aber so weit ließ er es nicht kommen.

Am nächsten Tag war sein Bett leer.

*

Johanna starrte ihren Sohn, den Florian, entsetzt an.

»Er wollte schon immer fort, Mutter, lass ihn ziehen«, sagte er. »Ludwig ist nun mal so.«

»Aber das geht doch nicht, er wird umkommen. Und wenn er herumläuft und die Lehre schwänzt, dann wird ihn der Meister nicht mehr wollen.«

Johanna begriff noch immer nicht. Ihr Sohn war nicht nur mal eben nach Sonthofen oder vielleicht nach München, nein, er war viel weiter fort.

Zuerst wartete sie geduldig auf ihn und wollte abends nicht zu Bett gehen. Sie saß wütend in der Küche und sagte: »Wenn er heimkommt, dann setzt es aber was, ja!«

»Mutter, er wird bald achtzehn«, sagte Florian.

»Und?«, sagte sie ärgerlich. »Meinst, dazu hätte ich kein Recht mehr? Ihr seid meine Buben, und wenn einer über die Stränge schlägt, dann hab ich das verdammte Recht, ihm die Ohren langzuziehen.«

Johanna wartete viele Tage, aber der Ludwig kam nicht heim. Jetzt machte sie sich ernstliche Sorgen und hatte ganz traurige Augen. In Holzkirchen hatte ihn keiner fortgehen sehen. Niemand wusste etwas über den Ludwig.

»Und wenn er sich zu Tode gestürzt hat?«, schluchzte sie. »Dann werden wir es nie erfahren, und können ihn noch nicht mal auf den Gottesacker tragen. In geweihte Erde.«

Für den Florian war es jetzt gar nicht so einfach, und er war wütend auf den Bruder. Die ganze Zeit hatte er nicht geglaubt, er würde es wirklich tun. Und jetzt war er fort. Und dann merkte er auch noch, dass er seinen Rucksack und seinen besten Janker mitgenommen hatte. Florian presste die Zähne zusammen. Da sollte doch einer dreinschlagen.

Spitz und schmal wurde das Gesicht der Mutter. Kaum sprach sie ein Wort, wenn sie jetzt ins Dorf ging. Scheu wich man ihr aus. Florian arbeitete wie ein Besessener und wurde wortkarg und still, wie seine Mutter.

Vier Wochen waren vergangen.

Und dann kam der Postjockel zu ihnen den Berg hinaufgekeucht. Das war schon eine kleine Sensation für sich. Sie hatte noch nie einen Brief bekommen. Verwandte besaßen sie nicht.

Fassungslos blickte Johanna auf den Brief. In ihren Augen standen Tränen. Der Postjockel nahm die Mütze ab und meinte: »Willst nicht aufmachen, dann weißt, was los ist.«

Er war sehr neugierig, und wäre es eine Karte gewesen, dann hätte er sie längst gelesen.

Florian kam in diesem Augenblick von der Wiese ums Haus herum. Johanna reichte ihm den Brief.

»Ich kann es nicht«, flüsterte sie. »Mache ihn auf, Florian, Bub, les ihn mir vor.«

Umständlich öffnete er den Umschlag, und dann tanzten die Zeilen vor seinen Augen auf und ab, und er musste ein paar Mal die Augen zukneifen, erst dann konnte er das Geschriebene lesen.

»Ein Brief vom Ludwig«, sagte er freudig.

»Lies, lies doch, Bub«, stammelte die Mutter.

»Er befindet sich auf hoher See, Mutter, er hat in Deutschland auf einem Schiff als Schiffsjunge angeheuert und jetzt fahren sie rüber, über den großen Teich, nach Amerika.«

Der Postjockel fing Johanna auf, sonst wäre sie zu Boden gestürzt.

»Los, hol einen Enzian, die Mutter braucht ihn jetzt - und ich auch.«

Florian rannte los. Er hatte seine Mutter noch nie so weiß gesehen, und er bekam einen fürchterlichen Schreck. Mit vereinten Kräften schafften sie es dann, ihr ein paar Tropfen einzuflößen. Langsam bekam Johanna wieder Farbe und öffnete kurz darauf auch wieder die Augen.

»Was ist denn los?« fragte sie verdattert.

»Auf diesen Schreck brauche ich auch einen«, sagte der Postjockel und kippte sich rasch einen hinter die Binde.

»Mutter«, sagte Florian. »Reg dich doch nicht so auf, er ist nun mal so. Und wie wir den Ludwig kennen, wird ihm bestimmt nix zustoßen. Er will es doch mal.«

Schmal und dünn saß sie da auf der Hausbank und blickte zu den Bergen hinauf.

»Was muss ich denn noch alles erleben?«, flüsterte sie. »Ich bin so müde, ich halte das bald nicht mehr aus.«

»Ich bin ja da, Mutter, ich werde für dich sorgen. Hörst, du brauchst keine Sorgen zu haben. Ich werde jetzt alles in die Hand nehmen. Und du brauchst auch nie Angst zu haben, dass ich vielleicht auch fortlaufe, nein, ich bleibe bei dir, Mutter.«

So sprach der siebzehnjährige Sohn. Johanna drehte sich zu ihm herum und strich ihm über das Haar.

»Bub, Bub«, sagte sie leise. »Das muss ich erst verkraften. Du bist ein guter Junge.«

Damit erhob sie sich und ging ins Haus. Der Sohn wollte ihr nacheilen, aber der Postjockel hielt ihn zurück.

»Lass die Frauen, die sind nun mal anders geschaffen. Sie braucht es jetzt, das Alleinsein, das hilft ihr wieder über den Berg. Und was die Johanna ist, die ist aus festem Holz geschnitzt, so schnell wirft die nix um, wenn es auch im ersten Augenblick so ausschaut.«

Florian zerriss wütend den Brief.

»Ludwig ist nun mal so, ein Querkopf. Ja, ja, Bub, wenn man das Gewisse in sich hat, dann kann man einfach nicht anders. Aber das verstehst du wohl nicht, du hast von Johanna das Bodenständige. Der Ludwig, weißt, das war auch so ein Träumer, ja, ja, jetzt ist er auch schon lange tot. Er hat es vom Vater.«

Florian nahm die Flasche und korkte sie zu.

»Ich hab jetzt keine Zeit mehr«, sagte er brüsk. »Ich muss zurück auf die Wiese.«

Der Postjockel nahm seine Tasche und dachte, gut so, jetzt hat das Höfchen wieder einen Herrn. Ja, ja, der Florian, der ist a grober Klotz, gegen den Ludwig!

*

Johanna saß sehr lange in der Schlafkammer am Fenster und starrte auf die grünen Hänge. Aber in Wirklichkeit sah sie gar nichts. Ihre Augen waren blind vor Tränen, und das Herz war so schwer wie ein Stein, so dass sie kaum atmen konnte. Das ist wohl die Strafe, dachte sie immer wieder. Ich hab den Ludwig lieber gemocht, ja, ich hab ihn immer vorgezogen. Er war so ein flinker heller Bub. Ganz anders als der Florian. Und jetzt hab ich ihn verloren.

Das hatte hart getroffen. Und dass er fortging, ohne Abschied, ohne ein Wörtlein zu hinterlassen, das tat weh. Und so weinte sie bittere Tränen um ihren geliebten Sohn. Nun war er auf hoher See, und vielleicht würde sie ihn in ihrem ganzen Leben nie mehr wiedersehen.

Zitternd legte sie die Hände vor das Gesicht. Es war jetzt so still bei ihr, ganz anders als früher. Da hatte sie sich oft nach einem ruhigen Stündchen gesehnt.

Draußen sah sie den Florian, wie er kraftvoll hinter der Sense schritt. Er hatte die Mütze ins Gras geworfen, das Hemd abgestreift. Obwohl sie Zwillinge waren und sich so ähnlich sahen, aber sie konnte sie auseinanderhalten. Ludwig, ihr Liebling war fort.

Demütig senkte sie in diesem Augenblick das Haupt. Es ist die Schuld, und ich muss jetzt daran tragen.

Die Leute wunderten sich, dass sie es so gut überstand. Sie klagte auch nicht, sprach nicht darüber. Ja, einige hielten sie sogar für hart und kalt.

»Sie hat ihn einfach aus dem Herzen gerissen. Wie kann man nur? Das ist doch schrecklich, das ist doch keine Mutter mehr.«

Johanna hörte auch diese Reden und schwieg trotzdem. Florian wollte einmal aufbegehren. Selbst ihn packte hin und wieder die Wut. Früher, da hatten sie immer auf den Ludwig geschimpft. Immer war er es gewesen, der den Schabernack ausdachte, immer hatte er die Leute zum Narren gehalten. Er selbst hatte nur immer dabeigestanden. Aber sie hatten auf Ludwig geschimpft und ihn einen Taugenichts genannt. Und jetzt? Plötzlich war er ein guter Junge und man wisse schon, warum er fort war. Denn der Florian bekam ja den Hof und den Ludwig hatte man einfach übergangen. Ja, ja, der Florian sei eben der Liebling der Johanna, und dabei könne ja auch der Ludwig der Ältere sein, das eben wusste ja keiner genau.

Vielleicht hatte Johanna ihn selbst fortgejagt, damit er den Bruder in Ruhe ließ? Wusste man denn, was sich da oben auf dem Berg abgespielt hatte? Keiner hatte ihn ja fortgehen sehen. Er hatte also über Nacht das Haus verlassen müssen.

»Mutter, ich stopfe ihnen das Maul«, sagte Florian grimmig. »Das dulde ich nicht mehr, das ist aber wirklich zu stark. Das brauchen wir uns nicht gefallen zu lassen.«

»Lass sie doch«, sagte sie müde. »Bub, wenn wir uns jetzt wehren, hören sie gar nimmer auf. Aber schweigen wir, dann werden sie müde, und von ganz alleine versickert das dumme Gewäsch.«

*

Und so war es denn auch wirklich. Johanna hatte verkniffene Lippen, wenn sie in den Ort kam. Ein Monat, und dann hörte man damit auf. Man hatte andere Dinge zu bereden.

Florian aber arbeitete jetzt wie ein Besessener. Er wollte der Mutter zeigen, dass er auch allein für sie sorgen konnte. Und so schuftete er von früh bis spät und gönnte sich kaum eine Pause und auch des Sonntags ging er nicht ins Dorf, wie es die anderen Burschen taten. Nein, er gab auch nicht mal einen Groschen für ein Bier aus, und nach den Mädchen blickte er schon gar nicht.

Sein schmales Jungengesicht wurde hart und kantig, und er arbeitete wie ein Bär. Der Herbst kam und dann der Winter. Und eines Tages nahm er den neuen Rucksack den die Mutter ihm gekauft hatte und stieg, wie vor vielen Jahren sein Vater es getan hatte, den Berg hinauf.

Zwar hatten sie jetzt Motorsägen und vieles mehr. Die Zeit blieb ja nicht stehen. Und ganz langsam tröpfelten jetzt auch die Urlauber ins Land. Es sollten bald immer mehr werden, eine ganze Industrie sollte von diesen fremden Menschen noch leben. Aber heuer war es noch nicht so.

Bevor der Bursche aber in den Wald ging, sorgte er noch redlich für die Mutter. Hackte das Holz, trug so viel in die Stube, wie die Kiste nur packen konnte, und das andere stellte er so parat, dass sie gar nicht viel zu tun hatte. Und auch einkaufen ins Dorf ging er immer.

Im Winter, wenn viel Schnee lag, dann war das nämlich gar nicht so einfach. Dann war das schon eine Strapaze. Und die Mutter ging schon langsam auf die fünfzig zu. Zwar war das noch kein rechtes Alter zum Ausruhen, aber in der Jugend und später hatte sie so unendlich viel arbeiten müssen, da war sie jetzt schon verbraucht.

Johanna konnte mit ihrem Schicksal wohl zufrieden sein. Und seit der Florian jetzt das Sagen hatte, brauchten sie nicht mehr jeden Pfennig dreimal umzudrehen.

Jetzt kam es oft vor, dass die Johanna da sitzen konnte und nichts zu tun brauchte. Besonders im Winter; denn da ruhte außer Haus alle Arbeit. Morgens und abends musste nur die zwei Kühe versorgt werden und das bisschen Federvieh.

So begann sie denn wieder zu stricken. Ganz früher, als sie noch ein junges Mädchen gewesen war, da hatte sie das immer so gern getan, aber später hatte sie einfach keine Zeit mehr dazu gefunden.

Zuerst strickte sie dem Sohn dicke gute Strümpfe, Handschuhe und Mütze für seine Arbeit da droben. Florian war froh darüber; denn sie hielten gut warm. Dann aber kam auch ein Pullover und eine Jacke, und weil sie das alles noch so gut konnte, so wagte sie sich auch wieder an Muster. Und sie machte ihm für den Sonntag und zu Weihnachten wirklich hübsche Sachen. Florian kam aus dem Staunen nicht mehr heraus. Und als er sich mit der feschen Jacke mal in Holzkirchen zeigte, da fragte man ihn, woher er denn den hübschen Janker habe.

»Den hat dir gewiss dein Bruder geschickt, wie?«

»Nein«, sagte er ruhig, hatte aber eine steile Falte zwischen den Augen. »Die hat mir die Mutter gestrickt. Vom Bruder haben wir nichts mehr gehört.«

Die Jacke stach ins Auge. Und so kam es, dass man ganz harmlos fragte, ob sie denn nicht noch so eine Jacke machen könne, zwar nicht dieselbe, eine ähnliche vielleicht?

Johanna konnte, aber der Florian sah darauf, dass man die Mutter für die Arbeit auch bezahlte. Bald hatte sie Aufträge genug, und sie war zufrieden. Denn jetzt war es nicht mehr so einsam, wenn der Sohn die Woche über oben in den Bergen war.

Und zum Frühjahr dann zählte der Florian die Barschaft, und die Mutter legte das Geld aus der Schatulle dazu. Sie hatte ganz hübsch verdient im Winter.

»Wir können uns tatsächlich die Wiese kaufen«, frohlockte er. »Es ist ein schönes Stückchen, und grade, nicht steil. Man wird sie gut mähen können. Und dann können wir uns auch bestimmt bald noch eine Kuh halten, Mutter.«

»Na, du willst ja hoch hinaus«, sagte sie lachend.

Seine Zähne blitzten im braunen Gesicht. Er strotzte nur so von Gesundheit.

»Weißt Mutter, ich will ihnen auch allen zeigen, dass ich was kann, ich werd' es schaffen. Ich brauch' nicht erst fortzulaufen. Ich werd' es schaffen, bei Gott, dafür schuft' ich mich halbtot, aber eines Tages, da bin ich dann wer.«

»Bub, du bist noch so jung, du musst auch mal an dich denken, hörst?«

»Ach was, erst kommt der Hof und die Arbeit. Das andere, das hat noch so viel Zeit.«

Damit meinte er die Mädchen.

Johanna war froh darum, so brauchte sie noch nicht den Platz für eine Junge zu räumen, hatte noch das Sagen und musste nicht aufs Altenteil ziehen.

Florian war zufrieden und tat, was er tun musste. So vergingen denn die Jahre.

*

Florian hatte das Dach neu richten lassen, die Scheune ausgebessert, eine dritte Kuh angeschafft. Und er selbst war inzwischen siebenundzwanzig Jahre alt geworden.

Seit neun Jahren hatten sie nichts mehr von dem Bruder gehört. Johanna tröstete sich mit dem Gedanken, wenn er gestorben wäre, dann hätte man ihr ganz bestimmt eine behördliche Nachricht zukommen lassen. Also war in diesem Falle keine Nachricht etwas Positives.

Florian hing in zärtlicher Liebe an der Mutter, und das Leben gefiel ihm. Er merkte zwar, dass man durch Hände Arbeit und viel Schweiß nicht so schnell angesehen und reich werden konnte, wie er es sich zu Anfang vorgestellt hatte. Das Anwesen war noch immer viel zu klein. Aber die Preise kletterten jetzt ganz merklich in die Höhe. Zumal die Pensionen jetzt wie die Pilze aus der Erde schossen.

Oft sagte er sich, wenn Ludwig jetzt hier wäre, der würde arg staunen. Aus dem kleinen verschlafenen Nest war ein Urlauberort geworden. Die Schönau mit den Bergen und den sanften Tälern war ein unwiderstehlicher Anziehungspunkt geworden. Es wurde so stark, dass man sogar die Straße nach Sonthofen ausbauen musste.

Unten im Dorf da wurden im Sommer die Stuben für die Fremden hergerichtet. Selbst schlief man entweder im Heu oder man rückte noch ein wenig zusammen. Zuerst kamen die Fremden nur im Sommer. Und das dann auch nur ein paar Wochen, wenn es Ferien gab. Danach wurde es wieder still. Aber in diesen paar Wochen verdienten sie wirklich nicht schlecht. Gaststuben wurden eröffnet, kleine Cafés. Geschäfte mit Andenken und vieles mehr.

Ja, wer jetzt Geld hatte, der kaufte sich ein Auto. Und da spazierten nun die Leute herum und bestaunten die hübschen Häuser. Und der Florian konnte das zuerst gar nicht begreifen. Johanna hatte davon in der Zeitung gelesen.

»Das sind Menschen aus den Industriestädten, die verdienen sehr viel Geld, aber dann brauchen sie auch einmal im Jahr Erholung. Und es soll uns recht sein, wenn sie zu uns kommen. So haben wir eine Nebeneinnahme.«

Längst strickte sie schon nicht mehr nur für die Dörfler. Denn der Kundenstamm war sehr begrenzt. Aber jetzt, wo die Fremden kamen und die hübschen Jacken im Schaufenster sahen, da waren sie ganz gierig danach, und Johanna konnte gar nicht genug liefern.

Hurtig gingen jetzt ihre Finger, und sie versäumte keine Minute. Aber im Grunde genommen war das alles auch nur ein Tropfen auf den heißen Stein. Richtig reich wurde man dabei nicht. Florian sah es gar nicht gerne, dass die Mutter jetzt wieder so viel schaffte, aber sie versicherte ihm immer wieder, es würde ihr Freude bereiten.

Jetzt war sie schon an die sechzig, und manchmal hatte sie auch das Zwicken und konnte nicht mehr so rasch wie sie gerne wollte.

Eines Tages wurde ihr dann bewusst, dass sie ja nicht immer leben würde. Und wenn sie starb, dann war der Florian allein. So ungern wie sie es sah, aber sie hielt es für eine Notwendigkeit, dass der Florian heiratete. Schließlich kam er in die Jahre, wo er sich längst um eine Frau hätte umtun können, aber davon hielt er wohl nichts.

»A Junge muss her«, murmelte sie vor sich hin. »Schon, damit sie flinker den Haushalt macht, dann kann ich ja weiter stricken. Und wenn sie dann auch noch Geld hat, dann könnten wir oben ausbauen und auch Stuben vermieten.«

So grübelte sie vor sich hin und ließ auch die Mädchen aus dem Ort Revue passieren. Da waren junge und schon ältere. Und hochnäsige ebenfalls. Bis ihre Gedanken bei Paula Bachhuber hängenblieben. Sie wohnte am anderen Ende des Dorfes. Und sie lebte nur noch mit dem Vater zusammen. Sie hatten eine gleichgroße Wirtschaft. Paula war auch schon an die achtundzwanzig Jahre. Vor vier Jahren war sie zusammen mit dem Vater hierhergekommen, fühlte sich aber mittlerweile mit dem Vater total heimisch hier. Sie sollte auch das Sagen haben, daheim. Aber die Johanna dachte, das ist gar nicht so schlecht, der Florian ist ja doch immer so still und da ist es ganz gut, wenn sie dann alles erledigt.

Außerdem wird sie froh sein, wenn sie bald einen Mann bekommt. Und was mein Florian ist, der ist wirklich nicht zu verachten. Ich muss es ihm nur begreiflich machen.

Ja, dann könnte man das kleine Anwesen vorteilhaft verkaufen und unseren Hof vergrößern. Richtig hübsch würde das werden. Grad so, wie es sich der Florian immer vorgestellt hat.

Ja, gleich heute muss ich mit ihm darüber reden. Es wird jetzt wirklich Zeit.

*

Johanna war also der Meinung, dass sich der Florian aus den Mädchen nichts machen würde. Aber das stimmt gar nicht. Seit einiger Zeit war er jetzt ziemlich häufig unten im Ort, oder er stieg den Berg hinauf. Und nicht viel weiter weg, da war ein kleiner Wasserfall. Eine hübsche Stelle war das und im Sommer von Touristen überlaufen.

Die Mutter aber wusste das nicht, und sie wusste auch nichts von einem Mädchen mit Namen Anna Lechner. Eigentlich konnte sie auch nichts davon wissen; denn sie kam nicht aus Holzkirchen, sondern aus Oberjoch und war Bedienung unten im *Weißkrug*. Sie lebte bei einer Tante. In Oberjoch gab es überhaupt keine Möglichkeit für ein junges Mädchen, sich etwas dazu zu verdienen. Sie kam aus ärmlichen Verhältnissen, und sobald sie die Schule verlassen hatte, musste sie arbeiten gehen. Darum traf es sich ganz gut, dass sie hier eine Anstellung fand, so brauchte sie von daheim nicht weit fort. Hatte die Heimatberge vor der Nase, wenn auch grad von der anderen Seite, aber das war nicht so schlimm.

Anna war ein hübsches schlankes Mädchen. Dunkelbraun das Haar und glasklare blaue Augen. Und Grübchen hatte sie, wenn sie lachte. Sie war mittelgroß und wieselflink, von Herzen gut und zu jedermann sehr nett.

Seitdem sie im *Weißkrug* bediente, kamen die Urlauber viel lieber hierher. Sie war hilfsbereit und freundlich und verstand sich besonders mit den Kindern gut. Und viele hatten ja ihre Kinder dabei.

Der Wirt war zufrieden. Und so sah er eigentlich mit scheelen Blicken auf den Florian, dass der jetzt so oft auf ein Bier in den Krug kam.

»Hast heute wohl viel Zeit, wie?«

»Ja«, sagte Florian ruhig und suchte mit den Augen Anna.

Obwohl sie putzmunter und blitzsauber war, wunderte man sich doch sehr, dass sie keinen festen Burschen hatte. Denn viele aus dem Ort hatten sich um sie bemüht. Aber sie wusste sehr wohl, einen reichen Bauernsohn, den bekam sie ja doch nicht. Sie kannte die Burschen, und nur für ein Techtelmechtel war sie sich zu schade.

Es dauerte auch nicht lange, da merkte sie den Blick des Florian Hafner und dachte sich ihr Teil. Wenn sie dann später heimging, dann war er wie zufällig an ihrer Seite und begleitete sie zur Tante zurück. Er hatte ein ruhiges Wesen und sprach ein wenig unbeholfen. Aber er war immer da. Und eines Abends besaß er so viel Kühnheit und fragte sie nach ihrem freien Tag.

»Den hab ich am Dienstag«, sagte sie mit ihrer hellen Stimme.

Ob sie denn mal mit zum Wasserfall hinauf käme?, fragte er schüchtern.

Oh, ja, das täte sie sehr gern.

So lernten sie sich kennen. Und als die Anna den Florian erst mal näher kannte, da spürte sie auch, wie gut er war und dass man sich auf ihn verlassen konnte. Und mundfaul war er auch gar nicht. Er musste erst rechtes Vertrauen haben, dann konnte er viel erzählen. Und alles hatte Hand und Fuß.

Es dauerte also nicht lange, da hatte sie den Florian recht gern. Und wenn jetzt die Tür aufging und er die Wirtschaft betrat, dann lächelte sie ihm herzlich zu, und Florians Herz wurde ganz weit vor Freude.

Jede freie Stunde gingen sie jetzt miteinander spazieren. Aber immer so, dass niemand sie vom Dorf aus sah. Jeder ging immer getrennt. So erfuhr auch die Johanna nichts von der heimlichen Liebe ihres Sohnes und war ganz arglos.

Florian hatte Anna weder berührt, noch ihr gesagt, wie gern er sie habe. Er war so schüchtern, und er sagte sich immer, irgendwie geht das Leben schon seinen Gang. Wir haben ja noch so viel Zeit.

Und Anna dachte: du dummer Bub, warum sprichst du denn nicht endlich? Merkst denn immer noch nicht, dass ich dich gern hab? Ja, ich hab ihn wirklich gern, dachte sie erstaunt. Den Florian, den möchte ich schon, er ist nicht wie die anderen Burschen. Zwar ist er nicht reich, und ich weiß, wenn ich ihn nehme, dann muss ich wieder arbeiten, aber dann ist das für die eigene Wirtschaft. Das ist doch was ganz anders als für fremde Leute.

Florian war glücklich in ihrer Gesellschaft. Er hatte noch nie so viel gesprochen. Sie schaffte es, ihn immer wieder aufzufordern. Und sie fand ihn auch nicht langweilig.

»Sie können das alles so interessant erzählen«, sagte sie und lächelte ihn an.

Seine Brust wurde ganz weit, und er blickte in die blauen Augen und vergaß für einen Augenblick die Welt um sich herum.

Zu ihren Füßen rauschte der Wildbach. Die Tannen schützten sie vor der Sonne. Auf einem dicken Felsbrocken saßen sie und sahen dem eilig dahinpurzelnden Wasser zu.

»Ich hab gar nicht gewusst, dass es hier ein so schönes Fleckchen gibt«, sagte sie nachdenklich.

»Nicht nur die eigene Heimat ist schön«, neckte er sie.

Anna lachte wieder.

Sie verbrachten zwei Stunden oben und dann gingen sie wieder auseinander.

Florian sagte: »Morgen komme ich dann wieder ins Dorf.«

»Aber morgen muss ich den ganzen Tag schaffen, da hab ich kein Stündlein frei.«

»Das weiß ich«, sagte er ruhig. »Aber ich komme trotzdem.«

Während sie dem Dorf zulief, dachte sie, ich bin mal gespannt, wie lang er noch warten will. Oder meint er vielleicht, dass ich den Anfang machen muss? Anna lachte leicht vor sich hin. Sie war sich des Mannes jetzt so sicher, da konnte sie ruhig warten.

Und irgendwie war es auch schön, wundervoll. Eine kleine Romanze, auch wenn er ihr noch nie gesagt hatte, ich liebe dich. Ja, er hatte sie noch nicht mal bei den Händen berührt.

*

Florian kam zu Hause an, ein wenig müde. Das Ansteigen hatte ihn den letzten Schnaufer gekostet. Schließlich hatte er den ganzen Tag schwer arbeiten müssen. Jetzt stand er da und sah auf das Häuschen. Er hatte es vor ein paar Monaten neu gestrichen. Weiß, und die Fensterläden grün. Die Blumen davor, das war schon ein hübscher Anblick.

Im Laubengang erschien in diesem Augenblick die Mutter.

»Da bist du ja, da kann ich ja das Essen auftragen.«

Wenig später saßen die zwei am Küchentisch und aßen schweigend. Florian musste plötzlich wieder an seinen Bruder denken. Früher, als sie noch zur Schule gegangen waren und alles gemeinsam gemacht hatten, da hatte er immer geglaubt, er könne nie ohne den Bruder leben. Und jetzt tat er es schon so viele Jahre.

Johanna hob den Kopf.

»Ich muss mit dir reden, Florian.«

»Ja?«, sagte er freundlich.

»Du selbst kommst ja nie und nimmer drauf, Bub. Ich glaube, ich muss wohl alles tun.«

Er zwinkerte ihr zu.

»So, so, was hab ich denn jetzt wieder verbrochen?«

Johanna ging diesmal nicht auf den Scherz ein. Ruhig sagte sie: »Hast noch nie daran gedacht, dir ein Weib zu nehmen? Eine junge Bäuerin muss her, Florian. Es wird langsam Zeit, weißt. Ich bin nicht mehr die Jüngste - und überhaupt, es ist besser so.«

»Ja, daran hab ich schon gedacht«, sagte er ruhig und wurde sogar ein wenig rot dabei. In diesem Augenblick wanderten seine Gedanken den ganzen langen Weg ins Dorf zurück und kehrten im *Weißkrug* ein.

Johanna atmete auf. So war er doch nicht dickköpfig, dann war ja alles viel leichter.

»Schau Bub, ich hab auch das rechte Mädchen für dich. Ja, da staunst du, was?«

Überrascht hob er den Kopf.

»Was hast du, Mutter?«

»Eine Braut für dich.«

»Geh«, unwillkürlich musste.er auflachen.

»Ja, und sie ist gut und hat auch ein wenig Geld. Es ist die Paula Bachhuber, sie passt gut zu dir, und sie hat ja das kleine Anwesen. Heutzutage bekommt man ja so ein Anwesen schnell verkauft, da machen sie dann eine Pension daraus. Also, mit dem Geld können wir dann endlich deinen Traum erfüllen. Dann hast du einen hübschen Hof, der sich sehen lassen kann. Du weißt doch, dass die Leute jetzt nicht mehr so auf die Landwirtschaft erpicht sind. Das macht ihnen viel zu viel Arbeit und Mühe. Lieber wollen sie nur von den Fremden leben. Ja, und wir könnten oben auch ein paar Stuben ausbauen. Die Paula braucht den Leuten doch nur ein Frühstück zu richten. Bub, dann wird es endlich mit uns aufwärtsgehen. Dann hast du endlich all das, wonach du dich sehnst. Den Stall werden wir dann vergrößern. Dann können wir uns bestimmt sechs und mehr Kühe leisten. Was sagst du dazu, Florian?«

Dieser war für einen Augenblick sprachlos.

»Jaa«, sagte er gedehnt.

Aber Johanna ließ ihn gar nicht zu Wort kommen. Sie redete sich richtig in Eifer, und was sie nicht alles vorbrachte.

Der Florian konnte sich das alles gut vorstellen, und es wurde ihm ganz warm und gemütlich unter der Weste.

»Wenn du meinst Mutter«, sagte er zwischendurch.

Sie sprach weiter, und die Zukunft lag rosig vor ihm.

Doch dann musste er spontan wieder an die Anna denken. Paula sollte es sein, die er nur flüchtig kannte? Paula, dieses tschechische Mädchen und nicht Anna? Er liebte Anna!

»Mutter«, sagte er nach einer Weile. »Ich hab eigentlich an die Anna Lechner gedacht.«

Verdutzt hielt die Johanna inne und starrte ihn an. »An wen hast gedacht?«

»An die Anna, sie ist im *Weißkrug* Bedienerin, weißt, sie kommt von Oberjoch, ein nettes anständiges Mädchen ist sie. Und hübsch.«

»Hat sie Geld?«

»Nein, sie ist arm wie eine Kirchenmaus, aber sehr nett.«

Johanna kniff die Augen zusammen.. »Sag' Bub, hast du dich vielleicht schon hinter dem Rücken deiner Mutter mit ihr versprochen?«

»Aber Mutter«, sagte er erschrocken. »So etwas würde ich doch nie tun.«

Erleichtert atmete sie auf.

»Dann ist es ja gut. Schau, Bub, das führt doch zu nix. Dann bleibt ihr beide arm, und ihr schuftet euch das Leben kaputt und kommt zu nix. Nein, Bub, das ist schon eine alte Weisheit. Man soll nie unter seinem Stande heiraten, immer hübsch beisammen, dann kommt man zu was. Die Paula ist auch nicht abgeneigt, Bub, ich hab sie neulich im Dorf getroffen, nach der Kirche und ich hab sie für Sonntag eingeladen.«

Dem Mann war ganz wirr im Kopf. Das alles war einfach zu viel auf einmal. Er musste das erst einmal gründlich überdenken. So erhob er sich, sagte der Mutter gute Nacht und ging in seine Kammer.

Da saß er nun, blickte zur Decke und grübelte nach. Bis jetzt hatte die Mutter immer alles bestimmt. Sein ganzes Leben lang. Und was die Mutter getan und gesagt hatte, das war bis jetzt auch immer gut und richtig gewesen. Und jetzt, das mit dem immer arm bleiben. Da hatte sie auch wieder recht. Und er sah die hübsche Anna vor sich, mit ihren weichen zarten Händen. Wenn sie hier war, müsste sie hart zupacken. Das war kein Zuckerschlecken, Bäuerin auf einem so kleinen Hof zu sein. Betrübt dachte er, das will sie bestimmt nicht. Sie ist nur freundlich zu mir, weil sie einsam ist, weil sie nicht von hier ist. Aber bestimmt bilde ich mir viel zu viel ein. Dazu ist sie außerdem viel zu schön. Ja, und dann, nein, ich könnte es wirklich nicht ertragen, wenn sie sich so abrackern müsste. Mit den Jahren würde sie dann so ausschauen wie die Mutter. Verarbeitet und müde. Gewiss, es geht uns jetzt nicht gar so schlecht wie damals. Ein wenig hab ich mich ja verbessert. Aber wenn dann die Kinder kommen, dann sind noch mehr Ausgaben da und dann…

Mit der Paula zusammen, da könnte man also einen hübschen Hof aufbauen. All das, wonach er sich sehnte. Dann würde es hübsch hier oben werden. Obwohl er es wollte, war sein Herz schwer und traurig. Die Liebe hatte ihn gepackt. Und er wurde jetzt wankelmütig. Er wusste jetzt, er musste wählen, zwischen einer zarten Liebe und einem schönen Hof.

In dieser Nacht fand er nur schwer Schlaf. Am Morgen beim Frühstück sprach die Mutter wieder davon. Und sie erzählte auch, dass sie einen Kuchen backen wolle, Paula würde ja morgen kommen.

Sie spürte, dass der Sohn etwas mit sich herumtrug und so sagte sie nur: »Anschauen kannst sie dir ja, das verpflichtet dich zu nichts.«

»Ja«, sagte er mit schwerer Stimme.

Dann ging er nach draußen auf die Wiesen, und immer musste er an die Anna denken und mit ihren blanken Augen, den hellen Haaren. Sie würde neben ihm stehen und das Heu umwenden, und er würde mit ihr reden können. Aber dann zersprangen wie Seifenblasen diese Gespinste, und er sah ein müdes, erschöpftes Gesicht. Er stützte sich auf den Rechen und dachte, warum ist das so im Leben? Warum kann man nicht alles haben? Da rackert man sich ab, und kommt zu nichts, oder fast zu nichts. Ja, ja, wenn man arm geboren ist. Oh, ja, er wusste, wie das war, wenn man auf die Almosen der anderen angewiesen war. Und er hatte auch noch nicht vergessen, wie ärmlich seine Jugend gewesen war. Und wenn er jetzt dachte, dass auch sein Bub einmal so leben müsse, da krampfte sich sein Herz zusammen.

*

Der Sonntag kam – und mit ihm die junge Frau, Paula Bachhuber. Florian war die letzten beiden Tage nicht mehr im *Weißkrug* gewesen, obwohl er es eigentlich versprochen hatte. Doch er musste erst mit sich ins Reine kommen. Er musste wissen, was er wirklich wollte.

Paula war ein nettes, dunkelhaariges Mädchen, mit einem guten, lieben Gesicht und warmem Lächeln. Sie war ruhig und besonnen und hatte Verstand. Er konnte sich mit ihr gut unterhalten.

Da saß sie nun in ihrem besten Dirndl und sprach mit der Mutter. Natürlich wusste sie, weswegen die Johanna sie eingeladen hatte. Und sie hatte ganz rote Wangen; denn sie hatte nicht mehr damit gerechnet, dass sich ein Bursche für sie interessieren könnte.

Auch jetzt nahm die alte Mutter die Sache in die Hand und sagte: »Hättest was dagegen, wenn wir dein Anwesen dann verkaufen würden?. Wir könnten dann hier ankaufen und vergrößern. Was hältst du davon?«

»Das wäre wirklich nicht übel«, sagte sie ruhig. »Es wäre gut, und der Vater ist gewiss damit einverstanden. Er arbeitet ja nicht mehr viel, und er könnte grad so gut hier leben.«

»Natürlich, sobald wir oben die Stuben ausgebaut haben, holen wir ihn zu uns, das ist doch selbstverständlich Paula. Ich sehe schon, du bist ein kluges Mädchen, du verstehst mich schon. Ihr zwei, ihr werdet es schon schaffen, und eines Tages, wirst schon sehen, dann habt ihr einen Prachthof.«

Sie lächelte leicht und dadurch wurde ihr Gesicht noch schöner.

»Ja?«, sagte sie leise. Dabei schielte sie dann zum Florian hinüber. Bis jetzt hatte er selbst noch kein Wort gesagt, bis auf Grüß Gott!

»So sind die Männer«, lachte Johanna munter. »Die werden immer mundfaul, wenn es darum geht, die Zukunft zu bereden. Was ist denn jetzt, Florian?«

Er hob den Kopf und sah Paula an. Und er dachte, es müsste doch auch gehen. Vielleicht werd ich sie eines Tages auch so lieb haben wie die Anna. Wenn ich die andere nicht mehr sehe, dann wird es gehen. Die andere, die ist für Dinge, die schnell wieder vorbei sein können, aber diese hier – die ist für das Leben!.

»Ja«, sagte er ruhig.

Das Herz des jungen Mädchens klopfte mit einem Male schneller. Demütig senkte sie die Augen.

»Dann ist das jetzt soweit abgemacht. Ich meine, ihr lernt euch so an die vier bis fünf Wochen kennen, und dann geht ihr zum Pfarrer. Was wollt ihr lange warten? Bald wird es Winter, und da ist es schon gut, wenn ihr vorher heiratet.«

Florian dachte, einmal muss es doch sein und die Mutter ist wirklich nicht mehr die Jüngste.

*

Am nächsten Tag ging er hinauf nach Oberjoch. Er hatte einen geraden Charakter und wollte in allem und jedem eine Ordnung sehen. Und so traf er sich noch einmal mit der Anna. Diese hatte die ganzen Tage auf ihn gewartet und war ziemlich traurig gewesen. Nun leuchteten ihre Augen auf, als er die Wirtsstube betrat.

Sie musste noch eine Stunde Dienst machen, dann erst hatte sie über Mittag frei. Während sie also flink zwischen den Tischen umherlief und die Krüge voll Bier verteilte, da hatte er Muße, sie zu beobachten. Und er fühlte, er liebte sie wirklich und unendlich. Und das Herz wollte ihm zerreißen. Aber er hatte der Paula das Ja-Wort gegeben.

Er betrachtete sie lange und dachte wehmütig, bei mir würde sie zerbrechen. Das hält sie nimmer aus. Aber ach, warum tut das Herz mir so weh dabei.

»So, jetzt hab ich frei, nun kann ich für eine kurze Weile verschnaufen«, sagte sie fröhlich.

»Oben an der Quelle wird es jetzt hübsch kühl sein.«

»Ja, das kann ich gut gebrauchen, nach dem Rummel, und nachher sollen wieder ein paar Busse kommen. Es wird jetzt immer hektischer.«

Obwohl sie schon so viele Stunden gearbeitet hatte, sah sie noch immer frisch und fröhlich aus.

Als sie dann oben an der Quelle saßen, da wusste der Florian, er musste mit ihr darüber reden.

»Ja«, sagte er leise. »Das wird heute wohl das letzte Mal sein, dass ich hier mit dir sitze, Anna. Ja, deswegen bin ich gekommen, um dir das zu sagen!«

Sie blickte ihn mit ihren großen Augen sprachlos an. »Wie soll ich das verstehen?«

»Ja«, aber das Reden fiel ihm wirklich arg schwer. »Ich werde demnächst heiraten«, sagte er leise.

Anna war, als würden ihr die Sinne schwinden, als würden die Bäume auf sie stürzen. Arg weiß wurde sie im Gesicht. Aber das sah der Mann nicht, weil er verzweifelt in die Quelle starrte, um ihrem Blick nicht begegnen zu müssen.

»Oh«, sagte sie betroffen. Und dann noch einmal. »Oh, warum nur bist dann die ganze Zeit mit mir hier gesessen, wenn du eine andere hast, Florian? Das ist gemein von dir, ungerecht, der anderen gegenüber«, sagte sie mit müder Stimme. »Und ich hab dich für einen feinen Burschen gehalten, ich...«, jetzt versagte ihr die Stimme. Das war einfach zu viel für sie. Sie hatte ihn ja wirklich gern und der Stich, nein, das war, als würde sich ein Schwert durch ihr Herz bohren.

Florian sagte: »Gestern hab ich ihr erst das Wort gegeben, vorher, vorher...«, und dann drehte er sich zu ihr herum und suchte ihren Blick. »Einmal möchte ich es dir schon sagen, Anna. Ich hab dich lieb, ich hab dich unendlich lieb, weißt, aber ich kann dich trotzdem nicht nehmen, Anna. Ach, das ist ja so schwer.«

»Warum denn nicht?«, fragte, sie zitternd.

»Weil du so schön bist und so zart, Anna, du verstehst das nicht. Da oben, wo ich lebe, da hieltest du es nicht aus, du würdest verdorren und zerbrechen, und das möchte ich doch nicht. Für das schwere Leben bist halt nicht geschaffen, Anna. Darum hab ich der anderen das Wort gegeben, weißt. Sie hat einen kleinen Hof, und dann tun wir uns zusammen, und dann können wir ausbauen und verbessern und Maschinen kaufen, dann wird alles viel leichter sein. Aber ohne Geld, da kann man das eben nicht...«

Anna wollte aufschreien, ihm sagen: Ja, ich komm doch auch aus den Bergen, das Höfchen meiner Eltern ist noch viel ärmlicher als deiner, und wie hab ich in meiner Jugend schuften müssen. Von früh bis spät und sobald wir aus der Schule kamen. Aber sie sagte es nicht, sie konnte es einfach nicht über die Lippen bringen. Sie war arm, das wurde ihr jetzt wieder so bitter klar. Selbst für einen Florian Hafner war sie zu arm.

Nur mit Mühe hielt sie die Fassung und kämpfte mit den Tränen.

»Eines Tages wirst einen hübschen netten Mann finden, Anna. Er wird dich dann auf Händen tragen, das hast du verdient.«

Da hockte sie nun auch auf dem Stein, und das Herz wollte sich umkrempeln und sie hatte keine Kraft zum Aufstehen, um fortzulaufen. Und dann fühlte sie doch die Tränen, wie sie in die Augen stiegen.

»Nein«, sagte sie bitter. »Nein, das will ich nicht.«

»Warum nicht?«, fragte er leise.

»Wenn man einmal jemanden lieb hat, dann kann man das nicht einfach fortschmeißen. Dann...«

»Anna?«, sagte er mit brüchiger Stimme.

»Geh«, sagte sie zitternd. »Geh und lauf, ich hab dich verstanden. Es ist gut, dass du mir das gesagt hast, aber gehe jetzt, ich muss allein sein.«

»Oh, Anna, wenn ich das gewusst hätte, Anna...«

»Nein«, sagte sie und wischte sich die Tränen ab. »Nein, dann würde die andere leiden, nein, du musst jetzt gehen.«

Linkisch erhob er sich.

»Du bist ein guter Junge, ich beneide sie.«

Das war fast zu viel für ihn. Sie hielt ihn für gut, sie hielt ihn...

Er stürzte zwischen den Bäumen davon. Jetzt konnte er auch nicht zum Hof zurück. Zum ersten Mal in seinem Leben war sein Herz wirklich aufgewühlt. Er warf sich auf den

Waldboden und er spürte, wie ihm die Tränen aus den Augen flossen. Als kleiner Bub hatte er zum letzten Mal geweint.

Anna hatte ihn auch lieb, aber jetzt hatte er Paula sein Wort gegeben, und wie er Anna kannte, würde sie ihn jetzt nie mehr nehmen, weil er sich gebunden hatte. Er verfluchte sich selbst.

Jetzt, in diesem Augenblick hätte er sich für sie totgearbeitet, um ihr all das bieten zu können, um leichter zu leben.

Als er nach Hause kam, war er grau im Gesicht.

Die Mutter spürte sehr wohl die Veränderung bei ihm, aber sie schwieg. Sie sagte sich, das ist nur kurz, das vergeht. Ich will nicht, dass er sein Glück fortwirft. Ich will auch nicht mein ganzes Leben umsonst geschuftet haben. Wenn ich eines Tages sterbe, dann kann ich ganz ruhig sein. Wenn ich dann den Ludwig da oben wiedertreffe, kann ich ihm sagen, sieh, das habe ich alles geschafft. Allein!

Florian hatte schon immer alles in sich hineingefressen. Er sprach nicht gern über seine Gefühle. Und jetzt kam er auch nicht mal auf die Idee, um sein Glück zu kämpfen. Stumm nahm er alles hin.

*

Es dauerte nicht lange, da wusste ganz Holzkirchen, dass Florian die Paula heiraten würde. Und er ging jetzt auch jeden Sonntag zu ihr, saß auf der Bank oder im Haus, und sie sprachen von der Zukunft. Florian war steif und wusste oft nicht, wie er sich verhalten sollte, und er konnte auch nicht wissen, was die Paula von ihm verlangte.

Sie war ein gutes ruhiges Mädchen und gescheit. Ja, die Mutter sagte es ihm alle Tage. Und sie war es auch, die alles vorantrieb.

Seit er mit Anna gesprochen hatte, ging er nicht mehr in den *Weißkrug*. Er hatte Angst, die ändern könnten dann vielleicht merken, wie es um ihn stehe. Und so wusste er auch nicht, wie Anna litt.

Es war schon eine merkwürdige Sache. Aber sie waren ja schon älter, und so dachte man sich nichts dabei. Und auch jetzt noch heiratet man in den Bergen in der Hauptsache um einen Vorteil. Noch immer waren da diese Dünkel, noch immer musste der Sohn eines Großbauern eine reiche Frau nehmen.

Florian sagte zu allem ja und amen. Der alte Bachhuber wollte zunächst zu seiner Schwester ziehen. Sie hatte im Dorf jetzt eine kleine Pension. Die Gäste waren wieder abgereist; denn es wurde Herbst. Es wurde noch einmal voll, wenn der Schnee lag. Seit zwei Jahren hatten sie auch eine Wintersaison.

Sobald sie das Haus verkauft hatten und das Stockwerk im Hof ausgebaut war, würden sie den Vater wieder zu sich holen. Er war ein stiller kränklicher Mann und war mit allem einverstanden.

Außer dem Anwesen brachte Paula auch noch eine ansehnliche Aussteuer mit. Sie hatte ja so lange auf einen Bräutigam gewartet, da war mit der Zeit ziemlich viel zusammengekommen.

Und dann war auch noch die Einrichtung. Man würde sie gebrauchen können, wenn man die Stuben ausgebaut hatte. Sie wollten ja dann auch Gäste aufnehmen.

Zuerst hatten sie ihr Anwesen sofort zum Verkauf ausschreiben lassen wollen, aber dann wurde ihnen erklärt, alles sei viel einfacher nach der Hochzeit.

»Ihr habt ja jetzt so viel Zeit. Und im Winter können wir sowieso nicht anfangen«, sagte Johanna. »Kümmern wir uns erst um die Hochzeit.«

»Paula will keine große Hochzeit«, sagte Florian.

»Das ist mir ganz recht. So richten wir sie daheim aus. Und es kostet dann auch nicht so viel. Lade ein paar Leute ein, die du gern magst und damit hat es sich.«

Florian kannte nur die Holzfällerleute, aber die wohnten weit entfernt. Und von dem Bruder hatten sie noch immer keine Nachricht. Zehn Jahre war das jetzt schon her.

Und dann war die Zeit um, und der Tag der Hochzeit brach an. Es war einer der letzten schönen Herbsttage. Man ging zur Kirche. Und weil es keine große Bauernhochzeit war, machte sich auch der Pfarrer nicht viel Mühe. Johanna kniff die Lippen zusammen und dachte, einmal werden wir auch mitreden können, irgendwann einmal…

Denn jetzt boten immer mehr ihre Wiesen und Äcker zum Verkauf. Man richtete Skischulen ein, große Hotels und Pensionen wurden gebaut. Holzkirchen war bald nicht mehr wiederzuerkennen.

Aber die Wiesen mussten gemäht werden. Keiner wusste das besser als die alte Johanna; denn sie würden sonst verfilzen und dann war es mit der lieblichen Schönheit dahin. Die Leute kamen nicht wegen der Pensionen und Hotels, sondern wegen der Natur.

Florian würde nicht viel zahlen müssen, wenn er sie kaufte. Und der Bürgermeister hatte auch endlich eingesehen, wenn man das Tal mit Betonklötzen zumauerte, würde bald keiner mehr kommen. Und so war es ihnen verboten worden, eine großartige Anlage zu errichten. Man hatte es vorgehabt, aber auch der Landrat hatte endlich von den Fehlern gelernt, die man in anderen Gegenden schon gemacht hatte.

»Alles muss so bleiben wie es ist.«

Während der Andacht musste sie jetzt an so vieles denken, und wie sie so den Rücken des Sohnes sah, da fühlte sie wieder den heißen Stich im Herzen. Ludwig! Warum hatte er sich nie gemeldet? War ihm die Mutter so gleichgültig gewesen? Ach ja, auch nach so langer Zeit tat es immer noch sehr weh, wenn sie an ihren verschollenen Buben dachte. Aber Amerika ist so groß, es schluckt die Menschen und lässt sie vielleicht nie mehr frei. Ja, ja, so ist das nun mal. Aber einer hat das Glück gefunden. Und Florian wird es schaffen, mein Florian schafft es.

Jetzt waren sie Mann und Frau und die Orgel brauste auf. Florian drehte sich um. An seinem Arm war Paula, seine Frau. Sie lächelte blass.

Die paar Hochzeitsgäste verließen die Kirche. Dann kam das Paar. An der Friedhofsmauer stand ein junges Mädchen mit scheuen Augen. Obwohl sie sehr weit weg stand, entdeckte er sie doch sofort.

Anna!

Sein Herz wurde aufgewühlt und er musste die Zähne zusammenbeißen. Sie warf ihm einen langen Blick zu und verschwand hastig hinter den Büschen. Er sah sie nicht mehr!

Dann waren sie oben in der kleinen Stube beim Essen. Alles war so anders, wie es sonst bei einer Hochzeit sein sollte. Und irgendwie hatte so gar keiner rechte Lust zum Feiern. Es war abends noch keine zweiundzwanzig Uhr, da verabschiedeten sich schon die Brautführer, und auch der Vater wollte heim.

Da waren die drei Menschen nun allein.

*

Paula war vor kurzer Zeit schon in die gemeinsame Schlafkammer gegangen. Florian saß noch da und stützte den Kopf in die Hände. Jetzt war sowieso alles zu spät. Er biss die Zähne zusammen. Paula war unschuldig, sie sollte nie erfahren, dass er eine andere liebte.

Die Mutter war schon schlafen gegangen. Er löschte das Licht und ging in die Schlafkammer.

Paula hatte die kleine Lampe angelassen. Da lag sie nun im Bett, ein wenig scheu, nachdenklich. Er löschte das Licht und zog sich aus, hastig und schnell. Einmal musste es sein. Außerdem war er ein Mann und wollte jetzt auch zu seinem Recht kommen. Sie war seine Frau.

Er kroch unter die Decke und fühlte ihren warmen weichen Körper. Im Dunkeln sind alle gleich, dachte er gequält. Wenn ich mir jetzt vorstelle, es ist Anna? Warum soll das so schwer sein?

Er streckte die Arme nach ihr aus und zog sie an sich.

Ja, und dann passierte es!

Zuerst hörten sie ein leises Rascheln, aber es wurde immer lauter. Waren vielleicht Diebe unter dem Fenster? Jetzt? In der Hochzeitsnacht? Oder hatte man ihm vielleicht einen Schabernack gespielt? Er knipste das Licht an. Und dann sah er es!

Paula auch.

»Eine Maus«, sagte sie totenblass.

»Lass sie doch«, meinte er.

Das Viecherl saß auf der kleinen Truhe in der Ecke.

»Ich weiß nicht«, sagte Paula und ihre Zähne klapperten. »Ich habe noch nie eine Maus im Schlafzimmer gehabt. Und wenn sie jetzt ins Bett springt?«

Er löschte wieder das Licht und wollte sich der Frau widmen. Aber jetzt lag sie stocksteif da und lauschte. Unwillkürlich hielt er auch den Atem an. Dann hörten sie ein Kratzen. Jetzt war sie oben auf dem Kleiderschrank. Dann ein Plopp!

Paula saß kerzengerade im Bett und schaltete die Nachttischlampe an. Da saß die Maus direkt daneben. Mit einem spitzen Schrei sprang die junge Frau aus dem Bett.

»Hier bleibe ich nicht länger«, sagte sie und rannte zur Tür. »Das ist mir zu grauselig.«

Florian sprang auch auf und wollte die verfluchte Maus fangen. All die Jahre hatte nie eine in der Kammer gesessen. Ausgerechnet heute!

Er jagte sie, aber sie verschwand schnell hinter den Schränken. Paula rannte auf den Gang. »Ich geh in die Kammer nebenan, bis sie fort ist.«

Das war die Kammer des verschollenen Bruders. Sie hatten das Bett gerichtet, falls der Vater über Nacht nach der Hochzeit bleiben wollte. Sie kroch unter das kalte Laken und lauschte angstvoll.

Florian versuchte noch eine Weile, die verflixte Maus zu fangen, aber sie entwischte ihm immer wieder. So stieg er wütend ins Bett und löschte das Licht. Er hörte sie immerzu rascheln, aber er fürchtete sich nicht.

Einen Augenblick lang dachte er daran, hinüber zu gehen und bei ihr zu bleiben! Aber dann sah er wieder das Gesicht Annas vor sich, und er presste die Zähne zusammen. Es würde schwer werden. Ja, und dann hatte er auch einiges getrunken. Ich warte noch einen Augenblick, bis sie sich beruhigt hat, dann gehe ich, dachte er. Er schlief aber abgrundtief ein und sah und hörte nichts mehr.

*

Kurz nach zehn hielt der letzte Bus, von Sonthofen kommend, in Holzkirchen. Ein junger Mann stieg aus. Obwohl es sehr dunkel war, sah er doch die große Veränderung und war maßlos verblüfft. Der junge Mann war kein anderer als Ludwig, der verschollene Sohn von Johanna Hafner.

Er hatte sich wirklich keinen günstigen Augenblick für seine Heimkehr ausgedacht. Aber so war er ja immer gewesen, spontan und schnell. Wenn er sich etwas in den Kopf setzte, dann musste es sofort geschehen.

Den Weg nach Hause fand er aber dann doch. Und er wunderte sich auch nicht, dass im Haus schon alle Lichter gelöscht waren. Zuerst wollte er die Mutter wecken, aber dann sagte sich Ludwig, vielleicht wird sie zu Tode erschrecken, wenn ich sie mitten aus dem Schlaf hole.

Dann sah er, dass das Fenster seiner Kammer offenstand, und ehe es jemand hätte verhindern können, war er schon eingestiegen. Das ging so flink, dass selbst Paula nichts davon bemerkte. Er lief auf den Gang, öffnete die Haustür, holte seinen Koffer und ging in die Kammer zurück.

Er war hundemüde und wollte nichts als schlafen. Der Mond stand am Himmel und so dachte er, keinen Lärm machen, kein Licht, dann merken sie erst morgen, dass ich daheim bin. Er schmunzelte vor sich hin. Was die wohl für Augen machen werden!

So zog er sich aus und sprang mit einem Satz ins Bett. Sogleich legten sich ein paar weiche warme Arme um seinen Hals.

»Endlich bist du gekommen«, sagte Paula und schmiegte sich an ihn.

Für einen kurzen Augenblick war Ludwig ganz starr und steif vor Schreck. Aber sie küsste ihn gleich, und er fühlte ihren Körper, ihre Wärme, ihre Liebe. Er war noch nie ein Kostverächter gewesen, und sein leichtes Blut half ihm, jede Situation zu meistern. Warum erst lange fragen, was einem da so nett angeboten wird, dachte er bei sich. Morgen früh steh ich ganz zeitig auf. Wie will sie dann wissen, dass ich es gewesen bin!

So dachte der junge Mann und legte die Arme um den Leib der Frau, ohne sich überhaupt Gedanken zu machen, wieso ein junges Frauenzimmer im Haus der Mutter lebte.

Paula konnte ja nichts anderes denken, als dass der Florian endlich gekommen sei. Er hat die Maus nicht fangen können und sich endlich auf mich besonnen. Ich hab wirklich lange warten und mich mit Mühe wachhalten müssen.

Paula war noch unberührt, aber der Ludwig kannte sich in der Liebe aus. Und bei Gott, er verstand sich wirklich darauf. Dem Mädchen wurde ganz eigen zumute und richtig wirr im Kopf. Ihre letzten Gedanken waren, dass sie dem Florian so viel Feuer gar nicht zugetraut hatte, bevor sie in einem Meer von Liebe und Zärtlichkeit versank.

*

Die helle Sonne schien schon durch das Fenster. Florian erhob sich mit einem Ruck. Himmel, so lange hatte er noch nie geschlafen. Und als er das Bett neben sich sah, da wurde er sogar noch rot. Er hatte doch hinübergehen wollen. Was musste Paula nur von ihm denken? In der Hochzeitsnacht allein gelassen. Das war ja einfach schrecklich. Er hatte ganz weiche Knie. Was sollte er nur zur Entschuldigung sagen?

Hastig wusch er sich. Der Rausch von gestern war jetzt völlig verflogen. Dann zog er sich an und verließ die Kammer. Für einen Augenblick blieb er vor der Tür stehen. Die Mutter schlief noch zum Glück. Sie hatte also nichts bemerkt. Er würde jetzt hineingehen, sich entschuldigen und ihr einfach die Wahrheit sagen. Ja, das war er ihr schuldig. Die Wahrheit war noch immer das Beste.

Leise öffnete er die Tür und rief behutsam: »Paula?«

Im nächsten Augenblick stand er stocksteif auf der Schwelle und glaubte seinen Augen nicht zu trauen. Da lag sein ihm gestern vor Gott und den Menschen angetrautes Weib mit einem fremden Mann im Bett. Das Bettzeug war verrutscht, und er sah, sie waren beide nackt, er schämte sich entsetzlich. Aber das war ein tolles Stück, das war...

»Paula!«

Mit einem Ruck wurde sie wach und starrte ihren Mann entgeistert an.

»Warum schreist du so?«, sagte sie unwirsch. »Ist es denn schon so spät?«

Erst jetzt bemerkte sie, dass einer bei ihr lag, aber nicht Florian, der stand angezogen am Fußende des Bettes. Das war ja ein völlig Fremder!

Fassungslos starrte sie in das schlafende Gesicht und dann schrie sie auf.

»Aber«, keuchte sie. »Aber, ich dachte, du bist das, ich habe geglaubt, Florian...«

Bei diesem Lärm wurde sogar ein Ludwig Hafner wach, obwohl er für gewöhnlich einen sehr gesunden Schlaf hatte. Er blickte den Bruder an, grinste und dann sah er die Frau neben sich, die entsetzten Augen.

»Bruderherz, ich kann dir alles erklären«, sagte er etwas holprig. Er musste erst mal wieder die Heimatsprache neu erlernen.

Florian wurde toll vor Zorn. Das war unfassbar, das war eine Todsünde, das war... Seine Gedanken überschlugen sich.

Viele Jahre hatte er nichts von sich hören lassen, hatte ihn allein schuften, die Mutter ernähren lassen, und jetzt kam er einfach heim, legte sich ins Bett als wäre nichts gewesen und was so ungeheuerlich war, er hatte sich an seiner Frau vergangen.

»Du gemeiner, hinterhältiger Lump!«, schrie Florian.

In seinem ganzen Leben war er noch nie so voll Zorn gewesen wie in diesem Augenblick. Er sah nur noch rot, dachte gar nicht daran, dass Ludwig vielleicht unschuldig war. Wie ein Stier stürzte er sich auf den Wehrlosen und riss ihn mit einem Ruck aus dem Bett.

Aber Ludwig war ja von der gleichen Größe und Stärke wie der Bruder. Er stand ihm in nichts nach. Auch seine Muskeln waren gestählt.

Wenige Sekunden später wälzten sich die beiden auf dem Boden herum. Paula bekam schreckliche Angst, zumal sie der eigentliche Grund der Auseinandersetzung war. Verzweifelt wollte sie die beiden auseinandertreiben, aber sie bekam nur einen Stoß ab und flog in eine Ecke. Sie rappelte sich hoch, wickelte sich in den Morgenmantel und stürzte in die Kammer der Schwiegermutter. Diese war schon wach und wollte sich gerade ankleiden.

»Was ist das denn für eine Art, ohne anzuklopfen in die Schlafkammer zu kommen«, sagte sie unwillig.

»Mutter«, keuchte Paula. »Sie schlagen sich tot, oh, du mein Gott, sie schlagen sich tot. So komm doch und hilf mir!«

»Wie? Was? Von wem sprichst du denn eigentlich?«

»Florian und sein Bruder!«

Johanna dachte, die ist nach der Hochzeitsnacht irr geworden. Aber dann hörte sie das schreckliche Poltern und Schreien und rannte schon an ihr vorbei. Sie wusste nicht, wer die wälzenden Männer am Boden waren, aber sie wusste eins, Paula hatte recht. Rasch entschlossen nahm sie einen Wassereimer und kippte den ganzen Inhalt über die zwei Köpfe.

Abrupt hörten sie sofort auf und begannen zu prusten.

»Auseinander!«, schrie Johanna. »Oder ich schlage euch den Besen über den Rücken entzwei!«

Florian taumelte hoch. Er blutete aus der Nase und musste sich erschöpft auf das Bett fallenlassen.

Ludwig zog sich an einem Stuhl hoch. Er war noch immer nackt, jetzt suchte er schnell eine Decke und wickelte sich darin ein. Dann hob er den Kopf.

»Mutter, erkennst mich denn nicht mehr wieder?«

Johanna wurde schneeweiß, und der Eimer entglitt ihren Händen. Sie presste sich gegen die Wand, die Beine wurden ihr weich.

»Ludwig«, sagte sie ganz leise. »Ludwig.«

»Ja, Mutter ich bin es.«

Dann lag sie in seinen Armen und weinte und schluchzte wie ein kleines Kind.

»Bub, Bub, du bist endlich heimgekommen. Oh, mein Bub!«

Lange standen sie so zusammen und hatten die Welt um sich vergessen. Paula stand ängstlich in der Tür. Florian hatte finstere Augen, und eine tiefe Falte stand dazwischen.

Endlich kam Johanna wieder zu sich.

»Warum hast du dich mit deinem Bruder geschlagen, Florian?«

»Oh, mein Gott«, stieß Florian hervor und wankte aus der Stube.

Johanna sah Ludwig an. »So sprich du doch endlich! Und du, Paula gehört es sich, hier so herumzustehen?«

Diese flüchtete auf den Gang, in das eheliche Schlafzimmer wagte sie sich aber nicht. Dort lagen ihre Kleider, aber Florian war da drinnen.

»Und jetzt sagst du deiner alten Mutter, warum du mitten in der Nacht hier ankommst, und warum du dich mit deinem Bruder geschlagen hast. Hat er dich für einen Dieb gehalten?«

»Mutter«, fragte Ludwig. »Wer ist das Mädchen? Ist das Florians Braut?«

»Braut? Wir hatten gestern Hochzeit, es wäre schön gewesen, wenn du früher heimgekommen wärst.«

»Ja«, sagte er dumpf, und dann ließ er sich erschlagen auf sein Bett fallen. »Aber ich verstehe nicht...«, murmelte er vor sich hin. Ludwig dachte darüber nach, warum, wenn der Bruder die Frau gestern geheiratet hatte, diese dann nicht bei ihm im Schlafzimmer gewesen war. Dann wäre dieser schreckliche Irrtum nie geschehen.

Ein Feigling war er nie gewesen, und die Mutter würde so oder so die Wahrheit erfahren. Aber verdammt, das war wirklich eine schlimme Sache.

Dumpf begann er nun der Mutter die Geschichte von seiner Warte aus zu erzählen. Johanna, obwohl sie sich furchtbar freute, dass der verlorene Sohn endlich wieder daheim war, wurde nun doch sehr weiß.

»Sag', dass es nicht wahr ist«, flüsterte sie erschrocken. »Bub, Junge, das ist doch nur ein Scherz.«

»Nein«, brauste er auf.

»Um Gottes willen, Junge, was hast dir denn nur dabei gedacht, ich...«

»Ich hab mir nix dabei gedacht. Ich komme aus Amerika, Mutter, du kennst die Weiber nicht. Da kann man manchmal zwei auf einmal haben. Ich komme müde heim und finde solch einen Willkommensgruß im Bett, was sich auch nicht lange ziert. Mutter, ich hab mir wirklich nix dabei gedacht.«

»Du bist heimgekommen und sogleich bringst du alles durcheinander, oh, Ludwig, wie soll das jetzt weitergehen? Du kennst deinen Bruder nicht. Jetzt verstehe ich auch, warum er so wütend war.«

»War ich ja auch«, sagte er lachend. »Aber Mutter, jetzt geh, ich will mich anziehen und dann hab ich Hunger. Wir haben jetzt so viel Zeit über alles zu reden. Irgendwie wird es schon wieder recht werden.«

»So willst du also nicht mehr fort?«

»Ich hab die Nase gestrichen voll, nein, ich bleib jetzt hier.«

»Auf dem Hof?«, fragte sie ängstlich.

»Nun, ich hoffe, dass ich solange bleiben darf, bis ich mir was anderes gekauft hab«, sagte er munter.

*

Wenig später trafen sie sich in der Küche wieder. Paula hatte sich um das Frühstück gekümmert. Sie wagte nicht, die Augen vom Boden zu erheben. Scheu drückte sie sich in die Ecke und aß kaum etwas.

Energisch wie die Johanna nun einmal war, wollte sie erst einmal wissen, wieso die Paula im Zimmer des Ludwig geschlafen habe.

Florian ballte die Hände und Zornröte stieg wieder in seinen Kopf. Aber er beherrschte sich und erzählte wütend, was sich in der Nacht zugetragen hatte.

»Ich hab doch gedacht, es sei der Florian«, stammelte Paula wiederholt.

Johanna legte für einen Augenblick die Hände vor das Gesicht. Man konnte der jungen Frau keinen Vorwurf machen. Wer sollte denn auch ahnen, dass so plötzlich der verschollene Sohn heimkam, und dass dieser auch noch durch das Fenster kam. Hätte er doch nur Licht gemacht, dann wäre es zu diesem schrecklichen Irrtum gar nicht gekommen.

»Hätte, hätte«, brauste jetzt auch, Ludwig auf. »Man soll nicht über verschüttete Milch flennen, das ist Unsinn.«

»Ja, meinst du denn, ich will jetzt noch die Paula, wo du sie dir genommen hast, als erster?«

»Glaubst du, wegen einer blöden Maus lass ich mir ein Weib an den Hals werfen?«

Es wäre vielleicht zu einem bösen Zank gekommen, wenn Johanna nicht gewesen wäre.

»Still jetzt, so kommen wir nicht weiter. Wir müssen eine Lösung finden.«

Florian erhob sich ungestüm. »Nicht mit mir, ich geh jetzt auf die Wiesen.« Und hinaus war er.

Paula weinte leise vor sich hin. Sie hatte gedacht, jetzt würde sie ein stilles Glück genießen können. Ludwig schielte sie von der Seite an. Als sie wenig später fortging, wollte er von der Mutter wissen, wieso der Bruder sich denn keine andere geholt hätte.

»Nun, sie hat doch den kleinen Hof, und sie wird ihn demnächst verkaufen, und dann werden wir uns vergrößern. Du wirst staunen, wie weit wir schon gekommen sind. Du wirst Holzkirchen nicht wiedererkennen. Aber Bub, jetzt lass mal für einen Augenblick die Sorgen beiseite, jetzt erzähle deiner alten Mutter, was du die ganze Zeit getrieben hast. Warum hast du mir nie geschrieben?«

»Du kennst mich doch, ich war schon immer schreibfaul, aber anfangs, da ging es mir auch nicht gut, weißt, und das wollte ich nicht schreiben. So lange ich in den Millionenstädten blieb, war es gar nicht schön. Aber dann bin ich raus, und weißt du, wie ich mir mein Geld in Kanada verdient habe?«

»Wie sollte ich das wissen?«

»Im Sommer war ich Holzfäller und im Winter Skilehrer, und du kannst mir glauben, das war sehr lustig. Ich hab hübsches Geld verdient und es gespart. Und jetzt bin ich heimgekommen und will mich hier niederlassen. Wenn die Touristen so zahlreich kommen, dann wird da auch wohl was für mich abfallen. An die fünfzigtausend Dollar habe ich in den zehn Jahren zusammengespart. Ich war ein guter Arbeiter, weißt, ich hab alles getan und verstand mich auf vieles, das macht sich drüben eben bezahlt.«

Die Mutter hatte ganz glänzende Augen. »Ach Bub, wärst du doch viel früher heimgekommen, nur vier Wochen, dann wäre alles anders gekommen. Mit deinem Geld hätten wir den Hof ausbauen können, halb Landwirtschaft und Pension. Wir hätten uns fein rausgemacht, und dann hätten der Florian und du eine ganz andere Frau nehmen können.«

So kamen sie wieder auf das alte Thema.

»Was soll jetzt werden?«

»Ach«, sagte Johanna resolut. »Florian wird sich wohl schon wieder fangen. Bis jetzt hat er noch immer getan, was ich wollte. Zwar wird es diesmal nicht ganz so leicht sein; denn ich war es, die ihm die Frau ausgesucht hat, und jetzt diese Panne. Das muss ich selbst wieder hinbiegen.«

*

Dass der Ludwig wieder daheim war, schlug wie eine Bombe in Holzkirchen ein. Und dass er Geld hatte, erfuhren sie auch sehr bald. Das gab ein Fragen und Reden. Ludwig ging fast jeden Tag ins Dorf und begrüßte die alten Bekannten. Ach, es war schön, dass man wieder daheim war. Und in ein paar Monaten, da würde er auch die fremde Sprache wieder abgelegt haben. Aber schlecht war es nicht, dass er so gut englisch sprach; denn es kamen auch Ausländer nach Tirol. Und er sagte sich, wenn ich erst mal eine Pension aufmache, dann kann ich damit werben.

Ludwig war schon deswegen so viel im Dorf, um seinem Bruder aus dem Weg zu gehen. Meist kam er spät abends wieder heim und ging sofort in seine Kammer.

Johanna versuchte alles mit dem Florian, aber er war starrköpfig und wollte von seinem jungen Weib nichts mehr wissen. Nein, für ihn war sie nicht mehr seine Frau, und er ging ihr aus dem Weg. Außerdem war es eine rechte Schande für ihn, und zum ersten Mal tat er etwas, was er sonst nie getan hatte. Um zu vergessen, begann er mit dem Trinken. Jeden

Abend saß er nun allein in der Stube und trank still vor sich hin. Und später wusste er oft nicht mehr, wie er überhaupt in seine Stube gekommen war.

Paula war wie ein Schatten in diesem Haus. Sie tat alles, was die Schwiegermutter ihr hieß. Zuerst machte sie sich hübsch, dann kochte sie dem Florian all seine Lieblingsgerichte, aber nichts half. Er sah sie nicht einmal an. Sie wurde blass und schmal. Zum Glück wusste im Dorf noch niemand etwas über diese heimliche Tragödie.

An die zwei Wochen ging das jetzt nun schon so, und die Johanna konnte sich noch immer nicht von Herzen über Ludwigs Heimkehr freuen. Sie wusste, sie musste erst den Florian zur Vernunft bringen.

Paula hatte sich in die kleine Abstellkammer ein Bett gestellt. Denn irgendwo musste sie ja auch schlafen. An diesem Abend sagte Johanna zu ihr: »Hör zu, die Mannsbilder sind narrisch, so geht das wirklich nicht mehr weiter. Sie sind starrköpfig und dumm, und wenn wir dazu schweigen, dann hält das jetzt eine Ewigkeit an, das will ich aber nicht. Der Florian sitzt wieder da und trinkt. Also, du gehst jetzt hin und legst dich zu ihm in die Kammer. Wir wollen ihn jetzt endlich zum Glück zwingen. Und du, Mädchen, du weißt, was du jetzt zu tun hast. Denke immer daran, es ist dein Mann, du hast das Recht, in seiner Kammer zu schlafen.«

Paula sah sie erschrocken an und flüsterte: »Wenn er mich prügelt?«

»Nun, dazu wird er wohl nicht mehr in der Lage sein, denn er trinkt ganz hübsch. Wenn er dich morgen bei sich findet, dann hoffe ich, dass er endlich Vernunft angenommen hat.«

Paula schlich sich bebend in die Schlafkammer. Da lag sie nun und wartete klopfenden Herzens auf das, was kommen würde. Sie musste ziemlich lange warten, bis endlich ihr Mann schwankend zur Tür herein kam. Er zog sich aus, sah sie mit glasigen Blicken an und sagte nichts. Florian war recht berauscht, aber als er zu der jungen Frau ins Bett stieg, da machte sich seine Männlichkeit bemerkbar. All die Jahre hatte er enthaltsam gelebt, und jetzt lag da ein weibliches Wesen. Er konnte ja nicht mehr klar denken, er wollte nur das Feuer in seinem Blut löschen. Und so nahm er sie. Paula lag später da und weinte leise vor sich hin. Florian schnarchte fürchterlich.

Würde jetzt endlich das Glück anfangen?

Ach, Johanna hatte sich verrechnet. Jetzt wurde alles noch viel schlimmer. Sie hatte ja nicht geahnt, dass inzwischen der Ludwig schon halb entschlossen war, die Frau seines Bruders zu nehmen. So übel war sie gar nicht, und sie konnte gut arbeiten, hatte zudem das kleine Anwesen. Er brauchte dann nichts Neues zu kaufen, sondern konnte das Geld in die Umarbeiten stecken. Und heiraten musste er sowieso. Denn ohne eine Frau konnte er schlecht eine Pension aufmachen.

*

Am nächsten Morgen war der schlimmste Zank in der Küche. Als Florian seinen Rausch ausgeschlafen hatte und seine Frau neben sich fand, da sprang er mit einem Satz aus dem Bett und schrie sie fürchterlich an.

Paula erzählte ihm dann schluchzend, die Mutter hätte ihr befohlen, dies zu tun.

Florian stampfte wie ein Bär hin und her und war schrecklich wütend.

»Wenn ihr glaubt, mich zum Narren halten zu können, dann habt ihr euch aber allesamt getäuscht!«

Sie floh in die Küche, er kam ihr nach und dort fand dann Ludwig sie alle. Er sagte nun, was er vorhabe, darauf bekam Johanna bald einen Ohnmachtsanfall und Paula wurde schneeweiß. Bin ich denn ein Stück Vieh, dachte die junge

Frau verzweifelt. Verschachern sie mich jetzt? Nein, ich kann nicht mehr, ich kann nicht mehr.

»Aber was habt ihr denn?«, fragte der Ludwig erstaunt. »Ist das denn nicht die richtige Lösung?«

»Oh, Bub, du kommst schon wieder zu spät.«

»Was?«

Johanna erzählte ihm von ihrer Idee und was in der Nacht passiert sei. Ludwig ließ sich auf die Ofenbank fallen.

»Aber das ist doch nicht wahr?«

Florian bekam ein kantiges Gesicht. Ludwig konnte einfach nicht mehr an sich halten, er begann zu lachen. Das war einfach zu viel.

»Ich lasse mich scheiden«, sagte Florian ruhig.

»Bub«, flehte die Mutter.

Paula sagte: »Ich geh heim, ich bleib nicht mehr hier. Ich geh heim.«

»Nein«, sagte Johanna hastig. »Das wirst du nicht tun, dann wird das ganze Dorf über dich lachen. Sie werden dann sehr schnell erfahren, was geschehen ist. Nein, du bleibst so lange hier, bis einer meiner verdammten Buben endlich zur Vernunft gekommen ist.«

Paula weinte laut auf.

»Ja, was glaubt ihr denn«, keuchte der Ludwig. »Ich war ja bereit, aber... nein, ich bin doch nicht narrisch, jetzt wo auch der Florian...«

»Du hast zuerst«, schrie der ihn an. »Ich war volltrunken. Es war nicht meine Schuld!«

Vielleicht hätten sie sich wieder geprügelt, aber die Mutter warf sich dazwischen, und so konnte sie es noch einmal verhindern.

Nein, das war wirklich kein schönes Leben mehr auf dem Hafnerhof.

*

Die Luft war vergiftet und kaum wurde ein Wort gesprochen. Jetzt gingen sich die Brüder noch mehr aus dem Weg. Nur Johanna und Paula sprachen noch miteinander. Sie hatten wirklich keinen leichten Stand. Verzweifelt taten sie alles, um das Zusammenleben erträglich zu machen. Johanna dachte immerzu, vielleicht wäre alles nicht so schlimm, wenn Ludwig fort ist. Und dann sprach sie davon, ob er denn nicht so lange in Paulas Haus ziehen wolle.

»Mit dem Verkauf will sie jetzt noch warten.«

Ludwig sagte: »Auf alle Fälle werde ich es kaufen, wenn es soweit ist.«

»Willst denn immer noch nicht Vernunft annehmen, Bub?«

Er packte seinen Koffer und ging fort. Jetzt waren sie wieder zu dritt, so wie es von Anfang an gewesen war. Paula zog in Ludwigs Kammer und tat still ihre Arbeit. Wie verzweifelt sie war, wusste keiner.

Florian ging traurig umher, und manchmal hatte er das Gefühl, das Herz würde ihm stehenbleiben. Alles tat so furchtbar weh und dann war da noch immer die Liebe zu Anna. Er konnte sie doch nicht vergessen. Er hatte gedacht, seine Frau würde ihn die andere vergessen lassen. Aber jetzt war es noch schlimmer. Und so war er. schrecklich unglücklich. Er mied das Dorf, aber es blieb nicht aus, dass er sie hin und wieder aus der Ferne sah, und dann war ihm, als würde ihm das Herzblut verrinnen.

Seit jener Nacht mit Paula, trank er auch keinen Tropfen Alkohol mehr, und so wurde alles noch viel schwerer. Er fand nirgends eine Zuflucht. Und manchmal spielte er schon mit dem Gedanken, sich das Leben zu nehmen. Alles war so sinnlos geworden, und undurchsichtig. Er wusste, er würde

Paula nie mehr berühren können. Nie mehr! Die Liebe zu Anna hielt ihn davon ab, es würde ein ewiger Verrat sein.

Er flüchtete oft in den Hochwald und saß an der Quelle. Hier hatte er so oft mit Anna gesessen. Alte Erinnerungen stiegen wieder in ihm hoch. Wenn er jetzt mit Paula sprach. Ihr alles sagte, von der Liebe zu einem anderen Mädchen, und dass er einfach nicht ihr Mann sein könne? Sie müsste es doch begreifen und verstehen. Es war ja nicht mehr so schlimm für sie, nach allem, was vorgefallen war. Je länger er darüber nachdachte, um so mehr war er jetzt der Ansicht, nur das konnte ihn noch retten. Sonst würde er vielleicht schwermütig werden.

So ging er denn heim, in der Hoffnung, die Frau würde ihn verstehen. Ohne dass die Mutter wieder dazwischenfunkte.

Er kam auf den Hof und suchte die Frau. Als er sie endlich fand, sie saß in der guten Stube und weinte leise vor sich hin. Johanna war bei ihr und strich ihr immer wieder über das Haar.

»So fass dich doch endlich, Paula, ich bitte dich, weinen - das ist jetzt nicht gut.«

Florian stand in der Tür und sagte: »Ich möchte mit ihr reden, lass uns allein, Mutter.«

»Nein«, sagte Johanna. »Ich gehe nicht hinaus, sie braucht mich jetzt. Ihr kümmert euch ja nicht um die Arme. Also gehe endlich, mache ihr das Herz nicht noch schwerer.«

»Ich muss sie sprechen, sie soll endlich in die Scheidung einwilligen!«, rief er ungestüm. »Ich halte das nicht mehr aus. Das ist kein Zustand mehr.«

Johanna stand auf und hatte ganz funkelnde Augen. »So, du hältst das nicht mehr aus, gut so. Und du willst, dass sie sich scheiden lässt, ja in des Teufels Namen, willst du denn auch, dass das Kind als Bastard auf die Welt kommt?«

Florian prallte zurück.

»Was sagst du da?«, keuchte er.

»Sie kommt grad vom Doktor. Sie ist schwanger, und Paula bleibt hier! Sie ist dein Weib, vor Gott und den Menschen.«

Er taumelte.

Daran hatte er überhaupt noch nicht gedacht.

»Schwanger«, flüsterte er. »Sie bekommt ein Kind, ja von wem denn?«, schrie er sie an.

Paula hob ihren Kopf, die Tränen liefen über das eingefallene Gesicht. »Woher soll ich das denn wissen«, stammelte sie.

»Aber der Doktor«, sagte der Mann. »Der Doktor muss doch wissen, von wem das Kind ist!«

Für einen Moment war Stille. Dann sagte Paula leise: »Ich hab ihm alles gesagt, alles. Und er hat mir gesagt, man kann dies erst feststellen, wenn das Kind da ist. Vorher aber nicht.«

»Oh, mein Gott«, sagte er matt und wankte auf die Bank.

Johanna erhob sich und stand wie ein Racheengel vor ihrem Sohn. »Paula bleibt hier und ihr werdet sie anständig behandeln. So, und jetzt gehst du und holst deinen Bruder, ich will mit euch zwei reden. Verstanden? Auf der Stelle gehst du jetzt und holst ihn.«

Florian lehnte den Kopf an die Wand. Er hatte geglaubt, die Lösung gefunden zu haben. Nun war die Hoffnung zerplatzt wie eine Seifenblase. Schlimmer konnte es nicht mehr werden.

Er taumelte nach draußen. Dann schleppte er sich weiter den Berg hinunter. Als er zum Bachhuberhof kam, war er verblüfft. In der kurzen Zeit hatte sich der Bruder mächtig ins Zeug gelegt. Das obere Geschoss hatte er angefangen selbst zu erweitern, um Wände einzuziehen.

»Sieh her, das werden alles feine Stuben, aber ich muss den Klempner noch holen. In jedem Zimmer muss fließendes Wasser sein, sonst kriegt man kein gutes Geld dafür. Und ein

Bad bringe ich hier oben auch noch an. Wirst schon sehen, das wird ein schmuckes Haus.«

»Ich hab dich noch nie so arbeiten sehen«, murmelte Florian und vergaß für einen Augenblick ganz, warum er gekommen war.

»Willst mir helfen?«, fragte da der Bruder.

Er zuckte zusammen.

»Nein, ich bin gekommen, um dich zu holen. Sollst gleich mitkommen, die Mutter will mit uns was bereden.«

Ludwig machte ein missmutiges Gesicht. »Ich will nicht«, sagte er ärgerlich. »Sie sollen mich endlich in Ruhe lassen, verflucht noch einmal.«

»Du wirst mitkommen, und wenn ich dich selbst heimschleppen müsste«, sagte der Bruder mit kalter Stimme.

»In Ordnung, in Ordnung, ich höre mir den Kram an. Was hat sie sich denn jetzt wieder ausgedacht? Wenn sie denkt, dass ich jetzt anderer Meinung bin, ja, weißt... Ich nehme kein abgelegtes Weib, verstehst.«

»Ich auch nicht«, sagte Florian grob.

Damals, als er den Bruder mit der Frau zusammen im Bett gesehen hatte, da war er so zornig gewesen, dass er ihn auf der Stelle hätte totschlagen können. Dann kam die Trauer und jetzt fühlte er sich so anders, er konnte das auch nicht so recht erklären. Auf alle Fälle war es zu einem Stillstand des Hasses zwischen den Brüdern gekommen.

»Gut, komm ich gleich mit, wie ich Mutter kenne, gibt sie ja doch sonst keine Ruhe. Dieses Theater, am liebsten würde ich wieder gehen.

»Also wieder kneifen?«

»Hab ich das damals?«

»Das weißt du ganz genau, ich hab mich krummschuften müssen, um alles zu erhalten.«

»Meinst, ich hab was geschenkt bekommen?«

»Du hast nur für dich sorgen brauchen, nicht für die Mutter, da ist das nicht so schlimm.«

Den Rest des Tages nutzten sie für eine kleine Wanderung nach Oberjoch. Im Augenblick waren nicht viele Urlauber vorhanden, und die Dörfler blickten den beiden Brüdern nach. Als sie am *Weißkrug* vorbeikamen, sah Florian das Gesicht von Anna am Fenster. Sein Herz presste sich zusammen, und er musste schnell wegsehen.

*

Johanna empfing sie im Laubengang.

»So, jetzt kommt ihr mit in die gute Stube.«

Ludwig streifte sich die Schuhe ab und kam auf Socken herein, ebenso Florian. Auf der Ofenbank hockte noch immer die verstörte Paula. Als sie jetzt die beiden Männer eintreten sah, wickelte sie sich noch mehr in ihr Schultertuch ein.

Ludwig setzte sich an den Tisch und wollte sein Stummelpfeifchen hervorholen.

»Das lass nur da, wo es steckt. Hier wird jetzt nicht mehr geraucht.«

»Aber warum denn nicht?«

»Das wirst alles gleich erfahren«, sagte Johanna.

Sie stand vor den beiden Mannsbildern und blickte von einem zum anderen.

»So«, sagte sie mit fester Stimme. »Was ich jetzt sage, das hat für alle Zeiten seine Richtigkeit. Und ich sage euch, ihr werdet euch danach richten. Solange ich eure Mutter bin, werdet ihr es tun. Es muss endlich wieder Frieden einkehren, in diesem Haus. So kann es einfach nicht weitergehen, hört ihr.«

Ludwig starrte aus dem kleinen Fensterchen und dachte, jetzt hätte ich schon wieder ein paar Bretter zurechtsägen können.

Florian dachte, vielleicht ist es doch besser, wenn ich mir das Leben nehme. So halte ich es nicht mehr aus, ich bin einfach am Ende.

»Die Paula kriegt ein Kind, sie war heute beim Doktor!«

Ludwigs Gesicht wurde kantig, und er starrte die Mutter an.

»Was sagst du da?«

»Sie kriegt ein Kind!«

»Jesses«, murmelte er und blickte zu ihr hin.

Paula sah aber nicht hoch.

»Von wem, wenn es erlaubt ist zu fragen?«

»Das werden wir erst wissen, wenn das Kind da ist. Paula hat mit dem Doktor gesprochen. Das kann man erst sagen, wenn das Kind geboren ist, dann wird man euer Blut untersuchen und das des Kindes, daran kann man dann feststellen wer der Vater ist. Und jetzt sage ich euch was, und schreibt euch das gefälligst hinter eure Löffel. Wenn also feststeht, wer der Vater ist, der wird zu Paula halten, verstanden? Wenn du es bist, Ludwig, dann wird Florian sich scheiden lassen, und du wirst sie heiraten. Wenn du, Florian, der Vater bist, wirst du sie endlich als deine Frau anerkennen.«

Beide Brüder sahen sich an.

»Und wenn wir uns nicht daran halten?«, sagte Ludwig. »Weißt, ich lass mich nicht so gerne zwingen.«

»Nun«, sagte Johanna und kniff die Lippen hart zusammen. »Dies ist kein Erbhof, das wisst ihr grad so gut wie ich, also kann ich ihn jedem vermachen. Und das schwöre ich euch, hier und jetzt, wenn ihr nicht tut, was ich sage, dann überschreibe ich der Paula den Hof. Das ist dann mein Geld für meine Schuld. Du Ludwig, wirst auch den Bachhuberhof nicht bekommen, und was du da schon an Geld reingesteckt hast, wirst du auch nicht zurückerhalten, es ist die Abgeldsumme. Ich will nicht, dass mein Enkelkind einmal beschimpft wird. Hört ihr, von dem Augenblick an seid ihr nicht mehr meine Söhne, und ihr könnt dann eure Sachen nehmen und hinziehen, wohin ihr wollt. Denn dann ist kein Bleiben mehr in Holzkirchen, dann seid ihr nämlich das Gespött der Leute. Paula und ich werden das Kind schon großziehen, dazu brauchen wir dann eure Hilfe nicht mehr.«

Beide waren sie totenblass geworden. Ludwig dachte, das ist ein starkes Stück, und Florian dachte, da hab ich all die Jahre meinen Buckel krummgemacht, um aus dem Hof etwas zu machen, und jetzt soll ich alles im Stich lassen? Aber beide sahen die harten Augen der Mutter, und die Söhne wussten, wenn die Mutter so sprach, dann war das ihr eiserner Wille, und das ganze Dorf würde hinter ihr stehen.

Paula saß mit großen Augen da und blickte ihre Schwiegermutter fassungslos an.

»Du kannst in Ruhe dein Kind austragen, Paula, dir wird es so oder so gutgehen.«

Paula dachte, warum kann sich nicht einer entscheiden? Warum denn nicht? Soll ich wirklich mein ganzes Leben lang ohne Mann bleiben? Nur für einen kurzen Augenblick war ich glücklich gewesen. Oh, das ist hart.

Paula war es gleich, wen sie bekam, Florian kannte sie ja auch noch viel zu wenig, um ihn wirklich zu lieben, und die Brüder waren sich ja so ähnlich. Sie mochte sie beide, aber einer sollte sich endlich entschließen.

Ludwig brauchte eine kurze Zeit, um alles zu überdenken. Das ist ja wirklich stark, dachte er immer wieder. Das ist ja gemeine Sache, aber wenn ich das ganz richtig überdenke, ja, der Mutter bleibt ja keine andere Wahl. Und die Paula, die ist doch wirklich unschuldig. Wenn sie jetzt noch ein falsches

Luder wäre, dann könnte man ja ganz anders auftreten, aber so? Es ist ja wirklich nicht ihre Schuld.

»Und wenn wir uns bereit erklären?«, sagte er mit schwerer Zunge. »Was ist dann?«

Johanna sagte: »Das ist doch ganz einfach. Wenn es dein Bub ist, dann geht ihr zurück auf den Bachhuberhof. Du kriegst ihn dann gratis, steckst dein Geld rein und hast ein gutes Auskommen. Der Florian behält den Vaterhof und hat auch sein Auskommen. Er muss sich halt nur selbst eine Frau suchen. Und das schwöre ich euch, diesmal mische ich mich nicht mehr ein.«

Ludwig blickte den Bruder an.

»Was ist mit dir? Willst du einschlagen? Sollen wir das so belassen? Dann kommt die Entscheidung von oben. Es ist eine gerechte Sache, Florian. Ich für meinen Teil sag' ja, also, wenn es mein Kind ist, dann heirate ich dich, Paula.«

Ein schwaches Lächeln zog über das Gesicht der jungen Frau.

»An mir soll es also nicht liegen.«

»Gut«, sagte Florian schleppend. »Da halt ich mit«, obwohl es ihm furchtbar schwer fiel, das zu sagen. Aber er wusste, es musste so geschehen.

Johanna sagte erleichtert: »Ich hab ja gewusst, dass ihr endlich Vernunft annehmt. So, jetzt geht wieder an die Arbeit. Wir haben auch noch viel zu tun.«

Beide stolperten sie aus dem Haus. Ludwig rannte den Berg hinunter. Er dachte nicht mehr viel darüber nach. Er brauchte ja eine Frau, gut, würde es vielleicht doch die Paula sein. Das andere würde man dann eben vergessen.

Florian war wie erschlagen. Er konnte sich jetzt auf nichts konzentrieren. Es war fürchterlich. Ein Sturm tobte in seiner Brust. Er musste erst wieder zu sich kommen. Und so rannte er in den Wald und immer weiter und weiter. Seine Füße gingen schon von ganz alleine.

Ehe er sich versah, war er wieder am alten Platz an der Quelle. Hier endlich hielt er inne, und dann war es mit seiner Beherrschung zu Ende. Er fiel in das weiche Moos, legte sein Gesicht darauf und weinte.

*

Immer wenn Anna sich einsam und verzweifelt fühlte, denn sie fand ihr Herz nicht wieder, dann ging sie zu der alten Stelle. Sie wollte nicht, dass man sah, dass sie heimlichen Liebeskummer hatte. Es war so arg. Sie hatte gedacht, sie würde schneller vergessen können, aber dem war nicht so. Und heute, an ihrem freien Tag, da hielt sie es nicht mehr aus unten im Dorf. Sie musste fort. Und so kam es, dass auch sie zur Quelle ging. Sie sah viel zu spät den Mann. Und dann konnte sie einfach nicht mehr fort. Das Weinen zerriss ihr das Herz.

Scheu blieb sie stehen und sagte leise: »Florian, Florian, was ist denn?«

Sie kniete sich an seiner Seite nieder und strich ihm behutsam über das Haar.

Florian hob den Kopf, sah sie vor sich und stöhnte wild auf. Ungestüm umfasste er die schlanke Gestalt, bettete seinen Kopf in ihren Schoß und seufzte tief auf.

»Oh, du mein Gott!«

Eine ganze Weile saßen sie so reglos beisammen und sagten kein Wort. Anna hörte nicht mit dem Streicheln auf, und langsam wurde er auch ruhiger.

»Verzeih«, sagte er nach einer Weile und erhob sich schüchtern.

»Bist du oft hier?«, fragte sie mit zerbrechender Stimme.

Er nickte.

»Ich auch«, sagte sie schwach.

Er blickte ihr in die blauen Augen und da wusste er, dass sie ihn genauso liebte wie er sie auch. Und da konnte er nicht anders, er streckte die Arme nach ihr aus, zog sie an seine Brust und küsste sie leidenschaftlich. Das war ihr erster Kuss, und ein Zittern und Beben ging durch ihren Körper. Sie wäre fast schwach geworden, so lieb hatte sie ihn. All die Zeit hatte sie sich so schrecklich nach ihm gesehnt.

Aber im letzten Augenblick sagte sie dann: »Florian, Florian, das ist eine Sünde, wir dürfen uns nicht lieben, Florian, denke an deine Frau. Ich könnte nie mehr ins Dorf zurückkehren. Oh, Florian, warum hast du sie genommen?«

Er kam wieder zur Vernunft und blickte sie erst jetzt richtig an. Dabei bemerkte er, dass sie ganz in Schwarz gehüllt war.

»Weißt du denn nicht, dass die Tante gestorben ist?«, fragte sie erstaunt.

»Nein«, sagte er gequält. »Bei uns geht so viel vor, da merkt man gar nicht, was um einen geschieht.«

»Warum hast du hier gelegen und geweint, Florian?«

»Weil ich dich liebe«, sagte er ruhig. »Weil ich dich nicht vergessen kann, darum. Alles ist so schrecklich, so grausam und manchmal, dann denke ich, es löst sich alles, wenn ich mir das Leben nehme.«

»Oh, du mein Gott«, sagte sie erschrocken. »So darfst doch nicht denken, Florian.«

»Wenn ich dich nicht so lieben müsste, dann wäre das andere ja alles gar nicht so schlimm«, sagte er dumpf. »Dann könnte ich das ertragen. Aber du...«

»Aber du hast mir damals doch gesagt, du hast mich lieb, hast du denn nicht gewusst, dass ich dich auch lieb habe, Florian?«, fragte sie zitternd.

»Doch«, sagte er. »Aber ich dachte mir, du kannst das nicht, ich wollte nicht, die viele Arbeit...«

Sie lächelte müde. »Ja, glaubst du denn, ich bin je auf Rosen gebettet worden, Florian? Daheim, da mussten wir früh ran, auch wir Mädchen, so hart wie die Buben, und jetzt in der Wirtschaft, das ist eine Plackerei, das hält nicht jeder aus. Aber weil ich das von klein auf kenne, da macht es mir nichts aus. Ich bin viele Arbeit gewöhnt, da muss man nicht erst dick und groß sein, um das zu schaffen.«

Florian legte die Hände vor das Gesicht. »Warum hast du mir das nicht damals alles gesagt, Anna?«

Sie lächelte bitter. »Du hast mir zuerst gesagt, du hättest der Paula schon dein Wort gegeben. Ich wollte mich nicht dir an den Hals werfen, und wegen der Paula, sie muss dich doch auch lieben, und dies alles hier ist schon Sünde, dass wir zusammensitzen und miteinander reden. Das dürfen wir nie mehr.«

»Nein«, sagte er leidenschaftlich. »Nein, Anna, du musst mir versprechen, immer wieder zu kommen. Nur so halte ich das aus, nur so kann ich das alles verkraften. Du gibst mir Halt. Und dann, es wird nicht lange dauern, dann werde ich es wirklich wissen, dann...«

»Florian, du machst es uns so schwer. Wir werden uns nie mehr wiedersehen. Das tut nicht gut. Du hast eine junge Frau, du darfst das nicht.«

Florian nahm ihre beiden Hände und blickte sie fest an.

»Hör zu, was ich dir jetzt sag', das muss unter uns bleiben, Anna, hörst, das darf nie je einer erfahren. Wir haben es der Mutter versprochen. Aber du sollst die ganze Wahrheit wissen. Denn sieh, Anna, es gibt für uns noch eine kleine Hoffnung. Wenn auch winzig, aber sie ist da, und daran müssen wir uns klammern, hörst.«

Er spricht im Fieber, dachte sie zugleich. Wieso spricht er von Hoffnung, wo er schon längst verheiratet war? Was hatte er vor?

»Florian«, sagte sie zitternd. »Du kennst mich doch, ich werde schweigen.«

»Die Paula bekommt ein Kind«, sagte er.

Ihre Augen wurden riesengroß.

»Wenn das Kind da ist, wird sein und unser Blut untersucht, und dann werden wir wissen, wer der Vater ist, Anna. Und darauf setze ich, das ist meine allerletzte Hoffnung. Oh, Anna, wir müssen darauf hoffen«

»Florian, bist narrisch, was redest du da für dummes Zeug. Ein Kind bekommt die Paula, und das alles soll entscheidend sein über unsere Liebe?«

Unwillkürlich lächelte er über ihr ungläubiges Gesicht.

»Ach, du weißt ja gar nichts. Schau, ich erzähle dir die Geschichte ganz von Anfang an, und dann wirst mich auch verstehen.«

Und so erzählte er denn der Anna, was sich in der Hochzeitsnacht zugetragen hatte. Das junge Mädchen hörte atemlos zu. Im ersten Augenblick dachte sie nur, der erzählt mir nur eine Geschichte. Das gibt es .doch nicht, das kann doch nicht sein, das ist...

Aber sie rechnete nach. Alles stimmte, der Bruder war seither daheim. Und er hatte ihnen ja selbst in der Wirtschaft erzählt, dass er des Nachts angekommen sei. Mehr aber nicht. Und er lebte jetzt im Bachhuberhof. Die Leute hatten sich nix dabei gedacht. Er sollte ja sowieso verkauft werden, und der Ludwig sollte ja Geld aus Amerika mitgebracht haben.

Das war also die ganze Geschichte.

Florian blickte sie an.

»Verstehst du mich jetzt?«

»Die arme Paula«, sagte sie bewegt. »Das hab ich ihr nicht gewünscht. Sie wird es wohl schwer haben, wie? Von keinem geliebt zu werden.«

»Wir hatten uns auch vorher nicht lieb, Anna, die Mutter hat das gewollt. Und ich hab gedacht, du bist zu zart für die schwere Arbeit. Aber sag', wenn es nicht mein Kind ist, dann bin ich frei, sag', wirst du dann kommen? Ich meine, es wird nicht einfach sein. Wir müssen arbeiten von früh bis spät.«

Sie lächelte nur fein und strich ihm einmal über die Locken, das tat sie so zart, dass er bald verrückt darüber wurde.

»Ach Florian, so dürfen wir also wirklich hoffen, und ich kann auch kommen, so oft ich möchte, ich brauche kein schlechtes Gewissen zu haben?«

»Nein«, sagte er und küsste sie wieder leidenschaftlich.

Und sie dachte beglückt, wie hab ich damals nur denken könne, er ist scheu, er versteht nix von der Liebe. bloß weil er so anständig und gut zu mir war.

»Florian«, sagte sie leidenschaftlich. »Ich verspreche dir, auf dich zu warten, und ich verspreche dir noch eins, wir werden es schaffen, hörst, alles werden wir bekommen. Alles!«

Er war so heiter und glücklich, dass er gar nicht weiter darauf einging und sie fragte, was sie denn damit meine.

Es wurde langsam dunkel und sie mussten jetzt endlich nach Hause. Er brachte sie bis zum Waldrand, und dann ging jeder seinen Weg.

Alle vier Tage wollten sie sich an der gleichen Stelle treffen.

Ein heller Schimmer lag auf Florians Gesicht, als er heimkam. Plötzlich war er sicher, dass noch alles gut werden würde. Es musste einfach gut werden, weil Anna ihn auch so sehr liebte.

*

Johanna beobachtete Florian bei der Arbeit. Sie ahnte ja nicht, dass er eine heimliche Liebe besaß.

»Siehst du«, sagte sie zu Paula. »Das wurde endlich Zeit. Jetzt, wo ich die zwei zur Entscheidung gezwungen hab, da werden sie endlich wieder zufrieden. Sieh dir den Florian an, er macht jetzt ein ganz zufriedenes Gesicht und ist auch längst nicht mehr so grantig wie vorher. Er ist sogar freundlich und nett zu dir. Und es sollte mich nicht wundern, wenn er plötzlich sagt, er will dich behalten, so oder so.«

Paula saß am Fenster und nähte an der Wäsche für das Kind. Weil sie schwanger war, hatte man im Ort verlauten lassen, wolle man mit dem Umbau noch warten, bis das Kind da sei, man wolle ihr Aufregung und Arbeit ersparen.

Paula sagte: »Ja, er ist jetzt nett zu mir, aber so anders!«

»Ach was, das bildest dir sicher nur ein. Bist empfindlicher geworden, jetzt.«

Paula sah ihn über den Hof gehen und im Geiste sah sie daneben seinen Bruder. Und plötzlich dachte sie, komisch, wenn ich an die beiden denke, dann immer nur an Ludwig. Er hat so etwas Leichtes, Übermütiges an sich, Florian nicht. Ich brauche das, ich bin so schwer im Blut, er könnte mich mitziehen, ich könnte von ihm lernen. Aber Florian, der würde es nicht so schaffen. Ludwig ist so lustig.

Ludwig kam jeden Sonntag zu ihnen und erzählte stolz, wie weit er schon mit der Arbeit gekommen sei. Ja, die Brüder verstanden sich jetzt so ausgezeichnet, dass sogar der Florian oft mitkam und ihm half, wenn er jemanden brauchte, wenn es für eine Person zu schwer wurde.

Auch Ludwig war jetzt ganz zufrieden. Das Haus, überhaupt das Anwesen war wie geschaffen für seine Wünsche. Und er spielte schon mit dem Gedanken, hinter dem Haus später mal einen Lift zu bauen. Der zum Haus gehörte, das würde die Gäste im Winter wie im Sommer noch mehr anziehen. Er hatte auf einmal so viele Pläne. Für ihn ging das alles gar nicht rasch genug.

Seit der Ludwig wieder da war, und seit man sich wieder so gut verstand, fühlte Johanna wieder, wie sich ihr Herz mehr dem Ludwig zuwendete. Er war immer noch ihr Liebling, und sie bewunderte ihn über die Maßen. Er war ein toller Bursche, und im Geiste ging sie all die Mädchen von den reichen Höfen durch, die für den Ludwig in Frage kamen. Bei dem Florian damals war das ja was anderes gewesen, da hatte man nicht so hoch greifen können. Aber der Ludwig, ihr Liebling, er würde das ganz große Glück machen.

Am Sonntag nach der Kirche entging es ihr nicht, wie die Mädchen ihm heimliche Bücke zuwarfen. Er sah auch wirklich fesch und stolz aus. Nicht minder der Florian natürlich, aber er war halt nicht so lustig und schnell mit den Worten. Das zog noch immer. Und na ja, er hatte ja die Paula. Für die Johanna war das jetzt alles feste Sache. Der Florian behielt die Paula und wurde mit ihr glücklich, und der Ludwig bekam ein hübsches reiches Mädchen. Und dann konnte er der Paula getrost den Hof abkaufen und hatte immer noch Geld genug, um all seine Pläne zu verwirklichen.

Sie würde eine große Hochzeit ausrichten, o ja, diesmal würde sie alles viel festlicher machen. Und wehe, der Pfarrer würde seine Kirche nicht anständig ausschmücken, dann würde er es aber mit ihr, der Johanna Hafner, zu tun bekommen.

Diesmal war sie aber klug genug und sagte nichts. Das hatte noch Zeit. Ein paar Monate noch, dann würde die Entscheidung fallen.

*

Tage und Wochen wurden langsam zu Monaten. Der Winter ging vorbei, und dann kam der Frühling und Paula trug ihr Kind. Florian empfand oft tiefes Mitleid mit ihr, wenn er sah, wie sie sich anstrengen musste.

Oft sagte er dann zu ihr: »So ruh dich doch aus, das kann ich doch machen. Du brauchst das doch nicht.«

Sie wischte sich dann den Schweiß von der Stirn und sagte leise: »Danke, Florian.«

Die Mutter sah und hörte alles. Und weil er jetzt so freundlich zu ihr war, glaubte sie, er habe sich endlich mit seinem Los abgefunden.

Und weil sie nun mal immer das Sagen gehabt hatte, und alles so langsam vor sich ging, so hielt sie es eines Tages doch nicht aus und sprach mit dem Ludwig über die reichen Mädchen aus der Nachbarschaft.

Das war aber ein Augenblick, wo selbst der Ludwig richtig zornig auf die Mutter wurde.

»Hast du uns nicht selbst gesagt, wir sollen erst einmal abwarten? Waren das nicht deine Worte? Und jetzt fängst mit so was an?«

Johanna wurde rot und ärgerlich zugleich. Der dumme Bub, begriff er denn nicht, dass sie nur sein Glück wollte?

»Ich hab gedacht, der Florian, der ist jetzt ganz anständig zu ihr, Ludwig, es ist schon besser, es bleibt alles so wie es ist, schon wegen der Leute, weißt!«

»Was willst damit sagen, Mutter?«

Sie zögerte einen Augenblick, sie merkte nicht die Spannung bei ihm.

»Ich will doch nur dein Glück, Bub, du wirst es noch viel besser treffen. Schau, die Paula, die passt doch richtig gut zu dem Florian. Aber du...«

Da fiel krachend seine Faust auf den Tisch.

»Mutter, glaubst wirklich, dass ich so ein Schuft bin, hast das wirklich geglaubt? All die Zeit? Nein und nochmals nein, Florian ist mein Bruder, und bei Gott, ich hab ihm schon vieles angetan. Aber solch ein Schwein bin ich denn doch nicht, Mutter. Nein, es bleibt bei der Entscheidung. Ist es mein Kind, dann nehme ich die Paula zu mir.«

»Aber vielleicht mag er sie jetzt?«, sagte sie mit sehr dünner Stimme.

»Da kennst du deinen Sohn schlecht. Wenn er jetzt gut zu ihr ist, dann doch nur, weil er Mitleid mit ihr hat. Jeder hat Mitleid mit einer Schwangeren, Mutter. Jeder, und dann noch unter diesen Umständen. Aber der Florian, ich fühle es, er trägt was mit sich herum. Er ist nicht glücklich, da ist ein Schatten, ich hab versucht zu ergründen, was es ist, aber er hat es mir nicht gesagt. Ich besitze nicht sein Vertrauen«, sagte er traurig.

Johanna fühlte einen wehen Stich im Herzen. Der Ludwig liebte also den Bruder mehr als die Mutter. Das tat weh. Johanna kam gar nicht auf den Gedanken, dass ein anständiger Mensch so und nicht anders handeln konnte.

Nein, Florian war wirklich nicht glücklich. Aber nur die Stunden mit Anna zusammen machten ihn froh und bestärkten ihn immer wieder. Und je öfter er sie sah, umso heißer liebte er sie. Und dann packte ihn wieder das Grausen, und er fragte sich verzweifelt, was werden solle, wenn es sein Kind sei. Er hatte versprochen, sich an die Abmachung zu halten. Dann musste er seine Liebe zu Anna begraben. Dann, dann...

Schwarze Wolken tanzten vor seinen Augen, und ihm wurde richtig dumm im Kopf. Aber noch fing er sich wieder, noch konnte er ein Lächeln zustande bringen.

Nein, sie alle wussten nichts von dem heimlichen Leben des Florian und der Anna Lechner. Man staunte wohl, dass auch, als die Trauer vorbei war. Anna sich noch immer nicht nach einem Burschen umsah. Nein, dass sie aber auch jeden zur Seite schob und bitterböse werden konnte, wenn sich ihr ein Bursche nähern wollte.

Im Dorf gab es eine ganze Menge Burschen, die das Mädchen recht gern sahen. Und darunter waren auch ganz ansehnliche. Sogar einer, der beim Kreisamt in Wörgl angestellt war. Und das sollte wirklich was heißen.

»Die ist hochmütig«, sagten viele. »Wenn die denkt, es kommt ein Prinz einher, dann kann sie lange warten und ehe sie sich versieht, ist sie eine alte Jungfer.«

So sprachen die jungen Mädchen, die nicht so hübsch waren wie sie und sich natürlich ärgerten, dass die Burschen hinter der Anna herliefen.

Selbst Annas Herz sank manchmal ganz tief, je näher der Zeitpunkt heranrückte. Anfangs, da war sie ja so voller Zuversicht gewesen. So glücklich mit dem Florian. Aber wenn sie ihn jetzt traf, dann hatte sie manchmal das Zittern und musste sich fest zusammennehmen. Aber dann sah sie, dass es dem Florian ebenso erging und sie klammerten sich aneinander und blickten sich verzweifelt an.

»Was soll nur werden?«, sprach sie verzweifelt. »Was Florian, was?«

»Ich weiß es nicht«, stöhnte er nur.

»Ich hab dich so lieb, und wenn ich denke, ich...«

»Still Anna, still sprich es nicht aus. Wir müssen warten, hörst du?«

»Ja«, sagte sie zaghaft. »Ja!«

*

Ludwig wurde immer nervöser. Nun hatte er das Haus schon so anziehend hergerichtet. Jetzt fehlten nur noch die Gardinen und die Wäsche und so vieles, was aber nur die Frauen machen konnten. Und wenn sich die Paula eilte, dann konnte man doch auch noch diese Frühlingssaison mitnehmen. Jetzt kamen immer mehr ältere Menschen in die Berge. Und sie kamen zu einer Zeit, wo nicht alles überlaufen war. Das waren gute Einnahmen zwischendurch. Und Ludwig wusste, wenn man es ihnen so gemütlich wie nur möglich machte, dann würden sie immer wieder kommen. Stammgäste waren das wichtigste.

Er hatte auch schon mit der Paula gesprochen, ob man denn vielleicht eine kleine Gaststube oder ein Café anbauen könnte. So viele Ideen hatte er, und es ging ihm alles viel zu langsam.

Aber sie mussten erst warten.

Warten!

*

Paula war im neunten Monat schwanger. Der Arzt hatte ihr angeraten, keine Hausgeburt vorzunehmen. Sie besaß ein zu schmales Becken, und es könne vielleicht Komplikationen geben. Sie solle, sobald sie etwas verspüre, nach Sonthofen ins Krankenhaus gehen.

Ludwig besaß ein Auto, und er versprach natürlich, sie sofort hinzufahren. Als die Zeit immer weiter schritt, wurde Florian immer blasser und nervöser, hingegen der Bruder alles so gelassen nahm.

Und dann kam die bewusste Nacht. Merkwürdig, dass die meisten Kinder nachts auf die Welt kommen. Die Mutter jagte den Florian hoch, und der rannte wenig später den Berg hinunter, um den Bruder zu verständigen. So kamen sie kurze

Zeit später mit dem Wagen zurück. Der Koffer für Paula, die Tasche für das Kind, alles war schon gepackt.

Paula stöhnte und umkrampfte den Türpfosten. Am liebsten wäre Johanna mitgekommen. Sie glaubte wieder mal, ohne sie ginge es nicht. Aber Ludwig schob sie zur Seite, bettete Paula auf den Rücksitz und dann rasten sie davon.

Ja, so etwas hatte man schon lange nicht mehr in dem Krankenhaus erlebt.

Die Schwestern nahmen sich sofort der Wöchnerin an und führten sie davon. Die beiden Brüder blieben zurück und standen nun ziemlich verlegen herum.

Dann kam eine andere Schwester und sagte: »Ich möchte gerne die Personalien des Vaters aufnehmen. Dann brauchen wir das nachher nicht mehr.«

Ludwig und Florian blickten sich an.

»Wir beide«, sagte Ludwig verdattert.

»Wieso?«, sagte die Schwester verdutzt. »Das gibt es doch nicht!«

»Doch.«

»Wollt ihr mich zum Narren halten?«

»Nein, so ist das wirklich, ich meine, später...«

Die sind jetzt schon betrunken, dachte sie verächtlich. Ja, ja diese Kerle aus den Bergen, da betrinken sie sich, und die arme Frau muss leiden. Sie denken nur immer an sich.

Hochmütig ging sie davon.

Wenig später traf sie mit dem Arzt zusammen. »Wer sind die zwei denn da? Ich denke, es soll nur eine Geburt sein.«

»Klar doch, aber sie behaupten, beide der Vater des Kindes zu sein.«

»Waas?«

Sie grinste.

»Gut was? Aber wenn Sie mich fragen, die sind besoffen.«

»Sie sehen sich verteufelt ähnlich«, murmelte er.

»Na ja, fragen wir halt die Frau, die wird doch schließlich wissen, wer ihr Mann ist.«

Paula lag im Kreißsaal. Wie es der Arzt in Holzkirchen ihr schon gesagt hatte, würde es keine leichte Geburt werden. Aber sie war eine tapfere stille Frau.

Der Arzt kam zu ihr und fragte sie nach dem Namen ihres Mannes. Da sagte sie leise: »Er heißt Florian Hafner, aber ob er der Vater ist, weiß ich nicht, ich...«, dann riss eine Schmerzwelle die Worte von ihren Lippen.

Schwester und Arzt blickten sich beide an.

»Ein sündiger Ort muss das da oben sein«, sagte sie verächtlich. »Also wirklich?«

»Geliebter und Ehemann«, grinste der Arzt. »Beide warten vor der Tür. Naja, das ist nicht unsere Sorge, wir müssen uns darum kümmern, dass das Kind auf die Welt kommt.«

»Ja«, sagte sie.

So wurden sie sich allein überlassen. Der Ludwig und der Florian. Da gingen sie nun nervös auf und ab und der Florian war totenblass und schwitzte.

»Hast Angst?«

Er sagte nichts.

Nach gut einer Stunde wurde ihnen gesagt, dass es nicht leicht sein würde. Ludwig bekam große Augen. Aber fragen konnten sie schon nicht mehr.

»Und wenn sie jetzt stirbt?«, stammelte Ludwig. »Daran haben wir noch gar nicht gedacht, dann bekommst du alles, beide Höfe, Florian.«

»Wenn es mein Kind ist«, sagte dieser dumpf.

Ludwig lachte unwillig auf. »Das kannst du jetzt gut sagen. Aber wenn du dich nicht untersuchen lässt, und überhaupt, wenn sie nicht mehr da ist, dann kannst mir ein schönes Schnippchen schlagen. Du mein Gott, warum habe ich nur nicht daran gedacht. Das ist ja...«

Florian hatte die ganze Zeit verzweifelt an Anna gedacht. Jetzt riss Ludwig mit seinen Worten ihn aus den Gedanken.

»Den Hof kriegst du«, sagte er ruhig.

Ludwig starrte ihn an. »Was willst du damit sagen?«

»Er ist dein, so oder so, das bin ich dir dann schuldig, ich meine...« Und dann konnte er nicht mehr. Es war einfach zu viel für ihn. Er legte den Kopf auf den Tisch und weinte.

Fassungslos blickte Ludwig den Bruder an. Das hatte er noch nie an ihm gesehen. Auch als kleiner Bub hatte er fast nie geweint.

»Florian, Florian, so rede doch endlich. Ich weiß doch, dass du was auf dem Herzen hast. So sprich dich doch endlich aus.«

Er schüttelte den Kopf.

»Kann ich dir denn gar nicht helfen?«

»Nein.«

Ludwig wusste um den Dickschädel und ließ ihn gewähren. So saßen sie Stunden herum, und der Morgen kam langsam herauf.

*

»Wir müssen einen Kaiserschnitt machen«, sagte der Arzt.

Sie nickte nur noch schwach.

»Florian, meinst nicht, dass wir uns Namen ausdenken müssen? Ich meine, wenn die Paula nicht selbst kann, sie werden uns dann fragen. Vorhin haben sie schon so blöd geguckt, und weißt du, ich meine...«

»Nein, soweit ich mich erinnern kann hat die Paula nie darüber gesprochen.«

»Weißt du einen Namen?«

Florian starrte die weiße Wand an.

»Ich wüsste schon einen, aus Dankbarkeit wären wir ihr das schon schuldig, und wir hätten weniger Mühe.«

»Wie meinst du das?«

»Nun, man kann ihn so oder so nehmen.«

»An wen denkst du überhaupt?«

»Erinnerst du dich denn nicht mehr an Toni Leitner?«

Ein Grinsen zog über Ludwigs Gesicht. »Du meine Güte ja, die alte Toni. Ach ja, sie war eine herzensgute Seele. Obwohl wir das früher nie so recht eingesehen haben, als sie uns den Hintern versohlte.«

»Ja, ich hab sie manchmal lieber gehabt als die Mutter«, sagte Florian leise.

»Du meinst also, wir sollen das Kind Toni taufen?«

»So haben wir einen Namen, der dazu reicht, wenn es ein Bub oder ein Mädchen wird.‹

»Und wenn es jetzt auch zwei werden?«, neckte der Bruder ihn.

Florian starrte ihn entgeistert an.

»Hör auf, den Teufel an die Wand zu malen, Ludwig.«

»Ach Gott, du meinst, dann könntest nicht mehr zurück? Dann meinst also, eins wäre von mir und eins von dir? Das wäre wirklich ein Spaß.«

»Nein«, sagte er hart. »Nein, das wäre mein Untergang.«

»Der was?«

Aber er bekam nie mehr eine Antwort darauf; denn in diesem Augenblick kam die Schwester auf den Flur und sagte: »Wir haben es geschafft. Das Kind ist da. Mutter und Kind sind wohlauf. Wir haben noch einmal Glück gehabt.«

Ludwig rannte hinter ihr her.

»Schwester, Sie haben ja noch gar nicht gesagt, was es ist? Ich meine...«

»Ein Bub ist es, ein strammer dazu, acht Pfund, darum hat er uns auch so viel Arbeit gemacht.«

»Ein Bub«, sagte Ludwig lachend und drehte sich nach Florian um.

»Hast du es gehört?«

»Ja!«

Nach einer Stunde durften sie ihn durch die Scheibe betrachten.

»Der Knabe mit den zwei Vätern«, sagte Ludwig. »Wenn das nicht lustig ist.«

Florian hatte ein kantiges Gesicht.

»Ich möchte heim. Aber vorher fahren wir zum Doktor.«

»Du hast es wohl verdammt eilig, wie?«

»Ja!«

Und plötzlich ging dem Bruder ein Licht auf. Warum bin ich nicht sofort darauf gekommen, dachte er. Er liebt eine andere. Florian liebt ein anderes Mädchen und ist jetzt ganz verzweifelt.

*

Sie gingen dann zum Doktor, und der nahm nun die Blutgruppenbestimmung vor und was noch getan werden musste.

»Ich werde zur Klinik fahren und mit dem Arzt sprechen. Ich werde mich darum kümmern.«

Florian nickte und ging sofort. Ludwig blieb noch zurück. Jetzt war er allein mit dem Arzt. Ruhig sagte er: »Doktor Schwettner, ich möchte Sie um einen Gefallen bitten!«

»Ja!«

Er holte einmal tief Luft.

»Also, wenn es nicht mein Kind ist, wenn es dem Florian seins ist, ich meine, können Sie nicht trotzdem draufschreiben, es wäre mein Kind?«

Der Doktor kniff die Augen zusammen.

»Wie meinst das, Ludwig?«

»Je nun, es wäre von großer Bedeutung, ich möchte jetzt nicht mehr sagen, aber...«

»Ich hab schon vorhin gesagt, ich werde mich um alles selbst kümmern, und ich lasse mich nicht dazu herab, einen Betrug vorzunehmen«, sagte er mit harter Stimme.

Ludwig wurde rot und verließ abrupt den Arzt. Wütend fuhr er nach Hause. Er hatte ja nur dem Bruder helfen wollen. Er war jetzt gern bereit, die Paula zu nehmen. Und der Bub, er sah so hübsch aus, und dann wäre man gleich so etwas wie eine kleine Familie.

Aber der Arzt dachte nun ganz anders. Er glaubte, da er Ludwig schon so viel in den Hof gesteckt hatte, wolle er ihn unter allen Umständen behalten und scheue auch vor Betrug nicht zurück. Jetzt wollte er erst recht ganz sorgsam alles überprüfen. Dass auch ja kein Fehler unterlief.

Florian erzählte es zuerst der Anna, und sie hatte ganz blanke große Augen.

»Etwa zwei Wochen müssen wir noch warten, Anna, dann haben wir das Ergebnis.«

»Immer noch warten?«

»Ach Anna!«

Johanna nahm die Antwort still hin. Jetzt hatte sie also einen Enkel. Und eigentlich war es ihr gleich, wer nun der Vater war. Sie freute sich, dass Paula es überstanden hatte.

Paula hatte wirklich ihr Letztes hingegeben und sie musste sehr lange in der Klinik bleiben, um wieder ganz gesund zu werden. Mittlerweile wussten sie auch alle, was passiert war, und sie hatten alle Mitleid mit der jungen Frau.

Florian kam zweimal mit der Mutter sie besuchen. Da stand er nun linkisch herum und blickte sie scheu an. Paula hatte ein weiches Gesicht bekommen. Überhaupt sah sie jetzt wie verzaubert aus. Das Bübchen machte sich prächtig und hatte kraftvolle Lungen.

Ludwig kam hingegen viel öfter in die Klinik. Mit dem Wagen ging das auch schneller. Und er sprach von der Zukunft und erzählte ihr auch, dass er die alte Wiege gefunden und sie neu angestrichen habe.

»Ach Ludwig«, sagte sie manchmal und hatte einen warmen Glanz in den Augen.

»Magst du mich eigentlich?«

Sie nickte schwach.

»Gott sei Dank, jetzt brauchen wir nur noch das dumme Urteil abzuwarten. Aber verflixt, ich bin ja narrisch, hör zu, Paula,, wenn du mich magst, wieso sollen wir dann nicht heiraten, auch wenn der Bub vom Florian ist? Es würde mich kein bisschen stören, ehrlich...«

Das war eigentlich der schönste Liebesbeweis, den er ihr geben konnte.

Aber so schlicht und gradlinig sie nun einmal war, sagte sie leise: »Aber wir haben es doch alle so besprochen. Das Urteil soll es entscheiden, Ludwig.«

»Aber Florian ist todunglücklich, Paula, merkst das denn nicht? Er hat eine andere lieb!«

»Oh«, sagte sie leise.

»Die Mutter hat ihn zu dieser Heirat mit dir gedrängt, du hast es nicht gewusst.«

»Nein«, sagte sie.

Ludwig straffte die Schultern. »Ich werde mit Florian reden, und mit der Mutter, verlass dich darauf.«

Sie legte ihre Hand auf seinen Arm.

»Warte damit, ich meine...«

Er zwinkerte ihr zu. »Gut denn, vielleicht brauche ich es auch gar nicht. Ach Paula, ich wünsche es mir so sehr, wegen Florian, weißt. Ich war nicht nett, damals, als ich ihn allein ließ. Ich schaff die Mutter schon, aber Florian, er ist zu weich, und darum, Paula, werden wir sie auch zu uns nehmen, hörst?

Dann wird der Florian auch glücklich werden. Das wäre doch gelacht.«

»Ja«, sagte sie. »Mir macht es nichts aus.«

»Sie wird das Kind hüten, während wir uns um alles kümmern.«

*

Und dann kam der Brief!

Wie es der Zufall wollte, war Johanna unten im Ort. Und jetzt nahm sie sich immer so viel Zeit beim Einkäufen; denn sie musste ja von Florians Sohn erzählen. In ihren Augen war es sein Kind. Wenn sie sich einmal was in den Kopf gesetzt hatte, dann musste es auch so werden.

Florians Hände zitterten so sehr, dass er kaum dazu in der Lage war, den Brief zu öffnen. Aber dann lag der Bogen vor ihm. Zuerst tanzten alle Buchstaben vor seinen Augen. Aber dann als er ruhiger wurde, las er es ganz deutlich: ».... und somit sind wir zu dem Ergebnis gekommen, dass der Vater des Kindes Toni Hafner Herr Ludwig Hafner ist...« und vieles mehr. Aber er las nur diese Zeile, und dann wurde sein Herz weit. Er nahm den Brief und machte sich unverzüglich auf den Weg zu Anna nach Oberjoch, direkt in das kleine Häuschen.

»Anna!« Er packte sie und drückte sie an sich.

Und da wusste sie alles.

Die Leute staunten nicht schlecht, dass der Florian gleich nach der Geburt des Kindes die Scheidung einreichte und sofort das Aufgebot mit der Anna Lechner bestellte. Keiner sprach darüber, was gewesen war. Niemand sollte sich darüber den Mund zerreißen. Johanna zog mit der Paula in das schmucke Bachhuberhaus.

Anna hatte das Haus der Tante geerbt, sie verkauften es und vergrößerten den Hof. Es wurde ein stattliches Anwesen. Beide Brüder wetteiferten miteinander, und sie verstanden sich ganz prächtig. Anna sollte auch noch Buben bekommen, nämlich zwei!

*

»Ich wollt´s erst gar nicht glauben, als ich zum ersten Mal davon hörte«, meinte der Alex, der die ganze Zeit über interessiert der Erzählung des pensionierten Kriminalbeamten gelauscht hatte. »Das klingt ja teilweise so merkwürdig, dass ich es erst nicht glauben wollte, als mir ein Kunde davon erzählte.«

»Wer hat dir denn zuerst davon erzählt?«, wollte Steiner wissen.

»Ich glaub, es war letzte Woche auf dem Kirchweihfest«, erwiderte der Alex, nachdem er einen kurzen Augenblick nachgedacht hatte. »Jemand erzählte etwas von einer stürmischen Hochzeitsnacht und…«

»Lass das ja deine Frau nicht hören«, ermahnte ihn Steiner mit einer nicht ganz ernst gemeinten drohenden Geste. »Sonst sag ich ihr, dass du dich für bestimmte Dinge viel zu gründlich interessierst.«

Seine Bemerkung verstand der Alex zunächst als wirkliche Kritik. Deshalb blickte er ganz schuldbewusst drein, aber dann gab ihm Steiner mit einer eindeutigen Geste zu verstehen, dass er nur einen Scherz gemacht hatte.

»Tut mir leid, wenn dich das gekränkt hat, Alex«, fügte Steiner rasch hinzu. »Wenn es jemanden gibt, der von Grund auf ehrlich bist, dann bist du das. Sonst hättest ganz sicher nicht die Großstadt hinter dir gelassen und wärst auch nicht hierher gezogen.«

»Ich wusste von Anfang an, dass es richtig war«, fügte der Alex sofort hinzu. »Jetzt sind schon gut fünf Jahre vergangen, seit ich hierher gekommen bin. Aber mir kommt es schon viel länger vor. Als wäre Holzkirchen meine echte Heimat gewesen und alles andere nur ein Traum.«

»Wahrscheinlich ging es dem Hafner Ludwig ganz genau so«, sagte Steiner. »Überleg mal, der war sogar einige Jahre in Amerika. Und doch hat er all die Jahre über nicht gefunden, wonach er gesucht hat. Manchmal liegt das Gute viel näher als man denkt.«

»In seinem Fall war das die Paula«, grinste der Alex. »Paulas Bub soll übrigens bei mir in die Lehre gehen, wenn er mit der Schule eines Tages fertig ist. Der Ludwig war gestern bei mir und hat gefragt, ob das möglich wär. Und da mein Lehrling nach der Ausbildung nach Oberstdorf gehen und im Betrieb seines Vaters arbeiten will, wär die Stelle wieder frei.«

»Das wusste ich auch noch nicht«, antwortete Steiner. »Die Chance, die du damals bekommen hast, willst jetzt einem anderen geben?«

»Genauso ist´s«, sagte der Alex. »Und wenn´s jemand aus dem Ort ist, dann ist mir das umso lieber. Ich will den Betrieb nämlich bald vergrößern und anbauen. Und wenn der Bub vom Ludwig sich g'scheit anstellt, dann kann er auch nach der Lehre als Geselle bei mir bleiben. Ich hab ohnehin jetzt schon viele Aufträge und brauch dringend dauerhafte Unterstützung.«

»Das klingt gut«, meinte der pensionierte Kriminalbeamte. »Dann lass uns darauf gleich noch einmal anstoßen – auf eine gute und glückliche Zukunft. Nicht nur für die Hafners, sondern auch für dich und deine Familie.«

»Das wünsch ich dir auch, Ernst«, sagte der Alex.

ENDE

4. DR. KASTNERS BESTIMMUNG

»Ich weiß, dass das keine guten Nachrichten sind, Frau Paulsen«, sagte Dr. Martin Kastner zu der 40-jährigen Frau, die mit angespannten Gesichtszügen in seinem Büro saß und gerade ihren Befund erhalten hatte. »Aber es gibt für einen Menschen Ihres Alters noch so viele unterstützende Therapien Gerade im Bereich Brustkrebs...«

»Das sagen Sie, Herr Doktor«, erwiderte Nora Paulsen und hatte Mühe, ihre Tränen angesichts dieser fatalen Diagnose zurückzuhalten. »Sie sind gesund – und ich bin es nicht mehr.«

»Ich weiß das, und ich kann mich sehr gut in Sie hineinversetzen, Frau Paulsen«, entgegnete der Arzt. »Aber glauben Sie mir eins – ich hatte schon Patienten mit einer weitaus ungünstigeren Prognose als Sie. Wenn wir möglichst bald mit den entsprechenden Therapien beginnen, dann besteht auch eine reelle Chance auf Heilung.«

Irgendetwas klang in seiner Stimme an, was den momentanen Schockzustand bei Frau Paulsen wieder löste und ihr etwas Hoffnung gab.

»Was... was meinen Sie damit genau?«

»Die Chemotherapie kann stationär oder ambulant erfolgen«, klärte er sie auf. »Wir haben mittlerweile auch gute Chancen, dass...«

»Ich mache keine Chemotherapie!«, unterbrach ihn Frau Paulsen. »Das, was ich darüber gelesen habe, gibt mir zu denken. Welche Alternativen gibt es dazu?«

»So einige«, seufzte Dr. Kastner. »Aber nur wenige davon sind auch effektiv genug, um die Krankheit wirksam zu bekämpfen. In diesem Bereich wissen wir noch zu wenig über andere Heilmethoden. Deswegen steht für mich die Schulmedizin an erster Stelle, Frau Paulsen. Das werden Sie sicher verstehen.«

»Verstehen schon«, lautete die Antwort der Krebspatientin. »Aber ob ich das auch akzeptieren werde, ist eine ganz andere Sache. »Ich muss darüber in Ruhe nachdenken und mich informieren. Dann erst kann ich eine Entscheidung treffen.«

»Natürlich«, nickte Dr. Kastner. »Aber Sie sollten sich in Ihrem eigenen Interesse rasch entscheiden. Jeder Tag ist kostbar – und je schneller wir beginnen, umso größer sind die Chancen. Ich würde gerne noch gegen Ende dieser Woche mit Ihnen weitere Einzelheiten besprechen, Frau Paulsen.«

»Einverstanden«, nickte Frau Paulsen und verabschiedete sich dann von Dr. Kastner. Als die Krebspatientin das Zimmer verlassen hatte, erhob sich der Arzt von seinem Schreibtisch und ging zum Fenster. Dutzende von Gedanken gingen ihm in diesen Minuten durch den Kopf.

Was für ein schönes Wetter da draußen, dachte er. *Die Sonne scheint – es ist herrliches Wetter, und ich muss hier jeden Tag Krankheiten bekämpfen, die die betroffenen Menschen im Lauf der Zeit verändern.*

Die Hitze war unerträglich. Schon seit Tagen hielt sie an, und vorläufig war kein Ende abzusehen. Gewiss, man freute sich im Allgemeinen, denn die großen Ferien hatten begonnen. Wer es sich leisten konnte, hatte schon vor Tagen die Stadt verlassen und lag jetzt am kühlen Strand oder befand sich im Gebirge. Aber diejenigen, die zurückgeblieben waren, mussten mit dieser Hitze fertig werden. Irgendwie! Ganz besonders schwer hatten es die Kranken. Ans Bett gefesselt - was an und für sich schon eine Qual war - lagen sie in den drückend heißen Krankenzimmern und griffen gierig nach jeder Abkühlung.

Aber die war leider nicht sehr groß.

Dr. Martin Kastner hatte auch bei dieser Gluthitze Dienst. Wie in so vielen Jahren durfte er in den schönsten Sommermonaten - während viele seiner Kollegen fort waren - Dienst tun. Viele nannten das eine Ungerechtigkeit. Man hätte nicht jedes Mal Kastner dazu verdammen müssen, diese Station im Sommer zu leiten. Er war überhaupt schon so lange hier »vor Ort«, wie man es im Krankenhaus Rechts der Isar nannte, wenn jemand eine Station leitete.

Andere nannten den Arzt zu gutmütig, einige sprachen respektlos von Trottel.

»Er ist es selbst schuld, wenn er so dumm ist und sich alles gefallen lässt. Pah, ich würde da ganz was anderes tun! Und überhaupt, er hätte schon längst die Privatstation haben müssen.«

Darum rissen sich die Ärzte im Allgemeinen; denn sie war natürlich am lukrativsten.

Dr. Kastner stand in diesem Augenblick am Fenster und sah in den vermauerten Innenhof herunter. Überall standen die Fenster weit offen. Aber nicht ein Lüftchen regte sich.

Vor Stunden schon hatte er angeordnet, dass man jede Krankentür offenließ, obwohl sie dadurch jetzt dem Lärm der Station ausgesetzt waren. Aber da die Türen den Fenstern genau gegenüberlagen, regte sich jetzt ein kleiner Luftzug in den Zimmern.

Außerdem hatte er in der Hauptküche angerufen und um viele Eisstücke gebeten. Ihm wurde jeder Sonderwunsch erfüllt, auch wenn es sich um ein ausgefallenes Menü handeln sollte. Diese Station besaß so etwas wie Sonderrechte.

Im Haus nannte man sie die »Sterbestation«. Für ihn war es die Krebsstation - wenn auch eine besondere. Denn diese Abteilung des Krankenhauses nahm Krebsfälle auf, die man anderswo für aussichtslos erklärt hatte. Für die meisten von ihnen konnte er tatsächlich nicht mehr viel tun, aber im

Grunde genommen gab er keinen seiner Patienten auf. Bis zum Schluss kämpfte er um jedes Leben. Und manchmal, in seltenen Fällen, schaffte er auch diesen Kampf. Und diese wenigen Erfolge brauchte er, um weitermachen zu können.

Er wusste, dass die übrigen Kollegen sich sträubten, diese Station zu übernehmen. Er war jetzt seit vier Jahren hier und dachte nicht daran fortzugehen.

Obwohl ihm andere gute Posten angeboten wurden. Irgendwie konnte er sich jetzt noch nicht davon lösen. Da waren zu viele Schicksale, die er kannte. Menschen, die ihn brauchten, ihn liebten, ihre ganze Hoffnung auf ihn, den Arzt, setzten. In den Augen der Kranken war er eben mehr, ein Halbgott in Weiß!

In diesem Augenblick sah er eine junge Schwester über den Flur eilen. Sie verteilte wieder Eis für Getränke. Er lächelte vor sich hin.

Er wusste, dass er sich dadurch wieder einmal Schwester Renates Unmut zugezogen hatte. Sie regierte die Station wie ein Feldwebel. Und sie wollte nun einmal, dass sich alles nach ihrer Nasenspitze richtete.

Die anderen Schwestern hatten es nicht leicht bei ihr, und die kleinen Anfängerinnen erst recht nicht. Sie taten dem Doktor oft leid, aber er konnte nicht viel für sie tun. Er fürchtete Schwester Renate selbst ein wenig; er zeigte es nur nicht. Sonst wäre sie mit ihm umgesprungen, wie es ihr passte.

Oft hörte er die Schwestern seufzen: »Ich würde sogar doppelten Dienst tun, wenn dieser Schrecken endlich verschwinden würde.«

Sie war eigentlich nett, diese Stationsschwester, besonders wenn sie lächelte. Das tat sie leider nicht oft. Sie war voller Energie und stets bereit, etwas für die Patienten zu tun. Dr. Kastner konnte sich keine bessere Kraft wünschen. Doch als

Frau bedeutete sie ihm nichts. Er schätzte sie, aber mehr auch nicht. Die Frauen, die ihm gefielen, mussten weicher, anschmiegsamer sein. Schwester Renate war ihm zu herrisch. Vielleicht musste sie sich so geben, damit man den nötigen Respekt vor ihr hatte. Obwohl sie manchmal reizend sein konnte, machte sie es den Kolleginnen und Ärzten nicht leicht, mit ihr auszukommen. Das war der Grund, warum sich alle von ihr zurückzogen.

Besonders gehässige Seelen meinten: »Sie braucht einen Mann, dann würde sie sanfter werden. Sammeln wir doch mal und kaufen ihr einen; dann haben wir Ruhe vor ihr. Was meint ihr?«

Man lachte und kicherte verstohlen, aber dann beugte man sich doch, stellte einen Antrag auf Versetzung und arbeitete dann auf einer anderen Station. Der Arzt blieb, aber die Schwestern wechselten sehr oft. Und das war nicht gut für diese Station.

Dr. Kastner hatte alles Mögliche versucht, konnte sie aber nicht halten. Ja, er war sogar einmal in die Verwaltung gebeten worden, weil man wissen wollte, weshalb seine Schwestern immer fortliefen.

Er hatte brüsk geschwiegen. Nicht einen Augenblick hatte er daran gedacht zu sagen, dass es an Schwester Renate liege. Dazu war er viel zu gradlinig.

Er war bescheiden und still. So ahnte er nicht, dass es nicht nur die Schwester war, die die anderen vertrieb, sondern auch seine Person. Hätte er es erfahren, wäre er bestimmt geschockt gewesen.

Kastner war Arzt aus Leidenschaft. Er vergaß alles darüber. Er grübelte oft nächtelang darüber nach, wie er die Leiden seiner Patienten mildern könnte. So kam es, dass die Jahre verflossen und er noch immer nicht verheiratet war. Zudem war er auch ein wenig schüchtern. In seiner Studentenzeit hatte es ein Mädchen gegeben - ein wundervolles Geschöpf, zart wie eine Elfe und mit einem perlenden Lachen, blauen Augen und blonden Haaren. Er hatte sie leidenschaftlich geliebt, und sie hatten damals geplant, auf dem Land gemeinsam eine Praxis zu eröffnen. Wie verliebt waren sie damals gewesen! Aber dann hatte sein bester Freund sie ihm gestohlen. Er war ein Sohn reicher Eltern und musste sich nicht erst mühselig eine Praxis aufbauen, und schon gar nicht auf das Land flüchten. Er setzte sich, wie gesagt, ins gemachte Nest; denn sein Vater war ein bekannter Professor und besaß sogar eine Privatklinik am Chiemsee.

Lilian, so hieß das Mädchen, hatte gemeint, er müsse das doch verstehen. Das sei ihr Glück!

Dass sein Herz darüber gebrochen war, hatte er ihr nicht gesagt. Es hätte wohl auch nicht viel genützt. Er hatte nur stammelnd gefragt: »Aber du liebst mich doch; du hast es mir doch so oft gesagt!«

»Lieben, man sagt so vieles. Martin, wirklich, es war eine schöne Zeit, aber ich muss auch an mich denken!«

»Ich verstehe«, hatte er leise gesagt.

Sie war froh gewesen, dass sie so leicht von ihm loskam; hatte ihm noch ewige Freundschaft vorgeschlagen. Aber sie hatten sich nie mehr wiedergesehen. Auch die Freundschaft war für alle Zeiten zerbrochen.

Er hatte oft den Arbeitsplatz gewechselt und war dann endlich hier in München gelandet. Aber heimisch fühlte er sich hier dennoch nicht. Er hatte ein kleines Zimmer in unmittelbarer Nähe der Klinik gemietet, damit er schnell kommen konnte, wenn man ihn brauchte. Aber seine Heimat war Holzkirchen im Allgäu. Hier waren seine Wurzeln, und hier lebte seine Mutter, die er trotz der Entfernung zwischen München und Holzkirchen fast jedes Wochenende und auch ab und zu während der Woche besuchte.

Die alte Dame hätte es gern gesehen, wenn ihr Sohn geheiratet hätte.

Oft sagte sie: »Sie müssen mich ja alle für einen Schrecken halten und denken womöglich noch, ich hielte dich davon ab. Martin, überdenke das doch einmal. Ich lebe nicht immer. Und wenn ich nicht mehr bin, dann bist du ganz einsam. Und die Landpraxis? Davon hast du doch schon als Junge geträumt. Und jetzt klebst du in diesem kleinen Zimmer in Müchen fest. Das ist doch kein Leben für dich.«

»Aber sie brauchen mich auf der Station, Mutter. Ich kann sie jetzt noch nicht verlassen.«

Wie oft hatte er das schon gesagt!

Ja, er merkte nicht, dass er in dieser Klinik so etwas wie Freiwild war. Gar nichts merkte er; und er erfuhr es auch vorläufig nicht, weil seine grauen Augen immer so prüfend und durchdringend blickten, dass selbst die größten Spötter nicht den Mut hatten, es ihm zu sagen. Nicht einmal seine Kollegen machten sich lustig über ihn und hielten ihm vor, dass sämtliche Mädchen in der Klinik hinter ihm her waren.

Ein lediger Arzt! Wo gab es das schon! Alle glaubten, sie könnten ihn fangen. Alle strengten sich ungeheuer an. Ja, es standen immer eine Menge Schwesternnamen auf der Warteliste, die auf Station fünf Dienst tun wollten.

Deshalb war es ja für die Verwaltung so verwunderlich, dass diese Schwestern sich dann nach kurzer Zeit wieder versetzen ließen. Musste das nicht an Dr. Kastner liegen?

Sie merkten sehr schnell, dass er sie gar nicht wirklich sah. Sie konnten sich noch so hübsch machen, sich noch so oft buchstäblich anbieten, er merkte es nicht einmal. Da wurden sie natürlich wütend. Besonders, weil sie von den Kolleginnen aufgezogen wurden. Und dann kam noch Schwester Renate hinzu. So flüchteten sie immer sehr schnell.

Blieb Dr. Kastner bei einer Schwester einmal etwas länger als gewöhnlich stehen, . dann glaubten schon die anderen, jetzt wäre es soweit. Dass es immer nur um Patienten ging, klärte die jeweilige Schwester selbstverständlich nicht auf.

Vielleicht war Schwester Renate auch deswegen so bärbeißig geworden, weil sie sich Dr. Kastner auch in den Kopf gesetzt hatte. Sie sagte sich mit Recht: Ich bin achtundzwanzig Jahre alt und er ist achtunddreißig; was will er denn mit jungem Gemüse? Ich passe doch viel besser zu ihm.

Ich werde nicht aufgeben. Eines Tages werden sie alle sehen, dass ich es geschafft habe. Dann zeige ich ihnen mein hochmütigstes Gesicht, dann werde ich Frau Doktor sein!

Das Dumme an der Sache war nur, dass er sie gar nicht als Frau sah. Und das ärgerte sie natürlich maßlos. Sie hatte seinetwegen eine Freundschaft beendet. Damals hatte sie einen jungen Mann aus der Nachbarschaft gekannt. Sie hatten sich gemocht, und Renate hatte mit dem Gedanken gespielt, ihn zu heiraten. Sie wäre jetzt schon lange glückliche Ehefrau. Aber dieser junge Mann war nur ein kleiner Angestellter bei der Behörde gewesen. Gewiss, er hatte nicht schlecht verdient, und sie hätte ja auch weiterarbeiten können. Aber dann hatte Dr. Kastner hier zu arbeiten begonnen, und sofort hatte sie den anderen Mann fallen lassen - in dem Glauben, es würde nicht lange dauern, bis sie Dr. Kastner eingefangen hätte.

Ja, so konnte man sich täuschen!

*

Dr. Kastner ging vom Fenster weg. Er hatte noch drei Stunden Dienst. Da waren noch die Krankengeschichten, die aufgearbeitet werden mussten. Das würde er jetzt tun. Heute Abend könnte er vielleicht für kurze Zeit ins Bad fahren und ein paar Runden schwimmen.

Als er über den Flur ging, kam er an Frau Schmidts Tür vorbei. Sie lag im Bett und sah ihn an - eine Frau an die siebzig Jahre alt. Um sie stand es schlecht. Sie würde wohl die nächste sein... Er konnte einfach nicht weitergehen.

So betrat er ihr Zimmer und lächelte sie an.

»Na, Oma Schmidt, hat das Eis gut getan?«

Sie lächelte zurück.

»Ja, es war gut.«

»Das freut mich. Vielleicht ändert sich bald das Wetter, dann ist alles viel leichter zu ertragen.«

»Meinen Sie?«

Dr. Kastner wusste nicht, ob sie den Ernst ihrer Lage erkannte. Wenn Patienten es verlangten, sagte er ihnen natürlich die Wahrheit. Aber wenn er nicht gefragt wurde, zog er es vor, darüber zu schweigen.

Bis jetzt hatte ihm Oma Schmidt nie viel Arbeit gemacht. Sie war ein stilles und bescheidenes Persönchen. Sie hatten schon viele lange Gespräche miteinander geführt. Vor Wochen war dieser böse Rückfall gekommen. Er hatte damals schon gedacht, sie würde jene Nacht nicht überstehen.

Obwohl er keinen Nachtdienst hatte, war er bei ihr geblieben. In den Jahren seiner Erfahrung hatte er festgestellt, dass das Sterben selbst nicht so schrecklich war - aber einsam zu sterben, das war schlimm! Oma Schmidt hatte keine Verwandten hier. Er hatte ihr also erzählt, er hätte Dienst, und es sei ihm im Arbeitszimmer zu langweilig geworden. Ob er ein wenig bei ihr sitzen dürfe?

Zuerst hatte sie schwach gelächelt und ihn dann sehr aufmerksam angesehen. Dann hatte sie eine ganze Weile reglos dagelegen, und irgendwann war eine Träne über ihr Gesicht gerollt. Sein Herz hatte sich zusammen gekrampft. In solchen Augenblicken fühlte er sich immer entsetzlich hilflos. Da hatte man nun studiert, wusste eine Menge, aber dann waren einem doch die Hände gebunden. Dieses Sterben musste jeder mit sich selbst durchmachen. Man konnte nur dasitzen und zeigen: Ich bin da, du bist nicht allein. Wenn du mich brauchst - ich bin da!

Sie war eingeschlummert und später unruhig geworden. Er hatte ihren Puls fühlen wollen, aber sie hatte seine Hand festgehalten und war dann ganz ruhig geworden. Gegen Morgen war sie dann wieder wach geworden. Sie hatte es geschafft, war dem Tod noch einmal von der Schippe gesprungen.

Bis der normale Dienst auf der Station begonnen hatte, waren noch Stunden vergangen, und sie hatte aus ihrem Leben erzählt. Ihr Mann war Botschaftssekretär gewesen; sie hatten viele Länder kennengelernt. Sie konnte so interessant und lustig erzählen; er würde dieses Gespräch nie vergessen.

Seit jener Nacht fühlte er sich ihr besonders verbunden. Immer kam er auf einen kurzen Sprung zu ihr, plauderte ein wenig, brachte ihr hin und wieder Blumen aus dem Garten seiner Mutter mit. Sie bekam ja nie Besuch. Obwohl sie sehr reich war, war sie jetzt der einsamste Mensch auf dieser Station.

»Na, wie ist es? Sollen wir mal wieder eine Partie Schach spielen? Wenn Sie das letzte Mal nicht so schamlos geschummelt hätten, wäre ich Sieger geworden!« Er tat empört.

Sie lächelte leicht und gab ihm einen Klaps auf die Hand.

»Sie sind ein Dummkopf und werden es nie lernen, Doktorchen. Das ist alles!«

»Oh, nein, ich kann sehr gut spielen!«

»Ein andermal fordere ich Sie wieder. Heute ist es zu heiß.«

»Soll ich Ihnen neues Eis holen?«

»Ach nein, lassen Sie nur.«

»Was kann ich denn für Sie tun, Oma Schmidt? Irgendetwas, um Sie bei guter Laune zu halten! Vielleicht lassen Sie mich dann das nächste Mal gewinnen?«

»Wollen Sie mich bestechen?«

»Vielleicht?«, sagte er verschmitzt.

In diesem Augenblick ging Schwester Renate vorbei. Er sah sie nicht, aber sie sah ihn, hörte ihn sprechen und presste unwillkürlich die Lippen zusammen.

Ich begreife nicht, wie er mit todkranken alten Frauen so scherzen kann, wo er doch mich hat - wo ich doch nur warte!

Oma Schmidts Blick wurde nachdenklich.

»Also soll ich doch etwas tun?«

»Vielleicht.«

»Also ein schwieriger Liebesdienst? Lassen Sie mich mal überlegen? Irgendeine Köstlichkeit zu essen?«

Sie schüttelte den Kopf. Sie hatte Magenkrebs und konnte schon seit Monaten kaum etwas essen.

»Nein!«

»Mhm - eine Spazierfahrt?«

Er überlegte blitzschnell, ob das überhaupt machbar war. Gewiss, an das Krankenhaus grenzte ein großer Park - und es dürfte nicht das erste Mal sein, dass Dr. Kastner mit einer Kranken durch das ganze Haus fuhr, um ihr im Garten eine besonders hübsche Rose zu zeigen.

Draußen war es drückend heiß, nicht einmal unter den Tannen würde es kühl sein. Aber wenn es ihr Wunsch war?

Oma Schmidts Augen wurden einen Augenblick lang wehmütig.

»Wir hatten früher immer Gärten, wissen Sie? Um die Botschaftsgebäude herum waren immer wundervolle Gärten angelegt. Und ich habe oft geholfen, sie zu pflegen, aus. Leidenschaft. Aber oft habe ich mich auch mit den einheimischen Gärtnern schrecklich gezankt. Da war einer in Afrika, so ein alter Schwarzer mit weißen Haaren... Ach, du liebe Güte, natürlich hatte der alte Bursche recht, aber ich wollte es einfach nicht, wissen Sie! Und dieser Schelm merkte, dass ich wiederum wusste, dass er recht hatte - und so hatten wir unseren Spaß und taten immer sehr grimmig, wenn wir uns trafen. Mein Mann glaubte schon an eine echte Feindschaft und wollte ihn zum Teufel jagen... Ja, das war sehr hübsch.«

»Also doch der Garten?«, sagte Dr. Kastner und strich im stillen schon die Krankenakten aus seinem Gehirn. Ach was, dachte er, ich nehme sie einfach mit nach Hause. Heute Abend geh ich nicht schwimmen.

»Ach nein«, hörte er sie leise sagen. »Vielleicht, wenn es nicht mehr so heiß draußen ist. Später einmal. Nein...«

»Was dann?«

Sie zwinkerte ihm zu.

»Leider werden Sie es doch nicht tun.«

»So sagen Sie es doch!«

»Würden Sie mir ein paar Liebesromane besorgen? Sie wissen schon, diese Heftchen. Man kann da so schön mitleiden und sich mitfreuen und herzlich über fremde Schicksale weinen.«

Für einen Augenblick war er verwirrt.

Sie war doch eine gebildete Frau!

Sie lächelte ihn wieder an.

»Aber wir haben doch eine Bücherei. Hat man Sie vielleicht die ganze Zeit übergangen?«

»Ach wo! Aber ich habe sie doch schon alle durchgelesen, und Krimis mag ich nicht!«

Er musste lachen.

»In Ordnung. Ich werde es mir merken. Ich werde bestimmt daran denken.«

»Wenn ich Ihnen auch nicht zu viele Umstände mache?«

Sie war immer bescheiden; das imponierte ihm am meisten an dieser alten Dame. Ein ganz klein wenig erinnerte sie ihn an seine Mutter. Wenn er nur dachte, sie läge jetzt irgendwo allein und verlassen - nein, schon deswegen würde er die Hefte für sie besorgen.

Er sah, dass das Gespräch sie erschöpft hatte und ging.

Zwei Zimmer weiter lag Frau Bartels. Sie war fünfzig Jahre alt und wusste, dass sie sterben würde. Zuerst hatte sie es ganz tapfer aufgenommen, aber nach ein paar Tagen weinte sie nur noch. Und auch jetzt hörte er sie leise vor sich hin weinen. Jetzt, wo die Türen offenstanden, konnte man es einfach nicht überhören.

Er trat an ihr Bett.

Sofort wandte sie den Kopf zur Wand; sie schämte sich!

»Frau Bartels, haben Sie Schmerzen? Kann ich etwas für Sie tun?«

»Herr Doktor, Sie tun schon das Menschenmögliche für mich. Es ist nichts!«

»Doch«, sagte er beharrlich, »ich fühle es ganz deutlich. Wollen Sie sich mir nicht anvertrauen?«

Sie wischte sich über die feuchten Augen. Er wusste, dass sie keine sehr glückliche Ehe geführt hatte. Auch jetzt konnte sich der Mann nicht dazu aufraffen, ein wenig netter zu seiner Frau zu sein, obwohl er auch ihm die Wahrheit gesagt hatte. Ja, er war sogar so weit gegangen, den Mann zu bitten, seiner Frau doch jetzt zu helfen. Sie brauche ihn. Aber er hatte nur die Schultern gezuckt und gefragt: »Wird es noch lange dauern?«

»Das kann man nie wissen. Blutkrebs geht mal schnell, mal langsam voran. Ich kann Ihnen kein Datum nennen«, hatte er brüsk beantwortet.

Die Antwort des Mannes war:

»Wenn sie schon ins Gras beißen muss, warum muss ich dann noch so lange warten? Das ist ja zum Verrücktwerden! Daheim hat sie schon so lange gekränkelt; ich will endlich wieder eine gesunde Frau, verstehen Sie mich, Doktor! Aber das verstehen Sie wohl nicht, denn Sie leben ja von den Krankheiten der Menschen. Für Sie kann es wohl gar nicht lange genug sein!«

Zum ersten Mal war er richtig zornig gewesen und hatte den Mann angeschrien und dann aus dem Zimmer gewiesen. Er hatte ziemlich böse Worte gebraucht, und Herr Bartels war blass geworden und hatte sich ein wenig geduckt.

Kastner hatte sich wenig später geschämt, dass er sich nicht besser beherrscht hatte. Aber am Nachmittag, seinem freien Tag, hatte er Herrn Bartels mit einem jungen Mädchen in der Stadt getroffen. So war das also! Die erste Frau war noch nicht tot, da suchte er sich schon eine andere. Deshalb hatte er nicht so viel Zeit, sich um seine Frau zu kümmern.

Es hatte ihn sehr geschmerzt. Aber er wusste aus eigener Erfahrung, wie bitter das Leben sein konnte, wie hässlich und gemein.

Und jetzt stand er vor ihrem Bett und versuchte, sie zu trösten. Mit der Zeit war er auch so etwas wie der Seelendoktor auf dieser Station geworden. Viel Hilfe konnte er ihnen ja nicht mehr bieten, konnte nur das Sterben etwas erleichtern. Und da gab es doch noch so viel zu tun.

Sie war verzweifelt.

Er machte sich Vorwürfe, dass er ihr die Wahrheit gesagt hatte. Sollte er sich denn zum ersten Mal getäuscht haben?

Ansonsten überprüfte er diese Antwort vorher immer sehr gründlich.

Nur wenige Patienten waren in der Lage, die volle Wahrheit zu verstehen, zu begreifen und anzunehmen. Sagte man ihnen, wie es um sie stand, dann gab es Augenblicke, in denen sie ganz friedlich waren. Dann aber bäumten sie sich gegen dieses Schicksal auf, tobten, schrien und wehrten sich verzweifelt gegen den Tod. Einige fanden Zuflucht in der Religion.

Frau Bartels hatte es ganz gelassen, ja friedlich aufgenommen. Sollte sie es jetzt nicht mehr verkraften können? Seiner Meinung nach konnte sie noch vier bis fünf Monate leben. Er hatte zu ihr von acht Monaten gesprochen.

Er setzte sich, und das hieß dann: Ich habe Zeit, ich kann warten.

Nur langsam beruhigte sich die Frau. Er fragte sich, ob sie vielleicht Besuch gehabt hatte, ob man vielleicht so gemein gewesen war, ihr das Treiben ihres Mannes zu schildern. Kinder hatte sie nicht. Hin und wieder kamen aber zwei Nachbarinnen.

Vorsichtig versuchte er, sie auszuhorchen. Aber nach wenigen Augenblicken wusste er, dass seine Vermutung nicht richtig war. Etwas anderes musste sie quälen.

»Soll ich mal Pastor Krampe vorbeischicken, Frau Bartels? Er hat neulich noch nach Ihnen gefragt, aber da waren Sie gerade unten im Labor.«

Langsam sagte sie:

»Sie müssen jetzt nicht glauben, dass ich nicht mit der Wahrheit fertigwerde, Doktor Kastner. Nein, das ist es nicht. Ich danke Ihnen, dass Sie mir die Wahrheit gesagt haben. In den anderen Kliniken habe ich immer danach gefragt, aber man hat mir Sand in die Augen gestreut. Wissen Sie, wenn man so krank ist, dann fühlt man doch selbst, dass der Körper verbraucht ist, dass es dem Ende zugeht. Aber wenn dann gescheite Ärzte große Reden schwingen und einen noch ausschimpfen, wenn man sagt, man wisse Bescheid, dann kommen doch wieder Zweifel. Aber dann sind da wieder die Schmerzen und die langen Nächte. Das quält mich nicht, nein, das ist es wirklich nicht. Ich habe nie Böses getan, und so wird unser Herrgott wohl nicht arg mit mir schimpfen. Wir sind alle kleine Sünder, davon kann sich keiner freisprechen, nur...«

»Was ist – nur?«, fragte er behutsam einhakend.

»Ach, es ist so: Ich habe noch eine Schwester, Lotti heißt sie, sie ist achtundfünfzig Jahre alt.«

»Aber das haben Sie mir ja nie erzählt, Frau Bartels! Weiß Ihre Schwester von Ihrer Krankheit?«

»Sie weiß, dass ich im Krankenhaus liege, aber die Wahrheit hab ich ihr nicht geschrieben. Es ist ja so sinnlos...« Dann kamen ihr wieder die Tränen.

Kastner dachte: Ich habe sie noch nie gesehen, vielleicht wohnt sie weiter entfernt. Und wenn Frau Bartels nicht einmal schreibt, dass sie ernstlich krank ist, dann will sie vielleicht die weite Reise nicht unternehmen.

Und so fragte er, nur, um sie abzulenken:

»Wo wohnt sie denn, Ihre Schwester?«

»Das ist es ja«, weinte sie jetzt laut auf. »Das ist es ja, was das Sterben so schwer werden lässt! Jetzt ist sie achtundfünfzig Jahre alt. Noch fünf Jahre, dann hätte sie es geschafft; dann hätten wir uns endlich wiedersehen können. Aber dann bin ich ja schon lange tot. Ja, Lotti hätte ich gern noch einmal vor meinem Tod gesehen und gesprochen. Aber jetzt...«

»Soll ich sie anrufen? Oder ihr schreiben, Frau Bartels? Fühlen Sie sich zu schwach? Wenn sie die Wahrheit weiß, wird sie bestimmt kommen!«

»Wie gern würde sie kommen«, sagte sie stammelnd. »Als ich daheim schon so krank war, wäre sie schon gern gekommen, um mich zu pflegen; aber man lässt sie ja nicht raus. Man hält sie doch fest!«

Und dann hatte er endlich verstanden.

Die Schwester lebte drüben, im anderen Teil Deutschlands.

»Ja, Lotti, die gute Seele. Aber nun ist der Tod halt schneller. So ist das nun einmal. Man hatte nie genug Geld, um mal rüberfahren zu können. Wir dürfen das ja. Aber das Geld, Herr Doktor. Der Mann, ach...« Und wieder schämte sie sich so sehr, dass sie den Kopf zur Wand drehte.

Er ließ sie ein wenig weinen. Doktor Kastner wusste, wie gut es war, wenn man weinen konnte. Dann löste sich alles, was auf dem Herzen lag, dann konnte man für eine Weile wieder besser atmen.

Er strich sanft über ihre Hand.

»Sehen Sie, Herr Doktor, Sie sind so lieb - und Sie können mir auch nicht helfen.«

Draußen wurde nach ihm gerufen, er musste gehen.

*

In Zimmer zwanzig war wieder eine Spritze fällig. Der alte Bolte konnte ohne sie nicht mehr leben, die Schmerzen waren zu stark.

Als er wieder auf dem Flur war, sagte Schwester Renate:

»Dr. Kastner, niemand muss sich um die Privatangelegenheiten der Patienten kümmern. Dafür sind wir nicht zuständig, das würde uns zu viel Zeit wegnehmen.«

»Ich weiß, ich weiß«, sagte er höflich und sah sie wieder mit seinen grauen Augen durchdringend an. Oft fragte er sich: Ist sie wirklich so kalt, oder täuscht sie das nur vor? In unserem Beruf darf man kein Mitleid zeigen, das ist nicht gut. So schirmen sich viele ab und manche werden dann richtig kalt.

Mitleid nicht, dachte er. Nein, das wollen diese Patienten auch nicht. Das vertragen sie genauso wenig.

»Wissen Sie«, sagte er ruhig, »Menschlichkeit kann man auch nicht anordnen. Aber, Schwester Renate, wollen Sie mir vielleicht einen Vorwurf machen?«

Es sollte amüsiert klingen, aber sie spürte den Tadel deutlich heraus. Hektisch rote Flecken zeigten sich auf ihrem Gesicht. Sie war deswegen allein schon wütend, weil gerade Schwester Ursula vorbeiging und das sicher gehört hatte.

»Das steht mir nicht zu«, sagte sie spitz. »Ich wollte Sie nur darauf aufmerksam machen. Ich meine - ich dachte, Sie opfern sich für die Kranken auf und gönnen sich selbst gar nichts.«

»Das ist meine Sache, liebe Schwester. Liegt sonst noch etwas vor?«

»Nein!«

»Gut, wenn etwas sein sollte - ich bin in meinem Zimmer. Die Krankengeschichten müssen erledigt werden.«

Er ging den Flur entlang und sein offener Kittel wehte hinter ihm her.

Schwester Renate presste die Lippen zusammen. Mein Gott, dachte sie, jede Stelle könnte ich kriegen, jede! Ich bin perfekt, aber ich bleibe auf dieser miesen Station, wo das Arbeiten keine Freude macht. Es deprimiert einen wirklich, wenn man immerzu Todkranke vor sich hat. Nur selten können Gesunde entlassen werden. Aber die wenigen kommen dann nach ein paar Jährchen meistens auch wieder.

Aber ich bleibe. Ich dulde, ich halte das alles aus - und warum? Er arbeitet sich ab, hat keinen Ehrgeiz, nichts. Du meine Güte, wenn ich ihn leiten könnte, ganz anders stünde er jetzt da.

Schwester Elisabeth kam arglos vorbei. Und weil Schwester Renate wieder einmal ihre Launen hatte, war ihr das Opfer gerade recht. Sie fuhr diese herrisch an. Nichts hatte sie heute angeblich richtig gemacht, und faul wurde sie außerdem genannt.

»Sie können es nur nicht haben, dass ich bei den Patienten so beliebt bin«, sagte sie wütend.

Schließlich war sie fünfundzwanzig Jahre alt und brauchte sich nicht mehr alles gefallen zu lassen. Sobald in diesem Krankenhaus die Stelle einer Stationsschwester frei wurde, bekam sie die, dem Alter nach. Das wussten alle.

Schwester Renate presste die Lippen zusammen.

»Das ich nicht lache!«, sagte sie wütend.

»Ja. Sie machen ja nur ein hochmütiges Gesicht und brummen die armen Kranken an, aber ich lache mal mit ihnen, bin nett - verstehen Sie?«

Schwester Renate dachte im letzten Augenblick daran, dass alle Türen offenstanden und man überall den Streit mit anhören konnte. Wütend rannte sie davon.

»Das war fein«, flüsterte Schwester Angelika hinter ihr her. »Wenn ich nur den Schneid dazu hätte, dann hätte ich ihr auch schon einmal meine Meinung ins Gesicht gesagt.«

»Herrje, die erstickt noch mal an ihrer eigenen Galle!«

Schwester Angelika kicherte:

»Ich hab was gehört: Sie soll in vierzehn Tagen in Urlaub gehen.«

»Und du glaubst, wir haben dann Ruhe vor dem Besen? Pass nur auf, die geht doch nicht fort. Wohin denn auch? Und mit wem? Die schaut jeden Tag hier herein, ehrlich. Im letzten Jahr hat sie das auch gemacht.«

»Glaubst du, dass Kastner doch noch anbeißen wird?«

»Wieso denn das?«, fragte die andere spitz.

»Na ja, ich hab so etwas gehört.«

»Nie im Leben! Die möchte das wohl gerne; sie streicht ja wie eine liebestolle Katze um ihn herum. Musst mal zusehen, wenn die beiden Visite machen, wie nah sie dann immer neben ihm steht und wie vertraulich sie tut.«

»Ich würde auch ehrlich traurig werden, wenn das so wäre.«

»Wieso? Weil du dir dann keine Hoffnungen mehr machen kannst?«, fragte die andere lachend.

»Quatsch!«

»Mann, das sieht doch ein Blinder mit Krückstock, dass du ihm schöne Augen machst.«

Die Kameradschaft hatte mal wieder einen Riss. So war das immer. Keiner gönnte der anderen den dicken Fang.

*

Doktor Martin Kastner saß inzwischen arglos über seinen Akten und versuchte sich darauf zu konzentrieren. Aber er musste immer wieder an Frau Bartels Worte denken. Konnte man denn da wirklich nichts mehr machen? Wirklich nicht? Wie sehr würde sie sich freuen.

Allmählich verrannte er sich in diese Idee. Und als dann seine Sekretärin erschien, sprach er mit ihr darüber. Sie war ein hübsches Ding, ganze zwanzig Jahre jung, lustig und fidel. Aber sie war schon verlobt, und darum tändelte sie mit Kastner nur so zum Spaß. Sie war es, die ihm augenzwinkernd sagte: »... um alle Ihre Bräute eifersüchtig zu machen.« Sie wusste um den tollen Wirbel. Er lächelte nur und glaubte, sie mache einen Witz und bestritt immer sehr ernsthaft, er habe keine Bräute!

»Na, na, stille Wasser sind tief! Eines Tages überraschen Sie uns damit, dass Sie plötzlich verheiratet sind. Und alle ledigen Schwestern kündigen dann auf der Stelle.«

»Bitte, sagen Sie doch nicht solchen Unsinn.«

Heute also sprachen sie über Frau Bartels.

»Ist sie wirklich so schwer krank?«

»Ja, Sie kennen doch die Akte.«

»Ich meine, wenn Sie ein Attest ausstellen, dann dürfte es gehen!«

»Was gehen?«

»Wenn man dieses Attest rüberschickt, dann dürfen die Verwandten sie besuchen; ich meine, wenn jemand lebensgefährlich krank ist. Zumindest könnte man es versuchen.«

Er sah sie groß an.

»Das geht wirklich?«

»Doch, ja! Vor drei Monaten hatten wir einen ähnlichen Fall. Ich kann mich erinnern, dass wir eine Bescheinigung ausgestellt haben. Aber ich kann mich bei der Verwaltung genau erkundigen, ob das noch immer geht.«

»Würden Sie das wirklich für mich tun?«, fragte er mit dankbarem Lächeln.

»Aber sicher!«, sagte sie heiter. »Für Sie tue ich doch alles, mein Lieber!«

Er dachte wehmütig: Fräulein Böttcher ist ein wenig wie Lilian. Ich hätte sie vielleicht lieben können, aber sie ist ja schon verlobt.«

»Na, dann spielen Sie mal Detektiv!«

»Wieso denn das?«

»Schließlich brauchen wir doch die Adresse, nicht wahr?«

»Du meine Güte - richtig! Ich werde Frau Bartels danach fragen. Sie wird sie mir bestimmt geben.«

Fräulein Böttcher legte den Kopf schief: »Ich weiß nicht, ob das richtig ist. Dann freut sie sich so sehr - und dann geht vielleicht etwas schief.«

»Sie haben recht. Ich muss zuerst erfahren, ob es wirklich klappt.«

»Ich würde erst etwas sagen, wenn sie wirklich da ist - ich meine, diese Schwester der Frau Bartels.«

»Aber wie erfahre ich denn die Adresse?«

»Das ist Ihre Sache. Ich muss mich jetzt sputen.«

Sie warf ihm ein Kusshändchen zu und öffnete die Tür. Als sie Schwester Renate in der Nähe stehen sah, warf sie ihm noch ein paar lustige Artigkeiten an den Kopf. Das Gesicht der Schwester war reif für eine hübsche Fotografie. Fräulein Böttcher stöckelte an ihr vorüber und grinste sie an.

Schwester Renate ballte die Hände.

Am liebsten wäre sie jetzt zu ihm gegangen, um zu wissen, ob er wirklich Feuer gefangen hatte. Aber in der Eile fiel ihr kein Grund ein, und sie wollte an diesem Tag nicht noch einmal von ihm gerügt werden.

Dr. Kastner dachte über eine List nach. Aber dann wurde er telefonisch gestört. Erst in der folgenden Nacht kam er wieder darauf zurück.

*

Er hatte wieder einmal außer der Reihe Nachtdienst übernommen. Der Kollege, der dafür zuständig war, wollte zu einer Verlobungsfeier. Zwar sagte er sehr nett: »Sie können es mir ruhig sagen, Kastner, wenn Ihnen das unpassend ist. Dann muss ich eben den Dienst machen und meine Verlobte muss allein hingehen.«

»Nein, nein - ich habe wirklich nichts vor.« Und das stimmte auch.

Als dieser Kollege sich bedankt hatte und fortging, blieb er eine Weile am Fenster stehen und dachte: Ich habe nie etwas vor. Nie - von den wenigen Theaterbesuchen mit Mutter mal abgesehen. Im Sommer ist der Garten zu versorgen, und dann ist es auch schon aus mit der großartigen Freizeit.

Und etwas wie Schmerz nistete sich in seinem Herzen ein. Eine Familie haben, ein Heim und Kinder - etwas, worauf man sich wirklich freuen kann.

Er war ein Holzklotz. Und dann war eben die große Angst im Herzen, wieder enttäuscht zu werden. Alle jungen Mädchen im Krankenhaus spazierten vor seinem geistigen Auge auf und ab. Er wusste, sie alle wollten nur einen Arzt - von Liebe war kaum die Rede.

Martin Kastner war groß und kompakt gebaut. Auch sein Gesicht hatte nichts Anziehendes. Außerdem wirkte er linkisch, war kein Tänzer und in Gesellschaft ein sehr schwerfälliger Typ. Er konnte sich nicht so leicht und locker geben wie die anderen Kollegen, die buchstäblich umschwärmt waren. Mit ihm konnte man einfach keinen Staat machen.

Nur eines machte ihn unsagbar glücklich: Seine Patienten liebten ihn. Und das gab ihm tiefe Befriedigung. Für sie war er wertvoll und wichtig. Durfte man eigentlich mehr verlangen?

Er wandte sich um und widmete sich wieder seiner Arbeit.

*

Als er die Nachtwache übernahm, verliefen die ersten Stunden vollkommen ruhig. Er musste drei Stationen gleichzeitig bewachen, aber die Patienten schienen alle zu schlafen. So döste er in seinem Sessel vor sich hin.

Die Nachtschwester brachte ihm hin und wieder einen starken Kaffee.

Es war eine resolute vierzigjährige Frau. Sie hatte fünf Kinder und machte nur Nachtdienst, um sich Geld dazu zu verdienen. Vier Nächte Dienst, zwei Nächte frei - diesen Dienst versah sie jetzt schon viele Jahre.

Sie kam immer lautlos; denn sie lief auf Strümpfen. Sie hatte Krampfadern und die Schuhe drückten enorm nach so einer langen Nacht. Und die Wege auf den langen Fluren waren wirklich anstrengend. Sie hatte sich dicke schafswollene Strümpfe gestrickt.

In diesem Augenblick stand sie vor ihm und sagte:

»Warum legen Sie sich nicht ein wenig aufs Ohr? Ich wecke Sie schon, wenn es etwas gibt.«

Er lächelte sie an.

»Kommen Sie, ich habe noch einen Schluck in der Flasche. Haben Sie Zeit?«

Sie blickte auf die kleine Armbanduhr.

»Na ja, die Spritzen haben noch eine halbe Stunde Zeit. Na, dann prost!«

Viele Patienten bekamen auch nachts Spritzen, aber dabei weckte man sie nicht.

Plötzlich fiel Martin wieder etwas ein.

»Würden Sie mir einen Gefallen tun?«

»Aber gern«, sagte sie spontan. Frau Wegner mochte ihn gern und freute sich immer, wenn sie gemeinsam Nachtdienst hatten.

»Worum geht es denn? Wenn es nicht gerade ein Mord ist, dann bin ich mit von der Partie. Wollen Sie den Schwestern einen Streich spielen?«

»Wo denken Sie hin!«, sagte er erschrocken.

Sie grinste breit. »Na, haben Sie nicht oft unter diesem Besen zu leiden.«

»Ich wehre mich«, sagte er mit würdevoller Stimme.

»Ich würde sie pfeffern. Das ist ein Biest, die Renate. Vier Wochen hab ich mal mit ihr zusammen Dienst getan. Du meine Güte, lieber geh ich Steine kloppen!«

»Sie ist eine perfekte Schwester.«

»Jawohl, ein Roboter. Dr. Kastner, die hat doch ein Herz aus Stein. Sehen Sie sich bloß vor, sie hat die Netze um Sie geworfen.«

Kastner lachte.

»Sie machen Witze!«

»Nein«, sagte sie resolut. »Sie merken ja gar nichts, mein lieber Doktor. Sie tun mir leid, ehrlich. Sie sind ein Pfundskerl, und ich möchte nicht, dass Sie mal bei so einer landen.«

In der nächsten halben Stunde erfuhr er nun alles, was in der Klinik vor sich ging. Er war einfach sprachlos und hätte sein Anliegen darüber fast vergessen.

»Na, jetzt muss ich aber die Spritzen verteilen. Ich komme aber gleich wieder.«

Er saß nachdenklich im Lehnsessel und dachte über alles nach. Nun verstand er so vieles Er war Frau Wegner sehr dankbar. Ich bin ein Schafskopf, dachte er. So etwas hätte ich doch wissen müssen! Du meine Güte, da muss ich mich ja vorsehen.

Es dauerte über eine Stunde, bis die Nachtschwester wieder erschien.

»Wollten Sie nicht einen Gefallen von mir? Soll ich vielleicht noch einen Kaffee kochen?«

»Nein, danke. Aber ich wäre Ihnen sehr dankbar, wenn Sie mit mir kämen, damit alles seine Richtigkeit hat. Ich tue es nicht gern, aber mir bleibt keine andere Wahl. Ich brauche etwas von Frau Bartels, und da muss ich ein wenig in ihren Schubladen suchen.«

Er schaute verlegen drein.

Frau Wegner sah ihn durchdringend an. Es war selbstverständlich verboten, in den Sachen der Patienten zu stöbern. Es sei denn, diese verlangten es ausdrücklich.

Hastig erklärte er ihr, worum es ging.

»Ich kann ihr unmöglich vorher etwas sagen, Frau Wegner. Sie wissen ja, wie die Behörden da drüben sind. Wenn es dann nicht klappt...«

Ihr Blick war sehr warm und herzlich.

»Wenn sich alle so um ihre Patienten kümmern würden wie Sie, wäre alles viel besser bestellt. Selbstverständlich gehe ich mit. Und es wird auch nie jemand etwas erfahren. Ach, ich wünschte, man ließe ihre Schwester wirklich her.«

Sie verließen das Arztzimmer und huschten an Frau Bartels Bett. Weil sie schon so schwer krank war, hatte man sie in ein Einzelzimmer gebettet.

Sie brauchten gar nicht lange zu suchen, da hatten sie dann auch schon den Brief der Schwester gefunden. Dr. Kastner schrieb sich nur rasch die Adresse ab und legte dann den Brief wieder so hin, dass sie nichts merken konnte.

Frau Bartels schlief friedlich.

Erleichtert verließ er wieder das Zimmer.

»Brauchen Sie mich noch, Doktor?«

»Nein, Frau Wegner. Vielen Dank.«

Er ging in sein Zimmer zurück, setzte sich an den Schreibtisch und begann, einen Brief an Frau Bartels Schwester zu schreiben. Er bat sie, ihrer Schwester selbst nichts zu schreiben, sondern sich mit ihm in Verbindung zu setzen. Er würde sich um alles kümmern falls sie wirklich kommen durfte.

*

Er hatte den Brief nur bis zur Hälfte geschrieben, als Frau Wegner wieder vor ihm stand.

»Bitte, kommen Sie sofort, Dr. Kastner.«

»Ja!«

»Zur Aufnahme, schnell!«

Ohne zu reden, bestiegen sie den Fahrstuhl. Frau Wegner hatte ein kaltes Gesicht. Er wunderte sich ein wenig darüber. Aber dann waren sie schon im Erdgeschoss und wenige Augenblicke später im Aufnahmezimmer.

In dessen Mitte stand eine fahrbare Liege, auf der ein kleines Mädchen lag.

Kastner hatte unwillkürlich ein Würgen in der Kehle.

»Anne«, sagte er und nahm das kleine, fast durchsichtige Händchen des Kindes und streichelte es.

Mit großer Anstrengung öffnete das Kind die eingefallenen Augen, erkannte ihn und sagte mit ganz, ganz schwacher Stimme:

»Hallo, Martin!«

Dann fielen die Augen wieder zu.

Er hob den Kopf und sah die Frau an.

»Sie hat einen Rückfall bekommen«, sagte sie.

»Warum haben Sie das Kind nicht in der Klinik gelassen?«, fragte er hart. »Ich habe Ihnen untersagt, Anne mit nach Hause zu nehmen. Wissen Sie überhaupt, was Sie der Kleinen angetan haben?«

»Es ist meine Tochter!«, sagte sie wütend.

»Kommen Sie, Schwester. Bringen wir das Kind nach oben. Sie hören noch von uns!«

Bevor sie überhaupt eine Antwort geben konnte, hatten sie das Kind fortgerollt. Man veranlasste die Frau, das Krankenhaus zu verlassen.

»Morgen können Sie Ihr Kind besuchen, aber jetzt müssen Sie gehen.«

Kastner und Frau Wegner fuhren mit der Kleinen nach oben. Der Kloß in seiner Kehle hatte sich noch immer nicht gelöst.

»Oh, mein Gott«, sagte er leise und streichelte das durchsichtige Gesichtchen des Kindes. »Wie muss sie gelitten haben.«

»Ich verstehe die Frau nicht.«

Anne hatte Blutkrebs und war schon lange in der Klinik. Man hatte sich schon Hoffnung gemacht, denn die Behandlung schlug gut an. Wenn es so weiterging, konnte man vielleicht noch einmal dem nahen Tod ein Schnippchen schlagen. Aber der Mutter war das alles zu lange erschienen. Und außerdem war es ihr lästig, ständig in die Klinik zu laufen. Weil sie Geld hatte und sich jeden Arzt ins Haus holen konnte, hatte sie eines Tages das Kind aus der Klinik geholt, als Dr. Kastner gerade außer Haus gewesen war. Sie hatte es mit nach Hause genommen. Was konnte denn schon so ein einfacher Arzt, Angestellter eines kleinen Krankenhauses, ausrichten? Andere Ärzte würden ihr Kind viel schneller gesund machen.

Kastner hatte damals getobt, als er in die Klinik gekommen und Anne fort war. Er wusste: Wenn sie nicht schnellstens zurückkam, bedeutete das ihren Tod. Gerade mit solchen Fällen hatten sie sich in den letzten Jahren intensiv beschäftigt und große Erfolge erzielt. Viele Patienten lebten seither schon zehn Jahre und länger. Und das war doch ein großer Erfolg.

Frau Wegner übergab ihm einen Brief. Er war vom behandelnden Arzt. Dieser war es auch gewesen, der die Mutter getadelt und ihr gesagt hatte, sie müsse das Kind sofort zurückbringen. Aber sie hatte es dann noch eine Weile bei sich behalten. Von sämtlichen Freundinnen bedauert zu werden, war ja ein so schönes Gefühl.

Erst als sie selbst spürte, dass es mit ihrem Kind wieder bergab ging, hatte sie sich zur Rückkehr entschlossen. Und jetzt war Anne, die jüngste Todeskandidatin dieser Station, wieder da!

Ihr altes Bettchen hatte seither leergestanden. Behutsam legten sie das Kind hinein. Frau Wegner ging sofort und holte alles für eine erste, kurze Untersuchung. Danach entschloss man sich für das Sauerstoffzelt.

»Das erleichtert, und sie wird nicht so schwer atmen müssen.«

Anne, die so gern auf dieser Station gewesen und der Liebling aller Schwestern war, hatte so geweint, als die Mutter sie mit heimgenommen hatte.

Martin und sie liebten sich innig.

Er stand am Fußende des Bettes und sah in das marmorblasse Gesichtchen.

Lieber Gott, gib mir noch einmal eine Chance ich will alles tun. Bitte, lass sie nicht sterben. Sie ist ja noch so jung, erst sieben Jahre alt. Gib ihr die Chance, lass mich noch einmal um dieses kleine Leben kämpfen.

Es war wie ein stummer Schrei!

Doch im Augenblick konnte er nichts für sie tun. Die Hände waren ihm gebunden.

»Wird sie die Nacht überstehen?«

»Ich weiß es nicht«, sagte er mit zuckenden Lippen. »Ich weiß es nicht.«

Als er später in seinem Zimmer war, merkte er erst, dass er in Schweiß gebadet war. Er ging unter die Dusche und fühlte sich danach ein wenig wohler. Der Morgen graute schon über den Dächern, als er sich wieder an seinen Schreibtisch setzte. Wohl hundert Mal war er in das kleine Zimmer gelaufen und hatte Annes Puls gefühlt. Erst nach vier Stunden wurde er langsamer und dann pendelte er sich in den normalen

Rhythmus ein. Die blauschwarzen Schatten um die eingefallenen Augen wichen langsam zurück.

»Vielleicht schaffen wir es diesmal noch«, sagte Frau Wegner.

Er taumelte nur noch, als die Tagschicht ihren Dienst antrat. Völlig ausgelaugt und erschöpft wollte er aber auch jetzt noch nicht die Klinik verlassen. Der Kollege versprach ihm, ihn sofort zu rufen, wenn sich etwas am Zustand des kleinen Mädchens ändern sollte.

*

Martin Kastner nahm den angefangenen Brief und verließ das Krankenhaus. Unten auf dem Parkplatz stand sein VW. Er fuhr nach Hause nach Holzkirchen zu seiner Mutter. Jedes Mal, wenn er München verließ und die fernen Berge am Horizont allmählich näherkamen, stellte sich bei ihm ein unbeschreibliches Gefühl der Freude ein – und je länger er darüber nachdachte, umso mehr kam er zu der Erkenntnis, dass er bald eine Entscheidung würde treffen müssen. So sehr ihm seine Patienten das Gefühl gaben, dass er gebraucht wurde, umso deutlicher wurde der Eindruck, dass das eigene Leben unglaublich schnell an ihm vorbeistrich – und er dennoch nichts getan hatte, um sein eigenes Glück zu suchen und auch zu finden.

Holzkirchen war ein kleiner, aber dennoch aufstrebender Ort in einer wunderschönen idyllischen Lage. Nach Sonthofen und Oberstdorf war es nicht weit, und die ganze Region hatte sich schon vor einigen Jahren für die Touristen deutlich geöffnet. Er bemerkte das an den Autokennzeichen der Fahrzeuge, die vor den Hotels standen. Sie kamen praktisch aus dem gesamten Bundesgebiet, teilweise sogar aus Holland und Skandinavien.

Das Haus, in dem er selbst aufgewachsen und dort eine glückliche Kindheit verbracht hatte, stand an einem Hang. Von dort aus hatte man einen schönen Überblick über den gesamten Ort und die nahe Bergkette. Er fuhr einen Moment rechts ran und genoss das prachtvolle Panorama, das sich ihm bot. Und es kam ihm so vor, als wenn ein Mensch eigentlich gar nicht so viel Luxusgüter brauchte, wenn er hier in so einer schönen Umgebung leben und arbeiten konnte. Was für ein krasser Gegensatz zu der hektischen Metropole München!

Zehn Minuten später fuhr er auf den Hof, stellte den Motor ab und stieg aus.

Die Mutter öffnete ihm. Sie kannte ihren Sohn und wusste: Wenn er so ein Gesicht hatte, dann wollte er nicht angesprochen werden.

Schweigend setzten sie sich also an den Frühstückstisch. Er aß mechanisch. Dann erhob er sich, ging in sein Zimmer und fiel so, wie er war, auf sein Bett; und ein totenähnlicher Schlaf umfing ihn.

*

Nach sieben Stunden Schlaf erwachte er erfrischt und munter. Er stürzte sich hinunter und fragte seine Mutter:

»War ein Anruf für mich?«

»Nein, Martin.«

»Dann lebt sie also noch«, sagte er leise.

»Wer?«

»Anne«, sagte er.

»Ach, ist sie endlich wieder da?«, fragte die Mutter herzlich. Über einige Fälle sprach er auch daheim, und die Mutter nahm an jedem Schicksal großen Anteil. Besonders von Anne hatte er gesprochen, und sie hatte das kleine Mädchen auch schon einmal besucht. Weil sie nicht in der Stadt lebten, bekam die Kleine fast nie Besuch. Einmal in der Woche kam die Mutter. Obwohl sie einen Wagen besaß und nicht berufstätig war, war es ihr doch lästig.

»Ja, sie ist wieder da!«

»Darf ich sie besuchen, Martin? Vielleicht freut sie sich. Ich könnte ihr wieder etwas vorlesen.«

»Ich weiß noch nicht. Ich muss erst sehen, wie ihr Zustand ist. Ich hatte schon befürchtet, sie würde die Nacht nicht überleben.«

»So schlimm steht es also um das kleine Mädchen?«

Er nickte.

Dann gingen sie auf die Terrasse, die im Schatten lag und sie nahmen ein verspätetes Mittagessen ein. Dabei erzählte er von Frau Bartels und dem Brief.

»Ich muss ihn noch fertigschreiben, und dann muss ich auch noch die Bescheinigung besorgen.«

Die Mutter sagte:

»Und wenn sie wirklich rüberkommen darf - wo willst du sie dann unterbringen?«

»Das werde ich mir noch überlegen!«

»Wenn du nichts dagegen hast, kann sie ja bei uns wohnen. Wir haben ja Platz genug, und ich könnte mich ein wenig um die Frau kümmern. Sie wird doch sonst wohl keine Verwandten hier haben - oder?«

»Mutter, du würdest mir wirklich diese Bürde abnehmen?«

»Junge, ich tue es gern«, sagte sie schlicht.

Er blickte in den Garten und dachte an Lilian, die einstige Geliebte. So hatte er sich immer ein Leben zu zweit vorgestellt. Sie hätten in Holzkirchen eine Praxis haben können, und seine Frau hätte sich um all die kleinen Kümmernisse der Menschen gesorgt. So viele Sorgen wurden an einen Arzt herangetragen. Auch in diesem Augenblick empfand er wieder schmerzhaft, dass er nicht verheiratet war. Doch mit achtunddreißig Jahren war man eben nicht mehr so jung, dass man sich gleich verlieben und alles über Bord werfen konnte. Man dachte zu viel. Ja, und außerdem hatte er den Glauben an die Frauen verloren.

Was Frau Wegner ihm in der letzten Nacht erzählt hatte, verstärkte ihn noch mehr darin, dass Frauen berechnende Wesen waren und nur immer den Vorteil für sich darin sahen, wen sie nahmen. Aber er wollte Liebe schenken und empfangen.

Warm und herzlich schaute er die Mutter an.

»Ich würde mich wirklich freuen. Weißt du, ein wenig Sorgen hab ich mir schon gemacht. Und ich glaube auch nicht, dass ihr Schwager sie aufnehmen wird. Ja, und dann mein Dienst in der Klinik. Ich habe wirklich nicht gewusst - aber wenn du es tun willst!«

»So habe ich auch ein wenig Abwechslung. Du weißt doch, als Vater lebte, hatten wir immer ein Haus der offenen Tür. Ach ja, damals!«

Unwillkürlich spürte er wieder den heimlichen Stich. Auch die Mutter hätte sich so gefreut! Vater war Hochschulprofessor gewesen, und immer war das Haus voll junger Menschen gewesen. Oft war er als junger Mann richtig verzweifelt darüber gewesen. Aber er hatte nie etwas dazu gesagt.

Die Mutter fühlte sich also einsam. Das drückte schwer, denn als er die Stelle im Krankenhaus Rechts der Isar bekommen hatte, war er nach München gezogen. Als der Vater starb, hätte sie mit nach München zu Martin kommen können, aber das hatte sie abgelehnt und nur zu ihm gesagt, dass man einen alten Baum nicht mehr verpflanzen könne. Sie freute sich deswegen umso mehr, wenn er zu ihr kam, und wenn es oft nur für einen Tag war. Und diesmal sah es ganz so aus, als wenn er auch diesmal seinen freien Tag nicht so richtig genießen konnte.

»Ich fahre nachher gleich wieder zurück«, sagte er hastig.

»Aber du hast doch noch gar keinen Dienst, Junge. Du machst dich noch ganz kaputt. Ruh dich doch noch ein wenig aus.«

»Später«, sagte er nur.

Sie ließ ihn ziehen und seufzte ein wenig. Ja, dachte sie, wenn er eine Frau hätte und Kinder, dann wäre er mehr zu Hause und würde sich nicht so aufreiben. Es ist ja wundervoll, dass er seinen Beruf so ernst nimmt, wo man heutzutage so viele Kritiken über Ärzte liest. Und ich wünsche ihn mir ja auch gar nicht anders. Aber als Mutter fühle ich doch ganz deutlich, dass er innerlich unglücklich ist.

Wie oft hatte sie schon die Töchter ihrer früheren Freundinnen Revue passieren lassen, um vielleicht eine zu finden, die man ihm anbieten könnte. Sie glaubte, Martin wäre zu schüchtern, um sich nach einer Frau umzuschauen. Sie wusste nichts von seiner großen Liebe, die so schmerzlich geendet hatte.

Doch diese Töchter waren alle schon verheiratet und hatten selbst Kinder. Nein, da gab es nicht eine, die für Martin in Frage käme. Zu dumm, dachte sie, ich hätte vielleicht früher daran denken sollen. Aber ich kann doch nicht für ihn eine Frau suchen. Da hat man nun einen Sohn und hat alles für ihn getan - war selbst so lebenslustig, hat so viele Feste gefeiert, und er ist ein Eigenbrötler geworden. Und doch muss ich dankbar sein, dass ich einen so liebevollen Sohn habe.

*

Wie schon so oft war Dr. Martin Kastner von daheim geflohen. Unruhe erfasste ihn. Er spürte, dass die Kollegen ihn schon mit schrägen Augen betrachteten. Sie nahmen an, er wäre so übereifrig, um einen besseren Posten zu bekommen.

Da war die nächste Oberarztstelle, um die sich jetzt schon so viele rauften. Bald würde sie frei sein. Der jetzige Oberarzt wollte sich selbständig machen.

Martin wusste, dass er dann seine Station verlassen musste - aber daran dachte er nicht. Er wusste im Augenblick überhaupt nicht, was er denken sollte. Er war unglücklich. Richtig unglücklich.

Dabei fiel ihm der Brief an Frau Bartels Schwester in der DDR ein. Er musste sich ja noch die Bescheinigung von Fräulein Böttcher holen. Erleichtert, einen Grund gefunden zu haben, schloss er seinen Wagen ab und ging die breite Auffahrt hinauf.

Darunter, sozusagen im Keller, befand sich ein kleiner Laden, wie überall in Krankenhäusern. Hier konnten die Patienten selbst einkaufen, oder auch Besucher kleine Geschenke besorgen. Man bekam neben Blumen, Getränken und Toilettenartikeln so ungefähr alles, was zum täglichen Leben gebraucht wurde.

Er sah den Zeitungsständer an der Tür stehen, in dem auch einige Heftromane hingen. Ein Blitz durchzuckte seinen Kopf. Oma Schmidt liebte Liebesromane! Und er hatte versprochen, ihr einige zu besorgen. Über Frau Bartels und der kleinen Anne hatte er es fast vergessen.

Einen Augenblick blieb er unschlüssig auf der untersten Treppenstufe stehen. In so einem kleinen Laden solche Hefte kaufen? Sollte er nicht lieber in ein großes Kaufhaus in der Stadt gehen?

»Feigling«, sagte er leise und musste unwillkürlich grinsen.

Dann betrat er den kleinen Laden, in dem schon eine Kundin wartete. Er ging sofort zu dem Stand und zupfte wahllos einige Hefte heraus.

Dann legte er sie neben die Kasse.

»Das sind schon ältere Hefte. Ich habe auch neue, Herr Doktor.«

Unwillkürlich sah er auf und errötete leicht, als er ein junges Mädchen vor sich sah. Er ärgerte sich, dass sie ihn kannte und dachte nicht daran, dass das in einem solchen Haus ganz natürlich war.

»Eh«, sagte er und zupfte an seiner Krawatte. »Es ist ganz egal, wissen Sie? Was bekommen Sie dafür?«

Sie nannte ihm den Preis, und er zahlte wortlos. Dann stürmte er aus dem Laden.

Marion David, die junge Verkäuferin schaute ihm kopfschüttelnd nach und wunderte sich darüber, dass er keinen Krimi gekauft hatte.

»So etwas«, murmelte sie leise vor sich hin. Aber dann vergaß sie auch schon diese Angelegenheit.

*

Kastner ging ins Sekretariat, und Fräulein Böttcher gab ihm gleich die Bescheinigung. Darauf war vermerkt, dass Frau Bartels lebensgefährlich erkrankt und ein Besuch der Schwester dringend wünschenswert war.

»Leider ist sie noch nicht vollkommen.«

»Ich habe die Adresse.«

»Gut«, sagte sie. »Wie haben Sie das angestellt?«

»Bleibt ein Geheimnis. Aber jetzt sagen Sie mir, warum ist sie noch nicht fertig?«

»Wir brauchen noch einen Stempel, sonst schicken sie das Ding wieder zurück.«

»Und wo bekomme ich diesen Stempel?«

»Sie werden es nicht glauben, aber damit müssen Sie zum zuständigen Gesundheitsamt, Herr Doktor. Ich habe mich erkundigt. So sind nun einmal drüben die Vorschriften.«

»Herrje, das ist doch Humbug!«, brauste er auf. »Wenn ich das unterschreibe, hat das doch seine Richtigkeit. Die beim Gesundheitsamt kennen doch Frau Bartels und den Krankheitsfall gar nicht.«

»Weiß ich - aber was wollen Sie machen?«

Er war ärgerlich, nahm die Bescheinigung und verließ das Zimmer.

Fräulein Böttcher dachte, schade, jetzt hat er sich für jemanden eingesetzt, und jetzt fällt alles wieder ins Wasser. Wirklich schade für die arme Frau. Aber man kann wirklich nicht von ihm verlangen, dass er auch noch zum Gesundheitsamt geht und dort möglicherweise noch warten muss, bis er so einen Stempel bekommt.

Auf den Gedanken, selbst hinzugehen, kam sie gar nicht.

Inzwischen war der Arzt mit dem Fahrstuhl nach oben zur Station gefahren.

Hier begegnete er Schwester Renate. Die zog die Augenbrauen hoch und sagte:

»Aber Sie haben doch noch gar nicht Dienst!«

»Ich weiß«, sagte er nur.

Sie starrte ihn an. So kühl hatte er sie noch nie behandelt. Gewöhnlich hatte er sich immer etwas zurechtgestottert, wenn er außerhalb der Dienstzeit hier war. Sie war wütend über sein Benehmen und drehte sich heimlich um, um zu sehen, was er hier wollte.

Kastner schien ihre Blicke zu spüren, blieb am nächsten Flurfenster stehen und tat, als müsse er angestrengt über ein Problem nachdenken. Nicht, dass er ein Geheimnis daraus machen wollte, aber er hätte gern gewusst, ob es stimmte, was Frau Wegner ihm gesagt hatte.

Wie eine Rakete schoss sie davon. Er sah noch die roten Flecken auf ihrem Gesicht und sah ihr nachdenklich nach. Und wenn ich sie jetzt doch heirate, dachte er. Dann habe ich eine Frau, eine zuverlässige Kraft. Ich könnte mit ihr in Holzkirchen eine Praxis eröffnen. Wir hätten ein Heim. Vielleicht ist sie im Privatleben ganz anders? Ich kenne sie jetzt schon so lange. Und dem Alter nach passt sie doch eigentlich auch zu mir - oder? Ich werde sie nachher mal fragen!

Als sie verschwunden war, schlüpfte er in Oma Schmidts Zimmer.

»Darf man reinkommen? Oder halten Sie gerade Ihr Schläfchen?«

»Ich bin doch kein Karnickel, dass mit offenen Augen schläft«, gab sie schlagfertig zurück.

Er grinste, zog sich einen Stuhl heran und sagte:

»Und wann gibt es die Revanche?«

»Wieso?«

Er zauberte die Hefte aus der Jackentasche. Es waren zwei Stück!

»Nein!«, sagte sie lachend. »Sie haben es wirklich nicht vergessen! Also, deswegen müsste ich Sie schon das nächste Mal gewinnen lassen. Nein, Sie sind ein Engel, wirklich!«

»Nein, nein, ich will meine Partie ehrlich gewinnen. Aber schauen Sie doch erst einmal nach, ob es auch die richtigen Romane sind.«

»Aber klar doch! Das nette Bild und dieser Titel - das sind ja die reinsten Leckerbissen für mich. Wie haben Sie das nur geahnt?«

Er musste daran denken, wie schnell er sie erstanden hatte. Das sagte er aber nicht.

»Sobald ich frei habe, werde ich kommen!«

Sie setzte ihre Brille auf.

»Ach ja, Sie haben mir ja noch gar nicht gesagt, was Sie für mich ausgelegt haben, Dr. Kastner!«

»Ein kleiner Liebesdienst«, sagte er lächelnd. »Mehr nicht, Oma Schmidt. Sie sind immer so nett zu mir!«

Sie schob die Brille nach oben. Ihre guten alten Augen sahen ihn sehr lange und sehr aufmerksam an.

»Sie haben einer alten Frau eine große Freude gemacht, Dr. Kastner.«

»Nicht doch!«, sagte er etwas verschämt, erhob sich dann aber sofort. »Ich sehe, ich falle Ihnen jetzt doch lästig. Sie wollen die Leckerbissen verspeisen.«

Sie gab ihm mit dem Heft einen kleinen Klaps auf die Hand. Lachend ging er davon.

Als er auf den Flur trat, stieß er mit Schwester Ursula zusammen.

»Wie geht es Anne?«

Ihre Augen wurden feucht. »Das kleine Engelchen - sie muss sich so quälen.«

Er ging schnell weiter und stand gleich darauf vor ihrer Tür. Einen Augenblick lang hatte er Angst. Denn er wusste, er konnte nicht mehr helfen. Wenn man sich verstellen musste, wenn man fröhlich sein musste, obwohl einem das Herz wehtat. Das waren Augenblicke, in denen er seinen Beruf beinahe hasste.

Er betrat das Zimmer.

Anne lag nicht mehr unter dem Sauerstoffzelt. Sie lag da und hielt die Augen geschlossen. Die Rollladen waren halb heruntergezogen. Das Licht tat ihren Augen weh. An Hand ihres Krankenblattes, das auf dem Tisch lag, sah er, dass sie heute schon vier Spritzen bekommen hatte. Und er wusste, dass die sehr, sehr schmerzten. Sie nahm alles klaglos hin.

Seit einem Jahr war sie jetzt so krank, und seit einem Jahr war sie von Krankenhaus zu Krankenhaus gewandert, hatte nie mehr wie normale kleine Mädchen spielen und leben können.

Er stand da und sah auf das winzige, eingefallene Gesichtchen hinab. Und er sagte sich: Wenn sie jetzt keinen Lebenswillen mehr hat, dann ist es bald aus. Dann geht dieses kleine Lebenslicht aus, ganz behutsam.

Sie öffnete die Augen.

Ein Leuchten erschien.

»Du bist ja da! Ich dachte, nur eine Schwester sei gekommen.«

»Hallo, Schmetterling«, sagte er und versuchte, seine Stimme fröhlich klingen zu lassen.

»Nur du nennst mich Schmetterling«, sagte sie leise. »Nur du. Das ist so schön, und dabei bin ich gar keiner.«

»Aber natürlich, Liebling. Für mich siehst du wie ein hübscher, bunter Schmetterling aus, Anne!«

Er setzte sich an ihr Bettchen und nahm das kleine, kalte Händchen zwischen seine Finger.

»Aber Schmetterlinge flattern herum, von Blume zu Blume, im Sonnenschein. Sie können sogar bis auf den Balkon fliegen, so hoch. Aber ich kann nur hier liegen und sonst gar nichts!«

»Das vergeht doch wieder«, sagte er rasch.

Sie schloss wieder die großen blauen Augen. Er glaubte schon, sie wäre vor Erschöpfung wieder eingeschlafen. Aber dann zuckte das Händchen, und plötzlich sagte sie:

»Wenn ich tot bin - glaubst du, dass ich dann im Himmel ein Schmetterling sein werde? Oder vielleicht auch wieder ein Mädchen - aber eines, das laufen und hüpfen kann, Martin.«

Er versuchte ein raues Lachen.

»Aber du wirst gar nicht tot sein!«, sagte er hastig.

»Martin ich weiß es. Und es tut hier so weh, im Herz, weißt du? Man darf nicht lügen - alle lügen, alle...«

Jetzt rollten die Tränen über das Gesichtchen.

Er hätte aufschreien mögen, fortlaufen. Es war einfach schrecklich! Und wieder stellte sich ihm die alte Frage: »Weiß ein Mensch es nicht selbst sehr genau, wann es soweit ist! Irgendetwas in ihm sagt es ihm! Auch bei Kindern!«

»Du darfst nicht lügen, Martin«, flüsterte sie. »Du nicht. Dich hab ich doch so lieb, Martin - dich - ja, nur dich. Bitte, belüg mich doch nicht.«

O mein Gott, dachte er, was soll ich denn nur tun? Was? Soll ich ihr wirklich die Wahrheit sagen?

Ihr kleiner Körper bebte und zitterte. Er wusste, dass sie sich nicht aufregen durfte; dann würde das Fieber wieder steigen und dadurch das Herz angegriffen werden. Und es war doch schon so schwach.

»Hör zu, Schmetterling, jetzt bist du ja wieder bei mir. Ich werde auf dich aufpassen.«

»Zu Hause haben sie davon gesprochen, im Wohnzimmer Mutti und eine andere Frau. Aber ich weiß das auch so. Martin, ich hab ja gar keine Angst. Doch es ist so schrecklich, so, so furchtbar schrecklich, dass ich nicht darüber reden darf. Ich hab doch solche Angst. Man soll es mir sagen und erzählen, wie das ist!«

Er nahm das kleine, erregte Mädchen an sein Herz und strich über ihr blondes Haar.

»Hör zu, kleiner Schmetterling. Ich muss dir etwas sagen, hör mir gut zu. Ja, du bist sehr, sehr krank - aber weißt du, wir Ärzte geben es einfach nicht auf. Und alle Tage werden neue Medikamente erfunden. Bald hat man vielleicht auch etwas, das dir helfen kann. weißt du? Deshalb kann ich dir das nicht sagen. Und du darfst mir vertrauen, hörst du?«

Er war in Schweiß gebadet! Noch nie hatte er mit einem Patienten so gelitten wie in diesem Augenblick. Die Tür öffnete sich, Schwester Renate wollte das Zimmer betreten.

»Gehen Sie raus!«, sagte er scharf.

Sie sah das Kind in seinem Arm und sagte spitz:

»Dr. Walter hat mir gesagt, dass sie sich nicht aufsetzen darf, das sei Gift für sie.«

Dann sah sie seine Augen - und etwas geschah, was es bis jetzt noch nicht gegeben hatte: Sie ging, ohne noch etwas zu sagen. Sie hatte sich zum ersten Mal gebeugt.

Später wusste er selbst nicht mehr, was er dem kleinen Mädchen alles gesagt hatte. Anne beruhigte sich aber wieder, und er legte sie sanft in die Küssen zurück.

Sie lächelte ihn an, und dann sagte sie sehr leise:

»Mit dir darf ich immer darüber reden, ja? Wenn ich Angst habe, wenn alles so, so traurig ist.«

»Ja, mein Spatz, mit mir darfst du reden. Über alles! Und ich werde auch nie lügen.«

»Martin, ich bin froh, dass ich wieder bei dir bin. Nicht wahr, sie darf mich nicht mehr fortnehmen - du wirst es nicht zulassen?«

»Nein«, sagte er und presste die Zähne zusammen.

Er saß an ihrem Bettchen und hielt das Händchen. Sie wurde jetzt vollkommen ruhig. Unwillkürlich fühlte er ihren Puls. Er war fast normal - und das nach den schweren Spritzen. Sie war also innerlich furchtbar erregt gewesen, und niemand hatte etwas bemerkt.

»Hör mal, meine Mutter fragt an, ob sie dir wieder einmal etwas vorlesen soll? Ich habe da ganz tolle Bücher - aber wenn du nicht willst?«

»Das will sie wirklich wieder tun?«

Er nickte.

Anne war zwar schon sieben Jahre alt, hatte aber nur ein kurzes Jahr die Grundschule besuchen dürfen. Dann war die Krankheit ausgebrochen. Sie konnte zwar ganz einfache Bücher in Schreibschrift lesen, aber auch das strengte sie zu sehr an.

»Ich werde ihr das also ausrichten. Und wenn du alles tust, was die Schwestern sagen, dann kann sie sicher bald kommen.«

*

Als er ihr Zimmer verlassen hatte, nahm die Station ihn so gefangen, dass er für eine Weile das Gespräch mit der Kleinen vergaß. Erst Stunden danach kam er wieder ein wenig zu sich. Und als er sich erschöpft ins Arztzimmer zurückzog, sah er wieder den Brief an Frau Bartels Schwester auf dem Schreibtisch liegen. Sofort steckte er ihn ein. Er wollte nicht, dass jemand etwas davon erfuhr.

Er saß noch keine Viertelstunde hier, als die Tür schon wieder aufging.

Schwester Renate! Wie immer kühl und hochmütig.

»Doktor, möchten Sie eine Tasse Kaffee? Wir brühen gerade frischen auf.«

»Ja, das wäre nett von Ihnen«, antwortete er müde.

Die Krankenakten waren noch immer nicht erledigt. Heute würde er sie mit nach Hause nehmen.

Wenig später brachte sie ihm den Kaffee. Und zum ersten Mal sagte er zu ihr:

»Setzen Sie sich doch - das heißt, wenn Sie Zeit haben.«

Das war neu. Etwas Ähnliches hatte er noch nie zu ihr gesagt, und ihr Herz schlug gleich ein paar Takte schneller. Er fragte sie nach den einzelnen Patienten auf der Station; denn die Schwestern waren ja viel mehr mit ihnen zusammen. Er musste ja auch noch operieren und die Operationen vorbereiten. Er war immer nur stundenweise auf der Station, kam aber sofort, wenn man ihn dringend brauchte. Der Zustand seiner Patienten konnte sich ja von Minute zu Minute ändern.

»Was ist mit Anne?«, fragte sie.

»Sie weiß, dass sie sterben muss«, sagte er leise.

»Doktor!«, sagte sie empört. »Sie wollen mir doch nicht sagen, dass Sie das dem Kind gesagt haben!«

»Nein«, sagte er müde. »Auf diese Idee würde ich nie kommen. Sie hat es mir selbst gesagt. Es war nicht einfach; und darum möchte ich, dass wir sie in Zukunft nicht mehr belügen. Sie spürt das sofort und verliert dann das letzte bisschen Vertrauen. Wir sollten klar und offen mit ihr darüber sprechen; das heißt, wenn sie davon anfängt - aber ihr zugleich auch immer wieder Hoffnung machen.«

»Ist denn überhaupt noch Hoffnung vorhanden?«

»Ich weiß es nicht.« Seine Stimme war vor Trauer tiefdunkel. »Ich weiß es nicht. Die Laborberichte sind auch noch nicht zurück. Wir müssen abwarten.«

Dann legte er für eine Weile die Hände vors Gesicht.

»Schwester Renate - manchmal denke ich, wenn man auf dem Land leben würde, eine kleine Praxis hätte, dann wäre alles viel, viel einfacher. In meiner alten Heimat Holzkirchen wäre es ideal dafür. Was denken Sie? Was würden Sie vorziehen, wenn Sie wählen könnten?«

Sie ahnte nicht, dass er ihr mit diesen Worten quasi einen Heiratsantrag machte. Die Sache mit Anne hatte ihn mehr getroffen, als er sich eingestehen wollte. Und jetzt spürte er den Wunsch, dem allen hier zu entfliehen. Nicht seine Patienten im Stich lassen nein! Er wollte endlich, bevor es zu spät wäre, das verwirklichen, wovon er schon sein ganzes Leben träumte. Wenn er sich jetzt nicht bald dazu entschloss, dann wäre es zu spät. Für immer.

Und was sagte Schwester Renate?«

Zunächst einmal lachte sie verblüfft auf, dann sagte sie:

»Sie scherzen wohl, Dr. Kastner. Man geht doch nicht aufs Land! Nie im Leben! Dann ist man ja ganz abgeschrieben. Nur Trottel verziehen sich aufs Land. Sie wissen ja gar nicht, was es für Möglichkeiten in der Stadt gibt. Zuerst ist da einmal die eigene Praxis. An die zweihunderttausend Mark machen die niedergelassenen Ärzte im Jahresdurchschnitt. Und dann könnten Sie auch den Professortitel bekommen. Sie glauben ja gar nicht, wie vieles man noch erreichen kann. Aber Sie wollen ja gar nicht. Ein wenig ist mir das unverständlich. Kein Arzt ist so lange hier wie Sie. Die anderen sehen das hier nur als Übergang an. Und dann noch diese Station! Sie lassen sich einfach an die Wand drücken. Sie sind zu gutmütig. Warum lassen Sie sich das gefallen? Sie können doch was! Sie müssten viel, viel mehr sein.«

Eigentlich wollte sie ihm Mut zusprechen, ihm den Rücken stärken; sie ahnte ja nicht, dass er etwas ganz anderes hatte ergründen wollen.

Martin nickte ruhig.

»Ich verstehe«, sagte er leise.

Also auch nichts, dachte er. Vielleicht bin ich wirklich ein altmodischer Mensch. Du mein Gott, aber auf dem Land herrscht doch ein Notstand! Sie brauchen dort dringend Ärzte! Und diejenigen, die jetzt dort Dienst tun, sind alle schon ziemlich alt. Ich könnte jederzeit eine gute Praxis übernehmen. Doch der Haken hegt darin, dass ich keine Frau habe. Wo bekommt man denn noch eine Haushälterin? Und meiner Mutter kann ich das nicht mehr zumuten. Und dann ist da auch noch die Abfindung, die ich dem alten Arzt zahlen müsste.

»Ich glaube, Sie hören mir gar nicht zu.«

Martin blickte auf. Nein, er hatte wirklich nicht zugehört, war in seine Gedanken versponnen gewesen.

Sie erhob sich.

»Dann will ich Sie nicht länger stören.«

Er hielt sie nicht zurück.

*

Er blieb noch zwei Stunden auf der Station, gab seine üblichen Anweisungen für die Nacht und verließ dann das Krankenhaus. Draußen hatte es sich jetzt abgekühlt. Es war ja auch schon Abend.

Auf dem Parkplatz standen nicht mehr viele Autos. Er fuhr einen einfachen VW, den er schon vier Jahre besaß. Ein Auto musste für ihn seinen Zweck erfüllen, mehr nicht. Die anderen Ärzte überboten sich oft in den tollsten Wagen, aber er konnte nur amüsiert darüber lächeln.

Er stieg ein und setzte zurück. Vielleicht war er schon wieder mit seinen Gedanken nicht bei der Sache, oder er hatte einfach nicht aufgepasst, jedenfalls hörte er es plötzlich mächtig scheppern.

Erschrocken stieg er aus und ging nach hinten. Er hatte ein Auto gerammt, eine kleine »Ente«. Für einen Augenblick hatte er ein flaues Gefühl in der Magengrube. Du meine Güte, wie konnte das nur geschehen?! Das Vehikel sah ziemlich lädiert aus. Und er sagte sich: Wer so ein Autochen fährt, der hat bestimmt nicht viel Geld, und...

Aber da kam auch schon die Besitzerin. Ob sie den Zusammenstoß gehört hatte? Er fragte sie nicht. Mit bestürzter Miene stand er da und entschuldigte sich stotternd.

Bekümmert betrachtete sie ihr geliebtes Auto, stieg ein und wollte probieren, ob sie überhaupt noch damit fahren konnte. Aber das ging nicht.

»Und wie komme ich jetzt nach Hause?«

O je, er hatte sie also in echte Bedrängnis gebracht.

»Sie sind hier auch angestellt?«, fragte er.

»Nicht direkt, Dr. Kastner!«

Er hob den Kopf und sah sie an.

»Ich bin unten in dem kleinen Laden. Erinnern Sie sich nicht mehr?«

»Ach ja, jetzt weiß ich es wieder!«, antwortete er hastig. »Aber, was machen wir denn jetzt?«

»Ich wohne ziemlich weit draußen, und der Bus ist schon fort. Na ja, morgen lasse ich das Autochen abschleppen, und jetzt nehme ich mir eben ein Taxi.«

»Das kommt nicht in Frage! Das kann ich nicht zulassen. Schließlich habe ich das verschuldet. Darf ich Sie also nach Hause fahren?«

»Aber ich muss noch unterwegs einkaufen. Und Sie könnten vielleicht wütend werden, wenn Sie warten müssen.«

»Kommen Sie, steigen Sie ein, das ist dann meine Sache.«

Sie lachte und er war erleichtert.

»Sie sind mir also nicht mehr böse?«, fragte er und sah sie von der Seite an.

»Ach wo! Jetzt kriegt mein Autochen einen funkelnagelneuen Kotflügel. Damit kann ich dann mächtig angeben, wissen Sie? Ansonsten sieht es nämlich gar nicht schick aus mein Autochen, meine ich. Aber nun muss das Ihre Versicherung bezahlen.«

»Vielleicht sollte ich vorn auch noch reinfahren?«

Sie kicherte.

»Ich hab ja gar nicht gewusst, dass Sie Humor besitzen.«

Er war selbst erstaunt über sich, dass er sich jetzt so gelassen mit dieser jungen Dame unterhalten konnte. Das hatte er noch nie fertiggebracht.

»Warum nicht?«, gab er fröhlich zurück.

»Nun ja, sonst schweben Sie immer wie ein Halbgott am Lädchen vorbei. Sie haben sogar drei Jahre gebraucht, um überhaupt zu merken, dass wir da unten sind.«

»Das tut mir aber leid!«

»Pah!«, sagte sie. »Das sagen Sie jetzt nur. Schade. Weil Sie meine Ente angefahren haben, müssten Sie mich jetzt aus Rache eigentlich bis zum Nordpol fahren. Hätte ich das gewusst, hätte ich mir noch viel, viel weiter draußen eine Wohnung gesucht.«

»Wo wohnen Sie denn überhaupt?«

»In Neufarn!«

Er kannte sich in dieser Gegend aus und wunderte sich, dass sie dort wohnte.

»Ihre Eltern haben dort ein Haus?«

»Nein, meine Eltern sind schon lange tot. Ich habe dort eine kleine süße Dachwohnung.«

Wieder warf er ihr einen raschen Blick zu. Seiner Meinung nach musste sie etwa fünfundzwanzig Jahre alt sein, und das war sie in der Tat.

»Aber so weit draußen - ist das nicht ziemlich einsam? Ich meine, für Sie? Ein junger Mensch will doch etwas erleben, Trubel um sich haben.«

»Den hab ich im Geschäft oft. Nein, ich bin gern allein. Das ist oft hübsch. Dort kann man gleich in den Wald spazieren - und überhaupt, dort ist kein Autolärm, gibt es keine Abgase. Ich werde einst eine sehr hübsche Leiche abgeben. Bestimmt bekomme ich nie Runzeln.«

Wieder musste er lachen. So etwas Lustiges war ihm noch nicht untergekommen.

»Sie haben Gedanken«, murmelte er.

»Halten Sie mal da vorn. Dort ist das erste Geschäft, in dem ich einkaufen muss.«

Sie lief über die Straße, und er wartete geduldig. Als er sie vor dem dritten Geschäft abgesetzt hatte, und sie dann wieder einstieg, bemerkte er erst, dass sie seinen Namen kannte, ja, überhaupt alles von ihm zu wissen schien - er aber nichts von ihr.

»Sie haben mir noch nicht einmal gesagt, wie Sie heißen.«
»Ist das so wichtig?«
»Wegen der Versicherung«, sagte er.
»Tatsächlich, da haben Sie recht! Und überhaupt, Sie müssen mir das auch noch schriftlich geben, dass Sie schuldig sind. So verlangt das die Versicherung.«
»So, wir sind da! Kommen Sie mit, wir setzen dann so einen Wisch auf. Und tragen dürfen Sie mir auch helfen.«
Er sammelte die Tüten auf dem Rücksitz zusammen, schloss den Wagen ab und folgte ihr. Er tat dies alles mit einer Selbstverständlichkeit, dass er selbst ein wenig darüber erstaunt war. Aber irgendetwas trieb ihn einfach dazu.

*

Sie hatte tatsächlich eine sehr gemütliche kleine Dachwohnung, mit viel Geschmack eingerichtet. Außerdem standen die Regale voller Bücher, die er sich sofort betrachten musste. Und in einer Ecke stand ein Klavier. Ob sie spielen konnte? Wo sah man in den heutigen Wohnungen noch ein Klavier? Der Fernsehapparat dominierte jetzt.
»Darf ich Ihnen eine Tasse Tee anbieten? Man soll Kavaliere nicht zu sehr strapazieren.«
»Ich möchte Ihnen keine Umstände machen.«
»Aber ich hab Riesenhunger!«, lachte sie ihn an und verschwand in der Puppenküche, so kam sie ihm jedenfalls vor.
Für Augenblicke vergaß er einfach alles: seine Traurigkeit, seine Sorgen um die ihm anvertrauten Patienten - ja, er vergaß sogar seine Mutter, die allein in dem Haus in Holzkirchen lebte. Er war so leicht wie eine rosarote Wolke und hatte plötzlich den Wunsch, dies alles möge noch lange dauern.
Wenig später kam sie zurück, deckte den Tisch, stellte belegte Brote auf und holte dann den Tee.

Sie aßen und lachten und sprachen noch eine Weile über den Vorfall auf dem Parkplatz. Dann holte sie einen Zettel, und sie fertigten ein Schuldbekenntnis aus. Dabei erfuhr er dann, dass sie Marion David hieß.

Er war schon über eine Stunde bei ihr und dachte noch gar nicht daran zu gehen.

Plötzlich sagte sie:

»Haben sie gefallen?«

»Was? Die Brote?«

»Nein, ich meine die Romane.«

»Welche Romane?« Er machte im Augenblick kein sehr gescheites Gesicht.

»Die Romane, die Sie gestern bei mir gekauft haben. Oder haben Sie sie vielleicht noch gar nicht gelesen.« Er spürte den leisen Spott in ihrer Stimme und ging sofort darauf ein.

»Schön waren sie!« Er versuchte es mit einem Seufzer.

»Nein, wirklich, ich habe sehr gelitten, verstehen Sie?«

»Lügner«, sagte sie.

»Wieso?«

»Sie haben sie gar nicht gelesen.«

»Wie können Sie so etwas behaupten?«

»Weil Leute, die solche Romane konsumieren, nie davon reden. Im Gegenteil, es weit von sich weisen, so etwas überhaupt zu kennen.«

»Man kann Sie wohl nie beschummeln, wie?«

»Nein.«

»Na, dann kann ich Ihnen ja auch ein Geheimnis anvertrauen, schönes Fräulein.«

»Und das wäre?«

»Sie waren gar nicht für mich, sondern für eine Patientin. Ich war ziemlich verlegen, als ich sie kaufte. Ich glaubte, im Boden versinken zu müssen.«

»Das habe ich bemerkt«, sagte sie fröhlich. »Wenn Sie Hasch verlangt hätten, hätten Sie nicht dümmer aussehen können.«

»Sie haben sich über mich lustig gemacht.«

Ihre braunen Augen zwinkerten ihm zu. Er blickte sie an, und im gleichen Augenblick sagte er sich: Sie ist nicht so schön wie Lilian, aber sie hat etwas an sich, das ich nicht beschreiben kann. Sie ist so frisch und natürlich und so sicher. Was mir fehlt, das hat sie. Aber sie ist auch kein bisschen aufdringlich - überhaupt, sie ist einfach nett.

Er erzählte ihr, wie er dazu gekommen war, die Romane bei ihr zu kaufen.

»Also pure Bestechung?«

»Klar!«

»Sind Sie noch nie auf die Idee gekommen, vorher zu üben? Bis Sie besser Schach spielen können, um sie dann tatsächlich zu besiegen?«

»In der Tat, ich spiele sehr gern Schach; aber ich habe sonst nie Gelegenheit, mit jemandem zu spielen.«

»In der Stadt gibt es Schachclubs!«

»Ach nein«, sagte er schnell. »Nein, das ist nichts für mich!«

»Tja, wenn Sie jetzt nicht mein liebes Auto angefahren hätten, dann würde ich ja sagen, Sie könnten mit mir üben; denn ich kann es nämlich auch sehr gut. Mein Vater war lange Zeit ans Bett gefesselt, und so habe ich oft mit ihm gespielt und es gut gelernt. Aber so? Nein, soll ich Sie noch dafür belohnen, dass sie mein wundervolles Auto kaputtgefahren haben? Und morgen muss ich auch noch mit dem Bus fahren! Nein, das ist einfach zu viel, was Sie von mir verlangen. Es ist ja schon allerhand, dass ich Ihnen Tee und Brote schenke!«

»Aber Sie hätten nie im Leben einen neuen Kotflügel bekommen!«

Ihre Augen zwinkerten ihn an.

»Eigentlich haben Sie ein ganz klein wenig recht!«

»Was heißt ein ganz klein wenig?«

»Weil ich recht behalten will, darum! Sie sind der Schuldige, ich habe es schwarz auf weiß!«

»Vielleicht sind Sie ein Vampir. Ich hätte diesen Wisch niemals unterschreiben dürfen...«

»Tja, nun ist es geschehen!«

Jetzt war er schon zwei Stunden hier. Er sagte sich: Sie ist nur so, weil es ihre Art ist; aber sicher wartet sie schon auf Besuch. Überhaupt, ich bin ihr doch vollkommen fremd. Jetzt muss ich aber wirklich gehen.

Er erhob sich.

»Ich bedanke mich vielmals für die nette Einladung; und ich werde auch dafür sorgen, dass Ihr Auto abgeschleppt wird. Noch einmal vielen Dank, dass Sie mir nicht den Kopf abgerissen haben.«

Sie brachte ihn zum Wagen und schaute ihm nach, als er davonfuhr.

*

Etwas war passiert, das er anfangs überhaupt nicht so recht begreifen konnte. Irgendwie fühlte er sich unruhig. Und was noch viel schlimmer war: Er musste jetzt ständig an das Mädchen denken. Und dabei hatte er sie früher nie wirklich gesehen!

Als er an diesem Abend in sein kleines Appartement heimkehrte, merkte er selbst, dass er nicht wie früher war. Doch - auch essen wollte er nicht, und das war schon ein wenig verwunderlich, Er dachte an das Mädchen, rief sich jedes Wort in Erinnerung. Und dann sagte er sich plötzlich: Das ist doch alles Quatsch!

Auch die Nacht brachte ihm keine Erleichterung. Am nächsten Morgen musste er schon wieder an sie denken, da er sich darum kümmern musste, dass der Wagen abgeschleppt wurde. Dann meldete er seiner Versicherung den Schaden. Die wollten erst zu seinem Vorteil handeln, aber da wurde er wütend.

Danach wurde es Zeit, dass er ins Krankenhaus kam. Auf der Station war die Stimmung schon hektisch. Es war Freitag, und viele hatten ein verlängertes Wochenende. Selbst er gehörte diesmal dazu. Dr. Schön würde Dienst tun. Zwar überlegte er einen Augenblick, ob er nicht auch kommen sollte, wegen Anne - aber das hätte der Kollege wohl übel genommen.

Das Mädchen erholte sich ganz langsam, und jetzt war es auch nicht mehr so schwach wie zu Anfang. So konnte Anne schon ein wenig länger wachbleiben.

Sie fragte ihn:

»Wann kommt denn Mutter Kastner und liest mir vor?«

Er strich ihr übers Haar. »Bald, mein kleines Mädchen. Bald. Du musst erst noch ein wenig kräftiger werden, sonst schläfst du über den schönsten Geschichten noch ein.«

Sie lachte. Und das hatte er damit erreichen wollen. Während sie mit ihm plauderte, studierte er ihre Krankengeschichte. Sie musste bald wieder eine Rückenmarkpunktion über sich ergehen lassen. Das war eine überaus schmerzhafte Behandlung. Die meisten Patienten ließen sie sich nur unter einer leichten Narkose vornehmen, aber Anne vertrug schon keine Narkosen mehr, und sie wollte es auch nicht. Einmal hatte sie zu ihm gesagt: »Ich hab immer solche Angst, dass ich vielleicht nie mehr wach werde. Man fällt in so ein schwarzes, tiefes Loch. Nein, ich will das nicht.«

»Aber es tut doch so weh«, hatte er geantwortet.

»Ich werde nicht weinen«, hatte sie tapfer erwidert.

Für Martin war es schrecklich. Menschen, die er lieb hatte, behandeln zu müssen, das ging oft über seine Kräfte. Schon hatte er daran gedacht, das von einem Kollegen ausführen zu lassen. Aber dann wusste er immer noch nicht, ob dieser mit der gleichen Behutsamkeit vorging.

Martin schluckte. Nächste Woche also war wieder ein solcher Termin. Durch diese Untersuchungen erfuhr er dann, welche Medikamente er ihr verabreichen musste.

Hätte sie ein Geschwisterchen gehabt, dann hätte man es vielleicht mit einer Rückenmarkübertragung versuchen können. Das war manchmal die letzte Rettung. Aber nicht immer schlug diese letzte Behandlung an.

»Wirst du es auch nicht vergessen?«

»Nein, ich werde es nicht vergessen.« Er erhob sich. »So, jetzt musst du wieder schlafen. Ja das macht dich kräftig. Und ich glaube ganz bestimmt, dass wir dich in der nächsten Woche auf den Balkon schieben können. Und dann kommt meine Mutter und liest dir vor.«

Er würde es ihr sozusagen als Belohnung für die schmerzhafte Behandlung anbieten.

Ihre Augen leuchteten kurz auf aber dann lag wieder das kleine müde, verzagende Lächeln auf ihren Lippen.

»Was ist, Schmetterling?«

»Morgen ist doch Samstag. Mutter kommt. Nicht wahr, du wirst nicht zulassen, dass sie mich wieder mitnimmt?« Ängstlich klang die Stimme.

Er ballte unwillkürlich die Hände.

»Nein«, sagte er fest. »Nein, sie wird es nicht mehr tun. Du brauchst keine Angst zu haben.«

»Ich darf immer hierbleiben?«

»Ja, mein Engel!«

Erst als er wieder auf dem Flur war, ging ihm die Bedeutung dieser Worte richtig auf. Anne hatte sich also mit dem

Tod endgültig abgefunden. Sie wollte so lange hierbleiben, bis...

Er presste die Zähne zusammen.

*

Schwester Renate kam, und sie besuchten die anderen Patienten. Für jeden hatte er ein persönliches Wort. Er blieb stehen, hörte sich ihre Kümmernisse an und versuchte sie zu trösten.

Gestern hatte man eine Frau Schuster eingewiesen. Sie kam aus einem anderen Krankenhaus. Dort konnte man sie nicht mehr behandeln. Solange sie hier war, weinte sie leise vor sich hin. Im Augenblick war das Bett neben ihr leer. Dr. Kastner hatte vorhin ihre Krankengeschichte durchgesehen: Magenkrebs, Endstadium. Sie war viel zu spät in ärztliche Behandlung gekommen. Man hatte operiert, aber der Erfolg war nicht so, wie man ihn sich erhofft hatte. Zwar konnte man noch einiges herausholen, und er grübelte darüber nach, ob man der Frau noch eine Operation zumuten konnte. Soweit er es sehen konnte, lag der Krebs ziemlich günstig. Und wenn man ihn jetzt entfernte, ein Stück Darm als Magen umfunktionierte, so hatte sie die Gewähr, noch eine Weile zu leben - wenn sie die Medikamente einnahm.

Die Patientin war zwar sehr abgemagert und hatte schon keine Kräfte mehr, aber sie war noch jung. Das Herz war gesund, und das war ja in solchen Fällen wichtig. Sie war erst achtunddreißig Jahre alt, eine junge Frau.

Auch jetzt lag sie da und weinte. Ihr Gesicht war verschwollen. Ihren Mann hatte er auch schon kennengelernt. Er kam fast jeden Tag und brachte ihr etwas mit. Er war die Liebe selbst und munterte sie immer wieder auf. Geldlich standen sie sich auch nicht schlecht. Ob sie die volle Wahrheit ahnte?

Schwester Renate stand kühl und abwesend am Fußende des Bettes. Man muss sich zu benehmen wissen, dachte sie. Wie kann man sich nur so gehen lassen! Jetzt wird er wieder mit ihr reden, und wenn es sein musste, sogar stundenlang. Ich müsste vielleicht auch einmal krank werden, vielleicht widmet er sich mir dann auch so rührend? Herrgott, er tut doch schon alles, warum muss er dann auch noch den Beichtvater spielen?

Und in diesem Augenblick drehte sich Dr. Kastner zu ihr herum. Seine kühlen grauen Augen musterten sie kurz. Sie erwiderte seinen Blick.

»Ich brauche Sie nicht mehr, Schwester!«

Sie machte auf dem Absatz kehrt. Frechheit! dachte sie. Will er vielleicht nicht, dass ich bei der ärztlichen Unterhaltung dabei bin? Ihre Galle kochte wieder einmal, und die armen Schwestern hatten nichts zu lachen.

Behutsam versuchte er nun, den Grund ihres Kummers zu ergründen. Der lag so nah, dass er selbst ein wenig ärgerlich auf sich war, dass er nicht darauf gekommen war. Sie hatte drei Kinder: zehn, acht und vier Jahre alt. Frau Schuster wusste, dass es sehr schlecht um sie stand.

Stammelnd sagte sie:

»Was soll nur aus meinen Kindern werden? Sie brauchen mich doch! Und ich liege hier, untätig und starre den ganzen Tag zur Decke und bin verzweifelt. Warum gerade ich? Ich habe doch nichts getan, habe immer redlich meine Arbeit getan. Meine Kinder brauchen mich doch. Wenn das nicht wäre, würde ich ja nicht mit dem Schicksal hadern, aber so...«

Ja, dachte er bei sich, das kenne ich schon. Wieder ein Fall, der mir keine Ruhe lässt. Alles sind Patienten, die nicht sterben wollen. Und ich muss mir ihre Klagen anhören, muss versuchen, sie zu trösten. Manchmal geht das über meine Kraft, ich kann doch auch nicht mehr.

Er fragte sie, wer denn jetzt die Kinder versorge. Sie waren bei einer Schwägerin, die die Kinder ganz nett zu verstehen schien. Aber natürlich klammert sich ein Mutterherz an seine Kinder. Und ganz schlimm ist es, wenn sie außerdem noch spürt, dass die Kinder ihr langsam entgleiten. Sie war jetzt seit einem Jahr im Krankenhaus. Gewiss, die Kinder besuchten sie sonntags regelmäßig. Aber sie wussten, dass die Mutter schwer krank war. Man musste still sein. Und dann war sie auch so anders geworden. Außerdem weinte sie viel, und die Kinder schämten sich dann so und sehnten sich insgeheim fort. Alles war so fremd. Die Mutter selbst spürte dann, wie unglücklich sie waren und schickte sie selbst fort. Doch wenn sie fort waren, weinte sie wieder.

»Was würden Sie von einer zweiten Operation halten, Frau Schuster?«

»Ach«, sagte sie und wischte über ihre Augen. »Wozu das denn noch? Ich weiß, was ich habe. Ich kenne mich aus. Warum wollen Sie mich noch quälen? In der anderen Klinik haben sie mich aufgegeben, deshalb hat man mich auch hierher geschickt. Sie können mir keinen Sand in die Augen streuen, Herr Doktor. Ich bin kein Kind mehr.«

»Nein, Frau Schuster, ich will Sie gar nicht belügen. Das liegt mir fern. Ich habe gestern lange Ihre Akte studiert und mir alle Befunde angesehen. Meiner Meinung nach sollten wir es noch einmal versuchen.«

»Und?«, fragte sie bitter.

»Wenn der Tumor wirklich so liegt - so günstig, meine ich -, dann hätten wir eine Chance.«

Sie starrte ihn an.

»Ich glaube es nicht.«

»Ich kann Ihnen nicht viel versprechen, Frau Schuster. Aber wir haben schon viele hoffnungslose Fälle hier gehabt - und Sie sind nicht so hoffnungslos. Die andere Klinik ist einfach nicht dazu in der Lage. Wir haben uns auf solche Fälle spezialisiert.«

»Und wenn ich mich jetzt operieren ließe, was wäre dann?«

»Ich könnte Ihnen dann mit Sicherheit sagen, dass Sie mindestens fünf Jahre ohne Schmerzen leben können.«

Frau Schusters Augen irrten hin und her. Fünf Jahre! Diese Worte krallten sich in ihrem Gehirn fest.

»Und wenn ich mich nicht operieren lasse?«

»Einige Monate.«

Er fühlte, dass er ihr die Wahrheit sagen musste.

Frau Schuster schloss die Augen.

Fünf Jahre, dann war die älteste Tochter schon fünfzehn, die andere dreizehn und der Kleine neun Jahre alt. Sie wären dann nicht mehr so entsetzlich klein. Fünf Jahre dürfte sie noch bei ihren Kindern leben! Und vielleicht - die Medizin - jeden Tag wurde geforscht.... Vielleicht hatte man bis dahin ein neues Wundermittel gefunden?

Fünf Jahre! Und Erwin hätte wieder eine gesunde Frau. Sie würden wieder so wie früher leben können - glücklich. Und wenn sie dann auch nicht mehr gesund wurde, so hatte sie aber Zeit genug, um alles genau zu planen. Sie würde dann nicht so plötzlich aus dem Familienleben fortgerissen werden wie vor einem Jahr, als sie vor Schmerzen ohnmächtig in der Wohnung gelegen hatte und Erwin sie ins Krankenhaus gebracht hatte.

»Und wenn die Operation nicht gelingt?«

»Dann gibt es auch keine Monate mehr - nur noch Wochen.«

»Der Preis für ein Leben war der Tod! Immer stand der Tod am Ende!« Sie sprach mehr zu sich. »Komisch«, sagte sie mit zuckenden Lippen, »ich fürchte mich gar nicht so sehr vor dem Tod. Nein, wirklich, ich fürchte mich nicht. Für mich ist dann alles zu Ende. Ich muss dann nicht mehr leiden. Aber ich denke an die Kinder.«

»Ja«, sagte er ruhig. »Die Zurückbleibenden leiden immer mehr. Sie fühlen die Lücke, den Schmerz der Verlassenheit. Aber ich kann ihnen die Entscheidung nicht abnehmen. Das müssen Sie und Ihr Mann allein entscheiden.«

»Und wann würden Sie operieren?«

»Noch in dieser Woche. Es liegt bei Ihnen.«

»Heute kommt mein Mann. Ich kann Ihnen morgen meine Antwort geben.«

Er nickte ihr zu.

Die Tränen waren versiegt. Er hatte ihr einen Halt gegeben. Sie brauchte nicht mehr im Jammer zu versinken. Jetzt gab es so vieles zu bedenken! Aber er war voller Zuversicht, sonst hätte er ihr diese Hoffnung nicht gegeben. Und diese Zuversicht ging auf die Kranke über.

Als er schon in der Tür stand, sagte sie leise:

»Ich danke - ich danke Ihnen vielmals, Herr Doktor!«

»Sie können mir auch später noch Danke sagen. Aber ich bin froh, wenn ich helfen darf.«

*

Sein nächster Weg ging zu Frau Bartels. Sie hatte sich ein wenig erholt und konnte hin und wieder aufstehen und eine Weile im Sessel sitzen. Er sprach mit ihr über Frau Schuster. Sie lagen ja Zimmer an Zimmer. Mit den Jahren hatte er gelernt: Wenn man mit Patientinnen über andere sprach, denen es noch schlechter ging, dann konnte man sie damit trösten. Und was noch viel wichtiger war, sie waren dann sehr freundlich und kümmerten sich um die Nachbarin.

Auf dieser Station war es auch erlaubt, die anderen Zimmer aufzusuchen, was man auf anderen Krankenstationen nicht gerne sah. Hier war eben alles ganz anders. Als Dr. Kastner das anordnete, hatten die Schwestern zuerst gemurrt. Denn jetzt konnte es vorkommen, dass sie Patienten erst suchen mussten. Aber dann hatten sie selbst gesehen, wie richtig das alles war. Nur Schwester Renate sah es noch immer nicht gern. Sie wollte die Station wie ein Feldwebel dirigieren. Alles sollte so ablaufen, dass es reibungslos funktionierte.

»Ich werde nachher zu ihr rübergehen. Vielleicht kann sie mich brauchen«, sagte Frau Bartels herzlich.

Martin nickte ihr zu und dachte an den Brief. Er hatte den Stempel beschafft und das Schreiben per Einschreiben abgeschickt. Nun wartete er auf die Antwort der Frau. Würde sie die Ausreiseerlaubnis bekommen?

»Ich wusste, dass ich mich auf Sie verlassen kann. Vielleicht hilft ihr das wirklich.«

Danach überquerte er den Flur und war gleich darauf bei Frau Schmidt. Als Privatpatientin konnte sie sich ein Einzelzimmer leisten. Er sah die beiden Romane auf dem Tischchen liegen - und plötzlich machte sein Herz einen Sprung. Er hatte ja jetzt immer einen triftigen Grund, um das Mädchen da unten im Keller wiederzusehen!

»Na?«, fragte er heiter.

»Es war erfrischend.«

»Prächtig. Dann besorge ich Ihnen neue Hefte, liebe Oma Schmidt.«

»Nicht zuerst Schach spielen?«

»Nein«, sagte er würdevoll. »Ich gehe erst in die Lehre. Und wenn ich wirklich gut spielen kann, dann werde ich Sie herausfordern.«

»So ist es richtig! Aber wollen Sie mir wirklich noch mehr besorgen?«

»Romane, meinen Sie? Jeden Tag, wenn Sie es wünschen«, sagte er fröhlich.

Die alte Dame legte den Kopf schief.

»Sie sind heute so anders. Ihre Augen leuchten - und überhaupt, ich weiß nicht...«

»Wirklich?«

Er zog einen Stuhl an ihr Bett. Er hatte die ganze Station schon besucht und hatte jetzt ein wenig Zeit. Erst für vierzehn Uhr war die nächste Operation angesetzt. Eine kleine Erholungspause tat ihm gut.

»Na, dann legen Sie mal los - was haben Sie ausgefressen?«

»Aber, Oma Schmidt! Sie reden ja, als wäre ich noch ein Bub mit kurzen Hosen.«

»Ah, bah!«, sagte sie herzlich. »Männer bleiben immer Buben. Wir Frauen durchschauen sie immer - nur zeigen wir es nicht oft, wissen Sie? Aber ich könnte Ihre Großmutter sein, und...«

»Mutter«, sagte er mit fester Stimme, »nicht Großmutter. Das wäre zu schandbar!«

Sie lachte schallend, und das hatte sie schon lange nicht mehr getan.

»Sie sind unmöglich!«, sagte sie, sich die Lachtränen abwischend.

»Ich halte sehr viel von der Moral meiner Patienten.«

»Sie weichen vom Thema ab, mein Lieber. Mich können Sie nicht irreführen, ich fühle das ganz deutlich. Also, jetzt raus mit der Sprache. Was ist los?«

Oma Schmidt hatte etwas an sich, dass man einfach Vertrauen haben musste. Und ehe er sich's versah, erzählte er ihr von seinem größten Wunsch, einer Praxis auf dem Land. In seinem Heimatort Holzkirchen. Sie nickte nur beifällig, unterbrach ihn aber nicht. Er erzählte auch, dass er arm sei, deswegen diesen Traum nicht verwirklichen könne. Aber das größte Hemmnis sei, dass er ledig sei. Na ja, da wäre ein Mädchen mit braunen Augen und einem kaputten Auto - er sei der Sünder. Ja, und das hätte er nun kennengelernt, und jetzt würde er pausenlos an sie denken.

Mit anderen Worten, dachte die alte Frau, der arme Doktor ist zum ersten Mal verliebt und weiß es noch nicht.

»Und Sie werden das Mädchen wiedersehen?«

»Ja. Wenn Sie so fleißig weiterlesen, dann ja!«, sagte er lachend.

»Wieso? Was habe ich denn damit zu tun?«

»Nun, bei ihr kann man viele feine Romane kaufen. Das ist doch ein Grund?«

»Ach so! Ja, da haben Sie ja direkt Glück, wie?«

Sie zwinkerte ihm zu und zeigte ihm so, wie glücklich sie war, dass sie ihn hatte und sich nicht so allein und überflüssig vorkam.

»Worauf warten Sie denn noch?«

»Sie meinen?«

»Aber nur, wenn Sie jetzt Geld von mir nehmen. Ich kann das wirklich nicht zulassen; ich würde Sie ja sonst ruinieren.« Schon hielt sie ihre Geldbörse in der Hand. Erst wollte sie ihm einen Zwanzigmarkschein in die Hand drücken, aber dann sagte sie: »Nein, wir werden jeden Tag einen Roman kaufen. Was halten Sie davon?«

Er steckte das Zweimarkstück ein und sagte:

»Wie die Lady befehlen«, und ging zur Tür. »Ich bin gleich wieder da!«

»Sie können sich ruhig Zeit lassen, mein Lieber!«

Er ging zum Fahrstuhl und befand sich kurz darauf im Keller. Und der Zufall wollte es, dass sie allein war.

»Romane?«

Er nickte.

Sie legte ihm zwei vor.

»Ich brauche nur einen!«

»Wie das?«

»Den anderen hole ich dann morgen.«

Verwirrt blickte sie ihn an.

Er fühlte sich auch ein wenig verlegen. Er wusste ja so wenig von ihr. Und wieder einen Korb zu bekommen - nein, das konnte er nicht verkraften. Aber ihre Augen hielten ihn gefangen, und dann tat er etwas ganz Tollkühnes.

»Ich habe heute angerufen. Man hat Ihren Wagen abgeschleppt. In vier Tagen soll er fertig sein. Meine Versicherung wird sich um alles kümmern.«

»Das war ja so abgesprochen.«

»Ja«, sagte er, »aber ich schäme mich. Ich habe Ihren Wagen kaputt gefahren, und dann habe ich auch noch als Schnorrer bei Ihnen gelebt. Und überhaupt - wie kommen Sie heute nach Hause?«

»Kümmert sich die Versicherung denn nicht darum?«

Er sagte mit fester Stimme:

»Sie hat mich beauftragt, mich darum zu kümmern. Sie ist der Ansicht, ich dürfte Sie auch zu einem Abendessen in der Stadt einladen.

Ihre Augen schauten ihn groß an. Wenn sie jetzt sagt: Ich kann das nicht, dann weiß ich, dass sie einen Freund hat, und alles ist aus.

Die kleinen goldenen Pünktchen in ihren Augen tanzten auf und ab.

Dann hörte er sie sagen:

»Entweder sind Sie ein schamloser Lügner, oder Sie haben eine fabelhafte Versicherung!«

»Die Versicherung ist es!«

»Na, dann sage ich nicht nein. Die Beiträge sind so hoch, da darf man keinen Augenblick zögern, sie auszunutzen.«

»Sie kommen mit?«

»Habe ich das nicht gesagt? Nun, damit Sie es jetzt ganz sicher verstehen: Ja - ich werde Ihre Versicherung ein wenig schädigen.«

»Ich werde pünktlich sein.«

»Wissen Sie denn überhaupt, wann ich frei habe?«

»Nein«, sagte er kleinlaut.

»Sie sind mir einer!«

Neue Kunden betraten den Laden. Er lächelte ihr warm zu.

»Ich muss jetzt gehen.«

Sie sah ihm nach und fühlte ein seltsames Beben in der Brust. Du liebe Güte, dachte sie bestürzt, wo soll das nur hinführen? Da tritt er so unvorsichtig in mein Leben, und jetzt sieht es so aus, als wolle er sich breitmachen. Aber wenn der Herr Doktor glaubt, ich wäre für ein kleines Abenteuer gut zu gebrauchen, dann irrt er sich aber gewaltig. Das werde ich ihm gleich heute sagen.

Ich kenne sie gründlich genug, diese Herren. Sie halten sich für unfehlbar und gehen meist hoch erhobenen Hauptes einher. Und jetzt meint er... Na, er wird sich wundern.

Inzwischen legte Martin oben das Heft in die Hände der alten Dame.

»Na?«, fragte sie augenzwinkernd.

»Ich habe sie zum Essen eingeladen. Ich habe schändlich gelogen und ihr gesagt, das bezahle die Versicherung.«

Oma Schmidt lachte lauthals, obwohl ihr nachher alles wehtat. Und sie dachte: Wie ich ihn kenne, hält er sich noch für sehr schlau. Ich möchte das Mädchen wirklich gern einmal kennenlernen. Ich mag ihn. Bei Gott, ich wünschte, er wäre mein Sohn!

*

An diesem Abend hatte es Martin Kastner so eilig wie noch nie, die Station pünktlich zu verlassen. Alles musste schnell gehen. Und zum ersten Mal zeigte er ein wenig Unmut, als man seine Anordnung nicht sofort ausführte. Als es dann endlich soweit war, fiel ihm noch rechtzeitig ein, dass er ja seiner Mutter eine Nachricht zukommen lassen musste. Sie sollte nicht noch einmal mit dem Abendessen auf ihn warten.

Er wählte die Nummer.

»Mutter?«

»Ja?«

»Ich komme heute später nach Hause. Ich weiß nicht, wie spät, Mutter. Es kann nach Mitternacht werden. Also warte nicht auf mich.«

»Notoperation?«

Eigentlich hätte er jetzt lügen können, das wäre am bequemsten gewesen. Aber das mochte er nicht tun.

»Nein, Mutter, ich habe jemanden zum Essen in die Stadt eingeladen.«

Für einen Augenblick war am anderen Ende Stille.

»Was hast du?«

»Jemanden zum Essen eingeladen! Ich gehe gleich los.«

»Junge!«

Die Mutter atmete schwer. So viele Fragen drängten sich ihr auf, aber dann sagte sie nur: »Ich wünsche dir viel Spaß, mein Junge. Du hast doch den Schlüssel?«

»Ja, ich hab ihn.«

Dann legte er den Hörer auf die Gabel.

Schwester Renate bemerkte seine Betriebsamkeit und beeilte sich auch. Denn sie dachte: Vielleicht, wenn wir zusammen fortgehen – vielleicht…

Aber dann war er doch schneller und ihren Augen entschwunden. Er hatte es so eilig, dass er nicht einmal auf den Fahrstuhl wartete, sondern die Treppen benutzte. Als Schwester Renate unten ankam, konnte sie ihn nirgends mehr sehen.

*

Martin stand vor dem kleinen Laden wie eine Schildwache.

»Sie hätten auf dem Parkplatz warten können. Was soll mein Chef von mir denken?«

»Haben Sie überhaupt einen?«

»Natürlich. Glauben Sie etwa, das Geschäft gehöre mir?«

»Kommen Sie, dann laufen wir schnell, dass er uns nicht mehr sieht.«

Wenig später saß sie bei ihm im Wagen. Und er fuhr gleich zügig los. Aber nach einer Weile bummelte er und saß mit gerunzelter Stirn hinter dem Lenkrad.

»Was haben Sie?«

»Nur mir Trottel kann so etwas passieren, wirklich...«

»Was denn?«

»Wissen Sie ein Lokal?«

»Wie bitte?«, sagte Marion David. »Sie wissen kein Lokal?«

»Nein.«

»Wo gehen Sie denn gewöhnlich hin?«

»Nirgends«, sagte er ruhig. »Ich muss Ihnen leider gestehen, dass ich bis jetzt noch kein Lokal in dieser Stadt von innen gesehen habe.«

»Das gibt es doch nicht!«, platzte sie unwillkürlich heraus.

»Doch«, lächelte er schief. »Wenn Sie mich erst einmal ein wenig näher kennen, werden Sie merken, welch ein komischer Kauz ich bin.«

Er hatte das so ruhig gesagt, dass sie nicht eine Sekunde auf die Idee kam, es könnte sich vielleicht um eine raffinierte Masche handeln. Sie fühlte, wie einsam er war - genauso einsam wie sie.

Auch sie hatte eine unglückliche Liebe durchstehen müssen. Danach hatte sie sich wie ein waidwundes Tier verkrochen. Obwohl sie recht hübsch war, traute sie den Männern nicht mehr. Im Laufe der Jahre hatte man ihr oft zwielichtige Angebote gemacht. Besonders verheiratete Männer waren darin ganz groß. Und das hatte sie nur noch mehr darin bestärkt, dass alle Männer im Grunde genommen gemein und widerlich waren. Warum sie gestern den Doktor nach Hause mitgenommen hatte, konnte sie sich nicht so recht erklären. Er war eben so nett gewesen.

»Ich kenne da ein Lokal - ich meine, von früher her. Es heißt >Zum Goldenen Hahn< und liegt in der Bahnhofstraße. Dort kann man gut sitzen und auch essen. Ich weiß nicht, ob es jetzt auch noch so gut ist, aber wir können ja mal einen Versuch starten.«

»Prima, dann stellen wir hier den Wagen ab und gehen zu Fuß weiter.«

Der »Goldene Hahn« sah noch immer ganz ansprechend und gut bürgerlich aus. Die rustikale Einrichtung schuf eine heimelige Atmosphäre. Es waren ziemlich viele Gäste im Raum. Die Menschen schienen guter Laune zu sein, also musste es hier ganz nett zugehen. Und die Gerüche, die in der Luft lagen, weckten den Appetit.

Sie nahmen in einer Nische Platz. Martin hatte jetzt Zeit und Gelegenheit genug, das Mädchen zu betrachten. Natürlich war sie längst nicht so strahlend schön wie Lilian. Aber sie war nett, und er fühlte sich in ihrer Nähe gar nicht linkisch und hilflos.

»Sie gehen auch nicht oft aus?«

»Nein«, sagte sie offen. »Ich gehe selten aus.«

Er wagte noch immer nicht zu fragen, ob sie allein war, oder ob es da einen Mann gab!

Marion dachte: Nein, ich werde noch nichts sagen. Er sieht eigentlich nicht so aus, als würde er bei der ersten Gelegenheit über mich herfallen. Er ist ziemlich nett. Komisch, dass mir noch gar nicht aufgefallen ist, dass er im Grunde genommen ganz anders ist als seine Kollegen im Krankenhaus Rechts der Isar.

Sie bestellten das Essen. Dann unterhielten sie sich, und es entstand ein lustiges Streitgespräch über alle möglichen Dinge. Bis er plötzlich auflachte und meinte:

»Müssen wir uns eigentlich immer zanken? Jedes Mal, wenn wir uns sehen, zanken wir uns!«

»Wenn das so ist, dann können wir uns ja aus dem Weg gehen«, meinte sie.

»Das geht nicht«, sagte er.

»Warum nicht?«

»Wegen der Romane. Sie wissen doch - für Oma Schmidt.«

»Aber man kann überall Romane kaufen.«

»Sie sind aber längst nicht so gut«, sagte er verschmitzt. Und sie lachte ihn an.

»Schwindler! Wirklich, ich glaube, Sie bestehen nur aus Schwindeleien. Aber jetzt erzählen Sie mir bitte von dieser Oma Schmidt. Ich möchte mehr von ihr erfahren.«

»Aber ich habe gestern schon so viel von ihr erzählt. Mehr weiß ich nicht. Ich könnte Ihnen vielleicht von Anne etwas erzählen? Und - vielleicht haben Sie auch Bilderbücher oder ähnliche Dinge?«

So waren sie mitten im Plaudern, und sie erfuhr Annes kleines trauriges Schicksal, und ihr warmes Herz zog sich vor Mitleid zusammen.

»Ich werde gleich morgen nachsehen, ob ich nicht etwas für sie finde. Das arme kleine Mädchen.«

Das Essen wurde gebracht, und er sprach weiterhin von seinen Patienten. Erst nach einer guten Stunde sagte er ganz bestürzt:

»Ich bin ein langweiliger Patron, wirklich. Da belästige ich Sie mit fremden Schicksalen und habe versprochen, Ihnen einen angenehmen Abend zu gestalten.«

»Aber das haben Sie gar nicht versprochen, Dr. Kastner. Und Sie langweilen mich auch nicht. Ich habe gern zugehört. Und wissen Sie - irgendwie kenne ich Sie jetzt viel besser. Sie sind mit Leib und Seele Arzt. Arzt aus Leidenschaft. Wann trifft man das schon an. Es rührt mich, wie sehr Sie Anteil an den kleinen Freuden und Leiden Ihrer Patienten nehmen.«

»Ich habe Ihnen doch schon gesagt, ich bin ein komischer Patron. Sie müssen erst einmal andere Menschen über mich reden hören. Zum Beispiel Schwester Renate. Gott, wie war sie entsetzt, als ich ihr sagte, mein größter Wunsch wäre es, Landarzt zu sein. Sagen Sie mir jetzt mal ehrlich, bin ich wirklich so altmodisch?«

»Nein«, sagte sie warm. »Nein, das sind Sie ganz und gar nicht. Und ich kann Sie mir sehr gut in einer Landpraxis vorstellen.«

»Wirklich?« Seine Augen leuchteten auf.

»Ja, Sie sind einfach der Typ dazu. Und glauben Sie mir, Sie dürfen nicht lockerlassen. Ich finde, man sollte seine Träume verwirklichen, sonst ist das Leben vorbei, und man findet, dass man gar nichts Rechtes damit angefangen hat.«

»Sie haben so vollkommen recht. Ich habe das Gefühl, dass man mich dort dringend braucht, weil doch alle Ärzte vom Land fortgehen.«

»Alle wollen in die Stadt«, sagte sie mit spröder Stimme. »Und dabei kann man in einer großen Stadt so furchtbar einsam sein - auf dem Land nie. Da nimmt man noch Anteil am Nachbarn, schaut mal herein und fragt, wenn einer Kummer hat. In der Stadt, dieser Betonwüste...« Sie brach abrupt ab, und sie aßen schweigend zu Ende.

Da nahm er all seinen Mut zusammen und fragte leise:

»Und was sind Ihre heimlichen Wünsche? Jetzt haben wir so viel über meine Wenigkeit gesprochen. Nun müssen Sie auch ein wenig von sich erzählen.«

»Interessiert Sie das denn?«

»Würde ich sonst fragen?«

Nachdenklich sah sie in den Raum. Hatte sie eigentlich Wünsche? Oh, ja, die hatte sie. Aber mit fünfundzwanzig Jahren sieht man das Leben mit anderen Augen an. Wenn man in dieser Zeit keinen festen Freund hatte, dann war man eben altmodisch und galt schon als sitzengeblieben - auch jetzt, in dieser aufgeklärten Zeit. Wie lange brauchten die Menschen noch, um sich endlich von den alten Zöpfen zu lösen, um sich wieder zu finden? Miteinander reden und gut sein, sich nicht abkapseln, nicht das ganze Leben darauf verwenden, zu schauspielern und sich nicht zu geben, wie man wirklich war - so müsste man sich eigentlich verhalten.

»Doch«, sagte sie leise. »Aber sie sind im Gegensatz zu den Ihren belanglos.«

»Belanglos?«

»Sie haben eine große Aufgabe vor sich, und ich weiß, sie werden es schaffen. Ich hingegen wünsche mir etwas ganz Simples. Ich wünsche mir eine Familie - Menschen, die man liebhaben kann, Kinder. Komisch, nicht wahr? Alle Frauen sind froh, wenn sie nicht zu Hause bleiben müssen. Sie wollen im Beruf ihren Mann stehen. Die Natur hat uns nun einmal dazu geschaffen, Kinder zu gebären - warum lehnen wir uns so dagegen auf? Warum nehmen wir das nicht hin und freuen uns darüber? Viele sind schon so weit und schämen sich, wenn man sie fragt: Was machen sie denn? Dann antworten sie verschämt: Ich bin nur Hausfrau. Mich würde das nicht stören, im Gegenteil, ich wäre glücklich.«

»Aber wenn das Ihr Wunsch ist, warum haben Sie ihn dann noch nicht verwirklicht?«

Eine gläserne Wand schob sich zwischen sie. Abrupt wandte sie ihr Gesicht zur Seite.

»Ich glaube, ich muss jetzt nach Hause. Es ist schon ziemlich spät, und morgen ist wieder ein hektischer Tag. Ich werde den Bus nehmen. Wenn ich mich beeile, bekomme ich ihn noch.«

»Aber Sie werden mir doch nicht abschlagen, Sie heimzubringen!«, entgegnete er verwirrt.

»Sie haben schon das Essen bezahlt.«

»Seien Sie brav. Schließlich bin ich der Sünder!«

»Ja, richtig, mein Auto! Das habe ich ganz vergessen. In drei Tagen ist es also fertig?«

»Ja.«

Er fuhr sie nach Hause. Sie sprachen nicht mehr viel. Marion dachte: Erwartet er jetzt, dass ich ihn einlade, noch hinaufzukommen? Nein, das werde ich nicht tun. Ich will es gar nicht erst wieder anfangen. Das Nachher ist dann so traurig.

Vor ihrem Haus reichte sie ihm die Hand.

»Es war ein sehr netter Abend, und ich bedanke mich recht herzlich!«

Er hielt die Hand für einen Augenblick fest. Das war ihr erster Kontakt.

»Gute Nacht«, sagte er herzlich.

Sie stieg aus und sah ihn fortfahren. Er hatte nicht einmal versucht, sie zu küssen. So gleichgültig war sie ihm also. Das schmerzte doch ein wenig.

*

Dr. Kastner war bei der Operation. Sie war sehr anstrengend. Ein paar Mal hatte es so ausgesehen, als würde der Patient es nicht mehr schaffen. Darmkrebs. Aber es war ihnen doch gelungen. Ein künstlicher Darmausgang war heutzutage nicht mehr so schrecklich. Sie wussten, dass er jetzt noch viele Jahre am Leben bleiben konnte. Es handelte sich um einen sechsundvierzigjährigen Mann. Seine Kinder standen in der Ausbildung. Er würde in vier, fünf Wochen seine Arbeit als Oberbuchhalter wieder aufnehmen können.

Dr. Schön und Dr. Kastner standen nebeneinander und reinigten ihre Hände.

»Na, da haben wir ja mal wieder großes Glück gehabt.«

»Es wurde auch Zeit.«

»Warum lassen Sie sich nicht einmal versetzen? Mir würde das mit der Zeit an die Nieren gehen. Ich habe gehört, Sie sollen ein ganz guter Herzspezialist sein. Waren Sie nicht einmal in Heidelberg?«

»Ja, aber ich kann die Klinik doch nicht verlassen.«

»Sie sind ein komischer Kauz, Kastner. Wir sind ja froh, dass Sie an Ihrer Station kleben. Keiner von uns drängt sich danach. Aber trotzdem - wie lange sind Sie jetzt oben?«

»Ich habe die Tage nicht gezählt.«

»Tage ist gut...«, sagte der Kollege.

Die Schwestern halfen ihnen aus den Kitteln.

»Ein Anruf für Sie, Dr. Kastner.«

»Von der Station?«

Er dachte an Anne.

»Nein, von außerhalb.«

»Danke, ich nehme ihn sofort entgegen.«

Das Telefon stand im Vorraum.

»Ja, Kastner, was ist los?«

»Ich bin's, Martin.«

»Mutter, wir sind noch im OP! Ich habe noch eine Operation vor mir.«

»Ich weiß«, sagte sie ruhig. »Aber, Martin, das Telegramm ist eben angekommen. Es ist ziemlich lange unterwegs gewesen. Und jetzt weiß ich nicht, was ich machen soll.«

»Welches Telegramm?«, fragte er verblüfft.

»Von Frau Lotti Litka. Du hast ihr doch geschrieben, dass sie sich an dich wenden soll. Ihr Zug läuft in gut einer Stunde am Münchner Hauptbahnhof ein, und ich muss das Zimmer herrichten. Junge, kannst du sie abholen?«

Sein Atem ging für ein paar Augenblicke schneller.

»Du willst damit sagen, dass Frau Bartels Schwester wirklich kommt?«

»Ja!«

»Du meine Güte! Warte Mutter! Warte einen Augenblick, ich gebe dir gleich Bescheid.«

Er traf Dr. Schön, bevor er in den anderen Operationsraum ging.

»Kann jemand für mich einspringen? Ich muss weg, privat.«

Er war so ehrlich, dass er das gleich sagte. Eigentlich war das eine Ungeheuerlichkeit, über die er selbst erschrocken war. Aber nun hatte er es gesagt.

Und jetzt machte es sich bezahlt, dass er so viele Male seinen Kollegen gefällig gewesen war. Bisher hatte er sie noch nie um etwas gebeten.

»Klar«, sagte Schön. »Ich kenne Sie gut genug, um zu wissen, dass es sich um eine dringende Angelegenheit handeln muss. Dr. Berger kann mir beistehen. Er ist schon unten. Er soll zwar erst die nächste Operation machen, aber er wird sicher zusagen.«

Dr. Berger kam gerade herein; und er erklärte sich sofort bereit, für Kastner einzuspringen.

Martin bedankte sich, aber die anderen winkten nur ab und gingen davon.

Hastig schlüpfte er in seine Schuhe und band seine Krawatte um, dann jagte er nach oben in die Station und sagte auch hier Bescheid.

»Schuster kann aushelfen - sollte etwas Dringendes vorliegen! Ich bin in ein paar Stunden wieder zurück.«

»Ich werde es Schwester Renate ausrichten«, sagte Schwester Angelika.

Als er hinunterfuhr, kam er an dem kleinen Laden vorbei. Er wusste auch nicht, warum, aber etwas zwang ihn dazu, den Kopf durch die Tür zu stecken und zu rufen:

»Die Schwester von Frau Bartels kommt tatsächlich! Ich hole sie jetzt von der Bahn ab.«

Marion David hatte eigentlich böse auf ihn sein wollen. Aber dann sah sie das helle Leuchten in seinen grauen Augen, und sie lächelte zurück.

»Wie schön für Sie«, sagte sie nur.

»Ich melde mich wieder!«, rief er noch, dann war er schon fort.

Erst im Auto, als er schon unterwegs war, fiel ihm ein, dass er ja gar nicht wusste, woran er die Frau erkennen sollte. Für einen Augenblick brach seine alte Schüchternheit wieder durch. Aber jetzt durfte er ihr nicht nachgeben.

*

Fünf Minuten vor dem Eintreffen des Zuges stand er auf dem Bahnsteig. Der Bahnhofsvorsteher erklärte ihm: »Falls Sie die Frau nicht finden, rufen wir sie selbstverständlich aus. Aber um diese Zeit steigen nicht sehr viele Personen aus. Ich werde mit Ihnen aufpassen.«

»Danke«, sagte Kastner mit belegter Stimme.

Und dann fuhr der Zug in die Halle ein. Er stand etwas abseits und musterte die Menschen, die an ihm vorbei liefen. Bis jetzt glaubte er sich ganz sicher zu sein, die Frau nicht übersehen zu haben.

Dann beobachtete er, wie eine ältere Dame vorsichtig aus dem Zug stieg. Etwas unschlüssig blieb sie stehen und schaute sich um. Sie war sehr einfach gekleidet, auch der Koffer war von einfacher Qualität.

»Das muss sie sein«, murmelte er vor sich hin.

Die anderen Leute hatten sich schon verlaufen, und sie stand noch immer da. Kastner ging auf sie zu und fragte:

»Frau Litka?«

Sie drehte sich erleichtert um.

»Ja, das bin ich.«

»Ich bin Dr. Kastner. Wir haben soeben erst Ihr Telegramm erhalten. Ich bin wirklich froh, dass es noch rechtzeitig eingetroffen ist.«

»Oh«, sagte sie erschrocken, »das tut mir sehr leid. Ich habe es gestern Morgen abgeschickt.«

»Ach, reden wir nicht mehr darüber. Sie sind ja jetzt da, und ich freue mich wirklich.«

Sie hatte Tränen in den Augen.

»Sie glauben gar nicht, wie dankbar ich Ihnen bin. So kann ich also meine Schwester doch noch sehen.«

»Kommen Sie!«

Er nahm ihren Koffer und führte sie nach draußen zum Auto.

»Meine Mutter freut sich sehr, wenn Sie die Tage bei uns verleben.«

»Aber Sie haben schon so viel für mich getan«, stammelte sie. »Ich möchte Ihnen nicht zur Last fallen. Wenn Sie mir eine billige Pension nennen! Ich habe mein Erspartes abgehoben - aber natürlich ist es hier nicht so viel wert.«

»Nein, nein, das dürfen Sie meiner Mutter nicht antun, Frau Litka! Wir haben ein Haus, Sie fallen uns wirklich nicht zur Last. Hätte ich Sie denn sonst eingeladen?«

»Sie wissen ja gar nicht, wie sehr ich mich darüber freue. Mein Gott, hätte ich das nur geahnt!«, stammelte sie.

Kastner machte ein ernstes Gesicht.

»Ich muss Sie darauf aufmerksam machen, dass es Ihrer Schwester nicht sehr gut geht, Frau Litka. Ich bin wirklich sehr froh, dass man Sie so schnell hat reisen lassen.«

»Oh, Gott«, sagte sie betroffen.

Dann standen sie vor dem Krankenhaus.

»Sie bleiben ein wenig bei ihr. Aber ich glaube, ich muss sie auf Ihren Besuch vorbereiten, sonst bekommt sie vielleicht einen Schock, und den könnte ihr Herz nicht mehr verkraften.«

»Ja, Herr Doktor.«

*

Marion sah ihn durch die kleine Fensterscheibe, und ihr Herz krampfte sich zusammen. Ich bin wirklich eine Närrin, dachte sie, ihn so zu verkennen! Nein, kein anderer hätte das getan.

Oben auf der Station lief ihnen natürlich Schwester Renate in die Arme. Erstaunt sah sie Dr. Kastner an.

»Das ist Frau Litka, Frau Bartels Schwester. Ich habe sie für ein paar Tage aus der DDR kommen lassen können. Sie genießt selbstverständlich Sonderrechte hier, Schwester Renate.«

Fräulein Böttcher hatte schon einmal so etwas angedeutet, aber nur erwähnt, dass das mit erheblichen Schwierigkeiten verbunden wäre, die man dem Doktor nicht zumuten könnte. Und nun hatte er es doch getan.

»Ja, selbstverständlich«, sagte sie nur.

Kastner wandte sich an die Frau.

»Warten Sie hier einen Augenblick, ich gehe jetzt zu Ihrer Schwester. Ich hole Sie gleich.«

»Ja.«

Dr. Kastner öffnete die Tür. Frau Bartels lag mit geschlossenen Augen da. Sie hatte wieder geweint. Ja, es ging mit ihr zu Ende, jeden Tag ein wenig mehr.

»Frau Bartels.«

Sie öffnete die Augen.

»Sie sind es! Aber ich habe keine Schmerzen, Sie brauchen mir wirklich keine Spritze zu geben.«

»Das will ich auch gar nicht. Ich möchte Ihnen etwas Wunderschönes sagen, Frau Bartels!«

»Mir?« Sie lächelte müde. »Mir? Vertun Sie sich da auch nicht?«

»Nein, Frau Bartels. Ich bin gekommen, um Ihnen zu sagen, dass draußen vor der Tür Besuch für Sie steht. Möchten Sie ihn sehen?«

»Für mich? Wer kann das denn schon sein. Wenn es eine Nachbarin ist - nein, ich möchte nicht mehr. Ich will nicht mehr, ich...«

Er hielt ihre Hand und drückte sie leicht.

»Würde ich persönlich kommen, wenn ich nicht wüsste, dass draußen für Sie sehr, sehr lieber Besuch steht?«

»Ach, Dr. Kastner, Sie wissen doch, mich kann nichts mehr erfreuen.«

»Aber ich hatte gedacht, Sie wollten so gern Ihre Schwester sehen?«

Ihre Augen weiteten sich.

»Lotti«, stammelte sie. »Aber das kann nicht sein - nein, sie ist doch drüben. Sie wissen doch.«

»Sie steht vor Ihrer Tür, Frau Bartels. Ich habe sie für ein paar Tage aus der DDR ausreisen lassen können. Sie ist wirklich draußen.«

»Dr. Kastner - das ist nicht wahr!«

»Halten Sie Ihr Herz fest, ganz fest. Ich gehe jetzt zur Tür, und dann werden Sie es selbst sehen, Frau Bartels.«

»Lotti ist da!«

Kastner öffnete die Tür und sagte:

»Kommen Sie rein, Frau Litka.«

Sie stand auf der Schwelle. Und es war gut, dass Kastner sie vorbereitet hatte, sonst hätte Frau Bartels das Erschrecken auf dem Gesicht ihrer Schwester sehen können.

»Lotti!«

Eine unbeschreibliche Freude lag auf dem eingefallen Gesicht der Frau. Diese Freude sehen zu dürfen, dafür hatte sich wirklich alles gelohnt. Alles...

»Maria!«

Vorsichtig schlich er aus dem Zimmer. Die zwei brauchten jetzt keine Zuschauer.

Wieder einmal saß ein Kloß in seiner Kehle, der nicht wegrutschen wollte. Irgendwie musste er seine Freude jemandem mitteilen. Und so ging er zu Oma Schmidt.

»Sie ist jetzt drüben«, sagte er mit rauer Stimme. »Sie durfte kommen.«

»Wie schön«, sagte Oma Schmidt. »Das freut mich für Frau Bartels - und für Sie!«

Und dann stand er am Fenster und schaute in den Park hinunter. Wenn Frau Bartels jetzt starb, dann würde es ein leichter Tod sein. Er hatte ihr dazu verholfen, und das machte ihn ruhig. Nein, diese Mühe war nicht vergebens gewesen. Medizinisch habe ich ihr nicht mehr helfen können, dachte er, aber menschlich.

Nach langer Pause sagte Frau Schmidt:

»Ich habe gestern mit Frau Schuster gesprochen.«

Er drehte sich um.

»Ja?«

»Sie will die Operation wagen - aber nur, wenn Sie dabei sind, Dr. Kastner.«

Er nickte ihr zu.

»Habe ich nicht wieder einen Roman verdient?«

Seine Gedanken liefen den ganzen Weg zurück. Für kurze Zeit hatte er das junge Geschöpf mit den braunen Augen vollkommen vergessen. Er war ein wenig bestürzt darüber, und sagte es der alten Dame.

»So muss es sein«, sagte sie nur. »Grad so. Zuerst, die Arbeit, und dann, wenn Sie heimkommen...«

»Herrje, ich muss ja meine Mutter anrufen! Du meine Güte, ich werde schon alt und vergesslich!«

*

Seine Mutter freute sich mit ihm, und er versprach ihr, Frau Litka später mitzubringen. Das Abendessen wollte man dann gemeinsam einnehmen.

Dann nahm ihn die Arbeit auf der Station wieder gefangen. Anne war da und wollte geliebt werden; und all die anderen Patienten warteten auf einen Zuspruch ihres Arztes. An diesem Nachmittag starb der alte Herr Bolte. Nur Schwester Ursula war bei ihm gewesen.

Hatten die Kranken keine Angehörigen mehr, dann richtete er es meistens so ein, dass er selbst bei ihnen war, wenn es zu Ende ging. Mit den Jahren hatte er erlebt, dass das Sterben nicht schrecklich war, aber allein zu sterben, das war schlimm.

Er war auch bei Herrn Bolte gewesen. Aber dann hatte Frau Rifler eine Spritze gebraucht und als er zurückkam, war schon alles vorbei gewesen. Schwester Ursula hatte bis zum letzten Augenblick seine Hand gehalten, und jetzt weinte sie.

»Er ist ganz friedlich gestorben, ganz still. Auf einmal hat er aufgehört zu atmen. Wissen Sie, es war richtig feierlich. Zuerst hab ich mich ja gefürchtet. Ich hab noch nie jemanden sterben gesehen, aber jetzt...«

Für einen Augenblick legte er den Arm um ihre Schulter. Sie war noch sehr jung.

»Kommen Sie. Jetzt können wir für ihn nichts mehr tun, jetzt hat er ausgelitten. Wir holen uns jetzt eine starke Tasse Kaffee, den haben wir uns verdient.«

Danach war es dann soweit, dass die Tagschicht die Station verließ. Schwester Renate blieb noch, bis die Nachtschicht erschien.

Kastner ging hinunter und betrat den kleinen Laden. Marion räumte auf und lächelte ihm entgegen. Mit ihm hatte sie heute nicht mehr gerechnet.

»Roman?«

»Nein«, sagte er fest. »Heute nicht. Das heißt, sie hat zwar keine mehr, aber deswegen komme ich nicht.«

Ihre Knie wurden weich.

»Ja?«

»Ich würde Sie so gern nach Hause bringen, Fräulein David, aber ich kann nicht. Da ist Frau Litka - Sie wissen doch? Sie wohnt bei uns, und ich muss mich ein wenig um Sie kümmern. Sie wird acht Tage bei meiner Mutter in Holzkirchen bleiben, ich muss mich in dieser Zeit um sie kümmern und auch immer hin- und herfahren.«

»Warum sagen Sie mir das?«, sagte sie mit fester Stimme.

»Tja, ich möchte, dass Sie nicht böse von mir denken, Fräulein David.«

»Aber das tue ich ja gar nicht«, sagte sie spontan.

»Wirklich nicht?«

»Nein!«

»Wenn die acht Tage vorbei sind, dann...«

»Ist bestimmt mein Auto wieder fertig«, entgegnete sie schlagfertig.

Er legte den Kopf schief.

»Mit anderen Worten - dann kann ich Sie gar nicht mehr nach Hause bringen?«

»Stimmt!«

»Haben Sie schon einmal von Leuten gehört, die zweimal hintereinander das gleiche Auto angefahren haben?«

Sie sah ihn an, und dann lachte sie auf.

»Nein«, sagte sie glucksend, »das ist absurd!«

»Ich glaube, in acht Tagen werden Sie anders denken! Vielleicht stellen Sie es dann anders herum.«

»Warum?«

»Damit die andere Seite auch einen neuen Kotflügel bekommt! Oder ist die Kofferklappe noch schlechter?«

Sie lachte und lachte.

»Dr. Kastner, Sie sind unmöglich - und soll ich Ihnen noch was sagen?«

»Ja?«

»Wenn Sie so weitermachen, werden Sie noch ein Versicherungsschreck!«

»Wirklich?«

Er lachte jetzt so hübsch und unbekümmert. Als er ging, leuchteten ihre Augen.

*

Frau Litka war bescheiden und nett. Martin musste ihr fast mit Gewalt ein wenig Geld aufdrängen. Einige Dinge sollte sie sich doch auch kaufen können. Und er hatte ja genug Geld; es reichte für ihn und die Mutter.

»Aber ich falle Ihnen doch so schon zur Last.«

»Hätte ich Sie sonst eingeladen?« Immer wieder musste er ihr das sagen.

Ja, es hatte sich gelohnt. Schon allein die Freude von Frau Bartels. Zum Glück ließ sich in dieser Zeit ihr Mann nicht sehen, so konnten die beiden Frauen ungestört glücklich sein. Frau Litka sagte, wenn Maria gesund sei, könne sie doch für vier Wochen Urlaub zu ihr kommen.

»Ich werde alles für dich regeln. Und dann päpple ich dich wieder auf, Maria.«

Maria Bartels hatte leuchtende Augen. Ja, sie blühte noch einmal richtig auf. Ihr Gesicht wirkte jetzt nicht mehr eingefallen. Es war wie ein kleines Wunder. Selbst die Schwestern ließen sich davon täuschen.

»Vielleicht schafft sie es tatsächlich noch?«, sagte Schwester Ursula.

Martin Kastner wusste es besser und schwieg. Er ließ sie alle in diesem Glauben; aber er allein wusste, dass nur der Wille sie noch am Leben hielt. Wäre Frau Litka nicht gekommen, dann wäre ihr Lebenswille gewiss schon völlig erloschen.

Den Tag über war sie bei der Schwester im Krankenhaus. Man brachte ihr das Essen und zwischendurch immer wieder Kaffee. Sie bedankte sich herzlich und war unglücklich, dass sie nicht auf eine andere Art zeigen konnte, wie dankbar sie darüber war, dass man sie so nett aufnahm.

Abends nahm Dr. Kastner sie mit nach Holzkirchen. Und dort saßen sie dann zu dritt beisammen. Man hatte so viel zu erzählen, und Lotti Litka war eine angeregte Plauderin. Ja, sie habe gewusst, dass der Mann ihrer Schwester keinen allzu guten Charakter habe. Aber sie hätte es sich nie anmerken lassen. Und die Schwester habe still gelitten, habe geglaubt, man versündige sich, wenn man den Mann verlässt.

»Bevor sie so krank wurde, hätte sie es tun sollen. Damals. Aber sie wollte nicht, und jetzt...« Zum ersten Mal bekamen die weichen Augen einen harten Glanz. »Wie gern würde ich ihm die Meinung sagen.«

»Das habe ich schon besorgt«, sagte Kastner, »aber er macht sich nichts daraus.«

»Jetzt ist alles zu spät. Nicht wahr, Dr. Kastner, Sie wissen es?«

»Machen wir ihr die letzten Tage so schön, wie es geht«, sagte er behutsam.

»Nur noch Tage?«

Er schwieg.

*

Frau Litka war jetzt fünf Tage in der Bundesrepublik, und wie immer hatte sie den ganzen Tag am Bett ihrer Schwester verbracht. Als sie an diesem Abend den Arzt suchte - sie hatte sich von Maria verabschiedet - sagte er ruhig und behutsam:

»Ich möchte, dass Sie noch hierbleiben, ich bleibe auch.«

Ihre Lippen zitterten. Mehr brauchte er nicht zu sagen. Als sie wenig später das Zimmer betraten, war Maria schon bewusstlos. Lotti nahm ihre Hand, hielt sie fest und streichelte sie immer wieder. Leise sprach sie mit ihrer sterbenden Schwester. Sie wusste nicht, ob sie sie noch hörte - vielleicht. Man wusste ja so wenig über den Tod.

Frau Bartels lag ganz ruhig, ein schemenhaftes Lächeln auf den Lippen.

Kastner saß reglos an der anderen Seite des Bettes. Jetzt konnte er nichts mehr tun. Durch dieses Tor musste jeder allein gehen. Niemand konnte ihm dabei helfen. Niemand!

Zu Hause hatte er Bescheid sagen lassen. Aber er wusste, dass die Mutter warten würde.

Kurz vor 20.00 Uhr kam Frau Bartels noch einmal zu sich. Sie sah ihre Schwester an.

»Es war so schön; wir durften uns noch so viel erzählen. So schön. Ich werde es nie vergessen, nie, Lotti.«

»Maria...« Sie beugte sich über die Schwester, wollte ihr etwas Liebes sagen.

Die Augen der Frau waren weit geöffnet. Sie atmete noch ganz flach - einmal, zweimal...

Frau Litka wischte sich später die Tränen aus den Augen. Mit leiser Stimme sagte sie:

»So möchte ich auch einmal sterben. Sie ist so friedlich fortgegangen, so, so... Ich weiß nicht, wie ich es ausdrücken soll. Vielleicht werden Sie mich nicht verstehen, aber irgendwie bin ich glücklich.«

»Ich kann Sie verstehen«, sagte der Arzt. »Doch, ich weiß es zu schätzen. Sehen Sie, wer so leiden musste wie Ihre Schwester, der kann nur Frieden da drüben finden. Jetzt wird sie nicht mehr leiden müssen.«

»Ja«, sagte die Schwester. »Es war gut so. In vier Tagen hätte ich fortgehen müssen. Wenn sie dann noch gelebt hätte, wäre mir der Abschied von ihr viel schwerer gefallen. Jetzt durfte ich bei ihr bleiben bis zum letzten Augenblick. Und das habe ich Ihnen zu danken, Herr Doktor.«

Er stellte den Totenschein aus, nahm ihren Arm und führte sie auf den Flur. Sie fühlten sich beide jetzt sehr, sehr müde. Frau Wegner, die Nachtschwester, kam ihnen entgegen. Jetzt lernte auch sie Frau Bartels Schwester kennen.

»Ich werde mich um alles kümmern und unten Bescheid sagen. Gehen Sie nur, Dr. Kastner.«

»Danke!«

Am nächsten Morgen erst rief er Herrn Bartels an und sagte ihm, dass er sich jetzt um alles kümmern müsse, dann legte er einfach den Hörer auf die Gabel zurück.

Frau Litka war bei seiner Mutter. Die würde sich um sie sorgen und sie ein wenig ablenken.

*

Schwester Renate sagte:
»Anne ist jetzt soweit.«
Kein Muskel regte sich in seinem Gesicht.
Die Punktion. Nein, er hatte sie keinen Augenblick vergessen.
»Ja.«
»Soll ich alles vorbereiten?«
»Ja, tun Sie das.«
Als sie gegangen war, starrte er auf seinen Schreibtisch. Er hatte Anne versprochen, seine Mutter würde ihr zur Belohnung etwas vorlesen, wenn sie alles brav über sich ergehen ließ. Aber die Mutter musste sich jetzt um Frau Litka kümmern. Sollte Anne wirklich so lange warten müssen?

Heute Nachmittag, wenn der erste Schwächeanfall vorüber war, musste es sich doch irgendwie einrichten lassen. Es musste sein. Noch nie hatte er dem Kind gegenüber sein Wort gebrochen. Jetzt würde sie schon wissen, was ihr bevorstand. Sollte er ihr doch eine Narkose geben. Es ging fast über seine eigene Kraft.

Er nahm den Hörer und wählte Dr. Schöns Nummer.
»Ich brauche Sie für eine Punktion; können Sie gleich kommen?«
»Ja. Wer ist es diesmal?«
»Anne!«
Dr. Schön zog die Luft ein.

»Warum gerade ich?«

Auch ihm ging es jedes Mal an die Nerven, wenn es sich um ein Kind handelte.

»Glauben Sie, ich würde es nicht auch lieber einem anderen überlassen?«

»Wir müssen eine Narkose machen!«

»Sie verträgt sie so schlecht - ich habe auch schon daran gedacht.«

»Dann versuchen wir es mit leichtem Lachgas. Herrgott, ich kann das sonst nicht! Sie ist so tapfer, und ich komme mir jedes Mal wie ein Schlächter vor.«

Kastner sagte: »In einer halben Stunde fangen wir an.«

Dann legte er den Hörer auf.

Er verließ sein Zimmer. Sollte er vielleicht Schwester Elisabeth bitten, dem Mädchen etwas vorzulesen? Sicher würde man ihn für verrückt erklären, wenn er mit diesem Anliegen käme. Und würde Anne es überhaupt wollen? Dann musste sie ja denken, seine Mutter hätte sie im Stich gelassen. Sollte er vielleicht doch der Mutter Bescheid sagen?

Er ging hinüber. Sie lag schon auf der Liege, schmal, durchsichtig, mit übergroßen Augen. Niemand hatte ihr etwas gesagt, aber sie wusste Bescheid.

Als sie Dr. Kastner erkannte, sagte sie mit leiser Stimme: »Warte noch einen Augenblick, Martin, ich muss mich erst sammeln.« Und sie presste die kleinen Zähne zusammen.

Herrgott, dachte er, das sollten sich mal die wehleidigen Erwachsenen an sehen. So tapfer ist sie.

»Schmetterling«, würgte er hervor, »gleich kommt Dr. Schön, und wir machen mal was Neues. Du bekommst eine Maske.« Und als er ihr Erschrecken sah, fügte er rasch hinzu: »Nein, keine Narkose. Du weißt doch, dass ich dich nicht belüge. Lachgas heißt das. Du kannst also dabei lachen.« Und er betete: Lieber Gott, lass sie das verkraften. Gib mir diese eine Chance. Lass ihr Herz heute ruhig sein, dass wir es wirklich wagen können.

Er nahm die ersten Untersuchungen vor. Plaudernd wie mit einem uralten Freund ließ sie es über sich ergehen. Sie war ganz ruhig, völlig gelassen. Wie schafft sie das nur, dachte er immer wieder staunend. Was hält sie so aufrecht, so tapfer? Woher nimmt sie diese Kraft?

Dr. Schön betrat den Raum. Schwester Renate stand im Hintergrund. Sie war bereit, wenn man sie brauchte.

Kastner nickte und zeigte die Werte seinem Kollegen. »Ich glaube, wir können beginnen.« Kastners Hand zitterte kaum merklich. Es griff seine Nerven an. Dr. Schön sah es sofort.

»Lassen Sie mich das heute machen, bedienen Sie das Lachgas.«

Martin stand sofort auf und setzte sich jetzt an den Kopf des kleinen Mädchens. Pausenlos sprach er mit ihr.

»Siehst du, das ist ganz lustig. Du wirst nichts riechen, gar nichts, nur Luft. Und dann hast du gleich das Gefühl, als wärst du ein lustiger bunter Luftballon.«

Anne lächelte tapfer. Sie wollte es ihm erleichtern!!

»Jetzt?«

Kastner sah Anne prüfend an.

»Wie fühlst du dich?«

»Wie ein Schmetterling, ganz leicht.«

Kastner nickte.

Anne lag da, die Augen ganz weit aufgerissen. Sie sah die kalkweiße Decke über sich, sah das Gesicht des geliebten Arztes und sah auch, wie er seinen Mund bewegte - aber sie konnte nicht verstehen, was er sagte. Der Schmerz war mörderisch, brach sie fast mittendurch. Aber ihr kleines Herz sagte: Du darfst es nicht sagen, du darfst es nicht. Dann ist er traurig, sehr, sehr traurig.

Kastner starrte die Instrumente an und fühlte ihren Puls. Er jagte, flatterte. Also doch, dachte er bestürzt, jetzt hat sie genug; ich muss aufhören mit dem Lachgas. Er stellte die Apparate ab; der Puls jagte weiter. Und da begriff er erst: Das Lachgas schlug nicht mehr an! Der arme, kleine Körper war durch und durch von Medikamenten zersetzt.

Schweiß brach ihm aus allen Poren. Und er hörte das Kind sagen: »Wie ein Schmetterling. Ich kann von Blume zu Blume flattern. Das ist richtig lustig, wirklich.«

Der Schweiß rann in kleinen Bächen über sein Gesicht. Seine Hand umkrampfte die Maske, presste sie noch immer auf das Gesichtchen, obwohl ja kein Lachgas mehr ausströmte. Aber instinktiv wusste er: Wenn ich nicht mitspiele, dann...

Irgendwann, für ihn schien eine Ewigkeit vergangen zu sein, sagte Dr. Schön: »Fertig!«

Anne lag mit geschlossenen Augen da und rührte sich nicht. Langsam ebbte der schreckliche Schmerz ab. Ihre Zähne gruben sich in die Zunge. Sie blutete.

»Bringen Sie sie in ihr Zimmer, Schwester«, sagte Kastner.

Seine Stimme erschien ihm fremd.

Dr. Schön wusch sich seine Hände.

»Wir hätten es schon früher versuchen sollen. Es hat wunderbar geklappt. Ich war noch nie so ruhig und gelassen. Wirklich, wenn man weiß, sie hat keine Schmerzen...«

Kastner erhob sich. Er fühlte sich uralt.

»Sie hat uns Theater vorgespielt, Schön. Es hat nicht mehr angeschlagen, nicht einen Augenblick.«

Dr. Schön schaute ihn betroffen an.

»Aber sie hat doch beschrieben, was sie empfindet!«

»Ich habe sie am Anfang danach gefragt, da hat sie einfach meine Worte wiederholt. Sie wollte uns nicht entmutigen, das war's.«

»Nein!«

»So ist Anne!«

Dr. Schön musste sich für einen Augenblick setzen.

»Jetzt können wir nur noch beten, dass die Untersuchung positiv ausfällt, Kastner. Dass es sich wenigstens gelohnt hat.«

»Was glauben Sie, was ich die ganze Zeit tue!«

*

Dr. Kastner musste Hemd und Hose wechseln, alles war durchnässt. Er fühlte sich ausgelaugt und hatte jetzt nicht den Mut, zu Anne zu gehen. Eine kleine Galgenfrist gönnte er sich. Er würde ein wenig in den Park gehen. Jetzt um diese Zeit schliefen die meisten Patienten, jetzt wäre er allein. Er wollte ein wenig auf einer Bank sitzen und frische Luft schöpfen. Er war buchstäblich am Ende!

Ziellos wanderte er irgendwelche Wege entlang und blieb dann vor einer Bank stehen. Marion saß darauf. Seine Augen suchten die ihren. Hastig sagte sie:

»Ich habe heute meinen freien Nachmittag, ich sitze dann oft hier, obwohl wir das eigentlich nicht tun sollen. Er ist für die Patienten gedacht. Werden Sie mich auch nicht verraten?«

Diesmal ging er nicht auf ihr Geplauder ein. Er sagte nur:

»Der Himmel schickt Sie, Fräulein Marion.« Er hatte sie beim Vornamen genannt und merkte es nicht einmal.

»Ja?« Sie war jetzt auch ganz ernst.

»Ich brauche Sie dringender denn je!«

»Bitte, was kann ich für Sie tun?«

Er setzte sich an ihre Seite, erzählte ihr von Anne und seinem Versprechen. Und sie fühlte, wie sehr ihn das mitnahm. Mein Gott, dachte sie, wenn er so weitermacht, geht er noch kaputt!

»Und wie kann ich Ihnen jetzt helfen?«

»Ich habe Anne versprochen, meine Mutter würde ihr vorlesen, aber sie muss sich doch um Frau Litka kümmern. Sie fährt erst übermorgen.«

»Natürlich werde ich es tun - das heißt, wenn sie mich als Ersatz anerkennt.«

Er beugte sich vor und sah ihr tief in die Augen.

»Sie würden das wirklich tun?«

»Ja.«

»Aber - Ihr freier Tag?«

»Ich weiß sowieso nicht, wie ich ihn totschlagen soll.«

Spontan nahm er ihre Hand und hielt sie fest.

»Das werde ich Ihnen nie vergessen, Fräulein David.«

»Eben haben Sie Marion zu mir gesagt!«

Sein Blick kam von ganz tief drinnen. Sie hielt ihm stand, denn sie liebte ihn ja schon lange - vielleicht vom ersten Augenblick an. Ihn musste man einfach liebhaben, er war so selbstlos. Er brauchte wirklich einen Menschen, der sich um ihn sorgte.

»Marion.« Ganz weich sagte er das. Zärtlich.

»Ich habe das Buch unter der Ladentheke. Ich hatte vergessen, es Ihnen zu geben. Sie hatten ja auch keine Zeit.«

Er schaute in die Tannen; kein Muskel bewegte sich in seinem Gesicht. Und dann sagte er sehr leise:

»Marion, in zwei Tagen ist Frau Litka wieder fort; dann hätte ich wieder Zeit!«

Aber sie protestierte gleich:

»Aber nicht, dass Sie dann wieder mein Autochen anfahren!«

Wieder sah er sie an. Jetzt lag Heiterkeit in seiner Stimme. Sie hatte ihn wieder aufgemuntert, ihm neue Lebenskraft gegeben.

»Und - Sie glauben, das ist nicht nötig?«

»Ich halte Sie eigentlich für einfallsreicher.«

»Tja, wenn das so ist - na ja, das ‚Auto also nicht - warum eigentlich nicht?«

»Weil ich es Fiffi gegenüber schäbig fände.«

»Wer ist Fiffi!« Seine Stimme verdunkelte sich unmerklich.

»Mein Autochen natürlich.«

Wie herzlich konnte er doch lachen, fast jungenhaft. Dann aber brach er ab und sah auf die Uhr.

»Kommen Sie, jetzt hat Anne sich bestimmt so weit gefangen, dass ich Sie zu ihr führen kann.«

Seite an Seite gingen sie durch den Park. Wenig später stand sie mit einem Kinderbuch unter dem Arm neben ihm im Fahrstuhl. Und dann war sie auf Station 5. Die Schwestern staunten, als sie völlig unbefangen an seiner Seite lief. Und sie steckten die Köpfe zusammen.

»Habt ihr gesehen, wie er sie angesehen hat?«

Schwester Angelika kicherte:

»Stille Wasser sind tief! So einer! Hat uns alle an der Nase herumgeführt!«

»Schwester Renate läuft die Galle über.«

»Soll sie doch!«

Marion David fühlte sich doch ein wenig unsicher, als sie nun neben dem Arzt herging. Sie bemerkte sehr wohl die vielen schrägen Blicke und spürte auch sofort die Abneigung, die ihr entgegenschlug. Aber der Mann an ihrer Seite schien völlig arglos zu sein. Sie biss sich auf die Lippen.

»Kommen Sie«, sagte er weich, und hielt ihr die Tür auf.

Ihr Blick fiel sofort auf das kleine Mädchen, und ihr Herz zog sich vor Mitleid zusammen. So schlimm hatte sie sich das nicht vorgestellt. Bis jetzt war sie nicht sehr häufig mit den Kranken in Berührung gekommen. Früher hatte sie auch einmal Ärztin werden wollen, aber dann hatte sie die Schule abbrechen müssen, weil der Vater gestorben war, und ein wenig später auch die Mutter. So hatte sie sich eine Stelle suchen müssen, bei der sie Geld verdiente.

Anne hatte sich ein wenig erholt. Jetzt sah sie den Arzt fragend an.

»Hallo, Schmetterling. Ich habe mein Versprechen gehalten. Schau mal, ich habe jemanden mitgebracht, der dir gern vorlesen möchte.«

»Das ist aber nicht deine Mutter.«

»Nein«, sagte er lachend. »Nein, das ist sie nicht. weißt du, Mutter hat Besuch. Ich habe es dir doch erzählt. Und ich dachte, damit du mir nicht böse bist, bringe ich dir jemanden anderes mit. Ich glaube, sie kann es genauso gut.«

»Hast du sie schon ausprobiert?«

Verwirrt schaute er Marion an.

»Nein, auf diese Idee bin ich nicht gekommen.«

Anne war gegen alles Fremde, und jetzt warf sie einen unsicheren Blick auf Marion. Diese lächelte sie an und stand nur da. Sie drängte sich nicht auf. Dann huschte Annes Blick zu dem Buch und dann wieder zu Martin. Sie konnte sich auf ihren großen Freund fest verlassen, das wusste sie.

»Wie heißt das Buch?«

»Es handelt von einer Biene, die Maja heißt.«

»Na«, sagte Martin Kastner munter, »dann lasse ich euch jetzt mal allein. Ich habe noch zu tun.« Und schon war er verschwunden.

Bevor Marion aber wirklich vorlas, unterhielten sie sich noch eine Weile. Sie mochten sich. Anne freute sich jetzt über diesen neuen Besuch, und bald lag sie lächelnd da und hörte den Streichen der kleinen, kecken Biene Maja zu.

Die Zeit verrann, Marion merkte es nicht einmal. Zum Schluss hatte sie einen pelzigen Geschmack im Mund, und Anne war eingeschlafen. Sie wusste nicht, was sie jetzt tun sollte, und so wartete sie reglos am Bettchen, bis Martin kam und sie leise fortführte.

»War es sehr anstrengend?«

»Nein. Es hat mir Freude gemacht. Ich bin gern bereit, öfter diesen Liebesdienst zu leisten. O mein Gott, wenn ich daran denke, dass sie so leiden muss. Und wir sind oft so gleichgültig, ja, zornig, und denken nicht daran, wie kostbar unsere Gesundheit ist. Wie selbstverständlich nehmen wir sie hin, während andere so schrecklich leiden müssen.«

»Ich möchte Ihnen noch eine alte Freundin von mir vorstellen. Sie hat übrigens darum gebeten, als ich Ihr erzählte, dass Sie hier oben sind.«

»Oma Schmidt?«

»Sie haben sich den Namen gemerkt?«

Sie lächelte.

*

Wenig später stand sie am Bett der alten Dame. Mit einer Bewegung wurde Martin fortgeschickt. Er tat sehr beleidigt.

Oma Schmidt sprach sehr lange mit dem Mädchen, und was sie hörte, das freute sie. Sie spürte sofort, dass die andere den Doktor sehr mochte. Dummer Junge, dachte sie, der wartet noch so lange, bis es wieder zu spät ist.

Marion wusste gar nicht, was sie sagen sollte. Aber dann fanden sie doch ein Thema: Schach. Und danach sprachen sie über Bücher. Sie hatten ja beide so viel gelesen und so kam es, dass sie gemeinsame Bekannte in der Literatur entdeckten, und so entspann sich eine angeregte Unterhaltung. Bis nach einer halben Stunde Dr. Kastner zurückkam.

»Jetzt müssen Sie Schluss machen, Oma Schmidt muss schlafen. Und wenn wir jetzt noch länger auf der Station herumschleichen, dann kriegen wir noch ein Donnerwetter ab.«

»Gehen Sie, Fräulein David. Und wenn Sie mal Lust haben, eine alte Dame ein wenig zu unterhalten – ich würde mich sehr freuen.«

Als sie im Fahrstuhl standen, sagte sie:

»Warum haben Sie mir nie gesagt, dass so viele Patienten einsam sind? Ich wäre schon viel früher gekommen.«

Amüsiert sah er auf sie hinab.

»Aber ich kenne Sie doch erst seit kurzer Zeit.«

»Ja, das ist wirklich dumm«, meinte sie spontan. »So viel Zeit ist verstrichen, und ich habe nichts gewusst.«

»Soll ich mich jetzt geschmeichelt fühlen?« Hoffnung keimte in seinem Herzen.

Jetzt wurde ihr erst richtig bewusst, was sie gesagt hatte und sie lachte.

»Na, darauf möchten Sie wohl eine Antwort, Herr Doktor, das kann ich mir denken. Aber die gebe ich Ihnen nicht.«

»Warum nicht?«

»Sie sind schon viel zu hochmütig - jawohl!«

»Nein«, sagte er sprachlos. »Was Sie mir nicht alles an den Kopf werfen! Hochmütig, Versicherungskiller - wirklich, ich frage mich schon die ganze Zeit, ob ich Ihren Umgang noch pflegen soll.«

Sie schlenderten über den Parkplatz. Dr. Berger kam ihnen entgegen, und sie bemerkten es nicht. Verblüfft drehte er sich um und grinste. Wenig später wussten es die anderen Kollegen. »Kastner ist verliebt!«

»Na, das wurde auch allmählich Zeit. Ich dachte schon, er wäre aus Eis.«

*

»Wenn Sie auch garstig sind, kommen Sie, ich bringe Sie nach Hause.«

»Wie liebenswürdig von Ihnen, wirklich. Sie wollen sich ja nur einen Platz im Himmel verdienen. Aber solche wie Sie kommen gar nicht rein.«

Er lachte. »Dort ist es mir viel zu zugig. Dort holt man sich bestimmt eine Lungenentzündung.«

»Und unten in der Hölle Brandblasen - wenn nicht noch mehr!«

Wenig später standen sie vor dem kleinen Haus, in dem sie wohnte. Er schien Zeit zu haben, und so zögerte sie einen Augenblick.

»Wenn Sie schon das Benzin stiften, darf ich Sie dann zu einer Tasse Tee einladen?«

»Oh, ja, gern.«

Und so stand er wieder in ihrem kleinen Wohnzimmer und wartete, bis sie aufdeckte. Alles kam ihm so normal, so einfach vor. Die Welt um ihn herum hatte sich verändert. Und er wusste immer noch nicht viel mehr von ihr - nur ihren Namen und dass er sie liebte. Ob es da noch jemanden gab? Bis jetzt hatten sie kaum über ihr Privatleben gesprochen. Peinlichst hatten das beide vermieden.

Marion wusste noch immer nicht, warum er jetzt so großes Interesse an ihr zeigte. Schließlich war sie nur eine kleine Verkäuferin - und er Arzt. Aber dass sie jetzt ganz sicher vor ihm war, das wusste sie. Und das machte sie freier und ungehemmter. Gewöhnlich gab sie sich sehr kalt und abweisend, nie so lustig. Er hatte sie also von ihrer natürlichsten Seite kennengelernt.

Martin schien sehr viel Zeit zu haben. Seine Mutter kümmerte sich ja um Frau Litka, und die beiden Frauen verstanden sich prächtig. Er war dort nur überflüssig. Aber hier war er glücklich, und er spürte den Wunsch, nie mehr fortzugehen.

Martin wusste, dass bald etwas geschehen musste. Er fürchtete sich davor. Aber wenn er sein Glück nicht abermals verlieren wollte, musste er reden.

Er war achtunddreißig und sie fünfundzwanzig Jahre alt. War dieser Altersunterschied nicht schon zu groß?

Sie kam mit dem Tee herein.

»Wenn ich störe, müssen Sie das sagen.«

»Wieso?«

»Ich weiß doch so wenig von Ihnen. Wenn Sie mich nun nur aus lauter Höflichkeit einladen - und dann heute Nachmittag... Ich hatte nicht einmal gefragt, ob Sie überhaupt Zeit haben. Habe Sie einfach mit meiner Bitte überfallen. Ich muss gestehen, ich hatte dabei nur an Anne gedacht.«

Sie setzte sich und schenkte ihm ein.

»Das habe ich gewusst«, sagte sie ruhig.

Er blickte sie an, groß und fragend.

»Und Sie sind mir nicht böse?«

»Wenn Sie anders wären, hätte ich Sie nie zu mir eingeladen«, erklärte sie.

Er nagte an seiner Unterlippe. »Sie sind so jung und hübsch. Ich kann mir einfach nicht vorstellen, dass...«

»... ich alleine lebe?«, vollendete sie den Satz. »Aber es ist so. Sie werden es nicht glauben, aber man nennt mich schon eine alte Jungfer. Aber das stört mich überhaupt nicht.«

»Mögen Sie uns Männer nicht?«

Sie schwieg einen Augenblick. Marion wusste jetzt, dass er ein wenig scheu und unbeholfen war. Wenn sie wissen wollte, was er vorhatte, musste sie ein wenig aus sich herausgehen. Und so sagte sie nur: »Sie mag ich, die anderen...« Dann ließ sie den Satz in der Luft hängen.

Sein Herz schlug schneller. Ich muss ihr jetzt alles sagen! Jetzt ist der Augenblick dazu gekommen. Später habe ich vielleicht keinen Mut mehr.

»Ich habe beschlossen, meine Kündigung einzureichen, Marion. In einem Vierteljahr läuft die Frist dann ab, und dann werde ich endlich das tun, was ich schon immer wollte: aufs Land gehen. Und zwar nach Holzkirchen. Kennen Sie das?«

Er deutete ihren Blick richtig und fuhr deshalb rasch fort.

»Da bin ich geboren und aufgewachsen – und meine Mutter wohnt noch dort. Ich hatte immer davon geträumt, eines Tages dorthin zurückkehren zu können. Um mich dort für immer niederzulassen. Ich werde keine großartige Praxis haben, doch viel Arbeit. Und ich werde gewiss viele Kilometer fahren müssen. Ich werde am Anfang sehr wenig Geld haben; denn ich muss ja meine Praxis einrichten. Aber so viel werde ich schon haben, dass man bescheiden davon leben kann. Ich fühle jetzt ganz deutlich, dass ich es tun muss – noch in diesem Jahr. Wenn ich es jetzt nicht tue, dann werde ich nie mehr den Mut dazu haben.«

»Ich habe Ihnen ja gesagt, dass Sie eines Tages Ihre Träume verwirklichen werden.«

Er hob den Kopf, kein Muskel regte sich in seinem Gesicht. Ganz ernst sahen seine Augen das Mädchen an. Und dann holte er sehr tief Luft.

»Könnten Sie sich - könnten Sie sich so ein Leben vorstellen, Marion? Auch fern abseits von München? Aber dafür in einer wunderschönen Umgebung und inmitten ganz vieler Berge...«

Ihr Herz flatterte. Er machte ihr einen Heiratsantrag! Nie mehr einsam sein - ihn haben, ihn lieben dürfen - verwöhnen, ein wenig beschützen, ihm Geborgenheit geben und Kraft, damit er so weitermachen kann. Er ist ein so seltenes Exemplar in seiner Gruppe. Mein Gott, dass ich das tun darf

- ich kann es noch immer nicht glauben. Er meint es wirklich ernst. Die ganze Zeit...

»Ja«, sagte sie leise.

Er streckte seine Hand aus, berührte ihre. Dann legte er sie darüber und spürte ihre Wärme. Will sie mich jetzt nur nehmen, weil ich Arzt bin? Ist sie auch so wie die anderen?

Warum er unwillkürlich ihren Puls fühlte? Vielleicht war es schon eine Reflexbewegung. Er ging schnell und flatternd. Viel zu hoch, dachte er unwillkürlich. Schrecklich hoch. Sie muss ja innerlich fürchterlich beben. Aber sein eigenes Herz jagte ja genauso!

Ein breites Lächeln zog über sein Gesicht.

»Marion?«

Ihr Gesicht war rosig überhaucht. Du meine Güte, dachte er, da sitze ich Holzklotz da und merke das so spät! Er sprang auf, nahm jetzt ihre beiden Hände und zog sie zu sich herauf.

»Nenn mich einen Trottel«, sagte er weich.

»Warum?«

»Weil ich einer bin. Sag mal, schönes Mädchen, wie lange schon?«

»Was?«

»Wie lange liebst du mich schon?«

»Du bist wohl gar nicht eingebildet, wie?«, tat sie empört.

Er nahm ihr Gesicht in beide Hände und küsste sie ganz zart.

»Du musst sehr, sehr viel Geduld mit mir haben, Liebes - weißt du? Ich kenne mich nicht so aus mit dem Süßholzraspeln und so. Ich bin sogar so dumm und merke die ganze Zeit nicht, dass du mich liebst.«

»Aber das habe ich dir ja gar nicht gesagt.«

»Dein Pulsschlag hat es mir verraten.«

»Ohhh!«

Weil er schon so lange nicht mehr geküsst hatte und das so viel Spass machte, ja, ihn so glücklich werden ließ, küsste er sie geschwind ein paar Mal hintereinander. Sie bekam kaum noch Luft.

»Schuft du, mit solchen Mitteln zu arbeiten! Das finde ich schäbig von dir.«

Er küsste sie wieder.

»Hör mir zu.«

»Ich höre, Liebes.«

»Ist das wirklich dein Ernst, aufs Land zu ziehen?«

Sofort verdunkelten sich seine Augen.

»Wie meinst du das?«

»Ich will wissen, ob das dein voller Ernst ist!«

Er ließ sie los und stellte sich mit dem Rücken ans Fenster.

»Es ist mein voller Ernst, Marion. Gleich morgen werde ich die Kündigung schreiben.«

Sie lächelte ihn an.

»Na ja, dann kann ich deinen Antrag in Ruhe annehmen. Ich habe nämlich keine Lust, dich mit so vielen Menschen im Krankenhaus zu teilen - weißt du. Und auf dem Land... Ich glaube, Martin, wir beide werden es dort in Holzkirchen sehr lustig und fidel haben.«

»Ist das wirklich wahr?«, rief er strahlend.

»Hast du denn nicht gewusst, dass die ganze Station hinter dir her ist?«

»Klar«, grinste er. »Die Nachtschwester hat es mir einmal erzählt.«

»O je, dann bist du ja gar nicht so harmlos.«

»Ach, Liebes.« Er nahm sie wieder in die Arme. »Ich kann es immer noch nicht glauben. Es ist einfach zauberhaft! Wunderbar! Du, ich liebe dich, ich liebe dich. Ich bete dich an und hatte doch solchen Bammel vor dir.«

»Das weiß ich.«

»Herrje, jetzt hab ich ja noch etwas vergessen!«

»Hast du vielleicht uneheliche Kinder, die ich großziehen soll?«

»Würde dich das stören?«

»Nein. Es sei denn, sie wären schon achtzehn und würden mir auf den Kopf spucken.«

»Nein, leider bin ich nicht so verworfen. Damit kann ich nicht dienen, aber mit etwas ganz anderem; Und ich hoffe, du bist damit einverstanden.«

»Eine Geliebte etwa?«

Er stieß sie in die Seite.

»Du bist unmöglich! Nein, es ist nur meine Mutter. Sie müsste bei uns leben. Weißt du, ihre Pension ist ziemlich klein, und ich unterstütze sie. Ich bin ihr einziger Sohn.«

»Aber ich weiß doch, dass du mit ihr zusammenlebst. Wenn sie mich als Schwiegertochter haben will?«

»Ach du liebe Güte, sie weiß ja noch gar nichts!«

»Na, dann hast du ja eine ganze Menge zu beichten.«

»In zwei Tagen fährt Frau Litka fort, dann nehme ich dich mit nach Hause. Gemeinsam werden wir es schon schaffen, was meinst du?«

»Feigling!«

*

Als er am nächsten Morgen die Station betrat, lag ein heller Schimmer auf seinem Gesicht. Sein erster Weg ging zu Oma Schmidt.

»Es hat geklappt, sie hat angebissen! Stellen Sie sich das Glück mal vor! Und sie will mit mir aufs Land nach Holzkirchen ziehen - ist das nicht wunderbar?«

»Jetzt kann ich in Ruhe sterben«, sagte Oma Schmidt. »Ja, jetzt habe ich alles getan, was noch zu tun war.«

»Oh, nein, Sie werden noch sehr lange bei uns bleiben! Was soll ich denn ohne Sie anfangen? Mit wem soll ich mich denn sonst zanken und unterhalten?«

»Sie sind prachtvoll. Bleiben Sie so, Dr. Kastner. Ich wäre glücklich gewesen, wenn ich so einen Sohn gehabt hätte wie Sie. Aber das ist mir versagt geblieben.«

Kastner blickte in das eingefallene Gesicht seiner alten Freundin. Über ein Jahr lag sie nun auf dieser Station. Als Arzt spürte er die Todeszeichen, wollte sie aber diesmal nicht wahrhaben. Jetzt, wo er so glücklich war, wollte er alle glücklich sehen.

Doch er durfte die Augen nicht davor schließen.

Leise verließ er das Zimmer, stand am Fenster und spürte einen Kloß der Trauer auf dem Herzen liegen. Sie würde die kommende Nacht vielleicht nicht überleben. Gewiss, sie hatte ein erfülltes Leben hinter sich und würde dann von ihren Schmerzen befreit werden.

Er hielt sich ständig in der Nähe des Zimmers auf und schärfte jeder Schwester ein, ihn sofort zu verständigen, wenn sich etwas ereignen sollte. In der Mittagspause hatte er sich mit Marion im Park verabredet. Aber er ging nicht hinunter, denn er saß an Oma Schmidts Bett. Er war es, der ihre Hand hielt, mit ihr bis zuletzt sprach und ihr auf diese Art das Gehen erleichterte.

Ihre letzten Worte waren:

»Ich danke Ihnen, Martin.«

»Ich werde Sie nie vergessen, Oma Schmidt«, sagte er mit rauer Stimme.

Ein Lächeln verschönte ihr Gesicht. Sie starb ganz still.

Als Marion es erfuhr, weinte sie.

*

»Mutter, ich möchte dir jemanden vorstellen.«

»Endlich«, seufzte sie. »Ich dachte schon, du wolltest es mir ganz verschweigen.«

Ein wenig verlegen stand Marion David, neben Martin. Sie wusste nicht, wie die zukünftige Schwiegermutter sie aufnehmen würde. Doch jetzt sah sie, dass Martin ein verblüfftes Gesicht machte.

»Ich verstehe dich nicht. Wieso weißt du - ich meine...«

Er konnte im Augenblick keinen klaren Gedanken fassen.

»Mein lieber Junge, ich fühle schon seit einiger Zeit, dass du anders bist. Kommt herein, steht doch nicht an der Tür.« Dann nahm sie die Hand des jungen Mädchens und lächelte sie aufmunternd an. »Ich bin kein Schrecken und auch keine Hexe. Sie glauben ja gar nicht, wie sehr ich mich freue. Wie oft habe ich Martin in den Ohren gelegen, sich doch endlich ein Mädchen zu suchen. Und jetzt hat er es endlich getan. Wie schön!«

Marion musste einfach zurücklächeln. Und so war der Bann gebrochen. Martin war immer noch verwirrt. Er hatte geglaubt, die Mutter würde aus allen Wolken fallen, und jetzt wusste sie es schon!

Wenig später saßen die beiden Frauen am Tisch und plauderten angeregt. Dr. Kastner hatte sich angeboten, den Kaffee zu kochen.

»Wie haben Sie sich denn überhaupt kennengelernt? Oder darf ich das vielleicht nicht erfahren?«

»Oh, er hat es sehr schändlich angefangen. Er hat mein Autochen zu Schrott gefahren.«

»Ich wusste gar nicht, dass ich einen so brutalen Sohn habe«, lachte Frau Kastner.

»Ja, und er hätte es jetzt wieder getan, und da dachte ich: Dann rede ich lieber mit ihm und gehe mit ihm aus. Ich liebe nämlich mein Autochen, müssen Sie wissen. Und dann ist es passiert. Ich hatte einfach Angst. Wenn ich nein gesagt hätte vielleicht...«

Martin kam mit dem heißen Kaffee ins Wohnzimmer.

»Wenn zwei Frauen zusammensitzen, dann wird immer nur über Männer gesprochen.«

»Ja, so ist es wirklich. Aber warum musstest du denn auch das hübsche Auto anfahren?«

Er grinste.

»Tja, Mama, ich bin nun mal ein komischer Kerl. Hast du das noch nicht gewusst?«

Sie setzten sich um den kleinen runden Tisch und plauderten. Dabei erfuhr die Mutter, dass Marion es gewesen war, die der kleinen Anne vorgelesen hatte. Und sie hatte auch noch Frau Schmidt kennenlernen dürfen. Leider hatte Martin nie mehr mit ihr Schach spielen können.

Die Mutter sagte sofort: »Ich werde mit zur Beerdigung gehen. Das war eine so liebe Frau.«

»Ja, das habe ich mir auch vorgenommen, weil sie doch keinen Menschen mehr hat.«

»Wer kümmert sich eigentlich um alles?«

»Ihr Anwalt. Ich habe ihn sofort verständigt.«

»Hoffentlich erledigt er auch alles in ihrem Sinne. Ich muss gleich einen Kranz für uns bestellen, Martin.«

Margarete Kastner war froh; denn sie spürte, dass dies die richtige Frau für ihren Sohn war. Sie würde ihn aufheitern und glücklich machen. Sie würde sich nie an seine Rockschöße hängen, wenn er so oft fortgehen musste. Und dann hörte sie ihren Sohn sagen.

»Mutter, Marion ist damit einverstanden, dass wir aufs Land ziehen – und zwar hierher nach Holzkirchen. Ich werde morgen meine Kündigung einreichen. Oh, Mutter, du weißt ja gar nicht, wie glücklich ich bin! Alles ist jetzt so hell und licht. Endlich werden meine Träume wahr!«

»Und Sie wollen wirklich mit ihm aufs Land ziehen? Hierher? Vergessen Sie eins nicht – es ist schon eine ziemliche Umstellung, in die Berge zu kommen. Hier läuft das Leben weitaus ruhiger und gemächlicher.«

»Ich denke, dass solch eine Leben auch seine Vorteile hat«, sagte Marion liebevoll.

Sie lächelten sich zuversichtlich an. Beide Frauen wussten jetzt, dass sie keine Angst voreinander zu haben brauchten. Sie würden sich prächtig verstehen.

Und so feierten sie an diesem Abend Verlobung. Gleich morgen wollten die jungen Leute zum Standesamt gehen und sich einschreiben lassen.

*

Diese Nachricht schlug wie eine Bombe ein! Zuerst wollte man es nicht glauben. Dr. Kastner hat sich verlobt! Und jetzt will er kündigen, um in Holzkirchen eine Praxis zu eröffnen. Fast alle im Krankenhaus Rechts der Isar wussten es schon, doch Schwester Renate erfuhr es als letzte. Zum ersten Mal war sie wirklich fassungslos und wollte es nicht glauben. Sie dachte, dass sich die Schwestern einen Scherz mit ihr erlaubten. Spröde sagte sie:

»Niemand ist so verrückt, sich aufs Land zu verkriechen.«

»Wenn wir es Ihnen aber versichern.«

»Ich glaube es einfach nicht. Dazu ist Dr. Kastner viel zu intelligent. Er kann jeden Posten bekommen, den er will.«

»Wissen Sie auch, wen er heiraten wird?«

Ihre großen Augen blickten kalt.

»Es ist die kleine Verkäuferin unten aus dem Keller. Die David. Kennen Sie sie nicht?«

Das war der zweite Schock. Sie kannte das Mädchen nur flüchtig. Hin und wieder hatte sie dort eine Kleinigkeit gekauft, war aber viel zu arrogant, um sich lange mit einer Verkäuferin zu unterhalten. Und jetzt sollte sie Dr. Kastner eingefangen haben? Das war ja einfach lachhaft!

»Wir werden für ein Geschenk sammeln. Wenn Sie nichts geben wollen, ist uns das gleich.«

Kastner kam in seine Station und musste die Glückwünsche über sich ergehen lassen. Schwester Renate fragte laut:

»Und Sie gehen wirklich aufs Land?«

Er drehte sich um. »Ja, Schwester Renate, ich habe einmal mit Ihnen darüber gesprochen und habe dabei Ihren Standpunkt kennengelernt. Damals habe ich einen Augenblick lang gedacht, Sie würden ihn teilen.«

Hektische rote Flecken zeigten sich auf ihrem Gesicht. Sie hatte ihr Glück vertan, alles falsch gemacht, weil sie gedacht hatte, ihn formen, ihn nach ihrem Wunschbild biegen zu können.

Die Erkenntnis war bitter, dass sie ihr Glück fortgeworfen hatte.

Kastner war jetzt so anders, das spürten auch seine Patienten.

Wenn er auch überglücklich war, so vergaß er doch seine Pflicht nicht - so wie auch seine Verlobte weiterhin unten im Laden stand. Das verstanden viele Leute nicht. Hatte sie das denn noch nötig?

Dr. Kastner kümmerte sich weiter rührend um seine Patienten. Zwei Tage nach seiner Verlobung war die Operation an Frau Schuster angesetzt. Und wie er ihr versprochen hatte, führte er sie selbst durch. Dr. Schön und Dr. Berger halfen ihm dabei.

Sie war gar nicht kompliziert, und als sie den Tumor entfernten, wussten sie, dass sie es wieder einmal geschafft hatten, dem Tod ein Schnippchen zu schlagen. Noch einige Behandlungen, und sie würde die Klinik verlassen und im

Kreis ihrer Familie weiterleben können. Wenn sie Glück hatte, konnte sie noch einige Jahre bei ihnen bleiben.

Er saß am Bett dieser Patientin, als sie aus der Narkose erwachte. Sie hatte Angst gehabt, nicht wieder aufzuwachen; denn es kam immer wieder vor, dass Patienten während der Operation starben.

»Frau Schuster?«, rief er sie leise.

»Ja?« Ihre Stimme kam aus weiter Ferne. An der anderen Seite des Bettes saß ihr Mann. Auch er hatte die ganze Zeit Wache gehalten.

»Ich bin es, Martin Kastner. Können Sie mich hören?«

»Ja«, flüsterte sie schwach.

»Ich gratuliere Ihnen, Frau Schuster. Sie haben es geschafft. Alles ist so eingetroffen, wie ich es Ihnen gesagt habe. Ich gratuliere Ihnen für Ihren Mut. Es hat sich gelohnt, Frau Schuster.«

»Wirklich?«

»Ja«, sagte er schlicht. »Aber hier ist Ihr Mann. Er kann es Ihnen bestätigen.«

Sie drehte den Kopf zur Seite.

»Erwin?«

Er nahm ihre Hand und streichelte sie.

»Ja, er hat es mir auch gesagt. Nun wird alles gut, Liebe. Schlaf jetzt nur, ich bin ja bei dir. Ich bleibe bei dir, bis du wieder ganz wach bist, ja?«

Ein Lächeln verschönte das blasse Gesicht. Sie umklammerte seine Hand. Kastner schlüpfte aus dem Zimmer.

Ein Siegeslächeln lag auf seinen Lippen. Es war schön, dass seine Arbeit hier so endete. Dann konnte er frohen Herzens fortgehen. Bis auf Anne. Bei ihr war noch alles in der Schwebe. Doch die letzte Untersuchung des Rückenmarks hatte ergeben, dass die Medikamente gut anschlugen und sie sich langsam erholte. Jetzt konnte sie schon wieder im Bett sitzen und war viel länger wach. Mitunter hatten sie Erfolge, dass die Patienten noch zehn Jahre und länger lebten. Wenn man so viel Zeit hatte, konnte man hoffen, dass bis dahin endlich ein Mittel zur endgültigen Heilung gefunden wurde. Wie viele Krankheiten, die früher in der Regel tödlich verlaufen waren, hatte man jetzt im Griff.

Kastner packte seine Sachen zusammen. Er hatte sich heute ein paar Stunden freigenommen. In einer Stunde würde Frau Schmidts Beerdigung sein.

»Wenn etwas ist, wenden Sie sich an Dr. Berger. Er weiß Bescheid.«

Schwester Renate sah ihm mit brennenden Augen nach. Ihr Stolz war seltsamerweise gebrochen. Jetzt konnte man endlich mit ihr umgehen.

Unten holte er Marion ab. Auch sie hatte eine Vertretung. Dann fuhren sie mit seinem Wagen nach Holzkirchen und holten die Mutter ab.

Auf der Fahrt zum Friedhof dachte Kastner: Ich bin froh, dass Frau Schmidt noch von meinem neuen Leben erfahren hat. Jetzt kann ich bald fortgehen. Ich weiß, es wird nicht einfach sein. Wenn ich meine Patienten gut behandeln will, dann muss ich eine moderne Praxis haben, mit allen Geräten und einigen Angestellten. Ich kann die Patienten nicht wie in der Stadt einfach zu einem Facharzt überweisen. Auf dem Land muss man alles in einem sein. Gewöhnlich nimmt der Patient auch gleich die Medikamente mit.

Obwohl er wusste, dass es nicht nur finanziell schwer sein würde, war er doch voller Zuversicht. Er würde von cen Einheimischen zwar freundlich behandelt werden, aber es würde lange dauern, bis sich die Investition in eine Praxis bezahlt machte.

Er hatte ja Marion; sie würde ihm nach Kräften helfen. Auf dem Friedhof trafen sie mit dem Anwalt zusammen. Er war überrascht, als er den Arzt und seine Familie sah.

»Und ich dachte schon, ich müsste sie allein zu Grabe tragen.«

Dr. Kastner legte den Kranz mit den weißen Nelken vor den Sarg und blieb eine Weile davor stehen.

Es war eine stille, aber schöne Beerdigung. Danach wurden sie vom Anwalt zu einem kleinen Imbiss eingeladen.

»Das hat Frau Schmidt so gewünscht. Diejenigen, die zu ihrer Beerdigung kommen, sollen auch beköstigt werden. Und überhaupt ich muss ja sowieso mit Ihnen reden. Wegen des Testaments.«

»Wie? Mit mir?«

»Haben Sie das denn nicht gewusst?«

»Was soll ich gewusst haben?«

»Dass Frau Schmidt Sie in ihrem Testament bedacht hat?«

»Woher sollte ich?«

»Sind Sie nur so gekommen? Aus freien Stücken?«

»Sie war eine liebe, alte Freundin von mir, obwohl sie mich beim Schach nie hat gewinnen lassen.«

Der Anwalt schien nachzudenken.

»So ist das also. Und ich habe mich schon die ganze Zeit gewundert. Habe gedacht, alte Menschen werden wunderlich und nichts dazu gesagt. Aber jetzt verstehe ich sie vollkommen. Ich muss Ihnen sagen, Dr. Kastner, Frau Schmidt hat Sie sehr gemocht. Ich habe sie ein paar Mal im Krankenhaus besucht, und da hat sie nur von Ihnen gesprochen.«

»Aber ich habe nicht viel für sie tun können, leider. Ich konnte ihr nur die Schmerzen nehmen, ein wenig die Zeit vertreiben und wunderbare Gespräche mit ihr führen.«

»Für sie war das alles.«

»Ich verstehe Sie nicht.«

»Tja, dann kann ich es Ihnen jetzt wohl sagen. Sie sind Frau Schmidts Alleinerbe.«

»Was?«

»Das Erbe beläuft sich auf über eine Million Mark. Es ist eine Bedingung daran geknüpft. Sie erhalten das Geld in Form einer Stiftung nur dann, wenn Sie auf dem Land eine Praxis eröffnen, Dr. Kastner.«

»Aber das habe ich ja vor! Mein Gott, ich kann es nicht glauben. Eine Million? Dann kann ich die Praxis ja so einrichten, wie es mir vorschwebt. Meine Güte - Marion, Mutter, habt ihr das gehört!«

Seine Freude war grenzenlos. Aber nach einer Pause des Nachdenkens verhandelte er mit dem Anwalt. Es müsse so viel Geld bleiben, dass man sich um das Grab sorgen könnte.

»Wenn ich fortgehe, werde ich wohl sehr selten hier heraufkommen. Das bin ich ihr doch schuldig - für alles, was sie für mich getan hat. Ich kann es einfach noch nicht glauben, Oma Schmidt!«

Er hatte Tränen in den Augen.

Die Ärzte und Schwestern im Krankenhaus staunten. Seine Menschlichkeit hatte sich im wahrsten Sinn des Wortes bezahlt gemacht.

Sie alle freuten sich mit ihm. Viele sagten:

»Wenn es einer verdient hat, dann er. Er hat sich rührend um sie gekümmert. Wie er überhaupt vielen geholfen hat.«

Anne war noch immer da. Wenn er daran dachte, sie verlassen zu müssen, wurde sein Herz schwer. Er sprach mit Marion, mit der Mutter und schlug ihnen vor, das Kind mitzunehmen, wenn sie nach Holzkirchen zogen. Als ersten Patienten sozusagen. Die reine Bergluft würde vielleicht helfen, sie gesünder und widerstandsfähiger zu machen. Er musste nur noch mit Annes Mutter sprechen.

Die Mutter empfand das kranke Kind als eine Last. Sie wollte endlich eine große Schiffsreise unternehmen. Und so war sie jetzt eigentlich ganz froh über den Vorschlag des Arztes.

Als er Anne davon erzählte, glänzten ihre Augen.

»Ich darf bei dir wohnen - richtig bei dir?«

»Ja, Schmetterling! Ich habe dir doch gesagt, wir zwei sind ganz dicke Freunde.«

»Dann will ich auch alles tun, was du mir sagst, alles.«

»Ach, mein Kleines!«

Martin Kastner lächelte still vor sich hin. Hätte ihm noch vor einem Jahr jemand versucht zu erklären, dass sich in den nächsten Monaten sein Leben voll und ganz ändern würde, dann hätte er denjenigen vermutlich für verrückt erklärt. Jetzt aber fühlte er sich vollends glücklich und zufrieden.

Für andere Ärzte mochten vielleicht Beruf, Karriere und ein gutes finanzielles Polster einen hohen Stellenwert haben – aber was nutzte es, wenn man trotzdem einsam blieb und daran irgendwann verzweifelte? Nein, das Schicksal hatte zum Glück noch rechtzeitig für ihn die Weichen gestellt und ihn dazu gebracht, seine Träume auch zu leben.

Wenn man so will, war Marion genau zum richtigen Zeitpunkt in sein Leben gekommen. Sie würde von nun an sein Anker sein und das Glück vollkommen machen. Und die kleine Anne würde auch etwas davon haben. Vielleicht meinte es das Schicksal gnädig, und sie konnte die schwere Krankheit irgendwann hinter sich lassen. Jedenfalls wollte er dafür sorgen, dass von medizinischer und fachkundiger Seite alles getan würde, damit Anne wieder zu Kräften kam und die schweren Stunden des Krankenhausaufenthaltes bald der Vergangenheit angehörten.

Die neue Umgebung und die Zuneigung, die sie von ihm selbst, Marion und auch seiner Mutter bekommen sollte, würde das Ganze perfekt machen.

ENDE

5. MARIE – VON ALLEN VERACHTET

»Eine schöne Beerdigung war´s«, seufzte Marion Kastner und wischte sich verstohlen eine Träne aus dem rechten Auge, während sie beobachtete, wie die Trauergäste jetzt den Friedhof verließen. Fast das ganze Dorf war an diesem Nachmittag zusammengekommen – und es gab kaum jemanden, der nicht traurig dreinblickte, als man die Lochner Marie zu Grabe getragen hatte.

»Stimmt«, nickte nun auch ihr Mann Dr. Martin Kastner, der die Landpraxis in Holzkirchen vor einem knappen Jahr übernommen und sich mit seiner Frau hier niedergelassen hatte. »Obwohl – das was wir beide hier gesehen haben, war wohl gar nicht so selbstverständlich.«

»Warum?«, wollte seine Frau wissen. »Ach, meinst vielleicht die alten Geschichten von früher? Das ist doch längst vergessen, oder?«

»Es soll aber lange gedauert haben, heißt es«, fügte ihr Mann hinzu. »Die Marie hat viele Jahre unschuldig im Zuchthaus gesessen – und die Menschen hier haben sie lange verachtet. Selbst nachdem sie ihre Strafe verbüßt hat, war sie noch immer eine Ausgestoßene...«

»Wie kam das denn?«, wollte Marion wissen.

»Ich kenne nur das, was ich von den anderen gehört habe. Vielleicht weiß der Steiner Ernst mehr darüber. Der hat die ganz frühen Jahre hier noch mitbekommen. Ich war da noch gar nicht geboren, als der Krieg zu Ende ging. Willst mal mit ihm reden? Da drüben steht er und redet noch mit dem Pfarrer...«

»Neugierig wär ich schon ein bissel«, musste Marion zugeben. Das reichte für ihren Mann aus, um ihr diesen Wunsch sofort zu erfüllen. Er ging hinüber zu der Friedhofskapelle, wo der pensionierte Kommissar Ernst Steiner gerade sein Gespräch mit dem Pfarrer beendet hatte und eigentlich gehen wollte.

»Einen Moment, Herr Steiner«, sagte Dr. Kastner. »Haben´s ein paar Minuten Zeit?«

»Freilich«, nickte er. »Was haben´s denn auf dem Herzen?«

»Nun ja, eigentlich geht es um meine Frau«, sagte der Arzt. »Sie möchte ein bissel mehr über die Lochner Marie wissen. Und ich hab ihr gesagt, dass sie ihr vielleicht etwas über die frühen Jahre nach dem Krieg erzählen können.«

»Das kann ich schon«, meinte Steiner. »Weshalb interessiert sich Ihre Frau denn dafür?«

»Nun, sie ist ein bissel mitgenommen von der Beerdigung. Weil so viele Leute gekommen sind und jeder gut über die Marie gesprochen hat. Und ich hab ihr gesagt, dass das nicht immer so war.«

»Oh ja«, seufzte der pensionierte Kommissar, der lange Jahre in München gelebt hatte, bevor er wieder in seine Heimat zurückgekehrt war. »Einiges kenn ich selbst auch nur aus zweiter oder dritter Hand, aber ich kann´s gerne Ihrer Frau erzählen.«

»Vielen Dank«, erwiderte der Arzt. »Hätten Sie gleich Zeit? Meine Frau kann ziemlich hartnäckig sein, wenn sie was wissen will.«

»Gar kein Problem. Ich komm gerne mit.«

Wenige Minuten später gingen die drei ins Wirtshaus, wo die meisten Trauergäste schon Platz genommen hatten. Dr. Steiner, seine Frau Marion und Ernst Steiner saßen aber etwas abseits. Und dann erzählte er dem Arzt und seiner Frau das, was er wusste...

*

Siebzehn Lenze war sie alt, die Marie Lochner.

Der Geburtstag war gerade verstrichen, und sie fühlte sich glücklich und zufrieden, obwohl man im Häusler-Hüttchen wirklich nicht viel zu lachen hatte.

Ihre Eltern waren bescheidene, einfache Leute. Ihr ganzes Leben bestand nur aus harter Arbeit. Für den Herrenhof da droben in den Bergen. Der Enzianhof, wie er sich stolz nannte. Er beherrschte das ganze Tal über Holzkirchen. Viele Ländereien gehörten dem stolzen Hofbesitzer in Erbpacht. Ja, damals, da konnte man noch viel williges Volk zur Arbeit bekommen. Die bezahlte man erbärmlich genug, damals, als der große Krieg über das Land kam. Wer da nicht spurte, den schickte man einfach fort und suchte sich neue Leute. Ihr Vater hatte es insofern noch gut, da er vom Großbauern das Häusl angewiesen bekam. Hier lebte er nun bescheiden und arm mit Frau und einziger Tochter.

Das Schicksal hatte es noch gut gemeint und ihnen nur ein Kind in die, Wiege gelegt, und so brauchte er nur die Marie zu ernähren.

Die kleine, windschiefe Hütte befand sich am Hang. Und wäre der Hochwald nicht schützend dort gestanden, dann hätte die nächste Lawine sie gewiss mit seinen Einwohnern ins Tal geschleudert.

Marie war ein hübsches lustiges Ding. Mit lachenden braunen Augen, gertenschlank, so flink wie ein Reh und immer mit einem Lied auf den Lippen. Im Sommer lief sie barfuß über die saftigen Wiesen und ließ das lange dunkelblonde Haar wehen. Sie war eigentlich mit dem Leben zufrieden. Als sie noch zur Schule ging, da hatte man sie oft gequält und geärgert. Man nannte sie nicht die Lochner Marie, wie es sich hier in den Bergen nun mal gehörte, sondern einfach die Häusler Marie. Sie war die Ärmste im Tal. Eigentlich hätte sie jetzt auch sehr dumm sein müssen. Leider war das nicht der Fall. Sie war ein kluges, flinkes Geschöpf. Aber damals im Krieg, da hatte man nicht das Geld und die Geduld, armer Leute Kinder ausbilden zu lassen. Der Lehrer grämte sich ein wenig darüber, dass sie mit den guten Zeugnissen nach ihrer Schulzeit nur Dienstmagd auf dem Enzianhof werden sollte. Aber so war das nun mal.

Der Bauer hatte schon dafür gesorgt. Als sie noch ein kleines Madl gewesen war, war er eines Sonntags mit seinen schweren Knotenstock hinunter zum Häusl gestiegen, hatte den Lochner lange schweigend angeschaut, sich dann halb umgewandt und auf das Mädchen mit den lustigen braunen Augen geblickt.

»Was ich dir sagen wollt, Lochner, wenn du einen guten Lebensabend verbringen willst, dann setzt dem Dirndl keine Flausen in den Kopf, hast mich verstanden?«

Der Lochner hatte mit krummem Rücken dagestanden und nicht gewagt, dem Großbauern ins Gesicht zu blicken.

»Ich versteh dich nicht«, hatte er betreten gemurmelt.

»Wenn du auch noch auf deine alten Tage hier leben willst, ich bin ja nicht so, dann sieh zu, dass die Dirn beizeiten bei mir den Dienst antritt, hast mich verstanden?«

»Ja!«

So war es also abgemacht. Marie hatte man nie gefragt. Und weil sie die Eltern gern hatte, kam sie auch gar nicht auf eine andere Idee. So war nun mal das Leben hier in den Bergen. Wenn man jung war, musste man den Eltern zur Seite stehen.

Mit fünfzehn war sie dann jeden Morgen hinauf zum Enzianhof gegangen. Dort hatte sie als kleine Dienstmagd schwere Arbeit tun müssen. In der Küche die Kacheln und die Böden scheuern, die Ställe ausmisten und neue Streu auslegen. Es gab kaum Männer auf den Höfen, nur ein paar alte, die jungen waren eingezogen.

Es machte ihr nichts aus und sie war flink und anstellig. Die Bäuerin mochte sie gern. Nur die stolze Elsbeth, mit der war sie zur Schule gegangen, die zwickte sie, wo sie nur konnte. Sie spielte jetzt die Herrentochter und überließ so manche Arbeit der Marie. Und wenn diese dann mit der eigenen nicht fertig wurde, so bekam sie Schelte.

Aber das alles schluckte sie noch willig und dachte sich nur ihr Teil. Doch dann kam eine böse Zeit, und zwar stellte der Großbauer ihr nach. Sie zitterte immer am ganzen Leibe, wenn sie abends den Berg hinuntersteigen musste zu den Eltern. Er hatte einen Narren an dem Dirndl gefressen und lauerte ihr auf. Als Großbauer konnte er sicher sein, dass sie ihn nicht verriet. Keiner würde ihr das nämlich glauben.

So kam es, dass sie sich einen schwierigen Weg suchte, um ihm nicht in die Arme zu laufen. Sie war als Kind viel in den Wäldern herumgestöbert und kannte sich aus. Sicher, jetzt wurde es schnell dunkel, und da war es nicht ungefährlich, aber dem Großbauern in die Arme zu laufen, mitten im Wald, das war noch viel schrecklicher. Also stieg sie in Zukunft durch die Glockenblumenschlucht und vorbei an dem herrlichen Wasserfall. Nicht mal alle Dörfler hatten ihn gesehen, weil es einfach zu mühsam war, bis dorthin aufzusteigen. Marie liebte dieses Fleckchen über alles. Die Sonne schien ganz zart durch das Blätterwerk und wenn ein Wetter in der Wand stand, dann sprühte der Wasserfall ganz fein und sanft in vielen Farben. Sie konnte dann stundenlang hier sitzen und sinnen. Das tat sie immer des Sonntags, wenn sie nicht zum Enzianhof musste.

Auch heute hatte sie diesen schwierigen Weg gewählt, weil sie nämlich den Großbauern vorher hatte fortgehen sehen.

Als sie nun unter den dunklen Tannen daher ging, da hörte sie neben sich etwas knacken und schleichen. Der Großbauer? Ihr blieb fast das Herz stehen. Sollte er bemerkt haben, wohin sie verschwand?

Blind vor Angst, hastete sie weiter, und so blieb es nicht aus, dass sie über eine Baumwurzel fiel und unsanft auf dem Waldboden landete.

»Warum rennst du denn so?«, hörte sie da hinter sich eine fremde Stimme.

In ihrem ganzen Leben war sie noch nie so erleichtert gewesen wie in diesem Augenblick. Lachend wandte sie sich um und erblickte einen jungen Mann in Uniform.

»Und was treiben Sie hier?«, fragte sie lustig zurück.

»Ich habe gedacht, ich könnte Gämsen beobachten.«

Sie lachte auf.

»Na, da können's lange warten. Die sind doch um diese Zeit nicht mehr hier. Die steigen doch viel höher.«

»Schade!«

Sie ließ sich ins Gras fallen und schlang ihren bunten Rock um die nackten Füße. Der Soldat setzte sich zu ihr und blickte sie nachdenklich an.

»Wovor bist geflüchtet?«

Sie warf ihm einen schüchternen Blick zu. »Woher willst wissen, dass ich geflüchtet bin?«

»An deinem Gesicht!«

Sie riss einen Grashalm ab und kaute darauf herum. »Ja, ich bin geflüchtet. Aber das ist nicht so wichtig.«

»Also ein Mannsbild?«

»Löwen haben wir hier nicht.«

Er lachte auf.

»Du gefällst mir. Du bist so natürlich. Die Mädels, die ich bisher kennengelernt habe, die waren alle fad und blöde.«

»Und wo hast sie kennengelernt?«

Jetzt stellte sich heraus, dass er Offizier war und unten in Oberstdorf lebte. Vielmehr seine Kompanie war dort stationiert. Über die Berge war es bis hierher nicht sehr weit. Er schien auch ein lustiger Mensch zu sein. Liebte die Natur, hasste den Krieg und wollte wieder heim. Seit fünf Jahren war er nur immer auf einem kurzen Urlaub daheim in Hamburg gewesen.

Sie kamen also richtig ins Plaudern, bis die Sonne unterging.

»Jesses, jetzt muss ich mich aber sputen, sonst werden meine Eltern sich Sorgen machen.«

Peter Berg, als solcher hatte er sich vorgestellt, stand sofort auf.

»Gehst alle Tage diesen Weg?«

»Nur wenn der besagte ›Löwe‹ hinter mir her ist.«

»Gut, dann hoffe ich also, dass es morgen auch so sein wird. Tschüss, Marie!«

Sie winkte ihm nach und schlenderte dann nach Hause. An diesem Abend konnte sie nicht gleich den Schlaf finden. Sie musste immer an den Peter denken. Er war so ganz anders als die Burschen drunten im Dorf. Sie hatte bei denen überhaupt keine Chance - fürs Heustadl schon, aber nicht für die Ehe, da sie ja arm wie eine Kirchenmaus war.

Er hatte sich nix daraus gemacht, dass man sie Häusler Marie nannte. Sie hatten sich so angeregt unterhalten, und die Zeit war so flink verstrichen.

Marie grübelte lange über diesen Burschen nach. Er war bestimmt an die dreißig; denn sonst hätte er nicht Offizier sein können, so viel Verstand hatte sie schon, um das zu wissen, auch wenn sie sich sonst nicht viel um den Krieg kümmerte.

*

Der nächste Tag war der Samstag, und so brauchte sie nicht so lang zu schaffen, wie an den übrigen Wochentagen. Sie war wieder fleißig wie eine Biene. Einmal sah sie auch den Enzianbauern. Er stand an der Scheune und maß sie mit gierigen Blicken. Marie dachte, eigentlich sollt ich das mal der Elsbeth sagen, dass ihr Vater hinter mir her ist, vielleicht hört sie dann endlich auf, mich zu drangsalieren.

Doch dann musste sie wieder an den feschen Menschen aus der Glockenblumenschlucht denken und ihr Herz schlug gleich höher.

Wieder schaffte sie es, sich zu verkrümeln, ehe der Großbauer begriff, wohin sie sich gewandt hatte. Weil sie so flink wie ein Reh durch den Wald lief, war sie so früh am Wasserfall, dass sie sich enttäuscht ins Gras setzte, als sie merkte, dass der Offizier gar nicht da war.

Sie starrte in den feinen Sprühregen und kam ins Sinnen über das Leben. Mit Arbeit wird man nix, dachte sie ärgerlich. Ich werd eine alte hässliche Frau sein, und was ist dann? Meine Hände werden krumm vor Gicht wie die der Mutter und dann brauch ich auch keine Angst mehr vorm Bauern zu haben. Ist das wirklich mein Leben?

»Du hast also auf mich gewartet!«

Sie fuhr in die Höhe und wurde richtig rot.

»Ich hab mich nur ein wenig ausgeruht!«, sagte sie hastig.

»Geh, und das soll ich glauben?«

»Mir doch egal!«

Wieder hockten sie zusammen und hatten sich so viel zu erzählen. Dabei erzählte sie ihm auch von der Höhle hinter dem Wasserfall. Er wollte sie unbedingt sehen. Eigentlich war das ihr Geheimnis, aber sie zeigte ihm den Eingang. Er sah sich lange um und meinte dann: »Hier könnt man sich schon eine Weile versteckt halten. Und trocken ist es auch.«

»Ja, das mein ich auch.«

»Man sollte es sich merken.«

Wieder strichen die Stunden dahin und sie merkten es nicht. Einmal fragte sie ihn, ob er nicht mitkommen wolle, zum Häusl der Eltern.

»Wir hätten frische Milch anzubieten. Viel mehr leider nicht.«

»Später vielleicht mal. Jetzt nicht. Es ist so hübsch hier, und außerdem muss ich ja auch wieder zurück, bevor sie merken, dass ich überfällig bin. Auch bei mir macht man sich Sorgen, wenn ich nicht pünktlich zurück bin.«

»Geh«, sagte Marie abfällig, »ich hab gehört, der Krieg soll bald vorbei sein. Es ist doch nix mehr los.«

»Ja, ich hab es richtig gut, dass ich jetzt nicht in Russland bin«, gab Peter zu.

Sie trennten sich und versprachen morgen den ganzen Tag beisammen zu sein. »Ich hab dann frei und bring auch was Essbares mit, Marie. Es ist so schön, mit dir zusammen zu sein. Dann vergess ich den Krieg und alles übrige.

Ihr war ganz warm geworden.

»Wir können Pilze suchen gehen, ich kenn mich da aus, und dann braten wir sie über einem kleinen Feuer.«

Er nahm sie nur ganz kurz in seine Arme und drückte sie an sich. Danach ließ er sie sofort los.

Als Marie zum Häuschen zurückgeschlendert kam, sah sie die Mutter bei der Wäsche. Wortlos nahm sie ihr diese Arbeit ab, und bald flatterten die nassen Wäschestücke im Wind. Der Vater kaum aus dem Schuppen. Dort hatte er Holz für den Winter zerhackt. Der Großbauer gestattete es ihm, dass er sich dieses aus seinem Wald holen durfte.

*

Der Tau lag noch auf den Gräsern. Die Berge hatten sich einen Dunstkragen um die Spitze geschlungen. Es sah sehr hübsch aus, wenn die Tropfen des Taus auf den Spinnennetzen hingen und wie Diamanten glitzerten.

Marie lief schon recht früh über die noch nassen Wiesen. Sie krallte die Zehen zusammen, denn jetzt war es doch noch empfindlich kalt draußen.

Sie hatte die Hühner gefüttert, das Schaf aus dem Stall geholt und angepflockt. Auch die Ziege meckerte in ihrem Ställchen. Die Armeleutekuh, nannte man sie drunten im Dorf. Doch sie kümmerten sich nicht darum und waren froh über die Milch, die sie von ihr bekamen. Die Susi war ein braves Mädchen und Marie suchte auch immer besonders saftige Kräuter für sie in den Bergen.

Die Mutter kam aus der Hütte und blickte die Tochter verwundert an.

»Ja, was ist denn mit dir? Heut ist doch Sonntag, da kannst doch ein wenig länger in der Kammer bleiben. Wieso bist du denn schon auf?«

»Ich will in die Pilze«, sagte sie fröhlich. »Und da geh ich halt, wenn die Sonne noch nicht so sticht.«

»Ja, dann will ich mal das Frühstück machen. Sei aber still, der Vater schläft noch. Er hat eine ungute Nacht gehabt.«

»Hat er wieder das Reißen?«

»Ja, jetzt wird es immer schlimmer, Kind.«

»Warum geht er dann nicht zum Doktor?«

»Kind, du weißt, dass wir so etwas nicht zahlen können. Aber jetzt komm.«

Da hockten die zwei an dem einfachen Tisch und löffelten die Brotsuppe.

»Droben auf dem Enzianhof, da haben sie alle Tage Butter und Honig, Mutter. Ich seh das jeden Tag. Und die Elsbeth wird davon immer fetter.«

»Kind, wir sind arm. Wie oft soll ich dir das noch sagen.«
Marie legte den Kopf schief.
»Das heißt also, ich werd auch mein ganzes Leben vom Enzianhof abhängig sein? Also arm bleiben? Zuviel zum Sterben und zu wenig, um glücklich zu sein.«
»Versündige dich nicht an unserem Herrgott, Marie.«
»Was hat der denn damit zu tun, Mutter? Ich möcht auch hübsch sein und glücklich werden. Ich möcht nicht mein ganzes Leben lang Magd bleiben.«
Sie blickte sinnend durch die kleinen Stubenfenster und dachte dabei an Peter Berg, den Soldaten. Bis jetzt war es noch ihr Geheimnis. Ein kleines Lächeln umspielte ihre Lippen.
Die Mutter blickte forschend in das Gesicht der Tochter.
»Du hast doch was?«
»Ja, keine Zeit mehr. Ich geh jetzt und werd ganz raufsteigen. Ich nehm ein wenig Brot mit und am Abend haben wir dann Pilze«, rief sie und war schon draußen.
Sie lief über die Wiese. Es machte ihr auch nichts aus, mit den bloßen Füßen über den Waldboden zu huschen.
An dem kleinen Wildbach stand schon der Peter. Plötzlich fühlte sie, wie ihr Blut schneller durch die Adern pulste. Sie musste heftig atmen und lächelte ihn an.
»Schau her, was ich mitgebracht habe!«
Aus seinem Brotbeutel förderte er Schokolade, Kekse und Zigaretten und auch eine Flasche Wein und weißes Brot zutage.
Andächtig starrte sie diese Dinge an, die er wieder verstaute.
»Was ist? Sollen wir jetzt hinaufsteigen? Hast mir doch versprochen die Berge zu zeigen.«

Marie hatte sich vorgenommen, ihn Wege zu führen, wo man auch wirklich keine Menschenseele antreffen würde. Dafür aber viele Pilze.

Als sie gegen Mittag auf einer weiten einsamen Wiese Rast machten, da war ihr Körbchen voll. Sie zündeten ein Feuer an und schmorten die Pilze in Peters Essgeschirr, das er mitgebracht hatte.

Der Wein perlte durch ihre Adern und da wusste sie, dass sie zum ersten Mal in ihrem Leben verliebt war. Aber auch dem Mann erging es so. Das Soldatendasein hatte er satt, und auch er fand diese Stunden überaus köstlich und schön.

Das Mädchen war so natürlich und heiter. Und so blieb es nicht aus, dass er sich ebenfalls bis über beide Ohren in sie verliebte.

Sie fanden sich zu einem innigen Kuss und sie hörten ihre Herzen wie wild pochen.

»Wirst morgen wiederkommen?«, fragte sie flüsternd.

»In zwei Tagen. Morgen habe ich leider Dienst.«

Sie stand an der Schlucht und lächelte ihm zu. Sie hätte vor Freude einen Jodler loslassen können, so glücklich fühlte sie sich. Lange winkte sie ihm nach.

Als sie abends in ihrer winzigen Kammer lag, träumte sie von ihrem Peter und von der fremden Stadt, in der er daheim war. Sie dachte, wenn er mich lieb hat, und wenn der Krieg erst mal vorbei ist, dann wird er mich holen und dann wird es mir besser gehen. Ich werde dann nicht mehr in so einer armseligen Hütte leben und im Winter frieren müssen.

*

Zwei Tage später schüttete es wie verrückt vom Himmel. Marie blickte betrübt in die dunklen Regenwolken. Würde Peter bei diesem Wetter überhaupt kommen?

Aber es zog sie mit Macht dorthin. Sie konnte einfach nicht anders. Feiner Sprühregen fiel durch das Blätterwerk, als sie in der Schlucht stand und gedankenvoll in den Wasserfall sah.

»Und ich dachte, du würdest heut nicht kommen«, hörte sie da hinter sich die Stimme vom Peter.

Sie sprang herum und fiel ihm lachend um den Hals.

»Oh, wo bist denn gewesen?«

»In der Höhle, dort ist es trocken!«

»Die Höhle«, sagte sie leise.

»Komm!«

Willig ließ sie sich mitziehen. Er hatte sogar Blätter aufgeschichtet und Moos. Und man konnte recht weich dort sitzen. Er umschlang das zarte Mädchen, drückte es an sich und küsste es wild. Sein Verlangen nach diesem reinen Körper war übermenschlich in ihm. Bis jetzt hatte er sich zurückgehalten. Aber heute konnte er es nicht mehr.

Marie liebte ihn über alles. Er hatte doch so gute Augen, ihr Herz schlug wie wild. Das Blut brannte wie Feuer. Seine Küsse machten sie selig. Und da lag sie in seinen Armen und fand es plötzlich ganz natürlich, dass sie sich ihm hingab. Waren sie denn nicht ein Liebespaar? Gehörten sie denn jetzt nicht für alle Zeiten zusammen?

Sie hatte ihn ja so lieb, und er war so zärtlich zu ihr. So voller Liebe! Sie spürte, wie ihr die Tränen in die Augen stiegen.

»Weswegen weinst du denn?«

»Weil ich so glücklich bin«, sagte sie und schmiegte sich an seine breite Brust.

»Geliebtes Wesen«, murmelte er leise.

Draußen brach schon die Dämmerung an, und Marie hätte es fast versäumt, heimzugehen.

»Wann wirst du mit zu den .Eltern kommen?«, fragte sie ihn.

»Lass uns doch noch unser Glück ein wenig genießen. Außerdem möchte ich mich nicht sehen lassen. Weißt, ich dürfte eigentlich gar nicht hier sein. Ich bin fortgeschlichen, deswegen muss ich mich jetzt auch sputen.«

»Dieser dumme Krieg«, sagte Marie ärgerlich.

»Wem sagst du das.«

»Bist morgen wieder da?«

»Ja!«

Sie trennten sich nur unwillig.

Marie ahnte noch nicht, dass sie nicht mehr sehr oft mit ihrem Peter in dieser Höhle sein würde. Sie hasste den Krieg, und er sollte wirklich nicht mehr lange dauern.

Sie trafen sich noch vierzehn Tage lang und waren voller Glück und Seligkeit. Sie war so jung und dachte nur an den Augenblick.

Sie hatte sich vollkommen verändert. Man spürte, von dem Mädchen ging jetzt ein seltsamer Zauber aus. Die Mutter wunderte sich deswegen schon, weil die Tochter gar nicht mehr müde werden wollte. Ihre Augen strahlten, und sie sang fast den ganzen Tag. So auch jetzt, als sie beim Schefferbauer die Wäsche aufhängte.

Sie blickte zur Sonne. An ihrem Stand konnte sie genau ablesen, wann sie Feierabend hatte. Als sie nun den leeren Wäschekorb zum Hof trug, da hörte sie den Bauern in der guten Stube sagen: »Endlich ist der Krieg vorbei. Nun geht das alte Leben wieder weiter.«

Sie blieb unwillkürlich stehen.

Der Krieg war aus!

Peter war kein Soldat mehr! Nun brauchte er nicht mehr den Befehlen zu gehorchen.

Sie lächelte glücklich vor sich hin.

An diesem Tag war sie noch nie so schnell zu ihrem Liebsten gelaufen. Er stand auch wirklich unter der hohen Tanne und fing Marie in seinen Armen auf.

»Mein Liebes, mein herziges Mädel, nun heißt es Abschied nehmen«, sagte Peter Berg.

Marie starrte ihn aus großen Augen an.

»Aber Peter, der Krieg ist aus.«

»Eben, wir rücken heute noch ab. Befehl, geschlossen wenden wir dieser Gegend den Rücken.«

Ihr Herz sank klaftertief.

»Aber warum denn?«

»Wir gehen in zwei Stunden über die Berge.«

»Peter«, schrie sie auf.

»Ja, mein Liebes, so schnell hab ich auch nicht damit gerechnet.«

»Oh, Peter, Peter, das geht doch nicht. Was wird denn mit mir? Mit unserer Liebe? Peter!«

Er blickte in die zur Schwärze erschrockenen Augen und sah den Schmerz darin aufkeimen.

»Mein Lieb«, sagte er bewegt.

»Ich liebe dich, Peter, ich…« Nun rollten Tränen über das schmale Gesicht.

Der Soldat wusste sehr wohl, wie arm sie war, und er wusste auch, dass sie hier in ihrer Heimat nur als Magd würde ihr Leben fristen können. Er wusste nicht, wie es im Augenblick in der Heimat im Norden aussah, aber irgendwie fühlte er sich verpflichtet, ihr etwas zum Abschied zu sagen. War er ihr nicht vieles schuldig? Für die zauberhaften Stunden die sie ihm geschenkt hatte? Er liebte sie wirklich und würde auch unter diesem Abschied leiden.

»Hör zu, Marie, ich muss jetzt mit, verstehst du, sonst würde ich fahnenflüchtig. Der Krieg hat nun mal seine eigenen Gesetze, auch jetzt haben sie noch Gültigkeit. Ich werde dich nicht vergessen, Liebes. Bestimmt nicht.«

Er dachte fieberhaft nach.

»Hör zu, ich weiß nicht, wo ich wohnen werde in Hamburg. Aber du kannst mir postlagernd schreiben, hörst du. Dann bekomme ich deine Briefe. Du bleibst ja gewiss hier, also kann ich dir immer schreiben. Sobald ich Zeit dazu find, werde ich es tun. Und vielleicht kann ich auch für dich etwas tun.«

Die Minuten rannen dahin, und jetzt hieß es Abschied nehmen.

Marie hatte einen Kloß in ihrer Kehle und sie glaubte, daran ersticken zu müssen. Sie fühlte eine große, schreckliche Leere in sich.

»Behüt' dich Gott, Liebes.« Seine Lippen berührten sanft ihr Haar.

Sie stand wie zu Stein erstarrt da.

»Peter...«

Er war schon halb in der Glockenblumenschlucht. Noch einmal drehte er sich um und winkte ihr zu. Dann war er zwischen den Bäumen verschwunden.

Marie wusste nicht, wie lange sie auf demselben Fleck gestanden hatte, um ihm nachzuschauen. Ihre Augen brannten von den ungeweinten Tränen.

Ein Stein hatte sich auf ihr Herz gewälzt!

Er hatte ihr gesagt, ich werde mich um dich kümmern. Du musst nur zuwarten. Darauf baute sie. Peter hatte sie lieb! Er würde sie nicht im Stich lassen.

Gewiss würde er bald wiederkommen und sie holen. Mit einem Auto würde er vorgefahren kommen und sie fragen, ob sie seine Frau werden wolle, und dann...

Jetzt glitt wieder ein Lächeln über die hübschen Züge.

*

Später kamen wieder die vielen Gedanken, und Marie wurde unsicher. Ihr Herz wurde immer schwerer, die Sehnsucht nach dem Liebsten immer größer. Sie ging immer wieder zur Schlucht. Aber keine Gestalt kam zwischen den Bäumen hervor. Sie hörte nur das Tosen des Wasserfalles und die Vögel.

Marie saß in der Höhle und spürte noch die Wärme und die Gegenwart des Liebsten. Man wartete, und die Zeit verrann. Der Postjockel kam den Berg herauf. Sie lief ihm entgegen, und er machte ein erstauntes Gesicht.

»Aber ich hab keinen Brief für dich, Häusler Marie. Ich hab noch nie Briefe für dich oder deine Eltern in der Tasche gehabt. Und nun lass mich weiter, ich muss zum Enzianhof hinauf.

Hatte der Peter denn nicht immer wieder gesagt: »Ich hab dich lieb, ich werd dich nie und nimmer vergessen? Wir zwei gehören zusammen?«

So viele schöne Worte hatte er gefunden und sie gestreichelt und glücklich gemacht.

Doch nun waren schon vier Wochen verstrichen und es war immer noch kein Brief gekommen. Das schmale Gesicht war eingefallen und die Augen riesengroß. Jetzt kam es vor, dass sie oft abwesend war und man sie ein paar Mal ansprechen musste, wenn sie hören sollte.

Hamburg! Das klang so schrecklich weit und verlassen. Vielleicht wäre sie zu ihm gefahren und hätte ihn gesucht, aber sie war ja arm wie eine Kirchenmaus. Nie und nimmer würde sie das Fahrgeld zusammenbekommen.

*

Es war ein schöner Samstagnachmittag, und Marie befand sich auf dem Heimweg. Sie war so eingesponnen in ihre Sorgen, dass sie gar nicht darauf achtete, ob ihr einer folgte oder nicht. Und dann lenkten ihre Füße sie wieder zur Glockenblumenschlucht. Da hockte sie nun und war den Tränen nah. Sie sehnte sich so sehr nach der Liebe des Mannes.

Und dann hörte sie es im Gebüsch knacken.

Marie sprang auf. Ihre Augen blitzten vor Freude hell auf. Sie zitterte am ganzen Körper. Sie hatte es ja gewusst. Peter hatte sie nicht vergessen. Er war wieder zu ihr zurückgekommen. Jetzt würde alles gut.

Ein Mann trat aus dem Schatten der Büsche und kam auf sie zu.

Es war der Schefferbauer!

Marie starrte ihn verwundert an. Es musste doch Peter sein, ihr Peter, ihr Liebster!

Den Enzianbauern hatte sie ganz vergessen.

Er kam auf sie zu, mit gerötetem Gesicht und einem hellen Glanz in den Augen.

Natürlich wusste sie sofort, was er von ihr wollte!

Mit einem wilden Schrei sprang sie auf und schrie ihn an. »Scher dich fort, oder ich spring in die Schlucht.«

Der Bauer blieb stehen.

»Sei doch nicht narrisch, es soll auch dein Vorteil sein. Ich mag dich, Marie. Es wird nie einer wissen. Wir könnten...«

Aus ihren Augen brachen helle Flammen und zwangen den Mann, auf der Stelle stehenzubleiben.

»Wenn du auch nur einen Schritt weiter tust, Enzianbauer, dann werd ich springen!«

»Mach doch keinen Unsinn, Mädel!«

Damit hatte er nicht gerechnet. Sie war eine richtige kleine Kämpferin. So waren die Dirndl noch nie. Da waren schon mal ein paar junge Dinger in seinen Diensten zu Schande gekommen. Die hatten es recht gern gemocht. Sicher, sie hatten sich zu Anfang ein wenig gesträubt, aber so gehörte es sich doch nun mal für ein Mädl, sonst machte doch die Sache keinen Spaß.

Doch diese war ganz anders!

Etwas Unheimliches ging von ihr aus. Er spürte die Ausstrahlung ganz deutlich.

Marie machte einen Schritt auf die Schlucht zu.

»Alle im Dorf werden sie dann wissen, dass du mein Mörder bist«, schleuderte sie ihm ins Gesicht.

Der Großbauer wurde richtiggehend blass.

»Wieso denn das? Hier sind keine Zeugen«, röchelte er wütend und ärgerte sich, dass er nicht weitergehen mochte.

»Die Eltern wissen Bescheid und noch ein paar Leut«, schrie sie ihn an. »Ich will dich nicht, scher dich fort.«

»Du widerliche kleine Schlampe«, entfuhr es ihm. »Das hast du wirklich getan. Na, dir werd ich es lehren, solche Reden über mich zu führen. Das wirst mir noch büßen. Auf Knien wirst angekrochen kommen, verlass dich darauf.«

Marie reckte ihre Schultern. Fast hochmütig antwortete sie: »So, willst mir die Arbeit nehmen?«

In der Tat hatte er das vorgehabt. Sie konnte dann weit laufen, um wieder in Diensten genommen zu werden. Denn er hat das Sagen hier im Tal. Alle würden die Türen vor der Häusler Marie zusperren.

»Ja, das werd ich«, grollte er zornig.

Sie lächelte verächtlich:

»Dann werd ich deiner Frau und der Tochter sagen, weswegen ich die Arbeit verloren hab, weil ich mich nämlich gewehrt hab, und nicht mit dir ins Heu gegangen bin, verstehst, Bauer! Ich weiß nicht, was dann wird.«

Das war wirklich die Höhe. So bös war ihm noch keine gekommen. Die Marie war ein stolzes, schönes Geschöpf!

Zwei Augenpaare sahen sich über die Lichtung an und jeder wusste, der andere würde es tun. Es war der Großbauer, der dann den Blick senkte.

Ihr Herz pochte zum Zerspringen.

Da ging der Bauer fort!

Und sie wusste, jetzt konnte sie ungehindert überall herumlaufen, er würde ihr nicht mehr nachstellen.

*

Die Mutter machte sich Sorgen um Marie. So fad und blass war das hübsche Gesicht geworden. Marie kämpfte verbissen mit den Tränen. Drei Monate waren jetzt ins Land gegangen. Der Sommer stand in voller Blüte. Der erste Friedenssommer nach langer Zeit. Nun musste man keine Angst vor Flugzeugen mehr haben. Die Männer machten Politik, und hier in den Bergen rackerte man sich ab, um ein gutes Erntejahr zu erlangen. Der Frieden genügte nicht, die Menschen wollten auch zu essen haben.

Alles was laufen konnte, musste bei der Heuernte helfen. Ein Gewitter stand in der Wand. Es konnte in einer Stunde losgehen und dann war die viele Mühe für die Katz. Selbst die Hoftochter und die Bäuerin mussten hart mit zupacken.

Marie war mitten unter ihnen. Manchmal glaubte sie, zusammenbrechen zu müssen. Es wurde ihr hin und wieder sogar schwarz vor den Augen. Der fünfunddreißigjährige Großknecht Felix hatte auch ein Auge auf die Marie geworfen, und deswegen erbarmte ihn das Mädchen gar sehr.

»Kannst die Sonne nicht gut vertragen, wie?«

Marie lächelte mit verzerrten Lippen.

»Es geht«, sagte sie schwach.

»Mach nur ein wenig langsamer, ich schaff für dich mit. Die andern merken nix davon. Die sind im Augenblick am anderen Ende der Wiese.«

»Danke«, sagte sie mit zuckenden Lippen.

Schweigend ging die Arbeit weiter. Bis man dann endlich eine kleine Rast einlegte und die Vesper zu sich nahm. Dazu hatte man Körbe voller Lebensmittel mitgebracht. Der Bauer mit seiner Familie ging zum Hof zurück. Er aß nie mit dem Gesinde. Marie ließ sich erschöpft unter einem Baum fallen und wischte sich über die Stirn.

»Trink, das tut gut!«

Sie hatte Mühe, den Krug zu halten. Als sie die Brotscheiben sah, kam ihr das Würgen an, und sie wandte den Kopf zur Seite.

»Du musst etwas essen. Du bist so dünn, dass man schon das Vaterunser durch deine Rippen pusten kann«, sagte Felix.

»Dafür geht die Elsbeth auf wie ein Hefekloß«, sagte ein zweiter Knecht.

Man lachte schallend.

Felix kümmerte sich um Marie.

»Dir geht es wirklich nicht gut, nicht wahr?«

»Es wird schon wieder.«

Das Heu brachte man tatsächlich noch vor dem Gewitter ein. Danach ging Marie heim. Sie spürte nicht den Regen, der ihr ins Gesicht schlug. Sie ging und ging. Fast ohnmächtig fiel sie der Mutter in die Arme.

Der Vater war noch auf dem Enzianhof und würde später kommen. Die Lohnerin packte die Tochter gleich ins Bett und gab ihr heiße Milch zu trinken.

Da lag nun die Marie und starrte zur geschwärzten Zimmerdecke. Tränen rollten ihr übers Gesicht. Sie legte die

Hände auf den Leib. Aber auch das brachte ihr keine Linderung. Sie fühlte sich so schwach. Gequält schloss sie die Augen.

Schleier gaukelten vorüber, sie wollte sie einfangen. Dann sah sie wieder hellen Sonnenschein, die Schlucht, aus dem Wasserfall trat Peter, er streckte die Hände nach ihr aus, sie wollte ihm entgegenlaufen...

Stöhnend fuhr sie auf. Und plötzlich wusste sie es: sie bekam ein Kind!

Die ganze Zeit hatte sie die Wahrheit wohl verdrängt, hatte sich selbst was vorgemacht. Jetzt stand es greifbar im Raum. Es ließ sich nicht mehr zur Seite schieben.

Man würde sie verspotten, sie verachten. Sie war in Schande geraten und hatte keinen Vater für ihr Kind!

»Peter!«

Eine Tür fiel ins Schloss.

Der Vater war heimgekommen. Marie schleppte sich in die Küche. Sie lehnte an der Tür, weiß im Gesicht, zerbrochen an Leib und Seele.

Die Mutter drehte sich von der Feuerstelle herum.

»Bleib doch liegen, Marie. Ich mach dir jetzt die Brotsuppe warm.«

»Ich muss euch was sagen!«

Der Vater stand vor dem Waschzuber und rieb sich das Gesicht sauber.

Es war totenstill in der kleinen Hütte.

»Ich bin schwanger«, sagte Marie tonlos.

Der Mutter fiel der Holzlöffel aus der Hand.

»Kind«, stammelte sie gurgelnd.

Der Vater stand nur einfach da. Er hatte noch nie viel geredet.

»Und wer ist der Vater?«

Marie schloss die Augen.

»Ich werde ihm schreiben«, sagte sie mit zuckenden Lippen.

Die Mutter bekreuzigte sich.

»Er kommt nicht aus dem Dorf?«

»Nein.«

»Um Gottes willen, Kind. Wo hast ihn denn kennengelernt?«

Marie dachte, wenn ich das erzähle, dann bin ich bloß und nackt. Das ist mein einziger Schatz, die Erinnerung an die zauberhaften Stunden.

»Gleich morgen werde ich ihm schreiben«, sagte Marie, wandte sich um und ging wieder hinauf.

*

Marie saß an dem kleinen Stubenfenster und versuchte einen Brief zu schreiben. Es war gar nicht so einfach. Sie wollte nicht als Bettlerin vor ihm stehen. Er würde gewiss sofort kommen, wenn es nur ging. Sie wusste doch nicht, wie es in Hamburg aussah.

Aber das mit dem Kind, das musste er doch wissen. Ihr Unterpfand der Liebe.

Und dann flossen ihr die Worte wie von selbst aus der Feder. Sie schrieb von ihrer Sehnsucht und dem Kind.

Jetzt würde er ihr schreiben. Ganz bestimmt! Ihr zärtliche Worte schreiben, und auch die Worte, ich werde bald kommen und dich dann holen.

Tiefer Friede zog in ihr Herz.

Ja, warum war sie bloß noch nicht früher darauf gekommen, ihm einen Brief zu schreiben? Warum hatte sie immerzu auf seine Antwort gewartet? Vielleicht tat er das Gleiche? Er hatte ihr doch gesagt, du kannst mir schreiben, postlagernd nach Hamburg. Dann werde ich immer wissen, wie es dir geht.

Am Sonntag ging sie ins Tal. Sie hatte sich von der Mutter ein paar Groschen geben lassen. Nach langer Zeit ging sie mal wieder in die Kirche. Noch konnte man ja nicht sehen, dass sie schwanger war.

Anschließend ging sie zur Posthalterei und gab der Postmeisterin den Brief.

Die Frau klebte eine bunte Briefmarke darauf. Marie zahlte und verließ dann das kleine Gebäude. Sie schlenderte ein wenig durch Holzkirchen und dachte, ob ich wohl unter Heimweh leiden werde, wenn er mich mit nach Hamburg nimmt? Lächelnd ging sie durch die Gassen, dann setzte sie sich am Brunnen und blickte auf die Berge. Ihre Freunde mit den Schneemützen über den Ohren. Ja, die würde sie gewiss vermissen. Doch bestimmt gab es in Hamburg auch viele schöne Dinge zu betrachten.

Am späten Nachmittag war sie wieder oben bei den Eltern.

»Ich habe den Brief abgeschickt. Jetzt wird sich bald alles regeln.«

Die Eltern wussten nicht, dass der Vater des Kindes ein Soldat war und in Hamburg lebte. Marie wollte sie nicht ängstigen. Peter sollte mit ihnen reden.

Alles würde jetzt gut werden.

Sie fühlte sich jetzt auch schon ein wenig besser und am Morgen wieder ganz frisch. Sie machte wie üblich ihre Arbeit.

Für den Großbauern war sie jetzt Luft geworden. Aber dafür war jetzt immer der Großknecht Felix in ihrer Nähe. Er mochte die Marie besonders leiden und war nur halt zu schüchtern, um sich ihr zu erklären.

*

Eine Woche war vergangen!

Der Postjockel hatte noch immer nicht den Weg zu ihnen gefunden!

Ihr Gang wurde jetzt schwerfällig. Und wenn sie den Berg hinaufsteigen musste, dann ging das auch nicht mehr so schnell. Die Arbeit machte ihr Mühe, und oft fühlte sie sich sehr unwohl. Schwarze Ringe lagen um ihre Augen, und ihr Gesicht wirkte dadurch noch düster.

Der Felix sah das alles und er verstand das einfach nicht. Wieso hatte sich die Marie in so kurzer Zeit verändert? Sie dauerte ihn gar sehr. Das war dann auch endlich die Antriebsfeder, die ihn zu ihr brachte. Stammelnd erzählte er ihr von seiner Liebe und ob sie ihn heiraten wolle. Er habe auch ein bisschen Erspartes auf der hohen Kante. Gar so arm sei er doch auch nicht. Und er sei ihr halt gut, und sie könne auch schalten und walten wie es ihr passe.

Er hatte sie auf dem Nachhauseweg gestellt. Nun saß sie da auf einem Baumstumpf und fühlte das Kind unter ihrem Herzen. Nach den ersten Worten war sie einfach sprachlos gewesen. Daran hatte sie nie gedacht. Sie und der Felix. Für ein paar Sekunden dachte sie darüber nach, ob sie nicht nachgeben solle. Dann wäre für sie das Leben gleich leichter geworden, und die Eltern würden aufhören sich zu grämen. Aber Marie war eine ehrliche Haut. Der Felix war ein gutes Mannsbild. Nein, den konnte und wollte sie einfach nicht betrügen.

»Es ist lieb, was du mir da erzählst, Felix. Ich dank dir auch schön.«

Der Knecht hatte sofort verstanden.

»Du wartest also auf einen reicheren Schatz?«

Sie schüttelte den Kopf.

Wartete sie überhaupt noch?

»Ich bekomme ein Kind, Felix. Es weiß sonst noch niemand.«

»Vom Großbauern?«, platzte er hervor.

Sie blickte ihn verblüfft an.

»Ja, meinst denn, dass ich das nicht bemerkt hab, wie er wie ein liebestoller Kater um dich herumgeschlichen ist?«

»Nein, der Großbauer ist nicht der Vater.«

»Wer dann?«

Sie verschloss ihren Mund. Der Felix merkte, dass sie nicht darüber reden wollte. Unbeholfen hielt er die Mütze in der Hand. Er fühlte sich so überflüssig.

»Ja, darin wird es ja bald eine Hochzeit geben. Dann kann ich ja jetzt wohl gehen, nicht?«

»Du bist ein guter Mensch, Felix«, sagte sie noch einmal.

Der Felix sagte niemandem etwas. Aber das Kind wuchs unter ihrem Herzen. Und als sie einmal einen schweren Korb tragen sollte, da dachte sie, das wird dem Kind schaden, ich muss es der Bäuerin sagen.

Diese riss Mund und Augen auf.

»Geh, das soll doch wohl a Witz sein, wie?«

»Nein.«

Gleich zu Mittag erzählte sie die Neuigkeit dem Mann und der Tochter. Der Großbauer machte ein langes Gesicht, und dann wusste er auch, warum sie sich damals so garstig verhalten hatte. Er konnte ja noch direkt von Glück reden, dass sie ihn fortgeschickt hatte, denn sonst hätte er nie beweisen können, dass er für ein fremdes Balg zahlen würde.

Alle im Dorf zerrissen sich den Mund und rätselten, wer denn wohl der Vater des Kindes sei. Schön war sie ja, die Marie, das musste man ihr lassen. Aber jetzt war sie in Schande, und niemand würde sich mehr um sie bewerben. Nicht mal als Magd war sie zu gebrauchen. Denn in der ersten Zeit würde sie sich ja um das Kind kümmern müssen.

*

Die Zeit ging dahin und kein Brief traf ein. Als der Knecht merkte, dass keine Hochzeit ausgerichtet wurde, da fragte er noch einmal an und bot sich sogar an, das Kind als sein eigenes auszugeben. Er hatte die Marie wirklich lieb.

Marie hatte Tränen in den Augen und wusste gar nicht, wie sie ihm danken sollte. Aber dann dachte sie wieder an den Peter. Noch immer wollte ihr Herz es nicht glauben, dass er sie vergessen hatte. Auch hatte sie neulich in der Zeitung lesen können, dass in Hamburg so vieles zerstört war und man erst wieder aufbauen musste.

Sie wartete noch immer auf den Liebsten.

»Ich kann dich nicht heiraten. Ich muss auf den Vater meines Kindes warten.«

»Und wenn er nie mehr kommt?«

Sie sah den Knecht an.

»Wenn er in einem Jahr noch nicht gekommen ist und du mich noch immer willst...«

Felix lächelte.

»Gut, dann werd ich halt warten. Das hab ich ja mein ganzes Leben tun müssen.«

Langsam wurde es Zeit, dass sie sich um die Sachen für das Kind kümmerte. Zum Glück waren noch viele Dinge vorhanden, die die Mutter für sie einst gebraucht hatte. Die wurden jetzt aus den Kästen hervorgeholt und gewaschen. Was noch fehlte, das wurde selbst angefertigt. Auch eine alte Wiege fand sich noch auf dem Speicher.

Marie stand oft davor und dachte, so armselig muss also mein Kind leben.

Aber es wird nicht für immer sein. Ich spür es deutlich in meinem Herzen. Er wird nicht immer arm bleiben, der kleine Wicht.

Die Herbststürme setzten ein und sie konnte jetzt nicht mehr den Weg zum Enzianhof tun. Der Vater ging in aller Frühe hinauf und kam sehr spät heim. Nun fiel ihr Verdienst auch noch aus. Ja, die Mutter musste nun auch stundenweise für die Tochter wieder beim Großbauern arbeiten. Seit die Marie groß genug war, hatte sie es nicht mehr tun müssen. Aber nun verlangte der geizige Großbauer es, oder sie würden die Kate nicht mehr bewohnen dürfen.

Marie schnitt es tief ins Herz, wenn sie die beiden Leutchen fortgehen sah. Ihr waren die Hände gebunden. Sie konnte nur zusehen, dass sie am Abend, wenn sie heimkamen, sich ausruhten. Dann hatte sie das einfache Essen für sie gekocht und die Stuben gesäubert.

*

Bald würde es Winter sein. Im März sollte das Kind zur Welt kommen. So hatte sie es sich ausgerechnet. Es wurde eine sehr klägliche Weihnacht. Noch schlimmer wie die im Krieg. Aber sie klagten nicht.

Marie fragte nicht mehr den Postjockel.

Felix kam am ersten Feiertag und brachte ihnen Mehl und Butter und auch ein Stück Fleisch.

Sie luden ihn zum Essen ein. Später sagte auch die Mutter, der Felix sei ein guter Mensch, auch wenn er im Alter eigentlich nicht zur Tochter passte. Aber an ihm würde sie einen guten stillen Menschen haben.

»Bis zum Hochsommer will ich zuwarten, wenn dann der Vater meines Kindes nicht gekommen ist, dann werde ich den Felix nehmen.«

Die Augen der Mutter leuchteten auf.

»Dann kann ja nochmal alles gut werden?«

»Ja«, sagte sie leise. »Dann wird das Kind einen Vater bekommen. An ihm wird man sich dann nicht mehr rächen können. Der Felix will es sogar als seines ausgeben.«

»O Kind, dann sieht deine Zukunft ja nicht mehr so düster aus. Wenn wir dann mal nicht mehr sind, dann könnt ihr zwei die Hütte bewohnen und habt euer Auskommen.«

»Meinst, dass wir unser ganzes Leben dort oben schaffen müssen, Mutter?«

»Wie willst denn sonst dein Geld verdienen, Kind?«

Sie stöhnte auf.

»Ich weiß es nicht.«

*

Das Ende der Schwangerschaft war jetzt gekommen. Marie konnte sich kaum noch bewegen. Alle Knochen taten ihr weh. Draußen lag noch der Schnee. Aber zum Glück nicht mehr so hoch. Am Sonntag sagte der Vater: »Ich glaub, es wird Zeit, dass ich der alten Marzeline Bescheid geb.«

Diese war schon recht alt und betagt. In früher Zeit war sie als Hebamme von Dorf zu Dorf gegangen und hatte so manchen Erdenbürger auf diese Welt verholfen. Jetzt lebte sie von einer kleinen Rente und einigen Sachspenden der Bauern. Nur wenn sich jemand verletzt hatte, dann wusste man, wo sie wohnte und holte sich von ihr gute Ratschläge und auch Kräuter und was man so in Krankheitsfällen brauchte.

Da die Witterung noch immer unstet war, so machte sich die Alte gleich mit dem Vater auf den Weg und kam dann nach vielem Schnaufen auch oben an.

Marie war froh, als sie die Alte mit den guten Augen und den weichen Händen bei sich wusste. Über Tag waren ja die

Eltern droben auf dem Herrenhof. Sollte es dann plötzlich mit der Geburt losgehen, dann hätte sie niemanden um sich gehabt.

Marzeline setzte sich ans Feuer und wärmte die alten Knochen. Sie war froh, dass sie jetzt mal wieder ein paar Tage unter Menschen weilen durfte. Daheim war es sehr einsam.

Sie sprachen nicht viel, die zwei, wenn sie am Tage allein waren. Aber Ratschläge gab sie der Marie viele, und diese war dankbar dafür. Die zwei mochten sich recht gut.

Einmal fragte die Alte sie: »Freust dich eigentlich auf das Kind?«

»Ja, das tu ich wirklich.«

»Aber es bringt doch Schande über dich.«

»Das Kind kann doch nix dafür.«

»Du bist ein gutes Mädchen, Marie. So manch eine würde es zu hassen trachten. Sag mal, kannst den Vater denn dazu bringen, dass er sein Scherflein dazu beiträgt?«

Maries Augen verdunkelten sich.

»Ich versteh schon, du willst nicht darüber reden. Nun, ich bin keine Tratsche, ich hab dir nur helfen wollen.«

Sie saß am Fenster und versuchte sich im Stricken. Das war gar nicht so einfach, so kleine winzige Sachen herzustellen. Aber es war eine gute Übung.

Wie sie es schon geahnt hatte, kam ihre Stunde, als die Eltern nicht daheim waren.

Sie stand am Backzuber und knetete Brotteig, da fühlte sie den grausigen Schmerz und stöhnte auf. Marzeline hörte es und wusste sofort Bescheid.

»Mach deine Arbeit, so lang du es kannst.«

Aber mit dem Brotbacken war es bald aus. Sie konnte sich nicht mehr über den Holzzuber bücken. Alles tat ihr weh. So schritt sie auf und ab, stöhnte und krallte oft ihre Nägel in die Handflächen. Der Schweiß rann ihr den Rücken hinunter.

»Ich kann nicht mehr.«

Sie sackte zusammen, und die Tränen rannen ihr über das Gesicht.

Jetzt hielt es die Alte für angebracht, Marie ins Bett zu bringen. Wenige Augenblicke später lag sie in den Kissen. Aber auch hier fühlte sie sich nicht wohl. Im Gegenteil, nun ging es erst recht los. Doch die Alte war zur Stelle und munterte sie immer wieder auf.

Marie schrie, dass die kleine Hütte fast erzitterte. Sie verkrallte sich in die Bettkanten und schrie und bäumte sich auf. Wollte man sie zerreißen?

In einem Urschrei wurde das Kind geboren. Marie war fast besinnungslos und lag schwer atmend in den Kissen und glaubte, ihr letztes Stündlein sei gekommen.

»Du hast es geschafft, Marie. Du hast einen prachtvollen Buben. Alles was recht ist, für deine zarte Person hast du Anständiges geleistet.«

»Wirklich?«

»Wenn ich es sage.«

Sie lachte auf. Dann fiel sie schlaff in die Kissen zurück. Die Alte nabelte das Kind ab, wickelte es kurz in ein Laken. Es schrie mordsmäßig. Die Alte lächelte nur. Dann versorgte sie die Mutter.

Vor Erschöpfung fiel Marie in einen leichten Schlaf. Die Alte nahm das Kind, badete und versorgte es. Bald lag es friedlich schlummernd in der alten Wiege und hatte schon wieder seinen Ärger vergessen, dass man es aus dem warmen weichen Mutterleib hervorgezerrt hatte.

Sie saß am Feuer und wärmte sich und hielt eine dampfende Tasse in den Händen. Da kamen die Lochners heim. Die Mutter sah die Wiege am Herd stehen und faltete andächtig die Hände.

»Jetzt seid ihr Großeltern.«

Scheu kamen die stillen Menschen näher und betrachteten das Kind mit den blonden Härchen und wunderten sich, dass es so gar nicht wie die Tochter aussah.

»Tja, es wird wohl dem Vater nach kommen«, sagte die Hebamme. »Es ist ein strammer Bub. Ich glaub, er wird euch noch zu schaffen machen.«

Wie sehr die Alte noch recht behalten sollte, das ahnte in diesem Augenblick keiner von den dreien.

»Und die Tochter?«

»Der geht es auch gut. In zwei Wochen springt sie wieder herum wie früher.«

»Gott sie Dank, dann ist ja alles gut gegangen«, und die Mutter dachte an Felix. Gleich morgen wollte sie ihm erzählen, dass nun wohl nichts mehr im Wege stünde, die Tochter zu heiraten.

*

Am nächsten Morgen stillte Marie dann zum ersten Mal ihr Kind. Sie blickte in das winzige Gesicht und erkannte die Züge von Peter wieder. Sie fühlte einen Kloß in der Kehle. Damit hatte sie nicht gerechnet, dass sie jetzt immerzu an den Liebsten würde denken müssen.

Der Vater machte sich auf den Weg, um die Geburt anzumelden. Im Gemeindeamt wollte man den Namen des Vaters eintragen, aber den verschwieg die Tochter ja noch immer. Also schrieb man Unbekannt. Dieser Makel haftete nun an der Tochter. Unbekannt, das hieß doch so viel, sie hatte sich mit einem eingelassen, von dem sie noch nicht mal den Namen wusste. Wie oft hatte er sich schon den alten Kopf zerbrochen, um herauszufinden, mit wem die Tochter zusammen gewesen war. Er war nie auf die Idee gekommen, dass es ein Fremder gewesen sein könnte.

Marzeline blieb vierzehn Tage. Der Bub gedieh prachtvoll, der brauchte ihre Hilfe nicht mehr. So konnte sie also wieder hinunter nach Holzkirchen gehen. Sie hatte sich fertig gemacht. Marie war am Nachmittag eine Stunde in der Kammer geblieben. Jetzt kam sie mit einem Brief heraus.

»Würdest du den für mich besorgen, Marzeline?«

Sie war zu der Meinung gekommen, dass vielleicht der erste Brief in den Nachkriegswirren verloren gegangen war und sie sagte sich, schon um des Kindes willen muss ich nochmals versuchen, ihm eine Mitteilung zu schicken. Wenn er erfährt, dass er Vater eines Buben geworden ist, dann muss er sich doch melden. Wenn er noch lebt!

Die. Hebamme sah den Namen und sagte: »Sein Vater?«

»Bitte sprich mit niemandem darüber, ich flehe dich ah, Marzeline.«

»Auf mich kannst dich verlassen, Marie.«

»Ich bedank mich auch schön für alles.«

»Das war doch selbstverständlich.«

Am Sonntag ließ sie das Kind auf den Namen Florian taufen. Sie fühlte sehr wohl die spitzen Blicke und gab sie voller Hass zurück. Außerdem hatte sie es sehr eilig, aus dem Dorf zu kommen. In diesem Augenblick ahnte sie noch nicht, dass das alles einmal gegen sie sprechen würde.

Es war auch Felix selbst, der noch dazu beitrug, sie ins Unglück zu stürzen. Und das nur, weil er zur Hoftochter sagte: »Jetzt, wo sie den Buben hat, da wird sie es wohl schwerhaben. Man kennt doch die Dörfler, sie werden ihr das Leben vergällen. Und der Bub, nun, der wird auch seinen Teil abkriegen.«

Elsbeth war toll vor Wut und sagte: »Ja, glaubst denn, dass die noch einer will? Mit einem Sündenkind! Pah, die hat jetzt endlich ausgespielt. Da muss sie sich schon was einfallen lassen, wenn sie das ungeschehen machen will.«

»Vielleicht tut sie das auch bald«, sagte er leise, und dachte daran, dass sie jetzt wohl heiraten würde.

Weil die Hoftochter voller Hass gegen sie war, behielt sie all die Worte, und sie sollten noch einmal zu schrecklicher Bedeutung ansteigen.

*

Der kleine Florian machte sich prachtvoll. Seine Wiege stand unter dem Apfelbaum. Weil Marie ihn noch stillen musste, konnte sie noch nicht zum Enzianhof hinauf arbeiten gehen. So sorgte sie inzwischen für die Ziege, das Schaf und die Hühner, jätete das Gärtlein und zog Gemüse.

Auch um das wenige Heu für die Tiere musste sie sich kümmern; denn die Mutter nahm jetzt ihre Stelle oben auf dem Herrenhof ein. Schließlich hatten sie jetzt einen Mund mehr zu stopfen.

Im Augenblick stand Marie an der Wiege und lächelte ihrem Sohn herzlich zu.

»So, mein Bübchen, jetzt wird schön geschlafen, hast mich verstanden? Ich muss jetzt hinauf zur Wiese und das Heu wenden. Aber ich werd rechtzeitig wieder zur Stelle sein, hast mich verstanden. Jetzt wird kein Getöse gemacht, sondern die Äuglein fest zugedrückt und geschlafen.«

Das Kind jauchzte auf.

»Du bist ein Schlawiner und willst mich wieder weichmachen«, rief sie lachend. »Aber nein, es geht nicht. Ich muss jetzt schaffen.«

Sorgsam legte sie den dünnen Stoff über die Wiege. So konnte auch kein Insekt zu dem Kind gelangen und es im Schlaf ärgern. Sie nahm den Rechen und ging über die Wiese fort. Ein paar Mal blieb sie noch stehen und blickte zum Häuschen zurück. Es war alles so still und friedlich. Die Berge standen Wacht, und es sah so aus, als wüssten sie, welch kostbare Habe sie da schützen mussten.

Maries Herz wurde ganz weit und licht. Sie hatte viele schlimme Stunden durchstehen. müssen, doch jetzt hatte sie das Kind, das sie über alles liebte. Nein, sie grollte dem Schicksal nicht mehr. Und vielleicht war auch der Peter tot und konnte sich gar nicht mehr melden? Sie wollte ihm auch keine bösen Gedanken senden. Sie hatte ja jetzt ihren inneren Frieden gefunden, und das genügte doch auch.

So schaffte das junge Mädchen eifrig, und die Sonne stach ganz arg dazu. Aber sie stülpte sich nur den großen Hut über und dann machte sie weiter. Hoch oben in den Lüften kreiste ein großer Vogel. Für einen Augenblick beschattete sie mit den Händen die Augen. Aber sie konnte nicht ausmachen, um welch einen Vogel es sich handelte. Vielleicht ein Adler? Ach nein, die gab es in dieser Gegend schon lange nicht mehr. Vielleicht würden sie eines Tages wiederkommen. Aber solch prachtvolle Vögel, die ließen sich nun mal nicht gerne stören. Kam es doch dazu, dann flohen sie weit fort. So wie die scheuen Gämsen. Durch die viele Knallerei im Krieg waren sie so weit hochgestiegen und blieben jetzt auch dort.

Sie hörte mit der Arbeit auf.

Das Ziehen in der Brust verstärkte sich. Das war ein Zeichen, dass sie den Buben stillen musste. Ja, jetzt hatte sie doch so fleißig geschafft, dass sie doch tatsächlich für Augenblicke das Kind vergessen hatte.

Später wollte sie den Rest der Arbeit fertigmachen, und deswegen legte sie den Rechen ins Heu und sprang über die Wiesen nach Hause zurück.

Sie musste einen kleinen Bogen um ein Geröllfeld machen, dann kam das Haus in Sicht.

Schon von weitem sah sie den Wiegenkorb. Als sie näher herantrat, sah sie zu ihrer größten Überraschung, dass das Tüchlein am Boden lag.

»Jesses, so strampeln kann er doch noch gar nicht«, murmelte sie vor sich hin. »Und an Wind haben wir doch auch nicht.«

Dann hatte sie die Wiege erreicht.

Wie groß war ihr Entsetzen, als sie den Buben nicht darin fand. Die Wiege war leer!

Eine Eishand griff zum Herzen.

»Nein«, flüsterte sie qualvoll. »Nein, das geht doch nicht an.«

Sie sprang auf und stürzte ins Haus. Vielleicht war die Mutter früher heimgekommen oder der Vater, und man hatte das Kind mit ins Haus genommen.

Sie schrie und rief. Aber nach wenigen Sekunden wusste sie, das Häuschen war vollkommen leer. Sie rannte um das Haus, zum See. Aber weder die Eltern, noch den Säugling konnte sie ausmachen.

Glitzernde Tränen rollten über ihr Gesicht.

Das gibt es doch nicht dachte sie verstört. Oh, nein, das darf nicht sein.

Warum sie dann bis zur Glockenblumenschlucht ging, das konnte sie später auch nicht mehr sagen. Und hier, hinter einem Gebüsch, sah sie etwas Weißes aufleuchten.

Marie stürzte darauf zu.

Dort lagen all die Sächelchen, die das Kind getragen hatte. Da brach sie in die Knie und weinte fürchterlich.

Man hatte ihr Kind entführt!

Ihr kleiner Florian!

Sie presste die Sachen an die Augen und schluchzte bitterlich auf. Sie wusste nicht, wie lang sie so gesessen hatte. Sie war ganz wirr im Kopf. Irgendwann erhob sie sich. Verzweifelt dachte sie, man muss doch etwas tun? Ich muss zu den Eltern!

Wie eine Verrückte rannte sie zum Enzianhof hinauf. Und hier lief sie grad dem Felix in die Arme.

»Wo sind meine Eltern?«

»Jesses, Marie, was ist denn mit dir? Du siehst ja zum Fürchten aus.

»Es ist etwas Schreckliches geschehen«, stammelte sie zitternd. »Felix, such mir die Eltern, rasch.«

Sie ließ sich einfach ins Gras fallen und weinte zum Gotterbarmen. Die Elsbeth sah es vom Küchenfenster aus und wunderte sich gar sehr. Irgendetwas hielt sie aber zurück, sich der Marie zu nähern.

Da kamen auch schon ihre Eltern angelaufen.

»Kind, Marie, was ist denn geschehen? So sprich doch endlich.«

»Sie haben mir mein Kind gestohlen«, brachte sie nur noch stammelnd über die Lippen.

»Das ist nicht wahr«, sagte der Vater tonlos.

Nach wenigen Augenblicken wusste es der ganze Hof. Jetzt umstanden sie alle das verzweifelte Mädchen.

Der Großbauer sorgte für Ordnung.

»In unseren Bergen stiehlt man keine Kinder. Das ist Unsinn.«

»Aber es ist nicht mehr da. Nur seine Sachen hab ich in der Glockenblumenschlucht gefunden.«

Zuerst war großes Schweigen.

»Wenn das so ist, dann müsst ihr gleich hinunter zur Polizei. Die wird die Sache schon aufklären.«

Die Polizei! Dass sie nicht gleich daran gedacht hatte!

Vater und Mutter nahmen das verzweifelte Mädchen in die Mitte, und so gingen sie hinunter nach Holzkirchen.

Der Dorfpolizist hörte sich alles in Ruhe an. Dann stieg er mit ihnen hinauf und ließ sich die Stelle zeigen, wo Marie die Kleidungsstücke gefunden hatte. Dann nickte er bedächtig.

»Also, ein Raubvogel kann es nicht gewesen sein, der zieht den Buben nicht erst aus. Dann hätte man auch Spuren an der Wiege gefunden. Tja, das ist eine heikle Sache, da kann ich allein nicht entscheiden. Ich werd es der Kreisstadt melden. Die werden dann jemanden schicken.«

Marie saß mit leergeweinten Augen am Ofen und stöhnte leise vor sich hin.

Später kam dann auch der Felix und saß linkisch an ihrer Seite. Er wagte nicht, sie zu berühren. Sie war so tief drinnen im Schmerz.

Niemand hier oben ahnte jetzt, dass da schon ein Munkeln durch das Dorf ging.

*

Am nächsten Tag kam ein Wagen über den holprigen Weg bis hinaus zum Häusle, und dort stiegen zwei Kriminalbeamte aus und befragten eingehend die Marie und suchten dann noch einmal alles gründlich ab. Sie hatten unpersönliche Gesichter und waren gar nicht zufrieden mit den Antworten des jungen Mädchens. Dann fuhren sie wieder fort. Im ganzen Umkreis forschten sie herum. Aber nirgends war ein Kind aufgetaucht. Damit hatten sie schon gar nicht mehr gerechnet. Wer sollte denn in diesen schweren Zeiten ein fremdes Kind stehlen? Nach dem Krieg hatte jeder mit sich selbst genug zu tun. Und wer in der Umgebung wusste denn schon, dass es da oben ein kleines Kind gab? Doch nur die Holzkirchner Einwohner. Und die hatten nichts Verdächtiges gesehen. Das Kind tauchte nicht mehr auf.

Nach vier Tagen waren die Beamten wieder zur Stelle.

Mit leiser Stimme fragte sie: »Habt ihr meinen Buben gefunden?«

»Sie wissen ganz genau, dass wir den nicht mehr finden werden«, sagte ein Beamter kalt.

Sie brach sofort in Tränen aus.

»Sie brauchen sich nicht mehr zu verstellen. Wir wissen jetzt die Wahrheit.«

»Ja?«

»Sie haben Ihr uneheliches Kind getötet. Es fiel Ihnen zur Last, und deswegen haben sie es umgebracht. Wahrscheinlich liegt es irgendwo in einer Schlucht, und Sie spielen jetzt die Verzweifelte und täuschen eine Entführung vor. Aber so leicht lassen wir uns nicht täuschen. Marie Lochner, Sie sind hiermit verhaftet.«

»Nein!«

Der verzweifelte Schrei brach sich an den Felswänden.

»Das ist nicht wahr, das ist nicht wahr! Ich hab mein Kind lieb. Den Florian, ich würd doch nie und nimmer...«

»Packen Sie ein paar Sachen zusammen und kommen Sie mit.«

Wie verstört waren da die alten Eltern. Sie konnten es einfach nicht fassen.

Marie ging wie eine Tote mit. Sie konnte im Augenblick gar nicht denken. Das war zu viel für ihr Herz. Die Sehnsucht nach dem Kind und der körperliche Schmerz; denn sie war es ja gewöhnt, das Kind zu stillen.

Reglos saß sie auf dem Rücksitz und nahm nicht wahr, wie man durch das Dorf und dann durch das Tal fuhr. Bis man in der Kreisstadt Oberstdorf angekommen war. Von dem Lärm schreckte sie auf und blickte sich mit wirren Augen um.

Dann war da eine Frau in dunkler Kleidung. Die führte sie dann in eine Kammer. Eine Tür schloss sich hinter ihr, und sie war allein.

Marie war in Untersuchungshaft.

Im Dorf daheim zerriss man sich die Mäuler. Jetzt wollte man auf einmal alles gewusst haben. Die Marie hatte doch so seltsame Augen und glaubte sich immer schlauer als die anderen. Ja, grad so hatte sie es wohl gemacht.

Am nächsten Sonntag machten sich viele Burschen auf den Weg und wollten die kleine Leiche finden. Da droben in den Bergen gab es viele Schluchten und Spalten. Viele waren so tief und gefährlich und wurden zum Schluss immer enger, dass man gar nicht auf den Grund steigen konnte. Also konnte man die Leiche nicht finden. Jetzt nannte man sie nicht mehr Häusler Marie, sondern Zuchthäusler-Marie.

*

Marie verstand die Welt nicht mehr.

Sie bekam oft keine Luft. Die Zelle war so eng, sie vermisste die Berge und die freie Luft, auch konnte sie nicht einfach hinauslaufen, wie sie es gewohnt war. Wie ein Tier hatte man sie eingesperrt.

Und immer wieder kamen Leute, um sie zu verhören. Sie hatte schon einen ganz wirren Kopf.

Aber zwischendurch grübelte sie auch immer wieder darüber nach, wer wohl ihr Kind gestohlen haben mochte. Und da dachte sie an den Peter, der. Vater des Kindes. Vielleicht hatte er es getan? Zwar bäumte sich gleich ihr Herz auf, wenn sie so etwas dachte. Aber musste sie es nicht in Erwägung ziehen?

Die Beamten wollten natürlich den Namen des Vaters wissen. Nur zögernd schilderte sie dann alles, wie es sich damals zugetragen hatte.

Es stimmte, dass zu der Zeit Soldaten in der Gegend waren. Also das konnte hinkommen. Und dann verlangte man auch noch den Namen des jungen Mannes. Und so erzählte sie ihnen dann auch, dass sie ihm zwei Briefe geschrieben hätte. Um ihm zu sagen, dass sie schwanger sei und später nochmals einen, dass der Bub geboren worden sei.

Die Beamten schrieben alles auf und forschten dann gründlich nach.

Nach drei Wochen hatten sie dann den Beweis in der Hand. In ihren Augen war die Marie Lochner eine abgefeimte Lügnerin mit Madonnenblick. Denn einen Peter Berg, und dann auch noch ein Offizier dieses Namens, hatte nicht gegeben. Man hatte sich wirklich alle Mühe gemacht. Ein Offizier dieses Namens hatte zur Zeit in Russland gekämpft und war dann schwer verwundet worden. Er lag also zur angegebenen Zeit im Lazarett.

Als man es der Marie sagte, da starrte sie die Beamten entgeistert an.

»Aber das ist doch nicht wahr. Der Peter und ich, aber ich schwöre es...«

Auch in Hamburg hatte man nachgeforscht. Aber auch dort fand man keinen Peter Berg, der auf ihre Beschreibung passen konnte. Und an einen postlagernden Brief auf diesen Namen konnte sich auch kein Beamter mehr erinnern. Zumal es um diese Zeit in Deutschland noch ziemlich drunter und drüber ging. Da waren ja auch noch die Besatzungssoldaten, die das Sagen hatten.

Mit einem Wort, man glaubte der Marie nicht.

Und so kam es zum Prozess!

Eine Anzahl Leute aus dem Dorf waren als Zeugen geladen worden. Man wollte ja die Wahrheit erfahren.

Und sie alle waren gegen die Marie eingestellt. Jetzt erinnerte man sich an den kalten Blick bei der Taufe. Nein, sie habe dieses Kind gehasst. Es sei ihr ein Dom im Auge gewesen. Jeder sprach es aus. Es sei doch ein Sündenkind, warum also sollte sie deswegen sich die Zukunft vergällen.

Und dann sagte auch die Elsbeth noch aus, was der Knecht Felix zu ihr gesagt hätte. Der musste es doch wissen, der hockte doch mit denen unter einer Decke. Und wenn der jetzt angab, er habe sie heiraten wollen, dann doch nur, wenn das Kind nicht mehr da war. Warum sollte er einen Bastard aufziehen? Das sei dann bestimmt der Anlass gewesen. Ein anderer außer Felix hätte sie doch nie und nimmer genommen, und da musste das arme Kind fort.

Alles passte so gut zusammen.

Zum Verhängnis wurde ihr dann zum Schluss, dass sie die Kleidung des Kleinen an die Schlucht gelegt hatte. Da sollte man dann an eine Entführung denken. Aber wer zum Teufel holt sich ein Bergkind, wo es in diesen Zeiten mit einem Säugling wirklich schwierig war. Und Waisenkinder gab es doch nach dem Krieg wie Sand am Meer.

Sie habe es sich gut ausgedacht, halt zu gut. Ja, wenn die Kleidung nicht gefunden worden wäre, dann...

Das Gericht ließ es offen, wie es dann geurteilt hätte.

Da saß sie, wie zu Stein erstarrt und ließ all die bösen Reden über sich ergehen. Der Verteidiger hatte keinen leichten Stand. Zumal er ja auch nicht an ihre Schuldlosigkeit glaubte. Die Richter meinten wirklich ein gerechtes Urteil auszusprechen.

Sie spürte eine Woge des Hasses auf sich zufließen. Sie spürte auch, dass es zwecklos war, sich dagegen aufzulehnen. Man hörte ihr ja doch nicht zu.

Sie verkrampfte die Hände ineinander.

In ihrem Herzen war alles tot und leer!

Sie konnte schon gar nicht mehr weinen. Das Entsetzen vor der kalten rauen Zelle würgte sie gar sehr. Sie hatte solche Angst.

Nach zwei Tagen Verhandlung wurde die Marie Lochner als Mörderin an ihrem Kind zu lebenslangem Zuchthaus verurteilt.

Als das Urteil verlesen wurde, saß die Marie wie zu Stein erstarrt auf der Bank.

Das konnte doch nicht wahr sein! Das war ein Irrtum! Sie wusste es doch besser. Sie hatte doch nicht ihr Kind umgebracht!

Oh mein Gott, dachte sie verzweifelt. Sie verurteilen mich hier und derweil sucht niemand nach dem Florian. Wo mag er jetzt sein? Wird man auch gut zu ihm sein? Er braucht mich doch. Ich bin doch seine Mutter.

»Haben Sie noch etwas zu sagen?«

Marie erhob sich langsam.

Ihre Augen brannten. Ihr Blick fiel auf die gebeugten und verzweifelten Eltern. Der Felix hockte neben ihnen.

»Ich bin unschuldig, ich schwöre bei Gott und bei dem Leben meiner Eltern, ich habe mein Kind nicht umgebracht. Warum sollte ich es denn? Ich habe ihn doch lieb, meinen kleinen Florian...«

Ein wildes Schluchzen durchzitterte den Raum.

»Abführen!«

Zwei Beamte nahmen sie in die Mitte.

Verzweifelt drehte sie sich noch einmal um.

»Mutter, Vater...« der Schrei hallte durch die Gänge.

*

Sie wurde ins Zuchthaus gebracht. Jetzt lernte sie erst das richtige Leben hinter Gefängnismauern kennen. Sie kam mit wirklichen Mörderinnen, Betrügerinnen und Diebinnen zusammen. Und die machten ihr das Leben wirklich nicht leicht.

Marie glaubte, ihr Verstand würde zusammenbrechen. Sie wollte es noch immer nicht wahrhaben.

Nie mehr würde sie durch einen Wald streifen dürfen? Nie mehr barfuß über die Wiesen laufen. Den Schnee sehen, den Sonnenschein. Die Berge! Die Glockenblumenschlucht? Warum war das Schicksal so grausam?

Olga Hazendorf' war auch eine Lebenslängliche. Sie führte das große Wort unter den Gefangenen.

Sie umkreisten die Neue. Als sie erfuhr, dass sie eine Mörderin sei, konnte sie es zuerst gar nicht glauben.

Marie haderte lange mit ihrem Schicksal und saß stundenlang da, ohne ein Wort zu sprechen. Sie konnte und wollte es einfach nicht glauben, dass man sie für immer eingesperrt hatte. Und dann war da immer noch die bohrende Sorge um das Kind. Sie hatte es ja nicht getötet. Je länger sie darüber nachdachte, fühlte sie, dass Peter damit etwas zu tun haben müsse. Aber warum? Warum? dachte sie immer wieder verzweifelt. Und warum hatte er ihr damals einen falschen Namen genannt?

Sie wurde in der Näherei untergebracht und stellte sich sehr geschickt an, was man von Olga wirklich nicht sagen konnte.

Sie pirschte sich an die Schweigsame heran. Und es dauerte nicht lange, da erfuhr sie die ganze Lebensgeschichte. Olga wollte es zuerst nicht glauben. Die saß also unschuldig. Sie nahm es ihr sofort ab. Das Mädchen war einfach nicht fähig zu lügen, das sah doch ein Blinder. Sie fühlte sich zu Marie hingezogen. Und diese übte einen beruhigenden Einfluss auf Olga aus.

Die Wärterinnen waren direkt froh, dass Olga jetzt ruhiger wurde und waren auch nett zu Marie. Man konnte ihr einfach nicht böse sein.

Sie war noch keine drei Monate im Zuchthaus, da erhielt Marie den ersten Besuch.

Es war Felix!

Sie starrte ihn durch die Trennscheibe an.

»Ich soll dir Grüße von den Eltern ausrichten. Ihnen geht es soweit recht gut. Nur der Vater hat wieder sein Leiden, weißt.«

»Wie ist es daheim?«

»Der Herbst macht sich langsam bemerkbar.«

»Gehst auch in die Pilze?« Ein wehmütiges Lächeln lag auf den Lippen der gequälten Frau.

»Nein, davon versteh ich nix.«

Sie sahen sich an.

Welten lagen jetzt zwischen ihnen.

»Du hättest nicht kommen sollen«, sagte sie leise. »Wenn sie im Dorf davon erfahren, dann wirst es schwer haben.«

»Ach, das stört mich nicht, Marie. Ich bin nämlich gekommen um dir zu sagen, dass ich noch immer will.«

Sie riss ihre Augen auf.

»Ich versteh dich nicht«, sagte sie mit leiser Stimme.

»Ich möcht dich noch immer heiraten, Marie.«

Sie schluckte und schluckte.

»Geh, Felix, das ist wirklich dumm. Hast du vergessen, wo ich bin?«

»Ja, ich will dir doch helfen, Marie. Wenn sie sehen, dass ich dich heiraten will, dann lassen sie dich vielleicht früher laufen, ich meine halt...«

»Du bist ein gutes Mannsbild, ehrlich, Felix. Aber sprich davon nicht mehr. Such dir ein anderes Mädel. Bestimmt findet sich noch eine im Dorf, die dich will. Jetzt, wo die Zeiten so hart sind.«

Er nickte bekümmert.

»Ich hab es mir fast gedacht, Marie.«

»Du glaubst also nicht daran, dass ich unschuldig bin?«, rief sie mit brennenden Augen.

»Daran darf man ja gar nicht denken«, sagte er hastig. »Sonst könnt man es ja gar nimmer ertragen, Marie.«

Sie ging einen Schritt zurück.

»Hast recht«, sagte sie leise. »Vielleicht sollte ich wirklich denken, dass ich den Buben getötet hab, vielleicht finde ich dann auch so etwas wie Frieden.«

»Ich muss jetzt gehen, Marie. Ich hab nur eine halbe Stunde bekommen.«

»Ich dank dir auch noch mal recht herzlich, Felix. Aber komm nicht mehr wieder. Es tut nur weh, verstehst du! Und sag das auch den Eltern. Sie sollen mich hier nicht sehen. Das beste wird sein, wenn sie mich vergessen, Felix. Sag ihnen das.«

»Ja. Du kannst dich auf mich verlassen. Ich werd mich schon um sie kümmern.«

»Oh mein Gott«, sagte sie mit leiser erstickter Stimme.

Dann kam die Wärterin und holte sie wieder ab.

Felix sah sie durch den grauen Gang gehen. Sie drehte sich nicht mehr um.

*

Andere zerbrechen schon nach einem Jahr in Haft. Aber Marie zerbrach nicht. Irgendetwas hielt sie aufrecht. Wenn sie auch schrecklich litt, denn sie war doch ein Kind der Berge und die freie Natur gewöhnt.

Wenn sie auf ihren täglichen Rundgängen im Hof war, dann blickte sie immer sehnsüchtig zum Himmel. Sie war schon recht glücklich, wenn sie dann einen Vogel ausmachen konnte. Im Winter war es besonders schlimm. Der Schnee blieb hier nie lange liegen. Grau und schmutzig wurde er bald.

Hin und wieder bekam sie einen Brief von der Mutter. Dann erwachte alles in ihr.

Sie hatte es wirklich nicht leicht. Alle im Dorf ließen es sie spüren, dass die Tochter eine Mörderin war. Der Vater konnte kaum noch die Arbeit schaffen, und der Enzianbauer hatte schon mal daran gedacht, ihnen das Häuschen fortzunehmen. Aber dann war der Felix zu ihnen gezogen. Er war eine gute Kraft, der Großknecht. Und er ließ sich von dem Großbauern auch nichts sagen.

Ja, die Zeiten hätten sich jetzt sowieso geändert. Der Krieg war schon eine Weile vorbei und der Aufschwung in vollem Gange.

In den Bergen tat sich so manches. Und neue Fabriken entstanden und viele junge Burschen und Mädchen wollten sich nicht mehr als Knecht oder Magd verdingen.

Die Kräfte wurden rar in den Bergen. Auch das bekam der Enzianbauer zu spüren. Die Tochter, die Elsbeth sei auch verheiratet. Aber sie habe noch keine Kinder bekommen. Und der Mann sei ein Trinker und Schläger. Sie habe es wirklich nicht leicht.

So erfuhr Marie alles aus dem Heimatdorf. Aber mit jedem Brief wurde eine neue Wunde in ihrem Herzen aufgerissen. Die Olga konnte dann furchtbar wütend werden.

»Warum liest denn die Briefe? Ich versteh dich nicht. Du lebst hier. Wirst dein Dorf nie und nimmer wiedersehen, also was willst du denn?«

»Der Direktor hat mir neulich gesagt, nach einer gewissen Zeit könnte ich ein Gnadengesuch einreichen.«

»Pah, das sagen sie doch immerzu, nur damit man sich ruhig verhält. Du kennst die Spielregeln noch nicht.«

»Aber letzte Woche ist doch auch die Lebenslängliche hier auf dem Gang entlassen worden.«

»Weißt auch warum?«

»Nein!«

»Weil sie nur noch ein paar Monate zu leben hat, deswegen hat man sie entlassen.«

»Oh, nein«, sagte Marie leise.

»Oh doch. Also was willst du denn?«

Sie saßen in der Näherei, und weil die Marie so gut war, da hatte sie einen Sonderposten erhalten. Das wenige Geld, das sie für diese harte Arbeit bekam, das sparte sie und das schickte sie dann den Eltern. Denn sie wusste doch, wie arm sie waren.

Inständig bat sie den Vater, doch zum Arzt zu gehen.

Dann hörte sie lange Zeit nichts mehr von daheim.

*

Die Jahre glitten dahin. Marie fühlte sich elendig, wenn sie sie zählte. Zehn Jahre war sie nun schon hier im Zuchthaus. Manchmal glaubte sie, lebendig begraben zu sein. Es war einfach schrecklich.

Aber dann dachte sie auch, jetzt ist mein Bub bestimmt schon fleißig in der Schule.

Wo bist du, Florian? Nie und nimmer wirst du erfahren, was ich deinetwillen gelitten hab.

Damals hatte es in allen Zeitungen gestanden. Ja, sogar einen Aufruf hatte der Richter und ihr Anwalt in Deutschland in die Zeitungen setzen lassen. Der junge Mann solle sich umgehend melden. Peter, wie er sich genannt hatte, wenn er wirklich noch am Leben war, musste doch wissen, was mit ihr geschehen war!

Dann bekam sie eines Tages einen Brief.

Felix schrieb in seiner unbeholfenen Art mit großen Buchstaben:

»Dein Vater ist friedlich eingeschlafen. Er hat zuletzt noch von dir gesprochen und dann ist er ganz einfach eingeschlafen. Deiner Mutter geht es im Augenblick auch nicht mehr gut. Aber ich bin ja da, und sie kriegt jetzt eine kleine Rente. Da gibt es jetzt ein neues Gesetz, und der Bauer muss zahlen. Er ist deswegen mächtig wütend. Und das Häuslein kann er ihr auch nicht fortnehmen. Das würd ich auch nicht zulassen. Der Bürgermeister übrigens auch nicht; denn dann müsste ja die Gemeinde für deine Mutter sorgen.«

Ihr Vater war also gestorben!

Tränen standen ihr in den Augen.

Sie war jetzt achtundzwanzig, eine Frau, zur vollen Blüte erwacht. Sie war groß, schlank und noch immer hatte sie etwas Stolzes in sich. Sie beugte nie den Nacken.

Sie saß hier, war stark und gesund, und die alte Mutter musste sich auf fremde Hilfe verlassen.

*

Wieder vergingen die Jahre.

Die Mutter konnte jetzt nicht mehr schreiben. Die Augen waren nicht mehr so gut, und die Hände waren steif von der vielen Arbeit geworden.

Jahre und Jahre flogen dahin.

Dreiunddreißig war Marie jetzt alt.

Noch immer hatte sie kein graues Haar.

Sie war jetzt eine hervorragende Schneiderin geworden. Aber was hatte sie davon?

Eines Tages erschien der Direktor und teilte ihr mit: »Wir haben jetzt das dritte Gnadengesuch für Sie eingereicht. Und ich glaube, wir werden diesmal Glück haben. Zwar muss ich Ihnen gleich sagen, wir lassen Sie nur ungern gehen, denn Sie sind ein Lichtblick für unser Haus.«

Olga hörte es und bekam einen tiefen Schreck.

Sie hatte vor ein paar Tagen ihren fünfzigsten Geburtstag gefeiert und war schon grauhaarig.

»Vielleicht entlässt man dich auch bald? Du bist doch schon an die zwanzig Jahre hier.«

Sie lächelte bitter.

»Und wo soll ich hin? Hier ist meine Heimat. Ich kenne keinen Menschen in der Freiheit. Was soll ich denn da?«

Marie schnitt den Stoff zurecht. Blusen für Kaufhäuser. Ob die Kundinnen wohl ahnten, dass sie im Zuchthaus genäht wurden?

»Sollte ich früher entlassen werden, Olga, dann kannst du jederzeit zu mir kommen.«

»Hoch oben in den Bergen?«

»Ja!«

»Kannst du mir mal sagen, was ich dort soll?«

»Du hättest ein Zuhause.«

»Ja, ja, du bist ja auch verdammt reich und könntest mich ernähren.«

»Ich hab dir nur sagen wollen, dass du dich immer an mich wenden kannst.«

Der alten Olga kamen bald die Tränen.

»Ich kann nur wünschen, dass du nicht entlassen wirst«, sagte sie mit rauer Stimme.

»Ich wünsche mir nichts sehnlicheres, als einmal meine Berge wiedersehen zu dürfen. Du kannst dir das ja gar nicht vorstellen, wie das ist! Dort kann man seinen Frieden finden, glaub es mir. Die Natur heilt alle Wunden.«

»Wirklich? Und das Gespött der Dörfler? Ja, glaubst denn, die haben etwas vergessen?«

»Ich weiß es nicht.«

*

Die Zeit kroch dahin. Und hätte sie Olga nicht gehabt, vielleicht wäre Marie dann so verzweifelt geworden, dass sie selbst an sich Hand angelegt hätte.

Dann kam ihr achtunddreißigster Geburtstag.

Zwanzig Jahre ihres Lebens hatte sie nun schon vergeudet, für nichts!

Am Morgen dieses bedeutungsvollen Tages ließ der Gefängnisdirektor Marie in sein Büro kommen. Dort überreichte er ihr die Begnadigung.

»Sie sind frei!«

Ihre Lippen zitterten. Noch konnte sie es nicht fassen. Sie durfte heim in die Berge! Nach Hause!

»O mein Gott«, sagte sie und musste sich an die Wand lehnen.

»Es ist alles vorbereitet. Wir haben eine Fahrkarte besorgt. Eine Beamtin wird Sie zum Bahnhof begleiten.«

Olga bekam einen Schreikrampf, als sie sich von ihr verabschiedete. Marie versprach, ihr immer wieder zu schreiben und sie auch zu besuchen. Dann sagte sie noch einmal eindringlich: »Auch für dich hat man ein Gnadengesuch eingereicht. Wenn du entlassen wirst, dann komm zu mir.«

Marie zog fröstelnd die Schultern hoch, als das schwere Eisentor hinter ihr zufiel. Es war Sommer, und sie spürte die Sonne auf ihrer Haut. In dem Hof war meistens Schatten gewesen. Bäume, Straße, spielende Kinder, rasende Autos! In den zwanzig Jahren war ein gewaltiger Aufstieg vor sich gegangen.

Sie war so verstört, dass sie sich an die Beamtin klammerte.

»Haben Sie Mut. Sie werden sich schon wieder daran gewöhnen, Marie!«

Dann saß Marie im Zug. Sie trug ein schwarzes Kleid. Das Haar hatte sie zu einem Knoten zusammengebunden. Aber sie war noch immer eine schöne Frau.

Der Zug setzte sich in Bewegung. Nach einer halben Stunde verließ er die Ebene und dann sah sie zum ersten Mal wieder ihre Berge. Tränen stürzten aus ihren Augen. Zum Glück war sie in diesem Augenblick allein im Abteil. Wild schluchzte sie vor sich hin. Wie vieles hatte sie vergessen. Die Berge! Ihre Berge! So etwas wie tiefer Friede kehrte in ihr Herz ein. Sie hatte nicht mehr damit gerechnet, sie je wiedersehen zu dürfen! Für sie war das ein unendlich kostbares Geschenk!

Dann hielt der Zug und sie musste aussteigen. Jetzt hätte sie mit dem Postbus das letzte Stück bis nach Holzkirchen fahren können. Sie hatte auch eine Karte dafür. Aber sie wollte nicht. Marie ging zu Fuß weiter. Sie spürte die Erde und den Geruch der Wälder. Sie taumelte fast vor Freude.

Dann war sie aber auch wieder geschockt, als sie sich dem Heimatort näherte. So viele fremde Bauten, hässliche Kästen standen da herum. Wie hatte man das alles so verschandeln können. Und noch waren da Baugruben, und das Leben war hektisch geworden.

Aufrecht und zielstrebig ging sie über die Dorfstraße. Zuerst starrte man das fahle seltsame Geschöpf erschrocken an, aber dann ging es wie ein Lauffeuer durch das Dorf. »Die Zuchthäusler-Marie ist wieder da!«

Die Gardinen bewegten sich, Kinder rannten von der Straße!

Marie sah dies alles sehr wohl, und ein wildes Zucken legte sich um ihre Lippen. Aber sie ging weiter, ohne sich um die Menschen zu kümmern.

Dann bog sie zum Hochwald ein. Es war nicht der direkte Weg zum Häusel der Mutter. All die vielen, vielen Jahre im

Zuchthaus hatte sie an die Glockenblumenschlucht und den Wasserfall denken müssen. Dorthin lenkte sie jetzt ihren Schritt. Hier war die Welt noch in Ordnung geblieben. Hier war alles unberührt und zauberhaft. Lange stand sie nur einfach da und schaute.

Dann schlüpfte sie aus Schuh und Strümpfen und hielt die brennenden Füße in den klaren, eiskalten Bach. So viel war sie ja schon lange nicht mehr gelaufen. Da saß sie nun, und die Bilder der Vergangenheit zogen an ihr vorbei. Sie starrte auf den Fleck, wo sie einst die Kleidung ihres Kindes gefunden hatte. Zwanzig Jahre musste der Bub jetzt alt sein! Sie schloss gequält die Augen. Nein, so durfte sie nicht mehr denken. Vergessen, vergeben, was man ihr angetan hatte! Nie würden die Menschen erfahren, dass sie unschuldig war! Nie! Aber war das denn noch nötig?

*

Barfuß ging Marie über die Wiese. Eine Ziege, zwei Schafe, es war, als wäre sie nur kurz fort gewesen. Das Häuschen hatte vor Jahren mal einen neuen Anstrich erhalten. Auf der kleinen Bank neben dem Eingang saß eine alte Frau. Sie hatte die Hände im Schoß und blickte zum Wald hin. Sonne lag auf dem Greisengesicht. Tiefe Furchen durchzogen es kummervoll.

Marie fühlte einen tiefen Stich im Herzen.

»Mutter«, sagte sie leise, »ich bin wieder heimgekommen.«

Die Alte wandte den Kopf, ihre wasserhellen Augen suchten das Gesicht der Tochter. Den Klang ihrer Stimme hatte sie gleich erkannt.

»Marie?«

Ein Zittern lag in der Altfrauenstimme.

Marie nahm sie in den Arm und wiegte sie wie ein kleines Kind hin und her: »Ja, Mutter, ich bin es.«

»Kind!«

Die Tränen der Alten rührten wild ihr Herz auf. Für die Mutter hätte sie gern, dass man ihre Unschuld erkannte.

»O Kind!«

Zum Glück hatte man ihr geschrieben, so war es kein Schock, als die Tochter plötzlich vor ihr stand.

Gemeinsam betraten sie das Häuschen. Felix konnte nicht alles schaffen, schließlich war er jetzt auch schon Mitte Fünfzig und musste ja am Tage droben auf dem Hof schaffen gehen.

Er stand gebeugt am Herd und seine Hände zitterten. Marie wusste einen tiefen Dank für ihn. All die Jahre hatte er treu bei der Mutter ausgehalten.

Da saß sie nun wieder an dem rauen Tisch wie einst und ließ sich die Suppe schmecken. Tränen würgten in ihrer Kehle. Sie musste an Olga denken!

Felix saß am Tisch und blickte sie immer wieder scheu an.

»Morgen werde ich hier schaffen und alles in Ordnung bringen. Jetzt bin ich wieder da und kann euch die Arbeit abnehmen. Und dann werd ich mir auch eine Arbeit suchen. Ich bin eine gute Schneiderin geworden. So etwas braucht man doch im Dorf, oder?«

»Dort wirst du kein Glück haben«, sagte Felix rau. »Sie werden dir nur Hass entgegen schleudern.«

»Nach so langer Zeit«, sagte sie bestürzt.

»Die vergessen nicht.«

»Aber ich muss doch arbeiten. Ich brauche Geld zum Leben. Ich habe für eine Tat gebüßt, die ich nicht begangen habe.«

»Wenn du hier leben willst, dann wirst wohl zum Enzianhof rauf müssen. Noch gehört ihm hier alles. Vielmehr der

Elsbeth. Also wirst dort wohl Arbeit finden. Denn lange halten sich die Leute nicht da oben.«

»Warum?«

Felix sagte: »Das wirst schon merken. Ich red nicht gern darüber.«

Marie hatte sich das anders vorgestellt. Sie wollte nicht mehr als Magd gehen. Aber wahrscheinlich blieb ihr keine andere Wahl.

Nach dem einfachen Abendbrot ging sie nochmals über die Wiesen und hielt Zwiesprache mit den Bergen. Sie waren noch immer so wie damals! Wie gut konnte sie sich noch an diesen Augenblick erinnern! Sommer war es gewesen! Bienen summten durch die Luft, und ihr Herz war wie tot gewesen. Dann hatte man sie abgeführt. Ihr Herz war eine blutende Wunde gewesen. Es schrie nach ihrem Kind. Sie hatte es doch unterm Herzen getragen, es geliebt...

»Warum könnt ihr nicht reden?«, rief sie leidenschaftlich. »Ihr wisst doch die Wahrheit. Warum helft ihr mir nicht?«

Der Mond kam wie ein blasser Kinderball über die Gratspitze. Atemlos sah sie zu. Es war so friedlich und still hier oben. Keine Mauer, keine Tore, keine Türen, die abgeschlossen wurden.

In der Nacht fand sie sehr schlecht Schlaf. Immer wieder schreckte sie wegen der Stille hoch. Sie glaubte sich noch im Zuchthaus, bis sie sich von den wirren Träumen losriss und dann wusste, ich bin wieder daheim.

*

Marie stand schon recht zeitig auf. Das war sie ja auch gewöhnt. Für sie war es ein kleines Wunder, dass sie in der Küche schaffen durfte. Nein, sie hatte nichts verlernt. Als Felix aus der Kammer kam, blieb er verdutzt stehen. Sonst war das immer seine Arbeit gewesen. Die alte Frau konnte nicht mehr viel schaffen.

»Wasch dich am Brunnen, gleich ist der Speck gebraten.«

Er ging leise davon. Die Frau flößte ihm ein wenig Angst ein. Sie war so stark, so gar nicht zerbrochen. Auch jetzt senkte sie noch nicht den Blick.

Da hockten sie nun und hatten sich nicht viel zu erzählen. Marie sagte ihm: »Ich glaub, ich geh gleich mit dir hinauf. Es ist besser, wenn ich weiß, woran ich bin. Hoffentlich krieg ich dort oben Arbeit.«

»Die letzte ist vor vier Wochen fort und dann ist keine mehr gekommen. Sie wird dich schon nehmen. Aber ich glaub, sie wird dich quälen.«

»So? Hat sie das nicht immer versucht?«

Felix sagte: »Du bist so stark. Ich verstehe das nicht.«

»Ich werde mich nicht unterkriegen lassen. Schließlich bin ich jetzt frei, und dann muss ich auch für die Mutter sorgen. Ich will weiter hier wohnen. All die Jahre habe ich mich darauf gefreut. Und jetzt bin ich hier. Jetzt lass ich mich nicht mehr vertreiben.«

»Sie wird dir das Leben schwermachen.«

Marie lächelte flüchtig.

»Gegen das, was ich all die Jahre erdulden musste, da wird sie nicht ankommen.«

Felix sagte leise: »Wenn es zu arg wird, dann sag mir Bescheid.«

Für einen Augenblick legte sie die Hand auf seine raue Rechte. »Du bist noch immer ein guter Mensch, Felix. Ich hab dir so viel zu danken.«

Er nickte schwer. Nein, er würde der Marie nie sagen, dass auch er ein Ausgestoßener geworden war, weil er unerschütterlich zu ihr gehalten hatte.

Sie versorgte noch die Mutter, und dann machten sich die zwei auf den Weg.

*

Das erste was sie zu Gesicht bekam, war ein ziemlich verwahrloster Hof. Sie war entsetzt. Der schöne Enzianhof! Ein alter Mann kam um die Ecke geschlurft. Er ging gebeugt und hatte strähniges Haar. Marie glaubte, einen Knecht vor sich zu sehen, doch dann stellte sie zu ihrer Verblüffung fest, dass es der alte Enzianbauer war.

Er starrte sie erschrocken an und ging ein paar Schritte zurück.

»Du bist es«, sagte er.

Marie dachte, und vor so etwas hab ich mal Angst gehabt. Hab vor ihm gezittert und manchmal nicht gewusst, was ich machen soll.

Der Alte stierte die hagere straffe Gestalt an. Ihre klare Schönheit machte ihm arg zu schaffen. So hatte er sich die Zuchthäuslerin ganz und gar nicht vorgestellt.

Eine keifende Stimme drang aus dem Haus.

Dann kam die Bäuerin Elsbeth Scheffer.

Zwei Urfeindinnen standen sich gegenüber. Einst waren sie zusammen in die gleiche Klasse gegangen. Aber welch ein Unterschied war zwischen ihnen! .

Die Hof-Erbin war nie eine Schönheit gewesen. Aber durch ihr böses, keifendes Wegen war sie jetzt zu einer hässlichen Frau geworden. Und dann war sie noch unheimlich in die Breite gegangen. Harte böse Augen standen in dem Gesicht. Aber auch sie prallte für einen Augenblick zurück, als sie Marie gewahrte. Doch dann kam sie gleich näher heran.

»Da bist du ja wieder«, sagte sie und lachte auf.

»Ja, da bin ich wieder. Und ich bin gekommen um zu fragen, ob ich hier wieder in Arbeit gehen kann.«

»Noch immer die Stolze, wie? Das zieht bei mir nicht. Kannst ruhig demütig um Arbeit bitten, Marie. Denn wenn ich dir keine gebe, dann kriegst du nirgends im Tal etwas. Hast mich verstanden.«

Felix wollte etwas sagen, aber da hörte er Marie ruhig sagen: »Ich bin nur gekommen, weil ich weiß, was sich gehört. Die Mutter durfte all die Jahre im Häusl leben, und deswegen bin ich hier und biet hier meine Dienste zuerst an. Aber denk nicht, dass die Welt nur aus diesem Tal besteht.«

Das war wie eine Ohrfeige.

Der alte Bauer sagte: »Sie wird eingestellt. Es wird langsam Zeit, dass wir wieder die Ordnung kriegen. Ich halte das sonst nicht mehr aus, Tochter.«

Elsbeth wollte loskeifen, doch dann war ihr wohl noch rechtzeitig eingefallen, dass sie die Marie ja noch viel mehr quälen konnte, wenn sie in ihre Dienste trat.

»Du kannst bei mir die Wirtschaft machen«, sagte sie und wollte sich abwenden.

»Wir müssen noch über den Lohn sprechen.«

Im Zuchthaus hatte man ihr erklärt, was sich alles in den zwanzig Jahren verändert hatte. Die Löhne waren rapide gestiegen, deswegen konnte sich auch kaum noch ein Bauer eine Kraft leisten. Er war auf Maschinen angewiesen. Aber im Gebirge war das nicht so einfach. Früher, da waren die Söhne und Töchter einfacher Leute auf Arbeit in der Umgebung der Höfe angewiesen. Doch nun wanderten sie ab, in die Städte oder auch in die Touristenzentren.

Der Felix war geblieben, weil er erstens die alte Mutter nicht im Stich lassen wollte, und zweitens in seinem Alter nicht mehr umdenken konnte.

Marie nannte ruhig ihren Lohn, und Elsbeths Mund klappte auf.

»Bist narrisch, so viel bezahl' ich doch nicht für a Zucht...«

»Sprich es ruhig aus, damit kannst mich nicht treffen«, sagte Marie ruhig.

In ihrem Herzen begann es jetzt doch zu kochen. Es tat weh, ausgerechnet bei der Elsbeth anfragen zu müssen. Aber sie würde in Zukunft wohl noch oft die Lippen verschließen müssen, wenn sie nicht Unfrieden stiften wollte.

Der Bauer mischte sich ein.

»Du kriegst den Lohn, aber das sag ich dir gleich, du wirst auch bleiben, Marie, verstanden.«

Sie nickte.

»Kannst gleich anfangen.«

Der Knecht ging an seine Arbeit.

*

Marie tat es im Herzen weh, als sie sah, wie sehr alles verkommen war. Elsbeths Mutter war schon lange tot. Elsbeth selbst war kinderlos geblieben, und deswegen hatte sie auch viel zu leiden.

Dann war da noch ihr Mann, der sehr viel trank und sich nicht viel um die Wirtschaft kümmerte. Als er die Marie sah, bekam er gleich blanke Augen.

Elsbeth sah es sofort und wurde giftgrün. Aber die Marie kümmerte sich nicht darum. Sie musste sich jetzt erst einmal bewähren. Also ging sie in die Küche und machte sich dort zu schaffen.

Mittags kam dann ein Mahl auf dem Tisch, das man in diesem Haus schon lange nicht mehr gekostet hatte. Die Männer schlangen es nur so in sich hinein.

Elsbeth saß mit giftigen Blicken am Tisch und musterte die Zuchthäuslerin. Sie fühlte sich klein und erbärmlich neben Marie. Das ging doch wirklich nicht an, sie war doch die reiche Hof-Erbin und die eine Mörderin.

Im Herzen spürte sie, dass sie gegen Marie nicht ankam, und das machte sie ziemlich fuchtig. Irgendwie würde sie Marie schon zu Fall bringen. Und wenn sie sich Gemeinheiten dazu ausdenken musste. Sie wollte allen beweisen, dass Marie doch ein grundschlechter Mensch war.

Marie hatte noch keine Woche auf dem Enzianhof gearbeitet, da stellte Elsbeth ihr die erste Falle.

Marie war in der Küche und bereitete das Essen vor, da kam die Bäuerin hereingestürzt und hielt ihr eine leere Schatulle unter die Nase.

»Dort hat Geld drin gelegen. Jetzt ist es fort. Ich hab es ja gleich gewusst, dass man sich auf dich nicht verlassen kann! Das wirst mir auf Heller und Pfennig zurückzahlen. Vom ersten Lohn werd ich dir das einhalten, hast mich verstanden?«

Marie sah ihr ruhig in die Augen.

»Du vergisst eins«, sagte sie, »ich hab nicht wegen Diebstahl im Zuchthaus gesessen, sondern wegen Mord.«

Die Frau prallte zurück.

»Was willst damit sagen?«

»Ich würd dir raten, die Polizei zu holen«, sagte Marie ruhig. »Ich hab nix zu verbergen.«

Elsbeth schrie wie wild.

»Du hast mich bedroht, ich hab es gehört.«

Ihr Vater kam in die Küche.

»Was geht hier vor? Musst immer Stunk machen? Kannst denn nicht mal endlich in Frieden mit einer leben. Soll sie uns auch wieder davonlaufen? Das sag ich dir, wenn du die Marie fortjagst, dann ist es aus. Dann werd ich den Hof verkaufen.

Dann kannst sehen, wo du mit deinem Mann bleibst. Erst nach meinem Tod wirst dann an dein Geld kommen. Jetzt hab ich endlich wieder eine Ordnung hier, und nun schreist du wieder herum.«

»So? Und wenn ich dir sag, dass sie uns bestiehlt und mich auch noch bedroht?«

Der Alte kniff die Augen zusammen.

»Was soll sie gemacht haben?«

»Hier, das ganze Milchgeld ist fort. Ich wollt damit die Steuern bezahlen. Nun ist es fort.«

Der Alte riss die Schachtel an sich.

»Sakra, daran hätte ich denken müssen. Verflucht, und ich hab's noch gesehen.«

Triumph lag in den Augen der Bäuerin.

»Also hab ich doch recht«, keifte sie.

Marie band sich die Schürze ab.

»Ich glaub, ich geh jetzt erst mal. Ich kann es nicht ertragen, wenn man sich anschreit. Das bin ich nicht gewöhnt.«

»Bist ja auch die ganze Zeit im Sanatorium gewesen«, schrie Elsbeth ihr nach.

Der Alte saß noch immer auf der Ofenbank und hielt die leere Kassette in der Hand.

»Sie wird es uns zahlen müssen, Vater. Wir werden ihr so lang keinen Lohn mehr geben, bis wir wieder das Geld beisammen haben.«

Der Alte schien wie aus einem Traum zu erwachen. Jetzt lag ein harter Zug um seine Lippen. Er hatte gar nicht bemerkt, dass Marie weggegangen war.

»Wo ist sie?«

»Meinst die Mörderin?«, sagte die Tochter verächtlich.

»Wo ist sie?«

»Fort, das schlechte Gewissen hat sie fortgetrieben.«

Der Bauer fluchte laut.

»Jetzt bin ich's leid, bis jetzt hab' ich viel erlitten. Aber jetzt ist Schluss. Jetzt jag ich ihn fort.«

»Von wem sprichst denn, Vater?«

»Von wem? Ja, in Teufels Namen, weißt es denn noch immer nicht? Von deinem nixnutzigen Mann, du dumme Gans. Er hat das Geld genommen. Aber jetzt ist Schluss. Er hat, so lange er hier auf dem Hof ist, noch nicht viel geschafft. Nur Ärger hab ich mit ihm gehabt. Jetzt kann er gehen, wo der Pfeffer wächst.«

Die Bäuerin wurde totenbleich.

»Das ist nicht wahr!«

Der Alte schlug auf den Tisch.

»Und ob es wahr ist, ich hab ihn doch reingehen sehen und hab mir nix dabei gedacht. Der hat genauso gedacht wie du. Jetzt haben wir ja eine Zuchthäuslerin im Haus, also können wir ihr alles anhängen, und sie kann noch nicht mal sagen, denn sie wird doch Angst haben, dass man sie wieder reinsteckt. Nicht wahr, das gleiche hast du doch auch gedacht. Ach was, du dreckige Schlampe, du bist ja außerdem noch neidisch auf die Marie. Herrgott, warum hast mich mit so einer Tochter bestraft? Wenn ich doch so eine Marie hätte, dann könnt ich jetzt zufrieden auf meinem Altenteil leben.«

Elsbeth war fast grau.

»Es war nicht der Toni.«

»Natürlich war er es! Und das sag ich dir, jetzt gehen wir beide in die Kammer, und dann sehen wir doch mal nach, ob wir in seinen Jacken nicht das Geld finden. Wo ist er zur Zeit?«

»Er wollte nach Holzkirchen.«

»In den Hirschen, wie?«

»Ich weiß nicht«, stotterte sie.

»Oder um den Touristinnen schöne Augen zu machen. Merkst denn noch immer nicht, was für ein Hallodri er ist?«

Sie brach in Tränen aus.

Dass sie keine gute Ehe führten, das schrien die Spatzen schon vom Dach. Aber dass er so einer war, und womöglich alle im Dorf sich über sie lustig machten, das war wirklich zu viel.

Sie gingen in die Schlafkammer und richtig, fanden sie dort auch den Rest des Geldes. Elsbeth stöhnte wild auf.

»Ich geh jetzt hinunter und treib ihn den Berg hinauf. Und dann weißt du hoffentlich, was du zu tun hast.«

»Was denn, Vater?«

»Fortjagen wirst ihn! Und wenn er nicht freiwillig gehen will, dann droh mit der Polizei.«

*

Marie war in die Schlucht zum Wasserfall gegangen. Sie hatte die Füße in den kalten Bach gehängt und grübelte über ihr Schicksal nach. Sollte sie denn nie Ruhe finden? Sollte das jetzt immer so weitergehen?

Am Sonntag, als sie mit dem Felix in die Kirche gekommen war, hatte sie die Feindschaft fast greifen können. Holzkirchen hatte ihr noch immer nicht vergeben und ließ sie es jetzt sehr spüren.

Marie wunderte sich jetzt langsam selbst, dass sie noch nicht hart und böse geworden war. Lag es vielleicht daran, weil sie wusste, wie unrecht sie alle hatten?

Und jetzt hatte sie ihre Arbeit verloren. Sie mochte gar nicht der Mutter unter die Augen treten. Diese würde sich dann nur wieder grämen. Und sie war doch schon krank genug. Nur Freude wollte sie ihr noch machen.

Als es spät wurde, zog sie sich die Schuhe wieder an. Sie musste wohl heimgehen. Vielleicht sollte sie es wirklich in einem anderen Tal versuchen?

Als sie dann vor dem Häusl stand, hörte sie eine laute Stimme, und da kam auch schon der Großbauer heraus. Er blickte sie lange schweigend an.

»Kannst morgen wiederkommen. Die Elsbeth hat es nicht so gemeint. Den Dieb haben wir jetzt vom Hof gejagt. Wirst keinen Ärger mehr haben. Darauf kannst dich verlassen.«

Ein Stein fiel ihr vom Herzen.

»Gut«, sagte sie nur.

Der Alte hatte ein wenig mehr Dank erwartet. Sie war und blieb die Stolze.

Am nächsten Sonntag wusste es also das ganze Tal, die Elsbeth hatte ihren Ehemann fortgejagt und wollte sich jetzt scheiden lassen. Die Wut über diese Blamage machte sie nur noch hässlicher.

Die nächsten Tage ließ sie sich vor Marie nicht blicken. Die war auch nicht erpicht darauf, dass sie sich bei ihr entschuldigte. Ruhig ging sie ihrer Arbeit nach.

Sie hatte jetzt ganz andere Sorgen; denn der Mutter ging es gar nicht gut.

Felix war auch nicht mehr so kräftig, wollte es aber nicht zeigen. Sie wusste, es würde nicht mehr lange dauern, dann würde sie für die zwei mitschaffen müssen. Doch davor scheute sie sich nicht. So lange sie noch stark und kräftig war, würde sie dies auch können und gern tun. So würde sie dann ein wenig abzahlen können.

Der Winter kam, der Doktor hatte einmal den Berg erklimmen müssen und der Mutter Medizin gebracht. Dann war es ihr wieder besser ergangen. Als die schweren Winterstürme vorbei waren und der Sommer wieder da war, ging es ihr schon wieder richtig gut.

Marie war nun schon ein Jahr wieder daheim.

So schnell verging doch die Zeit.

Auf dem Enzianhof war jetzt so etwas wie Friede eingekehrt. Marie war überall und schaffte für zwei. Der Hof hatte wieder seine Ordnung. Die Elsbeth sprach nur das Nötigste mit ihr. Und das war auch gut so.

*

Es war ein besonders drückend heißer Tag. Da stieg eine fremde Frau aus dem Bus und erkundigte sich nach dem Weg. Und man starrte ihr lange nach. Diese Frau hatte man noch nie im Dorf gesehen.

Es war ein Samstag, und Marie war nur bis Mittag auf dem Enzianhof. Sie war also dabei, die Wäsche zu waschen und hing sie gerade hinter dem Häusl auf, als sie die Gestalt auf dem Wege sah. Sie beschattete die Augen und konzentrierte sich. Die Frau kam langsam näher.

Da erkannte sie, wer es war.

»Olga!«

Sie lagen sich in den Armen. Olga heulte ein wenig.

»Ich wollt dich nur mal besuchen«, sagte sie rau und sah auf die Berge, die weiten Wiesen und schluckte.

»Jetzt kann ich dein Heimweh verstehen«, sagte sie leise. »Die ganze Zeit, als ich raufstieg, hab ich es gespürt. Ja, hier wird man ein ganz anderer Mensch.«

Marie zog Olga mit ins Häusl und tischte auf. Die Olga musste erzählen.

Die Mutter und Felix saßen stumm im Hintergrund.

Marie lebte zum ersten Mal wieder auf und hatte rote Wangen bekommen.

»Du wirst doch bleiben, nicht? Auch für dich werden wir noch ein Plätzchen finden.«

»Aber...«

»Geh Olga, ich könnt dich so gut gebrauchen. Wenn du wirklich nicht fort musst, dann bleib bei mir. Ich hab es dir doch versprochen.«

»Aber wie soll ich dir denn helfen? Ich will dir nicht auf der Tasche liegen. Du bist doch auch nicht reich. Und arbeiten, also das werden sie mich wohl nicht lassen, wenn sie erst einmal erfahren, wer ich bin.«

»Ich werd dich anstellen«, sagte Marie.

»Du?«

»Ja, du wirst mir den Haushalt machen und die Mutter versorgen. Ich verdien genug, um uns alle zu ernähren.«

Da standen der resoluten Olga die Tränen in den Augen.

*

So kam es, dass die Mutter eine aufopfernde Pflege erhielt. Olga war unermüdlich. In Holzkirchen wollte man fast platzen, als man erfuhr, dass sie jetzt zwei Mörderinnen hier hatten. Ja, man ging sogar so weit, dass man eine Eingabe machte. Aber die wurde niedergeschlagen.

Diese beiden armen Frauen hatten es wirklich schwer, und sie taten alles, um sich anzupassen, aber nur Hass und Feindschaft schlugen ihnen entgegen.

Olga wurde so menschenscheu, dass sie gar nicht mehr ins Dorf ging. Alles musste jetzt die Marie besorgen; denn auch der Felix war nicht mehr so gut auf den Beinen.

Die Zeit ging dahin, Sommer und Winter wechselten sich ab. Und eines Tages musste der Doktor wieder den Berg hinaufsteigen. Dort konnte er dann nur noch den Tod der alten Frau feststellen.

Marie begrub die Mutter. Sie stand allein am Grab. Der Felix war auch recht krank, und Olga hatte Angst vor den Menschen im Tal.

Das Herz zerriss ihr fast, und es gab mal wieder einen Augenblick, wo sie mit Gott haderte und an Peter Berg dachte! Dieser kurze glückliche Liebesrausch, wie bitter hatte sie dafür bezahlen müssen.

Und nie hatte die Sehnsucht nach ihrem Buben aufgehört. Lebte er noch?

Dann musste er jetzt an die dreißig sein, also auch schon ein Mann mit Familie! Blutenden Herzens stieg sie wieder den Berg hinauf, um sechs Wochen später wieder einen lieben Menschen zu Grabe zu tragen.

Diesmal war es der rechtschaffene Felix. Der Enzianbauer stand neben ihr.

»Als nächstes werd ich es wohl sein, Marie!«, sagte er mit leiser Stimme. »Wenn ich mal nicht mehr bin, dann wird mit dem Hof nicht mehr viel sein.«

Marie blickte ihn an.

Einstmals hatte sie ihn gehasst. Aber er hatte auch sein Leid zu tragen. Und die Menschen waren so hart geworden. Sie verstanden es nicht, zuerst die Hand auszustrecken. Selbst der Großbauer wurde geschnitten, weil er die Marie in Lohn genommen hatte. Aber das machte ihm nichts aus.

Es war still in dem Häuschen geworden.

Olga hatte jetzt nichts mehr zu tun, und so hockte sie viele Stunden einsam an dem kleinen Fenster und starrte auf die Berge. Oder sie ging spazieren. Aber sie war auch schon wunderlich geworden.

Marie dachte manchmal verzweifelt, was wird sein, wenn sie nicht mehr ist? Dann bin ich ganz allein. Dann hab ich keinen Menschen mehr, mit dem ich mich unterhalten kann. Dann wird es sehr still um mich herum.

Im nächsten Winter begruben sie dann den Enzianbauern. Jetzt hatte die Tochter das Sagen. Aber vor der Marie fürchtete sie sich noch immer. Sie war jetzt sehr hart und geizig geworden und hatte eine böse Zunge. Zu ihr kam auch niemand mehr. Und die Marie musste alles allein machen. Aber über die Arbeit vergaß sie ihr eigenes Los.

Im Sommer dann starb Olga.

Sie hatte noch nie so geweint, wie jetzt, als sie die tote Freundin zu Grabe tragen musste.

Nun war es ganz einsam im Häuschen. Marie war jetzt dreiundfünfzig Jahre alt.

Durch das braune Haar zogen feine weiße Fäden. Aber ihr Gesicht wirkte noch immer schön und anziehend. Mit ihren großen Augen konnte sie die Menschen so seltsam anschauen. In der Regel trug sie jetzt dunkle Kleidung. Sie kam nur selten ins Dorf.

Wieder einmal wollte das Schicksal ihr einen Hieb versetzen. Elsbeth hatte lange dazu gebraucht, um herauszufinden, wie sie Marie am meisten würde treffen können. Sie hatte es noch immer nicht aufgegeben, diese zu quälen.

Eines Tages waren dann Männer zu ihr gekommen, die ihr ein tolles Angebot gemacht hatten. Sie sollte die Sonnenhangwiese verkaufen. Dort wollte man ein großes Hotel errichten mit einem Skilift und was nicht noch alles. Zum Segen des Dorfes, wie sie eifrig sagten. Und Elsbeth sollte ihr Land teuer verkaufen. Außerdem würde sie dann später bestimmt noch mehr Grund verkaufen können; denn so ein Hotel brauchte ja viele Angestellte und die bauten sich dann auch kleine Häuser.

Auf dieser Sonnenhangwiese stand das Häuschen, in dem Marie wohnte.

Wenn man diese Wiese, die bis ins Dorf hinunter reichte, zubaute, wäre der ganze Hang verschandelt. Auch die Glockenblumenschlucht sollte zum Teil zerstört werden. Denn dort sollte der Lift entlang gehen.

Elsbeth war begeistert. Sie würde dann die reichste Frau im Ort sein. Als Marie davon erfuhr, wurde sie blass vor Zorn.

Und damit begann ein verzweifelter Kampf. Nicht nur, dass sie ihr Heim verlor, wenn Elsbeth die Wiese verkaufte, sondern sie kämpfte leidenschaftlich für die Erhaltung der Landschaft. Aber alle im Dorf waren dafür, dass dort ein riesiges Hotel entstand. Davon versprachen sie sich eine Menge Arbeitsplätze. Gewiss würden dann so viele Touristen in das Dorf kommen, und sie konnten dann auch noch ein paar Stuben vermieten.

Marie ging aus ihrer Einsamkeit heraus und versuchte, durch viele Gespräche mit den Menschen auf den Unsinn aufmerksam zu machen.

Aber niemand hörte ihr zu. War sie nicht außerdem die Zuchthäusler-Marie? Ein paar sagten es ihr direkt ins Gesicht:

Wohin sollte sie gehen, wenn man das Häusl abriss? Man bot ihr im Dorf eine armselige Wohnung an. Die Marie fühlte einen tiefen Schmerz im Herzen, wenn sie daran dachte, dass sie dann nicht mehr einsam hier oben leben konnte, die vielen herrlichen Spaziergänge, die sie von hier unternehmen konnte. Gewiss, sie war jetzt dreiundfünfzig Jahre alt und würde also nicht ewig leben. Aber sie kämpfte trotzdem den Kampf weiter und wurde noch heftiger ausgelacht, bis ein Ereignis eintrat, welches so unerwartet kam, dass ihnen allen das Lachen verging.

*

Es war schon Spätsommer. Diesen Winter würde sie hier oben noch leben können. Die Geldleute wussten, dass man im Winter so ein Projekt nicht anfangen konnte. Also wollte man auch erst im Frühling mit den Vermessungen und dem Ankauf beginnen.

Marie hatte am Samstag wie üblich auf dem Enzianhof geschafft. Nun hatte man zwei Ausländer als Aushilfe bekommen. Die versorgten den Hof und das Vieh, das nicht auf der Alm war.

Marie spürte den Unmut dieser fremden Leute. Bis jetzt hatte sie noch immer vermittelt. Aber Elsbeth war hart und grausam geworden. Und seit sie sich entschlossen hatte, alles zu verkaufen, dachte sie nicht mehr viel an den Hof. Er verfiel langsam. Selbst den Fremden tat es leid um den schönen Hof.

Während Marie müde den Berg hinunterstieg, fuhr unten im Dorf ein schwerer Wagen am Gasthof vor.

Ein Mann stieg aus. Er sah sich nach allen Seiten um. Es war ein hochgewachsener Mann in einem teuren Maßanzug. Ein paar Buben sahen ihn und hörten mit dem Spielen auf.

Der Fahrer stand lässig am Wagenschlag. Die zwei unterhielten sich in Englisch miteinander. Dann nickte der junge Mann und stieg die wenigen Stufen zur Gaststube hinauf. Hinter dem Tresen schaffte die Liesl. Als sie den Fremden sah, kippte sie vor Schreck fast das Bier in den Ausguss. Ein paar Dörfler hockten in der Ofenecke und tratschten miteinander.

Der Fremde kam näher. Er nickte kurz und fragte dann in einem fremd klingenden Dialekt aber klar und deutlich: »Ich suche eine Frau Lochner. Können Sie mir bitte sagen, wo ich sie finde?«

Die Liesl glotzte ihn an.

»Soll die bei uns wohnen?«

»Ja!«

Sie zuckte die Schultern. »Nein, so eine Frau kenn ich nicht. Die lebt nicht hier im Ort. Tut mir leid.«

Der Bachlwirt kam hinzu und wollte wissen, was der Fremde wünsche.

»Er sucht eine Frau Lochner, aber die gibt es doch nicht bei uns.«

Er runzelte die Stirn. Dann fiel es ihm ein. »Liesl, der meint doch die Zuchthäusler-Marie. Die heißt doch Lochner mit Nachnamen.«

Kein Muskel rührte sich in dem Gesicht des Mannes, als er das hörte.

»Meinen Sie die Marie Lochner?«

»Ja!«

»Na, dann kann ich Ihnen den Weg schon zeigen. Wenn Sie bittschön mitkommen möchten.«

Draußen erklärte er nun, wie er zu fahren habe. »Aber mit dem Gefährt schaffen sie es nur bis zum Hohlweg, dann müssen's schon zu Fuß weiter.«

Der Fremde bedankte sich, und sein Fahrer fuhr mit ihm davon. Es dauerte nur ein paar Minuten, da wusste ganz Holzkirchen, dass ein Fremder sich nach der Zuchthäusler-Marie erkundigt hatte.

»Sie bringt uns doch nicht schon wieder Mörder ins Tal? Das geht denn doch zu weit.«

Aber der Wirt wusste zu versichern, dass der Fremde ganz bestimmt nach sehr viel Geld ausgesehen hätte. Und außerdem sei er ein Ausländer gewesen.

Da standen sie nun unten auf dem Dorfplatz und blickten dem Wagen nach, wie dieser auf dem schlechten Weg den Berg hinauf holperte.

»Vielleicht will er zur Elsbeth und hat sich nur versprochen. Die hat doch in letzter Zeit so viel Leut bei sich gehabt. Wegen dem Verkauf.«

Der Wirt zuckte die Schultern.

»Ich hab zu schaffen. Werden wohl bald erfahren, was das zu bedeuten hat.«

Während die Leute wieder in die Häuser zurückgingen, fuhr der Mann hinauf. Im Hohlweg hielt dann der Wagen. Er sagte seinem Fahrer, dass er warten solle. Dann schritt er allein weiter.

Es dauerte nicht lang, da tat sich der Weg wieder auf, und er hatte einen herrlichen Blick auf die Berge und die weiten grünen Wiesen. Das Wetter war herrlich. Unwillkürlich blieb er stehen und sog gierig die frische Bergluft ein. Er beschattete die Augen mit der Hand und blieb recht lange stehen, als müsse sich alles, ganz tief und fest in seinem Herzen eingraben.

Nachdem er noch ein wenig gewandert war, sah er dann schließlich das Häuschen geduckt in der Mulde liegen. Rauch kringelte aus dem kleinen Schornstein. Also musste jemand daheim sein.

Langsam, fast zögernd schritt er weiter.

Vor dem Häusl stand eine einfache Bank und ein Tisch, den hatte einst der Felix gezimmert. Beides tat noch recht gut seine Dienste.

Hier saß nun die Marie und ruhte sich vom Tagwerk aus. In dem einfachen dunklen Kleid, dem festen Haarknoten. Aber ihr Gesicht wirkte noch immer madonnenhaft.

Der Mann sah sie lange stumm an, dann ging er langsam weiter. Sie sah ihn und erhob sich. Hochgewachsen und schlank stand er da, gegen die Sonne, und sie sah nur die Konturen des Mannes, noch nicht sein Gesicht; denn das Sonnenlicht blendete sie.

Marie glaubte, einen Urlauber vor sich zu haben. Sicher hatte er sich verstiegen. Das kam immer mal wieder vor.

Freundlich bat sie ihn, doch Platz zu nehmen, um ein wenig zu verschnaufen. Milch könne sie auch anbieten. .

Tiefbewegt kam der Mann jetzt noch ein wenig näher und dann fragte er leise: »Sind Sie die Marie Lochner?«

Wie lange war es her, dass man sie so genannt hatte? Für Sekunden grübelte sie darüber nach. Gewiss, im Zuchthaus, jetzt konnte sie sich wieder entsinnen.

»Ja, die bin ich. Woher wissen Sie das?«

»Ich hab mich unten in Holzkirchen erkundigt«, sagte er zögernd.

Ein weher Zug legte sich um ihre Lippen.

»Dort wird man den Namen wohl nicht gebraucht haben«, sagte sie leise.

»Nein, das hat man nicht«, bestätigte der Mann und setzte sich.

Jetzt konnte sie sein Gesicht sehen. Tiefe blaue Augen und die Haartolle!

Marie glaubte, aus einem Traum zu erwachen!

Sie starrte ihn unentwegt an.

»Nein, das kann nicht möglich sein«, sprach sie mit blutleeren Lippen.

»Mein Name ist Daniel Crawfort«, sagte der Mann.

Die Vergangenheit stieg vor ihr auf. Damals hatten sie ebenfalls einen herrlichen Sommer gehabt!

Der Mann blickte die Frau tiefbewegt an. In ihm ging etwas vor. Das Herz wollte ihm zerspringen. Für Minuten brachte er keinen Ton über die Lippen.

Schweratmend sagte er: »Sie sehen mich so eigen an?«

Marie zitterte.

»Entschuldigen Sie«, brachte sie mühsam über die Lippen. »Verzeihen Sie, ich...«

Seine schlanken Hände legten sich behutsam über die der abgearbeiteten Frau.

»Ich bin Ihr Sohn, Marie Lochner!«

Ihr stiller Blick ging über das Gesicht des jungen Mannes. Ihr Herz wusste es schon seit Sekunden. Es war keine Täuschung. Sie hatte es vom ersten Augenblick an gewusst. Ihr Sohn!

Fünfunddreißig Jahre Warten! Das war einfach zu viel!

Sie legte die Arme über den Tisch, darauf ihr Gesicht und dann weinte sie!

In ihrem ganzen Leben hatte sie noch nie so geweint, wie in diesem Augenblick! Und in dieses Weinen fielen die Worte: »Mutter, so weine doch nicht!«

Tränenüberströmt sah sie ihn an. Glitzernd rollten die Tränen über das stille Gesicht.

Das war für den jungen Mann zu viel, er sprang auf und zog die Frau in seine Arme. Seine Hände fuhren über ihr Haar, streichelten es immer und immer wieder.

»Mutter, Mutter, so weine doch nicht. Ich flehe dich an, so weine doch nicht mehr!«

»Mein Sohn!«

Zitternd fuhr sie mit den Händen über sein Gesicht. Diese Augen! Einst hatten sie fröhlich gelächelt, wenn sie sich über den Wiegenkorb gebeugt hatte.

Fünfunddreißig Jahre!

»Junge, Bub!«

War die Freude vielleicht zu viel? Bekam sie womöglich einen Herzschlag?

»Mutter.«

Lange standen sie nur einfach da und hielten sich umschlungen. Dann löste sich ganz behutsam der Sohn von der Frau und sah sich um.

»Hier also bin ich geboren?«

»Dort unter dem Apfelbaum hast du im Wiegenkorb gelegen, zuletzt...«

Er ging wie im Schlaf umher und sah sich alles an. Dies war also seine Heimat! Und im Geiste verglich er sie mit dem, was wirklich gewesen war. Die kalte Pracht, der Reichtum, immer nur Geld und Geschenke, aber keine Liebe. In großen Häusern aufgewachsen, viel Personal, in den besten Internaten erzogen. Der Erbe eines riesigen Vermögens.

Und nun hier die stille klare, herrliche Bergwelt!

Er blickte sich um, sah alles und dachte, hier hätte ich aufwachsen sollen als Bub, ich hätte über die Wiesen tollen können, ich hätte nie viel Geld besessen, keine großartigen Geschenke, aber ein Herz voller Liebe, eine wirkliche Mutter!

Langsam drehte er sich zur Mutter herum.

»Der Vater hat mir viel von der Schlucht erzählt. Damals, aber ich hab ja nicht wissen können, ich...«

Sie sah ihn ununterbrochen an.

»Das hat er wirklich?«

»Viele, viele Male, und ich hab gedacht, er hätte hier mal Urlaub gemacht. Ich glaub, er war nur hier wirklich glücklich gewesen.«

»Bub...« stammelte sie.

Er legte den Arm um ihre zitternden Schultern.

»Ist sie noch da, die Glockenblumenschlucht, die Höhle, der Wasserfall?«

»Bub, ich möchte...«

»Später, Mutter. Zeig sie mir zuerst. Ich muss es mit eigenen Augen sehen, bitte...«

Da schritten sie zusammen über die herrlichen Wiesen zum Hochwald hinüber. Schweigend gingen sie zusammen zum ersten Mal diesen Weg.

Dann standen sie in der Schlucht, und auch jetzt war die Blütenpracht voll entfaltet. Er sah den Gischt, der von dem kleinen Wasserfall ausging und dann zeigte sie ihm die Höhle. Ihr Geheimnis.

»Hier bist du gezeugt worden...« ihre Stimme zerbrach fast.

Der reiche junge Mann in dem teuren Maßanzug kniete nieder und weinte.

Marie sah seinen gebeugten Nacken, das Haar, die Augen. Wie sehr erinnerte sie ihn an den Mann, den sie einst geliebt hatte. Aber die Figur und die Hände hatte er von ihr geerbt.

»Ich bin überwältigt«, sagte er leise.

Sie suchte in seinen Augen die Wahrheit.

Langsam sagte sie: »Du weißt, wie man mich in Holzkirchen nennt?«

»Die Zuchthäusler-Marie«, sagte er leise.

»Zwanzig Jahre habe ich gesessen, für eine Tat die ich nicht begangen habe. Zwanzig Jahre, und jetzt sind fünfunddreißig Jahre vergangen. Kannst du das eigentlich ermessen? Du - mein Sohn! Du warst das einzige, was mir nach allem geblieben war! Du, mein Fleisch und Blut, dich habe ich trotz allem geliebt, nur geliebt, und doch hat man dich gestohlen! Mich verurteilen lassen, als Mörderin an meinem eigenen Kind!«

Er führte sie aus der Höhle, und sie gingen zum Häuschen zurück.

Und behutsam begann er zu erzählen.

»Mir kannst du nichts vorwerfen, Mutter; denn ich weiß erst seit einer Woche die Wahrheit!«

Sie starrte ihn an.

»Was sagst du da?«

»Vor einer Woche habe ich meinen Vater zu Grabe getragen. Danach haben mir der Pfarrer und sein Anwalt gewisse Briefe und ein Geständnis in die Hand gedrückt. Der Pfarrer hat vor ein paar Jahren die ganze Wahrheit persönlich erfahren, aber er musste schweigen. Erst nach Vaters Tod sollte ich alles wissen. Womöglich hat er Angst gehabt, ich könne ihn nicht mehr lieben, oder was für ihn vielleicht noch schlimmer war, verlangen, dass er die Wahrheit vor aller Welt bekennt.«

Ihr brennender Blick lag auf den Bergen.

»Wie ist es denn dazu gekommen, Florian?«

Verblüfft hob er den Kopf.

»Wie hast du mich genannt?«

»Florian, so steht es im Stammbuch und im Taufregister. Im Brief muss auch der Name stehen.«

»Ich heiße Daniel Crawfort!«

»Erzähle mir die ganze Geschichte«, bat sie mit zuckenden Lippen.

»Ja, Mutter!«

Und der junge Mann begann damit, wie der Vater aus dem Krieg heimgekehrt sei. Damals sei er schon verheiratet gewesen, aber nicht glücklich. Vielleicht war das auch der Grund, warum er einen falschen Namen genannt hatte, um keine Schwierigkeiten zu bekommen wahrscheinlich. Jedenfalls habe er vorgehabt, sich nach einer gewissen Zeit von seiner Frau Agnes zu trennen. Aber da war erst mal das zerbombte Hamburg und dann keine Arbeitsstelle. Nach dem Krieg war es wirklich nicht einfach gewesen, wieder festen Fuß zu fassen.

Und dann kam der Brief aus Amerika.

Ein Onkel seiner Frau war dort zu Reichtum gekommen. Aber er hatte nicht geheiratet und suchte jetzt einen Erben für seine Werke. Er wollte seine Nichte oder seinen Neffen zu sich nehmen, wenn sie einen männlichen Erben vorweisen konnten. Dieser sollte dann ganz im Sinne des Onkels erzogen werden. Mit anderen Worten, die Familie musste nach Amerika ziehen. Damit wären alle Sorgen vorbei gewesen.

Vaters Frau war nicht fähig, selbst ein Kind zu bekommen. In dieser Zeit kamen dann deine Briefe. Er wusste also, dass du von ihm einen Sohn bekommen hattest. Und weil er auch wusste, wie arm du warst, musste er für seinen Sohn sorgen, und das wollte er auch.

Also erzählte er seiner Frau davon. Und diese hatte dann die Idee, das Kind zu holen und als ihr eigenes auszugeben. In den Wirren des Krieges ging so vieles verloren. Ohne weiteres würde man die Papiere für das Kind bekommen, zumal ihr Haus mit allem ausgebrannt war.

Zuerst wollte mein Vater nicht; denn er wusste, dass du nie auf die Rechte deines Kindes verzichten würdest. Dazu kannte er dich wohl zu gut. Aber da war die schreckliche Armut, und auf der anderen Seite konnte er seinem Sohn alles bieten.

Da kam man dann auf die Idee, das Kind zu entführen. Man glaubte, du würdest nach einer Zeit den Schmerz verwinden. Und wichtig war ja nur, dass das Kind keine Not mehr litt. Also fuhr er heimlich nach hier, ging durch die Schlucht, und das Glück stand auf seiner Seite. Beim ersten Anschleichen an das Haus sah er mich allein unter dem Apfelbaum liegen. Also nahm er mich, trug mich fort. Unten auf der Straße wartete ein Auto mit seiner Frau auf ihn. Alles ging glatt. Sie bekamen auch die Papiere für mich und tauften mich auf den Namen Daniel! Damit man mich auch wirklich nie fand. Dann fuhren sie mit dem Schiff nach Amerika.

Auf diesem Schiff dann bekam er die Zeitungen in die Hand, und dort erfuhr er erst von deiner Festnahme. Er wollte sich stellen, aber seine Frau war wohl stärker. Sie schaffte es, ihn zu beruhigen und redete ihm immer wieder ein, man müsse dich wieder laufenlassen, du seist ja unschuldig. Also glaubte er es zum Schluss auch wirklich.

Wir waren schon lange in Amerika, da erfuhr er die Wahrheit. Aber jetzt war es zu spät.

Ich glaube, er hat sein ganzes Leben darunter gelitten. Ich habe ja nicht ahnen können, dass du meine wirkliche Mutter warst, wenn er von dir sprach.

Agnes, seine Frau, hat mich nie geliebt. Ich habe sie auch nie als Mutter geliebt. Ich konnte es einfach nicht. Sie sorgte auch dafür, dass immer Fremde um mich waren. Ich war als Kind sehr einsam. Ich hatte jeden Luxus, aber kein wirkliches Leben und keine wirkliche Liebe. Mein Vater war einfach zu schwach. Vor fünf Jahren starb Agnes. Vater hatte auch dann noch nicht den Mut, mir die Wahrheit zu sagen. Er hat sich einem Pfarrer und einem Anwalt anvertraut.«

Nach diesem Geständnis blieb es lange still in der kleinen Hütte. Marie brachte keine Worte über die Lippen. Das war also die Wahrheit. Wegen Geld hatte sie ihre Freiheit opfern, hatte all die Jahre in Verruf leben müssen. Ihr Herz krampfte sich zusammen.

»Und jetzt bist du gekommen und wolltest mich sehen?«, fragte sie mit leiser Stimme.

»Mutter«, er sprang auf. »Ich werde nichts unversucht lassen, dich reinzuwaschen. Deswegen bin ich gekommen. Ich will deine Unschuld beweisen. Ich werde die besten Anwälte besorgen. Du wirst wieder deinen rechten Namen erhalten.«

»Nach so langer Zeit?«

»Ich bin so froh, dass es noch nicht zu spät ist«, sagte er mit erstickter Stimme. Wieder stand er auf und wanderte hin und her. »Ich weiß nicht, mir ist ganz eigen. Ich hab das Gefühl, als würde ich das hier alles kennen. Vielleicht hat deswegen mein Vater dafür gesorgt, dass ich diese Sprache wie meine Muttersprache spreche. Er hat also gewusst, dass ich kommen würde, wenn ich erst einmal die Wahrheit weiß.«

Er setzte sich wieder an den Tisch.

»Darf ich bleiben?«

Sie sah ihn scheu an.

»Ich hab so wenig zu bieten«, sagte sie leise.

»Ich muss etwas erledigen, ich bin gleich wieder zurück. Und dann sehen wir weiter.«

Marie sah, wie er über die Wiese davonschritt, mit weit ausholenden Schritten. Ihr Bub!

Tränen verschleierten ihren Blick.

Daniel Crawfort sprach mit seinem Fahrer, dieser nickte und fuhr nach Holzkirchen zurück.

*

Der Wirt war ganz aufgeregt, als der schwere Wagen wieder vor seiner Tür hielt. Diesmal stieg nur der Chauffeur aus und verlangte ein Zimmer.

»Wird Ihr Herr nicht hier übernachten?«

»Nein, er bleibt oben bei seiner Mutter«, sagte der Fahrer in gebrochenem Deutsch.

Der Wirt starrte ihn entgeistert an.

»Was haben Sie da gesagt? Bei der Zuchthäusler-Mafie bleibt er?«

»Bei Frau Lochner«, sagte der Fahrer ruhig.

»Wer soll das sein?«

»Seine Mutter!«

Alle im Gasthaus hörten es und umringten gleich den fremden Mann.

»Das soll wohl a Witz sein, wie? Ihren Sohn hat sie vor fünfunddreißig Jahren umgebracht. Sie ist eine Mörderin, Mensch. Du kannst uns nicht auf den Arm nehmen!«

»Und doch ist mein Arbeitgeber ihr Sohn«, sagte er stur. »Das hat er mir persönlich gesagt. Und morgen wird er es wohl den Anwälten sagen.«

Totenstille!

Dann stürzte man aus der Gaststube und es dauerte nicht lange, da wussten es alle.

Der Sohn der Häusler Marie war zurückgekehrt!

Man durfte jetzt nichts verpassen. Diese Nachricht war einfach ungeheuerlich. Man traf sich auf dem Marktplatz und dann ging das Reden los. Dort stand man und verrenkte sich das Genick, um nach oben zu starren. Dort zwischen den stolzen Tannen lag die kleine windschiefe Hütte. Ja, sie sahen ganz deutlich, dass dort oben das Licht brannte.

Dieser vornehme reiche Mensch sollte ihr Sohn sein?

Das ging doch nicht an.

Das durfte einfach nicht sein! Man hatte sie doch all die Jahre gebrandmarkt. Keiner hatte ihr geglaubt.

Der Fahrer wurde mit Bier traktiert und zum Reden angeregt. Er lächelte nur flüchtig, blickte in die erhitzten Bauerngesichter und sagte nichts mehr. Ruhig saß er in der Ecke und nahm das Abendbrot zu sich.

Er schwieg auch, als man ihn danach ausfragen wollte, was der Sohn denn von Beruf sei.

Nur dass er eigens wegen der Mutter aus Amerika gekommen sei, das sagte er noch. Dann aber bezahlte er seine Zeche und ging auf sein Zimmer.

Ja, da saßen sie nun, diese dummen Dickschädel und wussten nicht wohin mit den Augen. Keiner mochte so recht den Nachbarn anblicken.

Wenn das wirklich wahr war, wenn die Marie wirklich unschuldig war?

Während also Holzkirchen vor Aufregung zitterte und in dieser Nacht keinen Schlaf fand, da saßen die zwei oben in der kleinen Hütte. Marie ließ es sich nicht nehmen und kochte für den Sohn Knödl. Er aß sie mit großem Appetit und fand gleich Gefallen an der Küche der Mutter.

Sie verstanden sich so prachtvoll. Noch nie hatte sich der junge Mann so wohl gefühlt, wie in diesen Stunden. Immer wieder studierte er das Gesicht der Mutter. Oh, ja, er konnte sich den Vater sehr gut vorstellen, dass er sich in sie verliebt hatte.

Warum war er nur so schwach geblieben? Er hätte nur noch ein wenig ausharren müssen, dann hätte sich von selbst alles zum Guten gewendet. Mit eigenen Augen hatte er gesehen, wie groß Deutschland geworden war. Wie mächtig. Sicher hätte er auch wieder eine gute Anstellung bekommen und hätte dann die Marie holen können.

Daniel sprach von seinem Reichtum, der ihn nicht glücklich machte. Eigentlich machten sich alle ein wenig lustig über ihn, weil er ein so einfacher Mensch geblieben war.

»Das liegt mir wohl im Blut, Mutter. Ich hab immer die Natur gesucht, das Einfache. Aber man hat mich nur selten gelassen. Selbst Mariana hat mich nicht verstanden und daran sind wir dann zerbrochen.«

»Wer ist denn Mariana?«

Daniel fühlte nicht mehr den Schmerz, das war auch schon längst überstanden. Er wusste jetzt, dass sie ihn nie wirklich geliebt hatte. Nur sein Geld.

»Mariana ist meine geschiedene Frau!«

»Oh!«

»Das ist vorbei, Mutter.«

Sie sah in seine wasserhellen Augen. Oh, wie sehr erinnerte er sie an seinen Vater. Zärtlichkeit für ihn, lag in ihren Augen.

»Ich habe vergessen, etwas sehr Wichtiges zu sagen.«

»Gibt es da noch etwas, was ich wissen müsste?«

»Ich glaube schon.«

»Und das wäre?«

»Du bist schon Großmutter!«

Sie lachte hell auf.

Zum ersten Mal hörte er seine Mutter lachen.

»Ist das wahr?«

»Ja, ich habe zwei kleine Mädchen. Leider keinen Buben, aber das macht doch nichts, oder…«

»Oh Bub, gleich wird mein Herz zerspringen. Du weißt ja gar nicht, was das für mich bedeutet. So viele Jahre habe ich einsam und verlassen gelebt. Ich habe keine Familie mehr gehabt. Niemanden, und jetzt, jetzt bekomme ich an einem Tag nicht nur meinen Buben zurück, sondern auch gleich zwei Enkelkinder. Ich bin sehr reich.«

So saßen sie denn auch zusammen und sprachen die halbe Nacht miteinander.

Dann aber wurde das Licht gelöscht. Daniel lag in der einfachen Kammer und vermisste nichts. Er fühlte sich wohl und er lächelte, als er die Ziege leise meckern hörte.

Träumten Ziegen vielleicht auch?

*

Gleich nach einem zünftigen Frühstück fuhr der fremde Fahrer fort. Das Zimmer hatte er noch nicht gekündigt. Oben im Hohlweg sahen sie den Wagen wieder. Dort stand er recht lange. Dann kam er wieder zurück. Drinnen saßen jetzt die Marie und der junge Mann!

Ehe sie ihn genau in Augenschein nehmen konnten, waren sie schon davon.

Den ganzen Tag blieben sie fort. Das war die reinste Nervenquälerei für die Dörfler.

Sie wussten ja nicht, dass der Sohn nicht eher Ruhe gab, bis die Marie einwilligte, mit ihm zu einem Anwalt zu fahren. Dort erzählte man nun die ganze Geschichte.

Dem Anwalt leuchteten direkt die Augen. Justizirrtum! Damit würde er sich einen Namen machen.

Alles wurde aufgenommen, die Briefe abgegeben und somit das Verfahren wieder eingeleitet.

Aber damit gab man sich noch nicht zufrieden.. Die Presse erhielt eine Mitteilung. Und diese schnappte gierig den Brocken auf. Besonders in dieser Zeit war sehr wenig los. Man umschwärmte sie und wollte ihre ganze Geschichte bringen.

Marie fühlte sich tief betroffen, als sie merkte, wieviel Menschen jetzt auf einmal wollten, dass sie ihren guten Namen wiederbekam.

Mit Tränen in den Augen dachte sie, mein Gott, wenn das doch noch die Eltern hätten erleben dürfen. Wie glücklich wären sie gewesen.

Daniel führte sie durch die Straßen der Stadt. Sie solle sich doch jetzt endlich all das kaufen, wonach sie sich sehnte. Zu seinem größten Erstaunen stellte er fest, dass sie nichts wollte.

So aß man vorzüglich in einem Hotel. Marie war ein wenig scheu. Denn das hatte sie noch nie getan. Nie in ihrem Leben war sie bedient worden. Immer hatte sie springen müssen.

Dann fuhren sie zurück.

Daniel wollte das Grab ihrer Eltern sehen. Er sorgte auch dafür, dass darauf ein herrlicher Stein kam. Irgendwie wollte er ihr doch etwas Liebes antun.

Wieder fuhr der Fahrer allein ins Dorf zurück. Die zwei blieben oben.

Am nächsten Tag dann stand alles in der Zeitung!

Es würde zwar noch eine Weile dauern, bis das Gericht sie reingewaschen hatte. Aber die Zeitung war schon eine kleine Bombe für sich.

Natürlich erfuhr auch die Elsbeth davon.

Sie war schon in Wut geraten, als sie merkte, dass die Marie nicht kam. An diesem Tag wurde auf dem Enzianhof kein Essen gekocht.

Daniel wollte es nicht, dass die Mutter weiterhin arbeiten ging.

»Ich werde jetzt für dich sorgen, Mutter!«

Wie schön das klang.

»Ich brauch so wenig«, sagte sie leise.

»Nein, du darfst jetzt nicht mehr so bescheiden sein, das will ich nicht. Ich werde dich auf Händen tragen, Mutter. Was der Vater dir angetan hat, das will ich wieder gutmachen.«

»Ach Bub, ich bin ja schon glücklich, dass ich weiß, dass du lebst. Mehr will ich ja gar nicht.«

»Du bist dein ganzes Leben viel zu bescheiden gewesen, das muss jetzt aufhören. Und ich werde dafür sorgen.«

Sie lächelte ihn an.

»So, wie willst das denn anstellen?«

»Zuerst werde ich dich mal entführen, nach Amerika.«

Sie sah ihn erstaunt an.

»Ja, Bub, das kostet aber eine Menge. Nein, nein, das kannst wirklich nicht von mir verlangen.«

»Ich habe so viel Geld, dass ich es gar nicht weiß.«

So verging die Zeit und sie kamen sich immer näher. Der Daniel erfuhr auch bald durch seinen Fahrer von den Bauplänen im Dorf. Es war auch Ronald, der ihm sagte, wie sehr seine Mutter dagegen kämpfte, um die Heimat zu erhalten.

Als Daniel erfuhr, dass auch die Schlucht geopfert werden sollte, war er selbst fassungslos. So kam es, dass er sich an einem Tag von der Mutter verabschiedete und fortfuhr.

»Ich habe etwas zu erledigen, Mutter. Dann besorg ich auch gleich die Flugkarten.«

»Ach Bub«, sagte sie mit Tränen in den Augen.

»Lass dich doch mal ein wenig verwöhnen, Mutter.«

Sie streichelte sein Gesicht.

Wie leer war auf einmal die kleine Hütte, als er nicht mehr da war. Und mit Angst im Herzen dachte sie, wie wird es sein, wenn Daniel wieder nach Amerika geht. Er ist doch nur für kurze Zeit bei mir. Dann weiß ich zwar, dass ich einen Sohn habe, aber dann werde ich wohl wieder viel allein sein. Es ist ja ein guter Junge, aber Welten trennen uns nun mal. Das Schicksal hat es so gewollt.

Am späten Abend war er wieder zurück. Er packte aus, was er gekauft hatte. Darunter war eine Lederhose, und ein buntes Hemd und derbe Schuhe.

»Ich will doch wandern. Jetzt, wo die Zeit noch so schön ist, da muss man sie nutzen.«

»Ja, dann muss ich dir ja wohl auch einen Janker stricken«, sagte Marie.

»Das wäre herrlich, Mutter!«

»Hast alles erledigen können?«

»Ja, und in zwei Wochen fliegen wir nach Amerika. Dort wirst dann meine kleinen Töchter kennenlernen. Sie leben bei mir. Meine Frau will nichts von ihnen wissen. Sie liebt das Luxusleben und da passen nun mal keine kleinen Mädchen hinein.«

»Aber wie kann ein Mutterherz so grausam sein?«, rief sie bestürzt.

Seine Augen lächelten sie an.

»Sie sind halt nicht alle so wie meine wirkliche Mutter.«

*

Daniel ließ es sich nicht nehmen, die Mutter am Sonntag zur Kirche zu begleiten. Alle blickten ihn mit offenen Mündern an. Der Fahrer hatte es nicht versäumt, von dem riesigen Vermögen seines Chefs zu berichten. Schließlich lebte er ja schon ziemlich lange bei ihm.

Die Marie war auch ganz verändert. Zwar trug sie noch immer das schlichte Dirndl, aber ihre Augen strahlten wie zwei Sterne. Elsbeth stand am Portal. Ihre Augen waren grün vor Neid. Sie konnte nicht mit einem so stattlichen Sohn aufweisen. Da hatte sie geglaubt, alles zu besitzen, und die Marie knechten zu können. Dabei war die ihr weit voraus. Sie konnte ihr nicht mal damit drohen, dass sie nun doch alles verkaufen würde und sie nach dem Winter ihr Haus räumen musste.

Wenn der Sohn so reich war, wie man sich sagte, dann würde er der Mutter schon ein gutes Haus kaufen können.

Keiner im Dorf wagte sich jetzt an die Marie heran. Sie alle hatten ein schlechtes Gewissen. Nur der Pfarrer kam nach der Messe zu ihr hinaus und beglückwünschte sie von Herzen. Er konnte es auch, denn er hatte sich immer freundlich zur Marie gestellt. Er war auch einer der wenigen, die die Gefahr für das Tal erkannten.

»Ich freue mich für dich, dass sich jetzt alles zum Guten wendet, Marie. Dann wirst uns jetzt wohl bald verlassen, nicht wahr?«

»Mein Sohn wünscht, dass ich ihn mit nach Amerika begleite«, sagte sie mit ihrer tiefen Stimme.

»Ja, das wird wirklich für dich eine große Freude sein. Da musst noch umlernen. Aber das hast ja dein ganzes Leben lang müssen, Marie. Ich bin froh, dass es so gekommen ist. Bei uns wird es ja wohl bald mit der Ruhe vorbei sein.«

»Hat die Elsbeth verkauft?«

»Ja, sogar ihren Hof. Sie will jetzt nur noch als große Dame leben und nix von der Landwirtschaft hören. Sie glaubt, das Geld reicht für lange, aber wenn sie es nicht gut anlegt, dann wird es mal ein böses Erwachen geben.«

»Also hat sie an die Baulöwen verkauft«, sagte Marie mit leiser Stimme. »Oh, das tut mir so leid.«

Der Pfarrer meinte: »Dann wirst auch fort müssen, aber jetzt ist ja für dich alles gut geworden. Deswegen freu ich mich auch so, dass dein Sohn noch rechtzeitig eingetroffen ist.«

Sie bedankte sich für die lieben Worte und verabschiedete sich vom Pfarrer.

*

Die Koffer waren gepackt. Marie musste sich viele neue Sachen kaufen, so hatte es der Sohn gewollt. Jetzt stand sie in der Tür und blickte sich noch einmal um. Fast ihr ganzes Leben hatte sie hier verbracht.

Der fremde Knecht vom Enzianhof versprach ihr, sich um ihr Vieh zu kümmern. Sie war immer nett zu ihm gewesen und er freute sich jetzt, dass er ihr auf diese Weise wieder etwas gutmachen konnte. Außerdem durfte er ja die Milch selbst behalten. Und da würde sich wieder die Frau freuen, denn sein Lohn war nicht sehr hoch und musste für fünf Kinder reichen.

Als man im Dorf erfuhr, dass Marie nur auf Urlaub fortging und nicht für immer, da waren sie doch erstaunt.

Manchmal wunderte sich die Marie ein wenig, dass der Sohn sie nicht inständig bat, doch für alle Zeiten bei ihm in Amerika zu bleiben. Er hatte nichts entgegnet als sie ihm sagte, dass sie nichts verkaufen würde. Dass sie halt zurück in die Berge gehen würde.

»Hier bin ich geboren und hier möcht ich auch sterben, Daniel, das musst verstehen.«

»Das verstehe ich sehr gut«, hatte er geantwortet.

Und jetzt waren sie auf dem Weg zum Flughafen. Sie spürte den Kloß in der Kehle. Einst, da wäre sie mit Freuden mit dem Geliebten in die Fremde gezogen. Heute war es etwas anderes.

Dann standen sie im Flughafengebäude. Verwirrt blickte sie nach allen Seiten. Schließlich war sie eine einfache Frau der Berge. Dieses Getöse erschreckte sie über die Maßen. Sie fühlte sich wie auf einem fremden Stern.

Daniel nahm ihre Hand.

»Ich bin ja bei dir«, sagte er zärtlich.

Seine blauen Augen strahlten sie an.

Nein, er würde sie nie verraten, wie sein Vater. Er besaß ja ihre Stärke! Sie hatte man auch nicht beugen oder gar zerbrechen können.

Sie hatte ihm das Beste mitgeben können, was ein Mensch braucht, einen guten Charakter und einen festen Willen.

Dann saßen sie in dem großen Silbervogel! Mit Daniel an ihrer Seite ging dann doch alles viel leichter. Und sie flogen in die neue Welt hinein.

Über das Neue vergaß sie die Heimat und das bohrende Heimweh. Sie war auch wie betäubt und wusste gar nicht, wohin sie zuerst blicken sollte.

Voller Erstaunen war sie, als sie aus dem Flugzeug stiegen, dass gleich schon wieder Leute auf Daniel warteten. Langsam machte sie sich einen Begriff von seiner Wichtigkeit. Das also war ihr Sohn.

Bescheiden wollte sie sich in den Hintergrund zurückziehen, aber er sagte mit einem strahlenden Lächeln: »Meine Herren, darf ich Ihnen meine Mutter vorstellen, das ist Mrs. Lochner!«

Neugierige Blicke trafen die großen Augen. Marie fühlte sich wie auf Watte. Dann saß sie wieder in einem dieser großen Wagen. Und wieder ging es weiter.

»Wohin fahren wir denn jetzt?«

»Zu mir!«

»Wo lebst du denn!«

»Ich bringe dich aufs Land, Mutter. Ich habe noch ein paar andere Häuser. Auch eins am Meer, wenn du es sehen möchtest, dann bringe ich dich gern dorthin.«

»Nein, nein«, sagte sie schwach.

Sie mussten über eine Stunde fahren. Dann hatten sie sein Landhaus erreicht. So etwas hatte sie in ihrem ganzen Leben noch nicht gesehen. Es lag in einem tiefen Park mit uralten

Bäumen, einem riesigen Schwimmbecken und allen Annehmlichkeiten, die man sich nur denken konnte. Gleich kam eine schwarze Hausangestellte und erkundigte sich nach ihren Wünschen.

»Das ist Rosy, sie ist deine persönliche Bediente!«

»Oh, Bub«, stammelte sie leise.

»Du brauchst nur zu klingeln, und Rosy wird dir jeden Wunsch erfüllen.«

Zitternd ging sie in das herrschaftliche Haus.

Die Räume die man ihr zuwies, sie waren einfach umwerfend. Wie betäubt konnte die einfache Frau aus den Bergen nur hin und her gehen.

Zwanzig Jahre hatte sie im Zuchthaus verbracht, dann hatte sie ihr Leben als Magd leben müssen und hur wenig Geld zur Verfügung gehabt. Und jetzt?

Der Sohn glaubte, seiner Mutter eine Freude zu bereiten, und gab ihretwegen eine große Party.

Sie stand in ihrem dunklen Kleid herum und fühlte sich wie eine Fremde auf einem anderen Stern. Aber weil ihr Sohn so glücklich war, und immer wieder sagte, sie sei seine wirkliche Mutter, da fühlte sie tiefe Zärtlichkeit in sich hochsteigen.

Wie hatte sie nur einen Augenblick lang annehmen können, dass er sich ihrer schämen würde!

Die Tage glitten wie in einem Traum an der Frau vorbei. Und dann gab es auch Zeiten, wo sie allein war, denn der Sohn musste sich um seine Geschäfte kümmern. Aber wenn er dann heimkam, sprachen sie gleich von den Bergen und ihrer Heimat. Manchmal sah sie ihn mit einem scheuen Lächeln an.

Dann nahm sie allen Mut zusammen und sagte eines Abends: »Du hast mir versprochen, ich würde deine Töchter kennenlernen.«

»Aber sicher wirst du das, und das schon morgen. Sie befinden sich im Internat.«

»Aber du hast mir doch selbst gesagt, wie einsam du dort warst. Und jetzt lässt du es zu, dass deine Töchter...«

»Ich habe nichts anderes kennengelernt, ich meine vorher. Und wenn sich ihre Mutter nicht um sie kümmert. So war das auch bei mir. Reiche Kinder sind arme Kinder. Ich versuche zwar, sehr viel mit ihnen zusammen zu sein. Aber manchmal geht das nicht so einfach.«

»Also morgen kommen sie?«

»Luci und Jenny!«

Marie dachte, daheim gibt es andere Namen. Ich muss mich wohl daran gewöhnen. Und wahrscheinlich muss ich mich auch daran gewöhnen, dass ich meine eigenen Enkelkinder nicht verstehen werde, so wie Rosy. Mit der ich mich nur in Zeichensprache unterhalten kann.

Sie wollte sich nicht eingestehen, dass sie Angst vor diesem Kennenlernen hatte, obwohl die Kinder erst acht und zehn Jahre alt waren.

*

Daniel hatte die zwei selbst vom Internat abgeholt. Jetzt standen sie in der Halle. Marie kam die Treppe herunter und war völlig ahnungslos, dass sie schon da waren.

Zwei kleine Mädchen, die ihrem Vater so sehr glichen, und auch von ihr war etwas in diesen Gesichtern vorhanden. Da standen sie nun und blickten die fremde Großmutter mit großen Augen an.

»Hello«, sagte sie mit schwacher Stimme.

Die Mädchen lächelten, und dann kam Luci, die ältere, zu ihr und sagte: »Du bist meine Großmutter?«

»Woher kannst du so gut deutsch?«, stammelte Marie überrascht.

»Daddy wollte es, dass wir diese Sprache gleich lernen. Von ganz klein«, sagte Jenny wichtig.

Marie konnte nicht anders, ihr purzelten die Tränen über das Gesicht und da zog sie die kleinen Mädchen an ihr Herz. Sie strich ihnen über die Haare und sagte ihnen viele liebe Worte. Lucie und Jenny waren so viel Zärtlichkeit gar nicht gewöhnt, aber sie fanden es nicht unangenehm. Noch waren sie vom Reichtum des Vaters nicht verdorben.

Er sagte fröhlich: »Was haltet ihr davon, wenn wir die Weihnachtsferien diesmal ganz anders feiern, als wir es gewöhnt sind?«

Marie hob die Augen.

Weihnachten, verschneite Wälder, knackende Kälte, die herrlichen Tannen die ganz steif gefroren waren. Der klare Himmel über ihrem Hüttchen. Der Duft des Essens, dann hatte sie sich immer eine kleine Freude gegönnt.

»Ja, ich habe da eine Überraschung«, sagte er und wirbelte seine Kinder durch die Luft.

Marie fand sehr schnell den Zugang zu den Kinderherzen. Aber das Wochenende war bald vorbei und da mussten sie wieder ins Internat.

Marie aber wurde von Tag zu Tag stiller und blasser. Daniel fragte, ob sie krank sei.

»Es ist Heimweh, Bub.«

»Du fühlst dich nicht wohl bei mir?«

»Ich bin die Berge gewöhnt, Bub. Die Einfachheit.«

Er ging auf und ab.

»Das kann ich sehr gut verstehen, Mutter. Seit ich dort war, muss ich auch immer daran denken. Aber ich habe hier nun mal meine Geschäfte.«

»Lass mich wieder heimgehen, Bub.«

Ihre Stimme klang traurig.

Marie wusste, wenn sie heimfuhr, war sie wieder allein. Auch musste sie sich an eine neue Umgebung gewöhnen, denn Elsbeth hatte ja alles verkauft.

Hier hatte sie den Sohn und seine Töchter, die in zärtlicher Liebe an der Großmutter hingen, da sie auch von ihr Liebe bekamen. Sie gab sich so, wie sie war, und eroberte alle Herzen. Auch das Personal mochte die schlichte Frau sehr und las ihr jeden Wunsch von den Augen.

Doch sie war nun mal in den Bergen geboren und das einfache Leben gewöhnt. Das Heimweh zerrte an ihrem Herzen.

»Bevor du mir krank wirst, muss ich dich wohl ziehen lassen«, sagte der Sohn mit trauriger Stimme.

»Wenn du mal Zeit hast, kannst mich ja besuchen. Ich werd mir ein Häuschen mieten, wo du immer Platz finden wirst.«

Er blickte sie lächelnd an..

»Du hast also schon an alles gedacht?«

»Verzeih mir«, sagte sie leise.

»Aber ich bin dir doch gar nicht böse, Mutter. Nur tut es mir so leid, dass ich dich im Augenblick nicht selbst heimbringen kann.«

»Ich bin doch erwachsen und werde schon heimfinden.«

»Ja, das bist du in der Tat. Aber du kannst kein Englisch. So lass ich dich nicht ziehen, ich gebe dir Ronald mit. Der wird dich bis heim begleiten. Dann bin ich beruhigter.«

So war es denn beschlossene Sache.

Noch einmal kamen die kleinen Mädchen, um sich von ihr zu verabschieden. Ihr Vater versprach ihnen, sie dürften bald die Großmutter besuchen.

Dann kam der Tag, wo sie sich trennen mussten. Auch jetzt schmerzte das Herz, obwohl sie bald ihre geliebten Berge wiedersehen würde.

Rosy weinte ein wenig als sie ging. Dann kam das Auto. Ein letztes Mal umarmte der Sohn sie, dann mussten sie fort. Das Flugzeug würde nicht auf sie warten.

*

Ronald sprach kaum Deutsch, darum konnte er sich mit ihr auch nicht unterhalten. Aber er nahm ihr alles ab. Sie brauchte nur mitzugehen. So gelangten sie wieder über den großen Teich, und dann saßen sie wieder in einem Wagen, den Ronald gemietet hatte.

Es war ein später Nachmittag, als sie im Dorf ankamen. Sofort liefen die Menschen zusammen.

»Die Marie ist wieder zurück aus Amerika.«

Auf dem Dorfplatz stand der Pfarrer. Marie stieg aus. Sie sahen, wie gut sie gekleidet war und etwas Neid kam auf.

Natürlich wollte der Pfarrer wissen, warum sie denn nicht beim Sohn geblieben sei. »Oder bist nur heimgekommen, um alles zu regeln?«

»Nein, ich hab es dort nicht ausgehalten. Es ist eine fremde Welt.«

»Aber dein Heim gehört dir auch nicht mehr. Die Verträge sind jetzt unterzeichnet. Bis Weihnachten kannst noch dort oben leben.«

Marie blickte den Berg hinauf.

Die Bürgermeisterin sagte: »Sicher hat dein Sohn dir Geld mitgegeben, unten am Ende der Straße - da steht doch das Häuschen des alten Meckler schon eine Weile leer. Das kannst doch dann beziehen.«

Daniel hatte ihr kein Geld mitgegeben. Sie hatte auch nicht darum gebeten.

»Ich werde schon zurechtkommen«, sagte sie ruhig. »Mein ganzes Leben bin ich zurechtgekommen. Aber jetzt will ich nach oben gehen.«

»Ja, musst dich anstrengen, der Schnee liegt schon recht hoch.«

Sie machte sich mit dem Ronald auf den Weg. Der Pfarrer lief ihr nach.

»Ich hab vergessen dir zu sagen, dass die Elsbeth schon fort ist. Der Alois sorgt um das Vieh. Im Frühjahr soll es verkauft werden.«

»So eilig hat sie es gehabt?«

»Ja, gleich nachdem du fort bist, ist sie auch gegangen.«

Ronald stieg schweigend mit den Koffern neben ihr den Berg hinauf. Dann waren sie iri der kleinen Hütte. Rasch machte sie ein Feuer im Herd und schon war es gemütlicher. Marie sah sich um. Schnee türmte sich auf dem Fensterbrett. Sie war wieder in der Heimat. Hier war sie nicht mehr zum Nichtstun da, sondern hier konnte sie wieder schaffen, so wie sie es ihr ganzes Leben lang getan hatte.

Da stand sie am Hüttenfenster und blickte zur Sonnenwiese. Demnächst würden fremde Menschen hier leben und gar nicht mal wissen, wieviel ihretwegen zerstört worden war.

Dann kam der Gastarbeiter. Er freute sich, als er Marie wiedersah.

Er erzählte dann, dass inzwischen ein Baustopp angeordnet worden sei. Die Regierung habe endlich eingesehen, dass es so nicht weiterginge.

»Das Hotel wird nicht gebaut?«

»Nein, aber alles ist verkauft. Er wird wohl aus dem Enzianhof ein Hotel machen, das darf er.«

»Ja, das wird wohl so sein.«

Auch der Enzianhof war ihr ans Herz gewachsen, mehr wie der eigenen Tochter. Sie hatte ja auch viele Jahre dort geschafft, und so kannte sie jeden Stein und jeden Baum, jede Stube. Manchmal hatte sie davon geträumt, es wäre ihr eigen, dann hätte sie ein Schmuckstück draus gemacht.

»Oben auf dem Enzianhof waren lang die Handwerker. Neue Heizung haben sie überall gelegt. Und neue Fenster, jetzt zieht es nimmer. Und neue Bäder haben sie auch gemacht. Eine ganz moderne Küche haben wir jetzt auch. Und dann wird im Frühjahr noch ein kleines Haus gebaut. Neben dem Enzianhof, so hat man es mir gesagt.«

»Der Eigentümer hat wirklich keine Zeit versäumt.«

»Wir sollen in seinen Diensten bleiben und sollen das neue kleine Haus beziehen«, sagte Alois.

»Dann ist ja für euch gesorgt.«

»Ich weiß nicht«, murmelte der Mann. »Wenn ein Hotel entsteht, ich weiß nicht. Das mag ich nicht gern. Vielleicht gehen wir dann auch.«

Jetzt kam Ronald näher. Er trug einen großen Umschlag in der Hand und gab ihn der Frau. Auf dem Umschlag stand in der Handschrift ihres Sohnes die Worte: »Für meine Mutter, zu überreichen, wenn sie wieder in ihrer Heimat ist.«

Es war ein sehr dicker Umschlag.

Marie blickte Ronald fragend an. Der s zuckte nur die Schultern.

Sie setzte sich ans Feuer und öffnete den Umschlag. Viele dicke Bögen mit Siegeln fielen ihr auf den Schoß. Dann fand sie den Brief ihres Sohnes.

Mit großen runden Augen fing sie an zu lesen. Zuerst wollte sie es gar nicht glauben, was darin stand. Das konnte doch nicht sein!

Sie wurde ganz blass.

Der Alois wusste wo die Enzianflasche stand und goss ihr gleich ein Gläslein voll.

»Hier, dann trägt sich jede Nachricht besser.«

Marie lächelte unsicher.

»Dann schenk dir und dem Ronald auch einen ein.«

Wieder studierte sie die Blätter und den Brief, dann liefen ihr die hellen Tränen über das Gesicht. Für Sekunden presste sie die Hände an ihr Herz. Es schlug so stürmisch.

»Eine schlechte Nachricht?«

Bedrückte Stille herrschte in dem niedrigen Raum.

Marie hob ihre Augen zum Alois! Jetzt sah er ein helles Leuchten darin. Verstehe einer die Menschen, besonders die Frauen, dachte er erstaunt. Noch eben hat sie geweint, und nun strahlt sie wie ein Christbaum.

»Ich kann es immer noch nicht glauben, es ist, wie in einem Traum, als sei eine Fee zu mir gekommen. Es ist...«

»So red doch endlich, Marie.«

»Der Bub, dieser närrische Bub, warum hat er mir denn nix gesagt? Mein Gott, ich kann es nicht glauben, ich kann es nicht...«

»Ja, was ist denn jetzt los?«

»Alois«, sagte sie feierlich, »du wirst es vielleicht auch nicht glauben, aber hier steht es, mit Siegel und allem was dazu gehört, dieser närrische Bub hat mir den Enzianhof gekauft und alles Land, was dazugehört. Er hat es mir zum Geschenk gemacht. Weihnachten wollt er es mir schenken, aber da ich jetzt schon heim wollte, hat er die Überraschung vorverlegt.«

Alois ließ vor Schreck sein Glas fallen.

»Ja, aber die Handwerker«, keuchte er.

»Ja, das steht hier auch. Damit ich es leichter hab, deswegen hat er das Haus richten lassen. Und dann steht hier noch etwas...«

»Ja?«

»Damit er mich besuchen kann, ja so steht es hier. Denn er braucht ja dann auch ein Plätzchen. Oh, Alois, kannst das verstehen?«

Der lief schon auf die Marie zu und umarmte sie impulsiv.

»Ja, dann können die Frau und ich ja bleiben, dann wird ja alles gut.«

»Ja«, sagte sie andächtig.

»Mein Gott, dann gibt es wieder ein rechtes Schaffen, dann macht die Sache wieder Spaß. Wir haben uns doch immer verstanden, Marie.«

»Wenn das meine Eltern noch hätten erleben können, mein Gott - was werden die in Holzkirchen nur sagen?«

»Den schönsten Hof weit und breit, ich schwör dir, Marie, das wird er wieder sein. Wir werden die Ärmel aufkrempeln und dann...«

Er lachte und lachte.

Dann packte er die Marie und sagte fröhlich: »Na, dann komm gleich mit. Ich hab draußen den Schlitten stehen, dort legen wir dein Gepäck drauf. Oben steht alles bereit. Die Stuben sind warm, die Speisekammer gefüllt, so hat es meine Alte tun müssen. Denn sie hat auch ein Schreiben erhalten, vom Besitzer, nur dass wir nicht gewusst haben, wer der Besitzer ist.«

Ronald wusste über seinen Boss, warum sie sich jetzt freuten. Der Fahrer wurde nun auch aufgefordert, mit nach oben zu kommen. Als er dann den Prachthof sah, da wurden seine Augen blank. Da lag er nun, hatte sich eine dicke Schneemütze über die Nase gezogen. Dahinter der stille große Wald. Es war schon ein schöner Anblick.

Sie betraten das wuchtige Haus. Nichts hatte die Elsbeth mitgenommen, nicht mal die alten wertvollen Schränke. Alles hatte sie verkauft. Es war, als hätten die früheren Besitzer nur mal eben das Haus verlassen.

Marie ging durch die vielen Stuben, sie konnte es noch immer nicht glauben. Dies war jetzt ihr Heim!

In der Küche war die Frau von Alois, als man ihr die Nachricht brachte, freute sie sich ebenfalls. Die Kinder, fünf an der Zahl, strahlten Marie an.

Einst hatte sie als Magd mit ihnen schuften müssen und oft lieblose Worte bekommen. Aber jetzt würde sich alles ändern.

An diesem Abend saßen die Menschen noch lange beisammen und sprachen von der Zukunft. Marie war, als würde sie von Stund an jünger. Ach, sie breitete die Arme aus und lachte, lachte!

Das Schicksal hatte es also noch mal gut mit ihr gemeint. Dann endlich wurden auch auf diesem Hof die Lichter gelöscht. Ronald lag in einer richtigen Bauernkammer und fühlte sich pudelwohl. Er war Junggeselle und bekam von seinem Boss ein sehr gutes Gehalt. Das hielt ihn aber nicht davon ab, die Zeit, die er hier war, fleißig mit anzupacken. Er fütterte die Kachelöfen, und er half auch dem Alois im Kuhstall, und sein Gesicht glänzte vor Freude. Das war etwas ganz anderes, als die Wagen zu pflegen und den Boss durch die Gegend zu kutschieren.

*

Wieder schlug die Nachricht wie eine Bombe in Holzkirchen ein. Gestern war man schon wieder schadenfroh gewesen, als man sah, dass Marie ohne Geld heimgekommen war.

Einst vom Dorf verachtet, war sie jetzt ganz hoch aufgestiegen! Sie war jetzt Besitzerin des schönsten und größten Hofes weit und breit!

Weihnachten stand vor der Tür. Marie bat Ronald, über die Feiertage noch zu bleiben, und auch für die Gastarbeiterfamilie aus Jugoslawien sollte es ein sehr schönes Fest werden. An jeden hatte sie gedacht. Und dann kaufte sie auch

Geschenke für ihre Enkelkinder und Daniel. Sie wollte sie noch rechtzeitig nach Amerika schicken, aber dann kam ein Schneesturm, und sie saßen oben gefangen. Aber sie hatten genug zu essen.

Ein Tag vor Weihnachten waren dann die Wege wieder frei. Die Mannsbilder gingen in den Wald und holten die schönste Tanne, die sie finden konnten. Marie schmückte sie, und der Kuchenduft drang durch alle Ritzen im Haus.

Da hörte sie vor der Tür Stimmen. Als sie aufsprang, standen Daniel und seine zwei kleinen Mädchen dort.

»Hast wohl gedacht, wir lassen dich hier allein feiern, wie? Na, da bist du platt, was?«

Schluchzend fiel sie ihm um den Hals.

»Bub, Bub, Bub«, mehr konnte sie im Augenblick nicht sagen.

»Dies ist jetzt unsere gemeinsame Bleibe, Mutter. Denn ich habe vor, oft hierherzukommen, um mich bei dir auszuruhen. Und meine beiden kleinen Mädchen sollen auch dein Leben kennenlernen.«

Diese standen mit blanken Augen herum und fanden alles toll. Weihnachten so still und gemütlich, wie man es in den Bergen nur feiern kann, nein, das hatten sie noch nicht erlebt. Und wie freuten sie sich, als sie am nächsten Tag mit dem Schlitten den herrlichen Sonnenhang hinuntersausen konnten. Die Kinder vom Alois kreischten fröhlich mit. Und so dauerte es nicht lange, da kamen auch die Kinder aus Holzkirchen herauf.

Sie sahen es oben vom Fenster!

Daniel legte den Arm um Marie.

»Hat nun dein Herz Ruhe gefunden?«

»Ja, mein Bub.«

Er küsste ihre klare Stirn.

Zwei Tage später erhielt Marie einen Brief vom Gericht. Sie war für nicht schuldig erklärt worden. Das hieß, dass man ihr für die zwanzig Jahre Haft eine große Summe Geldes auszahlen musste. Mit einem Wort, sie war jetzt eine reiche Frau. Aber das zählte bei ihr nicht.

Sie war auch so glücklich geworden.

Ronald blieb bei Marie und wollte nicht mehr in die Staaten zurück. Daniel lächelte, aber er selbst fühlte sich hier in den Bergen als ganz anderer Mensch und packte selbst fleißig mit an.

Er hielt Wort und kam wirklich sehr oft in die Berge. Und die Mädchen blieben, einmal ein ganzes Jahr hier und gingen auch zur Schule.

Daniel sagte eines Tages zur Mutter: »Du musst deine Geschichte aufschreiben, damit sie nicht vergessen wird. Für meine Kinder, hörst du. Ich möchte es.«

Zuerst hatte sie sich gesträubt.

Und jetzt war die Geschichte fertig.

Als sie den letzten Strich tat, sah sie Daniel mit Bull, dem Hofhund, zurück kommen.

Er machte ein grämliches Gesicht.

»Warum folgt er mir immer?«, fragte Daniel.

»Das musst du ihn selbst fragen.«

»Er keucht wie eine Lokomotive. Er verlangt doch nicht, dass ich ihn trage?«

»Versuch es doch mal«, krähte Lucie vom Apfelbaum her, dort schaukelte sie hoch in die Lüfte und lachte ihren Vater aus.

»Spottet nicht über euren Vater«, drohte er scherzend und zog schnuppernd den Duft in die Nase, der aus dem Küchenfenster kam. Knödel aß er für sein Leben gern.

*

»Ja, so war das damals«, seufzte Ernst Steiner. »Es war keine leichte Zeit für die Marie. Ihr könnt euch nicht vorstellen, wie es damals hier aussah. Holzkirchen war viel kleiner als heute – und es gab auch noch nicht so viel Tourismus in der Region. Da musste man verdammt hart arbeiten, um sein Auskommen zu haben.«

»Ich frag mich, woher die Marie die Kraft genommen hat«, meinte Marion Kastner. »Eine andere an ihrer Stelle hätte bestimmt schon längst aufgegeben.«

»Wahrscheinlich«, fügte ihr Mann hinzu. »Aber sie hat wohl daran geglaubt, dass es eines Tages womöglich noch ein Wunder gibt – und bei manchen Menschen wird es sogar wahr.«

»Das Leben ist manchmal verrückt«, sagte der pensionierte Kommissar. »Aber lasst uns jetzt nicht ins Grübeln verfallen. Nutzen wir diesen Tag, um Maries Andenken in Ehren zu halten. Schließlich hat sie viel Gutes getan, nachdem sie den Enzianhof geschenkt bekam. Wir werden sie gewiss nicht vergessen.«

Bei diesen Worten schaute er hinüber zu Maries Sohn und dessen beiden Kindern. Es war ein schwerer Tag für die Familie. Aber bekanntlich heilt die Zeit alle Wunden, und irgendwann würde auch für sie wieder ein Tag kommen, wo das Herz nicht mehr so schwer war und sie wieder zuversichtlich sein konnten. Die Marie hätte das bestimmt auch so gewollt...

ENDE

Besuchen Sie unsere Verlags-Homepage:
www.der-romankiosk.de

Der Romankiosk – Spannung und Unterhaltung pur!